W0359409

Schweineprinzen küsst man nicht

Ein Märchen für 1001 Nachmittag

Von Jacqueline Weichmann-Fuchs

Impressum: Brandhub 2, 84568 Pleiskirchen
www.weichmann-fuchs.de
Coverdesign und Bilder von Jacqueline Weichmann-Fuchs
Korrektorat: Irina Sehling, M. A. (textodrom)
Bilder für Cover und Landkarte: www.canva.com

Auflage Mai 2021
Sprachliche ÜBERARBEITUNG 2023

ISBN E-Book: 978-3-00-068595-8
ISBN Taschenbuch: 978-3-00-068596-5

N
W
E
S
Meer der tausend Gefahren
Nixenfels
Grotte der Stille
Schlossruine
Yama
Diamantberge
Trolldorf
Furo
Märchenwald
Gerberswald
Feenakademie
Räuberfels
Zaubersee
Sabaku
Wüste des Schicksals

Inhaltsverzeichnis

Prolog: Im Park des Märchenwaldschlosses

Es war einmal …

„Haltet das Schwein!“, keucht Haushofmeister Klausen, wischt sich mit der linken Hand über sein gerötetes Gesicht und kann sich nur mit Müh und Not am goldenen Eingangsportal festhalten. Der ganze Hofstaat ist in Aufregung. Emsiges Treiben, vermischt mit dem Gebrüll von Soldaten und Lakaien, flutet den Schlosspark, während ein gehetztes Schwein versucht zu entkommen. Pfeilschnell flitzt das rosa Tier durch die große Parkanlage, umrundet den majestätischen Neptunbrunnen, schlägt Haken im Rosenlabyrinth und erschreckt einige Küchenmägde fast zu Tode, als es plötzlich hinter ihnen wieder auftaucht. Das Quieken des Schweines zusammen mit dem Gekreische der Frauen lässt die meisten Verfolger verdutzt innehalten und die chaotische Jagd neu überdenken. „So bekommen wir das Schwein doch nie“, ruft einer der Gärtner, der sich mit seiner Kleidung in einem Rosenbusch verfangen hat und sich zu befreien versucht. „Wir müssen das Vieh einkesseln“, schlägt daraufhin Rudi, ein schmächtiger Küchengehilfe, vor, der sich gerade den erschrockenen Küchenmägden zuwenden möchte, als er plötzlich seitlich von dem Tier gerammt wird und mit der Nase auf dem Kies landet.

„Wartet, ich hole Pfeil und Bogen und dann haben wir das Schwein!“, ruft sogleich einer der Soldaten und läuft Richtung Schloss, woraufhin der Haushofmeister panisch mit einem lauten Schrei reagiert. „Nein!“, schmettert Klausen dem verdutzten Soldaten hinterher und fixiert einen Moment später mit seinen Augen auch die anderen Bediensteten des Schlosses. „Der König braucht das Schwein lebend. Ihm darf auf keinen Fall ein Haar oder besser gesagt eine Borste gekrümmt werden. Haben das alle verstanden?“ „Ja, Herr Haushofmeister!“, kommt es daraufhin verwundert aus allen Richtungen.

Angestachelt von der Jagd und dem Befehl des Haushofmeisters Folge leistend, formieren sich ein paar Soldaten und versuchen den Flüchtigen von mehreren Seiten einzukesseln. „Hat irgendjemand ein Netz?“, fragt nach zehn Minuten der große und kräftige Aron seine Kameraden und blickt genervt in die Runde, da ihnen das Schwein bereits mehrmals durch die Finger geschlüpft ist. „Wir können unsere Umhänge nehmen“, schlägt kurz darauf der ältere Oberoffizier Leon vor und öffnet den Verschluss seines Umhanges. Diesen Vorschlag aufgreifend, entledigen sich vier weitere Soldaten ihres Kleidungsstückes, sodass sie sich kurz darauf zu fünft dem stark erschöpften Tier nähern können, welches sich verängstigt unter einem großen Lorbeerstrauch versteckt hält. „Jetzt keine zu schnellen Bewegungen“, erklärt der Offizier mit ruhiger und fester Stimme und lässt den Lorbeerstrauch nicht mehr aus den Augen. „Hans, du kommst von links! Sven, du kommst von rechts! Ich werde mich von vorne anschleichen und ihr anderen zwei sichert gefälligst die hintere Seite.“ „Ja, Herr Oberoffizier!“, antworten die Soldaten gleichzeitig mit lauter und kräftiger Stimme und hätten damit beinahe das Tier aus seinem Versteck aufgeschreckt. Verärgert betrachtet Leon seine Untergebenen. „Geht das vielleicht noch ein wenig lauter?“, brummt der Offizier missgelaunt. „Ich glaube, das Schwein hat euch noch nicht gehört.“ Langsam und vorsichtig nähert er sich dem Strauch und vergewissert sich immer wieder, dass alle an der richtigen Stelle stehen.

„Ich gehe als Erster und treibe es nach hinten aus dem Strauch“, erklärt Leon und deutet mit einem Kopfnicken an, dass der Angriff gleich beginnen wird. „Ihr folgt langsam und wehe euch, ihr erschreckt mir das Vieh. Erst wenn ich das Signal gebe, werden sich Aron und Juan gleichzeitig auf das Tier stürzen.“ Als wenn das Schwein alles verstanden hätte, ertönt plötzlich ein lautes Quieken, bevor es die Pläne von Leon durchkreuzt, aus dem Strauch prescht und direkt auf ihn zustürmt. Überrascht reißt der Offizier sogleich seinen Umhang auseinander und hofft inständig, dass das Schwein sich in seinem Kleidungsstück verfangen wird. Doch anstatt in den Umhang zu laufen, bremst es scharf ab, schlägt einen Haken nach links und lässt den fluchenden Leon hinter sich. Von dem unvermittelten Manöver überrumpelt, kann Hans nicht schnell genug reagieren, sodass der Flüchtige seine Chance ergreift und den Soldaten über den Haufen rennt. „Was für ein Mistvieh!", landet Hans schmerzhaft auf seinem Hintern. „Das hat es sicher mit Absicht gemacht." Unter Stöhnen rappelt sich der Soldat langsam wieder auf und blickt wütend dem Übeltäter hinterher. Sven hingegen kann sich vor Lachen kaum mehr auf den Beinen halten. „Natürlich hat es das mit Absicht gemacht", deutet Sven auf den verdrießlich dreinblickenden Hans. „Es ist ja auch ein schlaues Schwein und hat sich den Schmächtigsten von uns ausgewählt." „Als ob dieses Vieh denken könnte!", brummt Hans und klopft sich den Staub von der Hose. „Haltet keine langen Reden!", ruft ihnen daraufhin Aron zu, der das flüchtende Schwein lediglich mit seinem Blick verfolgt, bevor es kurz darauf aus seinem Sichtfeld verschwindet. „Das Tier muss endlich eingefangen werden, damit wieder Ruhe einkehren kann. Später ist noch genug Zeit, um darüber zu philosophieren, wer von den beiden schlauer ist." „Stärker ist es auf jeden Fall", ergänzt Sven die Aussage von Aron und zwinkert gleichzeitig seinem verärgerten Kameraden Hans gut gelaunt zu.

In der Zwischenzeit stößt Klausen sich von dem Eingangsportal des Schlosses ab und wankt mit zittrigen Knien die Treppe hinunter. Seine wenigen grauen Haare kleben ihm unvorteilhaft auf der Stirn und lassen den sonst so akkuraten und würdevollen Mann in einem ungünstigen Licht erscheinen. „Put, put, put!", vernimmt er kurz darauf die Stimme der Köchin, die mit einem alten Kohlkopf bewaffnet in sein Sichtfeld tritt. „Will das Schweinchen lecker Happi-Happi machen, dann muss es zu der lieben Emma kommen. Jetzt komm schon, mein kleines borstiges Vieh!", zupft die Köchin einzelne Kohlblätter ab und schwenkt sie in der Luft herum. „Die liebe Emma gibt dir ganz leckere

Küchenabfälle." „Fräulein Emma!", schüttelt Klausen sogleich mehrmals seinen Kopf und geht auf wackligen Beinen auf die Köchin zu. „Ich bezweifle doch sehr stark, dass Sie dieses verschreckte Tier mit Abfällen anlocken können." „Dann machen Sie es doch besser, Herr Haushofmeister", brummt die Köchin pikiert und wedelt mit den Kohlblättern vor seiner Nase herum. „Meinen Küchenabfällen hat noch kein Schwein lange widerstehen können." Daraufhin lässt Klausen unglücklich seinen Kopf hängen und fährt sich überfordert mit seiner Hand durch sein lichtes Haar, während er verzweifelt überlegt, wie er das Schwein so schnell und würdevoll wie möglich in den Salon zurückbringen kann.

„Wo ist es?", ruft Aron seinen Kameraden zu und umrundet den Brunnen. „Ich weiß es nicht", antwortet Sven, der sich ein paar Zweige aus den Haaren fischt. „Gerade war es noch hinter den Rosen." „Nein, da ist es nicht mehr", brummt Aron frustriert und ballt genervt seine Hände zu Fäusten. „Doch!", mischt sich sogleich Juan ein und erscheint hinter einer Rosenhecke. „Ich glaube, es ist wieder ins Rosenlabyrinth gelaufen!", erklärt er kopfnickend und deutet hinter sich. „Nein, das kann nicht sein", mischt sich nun auch Hans in die Diskussion ein, der in diesem Moment hinter Juan erscheint. „Ich laufe jetzt schon die ganze Zeit durch die Gänge dieses fürchterlichen Labyrinths und habe es nicht gesehen. Es wäre mir sicher aufgefallen, wenn dieses dumme Schwein hier wäre", erklärt er und reibt sich seine schmerzende Kehrseite. „Jetzt stell dich nicht so an!", gluckst indessen Sven und deutet auf den Hintern von Hans. „Da kann doch das arme Tier nichts dafür, wenn du dich nicht auf deinen dürren Beinen halten kannst." „Hör auf, dich auf meine Kosten zu amüsieren!", kontert Hans verärgert. „Das Vieh hätte dich auch umgerissen, wenn es auf dich zugekommen wäre." „Das glaube ich nicht", lacht Sven belustigt und klopft sich provokant auf seinen kräftigen Oberschenkel.

„Sofort aufhören!“, schreit kurz darauf Oberoffizier Leon und wirft allen einen wütenden Blick zu. „Bin ich denn nur von Kindsköpfen umgeben?“, wird sein Gesichtsausdruck immer griesgrämiger. „Ich habe euch doch den klaren Befehl gegeben, das Schwein zu fangen. Entweder ihr bringt mir das Vieh, oder ihr vier werdet den kompletten Schlossgarten vom Unkraut befreien. Habe ich mich klar ausgedrückt?“ Den Ernst der Lage sofort erkennend, nehmen alle vier sogleich Haltung an und bestätigen den Befehl des Offiziers mit einem Kopfnicken. Daraufhin entlässt Leon sie mit einer Handbewegung und wendet sich von seinen Soldaten ab, woraufhin Aron und Juan sich dem Rosengarten zuwenden, während Hans und Sven sich Richtung Springbrunnen auf den Weg machen. Kurz darauf ergreift der Offizier jedoch abermals das Wort und fixiert die übrigen Bediensteten mit bösem Blick. „Und warum genau steht ihr noch alle hier herum und schaut in die Luft?“, kann er seine Verärgerung nur schwer verbergen. „Ich glaube kaum, dass das Schwein die letzten fünf Minuten das Fliegen gelernt hat. Also alle Augen zu mir und zurück mit euch ins Schloss und an die Arbeit!“

„Ich danke Ihnen sehr“, eilt kurz darauf Klausen zu dem Oberoffizier, nachdem sich die Menschenmenge aufgelöst hat, und tupft sich mit einem Stofftuch seinen Schweiß von der Stirn. „Das ist doch selbstverständlich, Herr Haushofmeister“, antwortet der Offizier selbstbewusst. „Sie brauchen sich keine Gedanken zu machen. Wir werden das Schwein bald eingefangen haben.“ „Ihre Zuversicht möchte ich haben“, räuspert Klausen sich und steckt unbeholfen sein Taschentuch zurück in seine Jackentasche. „Ich glaube, es wäre das Beste, wenn ich dem König berichten würde, dass das Schwein sich noch auf der Flucht befindet. Informieren Sie mich bitte unverzüglich, wenn Ihre Soldaten Erfolg haben. Dem Schwein darf aber unter keinen Umständen etwas passieren. Behandeln Sie es bitte mit größter Sorgfalt und Respekt.“ „Natürlich, Herr Haushofmeister!“, antwortet der Offizier verwundert, schlägt aber dennoch die Hacken zusammen und geht, während er leise vor sich hin murmelt, dass es schon leicht befremdlich ist, dass er ein Schwein besser behandeln muss als seine Soldaten. Klausen hingegen wendet sich gedankenversunken dem Schloss zu und hofft inständig, dass das Schwein unverletzt eingefangen werden kann, um eine nie dagewesene Katastrophe zu verhindern.

Ein paar Stunden zuvor im Schloss

Vor Kälte schlotternd, versucht Marie verzweifelt mit ihren klammen Fingern die erkalteten und verkohlten Hölzer aus dem herrschaftlichen Kamin zu holen und in ihren Eimer zu legen. Immer wieder hält sie in ihrer Tätigkeit inne und wärmt mit ihrem eigenen Atem ihre Finger. „Märchenhimmel, ist mir kalt!", keucht Marie und kann ihrem Atem dabei zusehen, wie er sich langsam in der Luft verflüchtigt. „Was ist denn das für ein unangenehmer Frühlingsmorgen?" Immer wieder schüttelt und biegt sie ihre eiskalten Finger, kann aber kein Leben mehr in sie zurückbringen. Stattdessen kriecht die Kälte immer weiter voran und lässt ihre Hände schmerzen. Und schon entgleitet ihren steifen Fingern ein abgebranntes Holzstück und landet auf ihrem Rock. Sofort lösen sich einzelne Kohlestücke und verteilen den Ruß großzügig auf ihrer Kleidung. Frustriert wirft Marie ihren Kopf in den Nacken. „Was für ein toller Tag!", brummt sie missgelaunt und verdreht ihre Augen. „Das fängt ja mal wieder gut an!" Doch noch während sie die schwarzen Flecken auf ihrem Rock begutachtet, vernimmt sie ein seltsames Geräusch und lauscht angestrengt in die Stille hinein. Was war das? Doch obwohl sie sich ganz still verhält, taucht das Geräusch nicht wieder auf, sodass sich Marie am Ende nicht sicher ist, ob sie es sich nicht einfach eingebildet hat. „Seltsam!", schüttelt Marie verwundert ihren Kopf und fährt mit ihrer Arbeit fort und reinigt den Kamin fertig. Kaum hat sie dies jedoch getan und sich erhoben, hört sie es wieder.

„Da piepst doch etwas!“ Verwirrt schaut Marie sich nach allen Seiten um, kann aber nichts erkennen. „Habe ich mir jetzt etwa eine Ohrenentzündung eingefangen, oder will mir jemand einen Streich spielen?“ Obwohl sie nicht zu den ängstlichen Menschen gehört, nimmt sie sich dennoch eine antike Axt aus der Halterung und hält sie kampfbereit vor ihre Brust. „Wer ist da? Zeig dich, wenn du dich traust!“ Doch abermals ist der Laut verstummt und eine angespannte Nervosität macht sich in ihr bemerkbar. Verflixt, ist das Ding schwer, denkt Marie kurz darauf und ist sich nicht sicher, ob sie einem Angreifer den Kopf spalten oder sich eher ihren Zeh abtrennen würde. Und gerade als die Schwerkraft siegt und sie die Waffe ein wenig absenken muss, ertönt ein herzzerreißendes Quieken, gefolgt von einem Plätschern. Daraufhin reißt Marie erneut die Axt nach oben, obwohl ihre Muskeln bei dem Versuch schmerzhaft protestieren. Dieses Mal ist sie sich jedoch ganz sicher. Jemand oder etwas ist mit ihr in diesem Raum. „Zu dumm, dass ich nur eine kleine Kerze habe, die mir Licht spendet.“ Frustriert wandert Maries Blick zu dem kleinen Kerzenstummel, der jederzeit ausgehen kann. Da, schon wieder. Erneut dringt das Quieken an ihre Ohren und scheint von dem Fenster hinter dem Schreibtisch zu kommen. Verwirrt, weil sie dort nichts Außergewöhnliches wahrnehmen kann, beschließt Marie, erst einmal die Axt zur Seite zu legen und damit ihre Zehen zu retten, bevor sie langsam auf das Fensterbrett zugeht.

Doch außer einer leeren Blumenvase ist dort nichts zu sehen. Doch anstatt sich erleichtert umzudrehen und den Raum zu verlassen, beschließt sie, einen vorsichtigen Blick in die Vase zu werfen, und ist mehr als nur überrascht, als sie dort etwas findet. „Oh, du meine Güte!“, kommt es über ihre Lippen. „Wie bist denn du da reingekommen?“ Sogleich erscheint ein erleichtertes Grinsen auf ihrem Gesicht. Wie konnte sie sich von einer kleinen, nassen Maus nur so in die Irre führen lassen? Beherzt greift sie mit ihren schwarzen Fingern in die mit abgestandenem Blumenwasser gefüllte Vase und rettet die kleine, zappelnde Maus. „Du armes

Geschöpf. Du bist ja ganz nass." Langsam hebt sie den kleinen Nager vor ihr Gesicht und betrachtet ihn eingehend, wie er schwer schnaufend auf ihrer Hand liegt. Ob er es überleben wird? Nicht wissend, wie sie ihn retten könnte, wenn er plötzlich zu atmen aufhören würde, beginnt sie leise mit ihm zu sprechen. „Bitte, atme weiter!", streichelt sie ihm sanft über das Köpfchen. „Ich bezweifle doch sehr, dass du meine armseligen Versuche, dich wiederzubeleben, überleben würdest." Daraufhin schweifen ihre Gedanken jedoch auf sehr seltsame Weise zu dem Mundgeruch von Mäusen, weswegen sie kurz darauf belustigt ihren Kopf schüttelt, um diese Gedanken zu vertreiben. „Schön weiteratmen!", wiederholt sie daraufhin ihre Bitte, da sie schlussendlich kein Interesse hat, herauszufinden, ob Mäuse nun an Mundgeruch leiden oder nicht. „Ich muss nicht alles im Leben wissen", grinst sie die Maus an und beginnt sie vorsichtig zu schütteln. „Sehr gut!", atmet Marie erleichtert, als die Maus ein Piepsen von sich gibt. „Solange du piepsen kannst, ist alles gut. Keine Angst!", schenkt sie dem kleinen Nager ein aufrichtiges Lächeln. „Ich werde dich schon wieder aufpäppeln." Daraufhin holt sie ein Stofftuch aus ihrer Tasche, streichelt der kleinen Maus abermals aufmunternd über das Köpfchen und wickelt sie behutsam darin ein. „Wenn es dir nachher besser geht, kann ich dich zu Fred in den warmen Stall bringen." Vor Erleichterung, nun endlich dem Geheimnis auf die Spur gekommen zu sein, bemerkt Marie nicht, wie sie sich mit ihren nassen Händen den Ruß ihrer Schürze im Gesicht verteilt, bevor sie ihren Eimer packt und sich auf den Weg in die Küche macht.

Sobald sie jedoch den Gang betritt, kommen ihr bereits die ersten gehetzten Dienstboten entgegen, die an diesem Morgen besonders früh auf den Beinen sind. Heute ist schließlich ein wichtiger Tag im Königreich. Genervt verdreht Marie ihre Augen. Bin ich froh, wenn der Prinz aus dem Nachbarreich wieder abreist! So ein riesiger Aufwand, und das nur, um seine zukünftige Frau kennen zu lernen. Wenn der wüsste, schmunzelt Marie bei dem nächsten

Gedanken, wie zickig Prinzessin Rosemarie ist, würde er sicher Fersengeld geben. „Aus dem Weg, Aschemarie!“, tönt es auf einmal von hinten, bevor ein Küchengeselle mit zwei schweren Wassereimern an ihr vorbeidrängt. „Pass doch auf, Rudi!“, beginnt Marie zu schimpfen und betrachtet verärgert ihre nasse Schürze. „Du hast mindestens die Hälfte deines Wassers auf meiner Kleidung verteilt.“ „Ich war das nicht“, grinst Rudi und zwinkert ihr frech zu. „Das Wasser ist selbstständig auf dich gesprungen. Wahrscheinlich hatte es Mitleid mit dir.“ „Sehr witzig!“, kontert Marie und schnauft genervt. „Mach doch du nächstes Mal die zwanzig Kamine und Öfen in diesem Schloss sauber! Dann sind deine weiße Haut und deine Kleidung auch schwarz“, verteidigt Marie ihr Aussehen und stellt sich vor ihn. „Das würde ich ja gerne“, lacht der junge Dienstbote und geht an Marie vorbei, „aber an mir würde die Asche nicht so gut aussehen.“

Was für eine Sauerei, denkt Marie frustriert und schüttelt ihren Kopf, nachdem Rudi gegangen ist. Jetzt bin ich nicht nur schwarz vor Dreck, sondern auch noch komplett nass. Heute ist wohl einer dieser Tage, an denen man am besten im Bett geblieben wäre. Doch anstatt weiter zu klagen, packt sich Marie wieder ihren Eimer mit Asche und will Rudi gerade folgen, als plötzlich der Haushofmeister Klausen durch eine Tür tritt und es Marie unmöglich macht auszuweichen, weswegen Marie frontal in Klausen hineinläuft. Und schon verteilt sich die Asche und macht weder vor dem Fußboden noch vor Klausen halt. Sofort verfällt Marie in Schockstarre, als sie den von oben bis unten verrußten Haushofmeister vor sich stehen sieht. Perplex schaut Klausen an sich herab, bläht seine Nasenflügel auf und richtet seinen vorwurfsvollen Blick auf Marie. „Kannst du nicht besser aufpassen?“, deutet er auf Marie und betrachtet angewidert ihr Erscheinungsbild. „Wie siehst du denn aus? Du bist ja ganz nass und dreckig.“ Nach den Worten von Klausen ist es für Marie jedoch unglaublich schwer, noch ernst dreinzublicken und nicht zu lachen, weswegen sie sich selbst im Stillen ermahnen muss, ihren aufgesetzten Gesichtsausdruck beizubehalten. Denn Willensstärke ist alles, denkt sie sich und amüsiert sich köstlich. Denn wann hat man schon einmal die Gelegenheit, den sonst immer so eindrucksvollen und unberührbaren Klausen komplett in Asche gehüllt vor sich zu sehen? Dieses Bild muss sie sich unbedingt im Kopf bewahren. „Es tut mir sehr leid, Herr Haushofmeister“, versucht sie sich an einer Entschuldigung. „Das nächste Mal werde ich versuchen, würdevoller auszusehen, wenn Sie mich umrennen wollen.“ „Jetzt werde ja nicht frech!“, hebt er mahnend seinen Finger. „Hilf mir lieber, diesen Dreck von meiner Kleidung zu entfernen“, echauffiert sich Klausen. „Das werden wir aber nicht so einfach hinbekommen“, antwortet ihm Marie. „Nasse Asche muss richtig ausgewaschen werden. Wir werden alles noch viel tiefer ins Gewebe reiben, wenn wir das jetzt versuchen.“ „Heute geht aber auch wirklich alles schief“, seufzt Klausen und nimmt einen tiefen Atemzug. „Wem sagen Sie das?“, ergänzt Marie selbständig und deutet mit einem Grinsen auf ihre eigene Kleidung, was Klausen nur mit einer hochgezogenen Augenbraue kommentiert. Und bevor er sich von ihr abwendet und in die entgegengesetzte Richtung eilt, beauftragt er sie noch mit der Reinigung des Bodens. „Natürlich, Herr Haushofmeister Klausen!“, ruft sie ihm noch hinterher und vollführt dabei eine tiefe Verbeugung. „Sie können sich ganz auf mich verlassen.“

Durch diese Bewegung aufgeschreckt, bemerkt Marie sogleich die kleine Maus in ihrer Tasche, die immer lebhafter zu werden scheint. Nach kurzem Warten, bis Klausen sich weit genug entfernt hat, nimmt Marie das Taschentuch mit dem kleinen Tier vorsichtig in ihre Hand. „Scht, ganz ruhig, meine Kleine!“, betrachtet sie die graue Maus, die ihr aufgeweckt entgegenblickt. „Du musst dich noch ein bisschen gedulden. Ich muss vorher noch ein wenig Ordnung schaffen. Doch dann kann ich dich in den Stall bringen.“ In sich hineingrinsend, weil sie heute den Haushofmeister Klausen vollgeascht hat, steckt Marie die kleine Maus zurück in ihre Tasche und eilt in die Küche. Zusammen mit

Rudi und zwei weiteren Küchenmädchen ist das Chaos im Flur bald beseitigt und sie kann endlich für ein paar Minuten verschnaufen. Bevor sie sich jedoch selbst reinigt und umzieht, möchte sie noch die Maus wegbringen, bevor dieser die Flucht aus der Tasche gelingt und sie der griesgrämigen Köchin Emma vor die Füße läuft. Ein Ereignis, das sicher für Aufsehen sorgen würde, weswegen Marie beinahe versucht ist, es darauf ankommen zu lassen.

Nicht weit vom Schloss entfernt

„Bruder! Warte!“ Wieder einmal wird Theodor von seinem älteren Bruder Eric komplett ignoriert. „Bitte, Eure Hoheit, seid doch vernünftig!“, schreit auch der Truppenführer hinter dem Prinzen her. „Es hat keinen Sinn, Rudolf“, blickt Theodor seinem Bruder nach. „Wenn sich Eric etwas in den Kopf gesetzt hat, dann kann keiner ihn aufhalten. Wir sollten lieber unsere Pferde schonen. Meinen Bruder werden wir sicherlich spätestens im Märchenwaldschloss wiedertreffen.“ „Aber, Prinz Theodor!“, schnauft der Truppenführer entrüstet. „Habt Ihr keine Befürchtungen? Es könnte Eurem Bruder doch etwas zustoßen! Er könnte stürzen oder von Räubern überfallen werden!“ Daraufhin lacht Theodor aus vollem Herzen und schüttelt seinen Kopf. „Mein Bruder und etwas zustoßen?“, blickt Theodor den älteren Mann belustigt an. „Er ist ein hervorragender Reiter und Schwertkämpfer. Mir tun eher die anderen leid, die seinen freundlichen Charakter kennen lernen müssen, wenn sie seinen Weg kreuzen.“ Und auch wenn es keine Absicht des Truppenführers ist, so stiehlt sich dennoch ein kleines Schmunzeln auf seine Lippen, wenn er an die Persönlichkeit des älteren Prinzen denkt.

Den Wind in seinen Haaren spürend, blickt Eric nicht zurück. Wieso sollte er auch? Er denkt nicht einmal im Traum daran, auf seine langsame Kohorte zu warten. Als Thronerbe vom Königshof am Zaubersee muss er schließlich auf keinen Rücksicht nehmen, weswegen er in diesem Moment in schnellem Galopp über Waldwege reitet und seine Gedanken schweifen lässt. Denn wäre er mit seinen Begleitern geritten, käme er wohl niemals an, da sein Bruder Theodor ein fürchterlich langsamer Reiter ist, weswegen er ohne ihn sicher eine Stunde früher an seinem Ziel ankommen wird. Wie wohl Prinzessin Rosemarie aussieht? Ob sie wirklich so schön ist, wie alle sagen? Es wäre auf jeden Fall ein netter Nebeneffekt, denkt Eric und dringt tief in den Märchenwald vor. Von Ungeduld getrieben, hetzt Eric sein Pferd immer stärker und gibt ihm die Sporen. „Los, mein Großer! Jetzt zeig mal, was du kannst! Siehst du den großen Baum dort in der Ferne?“, fixiert Eric sein Ziel. „Genau dahin möchte ich. Los!“ Und schon schlägt der Prinz seine Hacken schmerzhaft in den Rumpf des Pferdes und will alles aus seinem Reittier herausholen, obwohl seinem Tier bereits nach kurzer Zeit der Schaum aus dem Maul läuft. „Los! Schneller!“, feuert er es an, bis er eine Lichtung im Märchenwald erreicht, auf der eine große, majestätische Eiche steht, deren Blätter zu sprießen begonnen haben. „Halt!“, schreit er kurz darauf einen neuen Befehl, reißt scharf an den Zügeln und stoppt damit abrupt seinen Schimmel.

„Gut gemacht!“, tätschelt Eric den Hals seines Pferdes und richtet sich wieder zu seiner vollen Größe auf. „Du bist wahrlich eines Prinzen würdig“, lobt er sein Tier und sieht keine zwei Meter vor sich einen kleinen Mann, der es sich unter der Eiche gemütlich gemacht hat. „Hey, Untertan! Steh auf und bring meinem Pferd sofort etwas zu trinken!“ Daraufhin treibt der Prinz sein Reittier näher an den schlafenden Mann heran. „Hast du mich nicht gehört?“, wird Eric immer ungehaltener. „Mein Pferd hat Durst. Tränke es!“ Verschlafen blickt der Zwerg auf. „Werter Herr, wenn Ihr Euer Pferd fast zu Tode treibt, dann ist es eine

Selbstverständlichkeit, Euch selbst um Euer Tier zu kümmern." Entsetzt über diese Aussage reißt Eric erbost am Zügel und lässt sein Pferd dadurch nervös auf der Stelle tänzeln. So eine Unverschämtheit hat er noch nie erdulden müssen. „Was fällt dir ein, mir Widerworte entgegenzubringen?", fährt Eric den Zwerg verärgert an. „Weißt du denn nicht, mit wem du es zu tun hast?" „Natürlich weiß ich das", blickt der Zwerg träge. „Ich habe schließlich Augen im Kopf und kann sehr wohl erkennen, dass ein arroganter Jüngling ohne Benehmen und Mitgefühl vor mir steht." „Wie kannst du es wagen!", echauffiert Eric sich fürchterlich und schaut den Zwerg wütend an. „Das ist Majestätsbeleidigung. Ich könnte dich auf der Stelle festnehmen lassen." „Das wird aber schwer, solange Ihr nicht von Eurem Pferd steigen möchtet", antwortet der Zwerg ihm jedoch respektlos.

Sofort entgleiten Eric die Gesichtszüge. So etwas Dreistes hat noch nie ein Lebewesen zu ihm gesagt, weswegen er sein Schwert zieht und es auf den Zwerg richtet. „Na warte! Dich werde ich lehren, was es heißt, sich mit mir anzulegen", brüllt Eric und funkelt den Zwerg zornig an. „Ach, junger Prinz", schnalzt der Zwerg missbilligend mit der Zunge, „du hast noch viel zu lernen." Und schon holt der Zwerg ein Pulver aus einer seiner Kleidertaschen und wirft es Eric ins Gesicht. Brennender Schmerz schießt dem Prinzen augenblicklich in die Augen, während sein Pferd sich auf die Hinterbeine stellt. Hustend versucht er das Pulver mit den Händen wegzuwischen. „Scht, es ist alles in Ordnung", kann er erst zwei Minuten später den Hals seines aufgebrachten Pferdes tätscheln, da Eric erst kurz zuvor in der Lage war, seine Augen zu öffnen und sich nach dem Zwerg umzublicken. Aber wo ist er? Wo ist der Zwerg hin? „Ich wusste gar nicht, dass Zwerge mit so unfairen Mitteln kämpfen", brummt Eric ungehalten. „Sobald ich wieder im Schloss bin, werde ich meine besten Männer ausschicken, damit sie mir diesen Kerl bringen. Denn so ungestraft kommt er mir nicht davon." Um aber nicht noch mehr Zeit zu verlieren, tritt Eric erneut unbarmherzig seine Sporen in den Bauch des erschöpften Pferdes und lässt es antraben. Zum Märchenschloss ist es schließlich nicht mehr weit.

Im königlichen Stall

Mit wenig Eleganz kickt Marie einen Stein vom Weg und hält ihren Blick starr auf den Boden gerichtet. „Warum passieren mir immer solche Dinge?“, seufzt Marie vor sich hin. „Ich dachte schon, Emma lässt mich gar nicht mehr aus ihren Klauen.“ Wieso konnte Antonia nicht einfach ihre Klappe halten? So sauer hat Marie die Schlossköchin selten erlebt. Jetzt weiß sicher das ganze Schloss von ihrem Ascheunfall mit Klausen. Sie kann sich jedoch glücklich schätzen, so glimpflich davongekommen zu sein. Sie hatte schon die Befürchtung, wieder für ein paar Tage zum Schweinestallmisten abkommandiert zu werden. „Hey, Marie!“, ruft auch schon Anton ihr von Weitem entgegen. „Wie siehst du denn heute aus?“ Doch kaum sieht er sie genauer, hört der rothaarige Stallbursche auch sogleich auf, den Stallboden zu kehren, und betrachtet sie neugierig. „Ich dachte immer, die feinen Damen der Gesellschaft verwenden Schlamm für die Schönheitspflege“, gluckst Anton, führt seine Hand zum Kinn und streicht über seinen nicht vorhandenen Bart. Belustigt zwinkert er Marie zu und legt noch einmal nach. „Ich kann dir auch noch ein paar Pferdeäpfel geben, wenn du es damit versuchen möchtest.“ Aus ihrer Trance gerissen, hebt Marie den Kopf und schaut Anton schelmisch an. Nach kurzem Überlegen erwidert sie: „Nein danke, Anton. So wie dein Gesicht aussieht, sind Pferdeäpfel auch die falsche Wahl.“ „Nur nicht neidisch sein!“, tut er ein wenig hochnäsig und fasst sich schmunzelnd an die Nase. „Nicht jeder kann so schöne und natürliche Sommersprossen haben. Die müssen schließlich auch gepflegt werden.“ „Ihhh!“, quietscht Marie. „Hör auf damit! Ich stelle es mir gerade bildlich vor, wie du dir frischen Pferdemist ins Gesicht schmierst. Das werde ich sicherlich so schnell nicht mehr aus meinem Kopf bekommen." „Das wurde aber auch Zeit", zwinkert Anton und posiert vor Marie. „Ich versuche bereits seit Monaten, dass du mich nicht mehr aus dem Kopf bekommst." Und schon passiert es und ein befreites Lachen bricht aus Marie hervor. „Das hast du eindeutig geschafft", schüttelt sie belustigt ihren Kopf. „Ich werde ab sofort immer an deine Sommersprossen denken, wenn ich Pferdeäpfel sehe." Im ersten Augenblick überrascht, stimmt Anton aber kurze Zeit später in das fröhliche Lachen mit ein. „Zwar nicht ganz das, was ich wollte", präsentiert er sich jedoch selbstbewusst, „aber eindeutig ein Anfang."

Nachdem wieder etwas Ruhe eingekehrt ist, schaut Marie sich erst einmal neugierig im Stall um. „Wo sind denn alle? Bist du allein?" Anton sieht kurz darauf hinter sich und schenkt ihr ein Nicken. „Ja, ich bin ganz allein hier. Die anderen haben eine Besprechung und machen sich danach fein, da wir in einer Stunde den Prinzen des Nachbarreiches mit seinem Gefolge erwarten. Das würde dir im Übrigen auch nicht schaden. Du siehst aus, als hättest du dich in jedem Kamin im Schloss gewälzt", betrachtet er sie von oben bis unten und schüttelt verständnislos den Kopf. „Wie schaffst du es nur immer, dich so dreckig zu machen?" „Tja, wer kann, der kann", grinst Marie und stellt sich lässig vor ihn. „Wenn man schon die Chance hat, in königlicher Asche zu baden, dann sollte man diese auch ergreifen." „Mir reicht der königliche Pferdemist", lächelt Anton belustigt und deutet auf sie. „Gibt es eigentlich einen konkreten Grund, warum du mich in diesem Aufzug besuchst?" Sogleich breitet sich ein Strahlen auf Maries Gesicht aus. „Ich würde gerne Fred besuchen. Geht es ihm gut?" „Natürlich geht es deinem Lieblingsesel gut", lächelt Anton. „Kein anderer Esel kann schließlich von sich behaupten, in einem königlichen Stall königliches Heu zu essen, während er die Gesellschaft von königlichen Pferden genießt und von einem königlichen Stallburschen gepflegt wird." „Ein bisschen viel königlich, findest du nicht auch, Anton?", will Marie ihren Freund aufziehen. „Das ist es ja eben“, zwinkert Anton ihr spitzbübisch zu. „Ein Esel und ein König sollten eigentlich recht wenig miteinander zu tun haben.“ Daraufhin dreht Anton sich um und schreitet in das große, lichtdurchflutete Gebäude hinein. Ihm folgend, berührt Marie kurz ihre Schürze und streicht behutsam über die Tasche. Hoffentlich geht es der kleinen Maus noch gut, auch wenn sie sich schon längere Zeit nicht mehr bewegt hat.

Vor einer großen Pferdebox bleibt Anton stehen und deutet hinein. In der rechten Ecke steht ein Esel und erfreut sich an frischem Heu. „Wie lange ist Fred eigentlich schon hier im Schloss?“, würde Marie gerne von Anton wissen und bringt ihn dadurch zum Grübeln. „Das kann ich dir nicht genau sagen“, erklärt Anton ein wenig später. „Fred ist schon seit vielen Jahren ein fester Bestandteil des Königshofes. Die Zwerge haben damals nach dem großen Krieg der Völker unserem König Ludwig einen Esel als Friedensangebot geschenkt. Ein etwas seltsames Geschenk, wenn du mich fragst. Seitdem steht Fred hier im Stall und versucht tagtäglich, den Pferden alles wegzufressen.“ „Du musst wirklich der glücklichste Esel auf der Welt sein“, lächelt Marie das sich nähernde Tier an und streichelt seinen Kopf, bevor Anton sich hinter ihr zu räuspern beginnt. „Marie“, tritt er plötzlich unruhig auf der Stelle, „könntest du mir vielleicht einen Gefallen tun?“ Anstatt ihm jedoch laut und deutlich zu antworten, kuschelt Marie sich an Fred und nuschelt etwas in das Fell ihres tierischen Freundes hinein. „Was hast du gesagt?“ Grinsend blickt Marie zu Anton und legt danach ihre Stirn auf die des Esels. „Ich habe gesagt, dass ich dir natürlich helfen kann.“ Aufatmend streicht Anton sich durch seine Haare. „Wenn es dir nichts ausmachen würde, könntest du vielleicht kurz die Stellung halten? Ich würde mich gerne waschen und umziehen. Ich verspreche dir auch, in zehn Minuten wieder da zu sein.“ Von dieser Idee begeistert, stimmt sie mit einem Kopfnicken zu und freut sich über diese einmalige Gelegenheit, die kleine Maus in Ruhe im Stall aussetzen zu können. Denn Anton ist zwar ein lieber Kerl, aber ob er Mäuse im Stall mag? „Natürlich passe ich auf", ergreift Marie sogleich die Chance. „Du brauchst dir keine Sorgen zu machen. Fred ist in den besten Händen." Prustend dreht Anton sich um und ruft noch aus der Ferne: „Es wäre auch nett, wenn du ab und an einen Blick für die wirklich königlichen Rösser übrighättest."

„Na, Fred, was denkst du?", fährt Marie durch das Fell des Esels. „Sollen wir die edlen Pferde auch beachten oder soll ich dich noch ein bisschen kraulen? Schade, dass ich kein Stallbursche sein kann", legt Marie ihre rechte Wange auf Freds Hals. „Ich würde den ganzen Tag mit meiner Nase im Heu stecken und deine schönen großen Augen betrachten. Ich hätte auch lieber braune", betrachtet sie sehnsüchtig die Augenfarbe des Esels. „Meine grünen Augen bringen mir nichts als Ärger." Kurz darauf reißt lautes Wiehern Marie aus ihren Träumereien. Mehrere Pferde scheinen einen neu eingetroffenen Besucher freudig zu begrüßen und veranstalten einen enormen Lärm. Verdutzt dreht Marie ihren Kopf zur offenen Stalltür. Komisch, wer könnte das sein? Leise Fred ins Ohr flüsternd, überlegt Marie, wie sie sich verhalten soll. „Soll ich mich lieber verstecken oder auf den Neuankömmling zugehen? Was meinst du?" Doch anstatt ihr zu antworten, ignoriert Fred ihre Frage, senkt seinen Kopf und kaut an seinem Heu herum. „Du bist mir keine sehr große Hilfe", streichelt sie dem Tier dennoch über den Kopf und dreht sich dem Eingangsbereich zu.

„Hey, Stallbursche, da hinten in der Ecke! Komm sofort her und übernimm mein Pferd!", hallt es aber kurz darauf in das Gebäude hinein. Mist, denkt Marie sogleich und seufzt. Er muss mich bereits gesehen haben. Widerwillig geht Marie der Stimme entgegen und hofft inständig, dass es nur ein Bote ist, dem sie kurz das Pferd halten muss. Ihre Augen abschirmend, weil die Sonne sie so blendet, kann sie anfangs nur die Konturen des Fremden sehen. Je näher sie ihm jedoch kommt, desto besser erkennt sie die teure Kleidung. Der blonde Mann steht mit dem Rücken zu ihr und angelt gerade die Zügel über den Kopf seines Pferdes. Diese Zeit nutzend, überlegt sie fieberhaft, wer das wohl sein könnte. Denn für einen normalen Boten ist er viel zu vornehm gekleidet. Doch als adliger Schnösel wäre er nicht allein geritten. Vielleicht ist er ein Kaufmann, der ins Schloss gerufen wurde, überlegt Marie weiter. Wahrscheinlich braucht Prinzessin Rosemarie wieder neue Schuhe und Kleider. Oder aber einen ihrer hässlichen Riesenhüte, die meistens ihr gesamtes Gesicht verdecken.

„Verzeiht!", ergreift Marie das erste Wort, nachdem er sie immer noch nicht beachtet hat, obwohl sie bereits hinter ihm steht. „Aber ich bin kein Stallbursche. Ich kann mich aber gerne um Euer Pferd kümmern." Durch ihre Stimme aufmerksam geworden, dreht der Fremde sich zu Marie und erstarrt in seiner Bewegung. Ungläubig und entsetzt wird sie von oben bis unten gemustert, woraufhin ihr siedend heiß einfällt, wie sie auf den Kaufmann wirken muss. Sie hatte vollkommen ihre äußere Erscheinung vergessen. Na wunderbar, gibt sie sich innerlich einen Tritt. Wenn du denkst, es wird nicht mehr schlimmer, kann das Leben es garantiert überbieten. Dennoch versucht Marie das Beste aus ihrer Situation zu machen und lächelt dem Fremden entgegen, bevor ihr für kurze Zeit der Atem stockt. Denn einen schöneren Mann hat sie in ihrem ganzen Leben noch nicht gesehen. Blaue Augen, die besonders intensiv aus seinem markanten Gesicht hervorstechen, während sein Körper Kraft und Stärke ausstrahlt. „Ritter!", schießt es Marie augenblicklich durch den Kopf. Es muss sich um einen edlen Ritter handeln. Das kann niemals ein Kaufmann sein. Die meisten Kaufleute tragen ihren Reichtum schließlich als dicken Bauch vor sich her. Und dieser Mann hat eindeutig kein Gramm zu viel.

Eric kann sein Entsetzen nur schwer herunterschlucken. Er hatte ja in diesem Königreich mit vielem gerechnet, aber das schlägt dem Fass den Boden aus. Das kann doch nicht wahr sein! Ist sein Begrüßungskomitee wirklich eine hässliche und schmutzige Vogelscheuche? Wo ist denn der Stallmeister mit seinen Stallburschen? Wenn König Ludwig glaubt, ihn ungestraft beleidigen zu können, dann hat er sich aber geschnitten. „Was stehst du hier so dumm herum?“, blafft Eric die dreckige Frau an. „Nimm gefälligst mein Pferd, sattle es ab und gib ihm etwas zu trinken.“ Langsam geht die Frau auf ihn zu, streckt ihre Hände aus und erwartet die Zügel seines Pferdes. Als Eric die dreckigen Hände jedoch sieht, schaut er die Frau vor sich noch abschätziger an. „Wasch dich und deine Hände zuerst, bevor du mein Pferd berührst. Ich will deinen Dreck nicht auf meinem edlen Schimmel sehen.“

Verunsichert durch den schroffen Ton des Fremden, verbeugt Marie sich und bewegt sich rückwärts in den Stall hinein. Ist das ein arroganter Fatzke, muss Marie sich auf die Innenseite ihrer Wangen beißen, um den Kerl nicht zu beleidigen. Am liebsten hätte sie ihn gepackt und ihn in eine richtig schöne Umarmung gezwungen. „Wenn der glaubt, ich werde mich extra für sein Pferd fein machen, dann hat er sich aber geschnitten“, murmelt sie vor sich hin. „Der sollte sich lieber mehr um sein verschwitztes Pferd als um mein Aussehen kümmern.“ Frustriert bleibt sie zwei Minuten später in der Mitte des Stalls stehen und lässt ihre Augen schweifen. Wieso findet sie eigentlich nirgendwo einen Eimer mit frischem Wasser? Es hilft nichts, zuckt sie gleichgültig mit ihren Schultern. Sie muss wohl oder übel ihre Hände in der Pferdetränke neben der Sattelkammer waschen. Mehr hat der Kerl schließlich auch nicht verdient. Kurz darauf taucht Marie ihre dreckigen Hände in das Wasser des großen Bottichs. Erschrocken zieht sie diese jedoch eilig wieder heraus, da ihr augenblicklich der modrige Geruch des Wassers in die Nase steigt. Dieses Wasser steht aber auch schon einige Zeit herum, verzieht sie angewidert das Gesicht. Na super, denkt sie genervt. Jetzt sind ihre Hände dreckig, nass und stinken. Und wenn sie diese an ihrer Schürze abwischen würde, dann hätte sie sich das ganze Waschen auch gleich sparen können.

Eric wippt derweilen ungeduldig auf seinen Fersen herum. Genervt hängt er die Zügel über einen Pfosten, betritt den Stall und geht direkt auf diese fürchterliche Person zu. Dicht hinter ihr bleibt er stehen. „Was machst du da so lange?", motzt er sie verärgert an. „Du solltest dich nur waschen und kein Bad nehmen." Erschrocken fährt die Frau herum und reißt die Arme nach oben. Dabei spritzen winzige Wassertropfen Eric ins Gesicht. Von dieser Aktion überrascht, stolpert er nach hinten und landet schmerzhaft auf seinem Gesäß. Reflexartig streckt ihm die dreckige Vogelscheuche ihre Hand entgegen, um ihm aufzuhelfen. Seine Zornesröte und die glühenden Augen belehren sie jedoch eines Besseren, sodass sie augenblicklich ihre dargebotene Hand zurückzieht. „Was bist du nur für ein hässliches, schmutziges und ungeschicktes Wesen?", schreit Eric aus vollem Halse. Mit wutverzerrtem Antlitz steht er auf. „Sieh, was du getan hast! Mein Gesicht ist nass und meine Hose ist ruiniert." Notdürftig klopft er sich den Staub von seiner Kleidung und rümpft die Nase. Kaum hat er dies getan, will er das Wasser von seinem Gesicht wischen. Auf halber Strecke zu seinem Mund stoppt er aber seine Hände und schaut sie genauer an. Mit diesen kann er nie und nimmer das Wasser wegwischen. „Gib mir gefälligst ein sauberes Tuch, du dumme Gans! Oder willst du mich noch lange so dämlich anstarren?" Sogleich greift die Frau in ihre Schürze und holt ein Taschentuch hervor. Augenblicklich reißt er es ihr aus der Hand und erdolcht sie mit seinem Blick. Doch gerade als er sich mit dem Tuch trocknen möchte, fährt ihm ein jäher Schmerz in den Finger. Sofort lässt er das Tuch los und sieht, wie Blut aus seinem Finger tritt. „Was zum Teufel …?!", flucht Eric lautstark, hält seinen blutenden Finger vor sich und betrachtet das Taschentuch auf dem Boden, aus dem ein kleiner Schatten flitzt.

Marie wird kalkweiß, als sie realisiert, was gerade passiert ist. Immer heftiger klopft ihr Herz in ihrer Brust, während ihre Knie zu zittern beginnen. Oh, du heiliger Märchenwald! Das passiert doch nicht wirklich. Bitte lass es nur einen bösen Traum sein, aus dem ich gleich erwache! Mit banger Stimme versucht Marie noch zu retten, was zu retten ist. „Es tut mir leid. Das war wirklich keine

Absicht. Ich hatte ganz vergessen …" „SCHWEIG! Was erdreistest du dich?", fährt er ihr dazwischen. Mit einer Handbewegung holt er aus und schlägt ihr seine flache Hand schmerzhaft ins Gesicht. Von diesem Schmerz wie betäubt, weicht Marie einen Schritt zurück. Ihre Kniekehlen stoßen an den Rand des Bottichs und bringen sie aus dem Gleichgewicht. Ein Schrei ist das Letzte, was man von ihr vernimmt, bevor sie in die Wassertränke stürzt. Prustend stößt sie ihren Kopf eine Sekunde später schwungvoll aus dem Wasser, sodass sich ihre Haube löst und sich ihre langen, schwarzen Haare befreien. Somit kleben ihr nun auch noch ihre nassen Haare im Gesicht. Wütend schleudert sie diese über ihren Kopf auf den Rücken und funkelt den Fremden verärgert an. Das war eindeutig der letzte Tropfen, der ihr Fass zum Überlaufen bringt. Langsam und gemächlich beginnt sie aus dem Wasser zu steigen, während ihre Kleidung eng an ihrem Körper klebt.

Eric kann sich nicht mehr bewegen. Wie gebannt verfolgt er jede ihrer Bewegungen, da ihr nasses Gewand in aller Deutlichkeit ihren wohlproportionierten Körper zeigt. Speichel bleibt ihm im Hals stecken, den er nur mit Mühe schlucken kann. Ihre auffallend grünen Augen bohren sich fast schmerzhaft in seine. Ihre Mundwinkel verziehen sich zu einem Lächeln, während sie verführerisch auf ihn zukommt.
„Ich … Also ich …", stammelt Eric vor sich hin und kann keinen klaren Gedanken mehr fassen. Nur noch wenige Zentimeter trennen ihn von ihr. Doch plötzlich überwindet sie den kurzen Abstand und schmeißt sich in seine Arme. Heiße Erregung schießt sogleich in seine Lenden, wobei er nur mit Mühe ein Stöhnen unterdrücken kann. Doch so schnell diese Berührung begann, so schlagartig ist sie auch wieder vorbei. Irritiert schaut Eric an sich herab. Wie durch Watte realisiert er erst jetzt den Zweck ihrer stürmischen Umarmung. Seine Kleidung ist soeben komplett ruiniert worden. Blutend, nass, stinkend und dreckig steht er nun direkt vor ihr und kann deutlich ihre Zufriedenheit und

Schadenfreude auf ihren Zügen erkennen. Und als wäre das nicht schon demütigend genug, dreht sich die Frau auch noch mit einem provokanten Hüftschwung von ihm weg und verlässt sein Sichtfeld.

Aufgeregte Stimmen von draußen dringen an Maries Ohren. Auf dem Platz vor dem Stall tummelt sich der Stallmeister mit seinen Gesellen. Schnell huscht Marie hinter ein großes Fass, weil sie nicht will, dass alle Welt sie so sieht. Zusammengekauert legt sie ihren Kopf auf ihre Knie und atmet erst einmal Luft in ihre verkrampften Lungen. Was hat sie nun schon wieder angestellt? Wieso muss ihr immer wieder so ein Schlamassel passieren und ihr Temperament mit ihr durchgehen? Und wo ist eigentlich ein tiefes Erdloch, wenn man es mal bräuchte? „Halt! Wer seid Ihr, Fremder?“, hört Marie kurz darauf die Stimme des Stallmeisters. „Ich bin Prinz Eric vom Zaubersee“, ertönt es mit kräftiger Stimme nicht weit entfernt von ihr. Die Erkenntnis jagt wie ein Blitzeinschlag durch ihren Körper. Mit ihren Händen verschließt sie schnell ihre Lippen, um das Schluchzen nicht entkommen zu lassen, während Tränen sich in ihren Augenwinkeln bilden. Was hat sie nur getan?

„Eure Hoheit“, stammelt der gebückte Stallmeister entsetzt, „ich entschuldige mich vielmals für unser spätes Erscheinen.“ Wütend geht Eric auf die Männer zu, die mit weit aufgerissenen Augen vor dem Pferdestall stehen und seine schmutzige Kleidung begaffen. „Das ist nicht von Belang“, spricht er gereizt und versucht zu ignorieren, dass er nach modrigem Wasser stinkt. „Habt Ihr eine nasse und schmutzige Frau gesehen, die hier entlanggekommen sein muss?“, fährt er den verängstigten Stallmeister an. „Verzeiht, Herr!“, beginnt dieser jedoch zu stottern. „Seit wir hier stehen, ist uns keine andere Person begegnet.“ „Dann muss sie noch im Stall sein“, überlegt der Prinz und ballt verärgert seine Hände zu Fäusten. „Schnappt Euch Eure Burschen und stellt den kompletten Stall auf den Kopf. Wehe Euch, Ihr findet sie nicht!“

Auch wenn seine eiskalten Worte Marie bis auf die Knochen ängstigen und sie sich am liebsten verkriechen würde, so weiß sie dennoch, dass sie keine Chance hat. Wer sich so eine Suppe eingebrockt hat, der muss sie auch auslöffeln, weswegen sie hinter dem Fass hervortritt. „Wenn Ihr mich sucht“, versucht sie ihre Stimme so selbstbewusst wie möglich klingen zu lassen, „so bin ich hier.“ Stolz reckt sie ihren Kopf den Männern entgegen, geht so würdevoll wie möglich an dem Prinzen vorbei und stellt sich direkt vor den Stallmeister. „Ihr müsst mich nicht suchen. Ich habe nicht vor, mich meiner Verantwortung zu entziehen.“ „Marie, aber ...“, beginnt der Stallmeister entsetzt zu antworten, als der Prinz ihn unterbricht. „Das ist die Person, die ein Attentat auf mich ausgeführt hat. Ich wünsche ihre sofortige Ergreifung.“ „Aber ...“, stottert der arme Mann vor Marie und schaut sie verängstigt an. „Es ist schon gut, Hermann“, versucht sie ihn zu beruhigen. „Tu einfach deine Pflicht.“ Trotz ihres tobenden Innenlebens lächelt Marie ihm aufmunternd entgegen. Hermann gibt daraufhin resigniert das Zeichen und seine Gesellen ergreifen sie.

Arrogant und siegessicher wirft Eric ihr ein hochmütiges Lächeln entgegen. „Bringt sie in den Kerker!“, deutet er auf sie und kann sich seiner Schadenfreude kaum erwehren. „Ich werde mich später mit ihrer Bestrafung beschäftigen.“ Ein hitziger Blick aus ihren schönen Augen ist das Letzte, was Eric von diesem Biest sieht, bevor sie abgeführt wird. Ein selbstgefälliges Grinsen begleitet seine Gedanken, sobald er an ihr nächstes Zusammentreffen denkt.

Im königlichen Verlies

Bibbernd vor Kälte kauert Marie sich auf das dürftige Strohlager und betrachtet einen winzigen Sonnenstrahl, der sich in diese karge Behausung verirrt hat. Ihre vorherige Stärke ist Resignation gewichen. Wieso passiert aber auch immer ihr so ein Märchenmist? „Attentäter, hat er gesagt“, wiederholt Marie die letzten Worte des Prinzen. „Na toll!“, stößt sie frustriert ihren Atem aus und knirscht wütend mit ihren Zähnen. Alles, aber auch wirklich alles wäre besser gewesen. Trampel, Unglücksfee oder Vogelscheuche. Aber Attentäter? So glaubt doch der ganze Königshof, sie hätte diesen Idiotenprinzen absichtlich mit einer Maus und Dreck zu ermorden versucht. Und egal wie sie es auch dreht und wendet, es bleibt ein riesiger Einhornhaufen. Wütend springt sie auf ihre Beine, geht verärgert in der Zelle herum und hinterlässt eine nasse Spur auf dem staubigen Boden. „Was für ein riesengroßer Feendreck!“, schimpft Marie lautstark und stöbert mit ihrem Fuß das alte Stroh auf dem Boden auf, was sie unweigerlich zum Niesen bringt. Mit der Situation unzufrieden und stinksauer, dass man sie so schlecht behandelt, geht sie zur Zellentür und haut mit ihren Fäusten dagegen. „Lasst mich gefälligst raus!“, schreit sie lautstark ihren Frust heraus. „Ich habe nichts Böses getan. Es war ein Unfall und kein Attentat.“ Leider verklingen ihre Worte ungehört, nachdem sie von den Wänden zurückgehallt sind. „Was bildet sich dieser Prinz eigentlich ein?“, ballt Marie wütend ihre Hände zu Fäusten und setzt sich auf den Boden zurück. „Lässt mich einfach verhaften, obwohl er doch selbst auf seinen Hintern gefallen ist. Und die Ohrfeige, die er mir dafür gegeben hat, ist natürlich auch nicht wichtig. Aber wehe“, schnauft Marie abfällig, „auf seiner königlichen Kleidung ist Schmutz! Dann ist natürlich sofort der Weltfrieden in Gefahr. Aber wehe ihm, wenn ich diesen Kerl in die Finger bekomme!“

„Wenn du wen in die Finger bekommst?“, ertönt plötzlich eine ihr bekannte Stimme. Aufgeregt springt Marie auf, rennt zur Kerkertür und drückt ihr Gesicht dicht an die Stäbe. „Rudi, bist du das?“ „Ja, Pechmarie. Ich bin es.“ Und schon erscheint der Küchengehilfe direkt hinter dem kleinen Gitterfenster der Zellentür. „Mensch, Mädchen!“, schüttelt er traurig sein Haupt. „Was machst du eigentlich immer für Sachen? Kann man dich nicht einmal für ein paar Minuten allein lassen?" Daraufhin greift er mit seiner Hand durch die Stangen und wischt eine kleine Träne aus ihrem Gesicht. „Nicht weinen", räuspert Rudi sich unwohl und fährt verlegen mit seiner Hand durch seine braunen Haare. „Ich habe mich extra weggeschlichen, um dir zu helfen." „*Du* und *mir* helfen?", schaut Marie ihn ungläubig an. „Das ist zwar lieb gemeint, aber da ich als Attentäter angeklagt werde, wüsste ich nicht, wie du mir helfen könntest", seufzt Marie resigniert. „Marie! Hör auf damit!", schlägt Rudi erregt gegen die Kerkertür. „Das ist doch nicht wahr. Jeder kennt dich, seit du vor 21 Jahren als Neugeborenes im Rosengarten gefunden worden bist. Du hast noch nie in deinem Leben einem Lebewesen Schaden zugefügt. Es muss sich um ein Missverständnis handeln." Traurig greift Marie nach seiner Hand und drückt diese ermutigend. „Du hast doch den Prinzen sicherlich auch gehört, oder? Und da er glaubt, dass es ein Attentat war, war es auch ein Attentat. Wer würde schon den Worten einer Dienstmagd mehr Gewicht beimessen als denen eines Prinzen?"

Tief durchatmend legt Rudi seinen Kopf gegen die Stäbe. „Das kann ich nicht zulassen. Ich kann nicht dabei zusehen, wie du hingerichtet wirst. Deswegen habe ich einen Plan geschmiedet. Doch zuvor musst du mir die Frage beantworten, ob du leben oder lieber sterben willst." „Ich … Also ich …", stottert Marie, während sie versucht ihre Emotionen wieder in den Griff zu bekommen. „Ich will leben!", flüstert sie durch die Gitter hindurch. „Ich will nicht wegen eines arroganten Prinzen mein Leben verlieren." „Dann hör jetzt gut zu und präg dir alles ganz genau ein." Vorsichtig beginnt er ein Bündel Stoff durch die Stäbe der Kerkertür zu schieben und drückt es Marie in die Hände. „Das ist alte Kleidung von mir. Wenn wir Glück haben, müsste sie dir passen. Ich habe auch eine Mütze, ein Kopftuch, eine Bandage und Proviant eingepackt." „Eine Bandage?", fragt Marie irritiert und betrachtet den Stoffstreifen. „Ja, natürlich!", begleitet ein verschmitztes Grinsen seine nächsten Worte. „Wie willst du denn sonst deine weiblichen Vorzüge im Zaum halten? Junge Männer haben so etwas nicht." Von seiner Aussage überrumpelt, kneift Marie die Augen etwas zusammen. „Sag mir jetzt bitte nicht, du willst aus mir einen Mann machen!" „Und ob ich das will!", klopft Rudi sich stolz auf die Brust. „Als junger Bursche kannst du nämlich ohne Probleme hier herausgehen." „Und das Türschloss", entkommt es ihr sofort sarkastisch, „öffnet sich dann wohl auch ohne Probleme, oder?" „Genau deswegen habe ich dir eine Haarnadel mitgebracht", lächelt Rudi stolz, greift in seine Tasche und holt den kleinen schwarzen Gegenstand hervor.

„Himmel, Rudi!", prustet Marie aus vollem Herzen. „Ich kann doch nicht mit einer Haarnadel Schlösser knacken. Woher hast du denn diesen Einfall?" Verwirrt hält Rudi die Nadel in der Hand. „Ich dachte, alle Frauen können mit Haarnadeln Türen öffnen." „Was hast denn du für eine Vorstellung von Frauen?", amüsiert Marie sich köstlich. „Ich kann weder mit Haarnadeln Schlösser knacken, noch kann ich mit meiner schrillen Stimme Glas zum Platzen bringen." Beleidigt tritt Rudi einen Schritt zurück. „Das mit der Stimme war mir schon klar", motzt er Marie an. Lächelnd fügt sie hinzu: „Ich wollte nur auf Nummer sicher gehen, falls dein Plan in irgendeiner Weise Glasbruch beinhaltet." „Sehr komisch, Marie", spricht Rudi beleidigt. „Ich versuche ernsthaft dich zu retten und du machst wie immer blöde Witze." „Sei mir bitte nicht böse, Rudi", lächelt sie ihn liebevoll an. „Deine Kleidung kann ich wirklich gut gebrauchen, da ich immer noch klitschnass und dreckig bin. Da kommt mir deine Hose und dein Hemd wirklich wie gerufen. Du rettest mich auf jeden Fall vor dem Kältetod in dieser Zelle." „Ach, Marie! Es tut mir so leid", lässt Rudi deprimiert seinen Kopf hängen. „Ich würde gerne mehr für dich tun. Aber an den Schlüssel komme ich leider nicht heran. Prinz Eric hat darauf bestanden, ihn ausgehändigt zu bekommen. Irgendwie mag ich den neuen, zukünftigen König jetzt schon nicht." „Da geht es dir wie mir", seufzt Marie und fährt sich mit ihrer Hand durch ihr verfilztes Haar. „Er hat bei mir auch nicht den besten Eindruck hinterlassen, ich aber dafür einen bleibenden bei ihm.“ Sofort muss Rudi bei dieser Aussage lauthals lachen. „Und was für einen Eindruck du hinterlassen hast! So wütend habe ich noch nie einen Mann erlebt. Er ist schimpfend und stinkend durch das komplette Schloss gestürmt und hat sich lauthals über seine Begrüßung beschwert. Wir Dienstboten waren nur so damit beschäftigt, den Dreck hinter ihm wegzuwischen. Du hättest Haushofmeister Klausens Gesicht sehen sollen. Es war ein Bild für die Götter.“ „Das kann ich mir gut vorstellen. Der arme Klausen! Ihm ist heute aber auch nichts erspart geblieben.“ Langsam tritt Marie von der Tür zurück und untersucht aufmerksam das Kleiderpaket. „Wenn es für dich in Ordnung ist, würde ich mich jetzt gerne umziehen. Ich glaube, meine Zehen sind bereits abgestorben.“ „Klar, kein Problem. Die Haarnadel gebe ich dir aber trotzdem. Vielleicht hast du ja die Gelegenheit, den Prinzen mit diesem Ding in den Hintern zu piksen. Dann wäre die Anschuldigung des Attentates wenigstens gerechtfertigt.“ Schmunzelnd nimmt sie die Haarnadel an sich. Die Idee gefällt ihr außerordentlich gut.

Sobald Rudi gegangen ist, verschwendet Marie keine Zeit mehr und entledigt sich schnell ihrer nassen Kleidung. Aufatmend schlüpft sie in die trockenen Sachen und genießt jeden Augenblick. Endlich wieder Wärme auf ihrer Haut. Sie dachte schon, das wäre heute ein Dauerzustand. „Ich hasse Kälte!“ Für sie kann es nie warm genug sein. Und selbst die Bandage an ihrer Brust ist ihr gerade herzlich willkommen, da auch diese ihr Wärme schenkt. Doch wie kam Rudi bloß auf die Schnapsidee, sie als Jungen auszugeben? Ihre Stimme ist zwar tiefer als die der anderen Frauen, aber hier kennt sie jeder viel zu gut. Aber wo sonst könnte sie hin und sich verstecken? Der Märchenwald ist viel zu gefährlich, um dort lange überleben zu können. Sie müsste schon das Land verlassen, wenn sie auf Nummer sicher gehen will. Ins Nachbarkönigreich am Zaubersee im Osten könnte sie jedoch nicht, da hier der Prinz seinen Wohnort besitzt. Im Norden liegt das Reich des Meeres mit den Meernixen, die zwar wunderschön aussehen und eine traumhaft schöne Stimme besitzen, aber auch leidenschaftlich gerne Menschenfleisch essen. „Na ja!“, schnuppert Marie an ihren Haaren. „So schlimm, wie ich gerade stinke, wäre ich wahrscheinlich ziemlich sicher dort.“ Im Westen wiederum sind die Diamantberge, in denen die Zwerge ihre Behausungen haben. Es wäre zwar wunderschön, aber Menschen sind dort nicht gerne gesehen und die Landschaft ist sehr karg und unfreundlich. Und im Süden befindet sich nur Wüste mit der Stadt Sabaku. Dort wäre es auf jeden Fall wärmer. Aber die Gefahr, als Sklavin gefangen zu werden, ist ihr dann doch zu groß. Denn die Wüstenstadt ist für ihren großen Sklavenmarkt weit und breit bekannt. Und als Frau hat sie dort noch schlechtere Karten. Und weil sie eben ein Mensch ist, kann sie auch nicht zu den Zwergen und den Nixen. Deswegen ist die Vorstellung, wirklich ein Mann zu werden, sodass sie keiner mehr erkennt, gar nicht mal so schlecht. „Ich und ein Mann!“, schüttelt sie jedoch belustigt ihren Kopf. „Das ist genauso realistisch, wie das Türschloss mit einer Haarnadel zu öffnen.“ Doch angestachelt von der Vorstellung, Rudi zu beweisen, wie unmöglich seine Haarnadeltheorie ist, setzt Marie sich vor die Kerkertür und schiebt das lange Metallstück in das Schlüsselloch. Sie stochert vor und zurück, dreht links und rechts und springt plötzlich panisch auf, als das Schloss ein Knacksen von sich gibt. „Heiliger Märchenwald!“, ruft Marie perplex und betrachtet ungläubig die Haarnadel in ihrer Hand. „Das Schloss ist tatsächlich aufgesprungen.“

Im königlichen Salon

Vor den Türen des Roten Salons richtet Eric erneut seine Uniform. Er verscheucht imaginäre Fusseln und zupft konzentriert an seinem Kragen. „Jetzt hör halt endlich auf damit!“, verdreht Theodor genervt seine Augen. Verwundert hebt Eric seinen Blick.

„Mit was soll ich aufhören?" „Damit, dich permanent nach irgendwelchem Dreck abzusuchen. Sauberes Wasser und neue Kleidung können tatsächlich Wunder bewirken", zieht Theodor seinen Bruder auf. „Du hast ja keine Ahnung, was man mir angetan hat", fährt Eric ihm dazwischen. „Doch, das weiß ich", grinst Theodor belustigt. „Du warst einfach nur dreckig und nass. Das ist kein Weltuntergang." Wütend schaut Eric seinen jüngeren Bruder an. „Was redest du da?", echauffiert sich Eric fürchterlich. „Ich wurde absichtlich verletzt und zutiefst gedemütigt. Ich sah aus wie ein Schwein. Es war offensichtlich, was diese Frau vorhatte", schnauft er herablassend und tätschelt bewusst den Kerkerschlüssel in seiner Tasche. „Da bin ich jetzt aber gespannt", erwidert Theodor skeptisch und schaut Eric tief in die Augen. „Dieses Weib hat mich bis auf die Knochen blamiert. Wenn das Volk mich so gesehen hätte! Es hätte sicher einen Aufstand gegeben. Kein Bürger will einen schwachen Idioten auf dem Thron sitzen haben." „Aha!", grinst Theodor schelmisch. „Und diesen angeblichen Königssturz hätte sie mit schmutzigem Wasser und einer Maus geschafft?"

Wütend funkelt Eric seinen Bruder an und gibt den Soldaten an der Tür ein Zeichen, diese zu öffnen. Theodor hinter sich lassend, tritt Eric mit schnellen Schritten in den Raum hinein. Zwei auffallend grüne Augenpaare sind das Erste, was er in diesem Moment wahrnimmt. Ein kurzes Déjà-vu fesselt ihn für den Hauch einer Sekunde, bevor er mit einem Kopfschütteln das merkwürdige Gefühl vertreibt. König Ludwig tritt vor und reicht ihm freundschaftlich die Hand. „Verzeiht, Prinz Eric, diesen ungebührlichen Empfang. Ich hoffe, Eure Gemächer sind zu Eurer vollsten Zufriedenheit und das warme Bad hat die letzten Spuren dieses Vorfalls beseitigt. Ich bin wirklich untröstlich darüber, was Euch in meinem Reich widerfahren ist." Respektvoll nickt der König leicht mit seinem Kopf und tritt einen Schritt zurück. „Das ist doch nicht der Rede wert, Eure Majestät. Einem wahren Prinzen aus dem Reich des Zaubersees kann so ein

Missgeschick doch nichts anhaben." „Ach!", hüstelt Theodor dazwischen. „Jetzt auf einmal." Ärgerlich blickt Eric seinen Bruder von der Seite an. Den Moment nutzend, richtet der König wieder das Wort an ihn. „Wenn ich vorstellen darf", tritt der König auf die Seite und deutet mit seiner Hand hinter sich, „dies ist meine bezaubernde Tochter, Prinzessin Rosemarie." Die junge Frau tritt graziös mit einem Albtraum aus rosa Spitze und Puffärmeln auf Eric zu und versinkt in einem tiefen Knicks. „Es ist mir eine überaus große Freude, meinen zukünftigen Gemahl in unserem schönen Reich willkommen zu heißen." Als Rosemarie sich erhebt und vor ihm steht, kann er nicht umhin, ihre Schönheit zu bewundern. Das Kleid ist zwar eine Katastrophe, aber was darin steckt, ist weniger fürchterlich. Grazile Gesichtskonturen, volles, lockiges dunkelbraunes Haar und ein angenehmer Körperbau. Beruhigt atmet Eric aus. Es wird wohl doch kein allzu großes Opfer für ihn sein, die Prinzessin heiraten zu müssen. Es war wirklich ein seltsamer Schachzug seines Vaters, den König des Märchenwaldes mit einer Heirat an den Friedensvertrag zu binden. Die ältesten Königskinder als Pfand für den Frieden, gebunden und besiegelt mit Blut und allerlei Zaubersprüchen. Den Fluch als Strafe für Vertragsbruch hätte er sich aber am Ende wirklich sparen können. Und so hat sein Vater nach all den Jahren des Wartens schlussendlich doch das bekommen, was er immer wollte: die Herrschaft über das Märchenwaldkönigreich. „Die Minnesänger haben nicht übertrieben, als sie Eure Schönheit besangen", ergreift Eric das Wort und haucht einen keuschen Kuss auf den Handrücken von Rosemarie. Errötend lächelt sie. „Ihr seid zu freundlich, Eure Hoheit." „Darf ich nun ebenfalls vorstellen?", dreht Eric sich zu seinem Bruder. „Dies ist mein Bruder, Prinz Theodor." Kurz tritt dieser vor und bleibt direkt vor der Prinzessin stehen.

„Es ist auch mir eine außerordentliche Freude, Euch kennenzulernen." Kichernd hält sich Rosemarie die Hand vor die Lippen und verbeugt sich ein weiteres Mal. Wenn ihr nicht die

Hände gebunden wären, denkt sie sich im Stillen, dann hätte sie schon längst mit diesem Schauspiel aufgehört. Wie unwissend die Prinzen doch in ihren Augen aussehen! Glauben sie wirklich, sie wäre die liebe und naive Prinzessin? Ich könnte meinem Vater immer noch den Hals umdrehen, denkt Rosemarie wütend, trägt aber dennoch ein liebevolles Lächeln auf den Lippen. Wie konnte er nur vor fünfzehn Jahren diesen verdammten Vertrag unterschreiben? Sieht er denn nicht, dass sich das Königreich des Zaubersees einfach nur das Reich einverleiben möchte? Am liebsten würde sie vor lauter Frustration wieder etwas gegen die Wand schmeißen. Die Vase heute Morgen am Fensterbrett kam ihr da gerade wie gerufen. Nur schade, dass der Wasserfleck auf dem Teppich nicht mehr sichtbar ist. Aber was hilft es ihr? Im Moment kann sie nur brav lächeln und dümmliche Konversation führen. „Ich fühle mich überaus geehrt, verehrter Prinz“, säuselt sie so lieblich wie möglich. „Ich hoffe, Ihr hattet eine angenehme Reise?“ Lachend klopft Theodor sofort seinem Bruder auf den Rücken. „Meine war eindeutig angenehmer als die meines lieben Bruders. Wie ich hörte, musste er heute schon gegen ein blutrünstiges Tier kämpfen. Gut, dass sein Kampfschrei das Tier in die Flucht schlug. Nicht auszudenken, was sonst passiert wäre.“ Nur mit größter Mühe kann Rosemarie einen Lachanfall unterdrücken, wobei das missmutige Gesicht ihres zukünftigen Ehemannes sowie das freche Zwinkern seines Bruders dabei nicht hilfreich sind. Doch zum Glück rettet sie ein vorsichtiges Klopfen aus dieser prekären Situation.

„Herein!“, ruft daraufhin König Ludwig und schaut interessiert zur Tür. „Verzeiht die Unterbrechung, Eure Hoheiten!“, erklingt die Stimme von Haushofmeister Klausen einen Moment später. „Wie Ihr wünschtet, ist so schnell wie möglich eine Fee aus der großen Feenakademie herbeigeeilt.“ „Das ist ja wunderbar“, reibt sich der König freudig seine Hände. „Sie soll sofort hereingebracht werden.“ „Natürlich!“, verbeugt Klausen sich, tritt auf die Seite und winkt an sich vorbei. Kurz darauf stürmt auch schon ein monströses blaues Glitzerkleid herein. Eric kann seinen Augen kaum trauen. Vor ihm steht die wohl unvorteilhafteste Fee, die er jemals gesehen hat. So viel zu seiner Annahme, Feen wären schöne und grazile Wesen. Aber wie kann sie nur fliegen? Ihr Körper muss doch auch den Gesetzen der Schwerkraft gehorchen. „Entschuldigt meine Verspätung, Eure Hoheiten!“, vollführt die Fee einen kleinen Knicks. „In der Feenakademie finden gerade die Abschlussprüfungen statt. Dort geht es gerade drunter und drüber. Meine Fluglehrerin, Frau Sonnenblume, konnte heute Morgen ihren Zauberstab nicht finden und hat alle ihre Schüler zur Suche eingespannt. Kaum hatten wir ihn gefunden, da hat plötzlich Herr Morgentau, mein Lehrer für Tiersprachen, festgestellt, dass sein Eichhörnchen einen Schnupfen hat und …“ „Und mit wem haben wir das Vergnügen?“, unterbricht König Ludwig den Redeschwall der jungen, aufgeregten Fee.

Verlegen blickt sie auf ihre auffallend pinken Schuhe und streicht ihre feuchten Hände an ihrem Kleid ab. „Die Akademieleiterin, Fee Goldstaub, schickt mich. Ich bin die Feenschülerin Giselagunde und stehe zu Eurer Verfügung.“ Übermotiviert vollführt Giselagunde daraufhin eine weitere Verbeugung. Aber mit dem gleichen Schwung erhebt sie sich zu schnell und verheddert sich dabei in ihren vielen Stofflagen. Augenblicklich fällt sie der Länge nach auf den großen roten Teppich, der vor ihr liegt. Angestrengt versucht Eric sich eine abfällige Bemerkung zu verkneifen. Wenn nicht ein Fluch ihn an diesen Vertrag binden würde, hätte er diese Farce schon heute Vormittag abgesagt. Doch die Hochzeit und damit der Kuss der wahren Liebe muss in drei Wochen, an seinem neunundzwanzigsten Geburtstag, stattfinden, um das Unglück für alle Königreiche abzuwenden. Oder versucht etwa der alte König mit Hilfe der Feen eine Hintertür zu finden? Da werden sie sich aber die Zähne ausbeißen. Denn angeblich haben damals die besten Zauberer den Vertrag aufgesetzt und ihn absolut wasserdicht gemacht. Aber wenigstens, denkt Eric und schaut die Prinzessin an, sieht Rosemarie gut aus und er kann durch diese Hochzeit sein Reich vergrößern. Einen Vorteil muss das Ganze ja wenigstens haben.

„Braucht Ihr Hilfe?“, stürmt sogleich Haushofmeister Klausen der Fee entgegen. „Nein, danke! Kein Problem!“ Mühsam rappelt sich Giselagunde wieder auf ihre Füße. Kurz darauf betrachten alle verwundert den großen nassen Fleck auf ihrer Brust. „Ich bin untröstlich“, versichert Klausen und schnipst bereits mit seinen Fingern. „Wir werden sofort ein Ersatzkleid für Euch finden.“ „Das ist doch nicht nötig. Ein bisschen Wasser auf der Kleidung hat noch niemandem geschadet“, versucht die Fee die Situation zu retten und richtet den Sitz ihres Kleides. Rosemarie und Theodor sind die Einzigen, die sich über diese Situation köstlich zu amüsieren scheinen. Rosemarie freut sich insgeheim diebisch über den immer noch vorhandenen Wasserfleck auf dem Teppich und Theodor über die Aussage der Fee, dass Wasser auf der Kleidung noch niemandem geschadet hat. Denn schließlich hat sein Bruder erst kurz zuvor behauptet, er könnte seine Königswürde wegen nasser und dreckiger Kleidung verlieren. Etwas verunsichert durch dieses Missgeschick, räuspert sich der König. „Sagt, gute Fee“, wirkt er ein wenig unbeholfen, „könnt Ihr denn den Auftrag erfüllen, um den ich die große Fee Goldstaub gebeten habe?“ „Aber natürlich“, wirkt die Fee aufgedreht. „Sie hat mir den Zauberspruch ganz genau aufgeschrieben. Wenn Ihr wollt, können wir auch sofort beginnen.“

Eiligst holt Giselagunde ihren giftgrünen Zauberstab sowie ein Blatt Papier hervor und fuchtelt damit vor ihrer eigenen, riesigen Nase herum. Sofort verspürt Eric einen unangenehmen Kloß im Hals. Diese Fee will der König zaubern lassen? „Um was für einen Zauberspruch handelt es sich denn?“, richtet Eric seine dringende Frage sogleich direkt an den König. „Dies, werter Prinz, soll eine kleine Wiedergutmachung von meinem Königreich an Euch sein“, schenkt ihm der König ein aufrichtiges Lächeln. „Nach dem unglücklichen Auftakt heute Vormittag beauftragte ich die Feen, einen Segen für Euch auszuarbeiten. Er soll Euch Glück bringen. In meinem Königreich ist es üblich, jedem Neugeborenen einen solchen zukommen zu lassen. Ein solches Geschenk ist in meinem Land eine große Ehre." Stolz steht König Ludwig vor Eric und strahlt über sein ganzes Gesicht.

Was soll denn das jetzt schon wieder, denkt Eric und fährt sich nachdenklich über sein Kinn. Kann das eine Falle sein? Diese fürchterliche Fee soll ihm einen Segen schenken? Da würde er ja lieber in der Pferdetränke baden. Eine Ablehnung käme aber einer direkten Beleidigung gleich und ist somit ausgeschlossen. Was für ein Zaubermist! Er muss irgendwie aus dieser Sache herauskommen. Einer Eingebung folgend, wendet Eric sich direkt an die Fee. „Ich würde den Segensspruch vorher gerne lesen. Ist das gestattet?" Mit einem aufgezwungenen Lächeln streckt er seine Hand dem Blatt entgegen, wartet die Antwort aber nicht ab. Schnell entreißt er es der Fee und überfliegt die geschriebenen Worte. Das ist ja mal originell, geht es Eric während des Lesens durch den Kopf. Geduld und Ehrlichkeit wollen sie ihm schenken sowie Mitgefühl, Selbstlosigkeit und Liebe. Was für nutzlose Eigenschaften! Kein Wunder, dass dieses Königreich so seltsam ist. Ein König sollte sein Land mit strenger Hand regieren. Er darf keine Schwächen zeigen. Der Segensspruch wirkt aber dennoch sehr harmlos und sollte ihm keinen Schaden zufügen. Etwas beruhigt, händigt Eric der verwirrten Fee Giselagunde das Papier wieder aus. „Prinz Eric", richtet der König nun das Wort an ihn, „würdet Ihr mir die Ehre erweisen und mein Geschenk annehmen? Als zukünftigem König zweier Reiche wird der Segensspruch Euch sicher helfen." „König Ludwig", antwortet Eric diesem, „ich empfinde es als außerordentliche Ehre, so ein kostbares Geschenk von Euch zu erhalten. Natürlich nehme ich dieses mit Freuden an." Ich habe ja auch keine andere Wahl, fügt er noch gedanklich hinzu und hofft inständig, dass er es bald hinter sich gebracht hat. Denn schließlich möchte er seine Verabredung im Kerker auf keinen Fall weiter nach hinten verschieben, was ihm sogleich ein wölfisches Lächeln ins Gesicht zaubert.

Verwirrt betrachtet Theodor den glücklichen Gesichtsausdruck seines Bruders und wundert sich über den plötzlichen Sinneswandel. Doch auch die Prinzessin Rosemarie lässt er nicht aus den Augen und sieht sehr deutlich den zynischen Zug um ihre Lippen. Sie scheint nicht wirklich viel Lust auf die Hochzeit zu haben. „Das ist ja wunderbar“, tönt kurz darauf die kräftige Stimme des Königs durch den Raum. „Fräulein Giselagunde, braucht Ihr noch irgendetwas Bestimmtes für den Segensspruch?“ „Nein, danke. Alles ist perfekt. Wenn Ihr möchtet, Prinz, dann könnt Ihr Euch hier auf diesen Stuhl setzen.“ Eric schreitet etwas verunsichert auf diesen zu und lässt sich langsam nieder. „Was genau muss ich machen?“, möchte Eric erfahren, als er auf dem samtbezogenen Stuhl in der Mitte des Raumes sitzt. „Ihr, werter Prinz, müsst gar nichts machen“, kichert die Fee leicht hysterisch. „Ich werde mit meinem Zauberstab Feenstaub über Euch rieseln lassen, während ich den Spruch vorlese. Das ist alles.“ Skeptisch hebt Eric eine Augenbraue. „Das ist wirklich alles?“ Lächelnd nickt Giselagunde zur Bestätigung. „Wie der König schon sagte, segnen wir jedes Kind in diesem Königreich so und heißen es damit willkommen.“ „Ihr macht es also kurz und schmerzlos“, prustet Theodor los und erntet sogleich einen bösen Blick von seinem Bruder. „Gut, dann fange ich jetzt an“, spricht die Fee, stellt sich direkt vor Eric, hebt ihren Zauberstab und schwenkt ihn vorsichtig über seinem Kopf. Und schon verteilt sich feiner, glitzernder Staub über ihn.

„Wir Feen des Reichs des Märchenwaldes schenken dir, Prinz Eric, hier und heut fünf Gaben. Sie sollen dir ewiger Quell des Glücks und der Freude sein.

Wir schenken dir **Geduld**, damit du Situationen besser einschätzen kannst.

Wir schenken dir **Ehrlichkeit**, damit du Richtig und Falsch unterscheiden kannst.

Wir schenken dir **Mitgefühl**, damit du gerecht urteilen kannst.

Wir schenken dir **Selbstlosigkeit**, damit du deinen wahren Kern finden kannst.

Und wir schenken dir die **wahre Liebe** einer Frau für dein eigenes Glück.

So sei es und so soll es immer ...“

Ein lautes Poltern gefolgt von einem enormen Krach reißt Giselagunde aus ihrer Konzentration. Missmutig unterbricht sie ihren Segen und beginnt den letzten Satz nochmals.

„So sei es …“

Draußen vor der Tür erheben sich mehrere aufgeregte Stimmen. Ein Klopfen unterbricht die Fee abermals in ihren Ausführungen. Sich diesmal aber nicht ablenken lassend, versucht Giselagunde, die Zauberworte am Schluss zu Ende zu bringen, um den Segen zu versiegeln.

„… und so soll es immer ...“

Ein Soldat stürmt aufgeregt in den Raum. „Sie ist entflohen. Die Gefangene ist nicht mehr in ihrer Zelle.“

„… Schwein … ähhh … sein.“

Irritiert schüttelt sich die Fee.

„Hat sie jetzt wirklich gerade Schwein gesagt?“, wundert Theodor sich, dreht sich zur Prinzessin und blickt diese fragend an. „Ich habe es tatsächlich auch so verstanden“, gibt sie zur Antwort. Ein plötzlich aufkommender Wind erfüllt die Räumlichkeiten. Er reißt Theodor fast von den Füßen, während ein helles Licht ihn blendet.

Doch so schnell dieses Phänomen gekommen ist, so rasch ist es auch wieder verschwunden. Irritiert schaut er sich im Raum um. Rosemarie liegt zu seinen Füßen. Der König und sein Haushofmeister stehen, sich gegenseitig Halt gebend, in einer Ecke. Ein Schwein sitzt auf einem Samtstuhl. Der Soldat ist durch die Tür zurückgeschleudert worden und der Fee stehen alle Haare zu Berge. Doch irgendetwas an dieser Situation verwundert Theodor. Nach einer gefühlten Ewigkeit realisiert er das Geschehene. Auf dem Stuhl sitzt ein Schwein? Auf dem Stuhl sollte aber kein Schwein sitzen. „Verflucht und verzaubert!“, entkommt es ihm keuchend. Auf dem Stuhl sollte Eric sitzen. „Was habt Ihr angestellt?“, braust Theodor auf. Er rennt zu der vor sich hin starrenden Fee und schüttelt diese kräftig. „Habt Ihr meinen Bruder absichtlich in ein Schwein verwandelt?“ „Ich … Also ich …“, stottert Giselagunde vor sich hin und braucht einige Zeit, um Theodor zu fokussieren. „Ich glaube, ich habe mich versprochen.“ Aufgebracht erhebt der junge Prinz seine Stimme. „VERSPROCHEN?!“, schüttelt Theodor die Fee abermals. „Ihr habt meinen Bruder in ein verdammtes Schwein verwandelt. Macht das gefälligst sofort rückgängig!“ Sich aus seinen Armen windend, steht Giselagunde unsicher im Raum. „Ich fürchte … Also ich fürchte“, druckst die Fee herum, „ich kann das Problem nicht wirklich lösen.“ „WAS?“, ertönt nun auch der aufgebrachte König. „Was heißt das, Ihr könnt das Problem nicht lösen?“ „Ich … Also ich bin nur eine Fee. Wir Feen können keine Segenswünsche direkt aufheben. Sie sollen ja schließlich für die Ewigkeit halten.“ Der König sackt nach dieser Antwort in sich zusammen. Rosemarie eilt so schnell wie möglich zu ihrem Vater. Gestützt von Rosemarie wird er zu einem freien Stuhl mitten im Raum gebracht. Schwerfällig lässt sich Ludwig darauf nieder. „Verzeiht, Eure Königliche Majestät, wenn ich unterbreche.“ „Was ist denn, Klausen?“, stöhnt der König erschöpft. „Gerade ist kein guter Augenblick für Belanglosigkeiten.“ „Aber ich fürchte, Eure Majestät“, schaut der Haushofmeister überaus unglücklich drein, „dass das Schwein ... Entschuldigt! Ich meine, der Prinz ist weg.“

In einem guten Versteck

Marie kauert leise und verängstigt hinter einem großen Heuhaufen in der Pferdebox von Fred. Ihr ist der Tumult draußen im Schlosspark nicht entgangen. Alle sind dort und suchen nach ihr. Leise bewegt sie ihre Beine ein Stück zur Seite, um besser sitzen zu können. Was für ein Märchenmist, denkt sie sich und atmet tief die Stallluft in ihre Lungen. Sie haben mein Fehlen schon entdeckt und suchen mich. Sie hatte wirklich die Hoffnung, sich noch heimlich mit Fred aus dem Staub machen zu können. Kurz darauf stupst Fred sie interessiert mit seiner Schnauze an, weswegen sie ihm wie selbstverständlich sanft über seinen Kopf streichelt. „Ja, mein Großer, du begleitest mich", vergräbt sie ihr Gesicht in seinem Fell. „Wenn ich sowieso schon als Attentäterin oder Verräterin zu einer Todesstrafe verurteilt werde, dann ist der Diebstahl eines Esels, auch wenn es ein königlicher ist, so gesehen nur noch eine Bagatelle. Ach, Fred!", seufzt Marie schwerfällig. „Wo soll ich nur hin? Ich sehe zwar gerade aus wie ein junger Mann, werde diese Maskerade aber nicht ewig aufrechterhalten können. Ich müsste schon ein anderer Mensch werden, damit ich eine realistische Chance erhalte, wieder ein normales Leben zu führen." Ein Rumpeln an der Boxentür lässt Marie sogleich heftig zusammenzucken. Aus Angst vor Entdeckung kriecht sie langsam in den Heuhaufen von Fred und hält die Luft an. Keine Sekunde später hört sie leises Getrampel, das sich unaufhörlich nähert. Ein Rascheln auf der anderen Seite des Haufens lässt ihr Herz schneller schlagen. Nach wenigen Augenblicken ist das Geräusch jedoch wieder verschwunden. Marie fürchtet jede Bewegung. Sie atmet besonders flach und achtet auf jede Regung. Wieder ertönen Schritte. Dieses Mal jedoch gepaart mit lauten Schreien.

„Hast du was gefunden, Sven?" „Nein, Hans, hier ist nichts. Wir sollten uns aber weiter hinten nochmals genauer umsehen." „Wenn ich die entflohene Sau erwische, dann drehe ich ihr den Hals um." Sven geht auf Hans zu und hält ihn an der Schulter fest. „Das wirst du nicht. Der König wollte sie lebend. Sobald wir sie gefunden haben, sollen wir sie sofort in den Salon zu ihm bringen. „Du hast leicht reden", schnaubt Hans verärgert. „Einen edlen Ritter zu Fall zu bringen, ist ein schweres Sakrileg. Man sollte sie aufspießen und über dem Feuer braten." Marie wird ganz flau im Magen. Sie hat jedes Wort der zwei Soldaten genau verstanden. Übelkeit steigt langsam ihre Kehle empor. Oh nein, ich habe ja gewusst, dass ich in der Tinte sitze, bricht Angstschweiß bei Marie hervor. Aber dass sie gleich wie eine Sau am Spieß gebraten werden soll, wegen dieses arroganten Prinzen, damit hätte sie nicht gerechnet. Und schon nähern sich ihr die Soldaten, deren Schritte sie deutlich hören kann. Immer näher kommen sie zu Freds Box. „Sollen wir die Pferdeboxen auch kontrollieren?", möchte Hans wissen. „Die Pferde hätten sich sicherlich bemerkbar gemacht, wenn sie in einer Box wäre. Klein ist sie ja wirklich nicht, wenn sie es sogar schafft, einen gestandenen Mann auf dem Hintern landen zu lassen." Lachend schlägt Sven seinem Kumpel auf die Schulter und zwinkert ihm schelmisch zu. „Dir wird das Lachen noch vergehen", schlägt Hans die Hand von Sven von seiner Schulter, „wenn wir Oberbefehlshaber Leon gestehen müssen, sie nicht gefunden zu haben. Der macht sicher kurzen Prozess mit uns." „Mach dir da mal keine allzu großen Gedanken", antwortet Sven desinteressiert. „Wir werden das Problem schon lösen. Komm lieber mit! Wir sollten noch einen Blick in die Orangerie werfen."

Langsam verklingen die Stiefelschritte in Maries Ohren und sie stößt ein erleichtertes Seufzen aus. Das ist ja gerade nochmal gut gegangen. Zum Glück beachtet hier im Schloss keiner den lieben Fred. Behutsam schiebt Marie sich rückwärts aus dem Heuhaufen und atmet einmal kräftig frische Luft in ihre Lungen. Ein kleiner Hustenanfall unterbricht jedoch die Stille und treibt ihr Tränen in die Augen. Dieser blöde Staub! Starr vor Schreck hält Marie plötzlich inne. Das Heu direkt vor ihr hat sich bewegt. Wie kann das sein? Einen Schritt zurückweichend, stößt sie mit ihrem

Rücken an die Schnauze von Fred. Der Esel, der gerade in sein Essen vertieft war, hebt daraufhin seinen Kopf und versetzt ihr damit einen Stoß. „Nein!“, keucht Marie und landet direkt in einem quiekenden Heuhaufen. Sofort fliegt Heu um sie herum, weswegen sie mit ihren Armen fuchtelt und gegen Halme ankämpft. „Was zum ...?!“, flucht und spuckt sie vor sich hin, während sie Grünzeug aus ihrem Mund entfernt. Und bevor sie es sich versieht, starren sie zwei hellblaue Augen intensiv an. Ein unkontrolliertes Kichern löst ihre innere Anspannung. „Keine Angst, ich tu dir nichts.“ Einfühlsam geht Marie in die Knie und streckt ihre Hand dem Schwein entgegen. Dieses beobachtet sie daraufhin argwöhnisch und entfernt sich von ihr.

Eric ist alles andere als glücklich mit seiner jetzigen Situation. Sind denn alle in diesem Königreich tollpatschig? Wer ist der junge Kerl und was will er von mir? Ist er auch einer der Häscher des Königs oder eher ein dummer Stalljunge? Den jungen Burschen immer noch anstarrend, rasen unzählige Fragen durch Erics Kopf hindurch. Was verspricht sich der König von diesem hinterhältigen Plan? Will er mich als Geisel nehmen und neue Vertragsbedingungen mit meinem Vater aushandeln? Und wie komme ich auf dem schnellsten Wege zurück in mein Königreich, um den Zauber aufzuheben? „Wenn du nicht zu mir kommen willst, dann lass es einfach“, spricht in der Zwischenzeit der junge Kerl mit ihm und reißt Eric dadurch aus seinen Gedanken. Doch bereits nach kürzester Zeit scheint der Junge das Interesse an ihm verloren zu haben, richtet sich auf und klopft sich den Staub und das Heu von der Kleidung. „Komm, Fred! Wir müssen los, wenn wir vor der Dunkelheit im Märchenwald noch ein sicheres Versteck finden wollen.“ Märchenwald? Hat er gerade Märchenwald gesagt? Erics Herz hüpft vor Freude bei diesem glücklichen Zusammentreffen. Der Junge scheint nichts von dem Komplott zu wissen und könnte ihm noch sehr nützlich sein. Aufmerksam nähert sich Eric dem Jungen und stupst ihn mit seiner Schnauze an. Es ist zwar erniedrigend, was er hier gerade tut, aber der Zweck heiligt die Mittel. „Willst du doch gestreichelt werden?“ Lächelnd dreht sich der Bursche zu Eric und geht direkt vor ihm auf die Knie. Wie vom Blitz getroffen, stutzt Eric bei dem Anblick dieser leuchtend grünen Augen. Hat denn hier wirklich jeder diese intensive Augenfarbe? Die Ablenkung ausnutzend, legt sich eine Hand sanft auf seinen Kopf und beginnt diesen zu streicheln. Ein wohliger Schauer breitet sich über seinen Rücken aus. Angetan von dem schönen Gefühl, tritt Eric näher an den Jungen heran und zieht tief Luft in seine Lungen. Doch kaum hat er das getan, reißt er entsetzt seinen Kopf zurück und atmet lautstark. Denn so einen widerlichen und intensiven Gestank hat er in seinem Leben noch nicht gerochen. Es ist wohl nicht immer ein Segen, wenn man eine gute Nase besitzt. Und dieser Kerl hat wohl noch nie in seinem Leben gebadet. Abstand suchend, stellt Eric sich lieber in eine Ecke.

„Was hast du denn? Ich tu dir doch nichts.“ Irritiert betrachtet Marie das Schwein. Es muss wohl große Angst haben und versucht sich vor ihr in einer Ecke zu verstecken. Wer weiß, was das arme Ding schon alles erlebt hat. Wahrscheinlich ist es heute Abend der Festbraten für diesen dummen Prinzen. „Das ist mal wieder typisch“, schnauft Marie verärgert. Mich schmeißt man in den Kerker und dem Möchtegernkönig schmeißt man ein Bankett. Aber nicht mit mir. Dem werde ich sein Festessen schön vermiesen. Mit einem zufriedenen Grinsen geht Marie zu einem Haken an der Wand und holt zwei Seile herunter, in die sie zwei Schlaufen bindet. Das Schwein wiederum steht weiterhin in der Ecke und verfolgt das Geschehen mit seinem Blick. „Komm, mein Kleiner!“, nähert Marie sich dem Tier und wiegt die Seile in ihrer Hand. „Wenn du willst, nehme ich dich mit in den Märchenwald und lasse dich dort frei.“ Keine Sekunde später setzt sich das Schwein in Bewegung und kommt direkt auf Marie zu. Verwundert zieht Marie eine Augenbraue nach oben. Sie hätte zwar mit vielem gerechnet, aber sicherlich nicht mit einem zutraulichen Schwein. Kaum steht es vor ihr, kann Marie sogar das Seil ganz behutsam um seinen Hals legen.

„Du bist aber ein braves Schwein“, kann sie es sich nicht verkneifen, das Tier zu loben, und tätschelt seinen Rücken.

Eric kocht vor Zorn. Diese ständigen Demütigungen werden sie mir alle bezahlen. Wenn ich wieder meine wahre Gestalt habe, werde ich mich an denjenigen rächen, die mich in diese Situation gebracht haben, brodelt es in Eric. Angefangen bei der Fee mit dem idiotischen Namen, gefolgt von dem verräterischen König. Am Schluss nehme ich mir noch dieses Biest im Kerker zur Brust. Denn wenn sie nicht gewesen wäre, hätte alles einen ganz anderen Weg eingeschlagen.

„Ich glaube, ich werde dich Jorik nennen“, überlegt Marie und wendet sich nun auch dem Esel zu. Lächelnd geht sie mit dem zweiten Seil zu Fred und lässt ein verdattertes Schwein zurück. Dem Esel bindet sie ein provisorisches Halfter und nähert sich mit ihm der Boxentür. Das Schwein folgt sogleich selbständig, ohne dass Marie etwas tun musste. „Wir drei müssen jetzt sehr leise sein und uns beeilen“, flüstert sie den beiden Tieren zu und hebt das Seil von Jorik auf. „Ich kenne eine geheime Tür hier im Stall, die mir Anton für den Fall eines Brandes einmal gezeigt hat. Den Schlüssel habe ich schon besorgt und in meiner Tasche. Also kommt!“ Mit einem leichten Zug an den Seilen deutet sie den beiden an, ihr zu folgen. Gemeinsam nähern sie sich dem hinteren Teil des Stalles, in dem heute kein Mensch anzutreffen ist. „Ich weiß, dass es hier irgendwo eine versteckte Tür geben muss“, geht Marie auf die hintere Wand zu und berührt sie vorsichtig mit ihren Fingern. „Ich kann mich bloß nicht mehr genau daran erinnern, wo sie ist.“ Damit die Tiere nicht weglaufen, beschließt Marie, sie kurz an einen Pfosten zu binden, und geht danach auf die Knie, um den Boden abzusuchen. Mit ihrer Hand auf dem Stallboden erhofft sie sich, einen schwachen Luftzug spüren zu können, der die Geheimtür verraten könnte. Doch enttäuscht springt sie fünf Minuten später wieder auf ihre Füße. „Sie muss irgendwo hinter den Strohballen sein“, murrt Marie mürrisch. „Ich kann sie weder sehen noch spüren." Daraufhin beginnt Marie sich mühsam durch das Stroh zu quetschen.

Ich hätte mir einen anderen Fluchtgefährten suchen sollen, urteilt Eric abschätzig. Dieser Junge ist total unfähig. Deswegen befreit er seinen Kopf aus dem Seil und schaut sich selbst den Ort etwas genauer an. Und schon hat er Glück, da seine feine Nase einen schwachen Waldgeruch auffangen kann. Die Schweineschnauze in die Luft streckend, folgt er diesem Duft und landet vor einem großen Weizensack. Mit Anlauf wirft sich Eric dagegen und bringt den Sack in Schräglage. Mit Druck kann er ihn nun völlig umwerfen. Dumm nur, dass sich die Weizenkörner über den kompletten Boden verteilen und ein prasselndes Geräusch erzeugen. „Jorik, was machst du da?" Entsetzt steht der Junge vor ihm und betrachtet das Chaos. Ist der denn wirklich so begriffsstutzig? Frustriert schlendert Eric zu der nun freiliegenden Tür und deutet mit seiner Schnauze darauf. Nur langsam erhellt die Erkenntnis die feinen Gesichtszüge des Jungen. „Jorik, du bist einsame Spitzenklasse", freut sich der Junge und klatscht in die Hände. Eric hingegen rollt innerlich mit den Augen und geht einen Schritt zurück.

Marie kann ihr Glück kaum fassen und steckt den Schlüssel in das dazu passende Schloss. Ein lautes Knacken befeuert ihre Freude. Die Tür schwingt auf und zeigt eine grüne Wiese, hinter der sich der Beginn des Märchenwaldes erstreckt. Marie holt Fred und führt ihn durch die Tür. Vorsichtshalber verschließt sie diese wieder mit dem Schlüssel. „Jetzt müssen wir uns leider beeilen", blickt sie sich panisch nach allen Seiten um. „Ich habe zwar die Tür verschlossen, aber der Weizensack, den du umgeschmissen hast, wird uns sicherlich verraten. Deswegen haben wir nur einen kurzen Vorsprung, den wir unbedingt ausbauen müssen."

Verdutzt muss Eric feststellen, dass er eventuell einen Fehler gemacht hat – und der schätzungsweise erst vierzehnjährige Junge wahrscheinlich recht hat. Wie konnte ihm nur so etwas unterlaufen? Über sich selbst verärgert, trabt Eric hinter den anderen her und nähert sich schnell dem Waldrand, während er auf dem Wehrgang hinter sich aufgeregte Schreie vernehmen kann. „Da ist das Schwein!“, hallt es von den Mauern und spornt Eric an, noch schneller zu laufen. Wer weiß schließlich, was der König mit ihm vorhat, sobald er seiner habhaft wird? Deswegen darf er keine Zeit mehr verlieren und muss umgehend in sein Königreich, um den Zauber aufzuheben. Und danach, so schwört es sich Eric, wird er eine Streitmacht zusammenstellen und seinen Bruder aus den Klauen dieses Monsters befreien.

Zurück im königlichen Salon

„Wie konnte so etwas nur passieren?“ Theodor schäumt vor Wut. Mit hinter dem Rücken verschränkten Händen geht er aufgeregt im Raum herum. Der König sitzt zusammengesunken auf einem Stuhl, während seine Tochter teilnahmslos aus dem Fenster sieht. „Es tut mir leid. Das hätte so nicht passieren dürfen“, seufzt die Fee und lässt deprimiert ihre Flügel hängen. „Gibt es denn keine Möglichkeit, meinen Bruder wieder zurückzuverwandeln?“, baut Theodor sich bedrohlich vor Giselagunde auf und stemmt seine Arme in die Hüften. Etwas ängstlich hebt die Angesprochene den Kopf und schüttelt diesen langsam. „Wir Feen können einen Segensspruch nicht direkt aufheben. Wenn wir das könnten, hätten die Segenssprüche nicht solch starke Wirkung.“ „Das ist mir gleich“, donnert der Prinz und fegt in seiner Frustration ein Tintenfass auf den Boden, welches seine blaue Farbe umgehend auf dem Teppich verteilt. „Versteht Ihr denn nicht“, schwingt Verzweiflung in seiner Stimme, „was alles passieren wird, wenn wir meinen Bruder nicht wiederfinden und er in drei Wochen nicht heiraten kann? Denn nicht nur der Fluch wird sich erfüllen, sondern auch mein Vater wird aus Rache einen fürchterlichen Krieg heraufbeschwören." „Dann lasst uns doch heiraten", kommt es plötzlich von Prinzessin Rosemarie, die weiterhin aus dem Fenster schaut. „Welchen Prinzen ich heiraten muss, ist doch sowieso egal", schnaubt sie und dreht sich langsam Theodor zu. „Wir heiraten und heben damit den Fluch auf. Euer Vater verleibt sich unser Königreich durch Euch ein und wir haben etwas Zeit gewonnen, um Euren Bruder zu finden." „Das ist leider nicht so einfach, mein Liebchen", erhebt sich in diesem Moment der König schwerfällig von seinem Stuhl und tritt auf seine Tochter zu. „In dem Vertrag steht geschrieben, dass der älteste Sohn und die älteste Tochter der Könige heiraten und den wahren Kuss der Liebe teilen müssen. Ihr könntet zwar heiraten, um König Barboss zu besänftigen, aber niemals könnt ihr den Fluch aufhalten." „Was ist das eigentlich für ein Fluch, von dem alle immer sprechen?", möchte Rosemarie interessiert wissen. „Kein Mensch hat mir je etwas Genaueres sagen können." „Das weiß auch keiner so genau, mein Mäuschen", antwortet ihr der König schulterzuckend. „Es heißt nur, die Natur wird uns strafen." „Wer hat denn so eine blöde Formulierung in den Vertrag hineingebracht?", entrüstet sich Rosemarie. Theodor räuspert sich und tritt auf die beiden zu. „Das, meine Liebe, sind große Zauberer gewesen."

Mit verkniffenem Mund blitzt Rosemarie den Prinzen böse an. „Wenn Euer Vater nicht so besitzgierig wäre, hätten wir diese ganze Misere nicht", faucht sie Theodor an. „Wenn Euer Vater sich nicht einen blöden Segensspruch als Wiedergutmachungsgeschenk in den Kopf gesetzt hätte, dann wären wir ebenfalls nicht an diesem Punkt", kontert Theodor verärgert. „Wie könnt Ihr es wagen?", ziert Zornesröte das sonst so blasse Gesicht von Rosemarie. „Ihr widerwärtiger Schurke!" Mit einer schallenden Ohrfeige unterstreicht sie ihre Aussage und hinterlässt einen roten Abdruck in Theodors Gesicht. „Ihr, meine Gute, seid eine eingebildete Zicke und habt überhaupt keine Ahnung von Politik und von Euren Untertanen", antwortet Theodor verärgert und durchbohrt sie mit seinem Blick. „Ihr sitzt doch nur immer wohlbehütet auf Eurem Hintern und lasst Euch scheußliche Kleider aus überteuertem Stoff nähen, während Euer Volk leidet.“ Gerade als Rosemarie zu einem weiteren Schlag ansetzen will, fängt Theodor ihren Arm ab und hält ihn sich vom Leib.

„Ich habe es!“ Plötzlich hüpft Giselagunde freudig von einem Bein auf das andere und lenkt somit die Aufmerksamkeit der beiden Streitenden auf sich. „Es könnte ganz einfach sein. Dass ich da nicht gleich daraufgekommen bin!“ Quietschend dreht sie sich im Kreis und verwirrt alle mit ihrem seltsamen Gehabe. „Worauf seid Ihr nicht gleich gekommen?“, will der König augenblicklich wissen. „Wie man den Segensspruch eventuell mit einem Trick aufheben könnte.“ „Worauf wartet Ihr dann noch?“, stürmt Theodor zu ihr und versucht seine Aufregung zu kontrollieren. „Sagt uns sofort die Lösung!“ „Es könnte ganz einfach sein“, kichert Giselagunde vor sich hin. „Es muss nur eine Prinzessin den Prinzen küssen. Somit könnte der Verzauberte seine wahre Gestalt zurückerhalten. Meine Tante Glockenklang erzählte mir einmal von einem ähnlichen Fall, wo ein Prinz in einen Frosch verwandelt wurde. Alles fing mit einer goldenen Kugel an, die ...“ „Diese Geschichte interessiert mich nicht“, braust Theodor dazwischen. „Ich will nur wissen, ob ein Kuss von der eingebildeten Prinzessin neben mir meinen Bruder wieder zurückverwandeln kann!“ Etwas verunsichert streicht Giselagunde ihren aufgebauschten Rock glatt. „Es wäre möglich. Bei den meisten Flüchen muss nur eine jungfräuliche Prinzessin einen verzauberten Prinzen küssen, dann verwandelt sich dieser wieder zurück. Wobei…“ Etwas verunsichert kratzt sich Giselagunde am Kopf. „Eventuell hat sich der Prinz auch erst zurückverwandelt, als er von der Prinzessin an die Wand geklatscht wurde. So genau weiß ich das nicht mehr.“ „Das ist mir einerlei“, spricht Theodor zornig mit Giselagunde. „Entweder küssen oder ohrfeigen. Beides müsste diese Ziege dort hinbekommen. Worauf warten wir dann noch? Wir müssen meinen Bruder sofort wiederfinden.“ In seiner

Euphorie stockend, dreht Prinz Theodor sich Rosemarie zu. „Ihr seid doch noch Jungfrau, oder?"

„Ihr abscheuliches Monster!", giftet die Prinzessin, schnappt sich einen Briefbeschwerer und schleudert diesen dem Prinzen entgegen. Dieser lacht jedoch nur spöttisch und weicht einen Schritt zur Seite. Der Gegenstand knallt mit voller Wucht gegen die große Tür und hinterlässt eine beachtliche Einkerbung. „Wer hätte gedacht, dass die angeblich liebe und sanfte Prinzessin so eine Kratzbürste ist?" „Es reicht!", donnern keine Sekunde später die scharfen Worte des Königs durch den Raum. „Wir haben wirklich andere Sorgen. Rosemarie, so ein Benehmen werde ich in meinem Schloss nicht dulden! Und, Prinz Theodor, von Euch hätte ich auch etwas Besseres erwartet!" Ein zaghaftes Klopfen unterbricht den König. Alle wenden sich der aufgehenden Tür zu und betrachten den desolat aussehenden Haushofmeister Klausen.

„Verehrte Majestäten, wir haben das Schwein … ich meine, Prinz Eric gefunden." „Das ist ja wunderbar", klatscht König Ludwig erleichtert in die Hände. „Bitte führt ihn gleich in den Salon." „Da gibt es leider ein winziges Problem", druckst Klausen herum und senkt seinen Blick. „Was für ein Problem?", wird Ludwig immer ungeduldiger. „Sprich doch endlich, Klausen!" „Der Prinz wurde von einem Jungen auf einem Esel in den Märchenwald entführt." „WAS?", brüllt Ludwig den Haushofmeister an. „Wie konnte meinen Soldaten ein Schwein entkommen?" „Der Prinz, verehrte Hoheit", verbessert Haushofmeister Klausen. „Uns ist der Prinz entkommen." „Treib es nicht zu weit, Klausen!", murrt der König wütend. „Meine Laune ist gerade auf dem Tiefpunkt. Worauf wartest du eigentlich noch? Setz meine besten Männer ein und finde mir den Schweineprinzen." „Wartet!", mischt sich umgehend Theodor in das Gespräch ein. „Wenn die ganze Welt von meinem verzauberten Bruder erfährt, kann das ungeahnte Folgen haben. Bitte gebt mir eine Handvoll gut ausgebildeter Soldaten. Meine Männer schicke ich lieber unwissend nach Hause, damit mein Vater nichts von diesem ganzen Desaster mitbekommt.“ „Das ist eine sehr gute Idee“, spricht König Ludwig und klatscht in die Hände. „Ich werde Oberbefehlshaber Leon bitten, mir seine fähigsten Männer zu nennen, und sie Euch zur Verfügung stellen.“ „Da wäre aber noch ein winzig kleines Problem, Eure Majestät“, druckst der Prinz nun etwas herum. „Was denn noch für ein Problem?“, schnauft der König erschöpft. „Ihr findet das Schwein, meine Tochter küsst es und danach ist die Traumhochzeit mit Eurem Bruder.“ „Das Problem ist das Schwein selbst, verehrter König. Woher weiß ich, ob es das richtige Schwein ist?“

„Da habt Ihr natürlich recht“, muss der König dem Prinzen zugestehen. In sich grübelnd, überlegt Ludwig fieberhaft, wie das Problem zu lösen sei. „Wenn ich etwas einwerfen darf, verehrte Majestäten …“, räuspert sich der Haushofmeister schüchtern. „Was möchtest du sagen, Klausen?“, gewährt der König ihm das Wort. „Mir ist vorhin aufgefallen, dass der Prinz und auch das Schwein besonders hellblaue Augen haben. Das kommt nicht häufig bei Schweinen vor und könnte Prinz Theodor helfen, das richtige zu finden.“ „Das ist ja alles gut und schön, Klausen“, seufzt Ludwig theatralisch. „Der Prinz kann aber dennoch nicht mit einem Dutzend Schweinen im Schlepptau durch das Land reisen. Es würden Fragen gestellt werden, die wir nicht beantworten möchten. Gleichfalls würde dies zu lange dauern, denn Zeit haben wir leider nicht genügend.“ „Ich werde mitkommen“, wirft plötzlich Prinzessin Rosemarie ein und wendet sich allen zu. „Was hast du gerade gesagt, mein Liebchen?“, reißt der König entsetzt seine Augen auf. „Du willst mitgehen? Das lasse ich aber nicht zu. Es ist viel zu gefährlich“, entgegnet er und schüttelt abwehrend seinen Kopf. „Das ist mir gleich, Vater“, lässt Rosemarie jedoch nicht locker. „Das Wohl unseres Reiches steht auf dem Spiel. Was wäre ich für eine Prinzessin, wenn ich nicht alles geben würde, es zu schützen? Schaut nicht so verdrießlich, Prinz Theodor. Ich werde Euch begleiten, egal was Ihr dagegen einwendet." „Aber, Mäusezähnchen!", fasst sich der König an den plötzlich zu eng gewordenen Halskragen. „Diese Reise ist viel zu gefährlich und bedrohlich. Es ist der falsche Ort für so eine zarte Blüte wie dich."

Theodor kann sich nur mit Müh und Not ein zynisches Lachen verkneifen und stellt sich gerade eine Distel vor. „Wenn das Pflänzchen die Strapazen einer Reise durchhält, kann es gerne mitkommen", witzelt der Prinz und schaut die Prinzessin provozierend an. Hochnäsig erwidert Rosemarie: „Ich werde sofort meiner Zofe Clodette Bescheid geben. Sie wird die wichtigsten Dinge in meine Reisetruhe packen und in die Kutsche bringen lassen." Mit einem spöttischen Zwinkern hebt Theodor die Hand. „Nicht so eilig, werte Prinzessin! Das wird eine geheime Rettungsaktion und kein Sonntagsausflug. Wenn Ihr mitkommen möchtet, was tatsächlich eine hervorragende Idee ist, dann müssen wir das unauffälliger machen. Keiner darf erkennen, wer Ihr seid und wer ich bin. Wir werden also als einfache Soldaten unterwegs sein, die für die Hochzeit das schönste Schwein im ganzen Königreich suchen sollen. Ihr müsst also als Knappe verkleidet auf einem eigenen Pferd mitkommen." Unheilvolles Schweigen folgt seinen Worten, bevor Theodor noch eins draufsetzt. „Oder ist die zarte Blüte doch zu empfindlich?" Wutschnaubend dreht Rosemarie sich der Tür zu und verlässt den Saal mit den Worten: „Ich erwarte Euch in einer halben Stunde bei den Ställen, werter Prinz. Wagt es ja nicht, zu spät zu sein." Mit einem lauten Knall haut sie die Tür hinter sich zu und lässt ihren verdatterten Vater und einen lachenden Prinzen zurück. „Seid Ihr sicher, dass sie eine zarte Blüte und kein Kaktus ist?", schmunzelt Theodor vor sich hin. „Auch ein Kaktus, verehrter Prinz, kann wunderschöne Blüten haben. Es muss nur der Richtige kommen, der um die Schönheit dieses Gewächses weiß." Nachdenklich lässt König Ludwig den Prinzen und die Fee im Raum zurück und begibt sich mit Haushofmeister Klausen zu seinem Oberbefehlshaber.

Im Märchenwald

„Jorik, jetzt beeil dich doch!“, spornt Marie das Schwein zu Höchstleistungen an. „Wir müssen unbedingt ein gutes Versteck für die Nacht finden, da es in diesem Teil des Waldes nur so von Wölfen und Trollen wimmelt. Und falls du noch weiteren Ansporn brauchst, lieber Jorik“, legt Marie noch eins drauf und fixiert das Schwein mit den Augen, „dann bedenke, dass *du* das köstliche Schwein bist, und nicht ich.“

Frustriert beschleunigt Eric seine Schritte und holt bald darauf den Esel und diesen frechen Jungen ein, der ihm seit geraumer Zeit fürchterlich auf die Nerven geht. Körperlich am Ende, holt Eric noch das letzte bisschen Kraft aus diesem Schweinekörper heraus, während sich die Sonne bereits gemächlich vom Himmel verabschiedet und den Wald in ein wunderschönes Abendrot taucht. Verärgert beobachtet Eric die sich wandelnden Lichtverhältnisse und kann nicht glauben, dass er mit einem Esel und einem unverschämten Jungen heute Nacht in diesem Wald feststeckt. Wenn er doch nur wüsste, wo er sich in diesem vermaledeiten Wald gerade befindet, dann könnte er sich, ohne nachzudenken, auf eigene Faust auf den Weg in sein Königreich machen. Doch wie soll er den Weg finden, wenn doch alle Bäume für ihn gleich aussehen?

„Schau, Jorik!“, zwinkert Marie dem keuchenden und schnaubenden Schwein zu und deutet auf einen Baum in der Ferne. „Da vorn ist eine Eiche auf einer Lichtung. Bis dahin musst du noch durchhalten. Komm, mein Kleiner!“, versucht Marie das Schwein zu motivieren, damit es weiterläuft. „Das schaffst du!“ Aufrecht auf Fred sitzend, hofft Marie inständig, dass die Tiere die Belastung noch etwas durchhalten. Der arme Jorik, denkt Marie mitleidig. Er hechelt schon die ganze Zeit so schrecklich. Ob Schweine auch an Erschöpfung sterben können? Langsam ihre Umgebung betrachtend, gleitet ihr Blick über die Lichtung und verharrt auf einem Punkt. Liegt da etwa jemand? Nach wenigen Minuten steht Fred vor der Eiche und Marie kann auf einen schlafenden Zwerg blicken. „Entschuldigt bitte!", räuspert Marie sich höflich. „Aber könntet Ihr mir bitte sagen, ob ich hier irgendwo Wasser finden kann?" Mit einem lauten Gähnen hebt der Zwerg langsam seine Mütze von seinen Augen und streckt alle Gliedmaßen von sich. „Wieso möchtest du das wissen?", brummt der Zwerg und richtet seinen Oberkörper auf. „Meine Tiere sind sehr durstig. Ich würde ihnen gerne etwas Wasser geben." Behutsam steigt Marie von Fred und tätschelt ihm den Hals. Jorik hingegen hat sich hinter einem Busch versteckt. Nur sein Ringelschwänzchen verrät seinen Aufenthalt. „Seltsam, warum versteckt sich Jorik?", überlegt Marie leise und schaut ihn mitfühlend an. Er muss bereits viel Schlimmes in seinem Leben durchgemacht haben. Er tut ihr richtig leid.

„Wohin müsst ihr denn zu so später Stunde?", fragt der Zwerg und betrachtet Marie interessiert. Von ihren Gedanken etwas abgelenkt, wendet sich Marie wieder dem Fremden zu, der sie gerade etwas gefragt hat. „Wir müssen für die Nacht noch ein sicheres Schlaflager finden." „Aha!", antwortet der Zwerg und erhebt sich. „Ihr braucht also Wasser und eine Unterkunft?" „Das trifft haargenau den Kern. Wenn Ihr mir nur eine dieser Fragen beantworten könntet", reißt Marie frischen Klee aus der Wiese und bietet diesen Fred zum Fressen an, „dann wäre ich Euch zutiefst dankbar." „Mein Junge, ich mache dir einen Vorschlag", brummt der Zwerg und betrachtet den Esel dabei, wie er genüsslich aus Maries Hand frisst. „Nicht weit von hier steht meine Hütte. In dieser kannst du mit deinen Gefährten übernachten und bekommst von mir etwas zum Essen und zum Trinken. Dafür jedoch musst du mir das Holz vor der Hütte hacken." Begeistert klatscht Marie in die Hände. „So machen wir das!" Sie kann ihr Glück kaum fassen. Endlich ein Lichtblick an diesem düsteren Tag. Sie hatte schon Angst, in der Nacht gegen hungrige Wölfe kämpfen zu müssen. Der Wald ist am Tag wunderschön, aber in der Nacht gleicht er einer Todesfalle. „Freu dich nicht zu früh, junger Freund“, schnalzt der Zwerg mehrmals mit seiner Zunge und erhebt seinen Zeigefinger. „Es ist nicht wenig Holz und die Arbeit ist nicht leicht für so einen schmächtigen Burschen, wie du es bist. Wenn du aber das dreckige Schwein da hinter dem Busch draußen vor meiner Hütte lässt und ihm nur Wasser und kein Essen gibst, dann erspare ich dir diese Arbeit. Du und der Esel, ihr jedoch dürft es euch in meiner Hütte gemütlich machen und mit mir speisen.“

Aufgeschreckt von dieser Aussage, stürmt Eric aus seinem Versteck auf den Jungen zu. Wie kann dieser gemeine Verräter es wagen, ihn einfach draußen in der Wildnis verhungern zu lassen? Gerade als er Anlauf nehmen und den Jungen rammen möchte, verbeugt sich dieser jedoch vor dem Zwerg und beginnt zu sprechen. „Das Angebot von Euch ist sehr nett, werter Herr“, will Eric seinen Augen und Ohren nicht trauen, als der Junge sich für ihn einsetzt. „Aber entweder wir werden zusammen essen und schlafen, oder wir werden zusammen hungern. Ich würde gerne versuchen, mit meiner Hände Arbeit meinem Schwein einen Platz an Eurem warmen Herd zu verschaffen.“ Daraufhin nickt der Zwerg dem Jungen zu, fixiert aber Eric mit ablehnendem Blick. Ob der Zwerg ihn erkannt hat, überlegt Eric, kann es sich aber kaum vorstellen. Gemächlichen Tempos verlässt der Zwerg kurz darauf die Lichtung und schlägt einen kleinen Pfad zwischen einigen Brombeersträuchern ein. Lächelnd dreht der Bursche sich daraufhin zu Eric und winkt diesem zu, ihm zu folgen. Verdattert setzt Eric sich in Bewegung und läuft hinter den dreien her. „Wie konnte der Junge das verlockende Angebot des Zwerges nur ausschlagen und stattdessen die Arbeit wählen?“, geht es Eric nicht mehr aus dem Kopf.

Nach wenigen Minuten erreichen sie eine kleine Hütte, die versteckt zwischen zwei Felsen steht. Aus dem Schornstein steigt der Rauch eines warmen Feuers und ein angenehmer Duft von frischer Gemüsesuppe erfüllt die Luft. Bereits nach kurzer Zeit läuft Marie das Wasser im Mund zusammen. Doch leider währt ihre Vorfreude nicht lange. Denn schon aus der Entfernung kann sie den großen Holzhaufen vor der Hütte erkennen. Ein flaues Gefühl macht sich in ihr breit. Sie schluckt ihre Sorgen herunter und wendet sich mit einem verkniffenen Lächeln Jorik zu, dessen Erschöpfung ihr nicht entgeht und ihr die nötige Motivation verleiht, die ihr beinahe abhandengekommen wäre. Und auch das leise Wolfsheulen in der Ferne festigt ihre Entscheidung. „So, mein Junge, hier wären wir", deutet der Zwerg auf seine Hütte und zwinkert ihr herausfordernd zu. „Möchtest du es dir nicht doch noch einmal überlegen? Das Feuer ist bereits geschürt und die Suppe müsste fertig sein." Und als hätte sie es noch nicht schwer genug, fängt auch sofort ihr verräterischer Magen zu knurren an, was Marie nur wenig überrascht, da sie seit heute Früh nichts mehr gegessen hat und schon seit Stunden gegen ihre Bauchschmerzen ankämpfen muss. Als könnte das Schwein die Situation verstehen, lässt es resigniert den Kopf hängen. Von dieser Geste erschüttert, reckt Marie ihren in die Höhe. „Wenn Ihr mir zeigt, wo ich die Axt finde, werde ich sofort beginnen." Mit einer Handbewegung deutet der Zwerg in die rechte Ecke eines Schuppens und wendet sich der Hütte zu. „Wenn du es dir doch noch anders überlegt hast, weißt du ja, wo du mich finden kannst." Pfeifend verschwindet der Zwerg in seiner Behausung und lässt die drei Gefährten allein zurück. Tief seufzend wendet sich Marie dem Schuppen zu und holt die Axt heraus. „Kein Wunder, dass der Zwerg sein Holz nicht selbst schlagen kann", keucht Marie, während sie die schwere Axt aufhebt. „Aber keine Bange!", wirft sie dem Schwein ein schiefes Lächeln zu. „Ich bekomme das schon hin. Holzhacken kann ja nicht so schwer sein."

Eric kann nicht mehr! Schon seit einer Ewigkeit muss er mitansehen, wie der Junge mit seinen Kräften und einer viel zu schweren Axt kämpft. Der Geruch von Schweiß hängt in der Luft und durchnässt die Kleidung des Burschen. Der Tag ist bereits der Nacht gewichen und die ersten Glühwürmchen ziehen ihre Kreise.

Schon vor einiger Zeit hat der Zwerg Wasser und eine Laterne gebracht und den Esel in die Hütte mitgenommen. Doch als er sein Angebot wiederholte, hat der Bursche nur kurz seinen knallroten Kopf geschüttelt und ein weiteres Holzscheit aufgehoben. Eric ist vollkommen klar, dass der Junge die ihm gestellte Aufgabe niemals schaffen wird. Was Eric jedoch nicht verstehen kann, ist die Verbissenheit des Jungen, einem Schwein zu helfen. Er persönlich hätte sich schon längst an das warme Feuer gesetzt und keinerlei Gedanken an irgendwelche Tiere verschwendet. Aber während er noch seinen Gedanken nachhängt, nähert sich ihm ein Schatten. „Soso, verehrter Prinz! So sieht man sich wieder!" Erschrocken hüpft Eric einen Schritt zur Seite. Panisch reißt er die Augen auf und will zur Flucht ansetzen. Er hatte von Anfang an befürchtet, dass der Zwerg ihn erkennen könnte. „Schau dir diesen Jungen genau an", spricht der Zwerg jedoch unbeirrt weiter, ohne auf Erics Reaktion zu achten. „Er tut dies alles nur für dich, obwohl er nicht weiß, was oder wer du bist. Er ist dir zwar normalerweise vom sozialen Status weit unterlegen, besitzt aber viel von dem, was dir fehlt." Und schon verschwindet der Zwerg in der Dunkelheit und lässt ein verdutztes Schwein zurück. Mit noch weniger Begeisterung als vorher verfolgt Eric weiter die Arbeit des Jungen. Was soll ihm schon fehlen? Wütend auf den Zwerg, quiekt Eric verärgert vor sich hin und macht sich seine Gedanken. Das Einzige, was ihm gerade fehlt, ist sein stattlicher Körper, mit dem er diese Aufgabe mit links würde meistern können. Doch plötzlich ertönt ein Heulen ganz in der Nähe und fährt ihm in die Glieder. Entsetzt registriert er die Dringlichkeit, in den Schutz einer sicheren Hütte zu gelangen. „Das darf doch nicht wahr sein!", blickt Eric entsetzt zu dem gigantischen Holzstapel, der noch übrig ist. Kann denn der Junge nicht endlich schneller hacken? Wie kann man nur so lange brauchen? Er wäre sicher schon längst fertig mit dieser Arbeit. Um dem Jungen endlich Feuer unter dem Hintern zu machen, damit sie nicht alle als Wolfsfutter enden, trabt Eric zu dem Burschen und verpasst ihm einen Rüffel mit seiner Schnauze.

„Ist ja schon gut, Jorik!“, wendet der Junge sich ihm zu und streichelt ihm trotz der Attacke über den Kopf. Beim Wegziehen der Hand registriert Eric jedoch sofort die roten Verfärbungen und kann im fahlen Licht der Laterne auch deutlich die Spuren von Blut auf der Axt erkennen. „Ich gebe mein Bestes für dich, mein Kleiner“, entkommt dem Jungen ein kleines Schniefen, das im nächtlichen Wolfsheulen untergeht. „Hab keine Angst. Ich werde uns einfach mit der Axt verteidigen.“ Wie in Zeitlupe stellt der Bursche das nächste Scheit auf einen Baumstumpf und schlägt mit dem Beil eine kleine Kerbe hinein, während sich eine verräterische Träne mit dem Blut seiner Hände mischt. Ein seltsames Gefühl bemächtigt sich Erics Brust und mit schlechtem Gewissen betrachtet er das Wanken und die kraftlosen Bewegungen des Jungen. Wie konnte ihm nur entgehen, wie schlecht es dieser halben Portion geht? Seine Hände sind ganz wund und voller Blasen, während er verzweifelt mit seiner Erschöpfung kämpft. Warum gibt er nicht einfach auf? Er muss doch wissen, dass er keine Chance hat.

Das Taumeln weicht langsam einem Stolpern. Immer wieder rappelt der Junge sich von seinen Knien hoch und hebt die Axt auf. Doch plötzlich entgleitet ihm das Beil aus seinen blutigen Händen und landet nur knapp neben seinem rechten Fuß. Keuchend bricht der Knabe daraufhin vollständig zusammen. „Es tut mir so leid, Jorik“, beginnt der Junge zu schluchzen. „Ich schaffe es einfach nicht.“ Mit Tränen in den Augen wirft der Junge sich auf Eric. Er schlingt die Arme um ihn und bettet seine feuchte Wange an Erics Schweinehals. Deutlich kann der Prinz die Flüssigkeit spüren, die seinen Nacken herunterläuft. „Wir werden es uns einfach draußen gemütlich machen und darauf hoffen, dass die Wölfe einen Bogen um diese Scheune machen“, nuschelt der Junge und zittert zeitgleich am ganzen Körper. „Hab keine Angst“, erklärt er daraufhin jedoch mit fester Stimme. „Ich werde dich sicher nicht allein lassen.“

Noch nie in seinem Leben hat irgendjemand ein so großes Opfer für ihn gebracht. Tiefe Dankbarkeit erfasst Erics Herz und lässt es schmerzhaft in seiner Brust schlagen. Erst später realisiert er den bewusstlosen Körper auf seinem Rücken. Langsam gleitet dieser nach unten und liegt zu seinen Füßen. Ein weiteres Wolfsheulen ertönt, reißt Eric aus seiner Starre und lässt ihn zur Hütte rennen. Mit Schwung rammt er seinen Kopf gegen die Tür und wartet auf den Zwerg. Dieser öffnet grimmig. „Was fällt dir ein, meine Tür einrammen zu wollen?“, hebt er ärgerlich eine seiner Augenbrauen. „Hast du immer noch nichts dazugelernt?“ Verzweifelt packt Eric den Zwerg an seinem Oberteil und zieht ihn trotz Gegenwehr und Flüchen zu dem am Boden liegenden Jungen. Sofort beugt das Männchen sich hinunter und befühlt den Puls. „Er hat länger durchgehalten, als ich dachte“, brummt der Zwerg und schiebt seine Hände unter den Bewusstlosen. Als würde dieser nichts wiegen, hebt er den Knaben auf seine Arme und trägt ihn Richtung Hütte. Wie angewurzelt bleibt Eric stehen und sieht den beiden hinterher. An der Tür jedoch dreht der Zwerg sich um. „Na komm schon mit!“, grummelt er in seinen Bart hinein. „Der Junge hat tapfer für deine Sicherheit und dein Wohlergehen gekämpft. Was wäre ich denn für ein Zwerg, ihm dies nicht anzuerkennen?“ Erleichtert und glücklich folgt Eric dieser Aufforderung und schlüpft in die Hütte.

Eine wohlige Wärme umgibt Marie, als sie angestrengt ihre Lider hebt. Sie braucht einige Augenblicke, um zu realisieren, wo sie sich gerade befindet. Und schon wird ihr eine warme Tasse mit duftendem Inhalt an die Lippen gehalten. Jeder Schluck ist eine Köstlichkeit und erleichtert ihr das Auftauchen aus ihrem desolaten Zustand. Langsam und vorsichtig beginnt sie sich aufzurichten und sich in der Hütte umzusehen. Als Erstes fällt ihr Blick auf einen Ofen, auf dem die köstliche Suppe steht, die gerade eben ihren Gaumen verwöhnt hat. Gleich daneben liegen ihre Tiere, die tief und fest schlafen und ihr ein Lächeln ins Gesicht zaubern. „Geht es dir jetzt besser?“, spricht sie kurz darauf der

Zwerg an, der neben ihr auf einem Hocker sitzt. „Ja, habt vielen Dank“, schenkt Marie ihm ein aufrichtiges Lächeln. „Die Suppe und das gemütliche Bett haben mir sehr geholfen.“ Doch kaum bemerkt sie ihre langen schwarzen Haarsträhnen, die sich aus ihrer Mütze gelöst haben, gerät sie in Panik. Unbeholfen versucht sie so schnell wie möglich diese zu verstecken, macht dadurch aber alles nur noch schlimmer. „Mach dir keine Gedanken“, gluckst der Zwerg jedoch amüsiert. „Ich habe gleich gewusst, wer sich unter der Mütze verbirgt.“ Aber trotz seiner Aussage stopft Marie ihre Haare eilig unter die Mütze. „Wie habt Ihr es herausgefunden?“, will sie daraufhin sogleich wissen und wartet gespannt auf seine Antwort. „Das ist für mich nicht sonderlich schwer, mein Mädchen“, lacht der Zwerg belustigt. „Ich habe die Gabe, in die Seelen der Lebewesen blicken zu können, auch wenn es mir nicht immer Freude bereitet.“ „Das glaube ich sofort“, nickt Marie zustimmend und stellt ihm eine weitere Frage. „Wie ist Euer Name?“, möchte sie ebenfalls wissen und schenkt ihm ein kleines Zwinkern. „Herr Zwerg scheint mir etwas zu formell, nachdem ich bereits in Eurem Bett liege.“ Lachend antwortet der Zwerg. „Man nennt mich Gunterich von Eisenstein“, erklärt er mit fester Stimme. „Meine Freunde, wenn ich denn welche in diesem Wald hätte, dürften mich aber auch Gunter nennen.“

Sogleich reicht Marie Gunter die Hand und schüttelt sie kräftig. „Es freut mich, dich kennen zu lernen, Gunter“, wagt Marie einen Vorstoß und spricht den Zwerg mit seinem Spitznamen an. „Mein Name ist Marie. Aber leider musst du mich Martin nennen. Und was meine Gefährten betrifft, so heißen sie Jorik und Fred. Fred ist ein sehr königlicher Esel und Jorik ist ein armes Schwein, welches man dem arroganten Prinzen aus dem Nachbarreich zum Essen vorsetzen wollte.“ Keine Sekunde später prustet Gunter belustigt und hat alle Mühe, mit seinem Lachen aufzuhören. „Das Schicksal ist manchmal wirklich zu köstlich“, witzelt Gunter und betrachtet schmunzelnd das Schwein. Aufgeregt richtet Marie sich plötzlich auf, weil ihr ein interessanter Gedanke kam. „Was siehst du eigentlich in meiner Seele?“, kann sie ihre Neugierde kaum unterdrücken. „Bitte erzähl es mir, Gunter.“ Gespannt lehnt sie sich etwas über die Bettkante. „Das, meine Kleine“, schmunzelt der Zwerg sie geheimnisvoll an, „werde ich dir sicherlich nicht alles verraten. Aber sei gewiss, dass du das Herz am rechten Fleck trägst und deinen wahren Kern noch nicht gefunden hast.“ Verwirrt über seine letzte Aussage, kuschelt Marie sich wieder in ihre Decke und merkt gar nicht, wie ihr vor Müdigkeit die Augen zufallen.

Am nächsten Tag beendet lautes Gepolter ihren tiefen Schlaf. „Du vermaledeites Schwein! Wie kannst du es wagen, meine Rüben aufzumampfen?“ Ihren Augen noch nicht ganz trauend, erfasst Marie erst langsam die groteske Situation, die sich gerade vor ihrem Bett abspielt und sie zum Schmunzeln bringt. Mit wutverzerrtem Gesicht und mehreren Flüchen auf den Lippen kämpft Gunter verbissen mit Jorik um eine Rübe. Jeder der beiden hält eine Seite fest und versucht, dem anderen diese zu entreißen. Der erbitterte Kampf nimmt jedoch schnell ein jähes Ende, als der Zwerg krachend in einige Töpfe fällt. Daraufhin springt Marie augenblicklich auf ihre Füße und stürmt zu dem armen Gunter. „Warte, ich helfe dir“, greift sie nach dem Arm des Zwerges und hilft ihm hoch. Kaum steht er wieder auf seinen eigenen Beinen, dreht Marie sich dem Schwein zu. „Jorik, wie konntest du nur?“, schaut sie das Tier vorwurfsvoll an. „Jetzt sei bitte ein braves Schwein und gib mir die Rübe. Pfui, aus, Jorik!“ „Gib dir keine Mühe, Martin“, grummelt indessen der Zwerg missgelaunt. „Dein Schwein ist sturer als dein Esel.“

Eric denkt nicht einmal im Traum daran, diese Rübe wieder herauszugeben. Als Prinz ist er es schließlich gewohnt, alles essen zu dürfen, wonach es ihn gerade verlangt. Gut, Rüben sind jetzt nicht gerade das, was er gerne essen würde, aber mit Hunger im Magen kann man eben nicht wählerisch sein. „Na komm schon, mein Süßer“, gibt der Bursche jedoch nicht auf und hält ihm die offene Hand hin. „Gib dem lieben Martin deine Rübe.“ Doch als dies nicht funktioniert, greift der Junge zu härteren Mitteln und versucht mit einem Hechtsprung, Eric das Gewächs aus dem Maul zu reißen. Sofort entbrennt eine erbitterte Jagd. Eric rennt mit seiner Beute im Maul gegen den Tisch und stößt mehrere Stühle um.

„Jetzt lass doch endlich los, du stures Schwein!", schimpft Marie und ist dem Täter dicht auf den Fersen. „Das ist nicht deine." Unter den Tisch krabbelnd, täuscht sie ein Manöver an, bevor sie sich über das Bett schmeißt und versucht, auf den Rücken des Schweines zu gelangen. Aber nichts davon führt zu dem erhofften Erfolg. „Habe ich es nicht gleich gesagt?", schnalzt indessen der Zwerg missbilligend mit seiner Zunge. „Er hätte draußen bleiben sollen. Es gibt immer noch kein Fünkchen Anstand in seiner Seele." „Du irrst dich, Gunter", verteidigt Marie aber sogleich ihr Schwein. „Es ist einfach nur hungrig und weiß nicht, was richtig und falsch ist. Ich kann ihm aber sicher dabei helfen." „Pah!", antwortet der Zwerg abweisend. „Als wenn *er* das je lernen würde. Das Schwein passt gerade perfekt zu seinem gegenwärtigen Selbst."

Kaum hat Eric die Aussage des Zwerges vernommen, hält er plötzlich in seiner Bewegung inne. Irgendwie erinnert ihn dieses Gespräch an den Segensspruch der untalentierten Fee. Da kam auch *richtig* und *falsch* und irgendetwas mit *selbst* vor. Aber bevor er es sich versieht, nutzt der Junge die kurze Verschnaufpause und kommt ihm gefährlich nahe. „Jorik, bitte!", versucht er es erneut mit Worten. „Gib sie wieder her." Mit großen Augen kniet sich der Junge, dessen Name wohl Martin ist, vor ihn. Er streckt seine blutverkrusteten Hände aus und wartet geduldig. Eric kann seinen Blick kaum von dessen Händen reißen, da diese Wunden für ihn entstanden sind. Daraufhin verspürt er einen leichten und unangenehmen Stich in seiner Herzgegend und lässt widerwillig die Rübe fallen. Das war das erste und letzte Mal, dass ich diesem Bauernburschen nachgebe, schwört der Prinz sich jedoch und dreht allen den Rücken zu. Wenn ich hier etwas gegessen habe, dann werde ich allein den Weg bestreiten und nach Hause laufen. Denn dank der Lichtung mit der Eiche weiß er endlich den Weg zurück. „Sieh an! Sieh an!“, geht der Zwerg auf den Burschen zu und erhält seine Rübe zurück. „Das Schwein ist doch lernfähig“, brummt er belustigt und verstaut seine Rübe im Schrank. „Ich habe uns allen Haferschleim gekocht. Wenn du Hunger hast, Martin, dann bediene dich einfach.“ „Das ist sehr nett von dir, Gunter“, antwortet der Junge erleichtert. „Aber haben denn meine Tiere auch schon etwas gegessen?“ „Deinem Esel habe ich frisches Heu gegeben und dem Schwein schadet es nicht, wenn es abnimmt. Und davon abgesehen bekommt ein gemeiner Rübendieb kein Essen von mir.“ „Gunter, bitte!“, lässt der junge Bursche jedoch auch bei dem Zwerg nicht locker. „Mitgefühl ist eine wichtige Tugend und würde auch dir gut zu Gesicht stehen. Du bist zu hart in deinem Urteil.“ Daraufhin verspürt Eric wieder so ein seltsames Déjà-vu. *Mitgefühl, um zu urteilen?* Verdammt, denkt Eric frustriert und würde sich am liebsten in den eigenen Hintern treten. Er kann sich einfach nicht an den genauen Wortlaut des Zaubers erinnern. Irgendwie hat er aber das Gefühl, als wäre dieser Spruch nicht ganz unwichtig bei der Auflösung seines Zaubers. Aber ob die Magier in seinem Reich dieses Rätsel schnell genug lösen können, bevor er noch gänzlich zum Schwein wird? Denn noch ein paar Tage länger, so fürchtet er, und er fängt sicherlich an, sich im Schlamm zu wälzen, da das Gefühl, ein Schwein zu sein, immer stärker und stärker wird. „Wenn es unbedingt sein muss“, brummt indessen der Zwerg widerwillig und stellt einen Napf mit Haferschleim vor Eric, wobei das wohl das widerlichste Essen ist, welches Eric je essen musste. Aber da der Hunger beinahe ein Loch in seinen Magen gefressen hat, bleibt ihm wohl keine andere Wahl, als diesen ekelhaften Schleimbatzen hinunterzuwürgen.

„So, Martin“, stellt der Zwerg nun auch Marie eine Schüssel mit Haferbrei auf den Tisch. „Jetzt setz dich endlich und erzähl mir, was du in diesem Wald zu suchen hast.“ Sogleich überlegt Marie fieberhaft, was sie Gunter erzählen könnte und was nicht. Aber ihre Angst ist viel zu groß, als dass sie sich einem Fremden komplett anvertrauen würde. Dennoch fängt sie langsam und stockend zwischen den einzelnen Bissen an zu erzählen. „Ich habe etwas angestellt und kann leider nie wieder zurück“, beginnt sie ihre Geschichte. „Ich kann weder in diesem noch in einem anderen Königreich ich selbst sein, weil ich überall gesucht werde. Ich bin also ein Flüchtiger und weiß nicht, was ich machen soll.“ Das ist zwar alles etwas vage erklärt, aber es trifft dennoch den Nagel auf den Kopf, denkt Marie und ist mit der Beschreibung ihrer Lage zufrieden. Gunter hingegen schweigt, schaut sie jedoch aufmerksam an und spielt abwesend mit seinen Fingern in seinem langen, grauen Bart. „Du kannst also nicht als du selbst leben?“, wiederholt der Zwerg nach einiger Zeit. „Das ist eine sehr interessante Aussage. Wer würdest du denn gerne sein?“ „Eigentlich mag ich mich, wie ich bin“, atmet Marie resigniert aus. „Aber so darf ich leider nicht mehr sein.“

Von diesem Gespräch verwundert, hebt Eric den Kopf, um alles besser verstehen zu können. „Mmh! Eine schwierige Situation“, grummelt der Zwerg leise vor sich hin. „Aber ich glaube, ich kann dir helfen.“ Begeistert springt der Junge auf seine Füße. „Gunter, das wäre wirklich wunderbar, wenn du eine Lösung wüsstest. Ich bin schon ganz verzweifelt und weiß einfach nicht, was ich machen soll.“ „Freu dich bitte nicht zu früh“, antwortet der Zwerg ausweichend, räumt sein Geschirr ab und schaut aus dem Fenster. „Es gibt tatsächlich einen Gegenstand, der dein wahres Selbst zum Vorschein bringen oder es verschleiern kann. Aber der große Zauberspiegel des berühmten und grausamen Zauberers Morleon ist nicht leicht zu erlangen. Denn vor zwanzig Jahren hat jedes Königreich einen Teil dieses Gegenstandes erbeutet. Hier im Wald bei den Trollen ist zum Beispiel der grüne Smaragd versteckt, den du in den Rahmen des Spiegels einsetzen musst. Im Königreich des Zaubersees bewacht eine Göttin den blauen Diamanten, während der rote Rubin irgendwo im Wüstenreich verschollen ist.

Die Zwerge schützen den Spiegel an sich und bei den Meerjungfrauen ist die Grotte der Stille mit dem magischen Wasser, das den Spiegel aktiviert."

Kaum hat der Zwerg zu Ende gesprochen, da sackt auch schon Maries Oberkörper in sich zusammen und sie plumpst deprimiert auf ihren Stuhl zurück. „Könnte ich nicht einfach bei dir bleiben?", versucht sie eine andere Lösung für ihr Dilemma zu finden. „Ich würde dir den Haushalt machen und weiter das Holz schlagen." Lächelnd schaut Gunter sie an und fährt sich über seinen Bart. „Wärst du denn mit diesem Leben glücklich?" Schulterzuckend antwortet Marie und vergräbt ihren Kopf zwischen ihren Armen, die auf dem Tisch liegen. „Ich weiß es nicht, Gunter", seufzt sie theatralisch. „Ich weiß es nicht."

Auf einer Lichtung nicht weit entfernt

„Jetzt bitte noch einmal von vorne, Juan!", murrt Hans und blickt seinen Kameraden an. „Ich habe es immer noch nicht verstanden. Warum genau müssen wir jetzt zusammen mit einer als Knappe verkleideten Prinzessin das Schwein suchen?" „Ernsthaft, Hans!", schüttelt Sven genervt seinen Kopf. „Gib es auf, Juan!", ertönt zusätzlich die dunkle Baritonstimme von Aron. „Der wird es nie kapieren." Wütend packt Hans seine Decke und bindet sie auf den Rücken seines Pferdes. „Ich habe sehr wohl verstanden, dass das Schwein eigentlich der Prinz ist und die Prinzessin ihn durch einen Kuss erlösen muss. Was ich aber nicht verstehe, ist die Tatsache, dass wir diese gut gelaunte Prinzessin bei der Suche mitschleppen müssen." Daraufhin schlägt Juan ihm kameradschaftlich auf den Rücken. „Du weißt doch, als Ritter muss man auch Opfer für sein Königreich erbringen." „Das kann ja sein", verzieht Hans unglücklich sein Gesicht. „Aber müssen meine Ohren dieses Opfer wirklich ertragen?" „Sei lieber froh, nicht Prinz Theodor sein zu müssen“, ergänzt Juan und blickt sich nach hinten um. „Der muss sich das Gekreische aus nächster Nähe anhören.“ Sofort schüttelt es Hans ganz schrecklich bei diesem Gedanken. „Ich konnte gestern kein Auge zutun. Wie können zwei Menschen sich nur so streiten?“ „Das kann ich dir nicht sagen“, zuckt Juan mit seinen Schultern. „Aber wenigstens hat es die Wölfe von uns ferngehalten.“

„Hört gefälligst auf, mir ständig zu folgen, Ihr Möchtegernprinz“, wettert die Prinzessin genervt. „Das würde ich ja gerne“, brüllt Theodor verärgert zurück, „aber dazu müsstet Ihr Euch erst vernünftig benehmen.“ Zornig dreht sich die Prinzessin herum und hält ihm ihren Zeigefinger direkt unter die Nase. „Was genau ist daran unvernünftig, sich in der Früh waschen zu wollen?“ „Was daran unvernünftig ist?“, kann Theodor ihre Aussage einfach nicht fassen, schlägt ihren Finger weg und baut sich bedrohlich vor ihr auf. „Wir sind hier im Märchenwald. Das ist das Hoheitsgebiet der Wölfe und Trolle, meine Liebe. Habt Ihr eigentlich eine Ahnung, was die mit einem Menschen machen, wenn sie ihn in die Klauen bekommen?“ „Es kann ja wohl kaum schlimmer als eure Behandlung sein“, motzt Rosemarie und hebt frustriert ihre Arme in die Höhe, bevor sie weiterläuft und ihn wütend stehenlässt. Wenn ich könnte, würde ich diese Prinzessin eigenhändig übers Knie legen, rattert es in Theodors Kopf. An allem hat sie etwas auszusetzen. Wie konnte er nur auf die Idee kommen, dass es sinnvoll wäre, dieses verwöhnte Weib mitzunehmen? Es hat gestern Stunden gedauert, bis sie losreiten konnten. Allein hätte er seinen Bruder wahrscheinlich schon längst gefunden. „Bleibt besser stehen, wenn ich mit Euch rede“, schreit Theodor abermals hinter ihr her und ballt wütend seine Hände zu Fäusten. „Ich kann Euch immer noch knebeln und über den Rücken meines Pferdes werfen.“ Sogleich beginnen daraufhin ihre Augen Funken zu sprühen und sie kommt kokett zu ihm zurück. „Das traut Ihr Euch ja doch nicht, kleines Prinzchen“, säuselt sie sarkastisch. Doch kurz darauf folgt ein lautes Kreischen, gepaart mit Schlägen auf seinen

Rücken, während Theodor zur Lichtung zurückgeht. Wie ein nasser Sack hängt Rosemarie kopfüber von seiner Schulter und flucht und schimpft in einer Tour. „Du Lackaffe! Du Idiot! Du hässliche Beule einer Kröte! Wenn du mich nicht sofort runterlässt, dann passiert gleich etwas Schreckliches.“ „Schrecklicher als dein Gekreische kann es ja kaum sein“, spottet der Prinz gut gelaunt und gibt ihr einen Klaps auf ihren Hintern, der sie schlagartig verstummen lässt und Theodor ein Lächeln ins Gesicht zaubert. „Siehst du!“, kommentiert er kurz darauf die Situation. „So schön kann Stille sein.“

Schnellen Schrittes nähert sich Theodor den vier wartenden Soldaten, die die kuriose Szene grinsend beobachten. Das Nachtlager ist bereits abgebaut und die sechs Pferde gesattelt. „Seht ihr, Männer?“, tritt er mit stolzgeschwellter Brust auf die Soldaten zu. „So geht man mit zickenden Frauen …“ Sein Schmerzenslaut unterbricht seine Worte und eiligst hebt er die Prinzessin von seiner Schulter. „Was zum Teufel“, stöhnt Theodor schmerzhaft, „habt Ihr gerade in meinen Hintern gestochen, Weib?“ Leidvoll reibt Theodor sich die betreffende Stelle. Rosemarie hingegen schaut ihn nur hochnäsig an, während eine Brosche mit einer langen Nadel von ihrem rechten Zeigefinger baumelt. „Das nächste Mal, verehrter Prinz“, wirft sie ihm ein überlegenes Lächeln entgegen, „werde ich nicht so gnädig sein und gleich auf Eure Kronjuwelen losgehen.“ Wie auf Kommando krümmen sich alle Männer intuitiv und verziehen das Gesicht. Siegessicher stolziert Rosemarie zu ihrem Pferd und schwingt sich in den Sattel. „Brauchen die Herren noch eine Extraeinladung?“, fixiert sie alle mit ihrem Blick. „Und jetzt rauf auf die Pferde und lasst uns den Schweineprinzen finden!“ Kaum hat sie das gesagt, drückt sie ihre Fersen in den Leib ihres Reittieres und schlägt einen kleinen Weg zwischen Beerensträuchern ein. Bevor die Soldaten jedoch auf die Pferde steigen, räuspert sich Sven. „Prinz, seid Ihr sicher“, betrachtet der Soldat den Prinzen skeptisch, „dass Euer Bruder überhaupt gefunden werden möchte?“ Ein Schulterzucken von Theodor lässt die Frage im Raum stehen, bevor Hans sich ihrer annimmt. „Dann hätte er auf jeden Fall Schwein gehabt, der Prinzessin entkommen zu sein“, amüsiert sich Hans köstlich über seinen eigenen Witz und fängt sich einen bösen Blick von Prinz Theodor ein.

In einer Hütte im Wald

Ein Zauberspiegel, der einen Menschen verschleiern oder ihm sein wahres Selbst zeigen kann. Das klingt ja sehr interessant, denkt Eric und schaut gedankenversunken aus der Hütte des Zwerges. So ein Spiegel könnte mir als zukünftigem Herrscher noch sehr nützlich sein. Was könnte ich nur alles damit machen? Das Ding wäre ein wahrer Traum für einen König. Auch meiner Rückverwandlung würde nichts mehr im Wege stehen. Schade nur, dass mir dieser naive Junge den Spiegel nicht besorgen kann, lässt Eric weiter seine Gedanken schweifen. Diese Aufgabe ist sicher viel zu schwer für so einen Schwächling. Deswegen sollte ich mich lieber selbst darum kümmern, wenn meine Magier mich zurückverwandelt haben. „Jorik, JORIK! Hörst du denn schwer?“, realisiert Eric erst jetzt, als ein Schuh auf seinem Rücken landet, dass der Bursche schon seit längerer Zeit nach ihm ruft. „Ernsthaft jetzt?!“, dreht Eric sich wütend zu dem Jungen und funkelt ihn böse aus seinen hellblauen Augen an. Hat dieser Bengel jetzt ernsthaft einen Schuh auf ihn geworfen? Wenn Blicke töten könnten, wäre Martin jetzt definitiv tot von seinem Stuhl gefallen. „Hey, mein Großer“, spricht dieser ihn jedoch ohne den Hauch eines schlechten Gewissens oder Todesschmerzen an, „möchtest du noch die Reste aus meiner Schüssel lecken?“ So weit kommt es noch, verzieht Eric innerlich sein Gesicht, weswegen er sich zornig zurückdreht und sich wieder dem Blick aus der offenen Hüttentür zuwendet.

„Gut, wenn du nicht willst“, zuckt Marie gleichgültig mit ihren Schultern, steht beherzt vom Tisch auf und wäscht ihr Geschirr in einer kleinen Wasserschüssel ab. Gemächlich nähert sie sich dem Schwein und setzt sich neben dieses. „An was du wohl gerade denkst?“, überlegt sie laut und schaut ebenfalls aus der Hütte. „Schade, dass ich nicht Gedanken lesen kann. Ich würde zu gerne wissen, ob du an ein Schlammbad oder an eine nette Schweinedame denkst.“

Wie von der Tarantel gestochen, fährt Eric zu Martin herum. Was fällt diesem Kerl ein, ihm solche Gedanken zu unterstellen? Gerade eben erarbeitet er eine Strategie, um seine Herrschaft zu sichern, und hängt nicht irgendwelchen schweinischen Vergnügungen nach.

Mit ihrer rechten Hand beginnend, streicht Marie glücklich über den Kopf von Jorik und wundert sich, warum sie immer wieder ein seltsames Flattern in ihrer Brust empfindet, wenn sie in seine hellblauen Augen sieht. Das ist sehr seltsam, denkt sie sich irritiert, wendet ihre Augen von Jorik ab und schaut Fred beim Grasen zu, der friedlich vor der Hütte des Zwerges ein paar Grasbüschel vernascht.

Eric hingegen durchfährt eine wohlige Gänsehaut, was ihn fürchterlich verärgert. Auf was man als Schwein alles reagieren muss, schüttelt Eric die Hand des jungen Burschen ab und gibt ein unwirsches Grunzen von sich.

„Bist du etwa immer noch wegen des Schuhs beleidigt?“, muss Marie über das abweisende Verhalten des Schweines lachen. „Wie kann man nur so nachtragend sein?“ Belustigt erhebt sie sich und schnippt einmal kurz mit ihrem Finger auf die Schnauze von Jorik. „Wenn du ein liebes Schwein bist, dann muss ich auch keine Schuhe nach dir werfen.“ Hufgetrampel beendet jedoch augenblicklich Maries gute Laune. „Oh nein!“, keucht Marie und schaut sich gehetzt nach allen Seiten um. Sofort läuft sie, dicht gefolgt von Jorik, in den hinteren Teil der Hütte. Der Zwerg kommt gerade durch die Hintertür herein und trägt einen Kessel mit Wasser. „Gunter! Gunter!“, stürmt Marie keuchend auf den Zwerg zu. „Bitte hilf mir! Es sind Reiter hierher unterwegs, die mich sicher fangen möchten.“ „Schnell, komm mit!“, greift Gunter, ohne lange zu überlegen, nach Maries Hand und zieht sie aus der Hintertür. „Du darfst keine Minute verschwenden“, spricht er eindringlich zu ihr. „Wenn du immer geradeaus läufst, dann kommst du in den dichten Teil des Waldes. Dahin können dir keine Reiter folgen. Aber gib acht!“, hebt er mahnend seinen Finger. „Das ist nicht der sicherste Teil des Märchenwaldes.“ „Vielen Dank für alles, Gunter“, blickt Marie jedoch panisch zurück und muss an ihre Tiere denken. „Bitte kümmere dich gut um Fred und Jorik, bis ich die beiden abholen kann.“ Mit einer kurzen Umarmung verabschiedet sich Marie von dem kleinen Männchen und läuft in den tiefen Wald hinein. Lange Zeit stolpert sie kopflos durch das Dickicht, damit sie so viel Abstand wie nur möglich herausholen kann. Deswegen nimmt sie ihren Begleiter auch nicht wahr, der ihr dicht auf den Fersen ist. Immer dunkler wird der Wald um sie herum und knorrige Eichen säumen ihren Fluchtweg. Dornensträucher und Äste erschweren ihr Durchkommen.

Dieser verdammte König, denkt Eric verärgert und hetzt grummelnd hinter Martin her. So schnell gibt er wohl nicht auf, um ihn gefangen nehmen zu können. Wenn er Krieg will, dann soll er ihn auch haben. Sobald er erst wieder in seinem menschlichen Körper steckt, wird seine Rache fürchterlich sein. Was zum …? „Quiek!“ Plötzlich trifft Eric ein peitschender Ast direkt auf seinen Rüssel und hinterlässt einen blutigen Striemen.

Von diesem Geräusch aufgeschreckt, realisiert Marie erst jetzt ihren Mitflüchtenden. „Jorik, was zum Märchenhimmel machst du denn hier? Du solltest doch bei Gunter in Sicherheit bleiben. Für ein Schwein ist dieser Wald viel zu gefährlich. Lauf gefälligst wieder zurück!“ Das Schwein setzt sich jedoch ablehnend auf seine Hinterbacken und schüttelt vehement seinen Kopf. Verwirrt betrachtet Marie diese Geste. „Kannst du mich etwa verstehen?“, traut sie sich kaum zu fragen und beobachtet jede Regung des Schweines. Und tatsächlich! Zu ihrem Erstaunen beantwortet es ihr diese Frage mit einem Kopfnicken. Erschrocken hüpft Marie zurück und stößt sich den Kopf an einem niedrig hängenden Ast an. Mit ihrer Hand reibt sie sich die schmerzende Stelle und lässt das Schwein nicht mehr aus den Augen. „Kein Wunder, dass du fliehen möchtest“, nimmt sie kurz darauf wieder den Faden auf. „Wenn ich wüsste, dass ich als Würstchen enden soll, dann wäre ich auch abgehauen.“ Erschöpft lässt sie sich auf einem Stein nieder. „Tja, mein Freund“, kann sie es kaum glauben, dass sie ein Schwein um Rat fragt, „was machen wir jetzt? Wenn sie mich bekommen, werde ich gefoltert und getötet, und wenn sie dich bekommen, wirst du geschlachtet und gegessen. Wir sind schon zwei Glückspilze.“ Erschöpft schließt Marie für einen kurzen Moment die Augen, bevor sie sich einen Stock schnappt und mutlos in der Erde herumstochert.

Eric versteht das Verhalten von Martin einfach nicht. Erst läuft er wie ein Wahnsinniger durch den Wald, und jetzt spielt er mit einem Ast. Wieso muss gerade er an einen solch schwachen und nichtsnutzigen Bengel geraten? Ist denn das Schweinsein nicht Strafe genug? Muss es da auch noch so ein Begleiter sein? Doch wenigstens, schnauft Eric erleichtert, kann er sich jetzt mit ihm verständigen. Das könnte ihm auf seiner Heimreise noch von Nutzen sein. Denn das Vertrauen und das Mitgefühl des Jungen könnte man wunderbar gegen ihn verwenden, wenn Eric es schaffen würde, beides zu erringen. Er müsste nur kurz seinen Charme spielen lassen und den Burschen um seine Schweinepfote wickeln. Ein hervorragender Gedanke, den er gleich auszuführen beginnt.

Mit großen Kulleraugen nähert sich Jorik. Vorsichtig stupst er Maries Arm mit seiner Schnauze weg und windet sich unter diesem hindurch. Jetzt trennen sie nur noch wenige Zentimeter von Joriks Schweineschnauze. Verwundert über die plötzliche Nähe, die Jorik bei ihr sucht, nimmt Marie diesen in den Arm und legt seinen Kopf auf ihren Schoß. Zärtlich spielt sie mit seinen Ohren und beginnt diese zu kraulen.

Kurze Zeit später fällt bereits alle Anspannung von Eric ab und er schließt genießerisch die Augen. So ist es gut, denkt er genüsslich und versucht zu ignorieren, dass er sich von einem Kerl absichtlich berühren lässt. Doch je mehr Martin ihn verhätschelt, umso stärker wird die Bindung sein, die Eric ausnutzen möchte. Aber bereits nach wenigen Minuten weicht die Entspannung einem angenehm kribbelnden Gefühl. Und als Martin dann noch anfängt, mit beiden Händen Erics Nacken zu massieren, ist es um seine Ruhe geschehen. Erschrocken von seiner inneren Erregung, springt Eric augenblicklich auf die Füße. Was zum Zauberer löst dieser Kerl für Zustände bei ihm aus? Was geschieht nur mit ihm? Mit seinen Gefühlen und Gedanken überfordert, stürmt Eric voraus und lässt den verdutzten Martin auf seinem Stein sitzen.

„Warte, Jorik!", schaut Marie verwirrt dem Schwein hinterher. „Was hast du denn?" Verärgert über das unberechenbare Verhalten des Tieres, springt Marie auf und hetzt ihm, so schnell sie kann, hinterher. Doch anstatt irgendwann stehen zu bleiben, wechselt Jorik immer wieder die Richtung und rennt tiefer in den Wald hinein. „So ein dummes Schwein!", flucht Marie zähneknirschend. Jetzt hat sie seinetwegen sogar die Orientierung verloren. Und da heißt es immer, dass diese Tiere besonders schlau wären! Wer diese Annahme wohl in die Welt gesetzt hat? Erst nach zehn Minuten schafft es Marie, das Schwein einzuholen, weil es sich in einem Dornenstrauch verfangen hat. Vorsichtig und leise nähert Marie sich dem Schwein. „Jorik, es ist alles gut!", versucht sie es zu beruhigen. „Ich tu dir doch nichts." Behutsam gewinnt sie einen

Schritt nach dem anderen, bis sie direkt neben ihm steht. Langsam fährt sie mit ihrer rechten Hand sein linkes Hinterbein hinunter. Doch anstatt einiger Stacheln erspürt sie ein dickes Seil, welches sich um den Knöchel von Jorik verfangen hat. Seltsam, wie kommt denn eine Seeeeeeeeeeeeeeeeeeil...schlinge ... Bevor sie jedoch den Gedanken zu Ende denken kann, hängt sie bereits zusammen mit dem Schwein in einem Netz über dem Boden. Gefangen in einem Gewirr aus Seilen, baumeln die zwei eng aneinandergedrückt herunter, wobei das Gewicht ihres tierischen Gefährten verhindert, dass Marie sich sinnvoll bewegen kann. „Dir ist hoffentlich bewusst, Jorik", funkelt sie das Schwein verärgert an, „dass ich dir die Schuld an diesem Schlamassel gebe?!"

Panisch beginnt Eric mit seinen Beinen zu strampeln und laut seinen Unmut in die Welt hinauszuquieken. Erwischt! Sie haben mich erwischt! Alles ist aus! Ich werde für immer ein Schwein bleiben! Das darf nicht sein! Ich bin ein Prinz! Holt mich aus diesem Körper heraus!

„Jorik, jetzt beruhig dich doch endlich!", versucht Marie zu dem Schwein durchzudringen. „Verflixt und verzaubert!", ärgert sie sich über das sture Tier. In welche Katastrophe ist sie denn jetzt schon wieder geraten? „JORIK, jetzt hör endlich auf!", pflaumt sie überfordert und leicht hysterisch das Tier an. „Du tust mir mit diesem Gezappel weh. Was bist du nur für ein feiges Schwein!"

Schlagartig hält Eric in seiner Bewegung inne. Hat der Bursche ihn gerade wirklich ein feiges Schwein genannt? Wie kann er es wagen, so über ihn zu denken? Weiß er denn nicht, dass er ein ... dass er ein ... Doch Eric kann diesen Gedanken nicht zu Ende denken, da er im Moment wirklich ein eher feiges Schwein ist. Deprimiert lässt er seinen Kopf hängen. Wo sind nur seine Tapferkeit und sein Stolz hin? Er erkennt sich kaum selbst und kann einfach nicht verstehen, warum er durch die lächerliche Berührung dieses Jungen in Panik versetzt wurde und kopflos in eine Falle getappt ist. „So ist es gut, Jorik“, spricht indessen der Bursche wieder in sanftem Ton mit ihm. „Einfach ruhig atmen, damit wir uns die nächsten Stunden nicht verletzen. Denn so wie es scheint, müssen wir Geduld haben, bis uns jemand aus dieser Falle befreit.“ „WAS?“, fährt es Eric durch alle Glieder. Ich muss hier noch einige Stunden hängen? Sofort fängt sein Herz hektisch zu rasen an und kalter Schweiß sammelt sich auf seiner Schnauze. Die Enge, das Warten und die Unfähigkeit, etwas zu tun, schnüren ihm langsam die Luft ab. Es ist für ihn eine Qual, einer solchen Situation hilflos ausgeliefert zu sein. Geduld gehört eindeutig nicht zu seinen Tugenden. Da sieht man mal wieder, wie wenig dieser Segensspruch ihm geholfen hat. Wollten die ihm nicht *Geduld* schenken, um mit solchen Situationen besser umgehen zu können? Diese Sprüche waren wohl nur ein Ablenkungsmanöver für den späteren Verwandlungsfluch.

Marie entgeht die erneute Nervosität ihres Schweines nicht. Doch da Jorik auf ihre Berührungen eher mit Panik reagiert, muss sie sich wohl etwas anderes einfallen lassen, weswegen sie mit ihrer leicht rauchigen und tiefen Stimme ein Lied zu summen beginnt. Und wie sie gehofft hat, erzielt ihre Melodie mit der Zeit die gewünschte Wirkung. Joriks aufgeregter Herzschlag, den sie deutlich an ihrem eigenen Körper spüren kann, verlangsamt sich von Minute zu Minute. Sein panischer Blick weicht und seine Augenlider beginnen sich zu schließen. Diesen Moment nutzend, überlegt Marie fieberhaft, wer wohl so eine Falle im Wald aufgestellt haben könnte. Und nach reiflicher Überlegung fallen ihr eigentlich nur zwei Möglichkeiten ein, die beide nicht sonderlich erquicklich sind. Denn entweder handelt es sich um eine Falle der Trolle, oder aber sie hängen in einem Netz der berüchtigten Räuber, die seit Monaten das Land tyrannisieren. Beide Optionen sind alles andere als prickelnd und erzeugen auch bei ihr ein Gefühl der Panik. Doch was soll sie tun? Sie muss irgendwie versuchen, sie beide aus dieser Falle zu befreien. Aber wie kann sie das ohne ein Messer schaffen? Wenn sie doch nur eines der Seile kappen könnte und sich das ganze Konstrukt auflösen würde! Sie müsste eigentlich nur das Hauptseil durchtrennen. Schade nur, dass ihr Schwein keinen Waffengurt umgeschnallt hat. Das wäre in so einer Situation wirklich sehr praktisch. Aber Eber brauchen nun einmal keine Messer, da sie ihre scharfen Hauer als Waffe nutzen können. „Oh, du heiliger Märchenwald!", fällt es ihr in diesem Moment wie Schuppen von den Augen. „Das ist es!" Freudig rüttelt Marie an Jorik und holt ihn aus seiner Trance zurück. „Ich habe eine Idee", kann sie kaum ihre Aufregung bändigen. „Wenn du dieses Seil durchbeißen könntest, dann wären wir frei."

Zögernd realisiert Eric, was Martin von ihm möchte. So dumm scheint der Knabe doch nicht zu sein. Das könnte tatsächlich funktionieren. Aber WÄH, ist das widerlich, denkt Eric sich eine Minute später. Es kostet ihn größte Überwindung, das schmutzige und stinkende Seil in sein Maul zu nehmen. Er will gar nicht wissen, wie viele Wochen das schon hier auf dem Waldboden vergammelt ist. Diese Überlegung versucht er bewusst auszublenden. Denn lieber ist er ein freies Schwein mit einer Magenverstimmung als ein gefangenes Schwein in einem Magen. Deswegen beginnt Eric zwar angewidert, aber mit neuem Elan seine zeitraubende Tätigkeit. Nur Stück für Stück lösen sich winzig kleine Fäden von dem robusten Seil und stellen seine Geduld auf eine harte Probe. „Einfach weiterkauen, mein Großer", versucht Martin ihn immer wieder zu motivieren. „Bald hast du es geschafft." Doch die Zeit vergeht und frustriert kaut Eric monoton auf dem Strick herum, bis das Seil plötzlich von einer Sekunde auf die andere reißt und sie schmerzhaft auf dem Waldboden landen. Enthusiastisch fällt Martin ihm sogleich um den Hals und drückt ihn fest an sich. „Du bist das beste Schwein, das es auf der ganzen Welt gibt." Stolz auf sich und sein Durchhaltevermögen, streckt Eric seine Brust heraus und gratuliert sich selbst für diese Meisterleistung, wobei er die Anspielung auf das Schwein geflissentlich überhört.

Mit blauen Flecken am Körper, aber glücklich lässt Marie von dem Schwein ab und reibt ihre eingeschlafenen Glieder. „Komm, Jorik, wir müssen weg von hier“, will sie jedoch keine Zeit mehr vertrödeln und so schnell wie möglich diesen Ort verlassen. Wer weiß schließlich, wann die Räuber oder die Trolle nach ihrer Falle sehen? Es wundert sie sowieso schon, dass noch keiner gekommen ist. Um sich aber erst einmal zu orientieren, stellt Marie sich auf einen größeren Felsbrocken ganz in der Nähe und versucht zu erahnen, in welche Richtung sie sich wenden müssen. Die Sonne ist bereits ein gutes Stück über den Himmel gewandert und zeigt ihr dadurch die westliche Himmelsrichtung an. „Wenn wir nach Westen gehen“, überlegt sie laut vor sich hin, „dann kommen wir wieder zurück zum Schloss.“ Doch kaum hat sie das gesagt, kann sie deutlich Joriks abweisendes Kopfschütteln erkennen. „Dann möchtest du wohl in eine andere Richtung gehen?“, dreht sie sich nun direkt dem Schwein zu und formuliert ihre Frage so, dass das Schwein mit seinem Kopf antworten kann. „Möchtest du ans Meer im Norden?“, ist Marie wenig überrascht, als das Schwein seinen Kopf schüttelt. „Und in den Süden in die Wüste?“ Aber auch hier schüttelt Jorik vehement sein Haupt. „Jetzt sag bloß“, seufzt Marie wenig begeistert, „dass du nach Osten in das Reich des Zaubersees willst?“ Und schon hüpft das Schwein freudig auf und ab und hinterlässt keine Zweifel, wohin es gehen möchte. „Das kann doch jetzt nicht dein Ernst sein?!“, schnauft Marie skeptisch. „Da gibt es doch nur stinkende Tümpel und den grausamen König Barboss mit seinen verzogenen Söhnen. Da bringen mich keine zehn Pferde hin!“ So setzt Marie sich schwungvoll auf ihren Hintern und blickt stur geradeaus. Jorik indessen nutzt die Gunst der Stunde und blickt ihr tief in die Augen. Wie kann ein Schwein nur eine so schöne und intensive Augenfarbe haben, denkt Marie sich keine fünf Minuten später. Gefangen durch diesen Blick, schmilzt ihr Widerstand Stück für Stück dahin, bis das Schwein sie weichgekocht hat. „Ist ja schon gut“, seufzt sie resigniert und stupst das Schwein von der Seite an. „Du hast gewonnen. Ich gebe mich geschlagen.“ Denn was zehn

Pferde nicht schaffen, das schaffen eben nur die wunderschönen Augen eines Schweines, woraufhin sie beschwingt aufsteht und Jorik auf den Rücken klopft. „Also komm, mein Freund“, deutet sie nach Osten. „Ab mit uns ins nächste Abenteuer.“ Und schon gehen die zwei gemeinsam, Seite an Seite, mit der untergehenden Sonne im Rücken durch den tiefen Wald hindurch, während das Licht immer mehr an Kraft verliert. „Ich fürchte, dass wir heute wohl nicht mehr das Ende des Waldes erreichen werden“, muss Marie aber bald einsehen, dass es bereits viel zu spät geworden ist, um noch sicher bei Tageslicht den Wald verlassen zu können. „Wir sollten uns eine geschützte Stelle für die Nacht suchen, da wir heute wohl keinem netten Zwerg mehr begegnen werden, der uns einen Unterschlupf gewährt.

„Nett?!“, fährt es Eric durch alle Glieder. Nett war dieses Scheusal wirklich nicht. Der hat doch nur einen Dummen gebraucht, der ihm sein Holz hacken kann. Die Hände des Jungen sind voller Wunden, die immer wieder aufreißen und einen metallischen Geruch verströmen. Und was hat er als Dank dafür bekommen, ärgert sich Eric über die fragwürdige Gastfreundschaft des Zwerges. Eine dünne Gemüsesuppe und einen undefinierbaren Brei. In der Wildnis hätten sie sicherlich etwas Besseres finden können als das. Vielleicht, überlegt Eric und spürt deutlich den Hunger in seinen Eingeweiden, hilft uns ja mein außergewöhnlicher Geruchssinn bei der Suche nach etwas Nahrhaftem. Beherzt senkt Eric seinen Rüssel und schnuppert auf dem Boden. Er dreht sich in mehrere Richtungen und saugt intensiv alle Gerüche ein. Es ist schon eine interessante Erfahrung, plötzlich so gut riechen zu können. Eine Spur, ich habe eine Spur, freut er sich kurz darauf. Eifrig verfolgt er diese und achtet weder auf Martin noch auf seine Umgebung, da der köstliche Geruch ihm bereits die Sinne vernebelt hat. „Was ist mit dir, Jorik?“, läuft Martin schnellen Schrittes hinter ihm her und beobachtet ihn interessiert. „Was suchst du?“ Doch da beide nicht genug auf ihre Umgebung achten, entgeht ihnen der große Laubteppich, der sich unter einem Ast befindet, an dem ein großes und saftiges Bratenstück hängt.

„Was zum ...?!", ist das Letzte, was man von Marie hört, als sie zusammen mit ihrem Schwein in die Tiefe stürzt.

Auf einem Waldweg

„Den Umweg hätten wir uns auch sparen können", motzt Hans leise vor sich hin und treibt sein Pferd an. „Zwerge sind doch wirklich das unfreundlichste Volk, das ich kenne. Erst weigert er sich, mit uns zu reden, und dann hört er überhaupt nicht mehr auf, uns zu beschimpfen." „Ist ja schon gut, Hans", verdreht Sven genervt seine Augen, wobei ein belustigtes Grinsen seine Lippen ziert. „Heute ist wirklich nicht dein Tag." „Wenn mich ein Esel in den Hintern getreten hätte", witzelt Juan sogleich, „dann hätte ich auch so schlechte Laune." „Ihr könnt mich mal echt gerne haben!", schnalzt Hans mit seiner Zunge und beschleunigt den Tritt seines Pferdes, um ein wenig Abstand zu seinen Kameraden aufzubauen. „Der versteht aber auch gar keinen Spaß", seufzt Juan und fasst sich theatralisch ans Herz. „Dann hör doch endlich auf damit", ist es Aron, der für Ordnung sorgen will. „Dich will ich mal erleben, wenn Tiere dich so zu Fall bringen." „Ach, dem geht es weniger um die Tiere als um seinen schmerzhaften Hintern. Das Reiten kann schon eine Qual mit so einem blauen Exemplar sein. Meine Kehrseite hält da eindeutig mehr aus", verdeutlicht Juan dies mit einem Schlag auf sein Gesäß und zwinkert Aron verschmitzt zu. „Nicht jeder hat so viele Frauengeschichten wie du am Laufen, mein Lieber", schüttelt Aron angewidert seinen Kopf. „Dein Hintern ist wahrscheinlich schon kampferprobt, wenn es um die ganzen Tritte deiner Exfreundinnen geht." „Du hast ja keine Ahnung", erwidert Juan und lacht aus vollem Halse. „Ich kann euch da ein paar köstliche Episoden erzählen." Daraufhin lauschen die anderen drei Soldaten gespannt den ausschweifenden Ausführungen ihres Kameraden und hängen gebannt an seinen Lippen.

Ein paar Meter entfernt reiten Rosemarie und Theodor schweigend hinter den Soldaten her. Nach dem unerfreulichen Treffen mit dem Hüttenbewohner haben beide beschlossen, ihr Glück im nächsten Dorf zu versuchen. Diese eingebildete Pute, beschimpft Theodor sie in seinen Gedanken. Jetzt haben wir wegen ihr schon wieder wertvolle Zeit verloren. Wenn sie den Weg zu dieser Hütte nicht eingeschlagen hätte, wären wir schon längst im nächsten Dorf. Hoffentlich haben wir dort mehr Glück und jemand kann uns etwas über den Jungen mit dem Esel erzählen. Er muss schließlich irgendwo hier aus der Gegend stammen. „Schmollt das kleine Prinzchen etwa immer noch?“, unterbricht Rosemarie jedoch wirsch seine Gedankengänge und zügelt ihr Pferd. „Daran seid Ihr nicht ganz unschuldig, meine Liebe!“, kommt es sarkastisch von Theodor zurück. „Ich konnte doch nicht wissen, wie gereizt ein Zwerg reagieren kann, wenn man ihm die Frage stellt, ob er Schwierigkeiten mit Ungeziefer in seinem Bart hat.“
„Denkt Ihr eigentlich, bevor Ihr sprecht?“, fährt Theodor sich frustriert mit der Hand über sein Gesicht. „Gibt es überhaupt eine Verbindung von Eurem Hirn zu Eurem Mund?“

Beleidigt dreht Rosemarie sich von ihrem Begleiter weg. Er hat ja nicht ganz unrecht, geht es ihr durch den Kopf. Sie war nur so überrascht, einen Zwerg mit solch einem langen Bart zu sehen, dass sie wirklich nicht nachdachte, bevor ihre Worte ihren Mund verließen. Sie wurde schließlich zwanzig Jahre in einem goldenen Käfig aufgezogen. Da kann so ein kleines Missgeschick schon einmal passieren. „Schiebt mir aber nicht allein die ganze Schuld in die Schuhe, dass der Zwerg ausgerastet ist“, kontert Rosemarie bissig. „Als Ihr den Esel betrachten wolltet, ist er erst so richtig ausgeflippt.“ „Vielleicht hättet Ihr nicht die Nase verziehen sollen, als er sich uns mit dem Esel genähert hat“, knirscht Theodor wütend mit seinen Zähnen, weswegen sein Pferd nervös zu tänzeln beginnt und seine Aufmerksamkeit fordert. „Ach!“, echauffiert sich die Prinzessin sogleich. „Jetzt bin ich wohl generell an allem schuld, weil ich existiere, oder?“

„NATÜRLICH seid Ihr schuld!“, brüllt Theodor verärgert. „Ihr und diese Fee habt uns erst in diese aussichtslose Lage gebracht. Frauen sind der Untergang eines jeden Königreiches.“ Obwohl der Prinz sich seinen Frust von der Seele schreit, hält die Angst ihn weiter in ihren Klauen. Viel zu sehr fürchtet er um die Sicherheit seines Bruders und auch das Wohlergehen des Königreiches lastet schwer auf seinen gerade mal vierundzwanzigjährigen Schultern. Den Blick nach Westen in die Abendsonne gerichtet, realisiert Theodor erst viel zu spät das Rascheln der Blätter neben sich. Mit einem gewaltsamen Schlag gegen seinen Kopf wird er vom Pferd gerissen. Das Letzte, was er wahrnimmt, bevor er bewusstlos wird, ist der entsetzte Blick von Rosemarie, als sie von drei schmutzigen Gesellen umzingelt wird.

„Lasst mich sofort los, ihr dreckigen Unholde!“, schimpft Rosemarie und reißt an den Zügeln ihres Pferdes. „Wisst ihr denn nicht, wer ich bin? Wenn das mein Vater, der König, erfährt, wird er den kompletten Wald nach mir absuchen lassen.“ Daraufhin brechen die Räuber in rohes Gelächter aus. „Bürschchen, wenn du glaubst, wir fallen auf solch albernes Geschwätz herein, dann bist du noch naiver als der Händler letzte Woche. Der dachte doch ernsthaft, er könnte uns mit einer Flasche Wein gnädig stimmen. Wieso nur eine Flasche, wenn wir auch den ganzen Wagen haben können?“ Wieder lachen die Männer in ihrer schmutzigen Art und funkeln sie siegessicher an. Verzweifelt sucht Rosemarie nach ihrer Eskorte, kann sie aber nicht mehr sehen. Sie hat sich wohl zu weit nach hinten fallen lassen, um in Ruhe mit Theodor diskutieren zu können. Das war wohl ein böser Fehler, der beide jetzt das Leben kosten könnte. Mit Entsetzen betrachtet sie den bewusstlos am

Boden liegenden Prinzen. Ein Knebel in ihrem Mund unterbindet ihre Schreie, nachdem sie vom Pferd gezogen wurde. Mit Seilen werden ihre Handgelenke hinter ihren Rücken gebunden und eine Augenbinde vervollständigt das Werk der Räuber. So wird sie mit dem Bauch voraus quer über einen Pferderücken gewuchtet. In diesem Moment verrutscht ihre Mütze und landet auf dem Boden. Eine ihr bis jetzt unbekannte Angst breitet sich in ihrem gesamten Körper aus. „Sieh an! Sieh an!“, beginnt einer der Räuber zu grölen. „Was haben wir denn da? Wie es scheint, ist uns eine kleine Wildkatze in die Hände gefallen. Die wird uns bei den Shujin sicherlich gutes Geld einbringen“, lacht der Räuber schäbig und haut sich begeistert auf den Oberschenkel. „Oh nein!“, schießt es Rosemarie panisch durch den Kopf. Die Shujin sind ein Wüstenvolk, das seinen Reichtum auf dem Rücken von Sklaven aufgebaut hat. Die werden doch nicht wirklich …? Angst lähmt ihren Körper und erzeugt eine massive Übelkeit in ihren Eingeweiden. „Nehmt den jungen Mann auch noch mit“, kommandiert einer der Räuber seine Kameraden herum. „Für so einen hübschen Kerl haben die Bewohner der Wüste sicherlich auch ihre Verwendung.“ Auch wenn es sehr egoistisch von Rosemarie ist, so durchflutet dennoch ein kleines Glücksgefühl ihren Körper, da Theodor mit ihr zusammen entführt wird und sie nicht allein ist. Dass der Prinz ihr jedoch helfen kann, wagt sie zu bezweifeln.

Nordöstlicher Teil des Märchenwaldes

„Ahhh! Ich glaube, ich habe mir jeden Knochen einzeln gebrochen“, jammert Marie, rappelt sich auf und reibt ihren schmerzenden Hintern. Nur spärliches Tageslicht dringt durch die kleine Öffnung über ihr, während Blätter und Erde unaufhörlich auf ihre Mütze rieseln. Auf allen vier Seiten ragen steile Erdwände empor und machen eine Flucht unmöglich. Und auch das Schwein wirkt wenig begeistert, als es die hohen Wände betrachtet. „Tja, Jorik!“, wirft Marie dem Tier einen vorwurfsvollen Blick zu. „Wie gewonnen, so zerronnen. Ich will dir zwar nicht erneut die Schuld zuschieben, aber …“ Frustriert tätschelt sie den Kopf des Schweines, das sofort ihre Hand abschüttelt. „Also als Glücksschwein würde ich dich ja nicht bezeichnen“, kann Marie es nicht lassen, das Schwein weiter zu ärgern, weswegen Jorik sie zornig anfunkelt und ihr damit ein Kichern entlockt. „Es tut mir leid, mein Kleiner“, zuckt Marie daraufhin entschuldigend mit ihren Schultern. „Ich neige dazu, in schwierigen Situationen dumme Witze zu reißen. Und weil sonst keiner da ist, musst nun eben du als Opfer herhalten. Nimm es also nicht persönlich, mein kleines Unglücksschweinchen.“ Beleidigt rempelt Jorik sie mit seinem Kopf von der Seite an, was Marie noch lauter lachen lässt. „Ich weiß, ich sollte aufhören“, versucht Marie sich selbst zu beruhigen und wischt ihre Lachtränen aus den Augenwinkeln. „Aber du musst schon wirklich zugeben, dass wir wohl die größten Pechvögel im ganzen Königreich sind.“

Nachdem Eric in ein tiefes Loch gefallen ist, sich schwerfällig erhoben und Erde von seinem Rücken abgeschüttelt hat, muss er sich nun auch beleidigen lassen. Doch das Schlimmste von allem ist, dass der Bursche mit seinen Anschuldigungen absolut recht hat. Wie konnte ihm nur so ein schwerwiegender Fehler gleich ein zweites Mal unterlaufen? Es muss eindeutig an seinem neuen Körper und seiner Begleitung liegen. Als Prinz wäre er sicher nicht in ein Loch gefallen, das gerade einmal breit genug zum Sitzen ist. Und selbst wenn, dann wäre es kein Problem für ihn gewesen, diese zwei Meter hohen und glatten Wände zu erklimmen. Denn als kräftiger und großer Mann hätte er mit Sicherheit die Kante mit einem Sprung erreicht und sich hochziehen können. Aber als Schwein sitzt er wieder einmal hilflos fest, während der Bursche neben ihm dümmliche Sprüche von sich gibt und nicht mehr aufhören kann zu kichern. Ob er wohl seinen Verstand eingebüßt hat, weil er mit seinem Kopf auf einem Stein gelandet ist? Frustriert gibt Eric ein lautes Quieken von sich.

Marie, die dieses Quieken als Zustimmung wertet, bricht wieder in Gelächter aus. „Dann werden wir zwei uns ab sofort Pechmarie und Unglücksschwein nennen." Spät realisiert Marie, dass sie dadurch beinahe ihre Identität verraten hätte, und verstummt augenblicklich. Auch wenn Jorik nur ein Schwein ist, so ist er dennoch ein Schwein, das sie seltsamerweise verstehen kann und sie vielleicht unabsichtlich verraten könnte. Um schnell für Ablenkung zu sorgen, befühlt Marie die Erde an allen Seiten und gibt verschiedenste Laute von sich, während sie so tut, als würde sie die Wände untersuchen. „Mhm!", dreht sie sich nach links. „Aha!", befühlt sie einen großen Stein. „Okay!", schaut sie nach oben. „Soso!", richtet sie ihren Blick nach unten und beendet dieses ganze Schauspiel mit den Worten: „Gut, das war's! Hier kommen wir nicht raus."

Das Licht weicht immer weiter und hüllt die Grube bald in dunkle Schatten. Die Kälte kriecht Stück für Stück in ihre Glieder und lässt beide erzittern. Schon seit dem Lachanfall beachtet der Prinz den Burschen nicht mehr und richtet seine Überlegungen auf eine mögliche Flucht. Es gibt für ihn nur eine sinnvolle Lösung, und die geht er bereits seit einiger Zeit in Gedanken durch. Aber ob der junge Kerl dazu in der Lage ist, kann er nicht mit Gewissheit sagen. Denn der Junge müsste sich auf seinen Rücken stellen, mit etwas Glück eine Wurzel ergreifen und sich mit etwas Anstrengung nach oben ziehen. Danach müsste er die Seile aus der ersten Falle finden, zurückkommen, eine Schlaufe binden und ihn als schweres Schwein hochziehen. Leider traut Eric dem Knaben aber weder die Kraft noch den Intellekt zu. Und auch die hereinbrechende Dunkelheit verhindert die Umsetzung seines Planes. „Jorik, Jorik!", reißt Martin ihn kurz darauf aus seinen Überlegungen. „Es ist gut, mein Kleiner", tätschelt er Eric beiläufig das Köpfchen. „Heute werden wir keine Lösung mehr finden. Lass uns lieber versuchen, die Nacht so gut es geht zu überstehen und uns in Geduld zu üben. Vielleicht fällt uns morgen Früh etwas ein, wie wir aus dieser Grube fliehen können." Wenn der wüsste, ärgert Eric sich über die Gelassenheit des Jungen. Wie kann man in solch einer Situation nur so ruhig sein, obwohl einem die Zeit davonläuft? „Geduld!", schnauft Eric abschätzig. Wenn er dieses Unwort schon hört, wird er sauer. Geduld ist für Schwächlinge, die darauf hoffen, dass ihnen die Lösung in den Schoß fällt. Aber nicht mit ihm. Er ist ein Prinz. Er ist es gewohnt, dass er alles erreicht, was er sich vornimmt. Deswegen wird er sie beide jetzt mit seiner Kraft und seinem Einfallsreichtum herausholen, auch wenn er dafür die ganze Nacht benötigt.

Nach mehreren Stunden fällt ein erschöpftes Schwein neben Marie auf die Erde. Ihr ist sehr wohl bewusst, dass sie einen guten Plan brauchen, damit sie dieses Loch verlassen können. Doch in der dunklen Nacht ist dies nicht zu schaffen, was ihr Begleiter aber absolut nicht einsehen möchte. Jorik ist wirklich ein stures Schwein. Da hatte Gunter eindeutig recht mit seiner Einschätzung. Es ist schon sehr praktisch, denkt Marie an die Gabe des Zwerges, in die Seelen anderer blicken zu können. Was er wohl bei Jorik gesehen hat? Bibbernd vor Kälte und mit schweren Augenlidern kuschelt Marie sich kurz darauf an das vor Erschöpfung schlafende Schwein und schließt bald darauf selbst die Augen.

Ein Schwall Wasser lässt Marie und Jorik augenblicklich in die Höhe schrecken. Das Tageslicht scheint dumpf durch die Blätter der Bäume und verschleiert mehr, als es preisgibt. Leichter Nebel verwischt die Konturen derer, die das Wasser auf die Gefährten geschüttet haben. Zwei Seile mit Schlaufen werden in die Grube geworfen und landen direkt vor ihren Füßen. Verunsichert greift Marie danach und bindet eines um Jorik und das andere um ihre eigene Hüfte. Ein mulmiges Gefühl bemächtigt sich ihrer, da sie keine Ahnung hat, wer zu ihrer Rettung gekommen ist. Jorik ist der Erste, der hochgezogen wird. Als sie an der Reihe ist, kann sie vor

Aufregung kaum ihren Körper ruhig halten. Über der Kante greifen kräftige Arme nach ihr und stellen sie sogleich auf die Beine. Ihr Herz pocht wild in ihrer Brust und ihre Knie beginnen zu zittern. Vor ihr steht ein Zwei-Meter-Ungetüm mit einer schaurig aussehenden Maske. Diese verdeckt das komplette Gesicht und ist einer Teufelsfratze nachempfunden. Seine Bekleidung besteht zum größten Teil aus Tierleder und wird von verschiedensten Gurten mit Waffen zusammengehalten. Seine Füße sind barfuß, mindestens doppelt so groß wie die ihren und ziemlich behaart. Erst zögerlich realisiert sie die Anwesenheit von weiteren Geschöpfen in gruseligen Masken und kann Joriks panisches Quieken gut nachempfinden.

Beherzt versucht sie sich aus dem starken Griff ihres Gegenübers zu befreien, das unnachgiebig ihre Arme festhält. „Lasst sofort meinen Freund los!“, schimpft sie und knallt ihren Fuß gegen das Schienbein eines dieser Wesen. Doch leider zeigt diese Aktion keinerlei Wirkung. Und so muss sie mitansehen, wie ihr Schwein an Vorder- und Hinterfüßen gefesselt, an einen dicken Ast gebunden und mit dem Rücken nach unten hängend wie eine fette Beute davongetragen wird. Auch mit ihr geht man nicht besser um, wobei man ihr den Ast erspart und ihr nur eine Augenbinde anlegt und sie orientierungslos nach vorne stolpern lässt. Nur mit Müh und Not kann sie den unebenen Weg erkennen und schwere Stürze vermeiden. Eine scharfe Waffe, vermutlich ein Speer, bohrt sich derweilen schmerzlich in ihren Rücken. Keine halbe Stunde später scheinen sie das Ziel erreicht zu haben, da ihr die Augenbinde abgenommen wird. Und schon erscheint vor ihr ein großes Dorf, mitten im Wald. Zu ihrem Erstaunen laufen hier die Kinder ein bisschen anders herum. Ihre Kleidung besteht größtenteils aus Fellen und ihre langen Haare stehen in alle Richtungen ab. Ihre großen Nasen und Ohren stechen besonders heraus, obwohl auch ihre gigantischen Füße kaum zu übersehen sind. Was sind das für Kreaturen, geht es Marie nicht zum ersten Mal durch den Kopf. Sie gleichen uns Menschen, sind aber in ihren körperlichen

Merkmalen doch unverkennbar keine. Ob das wohl Trolle sind? „Hör auf zu träumen und beweg dich!“, kommt es plötzlich rüde von der Seite, gefolgt von einem schmerzhaften Stoß in ihre Rippen. „Der König möchte alle Gefangenen persönlich begrüßen.“

Keine hundert Meter weiter bleiben sie jedoch gleich wieder vor einem großen Gebäude mitten auf einem weiten Platz stehen. Die Holzkonstruktion gleicht einer großen Scheune und wird von zwei Kriegern bewacht. Auch diese tragen furchteinflößende Masken und rühren sich keinen Millimeter, als Marie an ihnen vorbeigeführt wird. Zwei große Tore schwingen auf und geben den Blick in einen riesigen Saal frei. Auf einem prunkvollen Stuhl am Ende des Raumes sitzt ein alter Mann mit ergrautem Haar, auffallender Nase und zu großen Ohren, während um ihn herum andere stehen, die aufgeregt miteinander tuscheln. Mit einem mulmigen Gefühl in der Magengegend nähert Marie sich den Wartenden, wobei ihr Blick auf eine Metallkrone mit einem grünen Edelstein gerichtet ist, die auf dem Haupt des alten Mannes sitzt. Abgelenkt durch den Stein in der Krone des Königs, trifft sie der Schlag in ihre Kniekehlen unvermittelt. Die Pein lässt sie augenblicklich nach vorne fallen. Schmerzhaft landet sie auf ihren Kniescheiben und verflucht ihre Unachtsamkeit. „Verbeug dich gefälligst, du unwürdiger Wurm!“, blafft sie kurz darauf einer der Krieger an, packt ihren Kopf und drückt ihn auf den kalten Boden.

„Was haben wir denn da?“, schiebt sich plötzlich ein Schatten von links in ihr eingeschränktes Sichtfeld, bevor ihr Kopf von einer jüngeren Ausgabe des Königs angehoben wird und sie dieser direkt in die Augen blicken kann. Überrascht hätte sie beinahe ein Keuchen ausgestoßen Denn selbst die überproportionale Nase in seinem Gesicht lässt den Mann immer noch in einem sehr attraktiven Licht erscheinen. Er hingegen dreht mit Gewalt ihren Kopf in mehrere Richtungen und betrachtet sie eingehend, während sie selbst ein paar Überlegungen anstellt. Was soll sie bloß tun? Wo ist sie und sind das wirklich Trolle? „Der ist schwach und mickrig“, hört sie kurz darauf die melodische Stimme des Wesens neben sich. „Der kann uns nicht gefährlich werden. Ich würde ihn in Ketten legen und als Hausdiener verwenden.“

„So soll es sein, mein Sohn“, hört Marie nun zum ersten Mal den König sprechen. „Er wird für die Küche eingeteilt und kann helfen, den morgigen Festbraten vorzubereiten.“ Ein lautes Knacken an ihrem Hals, gefolgt von dem Gefühl kalten Metalls, verursacht ihr eine sehr unangenehme Gänsehaut. Dennoch schenkt sie dem wenig Beachtung, da sie nur noch an Jorik denken kann, der morgen wahrscheinlich als Festbraten herhalten muss. Deswegen nimmt Marie all ihren Mut zusammen und richtet ihre nächsten Worte an den König. „Ich bitte Euch, hochwohlgeborene Majestät“, senkt sie dieses Mal freiwillig ihr Haupt, „bitte verschont meinen Freund, das Schwein. Er hat schon so viel durchgemacht und verdient es einfach nicht, als Braten gegessen zu werden.“ „Schweig!“, wird sie jedoch rüde angefahren, bevor ein Ruck an ihrer Kette sie verzweifelt um Luft ringen lässt.

Lautes Gelächter durchflutet den Saal. Eine Handbewegung des Prinzen lässt aber diese Stimmen augenblicklich verstummen. „Was bist du nur für ein seltsamer Bursche?“, betrachtet er sie mit hochgezogener Augenbraue. „Kein Mensch hat bei uns Trollen je um das Wohlergehen eines anderen Lebewesens gebeten. Willst du nicht lieber um deine eigene Freilassung bitten?“ Mit einem Kopfschütteln verneint Marie dies und hält weiter dem Blick des Prinzen stand. Irritiert von dieser Reaktion winkt der Prinz einen Soldaten heran und lässt den in seinen Augen komischen Jungen abführen. Noch aus den Augenwinkeln heraus kann Marie erkennen, wie der König den Schlüssel für ihre eiserne Fessel in Empfang nimmt und in eine seiner Kleidertaschen steckt.

Keine Minute später wird Marie an ihrer unschönen neuen Halskette zu einem anderen Gebäude geführt. Doch anstatt das

Gebäude zu betreten, wird sie an einen großen Pfahl mit Eisenringen gebunden, der direkt davor steht. Kurz darauf verlässt eine Trollfrau mit einem Korb Kartoffeln das Gebäude und kippt ihn vor Marie aus. Dies wiederholt sich so lange, bis der Berg an Kartoffeln Marie um mehrere Köpfe überragt. Ein kleines, aber dafür sehr scharfes Messer wird ihr zusätzlich überreicht und lässt sie staunen. „Wehe dir, du kommst auf falsche Gedanken, Bürschchen!“, ermahnt sie jedoch sogleich die Trollfrau und deutet auf das Messer. „Wenn du versuchst zu fliehen oder einen von uns verletzt, ist es das Letzte, was du in deinem Leben getan hast.“ Hüftschwingend entfernt sich die Frau mit ihren enorm großen Füßen und lässt Marie mit diesem Kartoffelmonument allein zurück. Auch wenn Marie kein Mensch ist, der Arbeit scheut, so bereitet ihr die enorme Menge an Gemüse jedoch gehörige Bauchschmerzen. Doch was soll sie tun? Wer nicht anfängt, der wird auch nie fertig! Deswegen schnappt Marie sich tapfer ihr kleines Messer und beginnt dem Gemüse an den Kragen zu gehen.

Nach ungefähr einer halben Stunde schmerzen ihre Finger bereits so stark, dass sie zu summen anfängt, um sich von den Schmerzen abzulenken. Doch schon kurz darauf lässt ein unschuldiges Kinderlachen sie aufblicken und versetzt sie in Erstaunen, da vor ihr plötzlich eine stolze Schar an Kindern sitzt. „Das ist wunderschön“, kommt es von einem kleinen Trollmädchen mit rotem Haar und süßen Sommersprossen auf der Nase. Ein tiefes Lächeln breitet sich auf dem Gesicht von Marie aus und sie beginnt mit den Kindern zu sprechen und zu scherzen. Sie hat Kinder schon immer sehr gerne gemocht und genießt die Zeit mit ihnen, weswegen sie ihnen spannende Abenteuergeschichten von Rittern und Drachen erzählt, Lieder in tiefer Altstimme vorsingt und ihnen Rätsel aufgibt, die zu lösen einen enormen Spaß verursacht. So vergehen Stunden, bis ein lauter Gong die freudestrahlenden Kinder aufschreckt. Sofort springen sie auf ihre Beine und verschwinden in den anliegenden Hütten. Nur das rothaarige Mädchen bleibt noch eine Weile und nähert sich Marie vorsichtig. „Du bist doch ein Mensch, oder?“, will die Kleine interessiert von Marie wissen und beäugt sie skeptisch. „Ja, das bin ich“, antwortet Marie belustigt, schält die Kartoffel noch fertig und legt diese dann zusammen mit dem Messer auf die Seite. „Mein Bruder sagt immer, dass Menschen böse und gefährlich sind und wir ihnen nie zu nahe kommen dürfen“, erklärt das Trollmädchen belehrend und hebt dabei ihren Finger. „Du bist aber ganz anders und ich mag dich.“ Schwungvoll wirft sich das Mädchen plötzlich in die Arme der überraschten Marie und gibt ihr einen dicken Kuss auf die Wange. „Ich bin übrigens Majana!“ Doch so überschwänglich diese Umarmung war, so schmerzhaft ist der Ruck an Maries Kette, der sie danach nach hinten reißt.

„Lass sofort deine dreckigen Finger von meiner Schwester!“, ertönt über ihr eine wohlbekannte Stimme. „Glaubst du etwa, ich hätte dich nicht durchschaut? Du willst dich doch nur bei den Schwächsten und Kleinsten unseres Volkes einschleimen und benutzt diese dann, um deine feige Flucht zu planen. Majana, geh sofort zu unserem Vater und lass mich das hier erledigen!“ Wie der Blitz verschwindet der kleine Wirbelwind um die nächste Ecke und lässt Marie mit dem Prinzen allein zurück. „Geht’s noch?“, hustet Marie ihm entgegen und reibt sich ihren schmerzenden Hals. „War das wirklich nötig, du Grobian?“ Empört stellt Marie sich langsam auf die Beine. „Um meine Schwester vor Schaden zu schützen, ist mir jedes Mittel recht.“ Aus braunen Augen funkelt der Prinz sie böse an und zieht nochmals kräftig an ihrer Kette, sodass sie in seine Richtung stolpert, wobei er sein Treiben erst stoppt, als sich ihre Gesichter beinahe berühren und er ihr tief in ihre grünen Augen blicken kann. „Wenn ich noch einmal sehe, dass du meiner kleinen Schwester zu nahe kommst, dann schlitze ich dich von oben bis unten auf und lasse dich verbluten, wie ich es morgen Früh mit deinem Freund machen werde.“ Kalter Schweiß gepaart mit Schuldgefühlen bricht aus Marie hervor und lässt sie unkontrolliert zittern. „Jorik!“, kommt es ihr leise über die Lippen. Sie hatte das Schwein ganz vergessen. Ihren letzten Mut zusammennehmend, erwidert sie den feindseligen Blick des Trollprinzen und funkelt böse zurück. „Wenn du glaubst, ich lasse mich von dir so einfach aufschlitzen, dann kennst du mich aber schlecht“, knallt Marie ihm diese Aussage direkt ins Gesicht. Und um das zu beweisen und keine Zweifel aufkommen zu lassen, hebt sie schwungvoll ihr rechtes Bein und rammt ihm dieses in seine Trolljuwelen. Aufheulend lässt der Prinz ihre Kette los und krümmt sich vor ihr auf dem Boden im Staub. So ruhig und entspannt wie möglich setzt Marie sich zurück auf den Boden und ergreift die nächste Kartoffel. „Bitte verzeiht, verehrter Prinz“, spricht Marie ihn absichtlich mit seinem Titel an, „aber ich habe noch einen riesigen Berg Arbeit vor mir und möchte meiner ehrenvollen Aufgabe zu Eurer vollsten Zufriedenheit nachkommen.“ Innerlich hingegen muss Marie mit Gewalt ihren Mageninhalt zurückhalten, der ihr schon mehrmals hochgekommen wäre. Doch nach dem Motto „Zeig deinem Gegner niemals deine Angst“ schält sie weiter das Gemüse und beachtet den zornigen Prinzen nicht. Nach einiger Zeit kann sie ihrer Neugier jedoch nicht mehr standhalten und linst aus den Augenwinkeln zur Seite, wo sie den Sohn des Königs im Schneidersitz vorfindet, wie er sie interessiert beobachtet. „Du bist nicht wie die anderen Menschen“, richtet er das Wort an sie und fragt nach ihrem Namen.

Kurz hält Marie in ihrer Tätigkeit inne und schaut den Prinzen an. „Mein Name ist Martin“, nennt Marie ihren ausgedachten Jungennamen. „Und wie ist Euer Name, verehrte Hoheit?“ Mit stolzgeschwellter Brust und fester Stimme antwortet der Troll: „Man nennt mich Avantis von Steinwolf. Ich bin der Sohn von Merovus von Steinwolf und zukünftiger König der Trolle.“ Gemächlich richtet der Prinz sich auf und klopft sich den Staub von seiner Lederkleidung. „Wenn du sorgfältig und gewissenhaft arbeitest, dann wird dir nichts geschehen. Wage es aber niemals wieder, dich unseren Kindern zu nähern. Hast du mich verstanden?“ „Als ob *ich* mich ihnen genähert hätte“, murmelt Marie schnippisch, antwortet aber: „Jawohl, Herr zukünftiger König von Lauf dir einen Wolf.“ Die Hand schon zu einem Schlag erhoben, überlegt es sich Avantis jedoch noch einmal anders und zieht diese wieder zurück. „Du bist wirklich ein unverschämter Kerl.“ Kopfschüttelnd entfernt sich der Prinz, sodass Marie das Gefühl zurückerhält, wieder freier atmen zu können, nachdem sie nur knapp einer saftigen Ohrfeige entgangen ist. Kurz nachdem Avantis verschwunden ist, kommt die Frau von vorhin zurück. In ihrer Hand hält sie eine kräftige Suppe, die sie vor Marie abstellt. Mit einem zufriedenen Nicken betrachtet sie die geschaffte Arbeit und verschwindet wieder in dem Gebäude. Nach weiteren Stunden des Schälens sind Maries Hände von dem Saft der Kartoffeln so aufgeweicht, dass die blutigen Blasen von gestern erneut aufgeplatzt sind und das Gemüse rot färben.

„Entschuldigung! Entschuldigung! Hört mich denn jemand?“, versucht Marie deswegen auf sich aufmerksam zu machen. „Was willst du denn?“, erscheint kurz darauf die genervte Trollfrau in der Tür und betrachtet Marie abschätzig. Doch als Marie ihre Wunden hoch in die Luft hält, hört sie ein entsetztes Luftholen und hat keine fünf Minuten später einen Verband um ihre Hände. „Was bist du nur für ein ungeschickter Kerl?“, ist alles, was man zu ihren Verletzungen sagt. „Dich kann ich heute in der Küche nicht mehr gebrauchen. Du versaust mir ja das ganze Essen.“ Ein leichter Schlag auf ihre Mütze unterstreicht die Frustration der Frau, bevor sie sich umsieht. „Ein Krieger soll dich zu den Käfigen bringen. Für morgen werde ich mir etwas anderes für dich einfallen lassen.“ Erleichtert, der zeitaufwendigen Arbeit entkommen zu sein, wird sie bald darauf in eine Hütte geführt, in der mehrere Käfige an einer Wand aufgestellt sind. Zwei der kleinen Gefängnisse scheinen bereits besetzt zu sein, wobei sich in dem einen ein großer, kreischender Vogel befindet, während sich in dem anderen jemand unter einem Heuhaufen versteckt hält. Erleichtert registriert Marie, dass sie den Inhaber des kleinen Ringelschwänzchens, das zwischen den Heuhalmen herauslugt, kennt. Hoffend, zu Jorik in den Käfig gesperrt zu werden, wird sie jedoch mit ihrer Kette an einem Pfahl befestigt, bevor der Trollkrieger ohne ein Wort die Hütte verlässt und die Tür hinter sich schließt. Sofort dreht Marie sich zu ihrem tierischen Freund. „Jorik, Jorik! Hörst du mich?“, zischt sie in seine Richtung. „Bitte gib mir ein Zeichen! JORIK!“ Aber nichts passiert. Nur ein leichtes Rascheln des getrockneten Grases verkündet ein Lebenszeichen. „Jorik! Ernsthaft jetzt?!“, gibt Marie ein frustriertes Stöhnen von sich. „Muss ich jetzt tatsächlich wieder meinen Schuh ausziehen und dich bewerfen?“

Diese Stimme! Aus seinen trüben Gedanken gerissen, streckt Eric vorsichtig seinen Kopf hervor und sucht nach der vertrauten Person. Und tatsächlich! Nicht weit von seinem Käfig entfernt, sitzt der Junge an einen Pfahl gelehnt und betrachtet ihn lächelnd. Selbst wenn er gerade sprechen könnte, so könnte Eric seine Freude dennoch nicht in Worte fassen. Doch kaum erblickt Eric die lange Eisenkette um den Hals des Jungen, verpufft seine Begeisterung, da Martin wohl nicht gekommen ist, um ihn zu retten. Frustriert lässt Eric seinen Kopf hängen und denkt an morgen, wo er ausgeweidet und abends über einem Feuer gegrillt wird. „Mein Leben ist dahin!“, quiekt Eric traurig. „Ich hatte doch so viele Träume und Ideen, mit denen ich mein Reich vergrößert und Reichtümer angehäuft hätte, während ich als mächtigster Herrscher in die Geschichte eingegangen wäre. Jetzt aber gehe ich nur noch als köstlicher Schweinebraten in die Mägen der Trolle ein. Die Welt ist so ungerecht! Das habe ich nicht verdient! Eigentlich sollte ich jetzt an einer Festtafel sitzen und in den Schenkel eines gebratenen Schweines beißen.“ Deprimiert zieht Eric sein Haupt in den Heuhaufen zurück und frönt seinen negativen Gedanken.

Schnaufend steht Marie auf und testet die Länge ihrer Kette. Wenn sie sich streckt, kann sie gerade mit einer Hand die Käfigtür von Jorik erreichen. Leider fehlt ihr jedoch der Schlüssel, um diese auch öffnen zu können. Deswegen rüttelt sie kräftig an den Gitterstäben und schreit in die Miniaturzelle hinein. „Sei nicht so feige, Jorik!“, versucht sie es mit umgekehrter Psychologie. „Ich bin wirklich sehr enttäuscht von dir. Wo ist denn nur das tapfere Schwein hin, das mit mir zusammen den Soldaten getrotzt hat? Willst du wirklich deine letzten Stunden in einem Heuhaufen vergeuden oder nicht lieber alles versuchen, was möglich ist, um zu entkommen?“ Schwer atmend hält Marie kurz inne, bevor sie beschließt, noch eine Sache zu versuchen. „Entscheide dich!“, gibt sie so viel Gewicht wie möglich in ihre Stimme. „Willst du als tapferes Kämpferschwein sterben oder als feige Sau verrecken? Und tu nicht so, als würdest du mich nicht hören! Ich weiß genau, wie gut du mich verstehen kannst.“

Auch wenn die Ansprache sehr beleidigend war, so fühlt sich Eric doch angesprochen. Er scheint wahrhaftig ein Feigling zu sein, der einen jämmerlichen König abgegeben hätte. Doch das will Eric nicht akzeptieren, weswegen er seine Schnauze in die Höhe reckt und sich Mut zuspricht. Schlimmer kann es schließlich kaum werden, denkt er noch und schüttelt das Heu von seinem Rücken, bevor er auf Martin zutritt. Dieser schenkt ihm sogleich ein Lächeln und winkt ihn zu sich. Sobald Eric nahe genug herangekommen ist, geht Martin in die Knie und flüstert ihm ins Ohr. „Jorik, ich habe einen Plan“, tut der Bursche recht geheimnisvoll. „Ich habe eine Haarnadel, mit der man Schlösser knacken kann. Jetzt sei nicht so skeptisch!“, gibt der Junge ihm einen kleinen Stupser, nachdem Eric ein abfälliges Schnauben von sich gegeben hat. „Ich habe das tatsächlich schon einmal geschafft. Du musst nur Geduld haben.“ Und schon wieder hört Eric dieses fürchterliche Wort und verdreht genervt seine Augen. „Ich werde dich als Ersten befreien“, erklärt der Bursche und holt eine kleine Haarnadel aus seiner Hosentasche. „Erst danach werde ich mich meiner Halskette zuwenden. Aber ich fürchte, dass diese viel schwieriger zu knacken sein wird, weswegen du unbedingt allein in den Wald fliehen musst, wenn ich es nicht rechtzeitig schaffe.“

In einer Räuberhöhle

Nur langsam erwacht Rosemarie aus ihrer Bewusstlosigkeit. Sie muss wohl auf dem Pferderücken ohnmächtig geworden sein. Vorsichtig inspiziert sie die Umgebung. Sie befindet sich im hinteren Teil einer Höhle. Vor ihr kann sie fünf grobschlächtige Männer um ein Lagerfeuer erkennen. Diese scheinen dem Wein sehr zugetan zu sein, da viele leere Flaschen den ganzen Höhlenboden säumen. Sie grölen und singen und stinken erbärmlich. Angewidert verzieht die Prinzessin das Gesicht. Doch eine leichte Bewegung in ihrem Rücken lässt sie sogleich zusammenzucken. Ein kurzes Stöhnen dringt leise an ihr Ohr und macht ihr bewusst, dass sie mit dem Rücken an einem anderen Gefangenen festgebunden sein muss. Erst jetzt bemerkt sie den angenehmen Duft von Sandelholz und die wohltuende Wärme, die von diesem Körper ausgeht. Wenn sie ihren Erinnerungen trauen kann, dann müsste es sich hier um Theodor handeln. „Pst! Pst! Theodor, seid Ihr das?“, wagt sie einen ersten Vorstoß und flüstert nach hinten. Doch nur ein Stöhnen folgt als Antwort, obwohl sie es mehrmals versucht. Es hilft also nichts, denkt Rosemarie nach weiteren erfolglosen Versuchen und haut kurz darauf ihren Kopf auf den Hinterkopf des anderen. „Spinnt Ihr?“, ertönt es plötzlich mit lauter und deutlicher Stimme von Theodor. „Ruhe da auf den billigen Plätzen!“, brüllt jedoch augenblicklich einer der Räuber und schaut mit bösem Blick zu ihnen. Die anderen Männer amüsieren sich hingegen köstlich und haben nach kürzester Zeit ihre beiden Gefangenen schon wieder vergessen. „Was soll das denn?“, murrt kurz darauf der Prinz, was Rosemarie mit einem kleinen Grinsen quittiert. „Ich wollte nur herausfinden, ob Ihr lebt oder ob Ihr gerade am Sterben seid, so sehr wie Ihr gestöhnt habt.“ „Ach!“, schnauft Theodor abfällig. „Und da fällt Euch nichts Besseres ein, als mich mit Eurem Kopf k. o. zu schlagen?“ „Jetzt stellt Euch nicht so an!“, erwidert Rosemarie unwirsch und verdreht genervt ihre Augen. „So ein kleiner Schlag auf den Hinterkopf soll das Denkvermögen erhöhen.“ „Sagt diejenige, die anderen gerne auf den Kopf schlägt. Nein danke", zischt Theodor wütend. „Auf diesen Rat verzichte ich gerne." Frustriert rollt Rosemarie ein weiteres Mal mit ihren Augen. „Habt Ihr schon einen Plan, wie wir von hier entkommen können?" „Gerade eben kämpfe ich noch mit massiven Kopfschmerzen, an denen Ihr nicht ganz unschuldig seid", antwortet Theodor pampig. „Und davon abgesehen, wüsste ich nicht, wann genau ich die Zeit gehabt haben sollte, mir einen Plan zu überlegen. Ich hatte gerade einmal für wenige Sekunden das Bewusstsein erlangt, als mir ein weiterer Barbar auf den Kopf gehauen hat." „Ihr seid wirklich ein Weichei und unglaublich zart besaitet", kann es Rosemarie nicht fassen, wie mimosenhaft der Prinz ist, und macht sich ihre eigenen Gedanken.

Minutenlanges Schweigen folgt diesem Schlagabtausch, bevor Rosemarie wieder ein Wort an Theodor richtet. „Ich glaube, ich habe einen Plan." „Der kann ja nichts taugen", kontert dieser jedoch sofort. „Wenn Ihr keine Idee zu unserer Flucht habt, dann würde ich Euch empfehlen, endlich Eure Klappe zu halten", zischt Rosemarie wütend. „Darf eine Prinzessin überhaupt mit einem Prinzen so reden?", amüsiert sich Theodor daraufhin köstlich. „Märchenhimmel nochmal!", flucht Rosemarie sehr undamenhaft. „Könnt Ihr nicht wenigstens für ein paar Minuten aufhören, mir auf die Nerven zu gehen? Hört einfach zu, bevor Ihr wieder einen blöden Spruch von Euch gebt. Die Räuber trinken gerade ununterbrochen und werden bald ziemlich betrunken sein", deutet Rosemarie mit einem Kopfnicken zu den feiernden Männern. „Und wenn sie dann ihren Rausch ausschlafen, werden wir einfach fliehen." „Ähm!", antwortet Theodor leicht amüsiert. „Habt Ihr nicht eine winzige Kleinigkeit in Eurem grandiosen Plan vergessen? Oder ist es Euch egal, dass wir aneinandergefesselt sind?" „Theodor, bitte!", schnauft Rosemarie frustriert. „Fällt Euch denn bei unseren Fesseln gar nichts auf?" „Worauf wollt Ihr hinaus, Rosemarie?", lehnt Theodor sich gespannt nach hinten, um sie besser verstehen zu können. „Sie haben unsere Beine vergessen", wackelt Rosemarie bekräftigend mit ihren Füßen. „Und gleichzeitig haben sie uns nirgends angekettet, sondern uns nur aneinandergebunden. Wenn wir es also geschickt anstellen, dann können wir gemeinsam aufstehen und fliehen." Nur mit Mühe kann sich Theodor ein herzhaftes Lachen verkneifen. „Wie genau stellt Ihr Euch denn das vor, Rosemarie?", schüttelt Theodor skeptisch seinen Kopf. „Einer läuft vorwärts und der andere rückwärts? Oder wollen wir beide seitlich hüpfen? Was glaubt Ihr denn, wie weit wir damit kommen werden?" Ein ärgerliches Schnaufen unterbricht ihn rüde. „Lieber breche ich mir bei dem Versuch zu fliehen ein Bein, als später als Sklavin verkauft zu werden." „Okay, Prinzessin", stimmt Theodor ihr nach einiger Zeit kapitulierend zu, „Ihr habt gewonnen. Lasst uns einen Versuch wagen!"

Der restliche Tag vergeht in unendlicher Langsamkeit. Erst weit nach Mitternacht erfüllt ein lautes Schnarchkonzert die ganze Höhle. „Pst! Theodor!", zischt die Prinzessin leise. „Glaubst du, sie schlafen alle?" „Ich schätze schon", kommt eine leise Antwort zurück. „In der letzten Stunde habe ich keine Bewegung mehr von den Räubern wahrgenommen. Wenn wir noch länger warten, haben wir zu wenig Vorsprung, wenn der Morgen graut." „Gut, dann legen wir los", antwortet Rosemarie flüsternd und atmet nervös Luft in ihre Lungen. Kurz darauf versuchen die beiden sich etappenweise aufzurichten. Aber immer wieder rutscht einer der beiden aus und reißt den anderen mit nach unten. „So wird das nie etwas", keucht der schwer schnaufende Prinz. „Wir müssen hier zusammenarbeiten, sonst werden wir es nie hinbekommen." „Und wie schaffen wir das?", will Rosemarie sogleich wissen, deren Oberschenkel vor Anstrengung zu zittern begonnen haben. „Wir müssen einen gleichmäßigen Druck auf unsere Rücken verteilen", erklärt Theodor in knappen Worten. „Und dann sollten wir gleichzeitig immer ein Stück nach oben rutschen." „Ja, so könnte es funktionieren", stimmt Rosemarie zu und macht sich bereit. „Ich gebe das Signal." Mit vereinten Kräften haben sie es nach dem dritten Versuch endlich geschafft und stehen schwer atmend in der Höhle. Die nächste Herausforderung wird jedoch nicht leichter werden. Denn überall auf dem Höhlenboden sind leere Weinflaschen und schnarchende Räuber verteilt. „Ich gehe vor“, erklärt Theodor sogleich und übernimmt das Kommando. „Ich beginne mit dem rechten Fuß, weswegen du deinen linken nach hinten bewegen musst. Schaffst du das?“ „Ob ich es schaffe, einen Fuß nach hinten zu setzen?“, murrt Rosemarie verärgert. „Ich hoffe doch sehr, dass ich das irgendwann einmal in meinem Leben gelernt habe.“ „Sei nicht gleich so zickig!“, zischt Theodor genervt. „Auf drei beginnen wir.“

Schrittweise nähern sie sich dem Ausgang. Immer wieder müssen sie anhalten und abwarten. Leicht rollende Flaschen, sich bewegende Räuber, angestoßene Steine und knirschende Scherben erschweren ihnen den Weg. Schweißgebadet erreichen sie nach vielen bangen Momenten endlich ihr Ziel und können ihr Glück kaum fassen. Nach mehreren hundert Metern, die sie anschließend im langsamen Gänsemarsch zurückgelegt haben, bleibt Theodor stehen. „Jetzt aber nichts wie weg“, hört Rosemarie deutlich die Aufregung in Theodors Stimme, als dieser plötzlich das Tempo beschleunigen will. „Nicht so schnell!“, kann Rosemarie gerade noch sagen, bevor beide im Dunkeln über einen Stein stolpern und sie schmerzhaft auf Theodors Rücken landet. „Ich habe dir doch gleich gesagt, du sollst nicht so schnell werden“, motzt Rosemarie und strampelt mit ihren Füßen in der Luft herum. „Mm mmm m m mm.“ „Was genau willst du mir sagen, Theodor?“ „Mm mmm m m mm.“ „Was?“ Daraufhin wird Rosemarie plötzlich auf die Seite gedreht und landet nun ihrerseits auf dem Boden. Intensiv atmend, schnappt Theodor erst einmal nach Luft und spuckt Erde aus seinem Mund. „Ich habe gesagt, du sollst gefälligst von mir runtergehen.“ „Sag das doch gleich!“, kichert Rosemarie neckend, während sie mit dem Kopf auf dem Boden liegt. „Sehr witzig, Prinzessin! Sehr witzig!“, knurrt Theodor wütend, während kräftige Bewegungen Rosemarie weiter auf den Waldboden drücken. „Aua, seid doch vorsichtig, Prinz!“, entkommt Rosemarie ein schmerzhaftes Keuchen. „Ich liege hier auf Steinen und Ästen.“ „Jetzt sagt bloß“, kommentiert Theodor ihre Klage, „Ihr seid zart besaitet, Prinzessin? Bringt so ein bisschen Erdreich Euch etwa in eine Notlage?“ Zornig spreizt Rosemarie ihre Finger und zwickt Theodor in den Rücken. Dieser lacht jedoch nur und drückt sie nochmals absichtlich in den Boden. „Ihr seid ein absolut unmöglicher Mensch“, ist es nun Rosemarie, die Erde ausspucken muss. „Wenn wir das hier hinter uns gebracht haben, werde ich nie wieder einen Gedanken an Euch verschwenden. Ihr seid es einfach nicht wert!“ Empört schubst Rosemarie sich mit ihren Füßen zurück, woraufhin Theodors Kopf wieder im Dreck landet. Diese Aktion löst bei beiden ein kleines Kampfgeschehen aus, in dem jeder versucht, seinen Gegner in den Waldboden zu drücken. Immer gewagter und abenteuerlicher werden die Aktionen, weswegen es nicht verwunderlich ist, dass beide das leise Rauschen des großen Flusses Furo überhören, der sich von den Diamantbergen ausgehend durch mehrere Königreiche schlängelt. Und mit der letzten Handlung von Theodor rollen sie plötzlich einen kleinen Abhang hinunter und landen platschend im Wasser, bevor sie sich verzweifelt an die Wasseroberfläche zurückstrampeln müssen.

„So ein Zaubermist!“, spuckt Theodor Unmengen von Wasser aus seinem Mund. „Wir werden uns nicht lange über Wasser halten können, wenn wir das rettende Ufer nicht erreichen.“ Panisch beginnt Rosemarie zu kreischen. „Ja, wie denn?“, werden ihre Bewegungen immer hektischer. „Wir können weder schwimmen noch nach Ästen greifen.“ „Hör gefälligst auf zu schreien“, brüllt Theodor überfordert zurück. „Ich versuche mit meinen Beinen Schwimmbewegungen in eine bestimmte Richtung zu machen, während du uns mit deinen Füßen über Wasser halten musst. Schaffst du das?“ „Ich hoffe es“, keucht Rosemarie ängstlich und beginnt kontrolliert ihre Beine zu bewegen. Gemeinsam arbeiten sie sich immer weiter ans nächste Ufer heran. Zu ihrem Glück ist die Strömung zu dieser Jahreszeit nicht sonderlich stark, sodass sie nicht unausweichlich in die Tiefe gerissen werden. Aber dennoch schaffen es Rosemarie und Theodor nicht, aus dem Fluss zu gelangen, da die Uferböschung zu steil ist und sie mit ihrem Mund keine Äste packen können. Und auch die Erschöpfung bemächtigt sich immer häufiger ihrer Beine, weswegen sie nun öfter mit ihren Köpfen unter Wasser gezogen werden. „Bitte, Theodor!", schluchzt Rosemarie verzweifelt. „Ich will noch nicht sterben."

„Es wird alles gut, Rosemarie", versucht Theodor die Prinzessin zu beruhigen. „Wir werden das schon schaffen!" Doch auch er weiß sich bald schon nicht mehr zu helfen. Denn seine Beine verkrampfen immer mehr in dem kalten Wasser und das Gewicht von Rosemarie zieht ihn unaufhörlich in die Tiefe. Und auch die Dunkelheit macht es ihm fast unmöglich, etwas zu sehen. Er muss sich dringend eine andere Lösung einfallen lassen. Und als wenn seine Gedanken erhört worden wären, kann er in einiger Entfernung plötzlich in der Mitte des Flusses eine kleine Insel erkennen. Könnte das ihre Rettung sein? Auch wenn die kleine Insel nur zwei auf zwei Meter misst, so ist sie dennoch vollkommen ausreichend. Er müsste es nur schaffen, sie zu erreichen, damit sie eine wirkliche Chance hätten, lebend aus diesem Fluss zu entkommen. „Rosemarie! Rosemarie!", benötigt Theodor jedoch die Hilfe der Prinzessin. „Jetzt hör mir bitte gut zu. Ich habe einen Plan und keine Zeit, ihn dir zu erklären. Gib noch einmal alles, was du hast, und wir werden überleben. Du musst mir nur vertrauen." Und zu Theodors Erstaunen fängt die Prinzessin ohne Widerspruch an zu strampeln, weswegen sie der Insel immer näher kommen, auch wenn die Flussströmung sie immer wieder behindert. Aber in letzter Sekunde erspürt Theodor den rettenden Untergrund und hievt Rosemarie und sich aus dem Wasser. Keuchend und nach Atem ringend, liegen beide nach kürzester Zeit erschöpft auf Sand und Steinen.

Sogleich beginnt die Prinzessin zu schluchzen und am ganzen Körper zu zittern. „Ich kann nicht mehr", rinnen ihr dicke Tränen über die Wangen. „Ich will nach Hause." Theodor ist die Situation sehr unangenehm. Ihm ist die kampflustige und leicht zickige Prinzessin viel lieber. „Jetzt beruhig dich doch", versucht er es mit Worten. „Wir haben es geschafft. Wir sind aus dem Fluss und leben." Hysterisch beginnt sie jedoch zu kreischen. „Wir sind aus dem Fluss? Wir sind auf einem kleinen Sandhaufen, der sich im Fluss befindet! Wir sind gefesselt und klatschnass. Es ist gerade einmal Anfang April. Wie lange, glaubst du, werden wir überleben, bis wir hier erfrieren?" Ihren Worten folgt ein leises Wimmern. „Jetzt lass den Kopf doch nicht hängen", kann Theodor sie leider zu gut verstehen. „Es gibt für jedes Problem eine Lösung. Lass uns erst einmal versuchen, die Fesseln loszuwerden. Durch die Nässe ist das Seil sicher lockerer geworden und unsere Hände können leichter herausschlüpfen." Und zu Theodors Erstaunen hat er tatsächlich recht. Nach einigen Versuchen kann er eine Hand befreien und damit die Knoten lösen. Schmerzhaft reibt er seine freien Handgelenke. Rosemarie hingegen sitzt schlotternd neben ihm, während ihr Zähneklappern eindrucksvoll verdeutlicht, wie dringend sie Wärme braucht. Leider befinden sie sich auf einem Sand- und Steinausläufer mitten in einem Fluss, was Rosemarie schon ganz richtig angemerkt hat. Und hier gibt es weder Holz noch Gras für ein Feuer. Auch die Sonne wird noch einige Stunden brauchen, bis sie erwacht und ihnen Wärme schenken könnte. Es hilft also nichts! Die nassen Klamotten müssen runter und sie sollten sich am besten gegenseitig wärmen. Aber wie bringt er das bloß der Prinzessin bei? Wahrscheinlich kratzt sie ihm eher die Augen aus, als auf seinen Vorschlag einzugehen. Aber gut, denkt Theodor und fährt sich erschöpft durch seine nassen Haare. Immer einen Schritt nach dem anderen. Und erst einmal sollte er aus seiner eigenen nassen Kleidung raus.

„Was macht Ihr da?", fragt die Prinzessin ihn verstört, als er gerade seine letzte Hose auszieht. „Nach was sieht es denn aus?", verzieht er belustigt sein Gesicht zu einer Grimasse. „Ich ziehe die nassen Sachen aus. Etwas, was Ihr im Übrigen auch tun solltet, wenn Ihr die Nacht überleben wollt." Panisch blickt die Prinzessin nach allen Seiten. „Ich kann mich hier nirgends verstecken." „Euch werden die Fische schon nichts wegschauen", amüsiert sich Theodor köstlich über ihr schüchternes Verhalten, das so gar nicht zu ihrem zickigen Selbst passt.

„Dann dreht Euch gefälligst um, Ihr Spanner!", zischt Rosemarie den Prinzen an und kann es nicht fassen, dass sie sich hier tatsächlich ausziehen muss. Aber leider hat er recht. Wenn sie noch lange diese klatschnassen Sachen anhat, wird sie sich sicher eine lebensbedrohliche Lungenentzündung zuziehen. Mit dem Rücken zum Prinzen, beginnt die Prinzessin langsam und unsicher ihre Kleidung abzulegen. „Brrr!", reibt sie sich schlotternd über ihre Gänsehaut. Jetzt ist ihre Kleidung zwar weg, aber wärmer ist ihr immer noch nicht. Doch plötzlich legen sich starke Arme von hinten um ihre Brust. Starr vor Schreck weiß Rosemarie nicht, wie sie darauf reagieren soll. „Scht, Prinzessin!", spricht Theodor sanft in ihr Ohr. „Ich tu Euch nichts. Ich weiß, die Situation ist alles andere als ideal, aber wenn wir überleben wollen, müssen wir uns gegenseitig wärmen." Eine einzelne Träne verlässt ihren Augenwinkel, bevor sie sich umdreht und in die Arme von Theodor kuschelt. Noch nie in ihrem Leben hat sie eine schlimmere Situation durchstehen müssen. Und jetzt befindet sie sich auch noch nackt und nass in den Armen des Mannes, dessen Bruder sie heiraten muss. Seine Hände rubbeln angenehm über ihren Rücken und vertreiben die Kälte. Sie löst ihre schützenden Arme von ihrer Brust und schmiegt sich so nahe wie möglich an Theodor. Auch ihre Hände beginnen erst zaghaft, dann immer kräftiger über den Rücken des entblößten Mannes zu reiben, sodass sie sich gegenseitig mit Wärme versorgen können. Doch plötzlich lässt ein Stöhnen sie sofort innehalten. „Habe ich Euch verletzt?", will sie sogleich wissen und mustert ihn kritisch. „Nein, alles ist gut", presst Theodor hervor. Die Temperatur ihrer Körper wird immer angenehmer und Rosemarie versucht, so wenig Raum wie möglich zwischen ihnen zu lassen. Ich hätte nie gedacht, dass sein Körper sich so angenehm und wohltuend anfühlen könnte, denkt Rosemarie erleichtert und genießt die Wärme seines Körpers. Eingehüllt in seine Hitze, legt sie den Kopf auf seine Brust und gibt einen wohligen Seufzer von sich. Von diesem Geräusch angespornt, werden die Berührungen des Prinzen immer intensiver. Und als plötzlich seine Hände ihren Hintern ergreifen und er sie fester an sich drückt, rauscht ein ihr unbekanntes Gefühl durch ihre Glieder. Was ist das? Was passiert mit mir? Verwirrt hebt sie ihren Kopf und blickt in die verschleierten Augen des Prinzen. Daraufhin beginnt Theodor sein Haupt zu senken und berührt vorsichtig ihre Lippen mit seinen. Eine unglaublich schöne Empfindung breitet sich von ihren Lippen über ihren Körper aus. Verunsichert schließt sie ihre Augen und gibt sich ganz diesem berauschenden Gefühl hin. Tausend Schmetterlinge tanzen in ihrem Bauch und lassen sie wohlig erschauern. So etwas Schönes hat sie noch nie zuvor erlebt.

Doch plötzlich beendet Theodor ruckartig den Kuss und hinterlässt eine unangenehme Leere auf ihren Lippen. „Es tut mir leid, Rosemarie“, zittert Theodor am ganzen Körper und stößt hektisch Luft aus seinen Lungen. „Ich hätte mich nicht vergessen dürfen.“ Vorsichtig und zaghaft bettet er ihr Haupt zurück auf seine Brust und hält sie weiter eng umschlungen, während sie seinen kräftigen und schnellen Herzschlag hören kann, der mit ihrem im Gleichklang schlägt. So vergehen die Stunden. Aber ihre Empfindungen bleiben und verwirren sie immer mehr.

Im Dorf der Trolle

Die Zeit rinnt dahin, in der Marie verzweifelt versucht, das Schloss zu knacken. Und auch Jorik scheint den Ernst der Lage zu verstehen, da er ganz ruhig in seinem Käfig sitzt und ihr aufmerksam zuschaut. Damit hätte sie jetzt nicht gerechnet. Er lernt wohl allmählich, geduldig zu sein, denkt Marie und schenkt dem Schwein ein aufmunterndes Lächeln, obwohl ihre Finger bereits ganz taub vom ständigen Herumstochern und Drehen sind. Aber sie möchte die Hoffnung noch nicht aufgeben, auch wenn der Morgen nicht mehr lange auf sich warten lässt, da das Leben ihres Gefährten davon abhängt, wie erfolgreich sie diese Aufgabe meistert. Was ihre eigene Kette betrifft, ist jedoch bereits jedwede Hoffnung aus ihr gewichen, da der Verschluss an ihrem Hals hinten angebracht ist und sie diesen nur schwer erreichen kann. Doch plötzlich durchbricht ein leises, metallisches Geräusch die Stille und lässt beide zusammenfahren. Freudig reißt Marie die Käfigtür auf und ruft: „Lauf, Jorik! Du bist frei!" Zu ihrer großen Verwunderung tritt das Schwein jedoch ruhig aus seinem Käfig heraus, setzt sich vor sie und betrachtet ihre Kette. „Es ist lieb, dass du auf mich warten möchtest", durchflutet ein warmes Gefühl ihre Herzgegend. „Aber ich werde es nicht rechtzeitig schaffen, da ich den Schlüssel bräuchte. Und den hat leider der König der Trolle. Bitte flieh und hab ein schönes Leben." Gemächlich erhebt sich das Schwein und inspiziert sie von allen Seiten. Direkt vor ihr bleibt es stehen und schaut ihr wieder einmal tief in die Augen. Ein wohliger Schauer läuft über ihren Rücken und sie versinkt in diesem Blick. Als hätte Jorik eine Entscheidung getroffen, schüttelt er leicht den Kopf, dreht sich um und verlässt die Hütte. Die Dunkelheit verschluckt ihn augenblicklich und hinterlässt in Marie eine innere Kälte und Leere. Jetzt ist sie wieder ganz allein. Nur zögerlich gesteht sie sich ein, wie schön es war, einen Mitstreiter zu haben. Jorik hat zwar nicht wirklich viel zu Lösungen, sondern vielmehr zu Problemen beigetragen, aber er war immer bei ihr und hat ihr einen Grund gegeben, um weiter kämpfen zu wollen. Langsam sackt ihre Gestalt zusammen und sie bettet ihr müdes Haupt auf ihre angezogenen Knie. Ich hoffe, Jorik nutzt die Zeit und bringt viel Abstand zwischen sich und die Trolle. Er ist schon ein sonderbares Schwein, denkt Marie mit einem Lächeln an das Tier, bevor ihr bei diesem letzten Gedanken die Augen zufallen.

Ein ohrenbetäubender Krach reißt sie keine fünf Minuten später wieder aus ihrem Wachschlaf. Orientierungslos versucht sie herauszufinden, was im Trolldorf wohl vor sich geht. Hoffentlich haben sie Jorik nicht entdeckt, schießt es ihr durch den Kopf. Unruhig erhebt sie sich, um näher an die Tür gelangen zu können. Aber leider ist die Kette nicht lang genug und lässt sie weiter im Dunkeln sitzen. Das Dorf muss wohl in Aufruhr sein. Überall hört sie das laute Schreien von Männern und Frauen, die durch das Dorf laufen. Plötzlich wird die Tür zu ihrem Gebäude aufgerissen und ein furchteinflößender Krieger steht vor ihr. „Hier ist es nicht!", brüllt er laut seinen Kameraden hinter sich zu und schmeißt die Holztür mit einem lauten Krachen in die Angeln. Jetzt ist sich Marie sicher. Sie verfolgen Jorik. Ihr einziger Lichtblick ist die Tatsache, dass sie ihn wohl immer noch suchen und noch nicht gefunden haben. Ihr Wunsch wurde wohl erhört. Eine Stunde später rauscht ein wütender Prinz mit zornigem Blick in die Gefängnishütte. „Wie hast du das geschafft, Bursche?", kommt er gleich zur Sache. Er reißt Marie an ihrem Kragen in die Höhe und schüttelt sie schmerzhaft. „Das wird ein Nachspiel für dich haben, Martin. Darauf gebe ich dir mein Prinzenehrenwort." Verärgert umfasst er ihren Hals mit beiden Händen, presst sie gegen den Pfahl und drückt ihr langsam die Luft ab. „Wo ist die Krone?", spuckt er ihr wütend ins Gesicht. Verzweifelt versucht Marie, mit ihren Fingern die kräftigen Hände des Trollprinzen zu lockern. Ein leises Krächzen verlässt ihre Lippen. Kurz bevor sie ohnmächtig wird, lässt der Prinz sie los. Sie landet schmerzhaft mit ihren Knien auf dem Boden und röchelt nach Luft. „Kein Mensch hat es je gewagt, uns zu bestehlen. Heute Abend wirst du gerichtet werden. Stell dich auf einen sehr langsamen und grausamen Tod ein." Mit einer diabolischen Fratze verlässt er kurz darauf Marie. Immer noch röchelnd und nach Luft ringend, richtet sie sich auf. Was hat es bitte mit der Krone auf sich, überlegt Marie fieberhaft

Ein Streifen Licht auf dem Boden kündigt den nächsten Morgen an und erhellt gemächlich den Raum, weswegen auch der große Vogel aus seinem Schlaf erwacht. Erst jetzt fällt ihr auf, wie wunderschön dieses Geschöpf aussieht und wie herrlich seine langen Schwanzfedern in Rot und Orange leuchten. „Du armes Tier“, nähert Marie sich vorsichtig dem verschreckten Vogel, der sich in eine Ecke verzieht und sie skeptisch beäugt. „Ich tu dir nichts“, zeigt sie ihm ihre leeren Hände. „Ich bin genauso gefangen wie du.“ Behutsam setzt sie sich direkt vor die Käfigtür und bewundert weiter dieses majestätische Wesen. Doch kurz darauf kommt ihr ein fürchterlicher Gedanke. Was ist, wenn die Trolle den atemberaubend schönen Vogel anstelle von Jorik essen wollen? Kurzentschlossen angelt Marie sich ihre Haarnadel unter ihrer Mütze hervor und bearbeitet das nächste Schloss. Erstaunlicherweise gelingt ihr diesmal das Meisterstück schneller. Kaum geschafft, springt sie auf und öffnet überglücklich die Tür. Seine Freiheit erahnend, beginnt der Vogel herzzerreißend zu schreien und flattert aufgeregt mit seinen Flügeln. Kaum hat Marie einen Schritt zur Seite getan, stürzt er sich aus dem Käfig. Die geschlossene Hüttentür bremst jedoch seinen berauschenden Flug. Panisch schlägt das Tier mit seinen Flügeln, kreist in der Hütte herum und erzeugt lautes Gekrächze. In geduckter Haltung, um nicht am Kopf getroffen zu werden, kauert Marie sich zusammen.

„Was ist hier los?“, stürmt ein aufgeschreckter Krieger in die Hütte. Diese Chance nutzend, stürzt der Vogel sich auf die geöffnete Tür und reißt den Troll mit seinen Flügeln um. Keine Sekunde später erhebt sich das atemberaubende Tier in die Lüfte und hinterlässt bei Marie eine unbändige Freude. Ein sanfter Gedanke streift ihren Geist, bedankt sich für die Hilfe und verspricht, wenn die Not am größten ist, sich erkenntlich zu zeigen. Leicht verwirrt, schüttelt Marie diese seltsame Empfindung ab und freut sich, zwei Geschöpfe vor den bösen Trollen gerettet zu haben. Leider werden dies die Trolle wohl anders sehen. Und als wenn er ihre Gedanken erraten hätte, erscheint auch schon ein wütender Trollprinz in der offenen Tür. Sie mit Blicken ermordend, steht Avantis da und betrachtet sie angewidert. Dennoch reckt Marie trotzig ihr Kinn in die Höhe und stellt sich breitbeinig vor ihn. „Ich lasse es nicht zu, dass ihr Trolle so ein wunderschönes Tier einsperrt und esst." Zornig stampft der Prinz auf sie zu. „Das hast nicht du zu entscheiden." Wütend starren sich beide in die Augen. Keiner möchte nachgeben. Doch plötzlich erscheint ein fieses Grübchen in Avantis' Gesicht. „Bevor wir dich töten, werde ich dich lehren, was es bedeutet, uns Trollen Schaden zuzufügen." Mit einem Kopfnicken befiehlt er dem Krieger hinter sich, ihre Kette aufzuschließen, sie aus der Hütte zu zerren und in die Mitte des Dorfes zu bringen, wo ein riesiger Felsen mit Eisenringen steht. Hier bindet der Trollprinz sie freudig an die Ringe und entfernt sich einige Schritte. Kurz darauf ertönt ein lauter Gong und fährt ihr durch alle Glieder und verspricht nichts Gutes. Immer mehr Trolle sammeln sich um sie herum. Abschätzig und wütend betrachten sie den Jungen, der vor ihnen an den Schandfelsen gekettet wurde. Marie wird ganz schlecht, wenn sie in die abweisenden Gesichter dieser Geschöpfe sieht, da ihr pure Verachtung und Hass entgegenschlägt. Das erste Ei, welches ihr gegen die Stirn knallt, macht ihr schnell bewusst, was jetzt passieren wird. Immer mehr Trolle holen aus ihrer Kleidung und aus Körben vergammelte Lebensmittel und bewerfen sie unaufhörlich damit. Durch die engen Ketten und die zentrale Lage hat sie aber keine Chance, sich ausreichend zu ducken oder auszuweichen, während ihre Arme nur ein dürftiger Schutz vor den Geschossen sind. Immer größere Lebensmittel werden verwendet und treffen sie schmerzhaft am ganzen Körper. Die Kartoffeln sind für sie besonders schlimm, weil sie ihren Schutzschild aus Händen durchdringen und ungeschützte Stellen ihres Gesichtes oder ihres Kopfes treffen. Gleichzeitig steigt ihr der Gestank des vergammelten Gemüses unangenehm in die Nase und erzeugt bei ihr eine massive Übelkeit. Ihre letzte Kraft zusammennehmend, stellt sie sich aufrecht hin und lässt das Inferno über sich ergehen. Wenn ich heute schon sterben werde, dann wenigstens aufrecht, denkt Marie und zieht tief Luft in ihre Lungen. Festhaltend an diesem Gedanken, versucht sie all ihre Ängste herunterzuschlucken. Sie fixiert mit ihren Augen den Prinzen und schenkt ihm ihr schönstes Lächeln. Daraufhin blinzelt dieser irritiert, bevor eine kraftvoll geworfene Zwiebel Marie vorne auf die Stirn trifft.

Das Nächste, das sie wahrnimmt, sind leichte Schläge auf ihre Wangen. Mühsam hebt sie ihre Lider und kämpft mit enormen Kopfschmerzen gegen die grelle Sonne an, die ihr direkt ins Gesicht scheint. Sie liegt vor dem Felsen auf dem Boden und wird leicht am Oberkörper von dem Prinzen angehoben, wobei er sie verwirrt betrachtet. „Warum hast du das getan?“ „Was getan?“, antwortet Marie unter Stöhnen und berührt die schmerzende Stelle an ihrer Stirn. „Mich angelächelt?“, will der Prinz von ihr wissen. „Das wollt Ihr unbedingt wissen?“ Perplex schüttelt Marie leicht den Kopf, bevor sie beschließt, dies lieber zu lassen. „Ich dachte, wenn ich schon sterben muss, dann sollte es wenigstens mit einem Lächeln auf den Lippen passieren. Es war schließlich die letzte Gelegenheit, dies zu tun.“

Noch verwirrter als zuvor, entfernt sich Avantis ein paar Schritte von diesem seltsamen Jungen. „Eines muss man dir lassen, Knabe“, schüttelt der Trollprinz mehrmals seinen Kopf. „Du bist mutiger als einige meiner Krieger. Es ist wirklich eine Schande, dass du kein Troll bist und auf unserer Seite stehst.“ Mit dem Rücken zu ihr gedreht, spricht er weiter. „Ruh dich etwas aus. Denn wenn es dämmert, wird es kein Gemüse mehr sein, das meine Untertanen auf dich werfen werden.“ Die leicht hängenden Schultern des Prinzen sind für Marie das einzige Zeichen, dass es Avantis wohl nicht ganz gleichgültig ist, was mit ihr passiert. Ein seltsamer Prinz. Entweder will er sie gerade meucheln oder er ist nett zu ihr. Doch bevor sie sich weiter mit diesem Gedanken beschäftigen kann, fallen Marie die Augen zu und die letzte, durchgemachte Nacht fordert ihren Tribut.

Ein leises Quieken stört Marie in ihren Träumen und ein leichter Stups an ihren Arm reißt sie völlig aus ihrem Schlaf. Vor ihr steht ein großer, umgedrehter Korb, der sich hin und her bewegt. Seltsamerweise befindet sich aber gerade kein Troll in der Nähe, der dieses eigenartige Schauspiel sehen könnte. Die Leere erinnert sie an gestern Mittag, als alle Kinder plötzlich in ihre Hütten gestürmt sind. Es muss sich wohl um ein festes Ritual handeln, welches hier im Dorf praktiziert wird. Der Korb scheint ungeduldiger zu werden, da er immer wieder an Maries Arme stößt. „Ja! Ist ja schon gut!“ Vorsichtig hebt sie den Korb hoch und erkennt unter diesem Jorik, der einen Schlüssel im Maul hält. Wenn dies Marie nicht schon irritiert hätte, hätte es die Krone auf seinem Kopf ganz sicher geschafft. Fassungslos nimmt sie den Schlüssel an sich. „Du kommst, um mich zu retten?“ Eine dicke Freudenträne bahnt sich ihren Weg hinunter zu ihrem Mundwinkel, bis diese energisch von ihrer Hand weggewischt wird. Nervös, wie sie ist, braucht sie mehrere Anläufe, um den Schlüssel umdrehen zu können. Doch ihre Freude über ihre Freiheit währt nicht lange.

„Der Gefangene versucht zu fliehen“, brüllt ein herankommender Krieger, der gerade um eine Ecke biegt. „Schnell, Jorik! Jetzt aber flott!“ Marie rappelt sich auf und läuft, so schnell ihre Füße sie tragen können. Sofort jagt ein Schwein mit einer edlen Krone auf seinem Haupt hinter ihr her. Wäre die Situation nicht so bedrohlich, hätte Marie sich sicher über dieses Bild köstlich amüsieren können. In ihrem Rücken jedoch baut sich eine enorme Geräuschkulisse auf. Immer lauter und aggressiver sind die Schreie, die an ihre Ohren dringen. Jorik beschleunigt und überholt sie in wildem Schweinsgalopp. Mit einer Kopfbewegung deutet er ihr an, ihm zu folgen. Aus Mangel an Alternativen schlägt sie sich mit ihm durch das Gebüsch. Immer halsbrecherischer laufen sie durch das Unterholz, dicht gefolgt von einer Horde Trollen mit Speeren und Schwertern. Plötzlich kündigt ein Rauschen vor ihnen einen größeren Fluss an. „Jorik, vor uns ist ein Fluss. Wenn wir weiter in diese Richtung laufen, werden wir in der Falle sitzen.“ Aber durch nichts lässt sich das Schwein aufhalten und stürmt weiter. Schlitternd kommt Marie kurz darauf an einem Abhang zum Stehen und sieht unter sich ein breites Flussbett. Jorik scheint das aber nicht zu stören, da er seitlich am Fluss entlang weiterläuft. Hilflos folgt sie ihm und hofft auf ein Wunder, da die Stimmen und Kampfschreie sich unaufhörlich nähern. Ihr ganzer Körper zittert. Das Adrenalin rauscht nur so durch ihre Adern hindurch und bekämpft damit ihre Erschöpfung. Keine zweihundert Meter vor sich kann sie plötzlich eine klapprige Hängebrücke sehen. Noch einmal alles aus sich herausholend, stürmt Marie an Jorik vorbei und rennt über die wacklige und bereits morsche Brücke. Mit ihrem rechten Fuß bricht sie kurz durch eine Latte, kann sich aber schnell wieder befreien. „Pass auf!", dreht sie sich leicht panisch zu dem Schwein um. „Die Brücke ist nicht sicher. Geh bitte vorsichtig, damit du nicht in den Fluss stürzt." Auf jedes Holzbrett bedacht, nähert sich Jorik langsam dem Brückenende. Erleichtert fällt Marie dem Schwein um den Hals.

„Ich danke dir vielmals, mein Freund", kann sie es kaum fassen, heute doch nicht sterben zu müssen. „Jetzt haben wir eine wirkliche Chance zu überleben. Die Trolle sind viel zu schwer für diese Brücke und würden sicher mit dieser in das Wasser stürzen. Wenn das passiert, können wir die Zeit nutzen und schnell fliehen. Sie werden sicher länger brauchen, um ans andere Ufer zu schwimmen." Kaum hat Marie das gesagt, kann sie auch schon deutlich Avantis auf der anderen Seite der Brücke ausmachen. Seine Krieger weichen interessanterweise ängstlich zurück und lassen ihren Thronerben allein dort stehen, was Marie nicht wirklich verstehen kann. Warum stürmen sie nicht alle über die Brücke? Sie könnte sogar wetten, bei einigen schlotternde Knie zu sehen. Ist die Hängebrücke etwa verhext oder befinden sich auf dieser Seite des Waldes furchteinflößende Monster? Verunsichert blickt Marie sich um und betrachtet die Bäume hinter sich genauer. Sie kann jedoch nichts Auffallendes erkennen und schaut zurück zu dem Prinzen. Dieser setzt langsam und bedacht einen Schritt nach dem anderen auf die Brücke, obwohl seine Krieger ihn aufzuhalten versuchen. Und auch Jorik ist das Vorankommen des Trollprinzen nicht entgangen und er beginnt an ihrer Hose zu ziehen. Wie erstarrt kann sie jedoch nicht die Augen von Avantis nehmen. Seine kräftigen Bewegungen werden immer unsicherer und die Brücke beginnt gefährlich zu schwanken. Sein Gewicht bringt wohl die Konstruktion dieser kleinen Hängebrücke an ihre Grenzen. Immer lauter werden die panischen Rufe der Krieger. Was geht hier vor sich? Marie wird das Gefühl nicht los, Zeuge einer unausweichlichen Katastrophe zu werden. Ein Seil der Brücke reißt und lässt diese nach rechts fallen. Avantis kann sich gerade noch daran festhalten und baumelt über dem Fluss. Die Trolle brechen zusammen und beginnen zu heulen und zu kreischen. Marie ist total verwirrt. Irgendetwas stimmt hier nicht. Der Fluss ist weder besonders tief, noch ist die Strömung sonderlich stark, um so ein Theater zu veranstalten. Zur Not müssen sie halt ihrem Anführer ein Seil zuwerfen und ihn herausfischen, wenn er ein schlechter Schwimmer ist, was sie gerade vermutet. Auch dem zweiten Brückenseil kann man etappenweise zusehen, wie es immer weiter seine Spannkraft verliert. Die Beine des Trollprinzen baumeln nur noch eine Handbreit über dem Wasser. Ein letzter Blick in seine Augen lässt Marie das Herz in der Brust gefrieren. So viel Verzweiflung hat sie noch nie gesehen.

Ohne lange darüber nachzudenken, beginnt sie sich auszuziehen. Erst ihre Schuhe. Diesen folgt die Hose und später ihr Hemd. Mit Unterhose, ihrer Bandage um ihre Brust und ihrer riesigen Mütze steht sie am Flussufer und springt genau in dem Moment ins Wasser, als das letzte rettende Seil reißt. Die Kälte bricht sofort über ihr zusammen, nachdem sie ins Wasser getaucht ist. Kaum stößt sie durch die Oberfläche hindurch, kann sie nur noch eine Hand erkennen, die aus dem Wasser ragt. Und auch diese wird bald von den Wassermassen verschluckt. Keine zehn Schwimmzüge später hat sie die Stelle erreicht. Einzelne Luftblasen zeigen die genaue Position, an der ein Lebewesen unter Wasser mit dem Tode ringt. Beherzt holt Marie Luft und taucht unter. Fast blind greift sie um sich. Als sie eine kalte Hand berührt, nimmt sie all ihre Kräfte zusammen und strampelt mit ihren Füßen, so stark sie nur kann. Sobald sie die Oberfläche erreicht, schreit sie schon aus vollem Halse: „Werft mir sofort ein Seil zu. Schnell!“ Das Tau ergreifend, bindet sie dieses um den Arm von Avantis und hilft mit, seinen Körper ans Ufer zu befördern. „Jetzt zieht doch ein bisschen kräftiger!“ Angespornt von den rauen Worten, ziehen die Trolle immer stärker an dem Seil und befördern ihren Prinzen und Marie aus dem Wasser. Keuchend beugt Marie sich über den Geretteten. Wieso atmet er nicht, geht es ihr sogleich durch den Kopf. Auch seine Hautfarbe hat einen seltsamen grauen Ton angenommen. Die Köpfe der Krieger hängen nach unten, während sie ein fürchterliches Wehklagen anstimmen. Sich nicht aus der Ruhe bringen lassend, macht Marie das einzig Sinnvolle, was ihr in diesem Moment gerade einfällt. Luft, denkt sie sich und zieht viel davon in ihre Lungen. Er wird sicherlich Luft brauchen. Sie öffnet seine kalten, fast schon harten Lippen und drückt ihre auf seine. Wie es scheint, ist bereits ein einziger Atemhauch ausreichend. Denn in Sekundenschnelle nimmt sein Körper wieder die vertraute Farbe an und er beginnt zu atmen.

Eric versteht die Welt nicht mehr. Da gibt er alles, um diesen Kerl zu befreien, und was macht er? Er springt einfach ins Wasser, um seine Feinde zu retten. Was Eric jedoch komplett aus der Bahn wirft, ist der Anblick der atemberaubenden Frau, die auf der anderen Flussseite aus dem Wasser steigt. Cremeweiße Haut und lange schwarze Haare, die ihr bis zur Hüfte reichen. Der Stofffetzen um ihre Brust hat sich etwas gelöst und zeigt Rundungen, die jedem Mann das Blut in spezielle Regionen schießen lassen. Und jetzt muss er auch noch zusehen, wie der angebliche Martin seine Lippen auf den zu Stein verwandelten Troll legt, obwohl doch jeder weiß, dass man einen versteinerten Troll nicht mehr retten kann. Rasende Eifersucht bemächtigt sich seiner. Auch wenn sich der Junge gerade als Frau entpuppt hat, so ist es doch immer noch seine Gefährtin, die ihn nach Hause bringen muss. Doch kaum hat sie ihr Gesicht angehoben, gefriert Joriks Blut in seinen Adern. Dieses Gesicht! Dieses Gesicht, eingerahmt mit nassen Haaren, würde er immer erkennen. Wie konnte er nur so blind sein? Wütend dreht Eric sich um und geht allein in den Wald hinein. Er braucht sie nicht. Sie ist schließlich an allem schuld. Er wird den Weg schon finden und hat erfolgreich den grünen Smaragd bei sich.

Verwundert blickt Marie ihrem Schwein hinterher, wie es allein in den Wald verschwindet. Aber ein Stöhnen lenkt ihre Aufmerksamkeit sofort zurück zu Prinz Avantis. Dieser schlägt die Augen auf und blickt sie intensiv an. Angespannte Stille bemächtigt sich des Ortes, als hätten die Krieger aufgehört zu atmen. Sich unwohl fühlend, räuspert sich Marie. „Geht es Euch jetzt wieder besser?" Seine Hand erhebend, berührt der Trollprinz ehrfürchtig ihr Gesicht und streicht ihre Haare hinter ihr Ohr. „Es ging mir selten besser." Als hätte man eine Tür aufgestoßen, bricht lauter Jubel hervor. Die anderen Trolle fallen sich lachend und weinend in die Arme. Marie kann diese überschwängliche Reaktion nicht verstehen und erhebt sich. Hilflos hält sie ihre sich auflösende Bandage fest und bedeckt sich damit notdürftig. Ein warmer Umhang wird ihr über die Schultern gelegt und ein sie angrinsender Prinz hebt sie mit Schwung auf seine Arme. Stolz dreht sich Avantis mit ihr zu seinen Trollen. „Heute, liebe Krieger, ist ein Tag der Freude. Ich habe endlich eine Prinzessin gefunden, die zu heiraten es wert ist." Noch lauter und grölender als zuvor ertönen die Krieger. „Du", deutet der Prinz einem kleineren Troll an, „läufst ins Dorf und wirst allen von der bevorstehenden Hochzeit erzählen. Noch heute Abend werde ich heiraten." Marie steht leicht unter Schock. Wie, der Prinz will heiraten? Der will doch nicht etwa mich heiraten? Immer fester schließen sich seine Arme um sie und drücken sie an seine Brust. Somit verhindert er ein Entkommen ihrerseits gänzlich. Doch nackt und nass würde sie eine Flucht sowieso nicht antreten. Aber wenn sie gewusst hätte, dass eine Rettung gleich in einer Hochzeit endet, wäre sie vielleicht nicht sofort ins Wasser gesprungen. Denn egal wie attraktiv er auch aussieht, sie möchte heute keinen Troll heiraten. Wenn sie einmal heiratet, dann nur aus Liebe.

„Wie lautet dein richtiger Name?“, reißt sie bald schon der Prinz aus ihrem inneren Monolog. „Mein richtiger Name ist Marie.“ „Das ist ein wunderschöner Name. Er gefällt mir viel besser als Martin.“ Begehrlich betrachtet er ihren Körper. „Das ist ja alles schön und gut, verehrter Prinz“, bewegt sich Marie unwohl in seinen Armen und versucht ein wenig Abstand zu bekommen. „Aber würdet Ihr mir bitte erklären, warum ich Euch gleich heiraten muss, nur weil ich Euch gerettet habe? Das hätten schließlich auch Eure Krieger schaffen können.“ Ein schallendes Gelächter von allen Anwesenden ist die einzige Antwort, die sie auf diese Frage erhält. Ärgerlich verschränkt sie die Arme vor ihrer Brust und schweigt während des kompletten Weges zurück zum Dorf.

Auf einem kleinen Sandhügel in der Mitte des Furos

Die restliche Nacht über stehen die zwei eng umschlungen auf ihrer kleinen, rettenden Insel. Beide gehüllt in Schweigen und die Nähe und Wärme des anderen genießend. Als die ersten Sonnenstrahlen durch das Blätterdach brechen, bricht auch Theodor die Stille. „Wie geht es jetzt weiter, Prinzessin? Habt Ihr eine Idee?“ Seufzend hebt sie ihren Kopf und tritt einen kleinen Schritt nach hinten. Schüchtern bedeckt sie mit ihren Händen notdürftig die wichtigsten Stellen ihres Körpers. Theodors Gehirn versagt augenblicklich seinen Dienst. Venus könnte nicht schöner sein, ist der letzte klare Gedanke, den er fassen kann. Diese Frau ist der Inbegriff der Sünde und des Verlangens. Leider ist sie seinem Bruder versprochen. Dies wirkt wie ein kalter Wasserschauer und reißt ihn aus seinen nicht ganz keuschen Fantasien. „Theodor, habt Ihr mir überhaupt zugehört?“, möchte Rosemarie kurz darauf von ihm wissen. Eine leichte Schamesröte überzieht sein Gesicht. „Entschuldigt, ich war abgelenkt. Was habt Ihr gesagt?“ „Ich fragte, ob wir nicht einfach über den Fluss ans Ufer schwimmen könnten. Jetzt, bei Tag und mit freien Händen, dürfte dies nicht allzu schwer sein.“ Stirnrunzelnd überlegt Theodor und betrachtet die Entfernung zum nächsten Ufer. „Wir könnten schon schwimmen“, legt sich seine Stirn in Falten. „Aber ich fürchte, dass das Flussufer zu steil ist und wir uns nicht wirklich herausziehen können. Und gleichzeitig ist das Wasser immer noch so kalt wie gestern Abend. Auch unsere Kleidung müssten wir mitnehmen.“ Frustriert setzt Rosemarie sich in den Sand und wendet ihren Körper den wärmenden Sonnenstrahlen zu. „Ihr möchtet also nichts tun?“, fragt Rosemarie frustriert. „Das habe ich nicht gesagt“, gibt Theodor etwas pampiger zurück. „Ich sagte nur, dass es nicht sinnvoll wäre, einfach kopflos in den Fluss zu springen und zu versuchen, herauszukommen.“ Wütend funkelt die Prinzessin Theodor an. „Dann macht einen besseren Vorschlag, Ihr ewiger Besserwisser!“ „Ach, wie es scheint, ist die Zicke wieder aufgetaut und versprüht wieder Gift und Galle.“ Zornig springt Rosemarie auf, hebt ihre Kleidung vom Boden und zieht sich demonstrativ die nassen Sachen über. „Ihr seid und bleibt ein Scheusal, Theodor.“ Mit klammer Hose und feuchtem Hemd stellt Rosemarie sich an das andere Ende der kleinen Insel und beginnt zu schreien.

„Hilfe! Kann mich jemand hören? Wer möchte eine arme Prinzessin aus den Fängen eines Unholdes retten? Hilfe!“ Wie vom Blitz getroffen, stürmt Theodor auf sie zu und reißt sie herum. „Seid Ihr denn von allen guten Geistern verlassen? Was ist, wenn die Räuber uns so finden?“ Wütend windet Rosemarie ihren Arm aus seinem Griff. „Dann werden die Räuber vor Lachen tot umfallen, wenn sie Euch in Eurem Adamskostüm hier auf dieser

Insel vorfinden.“ Verärgert dreht der Prinz sich um und zieht sich ebenfalls seine noch nassen Sachen über. „Irgendwann, Prinzessin, das verspreche ich Euch“, grummelt Theodor leise vor sich hin, „werde ich Euch übers Knie legen.“

„Theodor! THEODOR?“ Hitzig stampft Rosemarie auf und schreit noch lauter. „Hört auf, mich zu ignorieren, und kommt lieber zu mir rüber. Ich glaube, ich höre etwas.“ Bestürzt kommt der Prinz sofort angestürmt und stellt sich schützend vor sie. „Jetzt spielt Euch nicht so auf“, schubst die Prinzessin den Prinzen zur Seite. „Ich kann mich sehr gut allein verteidigen. Ich brauche keinen Möchtegernhelden.“ Ein lauter Pfiff lässt beide herumfahren. Am Horizont des Flusses können sie ein kleines Boot sehen, das langsam auf sie zukommt. Auf dem Deck scheint ein älterer Mann zu stehen, der ihnen zuwinkt und ihnen zugepfiffen hat. „Wer hätte das gedacht?“, freut Theodor sich und klatscht in die Hände. „Besser hätten wir es nicht planen können.“ Auch Rosemarie lächelt glücklich und winkt enthusiastisch dem Fremden entgegen. Keine zehn Minuten später sitzen die zwei, eingehüllt in warme Decken, auf dem Boot und gleiten flussaufwärts. Ein kleines Segel, das mithilfe von Windsteinen betrieben wird, hilft dem Fischer, das Gefährt entgegen dem Strom zu fahren.

„Ihr sucht also ein Schwein?“, fragt Bernhard interessiert. „Da komme ich Euch ja ganz gelegen.“ Lachend schlägt er sich begeistert auf den Oberschenkel. „Ich bin gerade nach Gerberswald unterwegs. Das ist ein größeres Dorf, das direkt am Furo liegt. Dort findet jeden Mittwoch der größte Viehmarkt der vereinigten Königreiche statt. Ihr werdet es kaum glauben, aber Gerberswald ist für seine hervorragenden Gerberarbeiten bekannt.“ Als hätte ein heißes Eisen sein Herz durchbohrt, krümmt sich Theodor innerlich zusammen. Rosemarie ist nicht entgangen, wie der Prinz auf diese Aussage reagiert hat. Sie kann sich sehr gut vorstellen, was in ihm gerade vorgehen muss. Einem

Instinkt folgend, dreht sie sich zu Bernhard. Sie tätschelt liebevoll die Hand des Fischers und blickt ihm verführerisch in die Augen. „Ihr habt ein so tolles Segelboot. Ich liebe es, wie gekonnt Ihr damit umgehen könnt. Schade, dass ich auf diesem Fluss nicht Euer volles Können erleben darf. Auf dem Meer würdet Ihr sicherlich viel schneller und tollkühner unterwegs sein." Um einige Zentimeter gewachsen, grinst Bernhard leicht dümmlich zurück. „Wenn Ihr möchtet, kann ich Euch mein ganzes Geschick zeigen." Mit dem Klimpern ihrer Wimpern hat sie den Fischer nun vollkommen in ihren Bann geschlagen. „Das wäre fantastisch, Bernhard. Ich freue mich schon sehr darauf, den Fahrtwind auf meinen erhitzten Wangen zu spüren." Eilends dreht der Fischer sich um und holt weitere Windsteine aus seinem Beutel. Diese legt er in eine Kuhle unterhalb des kleinen Segels. In der Zwischenzeit dreht Rosemarie sich dem verdutzten Theodor zu und zwinkert verschwörerisch. Dies entlockt ihm ein leichtes Schmunzeln und tiefe Dankbarkeit. Nicht auszudenken, wenn sie zu spät kommen und nur noch die Überreste von Eric vorfinden würden.

Schon schießt ein kleines Boot nur so durch die Strömungen und entlockt den Insassen verschiedenste Laute: einer in ihrer Rolle aufgehenden, vor Freude jauchzenden Prinzessin. Einem gestressten Fischer, der nur so mit dem Segel und den Stromschnellen zu kämpfen hat, und einem würgenden Prinzen, der mit seinem Kopf über dem Heck des Bootes hängt. Dafür erreichen sie jedoch bereits eine halbe Stunde später den rettenden Hafen. Taumelnd verlässt Theodor als Erster das Boot und tut so, als würde er den festen Boden unter seinen Füßen küssen, nachdem er sich bäuchlings auf diesen gelegt hat. Bernhard indessen hilft Rosemarie galant aus dem Boot und drückt ihr noch einen Handkuss auf ihren rechten Handrücken. „Es war mir eine Ehre, eine so reizende und junge Lady in meinem alten Kahn mitnehmen zu dürfen." Kichernd schlägt sie die Hand von Bernhard weg und erwidert in süßlichem Ton: „Ihr alter Charmeur! Habt vielen Dank für unsere Rettung." Kurzentschlossen haucht sie einen Kuss auf die rauen Wangen des Fischers. Mit roten Ohrläppchen richtet dieser seine Aufmerksamkeit wieder auf sein Boot und wendet sich von seinen zwei Passagieren ab. Beherzt dreht Rosemarie sich zu dem am Boden liegenden Theodor und tritt ihm auffordernd gegen sein Schienbein. „Wenn du glaubst, eine grüne Gesichtsfarbe würde ausreichen, um schlapp zu machen, musst du dir schon etwas Besseres einfallen lassen.“ Lachend steigt sie über ihn hinweg und geht den breiten Weg in Richtung Dorfzentrum. Stöhnend erhebt Theodor sich und kämpft verzweifelt mit der nächsten Welle seiner Übelkeit. „Nie wieder!“, schwört er sich. „Nie wieder werde ich ein Boot besteigen!“

Mit schleppendem Schritt folgt er Rosemarie und kann schon das Gackern, Muhen und Quieken der Tiere hören. Mit neuer Motivation holt er die Prinzessin ein und bleibt mit offenem Mund vor dem großen Viehmarkt stehen. „Wie sollen wir denn hier deinen Bruder finden?“, fragt Rosemarie leicht hysterisch, bevor sie sich entsetzt zu Theodor dreht. Vor ihnen erstreckt sich ein riesiges Areal aus hunderten von Boxen, Ställen, Käfigen und Wiesen, auf und in denen sich tausende von Tieren befinden. Mühsam schluckt Theodor einen dicken Kloß herunter. „Wenn du glaubst, ich küsse hier hunderte von Schweinen, dann hast du dich aber schön geschnitten.“ Resolut stellt Rosemarie sich mit verschränkten Armen vor ihn. „Keine Sorge“, versucht er sie zu beruhigen. „Wir wissen ja, dass mein Bruder noch hellblaue Augen hat. So können wir sicher schon einmal einige hundert Schweine ausschließen. Auch die weiblichen brauchen wir nicht zu beachten.“ „Bist du dir sicher?“, zieht Rosemarie den Prinzen auf. „Wer weiß, wie schlecht dein Bruder ausgestattet ist? Vielleicht hat der Segen nicht erkannt, dass er eigentlich ein Mann ist. Muss dann wohl in der Familie liegen.“ Erbost funkelt er zurück. „Mir war eiskalt, meine Liebe.“ Sie daraufhin ignorierend, tritt Theodor durch das Willkommensschild von Gerberswald und wendet sich den Schweineboxen zu. „Braucht Ihr eine Extraeinladung oder hat

Euch der Mut verlassen?" Empört über seine Mutmaßung betritt sie ebenfalls den Markt und folgt ihm dichten Schrittes.

An den ersten Boxen angelangt, betrachten sie eingehend die Schweine und können unter den vielen keines mit hellblauen Augen erkennen. Erst nach gut einer Stunde finden sie endlich einen Eber mit hellblauen Augen. Theodor klatscht begeistert in die Hände. Instinktiv will der Prinz zu seinem Geldbeutel greifen. Verstört greift er aber ins Leere. Erst nach einigen Momenten dämmert es ihm. Die Räuber haben ihn verständlicherweise ausgeraubt. Er besitzt weder Geld noch seinen Ring oder seine Kette, die ihn als Prinz des Reiches des Zaubersees ausweisen könnten. Auch in Rosemarie wird man sicherlich keine Prinzessin oder zahlungsfähige Dame sehen. Und auch die Soldaten, die ihnen bei ihrem Plan, ein Schwein für die königliche Hochzeit zu finden, den nötigen Rahmen gegeben hätten, sind natürlich nicht anwesend. Frustriert schnauft Theodor beherzt durch seine Nase, um gleich darauf fürchterlich husten zu müssen. Der Gestank, der von den Tieren ausgeht, ist alles andere als angenehm. Frustriert über die ganze Situation, zieht Theodor die Prinzessin von den Schweinen weg.

„Ich habe kein Geld und kann mich auch nicht als Prinz ausweisen. Ich habe keine Ahnung, wie wir es schaffen sollen, das Schwein von dem Händler zu kaufen." Verdutzt realisiert Rosemarie schnell, in welcher Bredouille sie sich befinden. „Müssen wir das Schwein überhaupt kaufen?", will sie daraufhin von Theodor wissen. „Reicht es denn nicht, es einfach zu küssen, um zu sehen, ob es Euer Bruder ist?" Sarkastisch lachend schüttelt Theodor den Kopf. „Wie genau wollt Ihr es denn anstellen, unauffällig mehrere Schweine auf dem Markt zu küssen? Die werden Euch für verrückt halten." Konzentriert schweifen ihre Gedanken in die Ferne, bevor sie sich freudig erregt von Theodor entfernt. „Das werden wir ja sehen", kann er noch von Rosemarie aufschnappen, bevor sie sich dem Schweinehändler zuwendet. Kurze Zeit später kann ein verdutzter Prinz mitansehen, wie eine lachende und scherzende Prinzessin mit einem Schweinehändler durch seine Schweine spaziert und auf das Tier mit den hellblauen Augen zugeht. Enthusiastisch beginnt sie, den Gesuchten zu streicheln und zu knuddeln. Während dieser Aktion kann er sogar erkennen, wie sie ihm liebevoll über den Kopf streichelt und einen zarten Kuss darauf platziert. Keine fünf Minuten später steht sie mit blassem Gesicht neben ihm und wischt sich über die Lippen. „Schweine sind so widerliche Tiere. Ich hoffe, wir finden Euren Bruder bald. Lange halte ich es nämlich nicht durch, eine Schweinenärrin zu spielen, die begeistert ist von diesen Tieren. Sie riechen wirklich abartig." Noch während die Prinzessin angewidert an ihren stinkenden Händen schnuppert, wird sie plötzlich in eine Umarmung gerissen. „Ich danke Euch. Ich danke Euch aus vollem Herzen, dass Ihr dies für mich und meinen Bruder tut." Verlegen befreit sie sich aus Theodors Umarmung und blickt auf ihre Schuhe. „Eine Prinzessin muss tun, was eine Prinzessin tun muss", räuspert sich Rosemarie und dreht sich mit errötenden Wangen schnell von ihm weg. So vergeht der Vormittag und mündet in den Nachmittag.

Fünfzehn geküsste Schweine später und immer noch ohne Erfolg sitzen die beiden deprimiert unter einem Apfelbaum auf einem Hügel und überblicken den Markt. Vor sich hin kauernd, überlegen sie ihre nächsten Schritte. „Ich glaube, mit dem Markt sind wir durch", erklärt Theodor und beißt ein weiteres Mal von einem Apfel ab. „Und wie wir das sind!", kann Rosemarie es sich nicht verkneifen. „Ich stinke, als wäre ich selbst ein Schwein." „Da kann ich nur schlecht widersprechen", lacht Theodor aus vollem Halse und bekommt eine Sekunde später einen Apfel an den Kopf geworfen. „Jetzt seid doch endlich einmal ernst! Ich fürchte, wir müssen zurück zum Schloss", unterbricht Rosemarie den weiteren Lachanfall von Prinz Theodor. „Wir haben kein Geld, keine Eskorte, keine Ahnung, wo wir als Nächstes hinwollen, und wir stinken so fürchterlich, dass jeder normale Mensch flüchtet, wenn wir in die Nähe kommen.“ „Ihr stinkt, meine Liebe! Nicht ich!“, kann sich der Prinz nicht verkneifen zu sagen und prustet belustigt los. „Aufhören, habe ich gesagt!“, zischt Rosemarie verärgert. „Die Lage ist ernster als gedacht. Wir sind zu Fuß mindestens zwei Tagesmärsche von dem Schloss meines Vaters entfernt. Und so fürchterlich, wie wir aussehen und riechen, wird uns keiner helfen wollen.“ Langsam verebbt das Lachen von Theodor. Sein Blick schweift zum Horizont. „Ich weiß“, fährt Theodor sich erschöpft durch seine Haare. „Ihr habt vollkommen recht.“ Seufzend lässt er sich rückwärts in die Wiese fallen und betrachtet den Himmel über sich. „Wir stecken in einer ziemlich bescheidenen Situation fest.“ „Ach! Hat der Herr endlich die Lage realisiert?“, merkt Rosemarie zynisch an und blickt auf ihn herunter. „Natürlich! Sie ist ja schließlich kaum zu überriechen.“ Bevor Rosemarie ihm einen Stoß in die Rippen geben kann, fängt er geschickt ihren Arm ab und dreht sie mit viel Schwung unter sich auf den Rücken. Mit angehaltenem Atem blickt sie ihm entgegen, während er mit einem verschmitzten Lächeln eine ihrer Haarsträhnen aus ihrem Gesicht streicht.

„Ihr habt sicherlich in Eurem Leben noch nie schlimmer gestunken oder so schäbige Kleidung getragen.“ Doch bevor eine zynische Erwiderung über ihre Lippen kommt, berührt er diese sanft mit seinen Fingern. „Ihr habt aber auch noch nie so unglaublich verführerisch ausgesehen wie in diesem Moment.“ Bedächtig senkt er seine Lippen auf die von Rosemarie und haucht ihr einen zarten Kuss darauf. Ihr ganzer Körper scheint ihr nicht mehr zu gehorchen, da ihre verräterischen Arme sich langsam um den Hals von Theodor legen und diesen näher an sich heranziehen. Der keusche Kuss wird immer fordernder und endet nach wenigen Minuten mit zwei keuchenden Menschen, die nicht mehr wissen, wie sie sich weiter verhalten sollen. Sich räuspernd, erhebt Theodor sich als Erster, entfernt sich ein paar Schritte von Rosemarie und blickt hinunter ins Dorf. „Mein Bruder kann sich glücklich schätzen, eine so atemberaubende Frau an seine Seite zu bekommen." Ein weiterer Sprung in den eiskalten Furo hätte für Rosemarie nicht abkühlender sein können als seine Worte. Schnippisch, um ihre Verletzungen zu kaschieren, antwortet sie darauf: „Das will ich aber auch hoffen. Schließlich tue ich dies alles nur für ihn." „Das ist gut, Prinzessin!", reibt Theodor sich angespannt seinen Nacken. „Das ist sehr gut." Aufgrund ihrer eigenen Wut und Verzweiflung ist es Rosemarie nicht möglich, den traurigen und resignierten Unterton von Theodor herauszuhören. „Lasst uns aufbrechen!", räuspert sich der Prinz mehrmals, bevor er den Hügel hinuntergeht. „Vielleicht können wir noch einiges an Wegstrecke schaffen." „So ein Idiot!", ist Rosemarie jedoch noch eine Zeit lang mit ihren aufgewühlten Gefühlen beschäftigt und folgt ihm erst ein paar Minuten später.

In einer Trollhütte

Genießerisch lässt sich Marie tief in den warmen Bottich mit duftendem Wasser gleiten. Hinter ihr steht eine zierliche junge Trollfrau und massiert ihr duftende Essenzen ins gewaschene Haar. „Diese Düfte habe ich selbst hergestellt", erzählt diese mit Stolz in der Stimme. Wohlige Schauer rasen durch Maries Körper und hüllen sie in eine Oase der Entspannung. „So, edle Prinzessin, Euer Haar ist nun fertig." Leicht sich in der Wanne aufrichtend, antwortet Marie: „Ich danke Euch, Lamira. Aber bitte sagt nicht immer edle Prinzessin zu mir. Ich bin Marie." „Wie Ihr wünscht, Prinzessin Marie." Leise kichernd entfernt sich Lamira, um ein trockenes Tuch zu holen. Resigniert lächelnd, schüttelt Marie den Kopf und steht gemächlich auf. Seit sie wieder im Dorf angekommen ist, wird sie bejubelt und schon fast wie eine Göttin verehrt. Die meisten Trolle schmeißen sich sogar vor ihr auf den Boden und senken ehrfürchtig ihr Haupt. Selbst der Trollkönig neigte seinen Kopf und zog sie in eine freudige Umarmung. Ihr war nicht bewusst, wie verzweifelt der Prinz wohl eine Braut gesucht hat, wenn hier alle so ein Aufhebens um sie machen. Kaum verlässt sie den Bottich, wird auch schon ein vorgewärmtes Tuch um ihren Körper geschlungen. An diesen Luxus könnte sie sich tatsächlich gewöhnen, geht es ihr durch den Kopf. Bloß leider ist der Preis dafür die Hochzeit mit dem Trollprinzen. Ein ganz schönes Dilemma, in dem sie sich gerade befindet. Sobald ihr Körper getrocknet ist, kämmt Lamira ihr die Haare und steckt summend kunstvoll Blumen hinein. Das Kleid, das kurz darauf gebracht wird, ist aus feinstem Stoff und in einem schönen beigen Ton. Mit Schnüren auf ihrem Rücken wird es gebunden und verwandelt die Dienstmagd in eine atemberaubende Braut. Von sich selbst überrascht, betrachtet Marie sich von allen Seiten in einem großen Spiegel. „Ihr seht wunderschön aus. Unser Prinz wird seine Augen nicht mehr von Euch nehmen können", schwärmt Lamira und nimmt einen verträumten Blick an. Plötzlich hüpft eine aufgeregte Majana in die Hütte und schmeißt sich in die Arme von Marie. Kichernd drückt sie sich in eine feste Umarmung. „Du bist wirklich eine wunderschöne Prinzessin." Lächelnd streicht Marie ihr liebevoll über das Haar. „Das ist süß von dir. Aber ich bin keine Prinzessin. Ich bin nur ein einfaches Mädchen." „Das glaube ich dir nicht." Trotzig schüttelt das kleine Trollmädchen ihren Kopf. „Alle behaupten, du bist eine jungfräuliche Prinzessin und hast meinen Bruder wachgeküsst." Lachend verneint Marie. „Ich habe ihn doch nicht wachgeküsst. Ich habe ihm nur Luft eingehaucht, nachdem ich ihn aus dem Fluss gezogen hatte." Majana stampft wütend auf. „Du bist eine Prinzessin und ich werde auch einmal eine so schöne Prinzessin sein." Kein weiteres Wort zulassend, fegt der kleine Wirbelwind wieder aus der Hütte und lässt Marie leicht verwirrt zurück. Wie kommen nur alle darauf, dass sie eine Prinzessin wäre? Liegt es vielleicht daran, dass sie als Braut des Prinzen bereits diesen Titel erhalten hat? Leicht frustriert von dieser eigenartigen Situation, betrachtet Marie sich noch einmal im Spiegel. „Ich kann das nicht!", wird ihr nur zu deutlich bewusst. „Das bin nicht ich!"

Eine Idee fassend, verlässt Marie die Hütte und wendet sich dem königlichen Gebäude zu. Anerkennendes Raunen geht durch die Menge der Trolle, die ihren Weg kreuzen, woraufhin Marie angespannt zu lächeln beginnt. Einen Fuß vor den anderen setzend, betritt Marie den großen Saal der Trolle und findet nur Avantis und König Merovus vor. Beide drehen sich augenblicklich zu ihr. Ein breites Grinsen zeigt sich auf den Zügen des Prinzen und er eilt ihr schnell entgegen. Kaum hat er sie erreicht, beugt er sein Knie, ergreift ihre Hand und haucht einen Kuss auf ihren Handrücken. Mit einem leichten Unwohlsein lässt Marie diese nett gemeinte Geste über sich ergehen. „Ihr seht wunderschön aus, meine zukünftige Gemahlin." „Ähhh! Gut, dass Ihr es ansprecht", versucht Marie das Gespräch in eine andere Richtung zu lenken. „Ich fühle mich wirklich sehr geehrt. Aber ich kann diese Ehre nicht annehmen." Betretenes Schweigen folgt ihren Worten. „Ich verstehe nicht", bricht der Prinz dieses und drückt ihre Hand unbewusst, aber schmerzhaft zusammen. „Ihr habt mich mit Eurem Kuss gerettet. Natürlich werden wir jetzt heiraten." Lachend schüttelt sie ihren Kopf. „Ich habe auch mein Schwein vor einem Festmahl gerettet und würde es sicherlich niemals heiraten." Beleidigt lässt Avantis ihre Hand los. „Ihr vergleicht mich also mit einem Schwein?" Entsetzt hält Marie ihre Hände vor ihren Mund. „Es tut mir leid. So wollte ich das nicht ausdrücken. Ich … Also ich …", stottert sie, „… wollte nur klarstellen, dass eine Rettung nicht immer gleich in einer Hochzeit enden muss." Wütend funkelt er Marie böse an. „Ihr seht also eine Hochzeit mit mir als ein Ende an." Genervt rollt Marie mit ihren Augen. „Männer sind doch alle gleich", kann sie es sich nicht verkneifen. „Es hat nichts mit Euch zu tun, Prinz. Ich möchte nur jetzt noch nicht heiraten." Erleichtert atmet der Prinz auf und tätschelt väterlich ihre Wange. „Wenn es nur darum geht, ist das doch kein Problem."

Sich zu seinem Vater umdrehend, verkündet der Prinz: „Wir werden erst in einer Woche heiraten." Erzürnt stemmt Marie ihre

Arme in die Hüften. „Ich möchte gerne selbst entscheiden, wann und wen ich einmal heiraten werde. Ihr habt nicht das Recht, so über mich zu bestimmen.“ Schon eine zornige Antwort parat, will der Prinz gerade seine Stimme erheben, als der König sich zu Wort meldet. „AVANTIS, es reicht!“ Augenblicklich schließt der Prinz seinen Mund und wendet sich seinem Vater zu. „Du hast gehört, was die Prinzessin gesagt hat.“ Hoheitsvoll schreitet der König auf sie zu. Bis jetzt war ihr nicht bewusst, wie viel Autorität Merovus von Steinwolf ausstrahlen kann, wenn er es darauf anlegt. Er ignoriert seinen Thronerben und kommt direkt auf Marie zu. „Wenn es Euer Wunsch ist, uns zu verlassen, dann möchte ich Euch wenigstens das Zweitwertvollste nach dem Leben meines Sohnes schenken, das ich besitze.“ Behutsam holt der König eine Kette unter seinem Wams hervor, an der ein grüner Stein funkelt. Ehrfürchtig betrachtet Marie diesen. „Dies, meine Liebe, ist der grüne Smaragd von Morleon. Er steht für Gesundheit und soll Euch auf Euren Wegen gute Dienste leisten.“ Verärgert schnauft Avantis und stürmt erbost aus dem Raum. Lächelnd blickt der König seinem Sohn hinterher. „Verzeiht ihm sein aufbrausendes Temperament. Er ist noch sehr jung für einen Troll und hat noch einiges zu lernen, bevor er würdig ist, meine Nachfolge anzutreten.“ Berührt von diesem kostbaren Geschenk, geht Marie auf die Knie und beugt ihr Haupt vor dem Trollkönig. „Habt vielen Dank! Ich werde diesen Stein mit meinem Leben beschützen und niemals Eure Großzügigkeit vergessen.“ Sich langsam aufrichtend, nimmt sie den Stein an sich und verlässt beschwingt den Saal.

Kaum hat sie diesen verlassen, betritt abermals Avantis den Raum. Mit hängenden Schultern stellt er sich neben seinen Vater und seufzt aus tiefstem Herzen. Aufmunternd klopft sein Vater ihm auf die Schulter. „Jetzt lass den Kopf nicht hängen, mein Junge. Du wirst schon eine andere jungfräuliche Prinzessin finden, die dein Herz berührt.“ „Aber keine, die den steinernen Fluch von uns nehmen kann“, erwidert Avantis. „Nur eine wahre Prinzessin mit einem reinen Herzen ist dazu im Stande." „Und genau deshalb, mein Junge", ergänzt sein Vater, „haben wir nicht das Recht, sie gegen ihren Willen zu etwas zu zwingen."

Sobald Marie wieder in ihrer zugewiesenen Hütte ist, zieht sie das Kleid aus, greift sich lederne Hosen, ein Hemd und eine neue Bandage, welche ihr kurz vorher gebracht wurde. Mit einem kleinen Stück Seil bindet sie ihre Haare zu einem Pferdeschwanz, setzt eine Mütze auf und schlüpft in bequeme Stiefel. Für ihr nächstes Abenteuer gerüstet, tritt sie aus dem hölzernen Gebäude und wundert sich, Avantis vor sich stehen zu sehen. Skeptisch beäugt sie den Prinzen, bis ihr Blick auf einen verzierten Dolch fällt, den er in einem Ledergürtel in der rechten Hand hält. „Dies ist der erste Dolch, den ich mir als Krieger für Tapferkeit verdient habe", räuspert sich der Trollprinz unwohl. „Ich möchte ihn dir schenken und hoffe, dass du mich nicht so schnell vergessen wirst." Gerührt nimmt Marie den kleinen Dolch an sich und bindet den Gürtel um ihre Hüften. „Danke, Avantis!", schenkt sie ihm ein aufrichtiges Lächeln. „Deine Geste bedeutet mir wirklich sehr viel." Eilig stellt sie sich auf die Zehenspitzen und haucht einen zarten Kuss auf seine Wange. „Ich wünsche dir alles Glück der Welt. Die richtige Frau wird dich sicher schon bald von den Füßen reißen." Noch bevor sie sich von dem Prinzen entfernen kann, kommt Lamira angelaufen. „Bitte, Prinzessin Marie, wartet noch kurz! Ich habe Euch für Eure Reise noch das Nötigste zusammengesucht." Gehetzt kommt Lamira schlitternd auf sie zu, kann aber nicht rechtzeitig abbremsen und reißt ungestüm den Prinzen von den Füßen. „Oh! Verzeiht, Prinz Avantis!", keucht Lamira entsetzt. „Das wollte ich nicht." Unbeholfen versucht Lamira dem Prinzen aufzuhelfen, fällt aber vor lauter Aufregung auf den Prinzen drauf. Marie hingegen muss sich vor Lachen den Bauch halten. „Wer hätte gedacht, dass das Schicksal so viel Sinn für Humor hat?" Daraufhin schauen beide Trolle verwundert Marie an. Auf einmal kann man eine aufsteigende Schamesröte bei Lamira erkennen, während der Prinz heimlich einen tiefen

Atemzug nimmt und die verschiedensten Essenzen erschnuppert, die an dieser Frau haften. Verunsichert rappeln beide sich auf, stehen nun etwas steifer vor Marie und verabschieden sich nochmals. Kurz darauf schultert Marie den Beutel von Lamira und geht beschwingt und voller Tatendrang aus dem Dorf in den Märchenwald hinein. Aus den Augenwinkeln kann sie noch erkennen, wie Avantis nervös seinen Nacken umfasst, als er sich mit Lamira, die schüchtern auf den Boden starrt, unterhält. In sich hineinlächelnd, schlägt Marie den Weg zum Fluss ein, an dem sie ihren Freund, das Schwein, das letzte Mal gesehen hat. Sie weiß schließlich noch nicht, aus welcher prekären Lage sie dieses Mal Jorik retten muss.

Irgendwo im Märchenwald

„Juan, du bist der schlechteste Wegführer, den man sich nur vorstellen kann", motzt Sven genervt. „Da kann doch ich nichts dafür, dass mir die süße Waldfee die falsche Richtung gewiesen hat", verteidigt sich der blonde Krieger. „Natürlich kannst du was dafür, du Charmebolzen", hört Sven jedoch nicht auf, seinen Kameraden anzumotzen. „Du hast doch schließlich die Kleine mit deinen ganzen Komplimenten so aus dem Konzept gebracht, dass sie sogar auf einen Schlammberg gezeigt und ihn als Schloss bezeichnet hätte." „Aha!", kommt es nun von Juan zurück. „Sind wir mal wieder auf mein einnehmendes Wesen eifersüchtig?" „ICH BIN NICHT EIFERSÜCHTIG!", murrt Sven lautstark. „Mir ist saukalt und ich habe Hunger. Wir hätten schon gestern im Schloss zurück sein müssen." „Hört auf zu zanken!", mischt sich auch Aron in das Gespräch ein. „Wir sollten uns lieber überlegen, wie wir dem König erklären, dass wir seine Tochter und den Prinzen verloren haben." Betretenes Schweigen folgt und alle Soldaten lassen nachdenklich ihre Köpfe hängen. „Wieso eigentlich verloren?", wirft Hans zwei Minuten später in die Runde. „Sie waren schließlich einfach weg. Wie vom Erdboden verschluckt. Vielleicht hat ja Prinz Theodor seine Chance genutzt und die Prinzessin endlich zum Schweigen gebracht." Wütend funkelt Aron den lachenden Juan an. „Hört sofort auf mit diesem Unsinn! Wenn solche Gerüchte die Runde machen, könnte es zu einem schlimmen Krieg zwischen unseren beiden Reichen kommen. Wollt ihr das?" Etwas pampiger antwortet Hans: „Und was schlägt jetzt der große und kräftige Aron vor?" „Willst du Streit, du Hänfling?", funkelt dieser zornig zurück. „Wen nennst du einen Hänfling, du Klotz?" Hans richtet sich zu seiner vollen Größe auf und streckt stolz sein Kinn vor. „Wie war das, Aron?", räuspert sich daraufhin Juan. „Wir sollen doch aufhören zu zanken, oder?" „Unsere Nerven liegen echt blank", seufzt Sven, hält sein Pferd an und steigt ab. Beruhigend klopft er dem Wallach auf den Hals und bindet ihn an einen Ast, um ihn etwas grasen zu lassen. „Ich bin dafür, eine Pause einzulegen und zu überlegen, wie die nächsten Schritte aussehen könnten." Alle sind mit dieser Idee einverstanden und folgen seinem Beispiel.

Nachdem die Pferde versorgt sind, setzen sich die vier Gefährten zusammen. Sven ist der Erste, der spricht. „Ist es wirklich sinnvoll, zum Schloss zurückzureiten? Wir haben weder den Prinzen gefunden, noch konnten wir auf die beiden anderen aufpassen. Wenn wir zurückreiten, werden wir sicherlich schwer bestraft werden, ohne uns verteidigen zu können." „Wir sollten uns unserem Schicksal stellen", spricht nun Aron. „Als echte Soldaten des Märchenwaldreiches haben wir die Pflicht, uns der Gnade des Königs auszuliefern." Mit seiner rechten Faust schlägt er sich auf seine linke Brust, um seine Worte zu untermauern. Hans hingegen schaut etwas unsicher drein und fügt hinzu: „Ich finde, wir sollten nichts überstürzen. Schließlich werden wir erst in frühestens zwei Wochen zurückerwartet." „Das ist die Lösung, Hans!" „Welche Lösung, Juan? Ich sagte doch nur, wir hätten noch etwas Zeit, um ..." „Eben!", grätscht ihm Juan wieder dazwischen. „Zwei Wochen! In dieser Zeit finden wir die Prinzessin und die beiden

Prinzen. Und ich weiß auch schon, wer uns dabei helfen kann und muss." Freudig reibt sich Juan die Hände und grinst von einem Ohr zum anderen. Seine drei Kumpane jedoch schauen ihn nur leicht verdutzt an und wundern sich über sein seltsames Verhalten. „Ist dir der Flirt mit der Waldfee etwa zu Kopf gestiegen?", möchte Sven nun doch von seinem Freund wissen und grinst ihn schelmisch an. „Nicht diese Waldfee, mein Lieber", grinst Juan zurück. „Nicht diese!" Noch verwirrter als zuvor, schüttelt Sven seinen Kopf. „Komm endlich zum Punkt!", fordert Aron genervt und streckt seine Beine aus. „Wer ist denn an allem schuld?" „Juan, jetzt mach es nicht so spannend und nervig. Rück endlich mit der Sprache raus. Wer ist schuld und muss uns helfen?" Selbst Hans scheint ungeduldig zu werden. „Das ist doch ganz klar", grinst Juan selbstbewusst, bevor er das Rätsel löst. „Es ist die gute Fee Giselagunde, die an allem schuld ist." Sven kratzt sich am Kinn und überlegt kurz seine nächsten Worte. „Sie ist zwar eine Fee, aber dass sie gut ist, wage ich zu bezweifeln. Ist sie nicht sogar noch eine Feenschülerin?" „Das ist doch egal", unterbricht Juan ihn. „Fakt ist, dass sie schuld ist und uns helfen muss. Wir können ja sogar so tun, als wären wir vom König persönlich beauftragt worden, sie in die Suche zu involvieren. Als Fee kann sie sicherlich schneller alle Beteiligten finden." „Die Idee gefällt mir", brummt Aron seine Zustimmung. „Wir haben aber dennoch ein Problem", ist es Hans, der noch nicht überzeugt ist. „Was an meiner Idee gefällt dir denn jetzt schon wieder nicht, Hans?", stöhnt Juan frustriert. „Weißt du denn, wo wir die Fee finden können, du neunmalkluger Kerl?" „Das ist doch kein Problem, du Schwarzseher", kontert Juan. „Wir fragen uns einfach bis zur Feenakademie durch." Daraufhin verlässt ein zynisches Lachen Svens Lippen. „Willst du etwa genauso effektiv den Weg zur Feenakademie erfragen wie den zum Schloss des Königs?"

„Pst, seid mal kurz leise!" Aron hält seinen Finger an seine Lippen und deutet mit der anderen Hand auf einen Busch ganz in der Nähe. Sven schnallt seine Armbrust vom Rücken und zielt gekonnt auf das Gestrüpp. Juan, der dem Gebüsch am nächsten steht, nickt seinen Kameraden zu und schleicht sich vorsichtig heran. Mit seinem Speer fährt er in den Busch und stochert darin herum. Ein lautes Quieken erschallt und ein panisches Schwein stürmt heraus. Verdutzt beobachten alle vier das gekrönte und blutende Schwein. „Spinn ich oder hat das Schwein eine Krone auf dem Kopf?“, wirft Juan ein, bevor er seine Waffe zurückzieht. „Was schaut ihr alle so blöde?“, stürmt Hans hektisch an Juan vorbei. „Erkennt ihr ihn denn nicht? Das ist der Prinz, den wir suchen müssen.“ Keine zwei Sekunden später überschlagen sich die Ereignisse. Denn plötzlich hetzen vier ausgewachsene Soldaten fluchend einem Prinzenschwein durch den Märchenwald hinterher.

Gleich haben sie mich! Eric ist am Rande seiner Kräfte angelangt. Zwei schlaflose Nächte, kein Essen und ein blutendes Bein fordern ihren Tribut und lassen den Prinzen immer häufiger stolpern. Ich kann nicht mehr, ist der letzte Gedanke, bevor er zusammenbricht und hechelnd liegen bleibt. „Wir haben ihn!“ Freudig erregt umringen die Verfolger den Gefallenen. Der größte der Soldaten schmeißt sich sogleich auf den Prinzen und nagelt ihn mit seinem Gewicht auf dem Boden fest. Verzweifelt bäumt Eric sich auf und versucht seinen Widersacher abzuwerfen. „Das ist aber nett, dass uns der Prinz mit einem Krönchen helfen möchte, ihn zu erkennen.“ Schallendes Gelächter folgt der Aussage eines besonders attraktiven Soldaten. „Hier, Aron, nimm dieses Seil und verschnüre damit unsere wertvolle Fracht. Wir wollen doch nicht, dass er uns wieder entkommt.“ Dankbar übernimmt Aron das Seil und bindet alle vier Füße des Schweines zusammen. Das Band schneidet Eric schmerzhaft in die Beine und lässt seine Wunde stärker bluten. Zusammen hieven die Soldaten ihren Gefangenen hoch und tragen ihn zurück zu ihren Pferden. Unsanft legen sie den Prinzen auf die Erde und schlagen sich gegenseitig lachend auf den Rücken. „Jetzt brauchen wir die Hilfe von Giselagunde doch nicht mehr.“

Ein Schock fährt Eric durch alle Glieder. Er hat doch gleich gewusst, dass der König mit seinen Soldaten und der Fee unter einer Decke steckt. Verzweifelt versucht er sich aus diesen Seilen zu winden. Ohne großen Erfolg muss er sein Vorhaben bald aufgeben. Denn sein linker Oberschenkel brennt fürchterlich aufgrund einer Stichwunde und seine Beine fühlen sich bereits taub und geschwollen an. Langsam beruhigt Eric seine Atmung und betrachtet in Ruhe seine Umgebung. Wenn er etwas in den letzten drei Tagen gelernt hat, dann ist es, Ruhe zu bewahren und mit Geduld die Situation besser einschätzen zu können. Sarkastisch denkt Eric an den ersten Segensspruch. Was es doch für dumme Zufälle im Leben gibt!

Nachdem die Sonne bereits einiges an ihrer Kraft verloren hat, entzünden die Männer ein Feuer. „Morgen reiten wir zum Schloss zurück und übergeben den Prinzen an den König", erklärt Aron das weitere Vorgehen. „Danach suchen wir den zweiten und finden sicherlich auch die Prinzessin an seiner Seite." Ein Gefühl der Zuneigung rauscht durch Erics Adern. Hat sein Bruder Theodor tatsächlich die Prinzessin entführt, um ihn zu retten? So viel Mut und Weitsicht hätte er seinem vier Jahre jüngeren Bruder gar nicht zugetraut. Sein Verhältnis zu ihm ist eher oberflächlich und steif, da er von klein auf als Thronerbe auf sein Amt vorbereitet wurde. Da gab es keine Zeit für Kinderspiele oder Kuscheleinheiten. Hartes Kampftraining und stundenlanges Studium alter Bücher waren sein Alltag. Umso erstaunlicher findet er die Tatsache, dass sich Theodor nicht an seinem Unglück bereichert und selbst versucht, die Krone zu ergreifen. Oder hat etwa Theodor die Prinzessin entführt, um sie selbst zu heiraten und der Herrscher beider Königreiche zu werden? Doch bald darauf schwirrt Eric der Kopf. Entkräftet fallen ihm die Augen zu und er stürzt in einen unruhigen Albtraum, der davon handelt, wie der König ihn über einem Feuer am Spieß herumdreht und mit Soße bestreicht.

Eine schmetterlingsleichte Berührung weckt ihn einige Stunden später sanft aus diesem furchtbaren Traum. Seine Augen brauchen einen Augenblick, um sich an die Dunkelheit gewöhnen zu können. Das Feuer ist heruntergebrannt und lautes Schnarchen zerstört die Idylle dieser wunderschönen Nacht. Seinen Kopf leicht drehend, erkennt er bald das verschmitzte Gesicht von Martin. Halt! Nicht Martin, versteift sich Eric sogleich. Das ist dieses fürchterliche Weib! Bedächtig nähert sie sich Eric, deutet mit dem Finger an, dass er leise sein soll, und schneidet vorsichtig mit einem kleinen Dolch seine Fesseln durch. Doch aufgrund seiner Verletzung kann Eric nicht leise aufstehen. Verzweifelt schaut er auf seine Wunde und bemerkt ihren entsetzten Gesichtsausdruck. Mit gerunzelter Stirn betrachtet sie die ganze Situation genauer. Da er nun um ihr Geschlecht weiß, kann diese hässliche Mütze ihr schönes Antlitz auch nicht mehr verbergen. Wie konnte er tagelang nur so blind sein? Doch was ihn besonders interessieren würde, ist die Frage, warum sie nicht im Trolldorf ist. „Ich werde sie ablenken", neigt sie plötzlich leicht ihren Kopf und flüstert ihm ins Ohr. „Du musst es nur irgendwie schaffen, aufzustehen und zu fliehen. Keine fünfhundert Meter in östlicher Richtung ist eine kleine Höhle, in der du dich verstecken kannst. Sobald ich kann, komme ich nach und kümmere mich um deine Wunde. Bitte halt noch ein bisschen durch, Jorik. Ich lasse nicht zu, dass dich diese Soldaten essen." Kaum ist sie aus seinem Sichtfeld verschwunden, werden Eric sofort zwei Dinge klar. Erstens, sie gehört nicht zum Komplott des Königs, da sie keine Ahnung hat, wer er ist und was die Soldaten wirklich mit ihm vorhatten, und zweitens, er hat sie irgendwie die letzten Stunden doch vermisst.

Fünf Minuten später zerreißt ein ohrenbetäubender Pfiff die Stille und schreckt die vier Pferde der Soldaten auf. Die Tiere stürmen ohne erkennbaren Strick um ihren Hals plötzlich in die Dunkelheit. Die Männer schrecken schlaftrunken aus ihren Träumen und beginnen ihre Tiere zu verfolgen. Diese Ablenkung nutzend, steht Eric schwerfällig auf und kämpft sich Meter um Meter von dem

Lagerplatz weg. Es dauert eine Ewigkeit, bis er die rettende Höhle findet und in dieser zusammenbricht. Trotz großer Qualen versucht er alles, um seine Schmerzenslaute zu unterdrücken. Eine zärtliche Stimme reißt ihn ein wenig später aus einer Ohnmacht, die ihn wohl überrumpelt hat. Ihm war gar nicht aufgefallen, das Bewusstsein bis zum Morgengrauen verloren zu haben. „Oh! Du armer Jorik!“, wird er sanft gestreichelt. „In was für einen Schlamassel hast du dich denn jetzt schon wieder gebracht? Dein Bein schaut wirklich schlimm aus. Wenn ich nicht bald etwas mache und die Blutung stoppe, verblutest du mir hier auf diesem kalten Höhlenboden.“ Kaum hat die Frau zu Ende gesprochen, kann Eric miterleben, wie sie ihr neues Hemd auszieht. Unter diesem kommt wieder eine Bandage zum Vorschein, die ihre Brust zusammenschnürt. Keine Sekunde später wird er jedoch in den siebten Himmel katapultiert. Denn er hat zwar in seinem Leben schon mehrere schöne Frauen gesehen, aber diese raubt ihm zum wiederholten Male die Sinne. Gerade ihre Natürlichkeit schlägt ihn in ihren Bann. „Halt bitte still, damit ich dein Bein verbinden kann“, wird er von ihr getadelt. Mit geschickten Fingern befestigt sie ihre Bandage um sein Bein und erzeugt damit einen wohltuenden Druck, der die Wunde verschließt. Er kann seinen Blick kaum von ihren Rundungen und der Kette mit dem grünen Stein, die um ihren Hals hängt, lösen. Leider kann er es nicht ewig genießen, da sie bald darauf ihr Hemd überzieht.

„Mist!“, flucht sie mürrisch. „So kann jeder sofort erkennen, dass ich eine Frau mit einer Mütze bin.“ Frustriert reißt sie sich die Mütze vom Kopf und fährt einige Male mit ihren Fingern durch ihre lange schwarze Mähne. Mit einem süßen Lächeln und einem Zwinkern dreht sie sich wieder Eric zu. „Jetzt schau nicht so entsetzt, Jorik! Ja, ich bin eine Frau. Mein richtiger Name ist Marie und ich bin auf der Flucht, da ein grausamer Prinz meinen Tod angeordnet hat.“ Schuldgefühle beginnen sein wohliges Gefühl von vorhin zu verdrängen. Wenn sie wüsste, wer er ist, dann hätte sie ihn wahrscheinlich mit der Bandage eigenhändig erwürgt und ihn später an Bären verfüttert. Er muss wirklich dringend zurückverwandelt werden. Selbst seine Gefährtin könnte ihm gefährlich werden, wenn sie ihn enttarnen würde. Ein lautes Grummeln lässt Marie auflachen. „Oh, Jorik, verzeih! Ich habe noch gar nicht daran gedacht, dass du Hunger haben könntest.“ Beherzt holt sie aus einem kleinen Beutel Brot und etwas Käse. Zu seinem Erstaunen teilt sie gerecht und gibt jedem den gleichen Anteil. Kein Brot und kein Käse haben ihm je so gut geschmeckt. Nach dem Essen holt Marie eine kleine Flasche und hält sie ihm behutsam an die Lippen, sodass er das köstliche Wasser schlückchenweise zu sich nehmen kann. Sobald er fertig getrunken hat, beugt sich Marie ein klein wenig über seinen Kopf. Der grüne Steinanhänger schwingt aus ihrem Hemd und berührt ihn leicht an der Schnauze. Eine heiße, kribbelnde Wärme breitet sich in seinem ganzen Körper aus und konzentriert sich auf seinen linken Oberschenkel. „Schlaf dich gesund, Jorik.“ Nachdem sie dies gesagt hat, hauchen ihre Lippen einen sanften Gutenachtkuss auf seine Stirn. Plötzlich steigert sich das Kribbeln ins Unermessliche und raubt ihm für eine kurze Zeit die Sicht. Unmittelbar prallt sein Körper auf harten Stein, als wäre er aus einer größeren Höhe gefallen. Ängstlich öffnet er seine Augen und sieht vor sich eine Riesin. Panisch will er weglaufen, kann es aber nicht, da sein Schwanz von der Gigantin gehalten wird. „Jorik, bitte beruhig dich. Jorik, bitte!“ Die Stimme, so laut sie auch erschallt, kommt ihm jedoch sehr bekannt vor. Und tatsächlich! Auf den zweiten Blick kann er eine gigantische Marie erkennen, die ihn behutsam mit ihren Händen hochnimmt. Wieso ist sie so abrupt gewachsen? Und wieso hat er einen so langen Schwanz, den man festhalten kann? Komplett verwirrt will er sich erst einmal hinsetzen, als er seine Veränderung bemerkt. Was zum …?! Nach einer eingehenden Betrachtung seines Körpers ist er noch verstörter als zuvor. Was ist bloß geschehen? Sein Bein ist geheilt und er fühlt sich großartig. Was ebenfalls sehr erfreulich ist, ist die Tatsache, dass er kein Schwein mehr ist. Aber warum ist er in drei Zauberers Namen eine kleine Maus?

Marie ist vollkommen perplex. Hat sich das Schwein gerade vor ihren Augen in eine Maus verwandelt? Es muss wohl so sein, da sie nach fünf Minuten immer noch dieses kleine, graue Tier in den Händen hält. Sie hat zwar schon mehrmals zum Sprechen angesetzt, findet jedoch nicht die richtigen Worte, um diese Situation zu erklären. Was ist nur geschehen? Nach einiger Zeit wird die Maus in ihrer Hand unruhig. Es sieht fast so aus, als würde sie hin- und herlaufen, um besser nachdenken zu können. Marie muss schmunzeln bei dieser typisch menschlichen Geste. Schlagartig läuft ihr ein kalter Schauer über den Rücken. Kann es etwa sein, dass Jorik ein verzauberter Mensch ist? Kaum hat sie diesen Gedanken gefasst, formuliert sie auch schon ihre Frage. „Jorik, kann es sein, dass du verzaubert wurdest?“ Ein kräftiges Nicken bestätigt ihr diesen Verdacht. „Warst du einmal ein Mensch?“ Wieder eine zustimmende Kopfbewegung. „Ach, du heiliger Märchenwald!“, antwortet Marie keuchend. „Aber aus welchem Grund hast du dich gerade jetzt verwandelt?“ Unvermittelt kommt Bewegung in die Maus und sie läuft ihren Arm nach oben. Kaum auf ihrer Schulter angekommen, läuft Jorik ihr Schlüsselbein hinunter und landet auf dem grünen Anhänger. Sich mit der Hand auf die Stirn schlagend, gibt Marie einen Seufzer von sich. „Warum bin ich da nicht gleich draufgekommen? Der Trollkönig hat mir den grünen Smaragd von Morleon geschenkt. Er ist ein Teil des Zauberspiegels. Vielleicht hat er auch schon magische Fähigkeiten und hat dich versehentlich verwandelt.“ Langsam ergreift sie Jorik und setzt ihn wieder in ihre Hände. „Wie es scheint, sind wir wohl Partner, da wir das gleiche Ziel haben. Nachdem ich jetzt weiß, dass es diesen Zauberspiegel wirklich gibt, würde ich gerne meine Gestalt verändern, um den Schergen des Prinzen zu entgehen. Und du willst sicher wieder ein Mensch werden, oder?“ Ein kleines Piepsen ist ihr Antwort genug. „Gut, dann werden wir wohl einer Göttin im Reich des Zaubersees einen kleinen Besuch abstatten müssen.“

Mit einem lauten Piepsen zeigt Eric seine Begeisterung. Besser hätte es nicht laufen können. Marie sucht für ihn den Zauberspiegel und bringt ihn vorher noch in sein Reich.

Auf einer Landstraße, ein paar Stunden zuvor

„Theodor, bitte! Können wir nicht bald eine Pause einlegen? Meine Füße bringen mich langsam um und ich würde für ein kleines Stück Brot sogar einen Mord begehen." Genervt dreht sich der Prinz zum gefühlt hundertsten Mal zu Rosemarie. „Wir können nicht einfach auf einer Landstraße sitzen bleiben und ein Nachtlager aufschlagen. Es wimmelt hier nur so von Strauchdieben. Das Gasthaus wird sicherlich bald auftauchen. Da können wir uns dann ausruhen." Zynisch entgegnet Rosemarie: „Das hast du schon vor einer Stunde gesagt. Würdest du mir auch erklären, wie wir den Schankwirt bezahlen sollen?" „Jetzt hör endlich auf zu meckern! Das werde ich schon regeln, wenn wir da sind." Wütend und mit erhobenen Armen kommt sie auf Theodor zu. „Was du nicht immer alles regeln möchtest! Jedes Mal, wenn du eine Lösung findest, bin ich danach entweder nackt oder stinke kotzerbärmlich." Lachend zwinkert er Rosemarie zu. „Deine Nacktheit könnte uns tatsächlich im nächsten Gasthaus gute Dienste leisten." „Du Scheusal!" Erbost hebt sie einen Stein von der Straße auf und wirft ihn hinter Theodor her. Dieser denkt jedoch nicht daran, sich treffen zu lassen, und läuft scherzend vor ihr her. „Wir müssten dich aber erst waschen. Der Gestank lässt dich in einem ungünstigen Licht stinken." Schon fliegt der nächste Stein knapp an Theodors Kopf vorbei. „Wenn ich dich erwische, dann kannst du im Sopranchor mitsingen." Wie vom Blitz getroffen, hält Theodor unvermittelt an und dreht sich zu Rosemarie. „Singen! Das ist es!" Kaum hat er diese Worte gesprochen, knallt ihm auch schon ein Stein schmerzhaft an die Stirn. „Ah! Hast du mich jetzt echt mit einem Stein getroffen?", stöhnt Theodor und hält sich die Stirn.

„Es scheint fast so", geht Rosemarie auf ihn zu und untersucht kurz seinen Kopf auf mögliche Verletzungen. Ihre Finger streichen behutsam über seine Haare und entdecken schnell eine Beule, die in Sekundenschnelle groß und blau wird. Ein Lachanfall lässt bald darauf Tränen in ihre Augen schießen. „Wir sind schon ein super Gespann", beginnt sie zu scherzen und schaut ihn schmunzelnd an. „Unsere Kleidung ist dreckig und zerknittert vom Flusswasser. Ich stinke wie ein Schwein und du siehst mit deiner Beule wie ein Einhorn aus. Ich bin mir nicht mal sicher, ob unsere Väter uns überhaupt noch erkennen würden." Zusammenzuckend berührt Theodor vorsichtig sein neues Horn. „Sehr witzig, Prinzessin! Wirklich, sehr witzig!" Grinsend überholt Rosemarie den Prinzen und geht beschwingten Schrittes den Weg entlang. „Na komm schon, mein motzendes Einhorn! Wir müssen schließlich ein Gasthaus finden, in das sie uns sicherlich nicht reinlassen werden." „Jetzt warte doch mal, Rosemarie!", ruft Theodor genervt hinter ihr her. „Mir ist da vorhin eine Idee gekommen, bevor du mich mit einem Stein erschlagen wolltest." „Selber schuld, mein Lieber. Eine Prinzessin provoziert man nicht ungestraft, wenn gefährliche Geschosse den Weg säumen." Schmunzelnd kommt er schnell näher und geht neben ihr her. „Wie gut könnt Ihr singen, Prinzessin?" Kurz überlegend, schüttelt sie danach abweisend ihren Kopf. „Ich singe zwar wie eine Nachtigall, aber, um genau zu sein, wie eine Nachtigall, die gerade einen dicken Regenwurm zu verschlucken versuchte und diesen wieder herauswürgen muss, da sie sonst ersticken würde." „Das hört sich ja furchtbar an", scherzt Theodor. „Dann liegt es wohl an meiner Stimme, uns zu retten. Ich werde einfach für ein Nachtlager und ein Abendessen singen." Nicht mehr an sich haltend, lacht Rosemarie aus vollem Halse. „Du und singen? Seit wann werden Prinzen aus dem Reich des Zaubersees im Minnesang ausgebildet?" „Die interessantere Frage wäre eher, warum die wunderschöne und edle Prinzessin aus dem Reich des Märchenwaldes wie ein sterbendes Tier klingt!" „Tja!", zwinkert Rosemarie zurück. „Es scheint wohl nicht immer alles so zu sein, wie andere es einen glauben lassen wollen."

Keine halbe Stunde später erspähen sie endlich ein Licht. Mit neuer Motivation erreichen sie kurz darauf eine gut besuchte Gaststube. Lautes Grölen schlägt ihnen entgegen, als sie die Tür öffnen. „Bleib bitte in meiner Nähe, Rosemarie. Betrunkene Männer können für eine hübsche Frau äußerst gefährlich werden." Etwas ängstlich schmiegt sich die Prinzessin dichter an Theodor und ergreift seine Hand, während er mit dem Gastwirt spricht. Gebannt betrachtet sie den Schankraum und beobachtet die verschiedensten Gäste. Noch nie in ihrem Leben hat sie eine solche Einrichtung von innen gesehen. An mehreren Tischen essen und trinken Männer und spielen Karten. Die Stimmung ist ausgelassen und der Geruch von frischem Essen und abgestandener Luft dominiert ihre Sinne. Sie ist so gebannt von dieser Szene, dass sie erst später realisiert, wie Theodor sie lächelnd von der Seite betrachtet. Sich verlegen räuspernd, dreht sie sich daraufhin wieder zu ihm. „Entschuldige, ich war abgelenkt. Was hast du mit dem Wirt besprochen?" „Wir sind uns schnell einig geworden. Wenn ich für Unterhaltung sorge, dann bekommen wir ein Abendmahl und dürfen im Stall übernachten." Begeistert beginnen ihre Augen zu funkeln und ihr Magen stimmt mit einem Grummeln dem Vorschlag von Theodor zu. „Es ist schon interessant, wie man mit der Aussicht auf Essen und Stroh deine volle Aufmerksamkeit erregen kann", witzelt Theodor und drückt aufmunternd ihre Hand. „Woher willst du eigentlich wissen, dass ich auf Stroh überhaupt schlafen kann? Ich habe eine Cousine, die hat eine ganze Nacht nicht schlafen können, weil ein Spaßvogel ihr eine Erbse unter die Matratze gelegt hatte." „Dann lass es uns heute herausfinden, ob du auch so zart besaitet bist, Rosemarie. Am besten, du setzt dich bis dahin in diese Ecke hinter den Tresen und bist für ein paar Stunden so unauffällig wie möglich." Mit einem Kopfnicken zeigt sie ihre Zustimmung und macht es sich erst einmal hinter einem Fass gemütlich. Das Sitzen ist eine Wohltat für ihre Füße und lässt die Blasen weniger schmerzen. Theodor hingegen dreht sich von ihr weg und setzt sich auf einen Stuhl, der etwas erhöht am Ende des Schankraumes steht.

Selbst nach einer Stunde steht ihr Mund immer noch offen. Theodor hat eine Stimme zum Dahinschmelzen. Er singt zwar eher derbe Lieder für Männer, aber auf eine so tiefe und sonore Art, dass ihr Magen sich schon ganz kribbelig anfühlt. Seine dunkelblauen Augen wandern immer wieder zu ihr, um sich zu vergewissern, dass alles mit ihr in Ordnung ist. Er scherzt ausgelassen mit den Gästen und stimmt ein Trinklied nach dem anderen an. Diese Seite des sonst so stolzen Prinzen hätte sie beinahe niemals kennenlernen können. Aber jetzt und hier, in diesem Gebäude, wirkt er ausgelassen und fröhlich und zeigt ihr den wahren Mann hinter seiner Rolle als Prinz. Die Schwere, die ihn sonst immer leicht umgibt, scheint wie weggeblasen zu sein. „Hier, Mädchen, das versprochene Abendessen für dich." Die ruppig dahingesagten Worte des Schankwirtes reißen sie von Theodors Anblick los und zu einem Teller duftenden Essens. In wenigen Minuten hat sie den kompletten Eintopf verputzt und lauscht nun den lustigen oder abenteuerlichen Geschichten, die der Prinz von sich gibt. Die Erzählung über den großen Krieg, der vor vielen Jahren das Land tief gespalten hat, fesselt sie besonders. Damals hat ein mächtiger Zauberer namens Morleon gelebt und viele magische und gefährliche Gegenstände verzaubert. Jedes Königreich wollte für sich diese mächtigen Dinge besitzen und seinem Treiben ein Ende setzen. Danach folgen Erzählungen über den fünfjährigen Krieg, der kurz darauf folgte und dieses Land verwüstete. Die Schlachten endeten zwar, aber der Groll von damals hält sich bis heute.

Ein sanftes Schaukeln lässt sie ihre schweren Lider einen kleinen Spalt anheben. „Scht, schlaft weiter, Rosemarie." Eingekuschelt in die starken Arme von Theodor, fällt sie augenblicklich wieder in tiefen Schlaf und bekommt weder mit, wie vorsichtig der Prinz sie auf einen Heuhaufen bettet, noch, wie fürsorglich er sie mit einer

Decke zudeckt. Zärtlich streichelt er ihr über die Wange und drückt ihr einen keuschen Kuss auf den Haaransatz. „Schlaft gut, meine hübsche und tapfere Prinzessin.“

Im Königreich des Zaubersees

„Oh, Jorik! Hier ist es wunderschön.“ Gebannt betrachtet Marie die unglaubliche Weite. Sanft schmiegen sich grüne Hügel in die Landschaft, einzelne Bäche lockern spielerisch die Umgebung auf, während malerische Seen das Bild abrunden. Ehrfürchtig tritt sie aus dem Märchenwald heraus und berührt vorsichtig das sanfte Gras zu ihren Füßen. Ein gut angelegter Weg schlängelt sich durch dieses Gebiet und lädt zum Weitergehen ein. Eine kleine Maus spitzt mit ihrer Schnauze unter Maries langen Haaren hervor und krabbelt zuversichtlich auf den Rand ihrer Schulter. „Ah, da bist du ja!“, schenkt Marie ihrem Gefährten ein kleines Lächeln. „Hast du viel Spaß in meinen Haaren gehabt? Dir ist aber schon bewusst, dass ich nicht wirklich begeistert bin, mit einer Maus in meiner Frisur herumzulaufen? Das Angebot, dich in meiner Hosentasche zu transportieren, steht immer noch.“ Auf ihre Worte folgt ein entsetztes Piepen und macht jede weitere Diskussion überflüssig. Zärtlich tätschelt sie das kleine Köpfchen von Jorik und macht sich auf den Weg. Ihr Ziel ist das Schloss von König Barboss. Dieses steht mitten auf einer Insel im Zaubersee und wird ihr sicherlich einige Hinweise auf die Göttin offenbaren. Weder sie noch Jorik wissen, was es mit der Göttin im Zaubersee auf sich hat. „Ich hoffe nur, Prinz Eric ist noch im Märchenwaldschloss und mit Prinzessin Rosemarie beschäftigt. Denn wenn er bereits zurück ist und seine Soldaten angewiesen hat, nach mir zu suchen, dann können wir unseren Plan gleich vergessen.“

Kurz darauf erreichen sie eine große Kurve, in der ein mit Fässern beladener Fuhrwagen steht. Der Fahrer jedoch zerrt mit hochrotem Kopf an den Zügeln seines Pferdes. Der Wagen ruckelt zwar, bewegt sich aber kaum einen Zentimeter. Marie, die die Notlage des Mannes erkennt, tritt auf ihn zu. „Kann ich Euch vielleicht helfen?“ Überrascht dreht sich der verschwitzte Mann herum und fährt sich mit seinem Arm über seine nasse Stirn. „Wie will ein so schwaches Frauenzimmer mir helfen?“ Die Beleidigung ignorierend, wendet Marie sich dem Fahrzeug zu und betrachtet dieses eingehend. „Ihr steckt wohl fest, werter Herr?“ Ärgerlich motzt er sie an: „Was du nicht sagst! Darauf wäre ich nie gekommen.“ Immer noch die Ruhe selbst, geht Marie in die Hocke und befühlt den Boden unter dem stecken gebliebenen Rad. „Wohin fahrt Ihr?“, möchte Marie wissen und richtet sich wieder auf. „Das geht dich zwar nichts an, aber wenn du es unbedingt wissen willst, dann erzähle ich es dir. Ich bin zufällig der persönliche Weinlieferant des Schlosses. Ich handle mit den besten Weinen in den ganzen Königreichen.“ Mit stolzgeschwellter Brust richtet sich der dickliche Mann auf und klopft auf eines seiner Fässer. „Das trifft sich sehr gut“, lächelt Marie den Händler freundlich an. „Wenn ich Euch helfe und Ihr mit Eurem Wagen weiterfahren könnt, könntet Ihr mich dann bitte bis zum Schloss mitnehmen? Ich möchte mich dort als Dienstmagd verdingen.“ Lachend klopft der Mann sich auf den Bauch. „Wie willst du mir mit deinen mickrigen Ärmchen helfen? Ich bräuchte einen ausgewachsenen und strammen Burschen.“ „Das lasst mal meine Sorge sein.“ Neckisch zwinkert sie ihm zu und macht sich an die Arbeit. Ihr erster Blick gilt dem Wageninneren. In der linken Ecke wird sie fündig und hebt begeistert ein kleines, unscheinbares Brett heraus. Verdutzt beobachtet der Händler, wie sie dieses mit geschickten Händen unter das im Schlamm festhängende Rad schiebt. Das Fuhrwerk seitlich festhaltend, nickt sie auffordernd und hält sich bereit. Der Mann kommt dieser Aufforderung nach und beginnt wieder an den Zügeln seines Pferdes zu ziehen. Und tatsächlich! Mit dem dritten Schwung erreicht das Rad die

Oberfläche des Brettes. Und schon kann der Wagen aus der prekären Situation gezogen und wieder sicher auf den befestigten Weg geleitet werden. „Potz Blitz, Mädchen! Du bist wirklich nicht auf den Kopf gefallen." Freudig klopft der Händler den Hals seines Pferdes. „Spring auf! Und dann erzähle ich dir, wie man richtig guten Wein erkennt. Bis wir beim Schloss sind, bist du eine absolute Weinexpertin. Du kannst dich glücklich schätzen", brüstet sich der Mann, „mir begegnet zu sein." In sich hineingrinsend, nimmt Marie das Angebot gerne an und lässt sich gemütlich auf den Kutschbock nieder, nachdem sie genau kontrolliert hat, ob Jorik auch wirklich hinter ihren Haaren versteckt ist.

Eric ist am Ende seiner Geduld angekommen. Wen interessiert es, ob ein Wein eher trocken, süßlich, herb, holzig, rauchig, fruchtig, lieblich oder säuerlich schmecken soll? Als der Händler dann auch noch von Geschmacksknospen auf der Zunge und der Größe von Weingläsern spricht, die Luft an den Wein lassen müssen, damit er atmen kann, ist Eric kurz davor, aus seinem Versteck zu kommen und den Mann in seinen dicken Hintern zu beißen. Es ist ihm unbegreiflich, wie Marie immer noch so tun kann, als ob sie Interesse an diesem langweiligen Vortrag hätte. Als Prinz hätte er den Händler schon längst aus dem Fenster werfen lassen. Die verschiedensten Weintraubensorten und ihre Erntezeitpunkte geben Eric dann den letzten Rest. Tief inhaliert er den berauschenden Duft von Marie und schmiegt sich enger an ihren Hals. Zwischen Hemdkragen, Haaren und Haut fühlt er sich seit langem wohlig aufgehoben. Er kann sich nicht erinnern, sich jemals so geborgen gefühlt zu haben. Seine Mutter ist damals vor Beginn des großen Krieges vor ungefähr zwanzig Jahren einfach aus dem Schloss verschwunden. Sie war die Einzige gewesen, die ihn in den Arm genommen hatte. Er war damals acht Jahre alt und sein Bruder vier. Keiner hat sie jemals wieder gesehen. Die Schlachten, die darauf folgten, wüteten fünf Jahre lang, bis sein Vater mit seinem Berater diesen seltsamen Vertrag aufsetzte und den Krieg damit beendete. Seit dem Weggang seiner Mutter ist sein Vater ein anderer geworden. In sich gekehrt, mit ständig harten Gesichtszügen, verbringt er seine Stunden damit, sich Strategien mit seinem Berater Remolon zu überlegen, wie er die Macht über die anderen Reiche erringen kann. Er ist nie über seinen Verlust hinweggekommen. Erst das unangenehme Rumpeln von Rädern auf Kopfsteinpflaster holt Eric in die Gegenwart zurück. Endlich, atmet er erleichtert. Endlich kann er die hohen Türme und die gelbe Fassade seines Zuhauses sehen. Nur noch mit der Fähre übersetzen und er kann diesem Albtraum entkommen.

Marie ist begeistert. Das majestätische Schloss thront auf einer Insel mitten im Zaubersee. Doch bevor sie den See erreichen, fahren sie durch eine kleine Stadt mit schönen Steinhäusern. Überall ist geschäftiges Treiben. Die Menschen lachen, feilschen und flanieren. Die Marktstände sind bunt geschmückt und die Händler verkaufen Waren, die sie noch nie gesehen hat. Dem Weinhändler ist ihre Begeisterung nicht verborgen geblieben. „Du kommst wohl nicht von hier?“ Leicht zurückhaltend antwortet sie: „Ich komme aus dem Nachbarkönigreich und habe immer sehr lange und viel gearbeitet. Da blieb nie Zeit, sich einmal die Welt genauer anzusehen.“ Kameradschaftlich klopft er ihr leicht auf den Rücken. „Man ist nie zu alt, um damit anzufangen.“ Vor einer Fähre lässt er Marie aussteigen und verabschiedet sich mit einem kräftigen Händedruck. „Vielleicht sieht man sich eines Tages mal wieder, Mädchen. Und wenn du jemals einen guten Wein kaufen möchtest, dann frag einfach nach Gustos Winterauslese. Meine Eisweine sind die absolut besten.“ Schon schnalzt er mit seiner Zunge und setzt seinen Fuhrwagen in Bewegung, während Maries rechte Hand noch von dem festen Händedruck dieses Weinkenners schmerzt. Eine leichte Schüttelbewegung vertreibt bald darauf das unangenehme Kribbeln und sie macht sich auf den Weg zur Fähre. Zum Glück hat ihr Lamira ein wenig Geld eingepackt, sodass sie die Fahrt mit der Fähre bezahlen kann. Langsam und gemächlich gleitet das Schiff über den See. Und wenn sie ganz genau ins Wasser schaut, kann sie Schwärme von grünen und dunkelblauen Fischen sehen, die kunstvoll ihre Kreise ziehen. Die weißen Schwäne und die bunten Enten auf dem See findet sie besonders zauberhaft.

Ihre freudigen Ausrufe bei jeder neuen Entdeckung faszinieren sogar Eric. Schon seit Jahren hat er sich nicht mehr an der Schönheit seines Reiches erfreut. Doch durch die Augen von Marie scheint die ganze Welt aufregend und wunderschön. Wie gerne würde er ihr die Rosengärten seiner Mutter im inneren Schlosshof zeigen! Ob sie davon ebenfalls so begeistert wäre wie von den Fischen? Halt! Stopp! Was denkt er nur? Sie ist eine Dienstmagd und er ein Prinz. Sie ist nur Mittel zum Zweck, nicht mehr und nicht weniger. Jemand wie er sollte sich nicht mit den Gefühlsduseleien des gemeinen Volkes abgeben. Er will sie zwar nicht mehr bestrafen, aber eine Freundschaft mit ihr ist ausgeschlossen. Was soll denn das Volk von seinem zukünftigen König denken? Ein heftiger Ruck geht durch seinen kleinen Körper und wirft ihn fast von Maries Schulter. „Hoppla! Aufpassen, kleiner Kerl! Die Fähre hat gerade angelegt und wir müssen aussteigen. Bitte versteck dich wieder! Mit einer Maus auf der Schulter bekomme ich nämlich keine Stelle in der Küche angeboten.“

Kichernd schiebt sie den Mäuserich wieder hinter ihren Hals in ihren Hemdkragen und steigt von der Fähre. Sie hat den kleinen Kerl echt liebgewonnen. Als Maus ist ihr Jorik auch definitiv lieber. Wer er wohl in Wahrheit ist? Sie tendiert zu einem Bauern, der mit einer Wald-und-Wiesen-Fee in Streit geraten ist. Man hört ja immer wieder von solchen Zankereien. Die Feen wollen ihre schönen Blumenwiesen behalten, während die Bauern Weizen anbauen möchten. Ein ewiges Streitthema, mit dem sich sogar die Könige beschäftigen müssen. Am großen Tor angelangt, fragt sie sich zum Dienstboteneingang durch, um in der Küche vorsprechen zu können. Ihr Plan ist ziemlich einfach: Sie arbeitet so lange in der

Küche, bis Jorik mit wichtigen Informationen zurückkommt. Sie ist sich zwar nicht sicher, wie er dies anstellen will, aber eine Diskussion mit einer Maus, die nur piepen kann, verläuft meistens sehr unbefriedigend. Aber da Jorik darauf bestand, dieser Aufgabe gewachsen zu sein, wollte sie nicht die Spielverderberin mimen und ihm einfach vertrauen. Keine halbe Stunde später steckt sie bereits in der Arbeitskleidung des Küchenpersonals und reinigt die Böden. In einer dunklen Ecke entlässt sie ihren kleinen Spion und wünscht ihm viel Glück und Erfolg.

Voller Elan stürmt Eric an der Küchenwand in den Korridor. Endlich kann er zu seinem Vater und diese ganze Farce beenden. Er hat nur ein winzig kleines Problem. Nämlich sich! Wenn man so klein ist, stellen Türen und Treppen ein nicht leicht zu nehmendes Hindernis dar. Auch die erste Begegnung mit seinem Vater könnte schwierig sein. Er glaubt kaum, seinen Vater mit Piepstönen und Mäuseakrobatik auf sich aufmerksam machen und ihm verdeutlichen zu können, wer er ist. Kaum biegt er um die nächste Ecke, kommt auch schon das nächste Problem auf ihn zu. Denn vor ihm liegt der alte Hund des Jägers. Es ist ein großer brauner Riese, der unaufhörlich sabbert und unglaublich haart. Nicht selten hat er ihm schon einen Tritt versetzt, wenn dieser dumme Köter ihn anspringen wollte. Ein wirklich einfältiges und gefühlsduseliges Tier. Vertraut allen Menschen und tut das, was sie sagen. Nicht selten hat er sich als junger Mann einen Spaß erlaubt und so getan, als würde er ein Stöckchen schmeißen. Selbst nach dem zwanzigsten Mal ist das Vieh immer noch freudig gelaufen, obwohl es nie ein Wurfgeschoss gab. Jetzt im Moment wirkt der immer freundliche Hund jedoch alles andere als sanft. Bedrohlich nähert er sich Eric und fletscht seine Zähne. Es bräuchte nur einen Bissen und Eric wüsste, wie es in einem Hundemagen aussieht. Keine Erfahrung, die er unbedingt erleben möchte. Seine Flucht wird jedoch wieder einmal durch seinen dummen länglichen Schwanz vereitelt. Ihm ist schleierhaft, worin der Vorteil eines solchen Dinges liegen soll. Eine kleine Bodenritze wird ihm also nun zum Verhängnis. Mit eingeklemmtem Schwanz kauert Eric sich zusammen und wartet auf sein Ende. Nicht wirklich heldenhaft, aber ein uralter Instinkt, der sich seiner bemächtigt. Doch seltsamerweise ist er nach einer Minute immer noch nicht gefressen worden. Vorsichtig öffnet er seine Augen und sieht in das vor Freude hechelnde Gesicht. Verwirrt schüttelt Eric seinen Kopf. Schon schnellt eine große und nasse Zunge aus dem Maul des Hundes und schleckt ihn ab. Ist das widerlich! Dennoch freut er sich. Der Hund hat ihn tatsächlich erkannt. Eine Idee fassend, befreit er geduldig seinen Schwanz und klettert in den Nacken des Tieres. Sein Vater mag dieses Fellknäuel sehr gerne und lässt es jeden Mittag in den kleinen Salon, wenn er seinen verspäteten Lunch einnimmt. Jetzt heißt es nur noch geduldig abwarten. Etwas, was er bereits meisterhaft beherrscht. Langsam kommt Bewegung in die Reihen der Dienerschaft. Lakaien betreten die Küche und verlassen diese mit reichlich gefüllten Platten. Wie aufs Stichwort erhebt sich der Hund von seiner Liegestätte im Korridor und folgt ihnen. Ohne Schwierigkeiten betritt er den Salon und legt sich auf sein Kissen in der Ecke. Erst als der Tisch fertig gedeckt ist und alle Diener den Raum verlassen haben, traut Eric sich aus seinem sicheren Versteck. Motiviert erklimmt er ein Tischbein und setzt sich auf das Tischtuch. Einer Eingebung folgend, geht er zur Bratensoße, taucht seinen Schwanz ein und schreibt damit auf das weiße Tuch: *HILFE! ICH BIN ES, ERIC!* Wenigstens jetzt ist sein Schwanz einmal für etwas gut.

Zufrieden mit seinem Werk, setzt er sich direkt vor sein Geschriebenes und wartet. Sein Vater lässt sich heute besonders viel Zeit. Anstelle seines Vaters betritt nach einigen Minuten dessen Berater Remolon den Raum. Verdutzt betrachtet er die Maus vor sich, während sich langsam ein Lächeln auf seine Lippen schleicht. „Willkommen daheim, Eure Majestät. Kann ich Euch vielleicht mit meinen Diensten helfen?“ Sich leicht vor der Maus verbeugend, richtet sich der schlanke ältere Mann wieder auf und wartet geduldig. Endlich, denkt Eric erleichtert und läuft auf

Remolon zu. Dieser öffnet instinktiv die Hände und versteckt die Maus darin. „Ich werde Euch in meine Räumlichkeiten bringen und einen guten Zauberer unseres Reiches rufen lassen." Glücklich schmiegt Eric sich in die Hände des Mannes und bekommt nicht mehr mit, wie der Berater seines Vaters mit einem gemurmelten Wort die Soßenbotschaft verschwinden lässt.

Indessen ist Marie damit beschäftigt, das Gemüse für den Abend zu waschen und die Brotteige zu kneten. Sie hat sich bereits mit einigen Küchenmägden angefreundet und genießt die leichte und lockere Art hier in dieser Küche. Wenn sie sich nicht permanent Sorgen um Jorik machen würde, könnte sie hier einen richtig schönen arbeitsreichen Tag verbringen. Der Mittag wendet sich dem Nachmittag zu und Jorik ist immer noch nicht aufgetaucht. Hoffentlich hat er sich nicht von Katzen fressen lassen, geht es Marie immer wieder durch den Kopf. Er ist doch so unbeholfen und tritt wirklich in jede Falle, die man sich vorstellen kann. Wenn ich hier fertig bin, werde ich meine Pause nutzen und das Schloss erkunden, überlegt Marie. Vielleicht finde ich selbst Informationen zur Göttin im See und kann Jorik ausfindig machen. Ich hätte ihn niemals allein losziehen lassen dürfen. Ich hätte gleich auf mein Bauchgefühl hören sollen. Jorik ist einfach nicht lebensfähig.

„So, mein Prinz, hier wären wir!" Mit einer schnellen und ruppigen Bewegung wird Eric in ein hohes gläsernes Gefäß geworfen. Darauf folgt ein unheilvolles und diebisches Lachen, das bei Eric eine unangenehme Gänsehaut erzeugt. „Kleiner Prinz, Ihr macht es mir wirklich einfach, Euch aus dem Weg zu räumen." Eric glaubt seinen Ohren nicht trauen zu können. „Ich wollte Euch eigentlich erst nach der Hochzeit zusammen mit Eurer Ehefrau beseitigen, aber so ist es natürlich auch möglich. Ich wollte die Tat zwar Eurem Bruder anhängen, aber jetzt werde ich Euer Verschwinden wohl König Ludwig unterschieben, um einen neuen Krieg provozieren zu können. Der erste und der zweite haben mich leider nicht an mein Ziel gebracht." Eric versteht die Welt nicht mehr. Von was genau spricht Remolon da?

Sich vorsichtig und schleichend fortbewegend, späht Marie um viele Ecken und in unzählige Korridore. Vor einer besonders großen und schönen Tür hält sie an und klopft. Wenn jemand sich darin befindet, kann sie immer noch vorgeben, nach dem Nachmittagstee fragen zu wollen. Man versteckt sich immer noch am besten, wenn man sich sichtbar in die Menge stellt. Als nach wiederholtem Klopfen keiner öffnet, wagt sie den Schritt und betritt eine große Bibliothek. Das schummrige Licht verleiht diesem Raum etwas Magisches und zieht sie wie selbstverständlich in die Mitte. Über einem großen Kamin hängt ein imposantes Bild einer wunderschönen und blonden Frau. In ihren Armen hält sie ein Baby und zu ihrer Rechten steht ein verkniffen dreinblickender blonder Junge. Diesen Gesichtsausdruck erkennt sie sofort. So hat Prinz Eric sie damals angesehen, als sie ihn komplett von oben bis unten mit dem dreckigen Wasser aus der Pferdetränke beschmutzt hat. Ein Kichern verlässt ihre Lippen und hallt laut in diesen hohen Hallen. Zu spät bemerkt sie die Anwesenheit einer weiteren Person, die sich dicht hinter ihr befindet. „Was genau findet Ihr denn so komisch?“ Vor Überraschung ganz starr, traut Marie sich nicht, dem Unbekannten ins Gesicht zu sehen, und fixiert weiter das Bild. Keine Angst zeigen, denkt sie sich und wagt einen Versuch. „Ich finde den Gesichtsausdruck des Prinzen einfach köstlich.“ Ein raues Lachen folgt ihrer Antwort. „Ja, Eric war schon immer ungeduldig. Schon als Kind konnte er keine fünf Minuten stillsitzen. Dies waren wohl die längsten Stunden seines jungen Lebens.“ Auch Marie stimmt in das Lachen ein und dreht sich um. Vor ihr steht ein älterer Mann und betrachtet liebevoll das Bild vor sich. „Meine Frau wusste, wie man mit ihm umzugehen hat. Ich habe nie wirklich einen Zugang zu ihm gefunden.“ Diese Information erst einmal verarbeitend, kniet Marie sich augenblicklich hin und senkt ihren Kopf. „Verzeiht mir, Majestät, dass ich Euch nicht gleich erkannt habe. Heute ist mein erster Tag und ich habe mich verlaufen.“ Sie nicht weiter beachtend, tritt König Barboss näher an das Bild heran. „Sie war eine beeindruckende Frau. Sie hatte immer ein freundliches Wort für jeden übrig und wurde von allen sehr geliebt und verehrt." Leise aufblickend, kann sie die Trauer in den Augen des Königs deutlich erkennen. „Umso verwerflicher ist es, dass sie mich vor zwanzig Jahren einfach verlassen hat und verschwunden ist." Die Stimme des Königs verhärtet sich augenblicklich und ein kalter Ausdruck bemächtigt sich seiner Gesichtspartien. „Geh und wage es nie wieder, diese Räumlichkeiten zu betreten! Haben wir uns verstanden?" Wieder den Blick senkend, verlässt Marie rückwärtsgehend den Raum. „Natürlich, Eure Majestät! Wie Ihr befehlt!" Die Tür schnell hinter sich schließend, lehnt Marie sich kurz mit dem Rücken dagegen, um ihrem aufgeregten Herzen eine Pause zu gönnen.

„Ich würde dir ja gerne noch ein wenig Gesellschaft leisten, kleiner Mäuseprinz", lacht Remolon teuflisch. „Aber dein Vater erwartet mich bereits. Vielleicht sollte ich schon heute damit beginnen, neue Zwietracht zwischen den Reichen zu säen. Leb wohl, kleiner Prinz, und genieße deine letzten Stunden. Heute Abend werde ich mich höchstpersönlich um dich kümmern." Wieder diabolisch lachend, verlässt Remolon den Raum und zieht die Tür hinter sich zu. Eric fühlt sich fürchterlich. Seine ganze Welt wurde gerade auf den Kopf gestellt. Wer ist dieser Berater seines Vaters, der seit ungefähr zwanzig Jahren still im Hintergrund steht? Was geht hier vor? Wer ist Freund und wer ist der Feind? Was ist richtig und was ist falsch? Eric weiß nicht mehr, was er machen soll. Wem kann er noch vertrauen? Wer ist wirklich ehrlich zu ihm?

Die meisten Räume, die sie betritt, scheinen kleinere Salons und Schlafzimmer zu sein. Keine Orte, an denen sie die gesuchten Informationen vermutet. Nach dem nächsten Korridor will sie bereits zurückgehen, als sie ein ohrenzerreißendes Quietschen hört. Das Geräusch erinnert an einen Teller, der mit einer Gabel malträtiert wird. Immer häufiger und unangenehmer baut sich die Tonfolge auf und weckt ihre Neugier. So unbeholfen kann sich doch keiner beim Essen anstellen. Dem Klang folgend, biegt sie um die nächste Ecke und bleibt vor einer unscheinbaren Tür stehen. Mit angehaltenem Atem klopft sie kräftig an die Tür und überlegt sich bereits eine Ausrede für ihr Erscheinen. Das Geräusch stoppt kurz und wird dann umso intensiver. Beherzt ergreift sie die Klinke, drückt diese herunter und lugt durch einen kleinen Spalt in das unspektakuläre Schreibzimmer. „Hallo, ist hier jemand?" Als keine Antwort auf ihre Frage folgt, öffnet sie die Tür ganz und tritt vorsichtig ein. Schnell schließt sie diese wieder und schaut sich um. Ein Schreibpult dominiert den Raum und überall liegen Pergamente und Karten verteilt. Aufräumen und Staubwischen würde hier auch nicht schaden. Angeekelt betrachtet sie den Saustall und wendet sich den Schränken an den Wänden zu. Auf einem von ihnen kann sie eine große Glasvase sehen, in der eine kleine Maus mit großen, hellblauen Augen ihr entgegenblickt. Schmunzelnd tritt sie darauf zu. „Jetzt sag mir bitte nicht, dass du schon wieder gerettet werden musst!" Behutsam greift sie mit ihrem Arm in das Gefäß hinein und umfasst Jorik. Sie will sich schon wieder dem Ausgang zuwenden, als Jorik laut zu piepen beginnt. Verdutzt hält Marie inne und öffnet ihre Hand. Mit seiner Nasenspitze zeigt der Mäuserich zum Schreibtisch. Kaum ist sie in dessen Nähe, springt Jorik von ihrer Hand und landet auf der Platte. Aufgeregt beginnt er sich durch unzählige Blätter zu wuseln. „Was genau suchst du?", betrachtet Marie verwundert ihren Freund. Sich nützlich machend, beginnt sie kurz darauf ebenfalls die Pergamente durchzusehen. Leider hat sie nur in geringem Ausmaß das Lesen und Schreiben gelernt und gibt sich bald geschlagen. Während die Maus weiterhin fieberhaft sucht, schlendert sie im Zimmer herum. Vor einem großen Wandteppich, der das Reich darstellt, verharrt sie länger. Sie bewundert die Kunstfertigkeit der Weber und berührt ehrfürchtig den Teppich. Seltsamerweise lässt sich das Gewebe nach hinten wegdrücken. Irritiert, keine Wand hinter dem Teppich zu spüren, geht sie an dessen rechten Rand und hebt ihn etwas an. Zum Vorschein kommt eine Tür, die hinter dem Teppich versteckt wurde. „Jorik, ich glaube, ich habe etwas gefunden." Sobald sie ihren Gefährten vom Schreibtisch eingesammelt hat, wendet sie sich der geheimen Tür zu und öffnet diese. Eine lange und dunkle Treppe wird vor ihr sichtbar und lädt nicht wirklich zum Erforschen ein. Ihre Angst herunterschluckend, nimmt sie eine Stufe nach der anderen und kommt bald darauf in einem größeren Raum an. Eine einzelne Fackel in einer Ecke spendet schummriges Licht und lässt dieses Zimmer gespenstisch erscheinen. „Jorik, ich glaube, hier sollten wir nicht sein“, wispert Marie und will bereits wieder die Treppe emporsteigen.

Eric denkt nicht einmal im Traum daran, jetzt umzudrehen. Sie haben tatsächlich ein geheimes Zauberlabor gefunden. Motiviert springt er von Marie und landet auf einem Arbeitstisch, der voller Utensilien ist. Auch ihm wird ein bisschen mulmig, als er die abgetrennten Krähenfüße und eingelegten Schlangen sieht. Ihn interessieren jedoch weniger die Fläschchen mit ihrem Inhalt als vielmehr das kleine Buch, welches sich auf dem Tisch befindet. Eilig läuft er darauf zu und zeigt Marie, dass sie dieses mitnehmen soll. Er möchte auch keinen Moment länger in diesem schaurigen Raum bleiben. Die Fackel lässt die Schatten unheimlich an den Wänden tanzen und erzeugt den Eindruck, als würden Dämonen mit Fratzen sie beobachten.

Der Aufforderung sofort nachkommend, schnappt Marie sich das Buch zusammen mit Jorik und eilt so schnell nach oben, wie es die Stufen ermöglichen. Gehetzt schaut sie sich nach allen Seiten um, bevor sie das Zimmer verlässt, und wendet sich der Küche zu. Ohne Zwischenfälle erreicht sie diese und atmet erleichtert durch. Spionin wäre eindeutig nicht die richtige Berufswahl für sie. Nach einer Strafpredigt des Küchenvorstandes für ihre Verspätung beginnt sie eilends die verlorene Zeit aufzuholen und schneidet das gewaschene Gemüse für das Abendessen. Die Maus und das Büchlein befinden sich derweilen sicher in ihrer Rocktasche unter ihrer Schürze. Sobald die Nacht hereinbricht und sie Feierabend hat, wird sie sich in eine ruhige Ecke setzen und versuchen, das Buch zu lesen.

Vor den Toren der Feenakademie

„Wer hätte das gedacht? Du hast uns tatsächlich bis zur Feenakademie gebracht, Juan." „Sehr witzig, Sven!", steigt Juan genervt von seinem Pferd und tritt auf das große Portal zu. „Wirklich, sehr witzig!" Kräftig schlägt er mit seiner Faust dagegen und wartet auf Einlass. Nacheinander steigen alle von den Pferden und binden sie fest. „Pass dieses Mal besser auf, Hans!", brummt Aron seinen Kameraden an. „Wegen deines Tiefschlafes müssen wir wieder ganz von vorne beginnen." „Ist ja schon gut", murrt Hans kleinlaut. „Ich habe ja schon verstanden, dass ich beim Wachehalten Mist gebaut habe." „Aber was für einen Mist!", mischt Sven sich in die Unterhaltung ein. „Jetzt lasst doch den armen Burschen", witzelt Juan. „Er kann doch nicht so gut mit Tieren. Denn egal ob Schwein, Esel oder Pferd, sie mögen ihn nicht." Ein böser Blick von Hans lässt Juan nur noch lauter lachen. „Wollen wir ihm wirklich die Pferde anvertrauen? Noch sind alle da." Wütend stampft Hans auf Juan zu. „Ich habe dich auch gern, mein Freund. Aber wenn du nicht bald aufhörst, dann rollt dein Kopf."

„Verzeiht die Unterbrechung, meine Herren, aber wie kann ich behilflich sein?" Die Feenakademie komplett vergessen habend, drehen alle vier sich dem offenen Tor zu und betrachten die in Gelb gekleidete, glitzernde Fee. „Aber hallo!", stürmt Juan vor und schmeißt sich schon fast vor die Füße der Fee. „Ich entschuldige mich zutiefst für unsere Unaufmerksamkeit. Einer so edlen Dame, wie Ihr es seid, sollte immer die volle Aufmerksamkeit geschenkt werden." Ein galanter Handkuss und ein Augenzwinkern verfehlen ihre Wirkung nicht und lassen die junge Fee schüchtern erröten. Aron hingegen verdreht seine Augen. Das Liebesgesülze seines Kameraden geht ihm schon seit Jahren auf die Nerven. Deswegen stößt er Juan genervt zur Seite und beendet damit diese Farce. „Wir möchten zur Fee Giselagunde. Ist sie da?" Überrascht von Arons rauer Art, räuspert sich die junge Frau und schaut ihn hochmütig an. „Ich werde sie gleich holen. Habt bitte etwas Geduld.“ Daraufhin werden die Tore vor seiner Nase zugeschlagen. „Du bist ein Banause, Aron“, rappelt sich Juan vom Boden auf und wischt den Staub von seiner Hose. „Ich bin kein Banause. Ich bin pragmatisch.“ Auch Sven tritt vor und klopft Juan auf den Rücken. „Ich muss Aron dieses Mal wirklich recht geben. Wenn du weitergemacht hättest, hätten wir morgen noch hier gestanden und den Komplimenten von dir gelauscht, wie schön rund doch ihre Augäpfel sind oder wie weiß ihre Zähne erstrahlen.“ Amüsiert dreht Juan sich zu Sven. „Jetzt wundert es mich nicht mehr, dass du keine Frau abbekommst. Wann genau hast du einer Frau denn mal gesagt, wie schön du ihre weißen Zähne findest?“ Viel schneller, als Juan reagieren kann, hat er schon eine Kopfnuss von Sven eingesteckt. „Noch bin ich nicht so verzweifelt, dass ich mir Tipps von einem Schwerenöter einholen muss.“ Aron ist mit seiner Geduld am Ende. Schon seit Tagen ziehen sich seine Kameraden mit Späßen auf und gehen ihm damit gehörig auf den Senkel. Können die drei nicht endlich den Ernst der Lage erkennen und die ihnen übertragenen Aufgaben ausführen? „Es reicht! Jetzt reißt euch mal zusammen!“, murrt Aron missgelaunt. „Was sollen denn die Feen denken, wenn sie euch so hören?“ Gemeinschaftlich stimmen Hans, Juan und Sven in ein befreiendes Lachen ein. Vor sich hin brummend, wendet Aron sich von diesen Knallköpfen ab und baut sich breitbeinig vor dem Tor auf. Keine zwei Minuten später wird dieses wieder geöffnet und jemand tritt heraus. Nur mit größter Mühe kann sich Aron sein Entsetzen verkneifen. Seinen Kameraden gelingt dies leider nicht und er hört vereinzeltes Prusten. Diese Mission ist mein persönlicher Albtraum, denkt Aron und betrachtet die Fee vor sich von oben bis unten. „Ihr habt nach mir verlangt?“ Aron ist entsetzt. Sie hätten sich doch dem Urteil des Königs stellen sollen. Ihm ist nun vollkommen klar, wieso der Segensspruch so dermaßen schiefgehen konnte.

Nach mehrmaligem Räuspern hat er endlich seine Sprache wiedergefunden. „Der König braucht Eure Hilfe, Fräulein

Giselagunde. Wir können den Prinzen nicht finden, welchen Ihr in ein Schwein verwandelt habt." Feuerrote Wangen zieren daraufhin ihr Gesicht. „Oje, das ist nicht gut", stottert sie verlegen. „Ich hole nur kurz ein paar Dinge und dann können wir gleich aufbrechen. Ich bin gleich wieder da." Kaum hat sich das Tor geschlossen, fallen sich Arons Kameraden lachend in die Arme. „Habt ihr diese Vogelscheuche gesehen?", kann Juan nicht mehr an sich halten. „Ihre Haare schauen aus, als hätte ein blinder Vogel ein überdimensionales Nest gebaut. Und erst die Nase! Wenn wir Glück haben, kann sie mit diesem Zinken den Prinzen erschnüffeln." Hans stimmt sogleich mit einer anderen Beleidigung ein. „Wir können auch ihr überdimensionales Kleid als Zelt verwenden, wenn es regnet. Wir vier passen sicher darunter." „ES REICHT!", donnert Aron wütend. „Ihr hattet die Idee, die Fee zu bitten, uns zu helfen. Jetzt erweist ihr auch gefälligst den nötigen Respekt!" Sven wischt sich eine Lachträne aus den Augenwinkeln. „Es tut mir wirklich leid, Aron. Aber hast du ihre pinken Schuhe gesehen? Ich wusste nicht einmal, dass so eine Farbe überhaupt existiert." Das kann doch nicht wirklich wahr sein, ärgert Aron sich fürchterlich. Warum nur muss das Wohl des Reiches von diesen drei Kindsköpfen abhängen?

Keine zehn Minuten später öffnet sich die große Tür erneut. Wenn er gekonnt hätte, hätte er seinen Kopf gegen einen Baum geschlagen. Obwohl Giselagundes Erscheinung vorher schon fragwürdig gewesen war, so hat sie es tatsächlich geschafft, diese noch zu toppen. Denn plötzlich befindet sich auf ihrem Kopf nicht nur ein missglücktes Haarproblem, sondern auch eine Art Strohhut, der über und über mit Blumen verziert ist, während sie um ihre Hüfte einen lila Gürtel trägt, in dem ein giftgrüner Stab steckt. An ihrem Hals hängen schätzungsweise zwanzig Ketten mit den verschiedensten Steinen und Runen und ihr Kleid schaut noch aufgebauschter als zuvor aus. Am liebsten hätte er sich sofort umgedreht und die Fee einfach stehen lassen. Aber leider fehlt ihnen eine Alternative und so sitzen sie gerade ganz schön in der Patsche.

Freudig stürmt die Fee auf Aron zu, reißt seine rechte Hand an sich und schüttelt diese kräftig. „Es freut mich, Euch helfen zu können. Ich bin Giselagunde und schon ganz Feuer und Flamme." Erschrocken über diesen Gefühlsausbruch, schüttelt Aron die Hand dieser seltsamen Person. Zu mehr ist er gerade nicht im Stande.

Sobald sie die Hand des Soldaten losgelassen hat, dreht sie sich auch zu den anderen. „Wenn Ihr mir etwas von dem Prinzen gebt, dann können wir sogleich mit der Suche beginnen." Sofort hört sie Gemurmel zwischen den Soldaten und beobachtet, wie ein dünner Kerl in einem Beutel herumkramt. Stolz präsentiert er ihr daraufhin eine Krone. Begeistert nimmt sie diese an sich und legt sie auf den Boden vor sich. Nervös sucht sie zwischen ihren Ketten und holt einen Anhänger mit einer Rune hervor. Hoffentlich kann ihr die Rune namens Algiz helfen. Sie steht zwar meistens für Schutz, aber auch dafür, den richtigen Weg zu finden. Es ist zwar nicht perfekt, aber es könnte funktionieren. Bevor Giselagunde jedoch den Runenstein auf die Krone legen kann, wird ihr Arm plötzlich schmerzhaft von dem großen Krieger festgehalten. „Was wird das, wenn es fertig ist?" Verunsichert schaut sie ihm in die Augen. Um wieder sprechen zu können, muss sie aber zuerst einen dicken Kloß in ihrem Hals hinunterschlucken. „Dieses Zeichen hier, das aussieht wie ein umgedrehter Krähenfuß, soll uns den richtigen Weg weisen." Also mehr oder weniger, fügt sie noch im Geiste hinzu und versucht, so selbstbewusst wie möglich zurückzublicken. Dank ihres ausladenden Kleides kann er wenigstens das Schlottern ihrer Knie nicht sehen. Sie ist schon ein Tollpatsch. Als Fee ist sie eine so große Enttäuschung, dass die Feendirektorin sie dieses Jahr nicht einmal zu den Prüfungen zugelassen und sie stattdessen mit einem kleinen Auftrag weggeschickt hat, damit sie nichts anstellt. Doch wenn Fee Goldstaub herausfände, was sie schon wieder fabriziert hat, würde sie dieses Mal sicherlich aus der Akademie geworfen werden. Sie muss es auf jeden Fall geheim halten und so gut es geht helfen.

Eine Fee, die des Zauberns nicht mächtig ist, ist eine absolute Katastrophe. Hoffentlich helfen ihr die Runen und Steine weiter, denn sobald sie auf ihren Feenstab zurückgreifen muss, könnte Schlimmes passieren. Mit einem skeptischen Kopfnicken zeigt der Soldat, dass sie weitermachen darf. Kaum hat ihre Rune die Krone berührt, erscheint auch schon ein rotes Licht, welches in den Wald zeigt. Begeistert von diesem Ergebnis klatscht sie in die Hände und lässt dabei versehentlich die Krone fallen. „Ups!", ist alles, was ihr dazu einfällt, als diese laut scheppernd auf den Boden knallt.

Aron kneift seine Augen zusammen und massiert seine Stirn. Es hilft nichts! Wenn er den Auftrag erfolgreich abschließen will, sollte er die Fee keine Sekunde aus den Augen lassen. „Giselagunde, du reitest bei mir mit", kann er sich noch sagen hören, bevor er missmutig zu seinem Pferd stapft.

Unter einer Linde

„Vergiss es! Ich gehe keinen einzigen Schritt mehr." Rosemarie lässt sich schwerfällig unter einer Linde nieder und entlastet sogleich ihre Füße. Aufgebracht geht Theodor vor ihr auf und ab. „Was soll das heißen, du gehst keinen einzigen Schritt mehr? Du kannst doch jetzt nicht schlappmachen." Missmutig funkelt sie zurück. „Und ob ich das kann! Wir gehen heute schon seit mehreren Stunden. Ich habe mir wirklich eine Pause verdient." Theodor rauft sich ärgerlich die Haare. „Wie kann man nur so eine Mimose sein? Als Soldat müsstest du tagelange Märsche absolvieren, um überhaupt in die Armee aufgenommen zu werden." „ICH BIN ABER KEIN SOLDAT!", schreit sie zurück und verschränkt beleidigt ihre Arme. „Ja, das merke ich", motzt Theodor sie an. „Wenn du einer wärst, hätten wir mindestens schon die doppelte Wegstrecke geschafft und würden heute Abend das Schloss erreichen. Aber Madam braucht ja permanent Pausen und so werden wir diese Nacht wieder irgendwo schlafen müssen." Genervt schließt Rosemarie ihre Augen, legt ihren Arm über ihre geschlossenen Lider und macht es sich unter dem Baum gemütlich. Ihretwegen kann er meckern, wie er möchte. Ihre Füße bestehen wahrscheinlich nur noch aus rohem Fleisch und schmerzen höllisch. Sie braucht diese Pause, um mit neuer Willenskraft ihren Qualen weiter trotzen zu können. Lieber ist es ihr, er hält sie für eine zickige Prinzessin, als wenn er ihre Schwächen sieht. Es war schon grenzwertig, als sie vor zwei Tagen die Beherrschung verloren und geweint hat. Schon früh hat man ihr beigebracht, immer mit Stärke ihren Mitmenschen zu begegnen. Denn als zukünftige Herrscherin darf man sich keine Angriffspunkte erlauben. Mit ruhigen Atemzügen versucht sie, den Schmerz so gut es geht wegzuatmen und sich zu entspannen. Was würde sie nicht alles für ein warmes Bad, ein weiches Bett und ein leckeres Mittagessen geben! Genüsslich verharren ihre Gedanken bei einer besonders schönen Vorstellung.

Umso verwerflicher findet sie es, als Theodor plötzlich ihre Fußgelenke ergreift und sie vom Baum wegzieht. „Wer nicht laufen will, der wird hinterhergeschleift." Mit ausladenden Schritten geht er voran und hält weiterhin ihre Beine. Rosemarie ist stinksauer. Steine und Sand scheuern unangenehm an ihrem Rücken und finden nicht selten den Weg in ihr Hemd. „Lass mich sofort los, du Hornochse! Was bildest du dir eigentlich ein, wer du bist?" Lachend erwidert er: „Ich, meine liebe Prinzessin, bin dein schlimmster Albtraum." Wütend beginnt sie zu strampeln und versucht ihre Füße zu befreien. Alle Tritte, die sie austeilt, werden jedoch gekonnt von ihm abgewehrt und lassen ihn nur noch lauter lachen. „Sobald du wieder bereit bist, selbst zu laufen, lasse ich dich los." „Da kannst du lange drauf warten", spuckt sie ihm entgegen und erspäht eine längere Wurzel, die über den Weg gewachsen ist. Mit aller Kraft hält sie sich daran fest. In der Luft baumelnd, zieht Theodor weiter an ihren Beinen, während sie sich an der Wurzel festgekrallt hat. „Lass endlich los, du Zicke! Ich bin viel stärker als du. Lange wirst du das sowieso nicht aushalten." Durch zusammengebissene Zähne antwortet sie ihm: „Nur über meine Leiche, du Sklaventreiber." Mit einem Ruck lässt er ihre Beine los und sie landet schmerzlich auf ihrem Bauch. „Ein Sklaventreiber, meine Liebe", knirscht Theodor verärgert mit seinen Zähnen, „wäre nicht so gnädig mit dir. Der hätte dich einfach an deinen Haaren gepackt und dich hochgezerrt." Angstvoll weiten sich ihre Augen, als Theodor sich direkt vor sie hinkniet und seine Hand in ihre Haare gleiten lässt. „Soll ich das tun, Rosemarie?", beginnen seine Augen zu funkeln. „Komm, sag es mir! Soll ich wirklich dein Sklaventreiber sein?" Ein leichtes Ziehen an ihrer Kopfhaut lässt sie ihren Kopf leicht nach hinten strecken, während seine Lippen ihrem Gesicht immer näher kommen. Doch anstatt seinen Mund auf ihren zu pressen, berührt er sie sachte am Ohr. „Du kannst dir gar nicht vorstellen, wie sehr mich die Aussicht erregt, dich als meine Sklavin zu besitzen." Plötzlich rauscht ihr Blut wie wild durch ihre Adern, sodass sie für kurze Zeit nur noch ein Pulsieren in ihren Ohren vernimmt. Ein Keuchen ist alles, was ihre Lippen verlässt. „Also, sag, meine kleine Prinzessin", beißt er ihr leicht ins Ohrläppchen. „Möchtest du von mir beherrscht werden?" Ihre Atmung wird immer hektischer. Was macht er bloß mit ihr? Und woher kommen all diese widersprüchlichen Gefühle? Möchte sie ihm gerade die Augen auskratzen oder ihn lieber besinnungslos küssen? Sie weiß es nicht! Und während seine linke Hand ihren Kopf weiterhin nach hinten zieht, beginnt seine andere Hand ihre Gesichtskonturen nachzufahren. Hitze sammelt sich in ihrem Inneren und erzeugt ein angenehmes Kribbeln in ihrem Bauch. „Was soll ich nur mit dir machen, Rosemarie?", entkommt Theodor ein kehliges Stöhnen. Aber kaum berühren seine Finger ihre Lippen, die sie bereitwillig öffnet, lässt er sie plötzlich mit einem Kopfschütteln los. Mit einem resignierten Ton dreht er sich von ihr weg und bringt so viel Abstand wie möglich zwischen sie. „Ich gebe dir noch genau fünf Minuten, um dich auszuruhen. Danach gehe ich weiter, ob du mitkommst oder nicht." Von der unerwarteten

Wende irritiert, rappelt Rosemarie sich auf und versucht erst einmal, ihre Gefühle zu beruhigen. Was ist er doch für ein Hornochse, geht es ihr immer wieder durch den Kopf, was ihrem schneller schlagenden Herzen jedoch nicht weiterhilft. Zornig auf sich und auf Theodor, will sie auf ihn zustürmen, damit sie ihm nochmals ihre unverblümte Meinung sagen kann, als der erste Schritt auf ihren Fußsohlen sie vor Schmerzen in die Knie gehen lässt.

Das laute und qualvolle Stöhnen fährt Theodor durch alle Glieder und lässt ihn sofort zu Rosemarie eilen. Er kann gerade noch erkennen, wie sie eine verräterische Träne aus ihrem Gesicht wischt und ihn wütend anfunkelt. „Lass mich in Ruhe, du Idiot!" Ihre Beleidigung ignorierend, kniet er sich sofort vor sie und zieht an ihrem rechten Schuh. Trotz ihrer Gegenwehr ist dieser bald von ihrem Fuß entfernt und er sieht mit Schrecken das Ausmaß ihrer Verletzungen. Behutsam betrachtet er die Wunden und zieht ihr auch den zweiten Schuh aus. „Warum in drei Zauberers Namen hast du mir nichts davon gesagt?" „Weil es dich nichts angeht", motzt sie zurück. „Verdammt nochmal, Rosemarie!", fährt sich Theodor überfordert durch seine Haare. „Deine Füße sehen furchtbar aus. Wir müssen sie so schnell wie möglich behandeln, damit du keinen Wundbrand bekommst." Panik schnürt Theodor die Luft ab. Diese dumme und unvernünftige Frau kostet ihn noch den letzten Nerv. Wieso hat sie nichts gesagt? Er hätte doch sofort eine Pause eingelegt, wenn er gewusst hätte, was los ist. „Du brauchst Hilfe, und zwar sofort." Die Schuhe von Rosemarie an den Schnürbändern verknotet, wirft er sich diese um den Hals und kniet sich mit dem Rücken zu ihr vor sie. „Komm bitte auf meinen Rücken. Ich werde dich huckepack tragen, bis wir jemanden finden, der deine Füße verarzten kann." Irritiert von seiner Geste robbt sie vorsichtig zu ihm und lässt sich hochheben. Instinktiv legt sie ihre Wange zwischen seine Schulterblätter und schmiegt sich fest an ihn. Seine Wärme und sein unverkennbarer Duft steigen ihr in die Nase und lassen sie für einen Moment alle Schwierigkeiten vergessen. Energischen Schrittes wendet sich Theodor der Straße zu und geht zügig voran.

„Theodor, jetzt lass mich endlich runter! Du kannst nicht ewig mit mir auf deinem Rücken voranmarschieren. Der Abend ist bereits hereingebrochen. Du musst eine Pause einlegen." Laut schnaufend antwortet Theodor: „Wir haben keine andere Wahl, Prinzessin. Mit diesen Füßen ist jede weitere Verzögerung gefährlich. Ich lasse nicht zu, dass dir etwas passiert. Also halt die Beine still und lass mich weitergehen." Genervt schnauft Rosemarie auf seinem Rücken. „Du bist so ein Sturkopf! Wenn ich ein Soldat wäre, würdest du mich doch auch nicht so herumtragen." Keuchend schüttelt er den Kopf. „Du bist aber kein Soldat, sondern eine zarte Prinzessin." Wütend zwickt sie ihn ins Ohrläppchen. „Ach!", zischt sie verärgert. „Jetzt auf einmal! Ich dachte, du hättest vorhin gewollt, dass ich ein Soldat bin." Schweiß glänzt auf seiner Stirn und sein Körper ist bereits nass vor Anstrengung. „Jetzt gönn dir doch endlich eine Pause! Es bringt uns doch nichts, wenn du aus lauter Erschöpfung zusammenbrichst." Vehement schüttelt er den Kopf. „Du hast keine Chance, Prinzessin. Ich werde dich tragen und wenn es die ganze Nacht hindurch sein muss." Schon wieder ist sie an einem Punkt angelangt, an dem ihre Gefühle verrücktspielen. Soll sie ihn an den Haaren ziehen, um den Sturschädel zum Anhalten zu zwingen, oder ihn lieber in den Nacken küssen, weil er alles versucht, um ihr zu helfen? Und nach reiflicher Überlegung entscheidet sie sich für ihr Bauchgefühl. Sanft löst sie einen Arm von seinem Hals und fährt mit ihrer Hand durch seine Haare. Mit ernster und leicht zittriger Stimme spricht sie zu ihm. „Bitte, Theodor! Halt an! Ich mache mir Sorgen um dich. Bitte!" Seine Schritte werden langsamer und er bleibt stehen. Unter Stöhnen lässt er sie vorsichtig auf ihre Zehenspitzen herunter. Keine Sekunde später brechen ihm die Beine zusammen und er liegt vor ihr auf der Straße. Bestürzt schmeißt sie sich auf ihn und entlockt ihm ein weiteres Stöhnen. „Oh, Theodor, du bist so ein Idiot!" Mit tränennassen Augen beugt sie sich über ihn und haucht ihm einen Kuss auf die Lippen.

„Wenn ich jedes Mal von dir zum Dank geküsst werde, wenn ich deinen Lastesel spiele, dann könnte es mir sogar gefallen." Leise lachend boxt sie ihn gegen die Schulter. „Du bist unmöglich, weißt du das?" Erleichtert setzt sie sich auf und betrachtet ihre Umgebung. Sie befinden sich auf einer kleinen Waldlichtung auf der Landstraße. Morgen Mittag müssten sie ihr Ziel endlich erreicht haben. Das gleichmäßige Atmen von Theodor zeigt Rosemarie, dass ihr tollkühner Retter doch tatsächlich vor lauter Erschöpfung direkt auf dem Weg eingeschlafen ist. Wie soll das bloß mit ihnen weitergehen? Tief in Gedanken versunken, realisiert sie beinahe nicht die kleinen Lichter und das Rattern von Wagenrädern, die sich ihnen nähern. „Theodor, wach auf!", steigt Furcht und Aufregung in Rosemarie empor. „Wir bekommen Gesellschaft." Doch erst ein kräftiges Rütteln erweckt Theodor und lässt ihn erst einmal orientierungslos herumschauen. Kaum hat er die Wagen in der Entfernung gesehen, treibt er Rosemarie zur Eile an. „Zieh schnell deine Schuhe an und versteck dich dort im Gebüsch! Ich möchte erst wissen, wer sich in den Wagen befindet, bevor sie dich sehen dürfen." Leichte Panik schwingt in seiner Stimme mit und verdeutlicht Rosemarie den Ernst der Lage. Ohne Widerworte tut sie, was er ihr aufgetragen hat, und versteckt sich in den Büschen am Wegesrand. Zehn Minuten später haben die Fremden Theodor erreicht. Sie kann nur leises Gemurmel vernehmen, ohne etwas verstehen zu können. Ihre Nerven beruhigen sich erst mit der Zeit, als sie erkennt, wie Frauen in grünen Gewändern und kleine Kinder die Wagen verlassen. Lautes Lachen setzt ein und kurz darauf kommt Theodor zu ihr und hebt sie in seine Arme. Leise raunt er ihr ins Ohr, dass sie bitte um jeden Preis mitspielen müsse, und trägt sie in die Mitte einer Wagenburg. „Darf ich vorstellen?", tönt er laut. „Dies ist meine Frau Rose." Direkt vor allen drückt er ihr einen Kuss auf die Lippen und lächelt sie schelmisch an. „Sie ist zwar nicht die beste Ehefrau, aber dafür gehört sie mir." Lautes Lachen ertönt von mehreren Männern, die um sie herumstehen, und erzeugt in ihrem Magen ein eher ungutes Gefühl. Eine ältere Frau mit schwarzen Haaren und grauen Strähnen darin nähert sich ihnen. „Ist sie diejenige, die verletzt ist?" „Ja, meine Frau hat sich die Füße wundgelaufen und bräuchte dringend medizinische Versorgung." Lächelnd kommt die Frau auf Rosemarie zu und tätschelt ihr den Oberschenkel. „Das werden wir schon hinbekommen. Bitte bringt sie in meinen Wagen."

Keine halbe Stunde später breitet sich eine angenehme Wärme auf ihren Fußsohlen aus und lindert ihre Schmerzen. „Habt vielen Dank für Eure Hilfe." Rosemarie ist der Jägersfrau Esmira über alles dankbar. Ihre Füße haben sich schon seit Tagen nicht mehr so gut angefühlt. „Bleib noch ein bisschen hier liegen, bis die Salbe ihre volle Wirkung entfaltet hat. Später kann ich deine Füße einbinden und du kannst sie vorsichtig wieder belasten." Während Rosemarie auf weichen Kissen ruht, kann sie das geschäftige Treiben auf der Lichtung hören. Pferde werden versorgt, Frauen rumpeln mit Töpfen und Kinder spielen herum. Die Nacht bricht herein und Rosemaries Verletzungen geht es schon viel besser. Nachdem Esmira ihr auch noch die Füße verbunden hat, kann sie nichts mehr im Wagen halten. Kaum hat sie diesen verlassen, will sie ihren Augen nicht trauen. Die Lichtung scheint sich in ein kleines Dorf verwandelt zu haben. Mehrere Lagerfeuer spenden ausreichend Licht und mindestens zehn Wagen bilden einen großen Kreis. Wäscheleinen hängen zwischen ihnen und ein köstlicher Duft von Eintöpfen mischt sich unter das Lachen der Kinder. Die Frauen sowie die Männer tragen waldgrüne Gewänder und ihre Messer an den Gürteln klimpern freudig bei jeder ihrer Bewegungen. Fasziniert betrachtet Rosemarie dieses Spektakel und kann sich kaum daran sattsehen. „Wie geht es dir?" Erschrocken fährt Rosemarie herum und kann Theodor aus der Dunkelheit treten sehen. „Hast du da etwa die ganze Zeit gewartet?", will sie sogleich wissen und streicht sich verunsichert eine Haarsträhne hinter ihr Ohr. „Wer weiß, was meinem Eheweib sonst alles einfällt, wenn ich sie nicht auf Schritt und Tritt begleite?" Ein genervtes Schnauben verlässt Rosemaries Lippen, bevor sie sich beleidigt von ihm wegdreht. „Dir ist schon bewusst, dass du mir langsam gehörig auf die Nerven gehst, Theodor?" Nur noch ein kleiner Abstand trennt die beiden, während er sie intensiv betrachtet. „Theo!", räuspert er sich, bevor er spricht. „Bitte nenn mich hier Theo!" Sich langsam umblickend, flüstert sie ihm leise zu: „Sind wir hier in Gefahr, Theo?" Er überwindet schnell den letzten Meter und stellt sich direkt vor sie, um in ihr Ohr zu sprechen. „Ich weiß es nicht, Rosemarie. Ich kann die Jägersleute nicht einschätzen. Schon seit Generationen ziehen diese Menschen durch die Königreiche und erlegen die Wölfe und Bären. Meistens bleiben sie unter sich und sind sehr naturverbunden. Die Frauen und Kinder sehen harmlos aus, aber ich habe bei einigen Männern bemerkt, wie lauernd sie dich betrachten. Wir sollten auf der Hut sein und unsere Rolle als Ehepaar weiterhin aufrechterhalten." Ohne Vorwarnung schlingt sie ihre Arme um ihn und drückt sich fest an seine Brust. „Wann hat der Wahnsinn endlich ein Ende?"

So sehr die Umarmung ihn überrascht hat, so sehr beeindruckt ihn auch der kämpferische Gesichtsausdruck, den er auf ihrem Gesicht erkennen kann, als sie ihn loslässt. „Auf in den Kampf, mein Honigkuchenpferdchen!" Mit einer hochgezogenen Augenbraue tritt Theodor einen Schritt zurück und schaut sie belustigt an. „Ernsthaft?", verzieht er schmerzlich sein Gesicht. „Fällt dir kein besserer Spitzname für deinen starken und attraktiven Ehemann ein als Honigkuchenpferdchen?" Verschmitzt grinst sie ihn an. „Warte es ab, mein Flauschibärchen." Gekonnt lässig dreht sie sich von ihm weg und spaziert vorsichtig auftretend in die Mitte des Platzes zu den anderen Frauen. Nach wenigen Minuten ist sie Teil des Geschehens. Sie lacht, rührt den Eintopf um und scherzt, als hätte sie schon immer dazugehört. Immer mehr drängt sich Theodor der

Verdacht auf, dass Rosemarie doch mehr ist als nur eine verwöhnte und zickige Prinzessin. Wer ist sie wirklich? Er würde sie zu gerne mit all ihren Eigenschaften kennenlernen. Doch plötzlich reißt ein fester Händeschlag auf seinen Rücken ihn von dem Anblick der Prinzessin los und lässt ihn zusammenfahren. „Komm, mein Freund!“, spricht einer der Jäger ihn an. „Wir brauchen noch Hilfe bei der Beschaffung von Brennholz.“ Dieser Aufforderung sofort nachkommend, dreht Theodor sich zu dem Hünen und folgt diesem mit einem mulmigen Gefühl im Magen in den Wald hinein.

Dieser Abend ist einer der schönsten in Rosemaries Leben. Es wird getanzt, gelacht und laut gesungen. Gleichzeitig hat sie ein nettes grünes Kleid an, während ihre Sachen gerade beim Trocknen hängen. Die Speisen werden im Kreis herumgereicht und die Kinder laufen freudig zwischen den Erwachsenen hindurch. Die Stimmung ist ausgelassen und die Atmosphäre einfach traumhaft. Keine Etikette, kein höfisches Ränkeschmieden trüben diese Feier. Alle freuen sich und sind Teil des großen Ganzen. Nur Theodor scheint eine Laus über die Leber gelaufen zu sein. Er weicht ihr keinen Meter von der Seite und bewacht sie mit Argusaugen. Je mehr die anderen feiern, desto missmutiger blickt er drein. Mit den Worten „Jetzt schau doch nicht so, mein Schnuffelchen!“ boxt sie ihn in die Seite und grinst ihn frech an. Wollen wir doch mal sehen, ob ich den Miesepeter nicht aus seiner Deckung locken kann, denkt sie, da sie keine Lust hat, dass er ihr den heutigen Abend verdirbt. So viel Spaß hatte sie schon lange nicht mehr. Etwas übermütig, zwinkert sie ihm frech entgegen und rückt näher an ihn heran. „Sag mal, mein lieblich riechender Hasenpupsi, möchtest du deiner Ehefrau nicht die Schultern massieren? Dein Mich-durch-die-Gegend-Tragen hat mich wirklich sehr angestrengt.“ Und schon greift er besitzergreifend ihren Arm und zieht sie auf seinen Schoß. „Ist das so, mein Kaktuspflänzchen?“, raunt er ihr ins Ohr. Sengende Hitze steigt ihr ins Gesicht, als sie zusätzlich etwas Hartes unter ihrem Oberschenkel spürt. Unruhig fängt sie an, auf seinem Schoß hin und her zu rutschen, um diesem sehr großen Etwas zu entkommen. In was habe ich mich jetzt schon wieder reingeritten, denkt sie panisch und schluckt ihre Nervosität herunter. Ihre Versuche bald aufgebend, sitzt sie steif in seinen Armen und atmet immer flacher. Wie soll sie sich in einer solchen Situation nur verhalten? Ihr wurde zwar beigebracht, wie sie eine ganze Armee von männlichen Dienstboten befehligen kann, aber nicht, wie sie mit einem einzelnen Mann umgehen soll, der anscheinend körperlichen Gefallen an ihr findet. Leider ist ihre Mutter gleich nach der Geburt krank geworden und nie von ihrer Erholungsreise zurückgekehrt. Somit konnte ihr nie jemand erklären, was zwischen Männern und Frauen passiert. Immer unruhiger werdend, kann Rosemarie sich nicht mehr auf die Tänze konzentrieren. In ihrer Panik reißt sie sich von Theodor los und stürmt auf die Tanzfläche.

Dies wird von den anderen Frauen mit lauten Freudenschreien quittiert. Bevor sie weiß, was geschieht, wird sie bereits in die Mitte genommen und in den Tanz integriert. Nach anfänglichen Schwierigkeiten beginnt Rosemarie vor Freude zu jauchzen. Ihre schmerzenden Füße ignorierend, dreht sie sich im Kreis, springt in die Luft, wackelt mit der Hüfte und stimmt lauthals in die Gesänge mit ein. Aus ihren Augenwinkeln heraus kann sie Theodors Zornesröte und seinen ärgerlich verzogenen Mund erkennen. Er sitzt wie ein schmollendes Kind in der Ecke, dem man seine Süßigkeiten gestohlen hat. Wollen wir doch mal sehen, ob ich ihn nicht noch ein bisschen mehr ärgern kann, denkt Rosemarie amüsiert. Verdient hätte er es auf jeden Fall, so oft wie er mich auf den Arm nimmt. Von dieser Idee angestachelt, legt Rosemarie so richtig los und hat bald die ganze Tanzfläche für sich allein. Es ist wunderbar! Sie hatte bis jetzt nicht gewusst, was für einen Spaß es machen kann, sich frei und unbeschwert zu bewegen. Verschwitzt und außer Atem, aber mit einem breiten Lächeln auf den Lippen nähert sie sich nach einigen Tänzen wieder Theodor und setzt sich beschwingt neben ihn. „Was hast du denn, mein Brummbärchen?“, kichert Rosemarie gut gelaunt. „Was ich habe?“, dreht Theodor sich wütend zu ihr. „Du bist das unvernünftigste Weibsbild, welches mir je unter die Augen gekommen ist.“ Von seinen Worten tief getroffen, wendet sich Rosemarie ihrem Getränk zu und ignoriert ihn die restliche Feier.

Nach dem Fest ziehen sich die meisten in ihren Wagen zurück. Beiden ist klar, dass sie die Nacht unter freiem Himmel verbringen werden. Dafür wird ihnen eine große Decke gegeben, die sie als Ehepaar zusammen nutzen dürfen. Mit so viel Platz zwischen ihnen wie möglich liegen sie schweigend nebeneinander. Keiner ist bereit, den ersten Schritt zu wagen und den anderen anzusprechen. Gedanklich ist Rosemarie gerade dabei, Theodor zu erwürgen. Wenn er schmollen will, dann soll er doch schmollen, denkt sie sich verärgert. Ich werde mich sicherlich nicht entschuldigen. Ich habe nichts Falsches gemacht. Ich habe nur getanzt und gelacht. Er ist schließlich nicht mein Vater oder mein zukünftiger Ehemann, bei denen ich gezwungen bin, ihnen zu gehorchen. Er ist einfach nur Theodor. Ein Kerl, den ich mehrmals am Tag schlagen, erwürgen und dann wieder küssen und umarmen könnte. Er macht mich langsam wahnsinnig! Wer ist dieser Kerl wirklich? Wütend, traurig und von Theodor enttäuscht, findet Rosemarie nur sehr langsam in einen unruhigen Schlaf.

Theodor hingegen bleibt trotz enormer Müdigkeit die ganze Nacht wach. Ihm sind die lüsternen Blicke der Männer nicht entgangen und haben ihm eine Heidenangst um Rosemarie eingejagt. Wie kann eine Frau nur so naiv sein? Ist ihr denn nicht aufgefallen, welche Wirkung sie auf das andere Geschlecht hat? Der Tanz war alles andere als keusch und hat selbst seine Gedanken in schmutzige Bahnen gelenkt. Er könnte dieser dummen Gans alle Federn einzeln ausreißen. Da hätte er sich die Warnung zuvor wirklich sparen können. Sie ist und bleibt eine einfältige und naive Prinzessin. Nun gut, muss er gedanklich jedoch noch ein wenig ausholen. Vielleicht ist sie auch mutig, schön und clever sowie weltfremd und unglaublich gutgläubig, weswegen er sie am liebsten in seine Arme nehmen und schütteln würde, bis ihr klar wird, in welche Gefahr sie sich selbst gebracht hat. Hoffentlich, betet Theodor im Stillen, geht alles gut und sie können morgen sicher weiterreisen. Danach wird er erst einmal froh sein, wenn sich ihre Wege trennen und sein Bruder auf sie aufpassen muss. Aber wehe, wenn er das nicht schafft!

Nachts in der Schlossküche

Im flackernden Licht einer Kerze brütet Marie über den ersten Seiten des entwendeten Buches. Doch leider wird sie aus den ganzen Zeichen und Kritzeleien einfach nicht schlau. Gut, dass Jorik dies wohl ganz anders sieht. Konzentriert sitzt er auf ihrer Schulter und gibt jedes Mal ein kleines Piepsen von sich, wenn sie die nächste Seite umblättern muss. Nur dumm, dass Marie vor lauter Müdigkeit langsam die Augen zufallen. Die letzten Nächte waren wirklich alles andere als erholsam. Wenigstens konnte sie in der Höhle für kurze Zeit die Augen schließen. Ein unterdrücktes Gähnen lässt ihre Schultern erzittern und entlockt Jorik ein entrüstetes Fiepen. Der Mäuserich scheint immer nervöser zu werden, je mehr er liest. Schade, dass er mit ihr nicht wirklich sprechen kann. Sie würde zu gerne wissen, um was es in diesem Buch eigentlich geht. Ihre Theorie, dass Jorik ein Bauer sein könnte, muss sie ebenfalls überdenken. Denn keiner, der jeden Tag auf Feldern arbeiten muss, kann so gut lesen. Jorik muss also eher ein Händler oder ein Gelehrter sein. Vielleicht ist er auch ein Zauberer, dessen letzter Zauberspruch wohl nach hinten losgegangen ist. Ein leises Kichern entweicht ihr, bevor sie es verhindern kann. Sie müssen sehr leise sein, um niemanden auf sich aufmerksam zu machen. Marie hat sich vor ungefähr einer Stunde aus dem gemeinschaftlichen Schlafsaal geschlichen, um ungestört mit Jorik das Geheimnis des Buches zu lüften. Seitdem kämpft sie mit ihren

Augenlidern und spielt für eine Maus das Lesepult. Plötzlich springt Jorik von ihrer Schulter auf die gerade frisch aufgeschlagene Seite und deutet mit seiner Nase darauf. Konzentriert versucht Marie zu erkennen, was er ihr zeigen möchte. Vor sich sieht sie eine kleine Karte des Zaubersees und des Schlosses. Der Punkt, auf den Jorik deutet, ist mit einem Kreuz mitten auf dem See gekennzeichnet. Dieses Kreuz lässt für Marie nur zwei Schlüsse zu. Entweder ist hier ein Piratenschatz versteckt, oder sie haben gerade den Ort im See gefunden, wo sich die Göttin aufhält. Glücklich streichelt sie über das Köpfchen von Jorik und erhält von ihm ein genervtes Piepsen. Es ist schon lustig, wie er es immer wieder schafft, seine Gefühle in jedes einzelne Fiepen zu legen. Vorsichtig klappt sie das Buch zu und steckt es in ihre Rocktasche. Sich streckend, reißt Marie ihren Mund zu einem großen und stummen Gähnen auf. Leise flüstert sie: „Gut gemacht, Jorik! Morgen Nachmittag können wir uns ein Boot mieten und dorthin rudern." Doch sofort erklingt ein entsetztes Fiepen. Und als sich die Maus auch noch leicht auf die Hinterfüße stellt, ihren Kopf schüttelt und mit ihren Fäustchen in der Luft herumhantiert, ist sich Marie sicher, dass die Maus mit ihrem Vorschlag nicht einverstanden ist. Wäre sie nicht so müde, würde sie wohl dahinschmelzen. Das ist wohl das Süßeste, was sie die letzten Wochen gesehen hat. Wobei der Anblick eines rennenden Schweines mit einer Krone auf dem Kopf auch nicht schlecht war.

Beherzt springt Jorik auf den Boden und geht Richtung Gartentür. „Echt jetzt! Kannst du nicht bis morgen warten?", stöhnt Marie erschöpft. Doch Jorik geht ohne irgendeine Reaktion weiter. „Bitte, dann lasse ich mich eben von einer Maus herumkommandieren", witzelt Marie freudlos. „Ich habe ja schließlich nichts Besseres zu tun." Sich in ihr Schicksal fügend, folgt sie der kleinen Maus. Vorsichtig öffnet sie die Tür und schaut in die stille und dunkle Nacht hinaus. Das ganze Schloss scheint zu schlafen. Nur sie hat das Glück, mit einer verrückten und größenwahnsinnigen Maus durch den Schlossgarten zu irren. Die Dunkelheit und der dichte

Bewuchs mit Hecken kommen ihr gerade sehr gelegen. Leicht verwundert bleibt sie keine zehn Minuten später vor einem kleinen, im Schilf versteckten Boot stehen. Woher hat Jorik das bloß gewusst? Stand das etwa auch in dem Buch? Unsicher betritt sie das wacklige Boot und schnappt sich das Ruder, welches sich darin befindet. Völlig orientierungslos stößt sie das kleine Gefährt vom Seeufer ab und fährt blind in die Nacht hinein. „Bitte pieps, wenn du den Weg kennst." Völlig unbegabt und verunsichert, versucht Marie sich an dem Ruder, bringt aber dadurch das Boot gefährlich ins Wanken. Wasser spritzt immer wieder auf ihren Rock und der Holzkahn dreht sich mehr, als dass er fährt. „Hör auf, so genervt zu fiepen!", ist Marie am Rand ihrer Belastung angelangt. „Ich habe noch nie in einem Boot gesessen. Woher soll ich wissen, wie man so etwas macht?" Frustriert wirft sie das Ruder von sich und verschränkt ihre Arme. „Mach es doch besser, du neunmalkluges Fellknäuel!" Wütend fängt die Maus zu hüpfen an. Aus lauter Trotz streckt sie Jorik die Zunge heraus. „Mein Lieber", erklärt sie frustriert, „ich glaube, du überschätzt deine Wichtigkeit. Falls es dir noch nicht aufgefallen ist, dann erkläre ich dir jetzt, dass du mich dringender brauchst als ich dich. Deswegen solltest du dich zusammenreißen und ein bisschen netter zu mir sein."

Schlagartig verstummt Eric. Dieses Biest hat vollkommen recht. Für kurze Zeit hatte er das ganz vergessen. Ohne ihre Hilfe hat er keine Chance, gegen das Komplott von Remolon vorzugehen. Der Inhalt des Buches hat ihn zutiefst verstört. Er hat zwar nicht alles verstanden, aber wie es scheint, ist Remolon ein Zauberer, der schon seit vielen Jahren versucht, die Herrschaft über die Reiche zu erlangen. Die schlimmste Information aus dem Buch ist jedoch die Erkenntnis, dass seine Mutter wohl eines seiner Opfer war. Wenn sein Vater dies wüsste, wäre vieles anders verlaufen. Das Kreuz auf der Karte zeigt wahrscheinlich ihr nasses Grab, welches er unbedingt besuchen möchte. Sein Bedürfnis, zur letzten Ruhestätte seiner Mutter zu kommen, ist übermächtig und hat ihn wohl seine Beherrschung verlieren lassen. Irgendwie muss er es schaffen, dorthin zu gelangen. Mit gesenktem Kopf geht er auf Marie zu und stupst sein Näschen an ihre Hand. Kaum hat sie diese geöffnet, hebt sie ihre Handfläche nahe an ihr Gesicht, um ihn in der Dunkelheit besser sehen zu können.

Marie muss sich zusammenreißen, um weiterhin ein böses Gesicht zu zeigen. Sein reumütiges Piepsen hört sich so niedlich an und lässt ihr Herz dahinschmelzen. Als er nach kurzer Zeit auch noch sein Bäuchlein zeigt, kann sie nicht anders und muss ihn einfach mit ihrem Finger kitzeln. „Gut, du hast gewonnen", schenkt sie ihm ein aufrichtiges Lächeln. „Ich rudere ja schon weiter." Leise lachend ergreift sie wieder das Ruder und taucht es ins Wasser. „Das ist so gemein", zwinkert sie der Maus zu. „Du nutzt deine Niedlichkeit gegen mich." Dieses Mal hilft Jorik ihr jedoch. Denn je nachdem, auf welcher Seite sie gerade rudern muss, läuft er hin und her. Zusammen schaffen sie das Unmögliche und fahren tatsächlich geradeaus. Nach einer gefühlten Stunde und enorm schmerzenden Armen fängt der Mäuserich plötzlich zu piepsen an. Doch Marie kann weit und breit nichts erkennen. Weder kann sie das Schloss noch irgendwo ein Ufer sehen. Ihr war bis jetzt nicht bewusst, wie groß der Zaubersee eigentlich ist. „Jorik, ich bin mir nicht sicher, ob wir in der Dunkelheit wirklich so einfach die Göttin finden werden", murmelt sie zweifelnd. „Wahrscheinlich schläft sie, wie alle anderen, da sie nicht von einer übermotivierten Maus am Schlafen gehindert wird." Das leise und harmonische Plätschern des Wassers an den Rumpf des Bootes lässt sie aber bald ihre Sorgen vergessen. Der Mond scheint hell auf den See und lässt die Sterne sich in dem dunklen Wasser spiegeln. Beeindruckt von dieser atemberaubenden Schönheit der Natur, schweifen ihre Augen umher. „So viel Ruhe habe ich selten erlebt. Es ist wunderschön hier." Bedächtig lässt sie ihre Hand sachte über die Oberfläche gleiten und schon rinnt ihr das Wasser durch die Finger. Getragen von dieser Leichtigkeit beginnt sie ein Lied zu singen. Sie weiß nicht, warum, aber dieser Ort erinnert sie an ein altes Kinderlied.

Erics Herz fühlt sich immer schwerer und schwerer an. Hier, irgendwo auf dem Grund des Zaubersees, muss der Leichnam seiner Mutter liegen. Trotz der Größe des Sees ist er sich sicher, die richtige Stelle gefunden zu haben. Und dann dieses Lied von Marie, das seine Mutter ihm immer als Wiegenlied vorgesungen hat – es verstärkt seine Trauer in nie gekannte Dimensionen. Er kann sich noch genau daran erinnern, wie sie ihn früher in den Arm genommen und ihm liebevoll über seinen Kopf gestreichelt hat. Was hätte er als junger Mann nicht alles getan, um noch einmal dieses Gefühl der Geborgenheit spüren zu dürfen! Behutsam wird er von Marie hochgehoben und nahe an ihr Herz gehalten. Eingehüllt in ihre Wärme lässt er seinen Tränen und seiner Qual freien Lauf.

Marie blutet das Herz. Ihr war nie bewusst, wie schlimm es für Jorik sein muss, eine Maus zu sein. Kaum hat sie das hängende Köpfchen gesehen, musste sie ihn einfach an sich drücken. Seitdem sitzt sie hier, mit einer sehr traurig fiepsenden Maus in den Händen, während leichte Nässe ihre Finger berührt, wobei sie hofft, dass Jorik ihr nicht in die Hand gepinkelt hat. Erst nach längerer Zeit beruhigt sich ihr Freund und sie öffnet ihre Hände. Hier findet sie eine Maus mit glänzenden Augen und zusammengesunkener Gestalt vor. Feinfühlig drückt sie das Tier an ihre Brust. „Ich werde dir helfen, Jorik. Das verspreche ich dir hoch und heilig. Du kannst dich auf mich verlassen.“ Während beide ihren Gedanken nachhängen, zieht langsam ein dichter Nebel auf. Immer undurchsichtiger legen sich die weißen Schwaden auf den See. Erst als Marie aufblickt, realisiert sie die Situation. Bestürzt stellt sie fest, nicht einmal mehr ihre Hand vor Augen sehen zu können. Wo kommt denn der dichte Nebel so plötzlich her? Die leichten Schaukelbewegungen werden kräftiger und lassen das Boot stärker von rechts nach links schwanken. Ängstlich drückt Marie die Maus fester an ihre Brust. Ein sanfter Fahrtwind bestätigt ihre Befürchtung. Das Boot fährt. Zittrig öffnet sie ihre Hände. „Jorik, ist es normal, dass ein Ruderboot von allein fahren kann?“ Neugierig hebt die Maus ihren Kopf, um die Situation zu betrachten. Doch auch Mäuseaugen vermögen nicht durch dichten Nebel zu blicken. Plötzlich lässt ein kräftiges Rumpeln Marie nach vorne fallen. Schmerzhaft landet sie mit ihrem Kopf auf den Brettern des Bootes. „Verhexter Märchenwald!“, flucht Marie und rappelt sich auf. Aber trotz intensiven Reibens lässt der Schmerz nur langsam nach. Jorik hingegen gibt ein aufgeregtes Piepsen von sich und lenkt ihre Aufmerksamkeit auf ihre Umgebung. Der Nebel scheint verschwunden zu sein und am Horizont kämpfen sich schon die ersten Sonnenstrahlen durch die Nacht. Ein sportlicher Hüpfer, und Jorik hat das Boot verlassen. Panisch stürzt Marie hinterher, um ihren Freund aus dem Wasser zu retten, erkennt aber kurz darauf den sandigen Untergrund, auf dem ihr Boot steht. Wir sind gestrandet, geht es Marie durch den Kopf und ein freudiges Grinsen bemächtigt sich ihrer. Begeistert springt sie Jorik hinterher und lässt sich mit dem Rücken in den Sand fallen. Ihre Arme und Beine schwingen begeistert auf und ab. „Das Land ist doch viel schöner als das Wasser.“ Albern kichernd betrachtet sie kurz darauf ihr Werk. „Schau mal, Jorik!“, zeigt sie auf ihr Kunstwerk. „Ich habe eine Sandfee gezeichnet.“

„Das ist wirklich eine sehr schöne Fee.“ Wie von der Tarantel gestochen, dreht Marie sich zu der unbekannten Stimme, um eine wunderschöne Frau in weißem Gewand zu erblicken. Die aufgehende Sonne verstärkt den Zauber und lässt die Fremde magisch leuchten. Vollkommen überrumpelt weiß Marie nicht, was sie sagen soll. Eine leichte Berührung an ihrem rechten Hosenbein, welche sich langsam hocharbeitet, kündigt Jorik an. Kaum ist er bei ihr, fühlt sie sich schon sicherer. Indes wartet die schöne Erscheinung geduldig. Die Stille zieht sich in die Länge und wird Marie irgendwann zu dumm. „Hallo!“, grüßt Marie und hebt leicht die Hand. „Ich bin Marie und das ist mein Freund Jorik.“ Tief durchatmend, wird ihre Stimme langsam fester. „Wir sind auf der Suche nach der Göttin des Zaubersees. Könnte es zufällig sein, dass wir sie gerade gefunden haben?“ Ein glockenhelles Lachen erfüllt den angehenden Morgen. „Da könntest du recht haben, Marie. Was verschafft mir denn die Ehre eures Besuches?“ Unsicher, was sie antworten und wie sie ihr Anliegen vortragen soll, weicht Marie dem intensiven Blick der Göttin aus und konzentriert sich stattdessen auf deren kleine Halskuhle. „Wir sind auf der Suche nach dem blauen Diamanten von Morleon.“ So, jetzt ist es raus. Entweder ganz oder gar nicht, denkt Marie und hebt ihren Blick um ein paar Zentimeter. Nachdenklich betrachtet die Göttin sie. „Der Stein birgt große Verantwortung. Seid ihr sicher, dieser auch gewachsen zu sein?“ Am liebsten hätte Marie ein lautes NEIN gerufen. Denn eigentlich möchte sie nur in ihr früheres Leben zurück, ohne Prinzen, Fallen und Abenteuer. Aber erst vor einer halben Stunde hat sie Jorik geschworen, ihm zu helfen, egal was auf sie zukommen wird. Deswegen kann sie ihren Gefährten nicht einfach seinem Schicksal überlassen. Doch ob sie sich selbst überhaupt noch verwandeln möchte? Denn auch ohne Verwandlung kann sie sich gut vorstellen, untertauchen zu können, nachdem sie die weite Welt schon ein bisschen kennengelernt hat. Wer Soldaten, Trolle und den Vortrag von Gusto, dem Weinhändler, überlebt, kann alles schaffen. Etwas überfordert antwortet sie der Göttin: „Ich kann es Euch nicht sagen, verehrte Herrin. Ich weiß nur, dass wir den Stein brauchen, um den Spiegel benutzen zu können.“ Eine schwingende Handbewegung, und die Göttin hält eine kleine Karte in der Hand. „Ich bin mir zwar sehr sicher, dass keiner von euch beiden den Spiegel wirklich braucht, aber einem ehrlichen und reinen Herzen werde ich gerne helfen.“ Galant überreicht sie Marie das Papier. „Hier auf dieser Karte findet ihr alles, was ihr sucht.“ Und kaum hat sie diese Worte gesprochen, löst sich die göttliche Erscheinung auch schon wieder auf. Nur glitzernder Staub zeigt die Stelle, an der sie noch vor wenigen Sekunden gestanden hat.

„Auf dieser Karte findet ihr alles, was ihr sucht“, wiederholt Marie die Worte der Göttin. „Das ist eine seltsame Formulierung.

Irgendwie so, als würden wir mehr suchen wollen." Immer noch leicht verwundert, schüttelt Marie ihre Bedenken ab und öffnet die Karte. Auf dieser ist zu ihrer großen Erleichterung nur ein Kreuz eingezeichnet. „Schau, Jorik!", deutet sie in eine Richtung. „Es ist gar nicht weit. Ein kurzer Fußmarsch über die kleine Insel, und wir sind schon beim Stein." Und tatsächlich! Nach kurzer Zeit erreichen sie eine schöne, große Blumenwiese, auf der sich der gesuchte Stein befinden soll. Aber weit und breit ist nichts zu sehen, was ihnen Aufschluss geben könnte. Wütend stemmt Marie ihre Hände in die Hüfte. „Wenn die Göttin glaubt, ich grab jetzt stundenlang nach einem kleinen Stein, dann hat sie sich aber geschnitten. Ich habe doch gewusst, dass es einen Haken geben muss." Frustriert lässt sie sich auf die Blumenwiese nieder. Jorik aber krabbelt auf ihren Kopf und schaut sich alles ganz genau an. „Das kannst du vergessen, Jorik", schnauft Marie frustriert. „Hier ist kein Baum, Stein oder sonst etwas. Hier ist weit und breit nichts, außer einer schönen und bunten Wiese voller Blumen. Was zugegeben etwas seltsam ist, wenn man bedenkt, dass wir erst April haben." Nun doch etwas neugieriger geworden, richtet sich Marie auf und betrachtet die Blumen. „Oh, sieh nur!", deutet sie auf eine der vielen Blumen. „Hier stehen Tulpen zusammen mit Kornblumen, Lavendel und sogar mit Herbstastern. Das ist ja fantastisch. Auf dieser Wiese vereinen sich Blumen aller Jahreszeiten. Sogar Winterlinge kann ich sehen." Mit neuem Interesse bestaunt sie die enorme Blumenvielfalt. „Jorik, schau mal!", wird Marie richtig euphorisch. „Hier wächst sogar eine wunderschöne Sonnenblume." Einfühlsam streicht sie zärtlich über die Blütenblätter. „Sonnenblumen sind mir die liebsten Blumen. Immer der Sonne zugewandt und absolut nützlich für Insekten, Vögel, Nagetiere und sogar für den Menschen."

Genervt läuft Eric auf Maries Kopf herum. Egal zu welcher Seite er blickt, er kann immer nur diese dummen Blumen sehen. Es ist ihm vollkommen egal, was hier wächst. Er ist nur an dem Stein interessiert, um so schnell wie möglich als Prinz den Berater seines

Vaters in die Finger zu bekommen. Doch anstatt einen Zauberstein zu finden, kann er bald ein weißes Tier erkennen, das gemächlich auf sie zukommt. Einige Meter vor ihnen bleibt das weiße Pferd jedoch stehen, das auf seinem Kopf ein geschwungenes Horn trägt.

Marie ist außer sich und juchzt innerlich vor Freude, da gerade ihr größter Traum in Erfüllung geht. Vor ihr steht tatsächlich und leibhaftig ein echtes Einhorn. Ehrfurchtsvoll geht sie in die Knie und neigt ihren Kopf. Jorik hingegen wird aufgrund ihrer plötzlichen Kopfbewegung nach vorne geworfen und landet fiepend vor ihren Füßen. Doch Maries Aufmerksamkeit ist weiterhin auf das Einhorn gerichtet. Wie eine sanfte Brise spürt sie leichte Empfindungen und Emotionen, weswegen sie sich erhebt und voller Vertrauen auf das Einhorn zugeht. Als wüsste sie, was zu tun ist, berührt sie das Horn des wunderschönen Tieres. Und schon überfluten Bilder und Informationsfetzen ihren Geist und lassen sie taumelnd zurückweichen. Leicht benommen greift sie an ihren Kopf. Was war das nur? Das Einhorn schaut sie jedoch weiterhin ruhig und wissend aus seinen großen und dunklen Augen an. Sie scheinen so tief wie das Universum selbst zu sein. Wieder streichelt ein Gefühl zaghaft ihren Geist. Sie kann es noch nicht ganz fassen, aber sie spürt deutlich, dass es mit dem Stein zusammenhängen muss. Auch Jorik scheint diese Empfindung wahrzunehmen. Doch bevor Marie die vollständige Lösung greifen kann, umhüllt Nebel ihre Beine. Ein lautes Krachen ertönt, die Erde bebt und Erdbrocken beginnen sich zu erheben und zu fliegen. Voller Panik geht Marie in die Hocke. Ein Erdbeben ist die einzige Erklärung für dieses seltsame Naturschauspiel. Doch woher kommt das jetzt so plötzlich? Marie verschließt ihre Augen und beginnt zu zählen, um sich zu beruhigen. Und als sie bei dreißig angelangt ist, hört das Beben so unvermittelt auf, wie es gekommen ist.

Vorsichtig öffnet sie die Augen und stellt fest, dass sie absolut nichts sehen kann. Und damit meint sie wirklich *nichts*. Denn direkt vor ihr ist eine so undurchdringliche und dichte Nebelwand, dass sie nicht einmal mehr ihre Füße und ihre Hände erkennen kann. Seltsamerweise kann sie aber ganz deutlich einen menschlichen Schatten in der Ferne sehen. Ob da der Nebel anders ist? Aber zu ihrem großen Entsetzen steht der Mensch auf einer Erdscholle über einem tiefen Abgrund, während um ihn herum nur gänzliche Leere ist. Voller Grauen setzt sich Marie sofort auf ihr Stückchen Erde. Mit ihren Händen betastet sie ihre Umgebung und stellt sogleich panisch fest, dass sie sich ebenfalls in einer so misslichen Lage befindet, wobei sie sich zusätzlich noch dem Nebelproblem stellen muss. „Wer du auch bist, bleib dort stehen!", schreit Marie kraftvoll. „Um dich herum ist die Erde weggebrochen." Doch was ist das? Ohne ihr Zutun tauchen plötzlich kleine, schwebende Felsen auf, die sich direkt an die Erdscholle des anderen heften, wobei sie auf magische Art und Weise mitten in der Leere existieren. Sie sehen beinahe wie kleine fliegende Inseln aus, die von der Schattengestalt aus zu einer sicheren, größeren Erdplatte führen. Und schon erreicht eine durch den Nebel verzerrte Stimme ihre Ohren. „Wer hat da gesprochen?" „Ich heiße Marie", antwortet sie sogleich. Ein längeres Schweigen folgt. Schon will sie wieder etwas sagen, als ihr die Gestalt zuvorkommt. „Marie, ich bin es, Jorik. Was ist passiert?" Erleichtert, ihren Gefährten zu hören, versucht sie sich einen Reim auf die ganze Situation zu machen. Leider hat sie aber absolut keine Ahnung, was überhaupt passiert ist. Auch die Tatsache, dass ihr Gefährte gerade ein menschlicher Schatten und keine Maus mehr ist, kommt ihr sehr seltsam vor. „Ich weiß es nicht", antwortet sie ihm ehrlich. „Vielleicht kannst du ja mehr herausfinden, wenn du über die kleinen schwebenden Inseln auf das Plateau kommst."

Irritiert schaut sich Eric genauer um. Welche schwebenden Inseln? Die einzigen fliegenden Dinger, die er sehen kann, sind direkt vor der Erdplatte von Marie. Er hingegen sieht bei sich rein gar nichts, da dichter Nebel seine Sicht behindert. Aber auch die Tatsache, dass er gerade ein Mensch ist, muss er erst einmal verdauen. Na ja, nicht ganz Mensch, verzieht er missmutig sein Gesicht. Irgendwie ist er nur ein Schatten seiner selbst, aber in einer menschlichen Form. Irgendetwas sehr Verwirrendes geht hier vor sich, was sicherlich mit dem Einhorn zusammenhängen muss. Er konnte diese Fantasieviecher sowieso noch nie leiden. „Marie, hier sind keine Inseln“, antwortet er ihr ein paar Sekunden später. „Hier ist nur eine zähe weiße Nebelsuppe vor meinen Augen. Aber direkt vor dir schweben ein paar Felsen herum.“ „Das kann nicht sein!“, folgt daraufhin ihre Antwort. „Ich sehe hier absolut nichts. Überall um mich herum ist undurchsichtiger Nebel. Ich kann nicht einmal meine eigenen Füße sehen.“ Zaubermist, Feendreck und Zwergenrotz! Was ist hier los? Eric ist stinksauer. Es ist zum Aus-der-Haut-Fahren. Kann denn nicht einmal etwas ohne größere Schwierigkeiten ablaufen? Wieso konnte ihnen die Göttin nicht einfach diesen blöden blauen Stein geben? Wieso mussten sie auf diese Blumenwiese und dem Einhorn begegnen? Wieso muss man sich immer erst beweisen, bevor man etwas bekommt? Immer diese Prüfungen! Schlagartig fällt es ihm wie Schuppen von den Augen. Warum hat er da nicht eher dran gedacht? Er könnte sich selbst ohrfeigen. Natürlich muss man sich erst beweisen. Seine Gedanken sofort in Worte fassend, schreit er zu Marie hinüber: „Marie, das ist eine Prüfung, die wir bestehen müssen.“ „Natürlich, du hast vollkommen recht“, hört er ein frustriertes Stöhnen von Marie. „Die Frage ist nur, was genau geprüft werden soll.“

Zynisch antwortet Eric: „Ich hoffe nicht, dass sie sehen möchten, wie gut wir fliegen können.“ Ein einnehmendes Lachen folgt seinen Worten. „Das glaube ich nicht, Jorik. Es muss etwas mit dem blauen Diamanten zu tun haben.“ Genervt schnauft Eric vor sich hin, während Marie weiterspricht. „Mit einem Diamanten verbinde ich Reichtum, Reinheit, Seltenheit und schönen Schmuck.“ Verwirrt schreit Eric zurück: „Ich habe absolut keine Ahnung, worauf du hinauswillst. Wie soll uns das helfen?“ „Dass

Männer immer so begriffsstutzig sein müssen!", schnalzt Marie genervt mit ihrer Zunge. „Es gibt auch symbolische Werte, die für etwas stehen können. Laut dem Trollkönig steht der grüne Smaragd für Gesundheit. Die Frage ist also, für was der blaue Diamant steht." Nach einiger Zeit kommt Eric ein Gedanke. „Marie, könnte es sich um die Farben drehen? Ich habe einmal etwas über Farbenlehre gelesen. Da wurden Eigenschaften und Gefühle mit Farben in Verbindung gebracht." Freudig antwortet Marie mit einem kleinen Jauchzen. „Jorik, das könnte die Lösung sein. Weißt du noch, für was die Farbe Blau stehen kann?" Nach längerer Überlegung beginnt Eric einige Charaktereigenschaften aufzuzählen. „Flexibilität, Vertrauen, Empathie, Glaube, Verständnis und auch Respekt. Aber wie soll das zusammenpassen?", murrt er wirsch vor sich hin. „Sollen wir etwa unsere Empathie und unseren Respekt zeigen, wenn der andere in den Tod gefallen ist? Oder sollen wir glauben und hoffen, dass wir fliegen können?"

„Oh, du meine Güte!", klatscht Marie indessen begeistert in die Hände. „Ich habe die Lösung. Jetzt ergeben die Empfindungen auch endlich einen Sinn." Eric versteht schon wieder nichts. „Wovon sprichst du? Glaubst du etwa wirklich, dass wir fliegen können?" „Ich spreche von Vertrauen, Jorik. Als ich das Horn des Einhorns berührt habe, habe ich ein sehr starkes Gefühl empfunden, es aber nicht sofort zuordnen können. Ich glaube, dass wir uns gegenseitig vertrauen müssen. Deswegen sehe ich auch nur deinen Fluchtweg und du meinen. Ich kann dir sagen, wohin du zu gehen hast, und du kannst mir sagen, wie ich mich retten kann." Bei Eric bricht der kalte Schweiß aus, nachdem er die Worte von Marie gehört hat. Er soll ihr blind vertrauen? Wie käme er denn auf diese absurde Idee? Hat er nicht erst vor Kurzem erfahren, wie sehr er von Betrug und Verrat umgeben ist? Seine gesamte Welt wurde auf den Kopf gestellt. War denn jemals eine Entscheidung, die er bezüglich anderer Menschen getroffen hat, richtig? Ein übler Scherz, wenn man bedenkt, wie der zweite Satz des Segensspruchs ihn damit verhöhnt. *Ihm wird Ehrlichkeit geschenkt, um Richtig und Falsch unterscheiden zu können.* Er könnte sich die Haare raufen. Gut, dann ist er eben jetzt auch einmal ehrlich und spricht offen über seine Gefühle. „Marie, ich kann das nicht. Ich vertraue dir nicht genug, um mich auf deine Worte verlassen zu können. Ich weiß nicht, wie ehrlich du es mit mir meinst. Vielleicht belügst du mich und kannst sehr wohl deine Felseninseln vor dir sehen." So, jetzt ist es raus. Absolute Ehrlichkeit in einer sehr misslichen Situation, denkt Eric und fährt sich erschöpft mit seiner Hand über sein Gesicht.

„Jorik, ich kann dich gut verstehen", antwortet Marie ihm nach einer gefühlten Ewigkeit. „Dir ist wohl nicht immer gut mitgespielt worden. Deswegen mache ich dir einen Vorschlag", räuspert Marie sich und legt eine kurze Sprechpause ein. „Erst werde ich dir vertrauen und danach versuchst du mir zu vertrauen. Und damit du mir glaubst, werde ich mir zusätzlich meine Augen mit einem Stoffstreifen verbinden. Es macht zwar für mich keinen Unterschied, da ich ja sowieso nichts sehen kann, aber damit beweise ich dir, dass ich dir blind vertraue. Und erst wenn ich es bis zur mittleren Plattform geschafft habe, nehme ich die Binde runter und führe dich." Überrascht von ihrem Vorschlag, kann es Eric kaum glauben, als sie kurz darauf ihren Worten Taten folgen lässt und sich die Augen verbindet. Überfordert mit dieser ganzen Situation, kann er deutlich das Zittern ihrer Knie erkennen, das seinem Zittern in nichts nachsteht, da er fürchterliche Angst hat, ihr Vertrauen zu missbrauchen. Denn nur ein falsches Wort von ihm, und sie stürzt in eine bodenlose Tiefe. Ihm wird schlecht! „Jorik, das schaffst du!", ist es dennoch Marie, die ihm Mut zuspricht, obwohl sie diejenige ist, deren Leben in seinen Händen liegt. „Fang einfach an!" Mit seiner Nervosität ringend, atmet Eric mehrmals tief Luft in seine Lungen, bevor er beginnt. „Marie, hebe bitte deinen rechten Arm." Keine Sekunde später folgt sie seinen Anweisungen und hebt diesen. „Wenn ich also rechts sage, dann meine ich diese Seite." Ein Kopfnicken bestätigt ihm, dass sie ihn gut verstanden hat, was ihm ein wenig Zuversicht schenkt. „Für deinen ersten schwebenden Felsen musst du dich um 45 Grad nach rechts drehen, wobei ungefähr dreißig Zentimeter Abstand zwischen dir und dem Felsen liegen. Du solltest also einen größeren Schritt machen." Mit einem flauen Gefühl im Magen beobachtet er Marie genau. Und tatsächlich! Der erste Felsen wäre geschafft. Danach geht es ein bisschen schneller. Jeder Schritt auf weitere Inseln lässt sein Herz immer heftiger schlagen. Die vorletzte Insel ist besonders schwierig zu erreichen. Sie ist zwar direkt vor ihr, aber sehr klein. Der Fuß muss also genau platziert werden. „Marie, ich weiß nicht, ob ich es schaffe", hat sich Erics Zittern jetzt auch auf seine Stimme niedergeschlagen. Doch trotz ihrer Augenbinde kann er ein angedeutetes Lächeln erkennen. „Jorik, jetzt mach dir nicht so viele Gedanken. Du schaffst das sicher. Ich vertraue dir!" Mit neuem Mut geht er diese Aufgabe an.

Marie ist kotzübel! Sie hasst Höhen über alles, weswegen sie schon seit geraumer Zeit darum kämpfen muss, sich nicht übergeben zu müssen. Aber es hilft ja nichts. Sie muss jetzt für Jorik stark sein. Alles wird gut. Sie werden das sicher schaffen. „Marie, der nächste fliegende Stein, oder was das auch sein soll, ist sehr schmal. Du musst deine Füße genau daraufsetzen, sonst stürzt du ab." WAS …?! Vor lauter Schreck kommt sie gefährlich ins Wanken. Die Insel ist nur ein schmaler Stein? Mit zittrigen Gliedern und Schnappatmung ist es ihr kaum mehr möglich, sich zu konzentrieren. Alles in ihrem Körper schreit danach, die Augenbinde abzunehmen und sich irgendwo festzuhalten. „Marie, ganz ruhig!", ist es jetzt an Jorik, ihr Mut zuzusprechen. „Du schaffst das sicher." Und tatsächlich! Die beruhigende Stimme von Jorik bricht langsam durch ihren von Panik vernebelten Geist. „Du hast schon so viel geschafft. Es fehlt nur noch ein kleines Stück und danach bist du auf einer großen Insel in Sicherheit." Schwer atmend nickt sie Jorik zu, beißt sich nervös auf ihre Lippe und hört aufmerksam seinen Ausführungen zu. „Dreh dich dreißig Grad nach links. Genau hier hebst du deinen rechten Fuß und setzt ihn ungefähr 40 Zentimeter vor dich.“ Doch noch während ihr Fuß in der Luft schwebt, ergreift eine Panikattacke von ihr Besitz. Ihr Fuß kann zwar den Stein berühren, aber ihr Körper fällt nach vorne. Ein lauter Schrei löst sich aus ihrer Kehle und mischt sich mit dem Schrei von Jorik. „MARIE, GREIF NACH VORNE. SOFORT!“ Reflexartig streckt sie ihre Arme aus und erreicht die Kante einer weiteren Insel. Mit letzter Kraft kann sie sich hochziehen und bleibt erst einmal weinend liegen. „Es ist alles gut, Marie! Du hast es geschafft! Du bist in Sicherheit!“

Eric könnte vor Verzweiflung schreien. Fast wäre Marie in den Abgrund gestürzt. Er will sich gar nicht vorstellen, wie schlimm es gewesen wäre, wenn durch seine Schuld diese Frau tatsächlich ums Leben gekommen wäre. Eric muss sich setzen und erst einmal seine aufgewühlten Nerven beruhigen. Die Schluchzer von Marie verklingen erst nach und nach, bevor sie sich die Augenbinde abnimmt und zu ihm rüberschaut. Erst als sie ruhiger ist, erhebt sie sich und stellt sich hin. „Entschuldige, Jorik“, räuspert sie sich unwohl. „Ich hatte mich für einen Moment nicht unter Kontrolle.“ Eric könnte lachen, wenn die Situation nicht so dramatisch wäre. Hoffentlich ergeht es ihm nicht genauso. Denn jetzt ist er dran, sein blindes Vertrauen zu beweisen. Ihre ruhige Stimme ertönt und weist ihm die erste Insel. „Jetzt musst du nur noch einen Schritt nach vorne gehen“, ist der letzte Satz, den sie sagt, bevor er wie festgefroren in den weißen Nebel starrt. Er kann es nicht! Er kann es einfach nicht! Schweiß tritt aus seinen Poren und durchnässt in kürzester Zeit seinen Rücken, obwohl er eigentlich nur eine Schattengestalt ist. Und gerade als er aufgeben möchte, unterbricht ein aufgebrachter Schrei seine Gedanken. „JORIK!“, hört er Marie brüllen. „Jetzt setz endlich deinen Fuß auf die erste Insel, du Feigling! Du hast schon so viel geschafft. Erinnere dich an die Trolle, von denen du mich befreit hast, oder wie du mit mir in ein geheimes Zauberlabor eingebrochen bist. Da wird doch so ein kleiner Schritt nicht so schwierig sein.“ Durch ihre Beleidigung aufs höchste Maß verärgert, setzt Eric, ohne groß nachzudenken, seinen Fuß auf die erste Insel. Und sofort lotsen Maries schnelle und präzise Anweisungen ihn unversehrt von einer schwebenden Insel zur nächsten, bis er die sichere Plattform bei Marie erreicht.

Kaum hat er es geschafft, will er wütend zu einer Gegenbeleidigung ansetzen, als er von Maries freudigem Juchzen aus dem Konzept gebracht wird. Mit einem glücklichen Aufschrei schmeißt sie sich ohne Vorwarnung an seine Brust. Überrumpelt von dieser Geste, zögert er kurz, bevor er doch seine Arme um sie schlingt und sie an sich drückt. Sofort steigt Hitze in ihm empor, die ihm durch Mark und Bein geht. Er sieht zwar momentan wie ein Schatten aus, besteht aber dennoch aus Fleisch und Blut. Und Marie in den Armen halten zu können, ist gerade ein unbeschreiblich schönes Gefühl. Seine rechte Hand verwendend, fährt er unter ihr Kinn und hebt ihr tränenüberströmtes Gesicht an. Ihr Lächeln lässt sein Herz aufgeregt flattern. Ein bezauberndes Antlitz hat er noch nie gesehen. Und selbst die geröteten Augen und ihr ewiges Schniefen zerstören dieses Bild nicht. Bevor er jedoch seine Lippen auf ihre legen kann, bemerkt er, wie sich die Schatten auflösen und ihn in Sekundenschnelle in eine Maus zurückverwandeln. Er könnte schreien, so frustriert ist er gerade. Er hatte weder die Zeit, sie zu küssen, noch Zeit, mit ihr zu reden.

Überrascht hält Marie plötzlich eine Maus in der Hand. Wollte Jorik sie gerade küssen? Aber wahrscheinlich hat sie sich diese Kopfbewegung nur eingebildet und sie war der Rückverwandlung geschuldet. Langsam und stetig lässt auch der Nebel nach und versetzt sie in Erstaunen. Denn von einem Moment auf den anderen stehen sie nicht mehr auf einer schwebenden Felseninsel, sondern befinden sich wieder in der Mitte der wunderschönen Blumenwiese. Die Bienen summen, die Schmetterlinge fliegen von Blüte zu Blüte und keine zwei Schritte von ihr entfernt steht das Einhorn. Überraschenderweise kann sie sogar noch vier weitere

Einhörner erkennen, die friedlich in einiger Entfernung grasen und sie nicht beachten. Eine Sache sticht ihr jedoch besonders ins Auge. Eine blaue Blüte, die auffallend hell funkelt und pulsierendes Licht abgibt. Andächtig nähert sie sich der wunderschönen Blume. Und kaum hat sie diese erreicht, öffnet sie ihren Kelch und präsentiert ihr einen wunderschönen und leuchtenden blauen Stein. Langsam schreitet das Einhorn zu ihr und berührt den blauen Diamanten mit seinem Horn. Sofort verschwindet dieser für kurze Zeit und taucht zwei Sekunden später an ihrer Kette, neben dem grünen Smaragd, wieder auf. Ein warmes Pulsieren geht von den beiden Steinen aus und hüllt Marie in eine Wolke von Empfindungen ein, bevor sie einen kurzen Gedanken von einem Lebewesen erhaschen kann. „Bitte pass gut auf meinen Sohn auf!“ Doch kurz darauf berührt das Einhorn sie mit seinem Horn und sie verliert augenblicklich das Bewusstsein.

Nicht weit entfernt von einem Dorf im Märchenwald

Das war der mit Abstand schlimmste Ritt in Arons Leben. Die ganze Nacht über hatte er die quasselnde Fee vor sich im Sattel. Es gab keine Minute, in der sie einfach mal leise sein konnte. Doch nicht nur ihre nervige Art, sondern auch ihre fürchterliche Kleidung hat dazu geführt, dass seine Laune auf einen neuen Tiefpunkt fiel. Denn permanent hatte er irgendwelche Blumen, Haare oder den kompletten Strohhut im Gesicht kleben. Aber auch ihre wuchtige Kleidung und ihre Flügel behinderten ihn durchgehend. Und als ob das noch nicht reichen würde, versetzte ihm ihr komischer giftgrüner Stab an ihrem Gürtel auch immer wieder einen magischen Schlag. Wäre diese Mission nicht so wichtig und sie die Einzige, die ihnen den Weg zeigen kann, hätte er sie schon längst an einer Weggabelung ausgesetzt. Und das hämische Grinsen seiner Kameraden gibt seinem Zorn noch zusätzlich Nahrung. „Oh, schaut, eine Rot-Ulme!“, deutet

Giselagunde plötzlich freudig nach links. „Habt Ihr gewusst, dass sie bis zu zwanzig Meter hoch werden kann? Und seht Ihr die rötlichen Dinger dort?“, lehnt sich die Fee so weit nach links, dass sie Aron beinahe vom Pferd fällt. „Ich finde die behaarten Blüten total niedlich. Du meine Güte!“, kreischt Giselagunde noch lauter als zuvor und lässt Arons Ohren schmerzen. „Ein Tulpenbaum! Jetzt ratet mal, warum der Baum diesen Namen trägt.“ Begeistert zeigt die Fee von einem Baum zum nächsten und beginnt vor lauter Aufregung hin und her zu rutschen. Dadurch klatscht Aron wieder eine ihrer Margeriten, die sich auf ihrem Strohhut befinden, ins Gesicht.

„Es ist mir absolut egal, warum dieser dumme Baum diesen Namen trägt“, motzt Aron verärgert. „Mich interessiert auch die Weiß-Eiche, die Felsen-Ulme und die Dickblättrige Ulme nicht. Auch die Sträucher und die ganzen Insekten sind mir vollkommen egal.“ Mit Schwung dreht sich die Fee bestürzt zu dem Krieger. „Ja, aber dieser schöne Hirschkäfer! Habt Ihr Euch nicht gefreut, einen sehen zu können? Durch die Größe seines Geweihes hat man ihn gleich als männlichen Vertreter seiner Art erkannt. Habt Ihr gewusst, dass sie bis zu acht Jahre in der Erde leben können?“ Wutschnaubend packt Aron die nervige Margerite und reißt sie vom Strohhut. Mit wütender Stimme antwortet er der Fee: „Ihr macht es schon wieder!“ Verdutzt dreht sie sich noch weiter zu ihm herum und ignoriert die Tatsache, sich gerade auf dem Rücken eines Pferdes zu befinden. „Was mache ich schon wieder?“ Bevor er antworten kann, beginnt sein Tier nervös zu tänzeln. „Verhexter Märchenwald! Jetzt setzt Euch gefälligst wieder normal auf das Pferd. Ihr könnt Euch nicht einfach so verdrehen. Eure Röcke sind eine mittlere Katastrophe. Was habt Ihr Euch nur dabei gedacht, so etwas anzuziehen?“ Ihre Lippen ziehen sich nach oben, als sie einen schwärmerischen Gesichtsausdruck annimmt. „Ich finde ja, eine Fee muss immer wie eine Prinzessin aussehen. Ein wunderschönes Ballkleid und Unterröcke sind da das Mindeste. Ich hatte vor Kurzem eine

Zimmergenossin, die Cousine ihrer Freundin musste einmal einem armen Mädchen drei wunderschöne Kleider für einen Ball zaubern. Die hätte doch der Fee nie vertraut, wenn die gewöhnlich ausgesehen hätte. Und stellt Euch nur vor", klatscht Giselagunde begeistert, „sie hat ihr sogar gläserne Schuhe gezaubert. Ich finde das zwar ein bisschen gefährlich mit dem Glas und so, aber sowas macht schon Eindruck. Absolut übertrieben fand ich aber die Kutsche, die sie aus einem Kürbis gezaubert hat. Das war dann nur noch Angeberei. Habt Ihr gewusst, dass …" „STOPP! ES REICHT!" Mit Nachdruck hält Aron sein Pferd an. „JUAN! Komm sofort zu mir und hilf mir, diese Fee aus meinem Sattel zu holen. Noch eine Minute länger, und es passiert ein Unglück." Lautes Lachen folgt seinen Worten, bevor Juan mit einem fetten Grinsen vor seinem Tier steht.

„Darf ich bitten, meine wortgewandte Fee?" Durch Juans ausgestreckte Hand sowie die Hilfe von Aron kann Giselagunde bald wieder festen Boden unter ihren Füßen spüren. Vielleicht war ihr Festtagskleid nicht die ideale Wahl für eine Rettungsmission, überlegt sie kurz und glättet dabei die verschiedensten Stofflagen ihres Kleides. Immer noch irritiert von dem rüden Benehmen des Kriegers, schaut sich Giselagunde dennoch in der Umgebung um. Sie ist zwar miserabel, was das Zaubern betrifft, besitzt aber einen hervorragenden Orientierungssinn und ein tolles Gedächtnis. „Hier, nimm das!", wird sie noch einmal von Aron angemotzt, der ihr mürrisch die Krone hinhält und sie rüde daran erinnert, dass sie damit gefälligst den Prinzen finden soll. Langsam wird Giselagunde sauer, nimmt aber dennoch mit einem Lächeln die Krone aus Arons Hand und sucht sich ein ruhiges Plätzchen. Konzentriert hält Giselagunde die Krone vor sich und legt die Rune Algiz darauf. Und wie ein Blitz schießt wieder dieser rote Strahl hervor und zeigt den Weg. Doch dieses Mal ist er bereits dicker und kräftiger geworden. Ein gutes Zeichen, findet sie. Sie müssen dem Prinzen schon sehr nahe sein. Glücklich mit sich und ihrer Leistung, will sie sich gerade zu ihren Reisebegleitern begeben, als sie eine Bewegung aus den Augenwinkeln wahrnimmt. Neugierig geworden, geht sie zu dem Strauch, kann aber nichts erkennen. Erst nachdem sie ein paar Zweige mit Blättern beiseitegeschoben hat, kann sie einer schaurigen Fratze direkt in die Augen sehen. Und plötzlich geht alles so schnell, dass Giselagunde gar nicht versteht, was eigentlich passiert. Gerade eben noch allein, befindet sie sich nur eine Sekunde später im Würgegriff eines großen Monsters, das sie festhält. Und schon stürmen weitere Ungeheuer mit großen Füßen und hölzernen Grimassen auf sie und ihre Begleiter zu. Der Kampf, falls man ihn überhaupt so nennen kann, ist schnell vorbei. Sie schätzt, es lag wohl an dem Messer an ihrer Kehle und dem bellenden Befehl „Waffen runter oder ich schlitze ihr den Hals auf!", dass alle menschlichen Soldaten ihre Waffen niedergelegt haben.

„Ups!" Da hat sie wohl wieder etwas angestellt. Ohne Worte wird sie nach vorne gestoßen und muss einen versteckten Weg einschlagen. Ihre Begleiter werden erst einmal an den Armgelenken gefesselt und dann mit Speeren vorangetrieben. Kurze Zeit später befinden sie sich schon in einem größeren Dorf mitten im Märchenwald. Giselagunde kann ihre Begeisterung kaum zügeln. Sie hätte niemals damit gerechnet, so etwas Fantastisches hier vorzufinden. Große, schöne Hütten stehen ordentlich zusammen, während spielende Kinder die Wege säumen. Es ist so idyllisch und wunderbar gelegen. Jetzt weiß sie auch, dass es sich hier nicht um Monster, sondern um Trolle mit Masken handelt. Sie hat sich schon immer gefragt, ob nicht Trollblut aufgrund irgendwelcher Vorfahren durch ihre Adern fließt. Ihre große Nase wäre auf jeden Fall ein Hinweis darauf. Zusammen mit den anderen wird sie zu einem großen Gebäude, das in der Mitte des Dorfes steht, gebracht. Die Türen beginnen sich zu öffnen und ein älterer Troll sowie ein jüngerer treten hervor. Kaum haben beide sie gesehen, stürmt auch schon einer auf sie zu. Mit Gewalt reißt er ihr die Krone, die sie schon ganz vergessen hatte, aus der Hand. „Wo habt Ihr die Krone meines Vaters her?

Was wollt Ihr von uns? Wer seid Ihr?“ Noch weitere Fragen stürmen auf sie ein und verwirren sie immer mehr. Giselagunde versteht nach fünf Minuten überhaupt nichts mehr. Ihre Verwunderung bleibt ihrem Gegenüber nicht verborgen und er wendet sich mit ausdrucksloser Miene den anderen zu.

Was machen wir in einem Trolldorf? Ruhig atmend, taxiert Aron die Situation. Bei einem Kampf hätten sie absolut keine Chance. Die Trolle sind ihnen hundertfach überlegen. Und natürlich kann er von der untalentierten Fee auch keine Hilfe erwarten. Wie ein Fisch auf dem Trockenen steht sie mit offenem Mund da und bestaunt schon wieder irgendein Ding, eine Pflanze oder weiß der Kuckuck was, denkt Aron genervt und verdreht innerlich die Augen. Als der jüngere Mann anfängt Fragen zu stellen, dämmert es Aron, was passiert sein muss. Mutig tritt er einen Schritt vor und geht auf die Knie. „Verzeiht unser Eindringen in Euer Königreich“, beginnt er stockend. „Wir sind auf der Suche nach dem verzauberten Prinzen aus dem Reich des Zaubersees. Die Krone ist unser einziger Hinweis, was seinen Aufenthalt betrifft.“ Ein lautes und belustigtes Lachen folgt seinen Worten. Überrascht hebt Aron seinen Kopf. Sein Gegenüber kann sich vor Gelächter kaum auf den Beinen halten. Vergnügt geht er zu dem älteren Troll und flüstert ihm etwas ins Ohr. Auch dieser kann seine Heiterkeit nur schwer verbergen. Vergnügt schreitet der jüngere Troll zurück zu Aron. „Ihr meint wohl das Schwein, welches meinem Vater die Krone gestohlen hat. Das ist also ein Prinz?“ Eine weitere Lachsalve folgt seinen Worten. „Kein Wunder, dass die Prinzessin alles darangesetzt hat, dass wir ihn nicht essen.“

Mit einem Schlag ist Aron alarmiert. Die Prinzessin war also hier und musste den Prinzen retten. Warum hat sie ihn nicht gleich geküsst? Und wo war Prinz Theodor zu diesem Zeitpunkt? „Erhebt Euch!“, befiehlt der Troll vor ihm und gibt seinen Kriegern Anweisungen, sie zu befreien. Freundschaftlich kommt er zu Aron und klopft ihm kameradschaftlich auf den Rücken.

Jetzt versteht Aron überhaupt nichts mehr. Sind sie jetzt Freunde oder Feinde? Wo ist die Prinzessin? Und was hat es mit der Krone auf sich? „Freunde der Prinzessin sind auch meine Freunde“, erklärt der Troll feierlich und bringt Aron damit vollkommen aus dem Konzept. Wie konnte Prinzessin Rosemarie schon hier sein? Wie hatte sie den verzauberten Prinzen gefunden und wie hat sie es geschafft, dass die Trolle sie mögen? Fragen über Fragen stürmen auf Aron ein und mit jeder weiteren Antwort, die er bekommt, werden es immer mehr. „Ich bin Prinz Avantis von Steinwolf“, stellt sich der Troll kurz darauf vor. „Mein Vater ist König Merovus von Steinwolf und die Krone, die Euer Prinz trug, war die meines Vaters.“ Plötzliche Erkenntnis flutet Arons Gedanken. Kein Wunder, dass der Runenstein sie in dieses Dorf geführt hat. Die Krone ist nicht die des Prinzen, sondern die des Trollkönigs. Wer hätte das ahnen können? Für ihn sehen alle Kronen gleich aus. Erschöpft fährt Aron sich über die Augen. Der ganze Weg war also vollkommen umsonst. Da reitet man die ganze Nacht hindurch und malträtiert seine Ohren, um doch am falschen Ort anzukommen. Aber wenigstens wissen sie jetzt, dass es Prinzessin Rosemarie und Prinz Theodor gut geht und sie die beiden nicht suchen müssen. „Kommt und seid für heute unsere Gäste!“, hebt der Trollprinz feierlich seinen Arm in die Höhe. „Wir haben allen Grund zu feiern.“

Ehrfurchtsvoll neigt Aron noch einmal seinen Kopf. „Das ist sehr freundlich von Euch. Leider haben wir aber kaum Zeit, da wir unbedingt den Prinzen finden müssen.“ Daraufhin schleicht sich eine harte Note auf das Antlitz von Prinz Avantis. „Ich glaube, Ihr missversteht Eure Situation“, hebt er provokant eine seiner Augenbrauen. „Ich habe Euch eingeladen, unsere Gäste zu sein, also werdet Ihr auch unsere Gäste sein.“ Aron will schon widersprechen, als ihm der galante Juan dazwischengrätscht. „Selbstverständlich nehmen wir Eure Einladung mit Freuden an, Eure Majestät“, bedankt sich Juan überschwänglich. „Was mein Kamerad nur ausdrücken wollte, ist die Dringlichkeit unserer

Mission, die wir morgen nach dem Fest wieder aufnehmen müssen. Das Wohlergehen unseres Königreiches liegt schwer auf unseren Schultern. Als ehrbare Krieger nehmen wir unsere Aufgabe sehr ernst und würden es uns nie verzeihen, diese zu vernachlässigen und unseren König zu enttäuschen." Ein wohlwollendes Kopfnicken zeigt das Einverständnis des Prinzen und entspannt die Situation sofort. Gut, dass Juan so perfekt mit Worten umgehen kann. Kurz darauf folgt Aron zusammen mit seinen drei Kameraden einem Trollkrieger in eine Unterkunft. Die Fee jedoch steht immer noch auf dem Platz und kann sich gar nicht mehr sattsehen.

Giselagunde ist ganz außer sich. So viel Aufregung hatte sie noch nie in ihrem Leben. Freudig beginnt sie zu hüpfen und in die Hände zu klatschen. „Eine Feier, das ist ja großartig!" Mit der Zeit leert sich der Platz, was Giselagunde erst später auffällt, da sie gedanklich schon wieder ganz woanders war. „Was wird nur gefeiert?", murmelt sie leise und betrachtet dabei einen kleinen Brunnen. „Wir feiern die Aufhebung des Steinfluches von meinem Bruder", richtet sich eine leise Stimme an sie und jagt Giselagunde einen gehörigen Schreck ein, obwohl es nur ein kleines Trollmädchen mit roten Haaren ist, die an ihrem Rock zupft. „Oh, du meine Güte, wie aufregend!", kann es Giselagunde nicht fassen. Vielleicht hat ja eine Fee etwas mit der Auflösung des Fluches zu tun gehabt, oder aber eine Prophezeiung ist in Erfüllung gegangen, oder … „Was bist du für eine komische Frau?", unterbricht das Kind ihren Gedankenandrang. Lächelnd wendet sich Giselagunde ihr zu. „Ich bin eine Fee und heiße Giselagunde. Und wer bist du?" Stolz reckt das Mädchen ihren kleinen Hals und stellt sich aufrecht hin. „Ich bin Majana, die Tochter von Merovus von Steinwolf." „Nett, dich kennenzulernen, kleine Majana, Tochter von Merovus von Steinwolf." Beleidigt verschränkt das Kind seine Arme. „Ich bin nicht klein. Ich bin bereits einundachtzig Erdenjahre, was neun Trolljahren entspricht." Schmunzelnd wuschelt Giselagunde dem Kind in den Haaren herum.

„Entschuldige bitte, große Majana", schenkt Giselagunde dem Trollmädchen ein aufrichtiges Lächeln. „Aber hättest du zufällig Lust, mir zu erzählen, wie ihr den Steinfluch aufgehoben habt? Wir Feen lieben Geschichten von Flüchen und Erlösungen. Wenn du willst, kann ich dir auch etwas über unseren Fluch erzählen, den wir gerade lösen müssen." Begeistert klatscht Majana in die Hände und ergreift sogleich einen Arm von Giselagunde. „Ich weiß eine super Stelle, an der wir uns Geschichten erzählen können. Komm mit, dann zeig ich sie dir!" Lachend laufen die beiden los und lassen den großen Platz nun völlig verwaist zurück.

Bei den Jägersleuten

Kurz bevor der Morgen graute, ist Theodor seiner Erschöpfung erlegen und eingeschlafen. Mehrere Nächte ohne Schlaf haben den jungen Prinzen ziemlich mitgenommen. Dass er dann auch noch unsanft von einer unzufriedenen Prinzessin aus seinen Träumen gerissen wird, setzt allem die Krone auf. „Hey! Aufstehen, du Faulpelz!", rüttelt sie ihn rüde. „Es können schließlich nicht alle so lange daliegen, es sich gemütlich machen und mit lautem Schnarchen die Ziegen erschrecken. Sie haben wegen dir bereits angefangen saure Milch zu geben." Kurz darauf wird ihm ein nasser Lappen unangenehm ins Gesicht geklatscht und liegen gelassen. Lachend entfernt sich Rosemarie von der Schlafstätte und ignoriert seine wüsten Beschimpfungen. Das war ja so klar, knirscht Theodor verärgert mit seinen Zähnen. Erst für sabbernde Männer sorgen und dann seelenruhig schlafen, ohne an die Gefahr zu denken. Ich hätte sie doch im Schloss lassen sollen, denkt Theodor frustriert und wischt sich das Wasser aus dem Gesicht. Wenn sie noch einen dummen Kommentar von sich gibt, dann lege ich sie übers Knie. Wirklich, ich lege sie übers Knie, beschließt Theodor, rappelt sich zwei Minuten später mühsam auf und macht sich auf die Suche nach etwas zu essen.

Dieser Idiot, denkt Rosemarie verschnupft und geht zu den Jägersfrauen. Erst mich herumkommandieren und dann einen ganzen Wald in seinen Träumen fällen. Wer bin ich denn? Ich bin doch nicht sein dummes Eheweib, das sich ausnutzen lässt. „Hallo, Rose!", kommt in diesem Moment Esmira winkend mit einem großen Korb schmutziger Wäsche auf Rosemarie zu. „Kannst du mir kurz helfen?" „Natürlich!", antwortet Rosemarie lächelnd und greift nach dem Korb. Gemeinsam schleppen die beiden Frauen das schwere Ding zu einem kleinen Bach und setzen sich ans Ufer. Nach dem dritten Wäschestück hat Rosemarie bereits rote, wunde Finger, während ihr die Seife immer wieder entgleitet und im Wasser landet. Fluchend holt sie diese heraus und beginnt von Neuem. Esmira kann sich ihr Lachen nicht lange verkneifen. „Du scheinst nicht häufig Wäsche in einem Bach gewaschen zu haben, kann das sein?" Verzweifelt schüttelt Rosemarie den Kopf und taucht ihren ganzen Arm wieder mal in den Bach, um nach dem Seifenstückchen zu greifen. Entnervt gibt sie dieses der Jägerin zurück. „Es tut mir leid", schnauft Rosemarie resigniert. „Ich stelle mich wirklich nicht sonderlich geschickt an." „Das macht doch nichts, Mädchen", erklärt Esmira und hält Rosemarie ihre Hand entgegen. „Darf ich einmal kurz deine Hände sehen? Normalerweise lesen wir die Zukunft aus den Gedärmen von Tieren, können aber auch in den Händen von Menschen etwas erkennen." Verwundert zeigt Rosemarie ihre Handflächen und betrachtet die ältere Frau interessiert, wie sie immer wieder mit ihren Fingern die einzelnen Linien in Rosemaries Handflächen nachfährt und vor sich hin murmelt. Doch plötzlich erstarrt die Jägerin und verdreht ihre Augen. Rosemaries Handgelenke werden schmerzhaft zusammengedrückt und beginnen unangenehm zu pulsieren. Immer näher wird sie herangezogen und kann bereits den Atem von Esmira auf ihrer Haut spüren. Panisch versucht Rosemarie dem Klammergriff und den weißen, starren Augen zu entkommen. „Bitte, lass mich los!", schluchzt sie und stemmt sich mit ihren Füßen gegen die Frau. Doch anstatt sie loszulassen, kommt ein unheilvolles Lachen tief aus dem Kehlkopf der Jägerin und überzieht Rosemaries Rücken mit einer unangenehmen Gänsehaut. Eine krächzende Stimme ertönt und lässt sie am ganzen Leib zittern. *„Du wirst die Sechste sein!"*

Kaum wurde dieser Satz gesagt, bricht die Jägerin bewusstlos zusammen und bleibt liegen. Schwer atmend zieht Rosemarie ihren Fuß unter der Frau hervor und robbt einige Meter weg. Geschockt über dieses Erlebnis, reibt sie ihre schmerzhaften Handgelenke, rafft sich auf und läuft aufgebracht zurück, da sie sich nicht erklären kann, was gerade passiert ist. Noch mit dem Ereignis beschäftigt, läuft sie geradewegs in einen Mann hinein, der sie gekonnt festhält und ihr übermütig ins Gesicht grinst. „Wohin so schnell, meine Schöne? Hast du mich gesucht?" Noch unter Schock stehend, schaut Rosemarie entsetzt den Fremden mit der auffallenden Narbe an der linken Augenbraue an, während sich ihre Atmung beschleunigt. Schwindel ergreift Besitz von ihr und lässt sie gänzlich in die Arme des Mannes taumeln. Freudig begrüßt dieser den Körperkontakt und drückt sie an sich. Als Rosemarie den Kopf hebt, kommen ihr schon große und feuchte Lippen entgegen, die ein schmatzendes Geräusch von sich geben. Angewidert dreht sie sich weg, sodass der Mann nur ihre Wange streifen kann. Bevor sie jedoch den Irrtum aufklären kann, wird der Mann bereits gewaltsam von ihr fortgerissen. Wie ein Berserker wütet Theodor und schlägt dem Mann mit voller Wucht ins Gesicht. Ein Knacken ist zu hören, gefolgt von Blut, welches sich seinen Weg aus der Nase und auf das Hemd des Mannes sucht. Mit Schmerzenslauten wälzt sich der Jäger auf dem Boden und hält seine gebrochene Nase fest. Rosemarie kann noch gar nicht begreifen, was passiert ist, als Theodor nach ihrer Hand greift und sie mit sich zerrt. Ein zorniges „Ich habe es doch gleich gewusst!" ist das Einzige, was er von sich gibt. Und ohne eine wirkliche Erklärung zu erhalten, wird sie von dem Prinzen aus dem Lager geführt. Erst als die erregten Stimmen der Frauen immer mehr in der Ferne verblassen, realisiert sie, was Theodor getan hat. Mit neuer Kraft versucht sie ihren Arm zu befreien. Keinen

Millimeter jedoch gibt er ihr Handgelenk frei. „Was soll das? Lass mich gefälligst los!“, schimpft Rosemarie und stolpert ihm in den Rücken.

„WAS DAS SOLL?“ Theodor ist außer sich. „Fragt Ihr mich das wirklich, Prinzessin?“ Da fällt ein großer Mann über sie her und sie fragt ihn allen Ernstes, was das soll? Keine Sekunde länger hätte er dies mitansehen können. Er dachte, sein Herz würde ihm aus der Brust springen, als er Rosemarie in den Armen dieses Barbaren gesehen hat. Und was den Kuss betrifft, hat dieser ihn völlig durchdrehen lassen. Ohne nachzudenken, ist er wie ein Wahnsinniger auf den Mann losgestürmt und hätte ihn wahrscheinlich noch weiter verprügelt, wenn er nicht die anderen Männer aus den Augenwinkeln gesehen hätte. Er weiß selbst nicht, was über ihn gekommen ist. Noch nie hat er die Hand gegen einen anderen Menschen erhoben. Und warum das alles? Weil diese kleine Prinzessin sich in die Arme eines anderen schmeißen musste. Jetzt ist aber Schluss damit. Er wird sie auf direktem Weg zum Königsschloss bringen, wo sie gefälligst bis zur Hochzeit in ihrem Zimmer bleiben muss. Soll sich doch ihr Vater weiter mit ihr rumärgern. Er hat weit Wichtigeres zu tun, als sich mit einer zickigen Nymphomanin herumzuärgern. Als wieder einmal ein stechender Schmerz sein Hinterteil malträtiert, hält er augenblicklich an. „Was zum …?!“, will er gerade sagen, als er sich umdreht und vor sich Rosemarie mit einem spitzen Stock sieht. „Nur weil ich meine Brosche nicht mehr habe, heißt das nicht, dass dein Hintern vor mir sicher ist.“ Arrogant hebt sie eine Augenbraue und stellt sich breitbeinig vor ihn. „Und jetzt nochmals zu meiner Frage. Was sollte das?“ Abweisend dreht Theodor ihr wieder den Rücken zu und geht weiter durch die Felder und Wiesen. „Mach doch, was du willst!“, ruft er wütend, ohne sie anzusehen. „Ich werde nicht länger dein Kindermädchen spielen.“

Rosemarie versteht überhaupt nichts mehr. Was ist nur in ihren Gefährten gefahren, dass er sich gerade so aufführen muss? Schon seit gestern Abend scheint ihm eine Laus über die Leber gelaufen zu sein. Unschlüssig steht sie da und weiß nicht, was sie machen soll. Sie könnte zurück zu den Jägern gehen und das Missverständnis aufklären und sich entschuldigen. Oder soll sie lieber hinter Theodor hereilen? Egal wie sie es auch dreht und wendet, am Schluss sieht sie sich immer bei dem Prinzen. Nicht zum ersten Mal hat sie die Vermutung, er könnte an einer geistigen Krankheit leiden. Sie hat einmal ein Buch darüber gelesen. Seine ewigen Stimmungsschwankungen und sein unkontrollierter Zornausbruch könnten ein Hinweis darauf sein. Schulterzuckend gibt sie ihrer Überlegung nach und folgt ihm. Nach kürzester Zeit hat sie ihn eingeholt und geht neben ihm. „Willst du jetzt gar nicht mehr mit mir sprechen?“, fragt sie vorsichtig. Wütend erwidert er: „Wieso sollte ich? Du ignorierst mich absichtlich und machst dann auch noch das Gegenteil. Aber so kennen wir ja unsere verwöhnte Prinzessin.“ Wie vor den Kopf gestoßen, bleibt Rosemarie stehen. Auch in ihr beginnt es zu brodeln. „Ruhig bleiben! Ganz ruhig bleiben!“, versucht sie sich selbst zu beruhigen. Er wird sicherlich seine Gründe haben. Aber trotz ihrer eigenen Gedanken kann sie sich nicht mehr beherrschen. „DU bist so ein riesiger IDIOT!“, schreit sie ihm dann doch hinterher. „ICH, ein IDIOT?!“ Ein zynisches Lachen begleitet seine Worte, als er sich wieder zu ihr dreht. Galant schreitet er zu ihr und verbeugt sich. „Wenn ich ein Idiot bin, verehrte Prinzessin, dann seid Ihr die Königin der Idioten.“ Ohne lange darüber nachzudenken, zieht sie ihren Schuh aus und wirft ihn auf Theodor. Trotz ihres schlechten Wurfes streift dieser dennoch seine Schulter und hinterlässt eine hässliche Schlammspur.

Arrogant betrachtet Theodor die Stelle. „Etwas anderes hätte ich von Euch auch nicht erwartet.“ Gerade möchte er zu einer weiteren Erwiderung ansetzen, als er wie versteinert hinter Rosemarie blickt. Von dieser Geste überrascht, dreht Rosemarie sich um die eigene Achse und erstarrt ebenfalls. Wie ein wütender Mob kommen mehrere Männer mit wutverzerrtem Gesicht hinter ihnen hergelaufen. Ohne darüber nachzudenken, schnappt Theodor sich ihre Hand und rennt, so schnell es nur geht. Genau davor hatte er solche Furcht. Am Anfang sieht es für ihre Flucht gar nicht einmal so schlecht aus, doch mit jedem Meter, den sie zurücklegen, wird Rosemarie langsamer. Ein Blick nach hinten verrät ihm, wie aussichtslos es bald erscheint. Ein lautes Aufheulen der Prinzessin beendet dann auch schon abrupt ihren Lauf. Schmerzverzerrt greift sie an ihren linken Fuß. Sie ist wohl barfuß in einen spitzen Stein getreten. Warum musste sie ihn auch kurz vorher noch mit ihrem Schuh bewerfen? Schützend stellt er sich vor sie und holt zwei große Steine aus seiner Hosentasche, die er gestern Abend vor dem Fest eingesteckt hat, weil er sich mit diesen härtere Schläge seiner Fäuste erhofft. Plötzlich reißt ein unkontrollierter Lachkrampf Rosemaries ihn aus seiner Konzentration. „Steine! Es waren nur Steine!“, kichert sie hysterisch. Diese Ablenkung ausnutzend, wird er von drei Männern überrumpelt, zu Boden geworfen und mit einigen Schlägen in seinen Magen überwältigt. Rosemarie hingegen wird von zwei anderen an ihren Armen gepackt und zurück zum Lager getragen.

Wie zwei Gefangene werden sie gefesselt und müssen in der Mitte zwischen allen im Kreis knien. Um sie herum haben sich viele versammelt und schauen sie angewidert an. Einige Frauen spucken sogar auf sie herab und beschimpfen sie wüst. Theodor hat zwar mit Schwierigkeiten bezüglich seines Handelns gerechnet, aber nicht mit so viel Hass und Feindschaft. Gerade als er zu einer Erklärung ansetzen will, lichtet sich der Menschenring und ein älterer Mann mit einem auffallend großen Jägerhut tritt vor. Ehrfurchtsvolle Stille setzt ein, während er auf Theodor und Rosemarie zukommt. Ein trauriger Gesichtsausdruck begleitet seine Worte. „Wir haben euch Essen gegeben. Wir haben euch Kleidung gegeben. Wir haben euch einen sicheren Schlafplatz gegeben. Selbst in unsere Mitte haben wir euch freundlich aufgenommen. Aber wie habt ihr es uns gedankt?“ Ein zustimmendes Anschwellen der Stimmen ist zu hören. Eine Handbewegung des alten Mannes lässt die Geräusche aber sofort wieder verstummen. Nun tritt er direkt auf Rosemarie zu und schüttelt abschätzig seinen Kopf. „Wie konntest du nur Esmira so etwas antun?“ Völlig perplex verschluckt sich Theodor fast an seiner eigenen Spucke. „Sie hat dich gepflegt und sich um dich gekümmert. Und du schlägst sie einfach bewusstlos. Sie ist bis jetzt noch nicht aufgewacht. Leugne es nicht!“, hebt er vorwurfsvoll seine Hand. „Man hat dich gesehen, wie du mit ihr gekämpft hast.“ Theodor ist entsetzt und kann sich nicht durchringen, zu ihrer Verteidigung etwas zu sagen. Denn hat sie nicht erst vorher ihren Schuh nach ihm geschmissen? Auch an den Stein kann er sich noch gut erinnern. Und ziert nicht noch eine große blaue Beule seine Stirn? Resigniert lässt er seine Schultern sinken und starrt in den Boden. Wie konnte er sich nur so in ihr täuschen?

Kaum hat der Anführer das Wort an sie gerichtet und ihr von Esmira erzählt, steigt die nackte Panik in Marie empor. Diese Augen und diese Stimme! Selbst die Erinnerungen daran lassen sie noch immer furchtsam frösteln. Ihr ganzer Körper fängt unkontrolliert zu zittern an und macht es ihr unmöglich, ihre Gedanken in klare Worte zu fassen. Wie ein Fisch auf dem Trockenen öffnet und schließt sie ihren Mund, ohne einen Ton von sich zu geben. Selbst wenn sie ihnen die Wahrheit erzählen würde, würde man sie dennoch als Lügnerin beschimpfen, denkt Rosemarie resigniert. Denn wer wäre schon so verrückt und würde ihr glauben, dass ein Dämon von Esmira Besitz ergriffen hat, um ihr eine Botschaft zu verkünden, die überhaupt keinen Sinn ergibt? *„Du wirst die Sechste sein!“* Von was denn? „Hast du nichts zu deiner Verteidigung zu sagen?“, spricht sie dennoch der ältere Mann ein zweites Mal an. Niedergedrückt senkt sie ihren Kopf und bewegt ihn hin und her. Ein tadelndes Schnalzen ist aus seinem Mund zu hören, bevor er sich wegdreht. „Dann steht das Urteil fest!“ Applaus und Grölen flutet die Lichtung. Gewaltsam werden die beiden an ihren Armen hochgehoben und in einen Karren gelegt. Knebel in ihren Mündern und Binden vor ihren Augen vervollständigen die Fesseln. Zusätzlich wird noch eine dicke Decke über sie geworfen und verdeckt ihre Körper. In völliger Dunkelheit liegen sie eng aneinandergedrückt da und spüren jeden Stein und jedes Holpern, als sich der Wagen in Bewegung setzt.

Auf dem Zaubersee

Leises Plätschern dringt träge in Maries Geist, während die Sonne ihr unangenehm ins Gesicht blendet. Nur noch fünf Minuten, denkt sie sich und will sich noch einmal umdrehen, um weiterschlafen zu können. Aber ein harter Stock bohrt sich schmerzlich in ihre Rippen. Genervt macht sie die Augen auf, um das Ding aus ihrem Bett zu schmeißen, als sie eine große Wasserfläche erblickt. Verdutzt bleibt sie erst einmal liegen und hält das Ruder noch in der Hand, welches sie gerade über Bord schmeißen wollte. „Ups, das war knapp.“ Verwirrt richtet sie sich auf und hält sich ihren pochenden Kopf. „So ein Märchendreck!“, flucht sie übermüdet. „Warum wache ich direkt auf dem See auf?“ Warum kann sie nicht wenigstens einmal in ihrem Leben in einem weichen Bett neben einem attraktiven Kerl aufwachen, der sie gerne mit Erdbeeren füttern möchte? Aber nein, verdreht sie genervt ihre Augen. Sie muss natürlich mitten im Nirgendwo, umgeben von Wasser, aufwachen und einen unglaublichen Hunger haben, während Jorik … Erschrocken richtet sie sich auf und bringt das Boot zum Wanken. „Jorik, wo bist du?“ Panisch beginnt sie ihren Freund zu rufen. Wo ist er bloß? Sie sucht ihn überall, kann ihn jedoch nirgendwo auf dem kleinen Boot oder in ihrer Kleidung entdecken. Das gibt es doch nicht! Ist er etwa auf der Insel geblieben? Habe ich ihn zurückgelassen? Immer verzweifelter wird ihre Suche nach dem Mäuserich, bis sie der festen Überzeugung ist, dass er noch auf der Insel sein muss. „Warte, Jorik! Ich komme!" Kaum hat sie das gesagt, schnappt sie sich das Ruder und beginnt es immer wieder links und rechts in den See zu tauchen. Zu ihrem Erstaunen bewegt sich das Boot sogar nach vorne. Aber wohin muss sie fahren? Sie hat doch keine Ahnung, wo sich die Insel befindet.

Nach einer gefühlten Ewigkeit und sehr schweren Armen kommt ihr ein kleines Fischerboot entgegen. Überglücklich springt sie auf und winkt mit dem Ruder. „Hier! Ich bin hier! Ich brauche Hilfe!" Sich im letzten Augenblick am Rand des Bootes festhaltend, kann sie gerade noch verhindern, dass sie kopfüber in den See stürzt. „Na, na, junges Fräulein! Nicht so stürmisch!", kommt ein älterer Mann mit seinem kleinen Segelboot angesaust. Verdutzt beobachtet Marie, wie er dies ohne Ruder und Wind hinbekommt. Wie ist das nur möglich? Als der Mann ihren verwirrten Gesichtsausdruck sieht, beginnt er zu lachen. „Ihr kennt wohl keine Windsteine, oder?" Beherzt greift er in seinen Beutel und zieht einige heraus. „Steine können magisch aufgeladen werden", erklärt er stolz und präsentiert ihr die kleinen Steine. „Diese hier beinhalten Wind. Sie sind mir eine große Hilfe. Ohne diese Dinger hätte ich meinen Beruf als Fischer schon längst an den Nagel hängen müssen." Behutsam schließt er seine Hand und steckt die Steine in den Beutel zurück. „Wie kann ich Euch denn helfen? Ihr habt doch nach Hilfe gerufen, oder war das nur der Versuch, mit einem Ruder das Tanzen zu erlernen?" Beherzt muss Marie lachen. „Ihr habt vollkommen recht. Ich brauche in der Tat Eure Hilfe. Ich suche eine kleine Blumeninsel auf diesem See. Könntet Ihr mir zufällig sagen, in welche Richtung ich rudern muss?" Nach längerem Überlegen deutet der Fischer in südliche Richtung. „Wenn Ihr immer mit der Sonne auf Eurer linken Seite fahrt, müsstet Ihr in einer Stunde die einzige Insel in diesem See erreichen." Mit neuer Motivation, aber eindeutig keiner Kraft mehr in den Armen macht Marie sich auf, ihren Freund zurückzuholen. Die Stunde zieht sich in die Länge und kostet sie all ihre restlichen

Reserven. Doch bald kann sie endlich in der Ferne Vegetation erkennen. Bei Tageslicht schaut die Insel gleich viel einladender und größer aus, wobei sie sich wahrscheinlich von der falschen Seite nähert, da sie keinen Sandstrand erkennen kann, sondern nur Bäume und Sträucher sieht.

Sobald sie das Ufer erreicht hat, springt sie aus dem Boot und zieht es sicher an Land. „So, Jorik, jetzt werde ich dich wiederfinden!“ Einen Fuß vor den anderen setzend, betritt sie einen kleinen Wald und staunt nicht schlecht, als sie keine fünf Minuten später in einem wunderschön angelegten Garten steht. Doch nach näherer Betrachtung muss sie entsetzt feststellen, dass sie sich im Schlossgarten des Königshofes befindet. Als hätte man ihr die Luft herausgelassen, fällt sie in sich zusammen. Deprimiert kniet sie sich auf den feinen Rasen. „Wie konnte mir nur so ein Fehler unterlaufen?“, schüttelt sie entmutigt ihren Kopf. Mühsam erhebt sie sich und geht zu einer gemütlichen Bank, die unter mehreren Birken steht, während um sie herum schon die ersten Knospen eines wunderschönen Rosengartens zu erblühen beginnen. Erschöpft holt Marie das kleine Notizbuch heraus und versucht sich auf die Aufzeichnungen zu konzentrieren. Sie braucht eine Ewigkeit, bis sie die richtige Seite überhaupt finden kann. Wer auch immer dieses Buch angelegt hat, hat wirklich keine Ahnung von Ordnung und Struktur. Zu ihrem Erstaunen kann sie aber keine Insel auf der Zeichnung des Sees entdecken. Nur eben das kleine Kreuz, das sich mittendrin befindet. Steht nun das Kreuz für eine Insel oder für etwas anderes? Verzweifelt bemüht sie sich, die Worte, die neben der Karte stehen, zu entziffern, und wundert sich immer wieder, wieso sie Andeutungen auf verschollene Menschen und Ruhestätten liest. Und noch während sie versucht, dem Geheimnis des Kreuzes auf die Schliche zu kommen, schiebt sich ein großer Schatten über sie und behindert sie beim Lesen. Verwirrt hebt sie den Kopf, um direkt in das Gesicht eines Fremden zu blicken. Dieser verzieht sogleich verärgert sein Gesicht und streckt seine Hand aus. „Ich glaube, Ihr haltet etwas in der Hand, was mir gehört!“ Schnell ihre Panik herunterschluckend, rattert es in ihren Gedanken. Was soll sie bloß tun? Am besten, überlegt sie und setzt ein freundliches Lächeln auf, tut sie so, als wüsste sie von nichts, und überreicht ihm das Schriftstück. „Gut, dass Ihr hier seid“, beginnt sie ihre Ausrede einzuleiten. „Euer Buch lag ganz allein auf dieser Bank, als ich es fand. Ich habe gerade versucht, herauszufinden, wem es gehören könnte. Leider bin ich aber des Lesens nicht mächtig und hatte dadurch größere Schwierigkeiten.“ Ihn immer noch freundlich anschauend, wartet sie geduldig auf seine Reaktion. Jetzt bloß nicht die Nerven verlieren! Bedacht nimmt er das Buch aus ihrer Hand und schaut sie lange und intensiv an. Hoffentlich vertraut er meinen Worten, wiederholt sie im Geiste immer und immer wieder, als sie plötzlich ein seltsam leichtes Prickeln auf ihrer Brust spürt, das kurz darauf wieder verschwindet. Am liebsten hätte sie nachgesehen, traut sich aber nicht, den Mann aus den Augen zu lassen. Dieser schüttelt einmal kurz verwirrt den Kopf und betrachtet sie weiterhin skeptisch. Die Sekunden ziehen sich in die Länge und lassen sie immer nervöser werden. Nach einiger Zeit dreht er sich um und sagt ihr, dass sie ihm folgen solle. Unsicher geht sie hinter ihm her und durchquert den Rosengarten. Schade, dass sie die volle Pracht der Rosen nicht bewundern kann. Der Garten muss im Sommer einfach atemberaubend aussehen. Bald darauf nähern sie sich einer Tür hinter dem Schloss, an der mehrere Wachen postiert sind. Aufatmend, mit dem Gefühl der Sicherheit, wirkt ihr Lächeln nun nicht mehr ganz so aufgesetzt. Denn wenn er sie hätte ermorden wollen, dann wäre hier eindeutig der falsche Ort dafür. Der Garten mit seinen Hecken hätte sich dafür viel besser geeignet.

Doch plötzlich bleibt der Mann vor dem Eingang bei drei Soldaten stehen und deutet mit einer Handbewegung auf sie. Bevor sie überhaupt weiß, was passiert, befindet sie sich bereits im festen Griff zweier Wachmänner. „Diese Magd hat sich unberechtigt Zugang zu den privaten Gärten des Königs erschlichen. Ich will mir an ihr die Hände nicht schmutzig machen, also macht mit ihr, was Ihr wollt.“ Die drei Soldaten grinsen sich anzüglich an und salutieren pflichtbewusst vor diesem Mann. Kaum ist er durch das Portal verschwunden, wird Marie auch schon umringt. Sie ignorierend, diskutieren sie über ihren Kopf hinweg, was denn die geeignete Bestrafung für sie wäre. „Was genau wollen wir denn mit ihr anstellen?“, beginnt der Erste und schaut fragend seine Kameraden an. „Ich wüsste da schon etwas“, erwidert der Größte von ihnen und schleckt sich anzüglich über die Lippen. Marie wird ganz schlecht bei der Vorstellung, was dieser eklige Kerl wohl damit meint. Der Jüngste von den dreien tritt unsicher von einem Fuß auf den anderen. „Ich weiß nicht so recht. Was, wenn uns jemand erwischt?“ Der Soldat neben ihm schlägt ihm lachend auf die Schulter. „Hast wohl Angst, dass deine Liesl etwas davon mitbekommt und dich nicht mehr an sich ranlässt?“ Verärgert schlägt der junge Kerl dessen Arm von der Schulter. Der Soldat lässt sich davon aber nicht beirren und stellt sich direkt hinter Marie. Anzüglich beginnt er seine Hand auf ihren Hintern zu legen und greift beherzt zu. Marie beginnt am ganzen Körper zu zittern. Panisch schließt sie ihre Augen und versucht mit ihrem Verstand, die drei Männer auszublenden und sich irgendwie einen Plan zur Flucht zu überlegen. „Genau so mag ich meine Frauen“, raunt ihr indessen dieser eklige Kerl ins Ohr und hinterlässt dabei Speichel auf ihrer Wange. „Willig und an den richtigen Stellen gepolstert.“ Gewaltsam schlingt er seine kräftigen Pranken um ihr rechtes Handgelenk und zieht sie hinter sich her. Gelächter und Spott folgen ihnen. „Lass uns noch was übrig, Bruno!“, schreit einer der beiden anderen ihnen hinterher. „Schließlich bekommt man nicht alle Tage von Remolon eine Frau geschenkt.“

Doch der Soldat dreht sich nicht einmal um und zieht Marie noch erbarmungsloser an sich. Als sie ein größeres Gebüsch erreicht haben, bleibt er stehen. Ohne ihren Arm loszulassen, beginnt er mit seiner freien Hand gewaltsam sie anzufassen und sie schmerzhaft gegen einen Baum zu pressen. „So, meine Kleine, gleich wirst du meinen Namen stöhnen.“ Voller Abscheu dreht sie ihren Kopf zur Seite und kann gerade noch verhindern, dass seine Lippen sich auf ihren Mund legen. Dies interpretiert er jedoch falsch und beginnt ihren Hals unbeholfen zu küssen. „Mmh, du riechst ausgesprochen gut“, grunzt er zwischen seinen Liebkosungen und lässt sich von nichts ablenken. Ohne weitere Worte reißt er brutal an ihrem Kleid, sodass dieses nachgibt und sich als Stoffhaufen um ihre Füße sammelt. Panisch überlegt Marie, wie sie sich wehren könnte, während sie nur noch mit einem längeren Hemdchen bekleidet vor ihm steht. Seine Augen weiten sich animalisch und sein Atem geht stoßweise. Grob fährt er mit seiner Hand ihre Oberschenkel empor und knurrt genüsslich. Marie beginnt zu schluchzen und Tränen rinnen ihr über die Wange, weil ihr einfach kein Ausweg einfallen möchte. Mit einem weiteren Grunzen löst er seine Hand und macht sich an ihrer restlichen Kleidung zu schaffen. „Du willst doch sicherlich nicht in diesem groben Hemd von mir vernascht werden, oder?“ Und gerade als sich seine dicken Finger ihrem Ausschnitt nähern, stürmt eine kleine Maus aus einer unscheinbaren Brusttasche Maries und beißt den Mann in die Hand. Dieser lässt vor lauter Schreck Marie los und besieht sich seine Verletzung. „Du Drecksvieh!“, stößt der Soldat wütend hervor und schleudert die Maus von sich. Bewusstlos bleibt diese auf dem Boden liegen. Sofort stürmt Marie zu ihrem Freund. Sich immer noch der Gefahr bewusst, hebt sie nicht nur ihren grauen Freund, sondern auch einen gräulichen Stein auf. Geschickt versteckt sie den Mäuserich wieder in ihrer Brusttasche und tut so, als wäre das Gestein die Maus, um die sie sich kümmern würde. Gerade als der Mann sich zu ihr runterbeugt, um sie wieder hochzuzerren, nutzt sie ihre Chance und schlägt ihm mit dem Stein gegen die Schläfe. Ohne viel Gegenwehr fällt der Soldat in sich zusammen und bleibt liegen.

Keine Sekunde verlierend, nimmt Marie ihre Beine in die Hand und läuft so schnell wie möglich in das Gebüsch hinein. Sie muss unbedingt so viel Abstand wie nur möglich herausholen, bevor er wieder aufwacht oder die anderen Soldaten misstrauisch werden und nach ihrem Kameraden suchen. Bald bemerkt sie eine kleine Bewegung in ihrer Tasche und kann ihre Freude kaum zurückhalten. Die Gefahr ist jedoch noch nicht gebannt und so gönnt sie sich keine Pause, um nach Jorik zu sehen. Abrupt endet jedoch bald darauf ihre Flucht, denn vor ihr befindet sich der See. „Warum muss sich das Schloss aber auch auf einer Insel befinden?“, stampft sie frustriert mit ihren Füßen auf und beginnt sich ihre Schuhe auszuziehen, als die kleine Maus ihr Köpfchen aus ihrer Brusttasche streckt. „Da bist du ja, mein Freund.“ Liebevoll greift sie in die Tasche und hält Jorik vor sich. „Wir dürfen keine Zeit verlieren und müssen so schnell wie möglich ans Festland, bevor die Soldaten wieder auftauchen. Uns bleibt nur die Möglichkeit, über den See zu schwimmen.“

Panisch reißt Eric die Augen auf. Wie kommt man nur auf so eine dumme Idee? Das sind mindestens zweitausend Meter, die diese Insel von dem Festland trennen. Nur die besten Schwimmer des Königreiches sind fähig, hinüberzuschwimmen. Vehement beginnt er seinen Kopf zu schütteln und piepst, was seine Lungen so hergeben. „Bitte, vertrau mir, Jorik!“, streichelt sie ihm kurz das Köpfchen. „Ich verspreche dir, dass ich uns sicher über den See bringen werde.“ Ohne ihn weiter zu beachten, setzt sie ihn auf den Boden und schaut sich ihre Umgebung an. Was soll er nur tun? Soll er ihr wieder vertrauen? Bis jetzt hat sich immer alles gut gefügt, wenn er dies gemacht hat. Über sich selbst verwundert, beruhigt sich sein Gemüt und er beobachtet sie aufmerksam. Seine Konzentration schweift jedoch immer häufiger zu ihren Beinen. Diese sind unglaublich lang und sehen so zart aus. Wie es sich wohl anfühlt, wenn sie diese um seinen Oberkörper schlingt, während er gerade dabei ist, ihr die Freuden der … „Verdammt!“, schüttelt er mehrmals seinen Kopf. Er macht es schon wieder. Das passiert ihm ständig, wenn er sich in ihrer Gegenwart befindet. Und als er vorhin aus seiner Bewusstlosigkeit erwachte und ihr Schluchzen vernahm, hätte er den Soldaten am liebsten mit einem Schwert durchbohrt und laut geschrien: „*Sie gehört mir!*“ Er sollte wirklich auf seine Gefühle aufpassen. Er ist schließlich ein Prinz, der in ungefähr zwei Wochen heiraten muss. Er kann sich keine Liebeleien mit einer Dienstmagd erlauben. Und noch während Eric innere Kämpfe ausficht, ist Marie damit beschäftigt, etwas zu suchen.

„Na endlich!“ Begeistert klatscht sie in die Hände. Sie hat unter einem größeren Laubhaufen einen Teil eines Baumstammes gefunden. „Damit wird es sicherlich gehen“, murmelt sie vor sich hin und spuckt in ihre Hände. All ihre restliche Kraft zusammennehmend, zieht sie das Holz hervor und begutachtet es von allen Seiten. „Komm, Jorik!“, winkt sie der kleinen Maus zu. „Klettere auf meinen Kopf und halte dich gut in meinen Haaren fest.“ Kurz darauf stößt sie mit Schwung den Stamm in den See und watet hinterher. „Märchenmist, ist das kalt!“, beginnen ihre Zähne augenblicklich zu klappern. Ihre Kiefer fest zusammenbeißend, stößt sie sich mit dem Holz vom Ufer ab. Ihren Oberkörper zieht sie auf den Baumstamm und paddelt mit ihren Füßen los. Aus der Ferne kann sie bald die wütenden Beschimpfungen der Soldaten hören, die ihr unflätige Worte hinterherbrüllen. Glücklich über ihren Einfall, kann sie sich ein Grinsen nicht verkneifen. „Tja, Jorik“, entkommt ihr ein befreites Lachen, „körperliche Kraft ist nicht alles. Köpfchen muss man haben!“ Doch dass ihr Köpfchen ihr nicht bei der Bewältigung der Strecke helfen kann, merkt sie bald am eigenen Leib. Immer schlimmer beginnt ihr Körper zu zittern. Ob vor Kälte oder vor Erschöpfung, kann sie jedoch nicht sagen. Das vorherige Rudern hat sie schon viel körperliche Kraft gekostet und das Durchschwimmen des Sees gibt ihr gerade den Rest.

Eric entgeht nicht, wie Marie immer wieder den Halt verliert. Es fehlt nicht mehr viel und sie haben es geschafft. Jetzt ist es an ihm, ihr beizustehen und sie zu unterstützen. Aber wie? Er muss irgendwie versuchen, sie abzulenken und neu zu motivieren. Eine

Idee fassend, klettert er zu ihrem Ohr und ist kurz davor hineinzubeißen. Doch bevor seine Zähne ihre Haut durchbohren, tut er sich schwer, dies auszuführen. Einer inneren Eingebung folgend, fängt er lieber an, ihr Ohr mit seinen Barthaaren zu kitzeln. Ihr Kichern folgt auf seine Aktion und veranlasst ihn, nun in die Vollen zu gehen. Wagemutiger beginnt er ihr Ohr mit seiner Zunge zu lecken und arbeitet sich sanft in ihr Genick vor. Immer häufiger hört er ihr glockenhelles Lachen. „Jorik, du bist unmöglich!" Während der Baumstamm sich immer weiter dem Ufer nähert, gluckst Marie freudig vor sich hin. Als er eine besonders kitzlige Stelle erwischt, zuckt Marie besonders heftig zusammen. Diese Körperreaktion führt jedoch dazu, dass er sich nicht mehr halten kann und ins Wasser fällt. Sofort schlagen Wellen über ihm zusammen und ziehen ihn in die Tiefe. Verzweifelt versucht er mit seinen kleinen Pfötchen zu strampeln, kann aber nicht wirklich etwas ausrichten. Er muss zusehen, wie die rettende Oberfläche sich immer weiter von ihm entfernt. Als starker Prinz geboren, als schwache Maus gestorben. Sich in sein Schicksal ergebend, will er gerade die Augen schließen, als sich eine warme Hand um ihn schließt. Keine Sekunde später kann er seine Lungen wieder mit herrlichem Sauerstoff füllen. Wenn nicht Marie sofort nach ihm gegriffen hätte, wäre er sicherlich ertrunken. Gehetzt spricht sie zu ihm: „Jorik, du bist als Tier eine absolute Katastrophe. Weder als Schwein noch als Maus hättest du einen Tag überlebt, wenn ich nicht wäre." Verdutzt schaut er ihr in die wunderschönen grünen Augen. Sie hat recht! Er braucht sie wirklich dringend, damit sie ihn am Leben erhält und die Bestandteile des Zauberspiegels für ihn findet. Denn seine Idee, zum Schloss zurückzugehen und sich entzaubern zu lassen, wurde ja leider von Remolon sofort im Keim erstickt. Und wer weiß schon, welche Zauberer oder welche Diener mit ihm unter einer Decke stecken! Dieser Weg wäre viel zu unsicher und zu gefährlich. Und da es seine königliche Pflicht ist, diesem Schurken Einhalt zu gebieten und sein Königreich von dessen schändlichem Einfluss zu befreien, muss er wieder ein Prinz werden.

Kurz darauf erreichen sie das Ufer. Eric macht es sich auf einem umgefallenen Baum gemütlich, während Marie erschöpft zu einer flachen Stelle krabbelt, da sie sich kaum mehr auf den Beinen halten kann. Ihre Lippen sind blau gefärbt und ihr nasses Hemd drückt sich eng an ihren Körper. Trotz ihres erbärmlichen Zustandes kann Eric kaum einen klaren Gedanken mehr fassen, als er sie so auf der Wiese liegen sieht. Sie hat sich auf den Rücken gerollt und streckt ihr Gesicht der Sonne entgegen. Das Hemd überlässt absolut nichts mehr der Fantasie und ist wohl das Sündigste, was Eric je gesehen hat, während Wasser langsam von ihren Schenkeln perlt und diese einladend in der Sonne glänzen. Eric ist kurz davor, den Verstand zu verlieren. Ohne lange darüber nachzudenken, klettert er von seinem Platz und läuft auf Marie zu. Er muss einfach bei ihr sein. Jede Faser seines Körpers wird von ihr auf magische Weise angezogen. Doch als er direkt vor ihr steht, weiß er nicht, was er machen soll. Denn was soll er schon als Maus mit einer atemberaubend schönen Frau anstellen? Er würde sie zwar gerne anknabbern, aber eindeutig nicht als Maus. Aber wenigstens kann er mit einem kleinen Fiepen auf sich aufmerksam machen. Gemächlich öffnet sie die Augen und dreht sich zu ihm herum. „Ist dir auch kalt?", möchte sie von ihm wissen und richtet sich etwas auf. Vor ihm sitzend, greift sie nach unten und hebt ihn hoch. Sofort ergreift ein unkontrolliertes Zittern seinen ganzen Körper. Schnell drückt Marie ihn eng an ihre Brust und verstärkt somit seine körperliche Reaktion. Mit den Worten „Oje, dir muss ja wirklich richtig kalt sein!" knöpft sie ihr Hemd ein bisschen auf und drückt ihn direkt auf ihren entblößten Brustansatz. „Hoffentlich wird dir bald wieder warm. Das Wasser war wirklich kalt." Eric kann kaum fassen, wo er sich gerade befindet. Falls er jetzt tot umfallen würde, könnte er sich dafür keinen schöneren Ort vorstellen. Gemütlich schmiegt er sich an sie und genießt jede Minute. Wieder durchströmt ihn ein Gefühl der Geborgenheit und vertreibt bald die unkeuschen Gedanken, die ihn anfangs zu ihr gedrängt haben.

Doch ein lautes Niesen reißt ihn leider fünf Minuten später aus seiner Entspannung. Vorsichtig entfernt Marie ihre Hände und schaut ihn an. „Entschuldige, Jorik! Mir ist nur einfach fürchterlich kalt. Ich muss unbedingt trockene Kleidung anziehen, sonst hole ich mir den sicheren Tod.“ Doch ein Versuch, aufzustehen, endet bald schon damit, dass ihre Beine nach wenigen Schritten nachgeben. Frustriert schnauft Marie vor sich hin. „Das ist doch zum Mäusemelken!“ Kurz stockt sie bei ihren Worten und muss herzhaft lachen. „Entschuldige, Jorik! So habe ich das nicht gemeint. Doch wo sind nur immer die ritterlichen Prinzen, wenn eine Jungfrau in Nöten ist?“ Über ihren eigenen Witz lachend, setzt sie sich wieder hin und hält Jorik direkt vor sich. Eric fühlt sich, als hätte sie ihn direkt in den Magen geboxt. Denn immer, wenn er versucht hat, ihr zu helfen, ging etwas schief und alles endete damit, dass sie ihn retten musste. Was für eine Schmach für einen stolzen Prinzen!

Sanft pustet Marie den Mäuserich an und erhält dadurch wieder seine Aufmerksamkeit. „Vielleicht können wir ein bisschen reden, bis ich wieder zu Kräften gekommen bin“, macht es sich Marie gemütlich und schaut die Maus abwartend an. Kurz darauf nickt Jorik ihr zu und bekundet dadurch sein Einverständnis. Wohlwollend nimmt Marie das zur Kenntnis und beginnt gleich mit ihrer ersten Frage, die sie schon eine Weile beschäftigt. „Jorik, ich habe eine wichtige Frage an dich“, räuspert sie sich unwohl. „Weißt du vielleicht, wofür das Kreuz auf der Karte in dem kleinen Notizbuch stand?“

Wie vom Blitz getroffen, durchfährt es Eric. Soll er ihr wirklich auf diese Frage antworten? Nach längerem Zögern entscheidet er sich, ihr klaren Wein einzuschenken. Ein Nicken seinerseits lässt sie gleich darauf die nächste Frage stellen. „Steht dieses Kreuz für einen verschollenen Menschen oder für eine Ruhestätte?“ Sofort verspannt sich Erics Körper sichtlich, sodass es auch Marie nicht entgeht, weswegen sie ihre nächsten Worte besonders vorsichtig formuliert. „Kann es sein, dass dies das Grab eines Menschen ist, der dir sehr wichtig war?“

Wie zur Bestätigung geht ein leichtes Beben durch den Körper von Jorik und beantwortet ihr damit alles. Gerührt hebt sie den Mäuserich an ihre Wange und schmiegt ihn fester an sich. „Es tut mir so leid, Jorik!“, versucht sie ihm Trost zu spenden. „Ich hoffe, du kommst bald über diesen Verlust hinweg und behältst diesen Menschen weiterhin in guter Erinnerung. Und hab vielen Dank für deine Ehrlichkeit.“ Kaum hat sie das gesagt, haucht sie ihm einen zarten Kuss auf die Stirn, um ihre Worte zu unterstreichen. Von einem plötzlichen starken Kribbeln erfasst, springt Jorik panisch von ihren Händen. Verdutzt sieht sie zu und beobachtet aufgeregt, was mit ihm passiert. Innerhalb eines Wimpernschlages hat sich alles an Jorik verändert. Anstelle eines grauen Fells besitzt er jetzt ein weißes und sein Gesicht hat sich massiv in die Länge gezogen. Die kleinen Pfoten haben sich in Beine mit Hufen verwandelt und sein vorher dünner Schwanz peitscht nun aufgeregt von links nach rechts. Vor ihr steht nun nicht mehr eine kleine graue Maus, sondern ein beeindruckender weißer Schimmel. Völlig perplex müht sie sich auf ihre Beine, geht langsam auf ihn zu und streichelt seinen Kopf. Behutsam legt sie ihre Stirn auf seine und atmet tief Luft in ihre Lungen. Kurz darauf hebt sie ihren Blick und schaut in seine schönen, immer noch hellblauen Augen. Diese Augen sind ihr schon vorher bei Jorik, dem Schwein, aufgefallen, wobei sie bei der Maus zwar auch blau, aber dennoch etwas dunkler erschienen. Doch schnell lenkt ein lautes Wiehern ihre Gedanken wieder in andere Bahnen. Glücklich schlägt sie ihre Hand auf seinen Hals. „Dir ist schon bewusst, was das jetzt für dich bedeutet, mein Freund, oder? Denn ab sofort werde nicht mehr ich dich tragen, sondern du mich.“ Bevor sie jedoch auf das weiße Pferd steigt, holt sie die Kette mit den zwei Steinen hervor und schaut diese genauer an. „Es muss wohl an den Steinen liegen, dass du dich wieder verwandelt hast.“ Doch auch eine andere Idee schießt ihr durch den Kopf und lässt sie nicht mehr los. Ohne lange zu überlegen, zieht sie die Stirn von Jorik zu sich und haucht einen weiteren Kuss darauf. Gebannt beobachtet sie ihren Freund. Aber als er zwei Minuten später immer noch als Pferd vor ihr steht, verwirft sie ihren Einfall von magischen Küssen und geht auf einen umgefallenen Baumstamm zu.

So kräftig und fit hat sich Eric noch nie in seinem Leben gefühlt. Er würde am liebsten lospreschen und den Wind spüren. Was ist nur geschehen? Aus welchem Grund hat er sich gerade jetzt in ein Pferd verwandelt? Der Kuss wird es nicht gewesen sein, da Marie ihn ein weiteres Mal geküsst hat. Sie ist wirklich ein schlaues Mädchen. Auf die Idee ist er tatsächlich auch kurz gekommen. Es muss wohl tatsächlich an den Steinen liegen. Seltsamerweise hat er sich aber erst nach einiger Zeit verwandelt. Fragen über Fragen, die er einfach nicht beantworten kann. Ein lauter Pfiff durchdringt plötzlich die Stille und lässt seinen Kopf in Maries Richtung schnellen. Wie eine Erscheinung steht sie nass, halbnackt und mit einem verschmitzten Lächeln auf einem Baumstamm. Mit ihrem Finger deutet sie an, er solle sich ihr nähern. Ohne es zu wollen, entkommt ihm ein lautes Schnaufen und verdeutlicht seine innere Erregung. Diese verflüchtigt sich aber ganz schnell, als sie zu ihm spricht. „Sei ein braver Junge und komm her zu mir. Wenn du schön artig bist, bekommst du auch eine richtig dicke, saftige Karotte von mir." Ein weiteres Schnauben ist seine Antwort und bringt Marie zum Lachen. Reserviert kommt er zu ihr und dreht sich so, dass sie leicht aufsteigen kann. Kaum sitzt sie auf ihm, schmiegen sich ihre Beine um ihn, um besseren Halt zu finden. Den Gedanken, wie sich ihre nackten Schenkel um seinen Leib winden, hat er zwar vorhin schon gehabt, aber – verhext und verzaubert! – so hat er sich das nicht vorgestellt. Das Hü und Hott ist dann noch der Gipfel der Beleidigungen und lässt ihn starr stehen bleiben. Versöhnlich beugt sie sich über seinen Hals und streicht diesen sanft. „Es tut mir leid, Jorik!", muss sie dennoch frech schmunzeln. „Da ist wohl meine gute Laune mit mir durchgegangen. Bitte bring mich irgendwohin, wo ich etwas

Warmes zum Anziehen bekommen kann. Danach sollten wir uns auf den Weg zur Wüstenstadt begeben. Wir brauchen schließlich auch den roten Rubin für deine Zurückverwandlung. So kann ich da nämlich unmöglich aufkreuzen." Sich seiner misslichen Lage nur allzu bewusst, setzt Jorik einen Fuß vor den anderen und trägt Marie ins Landesinnere.

Das Trollfest

Reges Treiben herrscht in dem Dorf der Trolle. Die Feier ist schon in vollem Gange. Alle sind auf den Beinen und tanzen um die geschmückten Häuser und Plätze herum. Der frische Duft von Brot und Angebratenem schwängert die Luft und lässt einem das Wasser im Munde zusammenlaufen. Von alldem bekommt Giselagunde jedoch nur wenig mit. Tief in Gedanken schlendert sie durch die Gassen und beachtet niemanden. Die Geschichte von Majana hat sie tief bewegt und zum Nachdenken veranlasst. Irgendetwas an dieser Geschichte passt aber einfach nicht zusammen. Schon in der Schule wurde der Steinfluch der Trolle ausführlich in Fluchkunde besprochen, da er Teil der Geschichte ist. Vor vielen Jahren hat nämlich der grausame Zauberer Morleon die Trolle mit einem Fluch belegt, da sie sich weigerten, seine fürchterlichen Absichten weiter zu unterstützen. Das hat bis heute zur Folge, dass sie sich augenblicklich in Stein verwandeln, sobald sie mit zu viel Wasser in Berührung kommen, und durch nichts wieder zum Leben erweckt werden können. Die Trolle stahlen dem Zauberer daraufhin seinen grünen Smaragd der Heilung, weil sie hofften, damit eine Lösung für ihr Problem gefunden zu haben. Dies hat zwar nicht funktioniert, aber dafür haben sie den Magier so sehr geschwächt, dass er von den anderen Königreichen angegriffen und vernichtet werden konnte. Kurz darauf begann der große Krieg zwischen den Ländern, aber das ist wieder eine andere Geschichte. Jedenfalls wundert es Giselagunde über die

Maßen, dass Rosemarie diesen starken Fluch, der den Prinzen getroffen hatte, gelöst haben soll. Die Feen sind damals zu dem Schluss gekommen, dass nur eine selbstlose, jungfräuliche Prinzessin mit reinem Herzen, die am besten noch magische Kräfte besitzt, so einen mächtigen Zauber brechen kann. Und da alle wussten, wie unwahrscheinlich so eine Kombination ist, haben die Feen den Fluch als unlösbar abgetan. Rosemarie ist zwar eine jungfräuliche Prinzessin, aber selbstlos? Das kann sich Giselagunde einfach nicht vorstellen. Vor allem bezweifelt sie die halbnackte Rettungsaktion im Fluss. Dies passt so überhaupt nicht zu der Prinzessin, die Giselagunde kennengelernt hat. Auch die Tatsache, dass sie Eric noch nicht geküsst hätte, will Giselagunde einfach nicht einleuchten. Irgendetwas ist hier faul und sie wird diejenige sein, die dieses Rätsel lüftet.

„Na, wohin des Weges?“ Überrascht bleibt Giselagunde stehen. Vor ihr steht der schlaksige Hans und betrachtet gelangweilt seine Fingernägel. Wie der überhaupt Soldat werden konnte, ist Giselagunde ebenfalls ein Rätsel. „Ich wollte mir nur die Beine vertreten und die Schönheit dieses Dorfes auf mich wirken lassen.“ Ein zynischer Laut verlässt seinen Mund und er schaut bewusst desinteressiert herum. „Ihr sprecht von Schönheit? Das ist ein absolut primitives Dorf in einem Wald. Was genau empfindet Ihr hier als sehenswert?“ Entrüstet baut sich Giselagunde vor diesem Ignoranten auf und stemmt ihre Hände in die Hüften. „Ihr habt keine Ahnung von anderen Kulturen und Völkern. Geht mir aus dem Weg, bevor ich Euch in einen Wurm verwandle!“ Geschockt weicht Hans sofort zurück und hebt beschwichtigend seine Hände. „Nun mal ganz ruhig. Ich hatte nur Anweisung, Euch zu holen, weil das Fest schon begonnen hat und Ihr nirgends zu finden wart. Kein Grund, mich gleich verzaubern zu wollen.“ Stolz auf ihre Finte, stolziert die Fee aufrecht an dem Soldaten vorbei und wendet sich der Festtafel zu. Schon bald kann sie das genervte Brummen von Aron hören. Dieser Mann hat auch immer an allem etwas auszusetzen, verdreht sie genervt ihre Augen.

„Könnt Ihr auch andere Geräusche von Euch geben?“, entschlüpft es ihr unbewusst, als sie sich ihm nähert, weswegen sie sich kurz darauf am liebsten mit ihrer flachen Hand auf die Stirn geschlagen hätte. Dieser Kerl hat so eine Art an sich, die sie immer zum unüberlegten Sprechen animiert. Die Verärgerung auf seinen Gesichtszügen kann sie auf jeden Fall deutlich erkennen. Mit einer knappen Handbewegung deutet er auf einen leeren Stuhl neben sich und befiehlt ihr dadurch indirekt, sich zu setzen. Kleinlaut schleicht sie zu ihm und setzt sich.

Genießerisch schließt sie die Augen und atmet den betörenden Duft der Speisen ein. So ein reichhaltiges Essen hat sie noch nie gerochen und gesehen. Ihre Begeisterung stachelt sie bald dazu an, ihren Teller bis zum Rand mit all den Köstlichkeiten zu füllen. Die kandierten Äpfel haben es ihr besonders angetan. Genüsslich beißt sie in einen besonders großen hinein. Voller Begeisterung möchte sie Aron auch von dieser Köstlichkeit abbeißen lassen, um sich wieder mit ihm zu versöhnen, und reißt mit Schwung ihren Arm herum. Doch da ist es leider schon passiert. Ihre klebrige Frucht hat ihn direkt am Hinterkopf getroffen und sich mit seinen Haaren verbunden. Erschrocken lässt sie die Frucht los und kann mitansehen, wie ihr Apfel am Stil an Arons Hinterkopf festhängt. „Was zum …?!“, hört sie ihn schon schimpfen und verliert alle Farbe aus ihrem Gesicht. Wutschnaubend dreht er sich zu ihr und versucht mit Gewalt, seine Haare zu befreien. Bevor sie überhaupt nachdenkt, zückt sie ihren giftgrünen Zauberstab und wedelt damit aufgeregt vor seiner Nase herum. „Es tut mir so leid!“, erklärt Giselagunde leicht panisch. „Ich bringe das gleich wieder in Ordnung.“ Doch gerade als sie angesetzt hat, den Zauberspruch zu sagen, reißt Aron ihr den Zauberstab aus der Hand und löst damit eine Kettenreaktion aus. Der unvollständige Zauber schießt aus ihrem Stab und trifft nicht den Apfel, sondern die Haare von Aron. Diese nehmen daraufhin sofort eine leuchtend rote Glitzerfarbe an. Entsetzt lässt er den Stab los und fällt nach hinten auf einen Troll, der ein Tablett trägt. Dieser wiederum erschreckt sich so sehr, dass ihm das Tablett aus der Hand und einer Trolldame in den Ausschnitt rutscht. Erbost will sie dem Troll eine Ohrfeige verpassen, holt aber mit ihrer Hand zu weit aus und erwischt einen großen Weinkrug am Tisch. Der Wein verteilt sich rasend schnell auf der Tischplatte und lässt mehrere Anwesende panisch aufspringen. Unter ihnen befindet sich auch der Kronprinz Avantis, der nicht schnell genug aufsprang und nun einen großen Fleck auf seiner Brust prangen hat. Voller Panik will Giselagunde dem Prinzen zu Hilfe eilen und retten, was zu retten ist. Sie schnappt sich einen großen Wasserkrug, um den Wein so schnell wie möglich aus der Kleidung zu waschen. In ihrer Hektik bleibt sie aber versehentlich mit ihrem Kleidersaum hängen und kippt dem Prinzen den kompletten Wasserkrug über den Kopf. Entsetzensschreie lösen sich aus den Kehlen der Umstehenden. Unzählige Augenpaare sind auf den nassen Prinzen gerichtet, der panisch beginnt, seine Hände zu betrachten. Die Geräusche im Dorf sind schlagartig verstummt. Alle warten auf das Unausweichliche. Doch selbst nach zwei Minuten steht der Prinz immer noch nass und lebendig vor allen. Ungläubig dreht dieser seine Hände in alle Richtungen und hebt in seiner Begeisterung seine Arme in die Höhe. Ein ohrenbetäubender Jubel bricht durch sämtliche Kehlen. Die Trolle fallen sich reihenweise in die Arme. Ein besonders übermütiger und junger Krieger schnappt sich sofort einen Wasserkrug und kippt ihn sich über den Kopf. Auch er steht nach dieser Aktion immer noch in seiner natürlichen Gestalt vor den Feiernden. Jetzt ist die Menge nicht mehr zu halten. Es wird gelacht, getanzt, gesungen, gegrölt und sich übermütig mit Wasser bespritzt.

Kann es wirklich sein? Das ist doch vollkommen unmöglich. Giselagunde ist vollkommen ratlos. Kein menschliches Geschöpf ist so stark, dass es einen Fluch von einem ganzen Volk nehmen kann. Und doch ist sie gerade Zeugin genau dessen. Ein klitschnasses Trollkind läuft begeistert in sie hinein und hinterlässt einen großen Abdruck auf ihrem Kleid. Kein Zweifel! Die Trolle versteinern nicht mehr, wenn sie mit zu viel Wasser in Berührung kommen. „Wie ist das möglich?“ Die Worte des Prinzen lenken ihre Aufmerksamkeit wieder auf ihn. Der Weinfleck scheint vergessen, denn ein freudestrahlender Troll blickt ihr direkt ins Gesicht. Leicht stotternd versucht sie zu antworten. „Ich … Ich weiß es nicht.“ Begeistert hebt er sie hoch und dreht sich mit ihr um die eigene Achse. „Das ist auch egal. Wir Trolle werden für immer und ewig in Prinzessin Maries Schuld stehen.“ Von seiner Freude angesteckt, muss auch Giselagunde herzhaft lachen. „Rosemarie, verehrter Prinz! Sie heißt Rosemarie!“ Vehement schüttelt dieser jedoch den Kopf. „Ihr müsst Euch irren, werte Fee. Sie hat sich immer nur als Marie vorgestellt.“ Auf einen Schlag erstarren Giselagundes Gesichtsmuskeln. „Prinz, ich habe den Verdacht, wir sollten ein bisschen genauer über die Prinzessin sprechen, die den Fluch gebrochen hat. Hatte sie denn grüne Augen? Alle Mitglieder des Königshauses des Märchenwaldes haben eine ausgefallene, grüne Augenfarbe. Diese kommt tatsächlich sonst nirgends im Reich vor. Welche Augenfarbe hatte diese Marie?“ Lachend klopft er ihr auf den Rücken. „Macht Euch nicht so viele Gedanken. Ihre Augen waren auffallend grün gefärbt und stachen enorm verführerisch hervor. Zusammen mit ihren schwarzen Haaren hat sie wie eine Göttin auf mich gewirkt.“ Giselagunde bricht in Schnappatmung aus. „Schwarz! Seid Ihr Euch ganz sicher, dass sie schwarze Haare hatte?“ Nun etwas reservierter, tritt er einen Schritt von der Fee zurück. „Ja, ich bin mir ganz sicher. Worauf wollt Ihr hinaus?“ Überfordert fährt sich Giselagunde mit ihrer Hand über die Augen. „Die Prinzessin Rosemarie vom Königreich des Märchenwaldes hat keine schwarzen, sondern dunkelbraune Haare. Irgendetwas stimmt hier einfach nicht.“ Auch Avantis streicht sich überlegend über das Kinn. „Sie hat auf mich tatsächlich nicht den Eindruck einer Prinzessin gemacht. Sie wirkte auf mich eher bodenständig und wollte selbst nach meiner Rettung nicht als Prinzessin angesprochen werden. Aber die grünen Augen waren besonders auffällig an ihr.“ Plötzlich hellen sich die Gesichtszüge von

Giselagunde auf. „Wartet bitte kurz! Ich hole schnell den königlichen Soldaten Aron. Vielleicht kann er Licht ins Dunkle bringen."

Keine zwei Minuten später schleppt die Fee einen vor sich hin brummenden Aron hinter sich her. Dieser greift immer wieder in seine verfärbten Haare und wirft Giselagunde wütende Blicke zu. Direkt vor Avantis bleibt sie stehen und dreht sich aufgeregt zu dem Soldaten um. „Aron, wir haben ein Problem. Die angebliche Prinzessin, die den Fluch aufgehoben hat, war eindeutig nicht Rosemarie. Sie hieß Marie, hatte schwarze Haare, aber ebenfalls auffallend grüne Augen wie Prinzessin Rosemarie. Kennst du jemanden, auf den diese Beschreibung passen könnte?" Verwirrt schüttelt Aron den Kopf. „Wie, die Prinzessin war nicht Rosemarie? Wir haben aber im Königreich keine andere Prinzessin, auf die diese Beschreibung passen würde." „Entschuldigt, dass ich mich einmische", kommt es von Sven, der hinter Aron auftaucht. „Ich konnte nicht umhin, Eure Diskussion zu verfolgen. Ich kenne zwar keine Prinzessin, aber im Schloss lebt eine Küchenmagd, auf die diese Beschreibung passt. Sie wurde aber meines Wissens vor ein paar Tagen in den Kerker geworfen, weil sie ein Attentat auf den Prinzen verübt hat." Frustriert haut Aron seine Faust auf den Tisch. „Das darf doch alles nicht wahr sein! In was für ein verwirrendes Durcheinander sind wir da eigentlich geraten?" Giselagunde kann ihm da nur zustimmen. Vieles passt einfach nicht mehr zusammen. Wer ist diese Marie wirklich? Was hat sie mit dem Prinzen zu schaffen und woher hat sie solche Macht? „Ich habe es gleich gewusst", donnert Aron los. „Wir hätten sofort zurück ins Schloss reiten sollen. Jetzt haben wir nicht nur einen flüchtigen Schweineprinzen und eine verlorene Prinzessin samt Prinzenanhang, sondern auch noch eine kriminelle Küchenmagd, die über Zauberkräfte verfügt und Flüche lösen kann."

„Potz Blitz!“, entfährt es Prinz Avantis. „Ihr habt wohl doch einiges zu erledigen. Wenn Ihr aber irgendwann herausgefunden habt, wer diese Marie wirklich ist, wäre ich Euch sehr dankbar, wenn Ihr mir dies mitteilen würdet. Vielleicht kann sie auch die bereits Verwandelten wieder erlösen. Hunderte von uns befinden sich noch in einer versteinerten Form in den Diamantbergen, sicher versteckt in einer Höhle. Doch heute denken wir nicht daran, sondern freuen uns über die ersten Erfolge.“ Auffordernd hebt er seinen Becher und prostet den Soldaten zu. Über die verzwickte Situation frustriert, hebt auch Aron seinen Becher und kippt diesen in einem Zug hinunter. Giselagunde kann nur noch kopfschüttelnd mitansehen, wie die vier Soldaten nach einiger Zeit schunkelnd mit den Trollen auf den Bänken sitzen und derbe Lieder grölen. Wie es scheint, bleibt wohl alles an ihr hängen. Und da sie dringend Antworten benötigt, weiß sie auch schon, wohin sie morgen reiten werden.

Am unteren Rand des Märchenwaldes

Es müssen Stunden vergangen sein, als der Wagen endlich anhält. Rosemarie tut jeder Knochen in ihrem Körper weh. Die Decke wird mit Schwung entfernt und sie wird aus dem Wagen gezerrt. Die Augenbinde und der Knebel bleiben aber an Ort und Stelle. Sie kann Sand unter ihren entzündeten und schmerzenden Füßen wahrnehmen und hört in einiger Entfernung das Geräusch von näher kommenden Pferden und Wagen. Ein kalter Schauer rinnt ihr über den Rücken. Die Jäger werden doch sicherlich nicht so grausam zu ihnen sein und …? Das können sie doch niemals machen! Es ist gegen das Gesetz und überhaupt unmenschlich.

Theodor ist die Ruhe selbst. Er hat schnell erkannt, in welch prekärer Situation sie sich befinden. Er könnte sie erwürgen. All dies wäre nie passiert, wenn er ohne sie seinen Bruder gesucht hätte. Wie konnte er sich nur so eine falsche Schlange ans Bein binden? Kurz darauf wird ihm mit roher Gewalt die Binde von den Augen gerissen. Unangenehm gegen die untergehende Sonne blinzelnd, schaut er kurz darauf einem Wüstenmenschen in dessen kalte Augen. Dieser ist komplett in dunkelblaues Leinen gehüllt und nur ein winziger Schlitz für seine Augen verrät ein wenig über seinen Charakter. Theodor ist dieser Mensch auf Anhieb unsympathisch. Jetzt greift er auch noch grob nach seinem Kinn und dreht es in alle Richtungen, um ihn besser zu begutachten. Schließlich will man eine einwandfreie Ware kaufen, denkt Theodor sich angewidert. Nach wenigen Sekunden lässt er ihn wieder los und wendet sich Rosemarie zu. Auch ihr reißt der Mann den Stoffstreifen herunter. Neben einem anzüglichen Pfiff ergreift er auch ihr Kinn. Ihre Brust hebt sich immer schneller, während sie aus schreckgeweiteten Augen den Unbekannten vor sich betrachtet. Den kleinen Funken Mitleid herunterschluckend, schaut Theodor weiterhin desinteressiert geradeaus. Er möchte mit ihr am liebsten nichts mehr zu tun haben. Alles wäre so einfach gewesen, wenn sie nur auf ihn gehört hätte.

„Ich nehme beide“, kommt es von diesem schmierigen Kerl, der kurz darauf seinen Handlangern ein Zeichen gibt. Ein paar Goldmünzen wechseln die Besitzer, bevor zwei Jäger ihre Heimreise antreten. Einer von ihnen dreht sich noch einmal hämisch um und zwinkert ihm diabolisch zu. Erst jetzt erkennt Theodor den Mann, dessen Nase er gestern gebrochen hat. Keine Minute später wird er rücksichtslos nach vorne gestoßen und landet schmerzhaft im Sand. Seine Hände auf dem Rücken werden befreit und mit einem Seil vor seinen Körper gebunden. Das Gleiche wird auch bei Rosemarie gemacht. Anstelle sie jedoch in einen der Wagen zu verfrachten, werden sie hinten an einen angebunden. Die kleine Karawane setzt sich bald darauf in Bewegung. Theodor kann auf die Schnelle drei hohe Holzwagen mit Stoffummantelungen erkennen und mindestens zwanzig bis an die Zähne bewaffnete Sklaventreiber auf Pferden und Kamelen.

Er hat ja schon viele aussichtslose Situationen gemeistert, aber diese hier ist auch für ihn eine neue Herausforderung. Er schätzt, dass sie direkt zum großen Sklavenmarkt nach Sabaku gebracht werden. Diese Stadt ist die größte in diesem Königreich und damit auch der Sitz des Sultans. Vielleicht schafft er es, auf sich aufmerksam zu machen und direkt zum Regenten vorgelassen zu werden. Sein Vater ist sicherlich nicht begeistert, aber wird bestimmt für seinen zweiten Sohn ein beträchtliches Lösegeld zahlen. Sollte er auch, da sein Thronerbe immer noch als Schwein durch die Gegend läuft. Bei Rosemarie ist er sich jedoch nicht so sicher. Eine Prinzessin wird ungern wieder hergegeben, da es in allen Reichen seit Jahren an Königinnen und Prinzessinnen mangelt, was sich jedoch keiner erklären kann. Deswegen ist es sehr wahrscheinlich, dass sie ein Leben in einem Harem führen muss, ohne ihrem Vater zurückgegeben zu werden. Gut, es gibt wohl schlimmere Schicksale, denkt Theodor schadenfroh. Aber ob ihr das gefällt? Ein Schluchzen lenkt seine Aufmerksamkeit nach rechts. Leicht versetzt stolpert Rosemarie neben ihm her. Sie trägt immer noch einen Schuh und an dem anderen Fuß überhaupt nichts. Der Sand aber brennt heiß und die kleinen Steine in ihm können gemeine Schnittwunden verursachen. Eine ernstzunehmende Befürchtung schleicht sich in seinen Geist. Ihre Füße sind immer noch wund von ihrer vorherigen Reise, und damit barfuß im Sand herumzulaufen, kommt einer Katastrophe gleich. Obwohl er eigentlich kein Wort mehr mit ihr sprechen wollte, richtet er nun dennoch eine Frage an sie. „Wie geht es deinen Füßen?“ Doch die Prinzessin zuckt nur resigniert mit ihren Schultern und lässt ihren Kopf hängen. Verärgert schnaubt er vor sich hin. „Du hast wohl gerade keine Lust, mit mir zu reden? Ich bin nicht schuld, dass wir hier so in den Einhornfäkalien sitzen.“ Mit hervorgelocktem Kampfgeist funkelt sie ihn wütend an. „Das ist so typisch für dich! Du machst natürlich nie Fehler. Es muss sicherlich wieder die dumme Prinzessin gewesen sein. Wie kommst du darauf, dass ich an allem die Schuld trage? Du machst es dir natürlich leicht, den Worten anderer mehr Gewicht beizumessen als meinen. Bist du überhaupt einmal auf die Idee gekommen, mich zu fragen, was eigentlich passiert ist? Glaubst du wirklich, ich hätte Esmira einfach bewusstlos geschlagen?“ Aus dem Konzept gebracht, weiß Theodor erst einmal nicht, was er darauf antworten soll. Irgendwie hat sie ja recht. Er hat tatsächlich nicht darüber nachgedacht und einfach seine Wut über die Dinge entscheiden lassen. Aber vielleicht ist es auch eine Finte von ihr. Hin- und hergerissen entscheidet Theodor sich, erst einmal zu schweigen. Trotzdem möchte er noch eine Sache wissen. Gerade will er seine Frage stellen, da saust auch schon eine Peitsche schmerzhaft auf seinen Rücken und lässt ihn für mehrere Sekunden keine Luft mehr bekommen, nachdem ein markerschütternder Schrei seinen Brustkorb verlassen hat. Eine brennend heiße Spur zieht sich von seiner rechten Schulter bis zu seiner linken Hüfte und pocht unaufhörlich. „Ihr sollt laufen und nicht reden“, motzt ein Reiter hinter ihnen, der gerade dabei ist, seine lange Peitsche wieder aufzurollen. So kommt es, dass Theodor und Rosemarie nebeneinander herlaufen, ohne ein weiteres Wort zu wechseln.

Mehrere Stunden später erreicht die Karawane eine kleine Wüstenoase, wo aus einer kleinen Felsformation Wasser in einen kleinen Teich sprudelt. Theodor kann die Feuchte schon auf seiner Haut spüren und freut sich darauf, seinen Kopf in das herrlich klare Wasser zu tauchen. Zu seinem großen Entsetzen muss er jedoch zusehen, wie die Reiter ihre Pferde absatteln und diese in den Teich führen, nachdem sie sich selbst erfrischt haben. Das vorher so klare Wasser nimmt sofort eine schlammige Konsistenz an und erinnert an eine große Matschpfütze. Diese bösartigen Monster, denkt Theodor verärgert und ballt wütend seine Hände zu Fäusten. Doch wenigstens kann er sich unter einen Strauch oder eine Palme setzen, die ein bisschen Schatten spenden. Rosemarie hingegen brechen kurz darauf die Beine zusammen und sie fällt wie ein nasser Sack einfach in den Sand. Theodor will schon zu ihr eilen, wird aber von einem Wüstenmann schmerzhaft in die Seite gestoßen und liegt nun ebenfalls im heißen Sand. Gelangweilt geht der Mann zur Prinzessin und hebt sie gewaltsam an ihren Haaren hoch. Anstelle ihr jedoch zu helfen, holt er mit seiner linken Hand aus und schlägt ihr mit seinem Handrücken ins Gesicht. Eine leichte Blutspur entsteht auf ihrer Wange, wo der Menschenhändler sie mit einem seiner Ringe geschnitten hat. Ein qualvolles Jammern folgt auf diese brutale Behandlung, wobei sie weiterhin die Augen geschlossen hält, weswegen er sie einfach wieder in den Sand stößt und sie verletzt zurücklässt. Ohne jegliche Reaktion liegt sie nun dort und bewegt sich nicht mehr.

Theodor wird langsam panisch und versucht mit kleinen Steinwürfen ihre Aufmerksamkeit zu erhaschen. Er möchte doch nur wissen, ob es ihr gut geht. Keine fünf Minuten später kommt jedoch der Sklaventreiber zurück, kniet sich zu ihr, reißt ihren Kopf an den Haaren gewaltsam nach hinten und schüttet ihr Wasser in den Mund. Theodor hört ein Keuchen, Husten und Würgen. „Was für ein unbrauchbares Frauenzimmer!“, knurrt der Mann verärgert und richtet sich wieder auf. Er wirft Theodor den Wasserschlauch vor die Füße und befiehlt ihm: „Nimm den Schlauch und gib der Frau zu trinken! Wenn sie stirbt, mache ich dich dafür verantwortlich.“ Er schneidet ihre Fesseln mit einem Messer durch und geht. Nickend bejaht Theodor und robbt vorsichtig zu Rosemarie. Diese liegt leise schluchzend mit dem Gesicht im Sand. Behutsam setzt er sich neben sie und zieht ihren Oberkörper auf seine Oberschenkel, nachdem er sie in den Schatten eines Strauches gezogen hat. Er entfernt umsichtig den Sand aus ihrem Gesicht und hebt ihren Kopf an. „Rosemarie, ich bin es“, streicht er ihr behutsam die Haare aus dem Gesicht. „Ich habe Wasser. Du musst unbedingt etwas davon trinken.“ Leicht zitternd setzt er den Schlauch an ihre Lippen. Durch einen winzigen Spalt kann er ihr das warme, abgestandene Wasser einflößen. Immer wieder muss er kurz innehalten, bis sie das Nass geschluckt hat. Sanft streichelt er ihr dabei durch das Haar. „Es wird alles gut, Rosemarie. Wir werden sicherlich einen Ausweg finden. Halte bitte noch eine Weile durch.“ Den letzten Rest des Wassers hat er für sich aufgehoben und schluckt diesen gierig hinunter. Rosemarie ist in der Zwischenzeit aus lauter Erschöpfung auf seinem Schoß eingeschlafen. Ihre Gesichtszüge wirken wenigstens für einen kurzen Augenblick entspannt und Theodor kann erleichtert aufatmen. In der Zwischenzeit scheint sich einiges in seiner Umgebung getan zu haben. Weitere Sklaven wurden aus den Wagen geholt und auf den Boden verfrachtet. Sie mussten sich wohl die ganze Zeit unter dem Stoffdach befunden haben. Es sind mindestens fünfunddreißig Männer und Frauen, die sein Schicksal teilen. Woher kommen diese ganzen Menschen nur? Anhand ihrer Kleidung kann er leider keine Rückschlüsse ziehen. Gleichzeitig traut er sich aber auch nicht zu fragen, aus Angst, man könnte ihm und Rosemarie wieder etwas antun. Für heute hat er wirklich genug erlebt. Irgendwann geht ein großer Wüstenmensch, der ebenfalls bis auf seine Augen komplett vermummt ist, mit einem Korb Brot durch die Reihen. Er schmeißt jedem ein hartes Stück davon in den Sand, wobei die meisten den Sand nicht einmal abwischen, sondern das Brot verzweifelt im Ganzen hinunterschlingen. Diese Menschen müssen seit Tagen nichts Richtiges mehr zu essen bekommen haben, geht es Theodor durch den Kopf. Er hat das Brot für Rosemarie zusätzlich zu seinem auffangen können und ist nun Besitzer von zweien. Neidische Blicke folgen ihm und schauen ihn feindselig an. Dies ignorierend, schüttelt er Rosemarie leicht an der Schulter. Erst nach dem dritten Versuch schlägt sie ihre fiebrig glänzenden Augen auf, die ihr jedoch gleich wieder zufallen. Daraufhin berührt Theodor sie bewusst an der Stirn. So heiß wie diese ist, muss sie wohl hohes Fieber haben. Was soll er nur machen? Wenn er nichts tut, stirbt sie ihm unter den Händen weg. Das Brot kann sie ebenfalls nicht in ihrem Zustand beißen. Das Ding ist viel zu hart. Ohne Essen hält sie aber nicht lange durch. Wer weiß schließlich, wann sie wieder etwas bekommen? Einem Einfall nachgebend, legt er Marie auf den flachen Boden und stützt sich über ihr ab. Er nimmt ein kleines Stück ihres Brotes in den Mund und beginnt dieses zu kauen. Als der Speisebrei die richtige Konsistenz hat, legt er seine Lippen auf ihre und öffnet ihren Mund leicht mit seiner Zunge. Erst passiert nichts. Als er seine Idee schon als Idiotie abtun will, beginnt sie aber plötzlich zu schlucken und mit ihren Lippen an seinen zu saugen. Aufgeregt wiederholt er diese Prozedur, bis nichts mehr übrig ist. Kaum ist er fertig, fällt sie gleich wieder in einen fast bewusstlosen Zustand. Er nimmt sich die Zeit und schaut sie noch einige Minuten an. Sehnsüchtig betrachtet er ihre Lippen. Wie gerne hätte er mit ihrem Mund etwas ganz anderes gemacht! Der Kuss unter dem Apfelbaum hat seine Welt fast aus den Angeln gehoben. Aber was ist er nur für ein fürchterlicher Mensch? Gerade jetzt in dieser Situation an so etwas zu denken! Wichtiger wäre es, ihre Füße und nicht ihre Lippen zu betrachten. Vorsichtig dreht er nun seinen Oberkörper zu ihren Beinen und zieht ihr den noch verbliebenen Schuh aus. Geschockt sitzt er erst einmal einige Minuten da. Er hatte mit vielem gerechnet, aber nicht mit diesem Bild des Jammers. Beide Fußsohlen sind rot, blutig und vollkommen verklebt. Sand hat sich tief in ihre Wunden geschoben und ihre Haut noch weiter aufgerissen.

Verzweiflung schnürt ihm die Kehle zu. Er erkennt sofort die aussichtslose Lage, in der sie sich befinden. Wenn nicht ein Wunder geschieht, wird Rosemarie den nächsten Tag nicht überleben. Er muss etwas unternehmen. Wenn er nichts tut, hat sie keine Chance. Mutig erhebt er sich und hofft darauf, einem Wächter schnell aufzufallen. Sein Plan funktioniert jedoch zu gut. Schon stürmen drei wütende Sklaventreiber zu ihm. Kurz nachdem sie ihn erreicht haben, beugt er ehrfurchtsvoll sein Haupt und faltet die Hände. Schnell sagt er, was er sagen muss, bevor er sicherlich grausam mit Knüppeln verprügelt wird. „Bitte, ehrwürdige Herren“, deutet er auf Rosemarie, „ich brauche dringend Wasser und Verbandszeug für die junge Frau. Ihre Füße haben sich auf dieser Reise entzündet.“ Der erste Schlag trifft ihn schmerzhaft in den Rücken, gefolgt von einem auf die Schulter und einem weiteren auf seinen Oberschenkel. Unter Qualen krümmt sich Theodor zusammen und lässt die weiteren Hiebe über sich ergehen. Nach einer gefühlten Ewigkeit lassen die Männer langsam von ihm ab und wenden sich Rosemarie zu. „Er hat recht!“, brummt einer missmutig. „Da müssen wir was machen, wenn wir sie nicht verlieren wollen.“ „Was kümmert uns eine Sklavin?“, erwidert jedoch ein anderer. „Wir haben genug für den Markt in Sabaku.“ Der dritte kratzt sich an seiner Schläfe und betrachtet Rosemarie genauer. „Sie ist aber recht gutaussehend. Für sie könnten wir sicherlich ein kleines Vermögen einstreichen. Schaut euch mal die makellose Haut an“, kniet er sich nieder und streicht über ihre Wange. „Sie ist bestimmt aus einem reichen Elternhaus. Vielleicht können wir sie in einen Harem verkaufen.“ Zustimmendes Grunzen folgt seinen Worten. Einer der drei bindet seinen Wasserschlauch von seiner Hüfte und wirft ihn Theodor entgegen. „Hier hast du Wasser. Reinige ihre Füße und verbinde sie. Ab morgen kann sie in einem Wagen mitfahren. Doch eines lass dir gesagt sein: Wenn du es noch einmal wagen solltest, eigenmächtig zu denken, wird dir das leidtun, Bürschchen. Haben wir uns verstanden?“ Trotz seiner Blessuren und der offensichtlichen Drohung bedankt Theodor sich höflich und wendet sich Rosemarie zu.

Er beginnt damit, sein Hemd in kleine Stücke zu reißen, und benetzt diese sparsam. Immer wieder betupft er ihre Fußsohlen und reinigt damit vorsichtig ihre Wunden. Eine ältere Frau schiebt ihm heimlich eine kleine Paste zu, die er dankbar annimmt und auf Rosemaries Verletzungen aufträgt. Zum Schluss verbindet er sie mit zwei größeren Stofffetzen und betrachtet zufrieden sein Werk. Es ist zwar nicht perfekt, aber für den Moment muss es ausreichend sein. Nur noch ein kleiner Streifen am Horizont spendet Theodor Licht und Wärme. Erst nach seiner getanen Arbeit bemerkt er, wie kalt es geworden ist. Ohne ein ordentliches Hemd am Oberkörper hat die kalte Luft leichtes Spiel mit ihm. Kurz überlegt er, entscheidet sich aber dennoch für die einfachste Lösung seines Problems. Sorgsam hebt er Rosemaries Kopf an und bettet diesen auf seinem Oberarm. Ihren Rücken drückt er fester an seinen Oberkörper und schlingt seinen anderen Arm um sie. Ein wohliges Seufzen verlässt ihre Lippen und lässt Theodor lächeln. Für diese Nacht hat er alles getan, was er konnte. Hoffentlich ist es ausreichend und die Paste kann über Nacht einen Teil der Entzündung aus ihrem Körper herausziehen. So eklig wie das gerochen hat, kann es sich nur um wirksame Medizin handeln. Kaum berührt sein Kopf den Sand, fällt auch er bald darauf in einen erschöpften Schlaf.

Der Morgen bricht viel zu früh über sie herein und reißt Theodor unsanft aus dem Schlaf. Die Sklaventreiber schreiten missmutig durch alle hindurch und verteilen hier und da Fußtritte an diejenigen, die sich nicht schnell genug aufsetzen. Wieder wird allen ein hartes Brot vor die Füße geworfen und ein Wasserschlauch herumgereicht. Augenblicklich macht sich der Prinz wieder daran, das Brot für Rosemarie zu kauen und sich über sie zu beugen. Dieses Mal jedoch schlägt sie die Augen auf, als seine Lippen die ihren berühren. Durch leichten Druck ihrerseits schiebt sie Theodor von sich und schaut ihm verwirrt in die Augen. „Was genau wird das, wenn es fertig ist?“ Damit er besser sprechen kann, schluckt er kurz den Speisebrei hinunter und schaut sie lächelnd an. „Es scheint dir wohl besser zu gehen?“ „Jaaaaa, das tut es“, hebt sie skeptisch eine ihrer Augenbrauen. „Aber kann es sein, dass ich dich zufällig bei irgendetwas Wichtigem unterbrochen habe? Es sah nämlich fast so aus, als würdest du meine Lage ausnutzen.“ Erbost richtet Theodor sich auf. „Du bist das undankbarste Frauenzimmer, das mir je untergekommen ist. Ich habe nur versucht, dich zu füttern.“ Rosemarie grinst sarkastisch. „Ja, natürlich“, antwortet sie übertrieben betont. „Du hast nur versucht, mich wie einen Vogel mit zerkauten Würmern und Käfern zu füttern. Wer bitte soll dir das glauben?“ In seiner Ehre verletzt, richtet sich Theodor auf und wirft ihr das harte Stück Brot entgegen. „Dann iss es doch selber! Gestern Abend war ich dir noch gut genug dafür.“ Ohne weiter darauf einzugehen, dreht er ihr den Rücken zu und schlingt sein eigenes Stück herunter.

Rosemarie versteht die Welt nicht mehr. Mühsam versucht sie zu überlegen, was gestern passiert ist. Sie kann sich aber nur noch daran erinnern, wie in Trance immer weiter und weiter gegangen zu sein. Irgendwann ist sie dann zusammengebrochen und hat sich endlich der befreienden Schwärze hingegeben. Komischerweise verspürt sie aber ein wohliges Gefühl, wenn sie versucht, sich daran zu erinnern. Kann es wirklich sein? Hat er sie tatsächlich mit Speisebrei gefüttert? Und könnten das Stoffstreifen von Theodors Hemd sein? Gerührt schaut sie auf ihre bandagierten Füße. Eine Träne der tiefen Dankbarkeit tropft auf ihr hartes Brot. Verstohlen schaut sie Theodors Hinterkopf an. Plötzlich stieben tausende Schmetterlinge in ihrem Bauch herum und hinterlassen ein warmes und angenehmes Gefühl in ihr. Am liebsten würde sie ihre Hand nach ihm ausstrecken, seinen Kopf zu sich herunterziehen und ihn aus lauter Freude küssen. Sie kann es sich selbst nicht erklären, aber irgendwie sieht sie Theodor heute aus einem ganz anderen Blickwinkel. Einem Blickwinkel, der ihr aber leider nicht gestattet ist, da sie seinen Bruder heiraten muss. Daraufhin kaut sie lustlos an der harten Brotkante herum und lässt sich reichlich Zeit damit.

Das war ja so klar, denkt Theodor missmutig. Schon wieder ist er auf dieses Weibsbild hereingefallen. So eine undankbare Kröte! Sein Bruder wird sicher alle Mühe haben, mit ihren Launen umzugehen. Wenigstens passen sie gut zusammen. Beide sind sich in ihrem Wesen unglaublich ähnlich, weil sie immer sich und ihre Bedürfnisse in den Vordergrund stellen, ohne auf die Gefühle anderer zu achten. Sie haben sich wirklich gegenseitig verdient. Auf einmal bemerkt Theodor, wie Bewegung in die Sklavenhändler kommt. Aufgeregt rennen sie herum und brüllen Befehle. Schon springen ein paar von ihnen auf ihre Pferde und geben diesen die Sporen. Was ist denn mit denen los? Verdutzt schaut Theodor ihnen hinterher und verfolgt gespannt, wohin die fünf Reiter unterwegs sind.

In der Wüste

„Jorik, jetzt gönn dir endlich eine Pause!“, schnauft Marie frustriert. „Ich habe ja verstanden, dass es dir gefällt, deine Muskeln spielen zu lassen. Aber mein Hintern fühlt sich langsam an, als wäre eine Kohorte Zwerge über ihn marschiert. Kannst du dir eigentlich vorstellen, wie blau der gerade sein muss?“ Ein lautes Schnauben und Wiehern antwortet ihr, bevor Jorik noch einmal alles aus sich herausholt. Dieser Wahnsinnige, denkt Marie und hält sich weiterhin an seiner Mähne fest. Sie sind schon seit Stunden unterwegs, seit sie gestern Abend das Glück hatten und von einer Bauersfrau alte Kleidung ihres Jungen bekamen. Wie es scheint, ist Jorik ganz begeistert von seiner neuen Form. Er genießt es sichtlich, mit dem Wind um die Wette zu laufen. Nur leider findet ihr Hinterteil dies weniger spaßig. Um keine Zeit zu verschwenden, haben sie gestern beschlossen, in der Nacht nur eine kurze Pause einzulegen und lieber so schnell wie möglich die Wüste zu durchqueren. Am Tag scheint die Sonne nämlich viel zu erbarmungslos, um wirklich gut vorankommen zu können. Da ist eine gemütliche Reise kaum möglich. Doch zum Glück hat sie während des Sonnenaufgangs in der Ferne eine kleine Oase ausmachen können, auf die sie nun zielstrebig zureiten. In dieser möchten sie einige Stunden ausruhen und die schlimmste Hitze aussitzen. Immer näher kommen sie ihrem Ziel, sodass sie bereits die Wipfel der Palmen deutlich erkennen können. Leider ist es schwer, hier in der Wüste Entfernungen abschätzen zu können. Irgendwie scheint einfach alles gleich auszusehen. Egal wohin man sieht, überall liegt Sand. Vor einem, hinter einem und unter einem. Selbst in der Kleidung befindet sich an den unmöglichsten Stellen Sand. Wie dieser nervige Sand jedoch in ihren Bauchnabel gelangen konnte, ist ihr immer noch ein Rätsel.

Abrupt bleibt Jorik stehen und spitzt die Ohren. Marie kann sich gerade noch so festhalten, ohne über seinen Kopf zu segeln. „Ernsthaft, Jorik?“, ermahnt sie ihn vorwurfsvoll. „Musstest du unbedingt eine Vollbremsung einlegen? Wenn das ein weiterer Versuch war, meinen Hintern zu malträtieren, dann gratuliere ich dir. Du hast es geschafft." Schmerzhaft dreht sie ihren Oberkörper leicht nach hinten und massiert vorsichtig ihre Kehrseite. „Meine Oberschenkel sind sicherlich auch schon ganz wund. Ich bin wirklich froh, dass wir bald diese Oase erreicht haben und im Wasser baden können." Bevor sie jedoch weiter über ihre körperlichen Empfindungen sprechen kann, hat sich Jorik bereits umgedreht und rennt in eine andere Richtung. „Jorik, was zum Zauberer ist denn mit dir los?", keucht Marie und hält sich so gut es geht an Joriks Mähne fest. Durch ein lautes Wiehern versucht er ihr zu antworten, was nicht wirklich von Erfolg gekrönt ist. Seine Reaktion somit nicht verstehend, beugt sie sich dennoch über seinen Hals und lässt sich von ihm davontragen. Sie weiß zwar nicht, was genau passiert ist, aber irgendeinen Grund wird Jorik schon haben, wenn er wie ein Irrer davongaloppiert. Ihre Hände werden immer schwitziger, während sie die Mähne ihres Freundes festhält. Vor sich kann sie bald eine Felsenschlucht mit vielen Abzweigungen und Erhöhungen erkennen. Diese Gesteinsformationen ragen rötlich hervor und erstrecken sich sicherlich einige Kilometer in die Wüste hinein. Jorik beschleunigt noch einmal seinen Schritt und stürmt in dieses Steinlabyrinth. Immer wieder schlägt er Haken, ändert die Richtung, biegt einmal links und zweimal rechts ab, bis Marie vollkommen die Orientierung verloren hat. Erst auf einer kleinen Anhöhe hinter einem großen Felsen hält Jorik an und schnauft sichtlich erschöpft. Schaum hat sich an seinem Mund gebildet und seine Muskeln haben begonnen, unkontrolliert zu zittern.

Besorgt steigt Marie herunter, wobei es eher ein Herunterrutschen mit anschließendem Auf-den-Boden-Fallen ist. Ihre Beine fühlen sich wie Wackelpudding an und ihr Hintern schmerzt extrem. Ohne einen Felsen, an dem sie sich festhalten kann, ist das Aufstehen kaum zu bewerkstelligen. Sobald sie ein wenig Kontrolle über ihre Gliedmaßen zurückerhalten hat, kann sie das

Wiehern von anderen Pferden hören. Erschrocken drückt sie sich mit dem Rücken an den Stein. Vorsichtig schaut sie an ihm vorbei und kann unter sich in der Felsenschlucht fünf Reiter erkennen. Wenn sie sich konzentriert, kann sie sogar ihre aufgeregten Stimmen hören, während sie sich verzweifelter an den Felsen drückt. „Wo ist dieser Bursche nur hin?“, motzt einer besonders unfreundlich. „Keine Ahnung, aber dieses Pferd sollten wir uns holen.“ „So schnell wie das Vieh war, ist er sicher schon über alle Berge“, kommentiert dies ein anderer etwas leiser. „Was machen wir jetzt? Suchen wir weiter oder kehren wir zu den Sklaven zurück?“, stellt der Erste wieder eine Frage. „Wir müssen bald aufbrechen, sonst verpassen wir den Markttag heute in Sabaku“, antwortet einer der Reiter. „Er hat recht! Wenn wir noch mehr Zeit verlieren, sterben uns vielleicht ein paar Sklaven weg. Die junge Frau könnte viel Geld einbringen, wenn wir sie lebend verkaufen. Tot bringt sie uns nicht mehr so viel ein.“ Daraufhin übertönt grölendes und raues Gelächter Maries aufgeregten Herzschlag. Zu ihrer unendlichen Erleichterung ziehen die Sklaventreiber bald darauf ihrer Wege. Marie zittert am ganzen Körper und fährt sich über ihr verschwitztes Gesicht. „Das war echt knapp. Wenn die uns erwischt hätten, wären wir ganz schön am Allerwertesten gewesen. Das waren wohl die berüchtigten Shujin“, flüstert sie leise und fällt Jorik dankbar um den Hals. „Ich danke dir vielmals, mein Freund. Du hast uns gerade vor einem fürchterlichen Schicksal bei diesen Menschenhändlern bewahrt.“ Sie drückt ihre Wange ganz fest an seinen Hals und atmet den salzigen Geruch von Schweiß und Pferd tief in ihre Lungen ein. Jorik legt seinen Kopf ebenfalls behutsam auf ihre Schulter und genießt sichtlich ihre Geste. Leise nuschelt sie in sein Fell hinein: „Oh, Jorik! Es ist so schlimm! Hast du gehört, was die über die arme Frau gesagt haben? Was sind das nur für Menschen, die so mit anderen umgehen? Haben die denn überhaupt kein Mitgefühl? Mir tut die Frau so leid. Glaubst du, es gibt eine Möglichkeit, ihr helfen zu können?“

Vehement schüttelt Eric seinen Pferdekopf. Was gehen ihn die anderen an? Diese Frau ist sicherlich selbst schuld an ihrem Schicksal. Sie wird schon etwas gemacht haben, dass sie Sklavenhändlern in die Hände gefallen ist. Er hat mit Marie wirklich Wichtigeres zu erledigen, als irgendwelchen Sklaven zu Hilfe eilen zu müssen. Sie können selbst von Glück sprechen, diesen Schergen entkommen zu sein. Nicht auszudenken, wenn er ein Esel oder ein Pony geworden wäre! Wenigstens kann er jetzt endlich wieder auf seine Stärken zurückgreifen. Ein Pferd zu sein, hat eindeutig seine Vorteile. Ob er jedoch noch lange durchhält, ist ein wichtiger Punkt, den er beachten sollte. Er hat sich wirklich viel zu sehr verausgabt. Aber dieses Gefühl der Kraft, Stärke und Freiheit war einfach zu berauschend. „Am besten wäre es“, greift Marie seine Gedanken auf, „wir würden noch länger hierbleiben und darauf warten, dass die Oase von diesen Schurken freigegeben wird. Wir brauchen dringend Wasser, sonst schaffen wir es nicht bis nach Sabaku. Irgendwo müssen wir schließlich anfangen und nach Hinweisen auf den verschollenen roten Rubin suchen. Welche Stadt eignet sich da besser als die Hauptstadt des Königreiches?!“ Nach dieser kleinen Ansprache von Marie versucht Jorik sich vorsichtig auf dem steinigen Untergrund hinzuknien. Er muss seinen Beinen unbedingt eine Pause gönnen, bevor sie weitermachen können.

Noch bevor die Reiter zurück sind, herrscht reges Treiben bei den anderen Sklaventreibern. Mit Stöcken schlagen sie auf diejenigen Sklaven ein, die nicht mehr in der Lage sind, sich aus eigener Kraft auf ihre Beine zu stellen. Kurzentschlossen steht Theodor auf und hebt mit Schwung die leicht kreischende und überraschte Rosemarie auf seine Arme. Stoisch schaut er geradeaus und wartet auf weitere Befehle der Menschenhändler. Zaghaft schlingt Rosemarie ihre Hände um seinen Hals und bettet ihren Kopf an seine Brust. Jetzt nicht wieder weich werden, versucht er seine Emotionen zu kontrollieren. Ich habe sie nur aufgehoben, damit man ihr nicht die Seele aus dem Leib prügelt. Schließlich habe ich keine Lust mehr, sie schon wieder pflegen zu müssen. Durch ein Kopfnicken wird ihm bald gezeigt, wohin er Rosemarie bringen muss. Vor einem der Wagen lässt er sie sorgsam von seinen Armen gleiten. Kaum steht sie auf ihren wackligen Füßen, möchte er sie von seinem Hals lösen. So weit kommt er jedoch nicht. Bevor er weiß, was geschieht, hat sie ihn zu sich herangezogen und ihm einen Kuss auf die Lippen gedrückt. Ihre Hand wandert zu seiner Wange und streichelt sanft darüber. „Ich danke dir vielmals, Theodor. Ich stehe tief in deiner Schuld.“ Ihn komplett verwirrt zurücklassend, dreht sie sich auch schon um und klettert in den Wagen. Entgeistert starrt er ihr hinterher. Sein Herz fühlt sich an, als würde es Saltos in seiner Brust schlagen. Energisch schüttelt er seinen Kopf, damit seine Benommenheit weichen kann. Die restlichen Sklaven wurden in der Zwischenzeit auf die verschiedensten Wagen aufgeteilt und warten ängstlich auf den Aufbruch. Nur er und ein anderer Mann werden wieder hinter einen Wagen gespannt, da nicht genug Platz in den Gefährten vorhanden ist. Die Schreie der Aufseher gehen ihm durch Mark und Bein und setzen die Karawane in Bewegung. Er kann nur hoffen, die Stadt bald zu erreichen. Die Sonne scheint gleißend herab und brennt unnachgiebig auf seinen bloßen Rücken. Ein unversehrtes Hemd wäre jetzt nicht schlecht, denkt er sich zerknirscht und geht los.

Nach zwei Stunden des Wartens hält es Marie nicht mehr aus und geht unruhig herum. „Glaubst du, sie sind schon weitergezogen?“ Frustriert wirft sie die Arme in die Höhe. „Dieses Nichtstun macht mich ganz wahnsinnig. Wenn wir hier noch länger sein müssen, bekomme ich die Krise. Was glaubst du? Sollen wir uns der Oase vorsichtig nähern?“ Jorik steht leichtfüßig auf und neigt seinen Kopf zu ihr. Zerknirscht schmiegt sie sich wieder an ihn. Sie liebt es, ihre Stirn auf seine zu legen. Das hat sie schon bei Fred, dem Esel, auch immer gerne gemacht. Wie es ihm bei Gunterich, dem Zwerg, wohl geht? Sobald es möglich ist, sollte sie den beiden auf jeden Fall einen Besuch abstatten. Die Schnauze von Jorik gibt ihr einen kleinen Schubs und deutet ihr an, aufzusteigen. Mithilfe eines kleineren Felsens ist es ihr möglich, sich auf seinen Rücken zu schwingen. Kaum sitzt sie auf ihm, spürt sie sogleich wieder den stundenlangen Ritt in ihrem Gesäß. Genervt lässt sie den Kopf hängen. Was würde sie nicht alles für ein weiches Kissen geben! Sobald dieses Abenteuer vorbei ist, wird sie garantiert kein Boot und keinen Pferderücken mehr besteigen. Stattdessen wird sie sich einen gigantischen Berg weicher Daunenkissen anschaffen und niemals wieder aufstehen. Gemächlich setzt Jorik zu einem leichten Trab an und verlässt das schützende Felsenlabyrinth. Ihre Schritte verlaufen wieder Richtung Oase, der sie sich mit wachsamen Sinnen nähern. Schon aus der Ferne können sie die vielen Palmen und Sträucher gut erkennen. Diesmal kommen ihnen aber keine Reiter entgegen. Erleichtert gestattet es sich Marie, tief durchzuatmen.

Bald schon haben sie das kleine Paradies erreicht und genießen den Schatten. Aus einer Felsspalte plätschert fröhlich ein wenig Wasser, welches einen kleinen Tümpel speist. Marie will ihren Augen nicht trauen, als sie die braune Schlammmasse sieht. „Was ist denn das für eine Oase?“, verzieht sie angeekelt ihr Gesicht. „Ich dachte immer, die hätten einen schönen klaren See und man könnte darin schwimmen. Tja, Jorik!“, klopft sie ihm auf die Flanke. „So viel zu meiner Mädchenfantasie. In diese Drecksbrühe bringen mich keine zehn Pferde rein.“ Trotzdem zieht sie ihre Mütze ab, befreit ihre Haare und hält ihren Kopf unter das kühle, frische Quellwasser. „Oh, du heilige Märchenfee! Tut das gut!“ Ihre Hände dienen ihr als Schale, damit sie auch das herrliche Nass trinken kann. „Komm her, Jorik, und bediene dich aus meinen Händen. Wer weiß schließlich, was du dir holst, wenn du aus der dreckigen überdimensionalen Pfütze trinkst!“ Das lässt Jorik sich nicht zweimal sagen. Auch er kann kaum aufhören, seinen Durst zu stillen. Dadurch abgelenkt, realisieren die beiden nicht, wie sich ein dunkler Schatten leise von hinten Marie annähert. Und plötzlich befindet sich eine gebogene Klinge an ihrem Hals. Das kalte Metall an ihrer Haut lässt sie schlagartig stillhalten, während sich die andere Hand des Mannes um ihre Hüfte schlingt. „Wen haben wir denn da?“ An ihrem linken Ohr hört sie eine kratzige Stimme, die ihr ein Schaudern entlockt. „Wie es scheint, ist mir eine Wüstenblume in die Falle getappt.“ Marie ist ganz starr vor Schreck. Wie konnte ihnen das nur passieren? Wo kam dieser Kerl nur her? Wie konnte sie nur so nachlässig sein? Marie kann gar nicht mehr aufhören, sich in Gedanken Vorwürfe zu machen. Der Durst und die Sonne haben sie unvorsichtig werden lassen. Sie hätte vorher alles absuchen sollen. Wenigstens hat sie nicht nackt in einem wunderschönen See gebadet, denkt sie ironisch. Sie sollte wirklich anfangen, die positiven Aspekte in ihren Katastrophen hervorzuheben, damit sie kein weinerliches Bündel wird.

Eric schäumt vor Wut. Wie kann dieser Mann es nur wagen, Hand an seine Marie zu legen? Sobald er freies Feld hat, wird er ihn mit seinen Hinterbeinen bis ins Feenreich katapultieren. Schwer schnaufend lässt Eric diesen Verbrecher nicht aus den Augen, sieht aber noch keine Möglichkeit, Marie zu befreien, da der Kerl nicht von ihr weicht. Sich in Geduld übend und das brave Pferd spielend, lässt Eric es über sich ergehen, dass der Wüstenkerl zusammen mit Marie auf seinen Rücken steigt. Leider ist es Eric nicht möglich, die beiden hinunterzuwerfen, ohne Maries Sicherheit zu riskieren. Denn leider hält der Mistkerl immer noch das Messer an ihre Seite gedrückt, weswegen sich Eric widerstrebend in sein Schicksal fügt. Und als wäre das nicht schon Schmach genug, graben sich auch noch die Sporen des Mannes schmerzhaft in seine Rippen. Nur mit äußerster Mühe schluckt Eric seine Wut und die Schmerzen hinunter. Missmutig und auf Rache sinnend, fällt Eric in einen leichten Trab und wird brutal mit seiner Mähne in eine bestimmte Richtung gelenkt.

Theodor ist kurz davor zusammenzubrechen. Dieses stundenlange In-der-Sonne-Marschieren ist er wirklich nicht gewöhnt. Immer häufiger stolpert er über seine eigenen Füße und kann sich nur mit

Gewalt davon abhalten, einfach umzufallen. Seinem Mitstreiter scheint es nicht besser zu gehen. Immer wieder hört er das Zischen der Peitsche und das schmerzhafte Keuchen des Mannes. Doch plötzlich wird der monotone Marsch durch einen lauten Pfiff unterbrochen, bevor alle schlagartig anhalten. Diese Zeit nutzend, lässt Theodor sich auf den Boden fallen und versucht ein bisschen zu Kräften zu kommen, bis ein Reiter aus der Ferne zu ihnen aufholen kann. Die Mittagssonne brennt erbarmungslos von oben auf ihn herab und heizt seinen Körper immer mehr auf. Schon ertönt der nächste Pfiff und er muss wieder aufstehen. Schweiß läuft in Bächen über seinen Rücken und seine Stirn und lässt den Sand unangenehm an ihm kleben, während das Salz höllisch in seinen Peitschenwunden brennt.

Schon seit einer Stunde läuft Eric hinter den Wagen der Menschenhändler her und hat leider noch keine Möglichkeit gefunden, Marie und sich zu befreien. Immer wieder zerreißen die Schreie von zwei Männern die Stille dieser Reise und kratzen an seinen Nerven. Der eine Sklave ist aber auch wirklich dumm, denkt Eric sich herablassend. Wieso hat er sich auch in Dinge eingemischt, die ihn nicht betreffen? Wenn er vorhin den anderen Sklaven nicht vor der Peitsche beschützt hätte, wäre ihm überhaupt nichts passiert. Es kann ihm doch egal sein, ob der am Boden Liegende zu Tode gepeitscht wird oder nicht. Anstelle des einen wird nun aber der andere Sklave mit der Peitsche misshandelt. Da sieht man mal wieder, wohin Mitgefühl führen kann. Mürrisch gibt Eric ein Schnaufen von sich, als er an den dritten, überflüssigen Segensspruch der Fee denkt. War da nicht die Rede von *Mitgefühl, um gerecht urteilen* zu können? Wenn so die Urteilskraft aussieht, wenn man Mitgefühl hat, dann kann er gut und gerne darauf verzichten.

Und schon wieder fällt der dunkelblonde Kerl hin und strapaziert Erics Nerven. Sein nackter Rücken ist voller blutiger Striemen, während ihm das schweißnasse Haar im Gesicht klebt. Eric findet es widerlich und versteht nicht, warum man den Mann nicht erlöst und seine Leiche verscharrt. Doch gerade als Eric sich von dieser Szene abwenden will, erhascht er einen längeren Blick auf das Profil des Sklaven. Eine unglaubliche Welle des Unwohlseins erfasst ihn und will nicht mehr abebben. Denn irgendwie hatte er das beängstigende Gefühl, in das Gesicht seines Bruders zu blicken. Aber das kann unmöglich sein. Der sitzt sicher auf einem gemütlichen Sofa und liest in einem seiner Bücher. Oder aber …? Sogleich breitet sich Panik in Erics Eingeweiden aus, als er an die Möglichkeit denkt, dass man auch seinem Bruder geschadet haben könnte. Aber würde der König des Märchenwaldes so etwas Widerwärtiges wirklich tun? Eric ist alarmiert und muss hilflos mitansehen, wie mehrere Wüstenmänner sich um den am Boden liegenden Körper des Mannes versammeln, da dieser das Bewusstsein verloren hat. Wie wild beginnen sie zu diskutieren, packen grob die Haare des Mannes und schlagen ihm mehrmals ins Gesicht, bis er das Bewusstsein wiedererlangt hat. Und kaum hat er auf seinen wackligen Beinen Halt gefunden, geht es auch schon wieder weiter.

Eric kann seine Augen nicht mehr von dem jungen Kerl abwenden. Bei jedem zischenden Peitschenschlag zuckt nicht nur der Mann, sondern auch Eric zusammen. Jedes Stöhnen geht Eric durch Mark und Bein und bei jedem Stolpern hält Eric die Luft an. Kennen diese Barbaren denn kein Mitgefühl? Doch zum Glück erscheint bald darauf der Umriss einer Stadt, was Eric aufatmen lässt. Keine Stunde später hält die Karawane in einigem Abstand vor den offenen Toren. Unzählige Menschen drängen sich geschäftig durch die überfüllten Gassen und Marktschreier preisen intensiv ihre Waren an. Der Duft von gebrannten Mandeln und Gewürzen schlägt einem entgegen, während die Vielzahl der Farben einen staunen lässt. Die Sklaven werden jedoch erbarmungslos aus den Wagen gescheucht und müssen sich sofort in den heißen Sand setzen. Eric kann deutlich beobachten, wie eine junge Frau zu dem armen Kerl hetzt und sich sofort neben ihn kniet. Sanft streicht sie ihm seine verklebten Strähnen hinters Ohr und offenbart dadurch sein Gesicht. Entsetzt zieht Eric Luft durch seine Nüstern. Jetzt gibt es keine Zweifel mehr. Dieser junge Mann, der verletzt und erschöpft im Sand liegt, ist sein Bruder. Und auch die Fremde an seiner Seite kommt Eric vage bekannt vor. Ihr Haar gleicht einem Vogelnest, ihre Kleidung ist grün und ihre Füße sind seltsam bandagiert.

Aufgewühlt will Eric zu seinem Bruder stürmen, wird aber von dem Kerl abgelenkt, der schwungvoll von seinem Rücken steigt und Marie mit sich reißt. Auch sie wird auf den Boden geworfen und muss im Sand sitzen bleiben. Eric ist überfordert. Wie soll er nur alle retten? Verzweiflung bemächtigt sich seiner und er beginnt unruhig auf der Stelle zu trampeln. Dadurch wird ein Sklaventreiber auf ihn aufmerksam und wirft geschickt ein Seil um seinen Hals. Am liebsten würde er sich losreißen und die Flucht ergreifen. Was für eine grausame Abzweigung des Schicksals, die er als Prinz erleiden muss! Sofort gibt er ein wütendes Schnauben von sich, stellt sich auf seine Hinterbeine und schlägt mit seinen Vorderhufen aus. Da erscheint auch schon ein weiterer Sklaventreiber und wirft ebenfalls ein Seil nach Eric. Mit Peitschen und Stöcken gehen sie nun gemeinsam auf ihn los. Immer mehr Männer hängen sich an die Seile und reißen seinen Kopf gewaltsam nach unten. Seine Kruppe schmerzt fürchterlich und seine Hinterbeine knicken bald darauf ein. So schnell kann er gar nicht mehr reagieren, da hat er auch schon ein Zaumzeug im Maul. Jedes Reißen an diesem Ding verursacht ihm höllische Qualen, weswegen er sich kaum mehr wehren kann. In seiner Persönlichkeit gedemütigt, wird er hochgezogen und muss weiterhin dem grausamen Schauspiel als passiver Beobachter beiwohnen.

Marie kann vor lauter Entsetzen kaum Luft holen. So viel Leid auf einem Haufen hat sie noch nie erlebt. Überall sitzen die verletzten und abgemagerten Menschen dicht zusammen und halten sich einander schützend an den Händen. Jorik wurde ebenfalls misshandelt und befindet sich momentan in einer aussichtslosen Lage. Doch der junge Mann, der so massiv ausgepeitscht wurde, tut ihr besonders leid. Wie kann man nur einem anderen Menschen, der nur helfen wollte, so viele Qualen zufügen? Marie schüttelt verständnislos ihren Kopf und vernimmt ein herzzerreißendes Schluchzen. Eine junge Frau mit braunen Haaren beugt sich tief über den jungen Mann und drückt ihre tränennasse Wange an sein Gesicht. Es scheint fast so, als würde er im Sterben liegen, was Marie nicht sonderlich überrascht, da sein Rücken eine einzige Fleischmasse ist und sein restlicher Körper von der Sonne verbrannt wurde. Stückchen für Stückchen robbt sich Marie unauffällig zu dem jungen Paar. Vielleicht kann sie der Frau ein wenig Beistand leisten und sie trösten. Keiner sollte allein sein, wenn ein geliebter Mensch die letzte Reise antritt. Kurz darauf kann Marie ihre ausgestreckte Hand auf den Rücken der Trauernden legen. Panisch dreht sich die Frau um und schaut ihr direkt in die Augen. Als würde sie in einen Spiegel sehen, blicken ihr zwei grüne Augen entgegen. Verwirrt von diesem Zufall, weiß Marie erst einmal nicht, was sie sagen wollte. Auch die andere Frau schüttelt ihren Kopf, als müsste sie ihre Gedanken neu ordnen. Das Stöhnen des jungen Mannes lenkt beide jedoch von diesem seltsamen Erlebnis ab. Marie kommt nicht umhin, seine einstmals schönen Gesichtszüge zu bewundern. Kein Wunder, dass sich die Fremde in ihn verliebt haben muss. Sie geben wirklich ein schönes Paar ab. Es tut Marie im Herzen weh, die zwei so leiden zu sehen. Was haben diese schrecklichen Menschenhändler nur mit ihnen gemacht? Denn auch die Frau scheint schwer verletzt zu sein, da ihre Fußbandagen blutig durchtränkt sind und ihre Augen fiebrig glänzen. Behutsam legt Marie ihre Hand auf die Schulter der Fremden und ihre andere Hand auf den Schenkel des Sterbenden.

Tränen rinnen Eric aus den Augenwinkeln, während er Zeuge wird, wie Marie seinem Bruder in den letzten Momenten seines Lebens beisteht. Ihm war nie bewusst, wie viel seelischen Schmerz ein

Mensch empfinden kann. Wie kann das Schicksal nur so grausam sein? Er hat den kleinen Theodor immer als etwas Selbstverständliches betrachtet. Eine nervige Komponente in seinem Leben, die einfach dazugehörte und für die er sich nie Zeit genommen hat, um sie besser kennen zu lernen. Was würde er nicht alles dafür tun, dieses Versäumnis nachzuholen und sich als großer Bruder zu beweisen! Doch jetzt, in diesem Moment, wird ihm erst die Endlichkeit des Lebens bewusst und was es bedeutet, mit jemandem mitzufühlen. Die Trauer der zwei Frauen, gepaart mit seiner eigenen, ist kaum auszuhalten, weswegen er überrascht zur Seite stolpert, als ein harscher Ruck an seinem Maul erfolgt. Ein großer Shujin hat das Zaumzeug in seiner Hand und zieht ihn unerbittlich mit sich. Eric will sich wehren und die letzten Minuten seines Bruders in seiner Nähe verbringen. Doch schon saust ein hölzerner Stock schmerzhaft auf seine Kruppe und lässt ihn nach vorne springen. Ein weiterer Hieb führt zu demselben Ergebnis. Bevor er es sich versieht, ist er durch das Stadttor geführt worden und hat alle aus den Augen verloren. Verzweifelt beginnt er zu wiehern, was ihm nur noch mehr Schläge einbringt. „Du störrisches Vieh!“, wird er sogleich angeschrien. „Wenn du nicht gleich mitkommst, dann wirst du nochmals Bekanntschaft mit meiner Peitsche machen. Hast du mich verstanden?“ Wütend zieht der Menschenhändler an den Zügeln und schaut ihn zornig an. Eric hat keine Zweifel daran, dass dieser Schlächter seine Drohung wahr machen wird. Sich in seine Situation fügend, trottet Eric mit gesenktem Kopf hinter dem Mann her. Er weiß nicht, was die Zukunft noch bringen wird. Aber gerade ist ihm alles egal. Soeben hat er seine Freiheit und, was das Schlimmste ist, seinen Bruder verloren.

Rosemarie sitzt weinend über Theodor gebeugt und wischt immer wieder ihre Tränen von seinem Gesicht. Sie hat keine Zweifel mehr. Sie hat sich Hals über Kopf in diesen störrischen und liebevollen Menschen verliebt. Wie kann das Leben nur so grausam sein und ihn ihr entreißen? Eine andere Sklavin hat sich hinter sie gesetzt und reibt ihr aufmunternd über den Rücken. So sitzen sie zu zweit da und warten auf den letzten Atemzug dieses einzigartigen Mannes. Wenigstens einen letzten Kuss möchte sie Theodor noch auf die Reise mitgeben. Es soll der letzte schöne Gedanke sein, bevor er für immer diese Welt verlässt. Mit ihrem Daumen fährt sie zärtlich über seine von der Hitze aufgerissenen Lippen. Bedächtig senkt sie ihr Haupt und küsst ihn, so leicht wie möglich, um ihm weitere Schmerzen zu ersparen. Ein angenehmes und fremdartiges Kribbeln breitet sich kurz darauf von ihrem Rücken bis zu ihren Zehen aus. Und als das intensive Gefühl ihre Lippen erreicht, die noch immer auf Theodor verweilen, hat sie das Gefühl, er würde sie ein klein wenig zurückküssen. Leider hat sie keine Zeit, sich darüber Gedanken zu machen. „Es ist so weit!“, schnauzt einer der Sklaventreiber und schlägt wahllos mit seiner Peitsche in die Menge. Sofort kommt Bewegung in die Sklaven. Panisch springen sie auf und drängen sich eng zusammen, damit sie das Tor passieren können. Auch Rosemarie und die andere Frau werden mit der Masse mitgezogen. Noch aus den Augenwinkeln kann sie erkennen, wie einer der Menschenhändler mit seinem Fuß gegen Theodors Körper tritt und den Kopf schüttelt. Es ist vorbei. Traurig und verzweifelt lässt sie den Kopf hängen und humpelt in die Stadt hinein. Die andere Frau ist so nett und stützt sie, damit sie nicht zu sehr ihre schmerzenden Fußsohlen belasten muss. Gemeinsam durchschreiten sie das Tor in eine andere Welt.

Der Markt von Sabaku

Die Eindrücke werden immer intensiver. Überall kann Marie die verschiedensten Menschen beobachten. Vor Erstaunen ist sie kaum fähig, ihren Mund zu schließen. Diese Farben und diese Gerüche hat sie noch nirgendwo gesehen oder gerochen. Die orangen Früchte findet sie besonders interessant und würde gerne eine davon probieren. Die Häuser sind aus hellem Sandstein und werden von bunten Türen und Fensterläden verziert. Wenn sie den Kopf hebt, kann sie die schneeweißen Türme des Palastes mit seinen goldenen Dächern erkennen. Lange Zeit folgen sie einer großen Straße, bis sie einen riesigen Platz in der Mitte der Stadt erreichen. haben Überall sind Podeste aufgebaut, an denen sich Menschentrauben gebildet. Mit Schrecken realisiert sie erst jetzt die angebotenen Waren auf diesen Tribünen und bemüht sich, ihre Übelkeit hinunterzuschlucken. Wie die Lämmer auf der Schlachtbank müssen sie sich in eine Reihe stellen und warten. Erst einige Zeit später kommen zwei der Wüstenmänner zurück, die einen dritten Mann flankieren, der in teure Seide gehüllt ist. Er trägt einen großen Turban und schaut von oben herab die Menschen an, an denen er vorbeigeht. Von ihrer Position aus kann Marie deutlich seine abgehackte und näselnde Stimme hören. „Was habt ihr mir denn hier für Dreck mitgebracht?" Sein rechter Zeigefinger deutet auf einen älteren Mann, der nur noch aus Haut und Knochen besteht. „Was soll ich bitte mit dem da machen? Könnt ihr mir das bitte erklären? Den nimmt mir doch keiner mehr ab. Schmeißt ihn gefälligst in die Gosse zu den Kötern, vielleicht haben die noch eine Freude an seinen Knochen." Über seinen eigenen Witz lachend, reibt er sich seinen großen Bauch und tritt zum Nächsten. Ein missbilligendes Schnalzen seiner Zunge folgt seiner Beurteilung. „Der hier hat überall einen Ausschlag am Körper. Glaubt ihr etwa, ich will meine Kunden krank machen?" Den dritten Kandidaten schaut er sich genauer an und deutet mit einem Kopfnicken sein Einverständnis an. Auch der vierte und die fünfte Sklavin werden für gut befunden. „Seht ihr nicht, dass die da schwanger ist?", deutet er auf eine jüngere Frau und rollt mit den Augen. „Die müsst ihr einem anderen Händler anbieten. Ich beliefere nur hohe Häuser, die Arbeitssklaven brauchen." Schon wird die sechste Sklavin im Bunde aus der Reihe gerissen und unter Wehklagen weggebracht. Marie wird immer elender. Nur noch drei vor ihr, und sie ist mit der Frau, deren Name Rose ist, an der Reihe. Schon steht dieser fette Kerl vor ihnen und schaut sie grinsend an. „Wenn das nicht zwei schöne

Wüstenblumen sind!" Fast könnte man annehmen, der Sabber rinne ihm aus dem Mundwinkel, so begierig betrachtet er beide. Begeistert tritt er einen Schritt vor und schaut sich die Gesichter von Marie und Rose genauer an. „Diese Augenfarbe habe ich vorher noch nie gesehen. Ihr zwei seht fast wie Schwestern aus." Nachdenklich beginnt er sich am Kinn zu kratzen. „Die Idee gefällt mir außerordentlich gut." Beherzt dreht er sich weg und winkt einem seiner Gefolgsleute zu. „Bringt die beiden in das Zelt und kleidet sie gut. Wir werden sie später als Schwestern auf dem Haremsmarkt präsentieren. Wenn mich mein Gespür nicht trügt, und das tut es selten, dann werde ich ein kleines Vermögen mit euch einnehmen." Nach seinen Worten wendet er sich bereits dem nächsten Sklaven in der Reihe zu und lässt Marie verdutzt zurück. Diese wird zusammen mit Rose an den Händen ergriffen und zu einem in der Nähe stehenden Zelt gebracht. Eine unangenehme Duftwolke schlägt ihr entgegen, als der Eingangsstoff angehoben wird. In dieser Behausung befinden sich drei ältere Frauen, die sofort aufspringen und sich vor dem Überbringer verbeugen. Dieser blickt arrogant von oben herab und deutet auf sie und Rose. „Diese zwei müssen in spätestens drei Stunden fertig sein. Der ehrwürdige Salem möchte sie für die Haremsauswahl am Ende des Markttages aufstellen lassen." Demütig beugt eine der Frauen ihr Haupt noch ein zweites Mal. „Hat der hochehrwürdige Salem einen speziellen Wunsch, was die Frauen betrifft?" Ein Nicken begleitet seine nächsten Worte. „Lasst sie so gut wie möglich wie Schwestern aussehen." Schon hebt er wieder die Stoffbahn und geht zurück auf den Markt.

Zusammen mit Rose steht Marie vor den drei Frauen und würde am liebsten schreiend weglaufen. Rose hingegen steht immer noch total neben sich und spricht kein Wort. Kein Wunder bei diesem Verlust, denkt Marie sich und zieht Rose schützend hinter sich. „Meine Damen", beginnt Marie ihre Rede, „es tut uns leid, aber wir haben kein Interesse, als Sklaven auf diesem Markt verkauft zu werden. Wenn ihr uns bitte sagen würdet, wie wir hier herauskommen, wären wir euch sehr dankbar." Schallendes Gelächter folgt Maries Worten und eine der Frauen deutet zur Tür. „Ihr dürft gerne versuchen, zu entkommen, wenn euch der Sinn danach steht." Die anderen hingegen stecken ihre Köpfe in verschiedenste Truhen und holen die ersten Kleider hervor. Irritiert von dieser Aussage wendet Marie sich dem Zelteingang zu und schiebt den Stoff leicht zur Seite. Zu ihrem großen Entsetzen kann sie mehrere Männer erkennen, die sich direkt davor aufgestellt haben. Wütend lässt sie den Zeltstoff fallen und tritt in die Mitte. „Ich glaube, ihr habt mich nicht ganz verstanden. Somit formuliere ich meine Frage anders. Was, meine Damen, können wir tun, um nicht als Sklaven auf diesem Markt verkauft zu werden?" Wie es scheint, hat eine Frau Mitleid mit ihnen und dreht sich Marie zu. „Ihr könnt rein gar nichts dagegen tun. Das Einzige, was ihr machen solltet, ist, euch zu fügen, damit ihr in einen großen und edlen Harem kommt. Glaubt mir, ihr wollt nicht als störrische Frauen in einem der zahlreichen Freudenhäuser in Sabaku enden. Dieses Schicksal will keine erleiden." Ein eisiger Schauer rinnt Marie über den Rücken. Die Frau hat recht. Ein Freudenhaus ist wirklich das Letzte, was sie hier in dieser Stadt sehen möchte. Eine zarte Berührung an ihrer linken Seite lenkt Maries Aufmerksamkeit zu Rose. „Was hältst du von dieser Misere, Rose?" Sich leicht räuspernd, richtet Rose ihren Blick zu den drei Frauen. „Wascht uns bitte die Haare, schminkt unsere Augen und sucht uns die schönsten Kleider heraus, die ihr in diesen Truhen finden könnt." Die Frauen klatschen begeistert in ihre Hände und überschlagen sich fast in ihrem Eifer. Marie hingegen reißt entsetzt ihren Mund auf und verfällt in eine Schnappatmung. Gerade möchte sie Rose ihre Meinung geigen, als diese sich zaghaft lächelnd zu ihr umdreht und ihr zuzwinkert. Leise flüstert sie ihr zu: „Vertrau mir, Marie. Ich habe einen Plan, wie wir hier am einfachsten rauskommen." Ein tiefes Seufzen löst sich aus Maries Brust und zeigt damit ihre Kapitulation an. Sie ist zwar nicht begeistert von dieser Idee, aber da sie noch keinen eigenen Plan hat, fügt sie sich dem Unausweichlichen und spielt mit.

Der Pferch, in den Eric geführt wird, ist voll mit Pferden und Kamelen. Um ihn herum sind Menschen, die aufgeregt diskutieren und feilschen. Sie tragen Turbane in den verschiedensten Farben, die mit teuren Steinen verziert sind. Und wenn sie sich unterhalten, bewegt sich nicht nur ihr Mund, sondern meist der ganze Körper. Begleitet werden sie von ihren Sklaven, die in gebückter Haltung hinter ihnen stehen und ein rotes Band tragen müssen, das sich an ihrem Hand- oder Fußgelenk befindet. Die Aufregung auf diesem Platz ist groß. Mindestens fünfzig Händler präsentieren lautstark ihre Tiere und zeigen ihre exotischen Vögel her. Überall stehen Tiere eng aneinander und werden in einer lauten Feilscherei gegen Münzen eingetauscht. Gerade beobachtet Eric den Kauf einer Ziege. Anstelle von Gold in die Hand wird dem Händler jedoch einfach ein kleiner Junge vor die Füße geschmissen. Tränen benetzen sein junges Gesicht, während er sich an den Beinen des Verkäufers festhält und bettelt, bei seiner Mutter bleiben zu dürfen. Er ist doch erst fünf Jahre alt, denkt Eric entsetzt. Jünger, als er war, als seine Mutter aus seinem Leben verschwand. Am liebsten würde er den zwei Männern die Köpfe einschlagen, so sehr berührt ihn das Schicksal des Jungen. Was ist das nur für ein fürchterliches Land? In seinem Reich ist das doch sicher anders, oder? Niedergeschlagen von seinem eigenen Schicksal und dem Wunsch zu entkommen, brütet Eric weiter an einem Fluchtplan. Dummerweise fällt ihm aber auch jetzt noch nichts ein, wie er fliehen kann. Und noch während er an eine mögliche Flucht denkt, kommt ein großer, wohlgekleideter Herr in seine Nähe und bleibt einige Meter vor ihm stehen. Eric kann sofort die gesellschaftliche Stellung dieses Mannes erkennen. Seine Haltung und die Art, wie die anderen sich vor ihm verbeugen, verraten ihn. Alles in Erics Wesen sträubt sich dagegen, an diesen Mann verkauft zu werden, weswegen er bereits genug Pferdespeichel in seinem Mund gesammelt hat, damit er ihm eine volle Ladung entgegenspucken kann. Doch gerade als Eric loslegen will, hält er inne. Nein, dies wäre wohl keine gute Idee, denkt Eric missmutig und schluckt alles wieder runter. Ruhig bleibt er stehen und spitzt seine Ohren. Aus den Gesprächsfetzen kann er immer wieder die Worte Palast, Sultan, braves Pferd und Haremsdamen hören. Seine Gelegenheit witternd, stellt er sich besonders aufrecht hin und versucht edel zu wirken. Aber wie in drei Zauberers Namen sieht man als Pferd edel und brav aus? Kaum ist der wichtige Mann auf seiner Höhe, geht Eric angespannt einen Schritt zurück und versucht eine Verbeugung, indem er seine Beine nach vorne streckt und seinen Kopf senkt. Es sah zwar nicht edel aus, hat aber dennoch die Aufmerksamkeit des Mannes erregt. Dieser geht nun seinerseits auf ihn zu und streckt ihm die Hand entgegen. Gerade will Eric seinen Kopf hineinschmiegen, da wird er auch schon am Zaumzeug nach hinten gerissen.

„Verzeiht, hochehrwürdiger Semil, aber dieses Pferd ist nicht für zarte Männer geschaffen. Wir mussten es zu dritt bändigen, bis wir es unter Kontrolle hatten." Von dieser Aussage zutiefst gekränkt, funkelt der Fremde den Shujin wütend an. „*Ich* entscheide, ob ich ein Pferd streicheln möchte oder nicht. Wagt es noch einmal, mich belehren zu wollen, und Ihr werdet eine Hand verlieren. Als ranghöchstem Eunuch im Dienst des Sultans steht Ihr weit unter mir. Ich will mir dieses Pferd genauer anschauen, tretet also gefälligst zurück!" Eric verspürt eine unglaubliche Schadenfreude und muss fest an sich halten, damit er dem Sklaventreiber nicht seine Zunge herausstreckt. Können Pferde so etwas überhaupt? Sein guter Eindruck wäre auf jeden Fall wieder weg. Lieber die Zunge drin lassen und ihm später den Schweif ins Gesicht klatschen. Vorsichtig legt er seinen Kopf in die Hand des Eunuchen und lässt sich in die Augen und Ohren schauen. Danach werden seine Zähne betrachtet, seine Hufe werden inspiziert und sein Widerrist betastet. Die Inspektion seiner Männlichkeit hingegen verlangt ihm schon sehr viel mehr Willensstärke ab. Dies ist eine Erfahrung, die er definitiv nicht wiederholen möchte. Nach dieser körperlichen Bestandsaufnahme hätte Eric gerne tief durchgeatmet, kommt aber nicht dazu, da er die nächsten Worte des Eunuchen hört. „Bringt den Hengst in den Palast! Wenn wir ihn kastriert haben, wird er sicherlich keinerlei Gefühlsausbrüche mehr haben. Wahrscheinlich seid Ihr vorher an einer Stute vorbeigekommen. Als Wallach wird er für die Frauen des Sultans ein gutes Reitpferd abgeben.“

WAS?! Eric verfällt in eine Schockstarre. Er sieht noch, wie fünf Goldmünzen den Besitzer wechseln, und ist danach nicht nur entsetzt, sondern auch eingeschnappt. Nur fünf Goldmünzen? Er ist doch mindestens zehn wert, denkt er sich und dreht beleidigt den Kopf auf die Seite. Vorhin sind zwei Kamele für vierzehn verkauft worden. Es kann doch nicht angehen, dass er weniger wert ist als ein Kamel. Schon kommen zwei Sklaven und binden Eric los. Ihm wird das Zaumzeug abgenommen und stattdessen ein Halfter angelegt. Der Weg zum Palast führt quer durch die Stadt hindurch und somit direkt am Sklavenmarkt vorbei. Er versucht, hier besonders langsam zu gehen, da er hofft, vielleicht mit etwas Glück Marie in der Menge sehen zu können. Sein Blick schweift von einem Podest zum nächsten. Nirgends kann er sie entdecken. Er sieht zwar einige ihm bekannte Sklaven, aber leider nicht sie. Plötzlich wird seine Aufmerksamkeit gefesselt. Nicht weit von ihm entfernt ist wieder der kleine Junge. Er steht in einer Reihe mit anderen Kindern, die nacheinander auf eine Erhöhung gehen müssen. Eric kann noch mitanhören, wie ein Mann zwei Goldmünzen für den Jungen bezahlen möchte. Nun kommt sich Eric furchtbar dumm und unreif vor. Hat er sich nicht gerade fürchterlich darüber geärgert, als Pferd weniger wert zu sein als ein Kamel? Doch dieser Junge wird gegen eine Ziege eingetauscht und sofort wieder weiterverkauft, da ihn keiner brauchen kann. Eric kommt die Galle hoch. Nur zwei Goldmünzen für ein Menschenleben. Was ist nur aus dieser Welt geworden? Sobald er König ist, muss er sich Gedanken darüber machen, wie es seinen Untertanen ergeht und ob solcher Handel auch in seinem Reich praktiziert wird. Was für ein fürchterlicher Tag, denkt Eric und verlässt schweren Schrittes den Sklavenmarkt.

„Rose, ich komme mir total lächerlich vor“, murrt Marie und versucht, ihren nackten Bauchnabel mit ihren Armen zu verstecken. „Die sollten uns doch anziehen. Wieso fühle ich mich aber nackt?“ Auch Rosemarie ist ihre Begeisterung im Gesicht abzulesen. Der lange Schlitz an ihrem hauchdünnen Rock macht ihr am meisten Kopfzerbrechen. Besonders nervig findet sie jedoch die Kupfermünzen an ihrem Oberteil. Bei jeder Bewegung klimpern diese in einem stetigen Rhythmus. „Was soll *ich* denn sagen, Marie? Ich komme daher wie eine gigantische Kinderrassel. Diese Geräusche machen mich noch ganz wahnsinnig.“ Darauf beginnt Marie herzhaft zu lachen. „Ich habe dafür ein Fußglöckchen bekommen. Vielleicht wollen die, dass wir ihnen etwas vormusizieren.“ Beide stehen noch einige Zeit vor einem großen, verzierten Spiegel und schauen unglücklich ihre Spiegelbilder an. Ihre Haare fallen ihnen in offenen Wellen bis zu ihren Hüften und umschmeicheln die zarten Gewänder. Die silberne Farbe der Kleider passt hervorragend zu ihren grünen Augen und lässt beide sehr ähnlich erscheinen. „Wenn ich uns so betrachte“, spricht Rosemarie das aus, was Marie sich schon seit geraumer Zeit gedacht hat, „dann könnten wir wirklich Schwestern sein.“ Die drei älteren Sklavinnen stehen verzückt hinter ihnen und strahlen über das ganze Gesicht. „Ihr seht wirklich unglaublich schön aus. Wenn sich da kein Meister findet, der euch in seinen Harem aufnimmt, dann schaffen es auch keine anderen Frauen.“

Marie ist sich nicht sicher, ob sie sich über dieses Kompliment freuen oder sich in eine Vase erbrechen möchte. Schlussendlich beschließt sie jedoch, die erste Variante zu wählen, da gerade kein Blumengefäß in Reichweite ist. Kaum sind die letzten Handgriffe getan, kommt auch schon Salem herein. Mit einem wohlwollenden Nicken betrachtet er die beiden und umrundet sie langsam mit geübtem Blick. „Wie es scheint, habe ich hier zwei Diamanten gefunden“, säuselt er gut gelaunt und reibt sich seine Hände. Nur mit Mühe gelingt es Marie, sich zusammenzureißen und ihm nicht irgendeine spitze Antwort an den Kopf zu schleudern. Rose ist dahingegen viel geübter. Anstelle ihn mit Blicken zu erdolchen, wie es Marie gerade tut, schlägt sie ergeben die Lider nieder und verbeugt sich, bevor sie spricht. „Habt Dank für Eure schönen Worte. Wir fühlen uns sichtlich geehrt." Innerlich verdreht Marie die Augen. Was für ein gequirlter Zwergenrotz! Wir sind einfach nur zwei halbnackte Frauen, die von irgendwelchen lüsternen Männern angestarrt und dann an den Höchstbietenden verkauft werden. Da kann ich gut und gerne auf dieses dumme Kompliment verzichten. Als hätte Rose ihre Gedanken gehört, rempelt sie Marie unsanft ihren linken Ellenbogen in die Seite und deutet mit ihren zwei Fingern an, dass sie gefälligst grinsen und auf brave Frau machen soll. Wie sehr sie so etwas doch hasst, knirscht Marie innerlich mit ihren Zähnen, während sie ein aufgesetztes Lächeln zeigt.

Sobald sie das Zelt verlassen haben, drehen sich hunderte von männlichen Köpfen zu ihnen. Marie könnte wetten, dass sich Schlachtvieh genauso elend fühlen muss wie sie gerade eben. Wehe, Roses Einfall geht nach hinten los! Dann ist sie die Erste, die Marie mit diesem seltsamen Schleier an ihrem Kopf erwürgen wird, denkt Marie und versucht die gaffenden Gesichter auszublenden. Beide werden in die Mitte des Sklavenmarktes geführt und auf ein großes Podest geleitet. Alle anderen Erhöhungen scheinen bereits verwaist zu sein, was das große Interesse an ihnen erklärt. Sie sind heute wohl die letzte Hauptattraktion. Pfiffe werden laut und zeigen den bereits beginnenden Preiskampf. Was seltsam ist, da sie noch nicht einmal auf der Erhöhung angelangt sind. Sobald sie oben sind und aufgefordert werden, sich um die eigene Achse zu drehen, werden die Stimmen der Männer immer aggressiver. Nur am Rande bekommt Marie die Gebote mit. Als sie die stolze Summe von dreißig Goldmünzen hört, muss selbst sie schlucken. So viel Geld hat sie in ihrem Leben noch nicht verdient, geschweige denn gesehen. Und wie es scheint, bricht ein regelrechtes Handgemenge zwischen den Männern aus. Es hat wohl noch nie eine Frau mit dieser Augenfarbe auf einer Auktion gegeben. Geschweige denn natürlich zwei. Plötzlich verstummen die Stimmen und die Männer mit ihren Turbanen knien sich ehrfürchtig auf den Boden. Marie braucht ein paar Sekunden, bis sie den Mann auf dem schwarzen Hengst sieht. Das Pferd gefällt ihr ausnehmend gut, aber der dicke Bauch des Mannes und seine Hakennase zerstören auf grausame Weise das Bild. Sein Turban ist ungefähr doppelt so groß wie die der anderen, ihn zieren unzählige wertvolle Steine. Kein Zweifel! Das muss der Sultan sein. Ein kurzer Wink mit seiner Hand, und ein stämmiger, gut gekleideter Mann ohne Haare schreitet durch die Menge. Er hat einen Beutel Gold dabei, den er Salem in die Hand drückt, woraufhin er die Auktion für beendet erklärt. Die Augen von Salem leuchten gierig und er versucht, den Beutel in seinen Händen zu wiegen. Rose grinst Marie siegessicher entgegen und zwinkert ihr zu, während sie plötzlich bewacht von Soldaten zum Palast eskortiert werden. Eines muss Marie der kleinen Rose schon lassen: Sie hatte mit ihrer Einschätzung der Dinge tatsächlich recht. Aber ob sie so einfach aus dem Palast fliehen können, wagt sie zu bezweifeln.

Am späten Nachmittag am Rande des Märchenwaldes

„Wisst ihr, auf was ich mich am meisten freue?“ Hocherhoben thront Hans auf seinem Pferd und grinst bis über beide Ohren. „Ist es die kleine Blonde aus der Küche oder die Vollbusige aus der Taverne?“, überlegt Juan und zwinkert Sven verschwörerisch zu. Dieser verschluckt sich aufgrund der Aussage böse an seinem Trinkschlauch, sodass ihm das Wasser aus der Nase rinnt. „Hans und Frauen? Vorher lerne ich fliegen, bevor der eine abbekommt.“ Hans hingegen lässt sich nicht aus der Ruhe bringen und wirft Sven sogar eine Kusshand zu. „Ich schätze, er freut sich auf ein weiches Bett“, kommt es von Giselagunde, die wieder vor Aron auf dem Pferd sitzt. „Nein, wieder falsch“, entgegnet Hans. „Märchenhimmel nochmal, Hans! Dann sag es halt endlich und geh mir nicht weiter auf die Nerven.“ Arons Laune ist auf einem Tiefpunkt angelangt, nachdem er schon wieder einen ganzen Tag mit Giselagunde auf engstem Raum verbringen musste. „Gut, wenn ihr es unbedingt wissen möchtet. Ich freue mich darauf, endlich ein wohliges Bad nehmen zu können. Das solltet ihr im Übrigen auch bald machen, da ihr wie hundertjährige Zwergensocken stinkt.“ Genervt rollt Sven mit seinen Augen. „Ich habe doch gleich gewusst, dass es wieder irgendeine Belanglosigkeit ist.“ Daraufhin verlässt ein Lachen die Lippen von Hans. „Belanglos? So wie du riechst, könnte man meinen, du verfaulst gerade innerlich. Falls du also ein Auge auf die Vollbusige geworfen hast, würde ich dir doch dringend vorschlagen, meinen Rat zu beherzigen.“ Sven will schon vehement widersprechen, als ihm Juan zuvorkommt. „Wo er recht hat, hat er recht. Du stinkst wirklich besonders schlimm, Sven.“ Verdutzt hält Sven inne und hebt seine Achsel für eine Geruchskontrolle. Angewidert zieht er kurz darauf seine Nase zurück. „Gut, du hast gewonnen, Hans. Ich gehe also vor dir in die Wanne.“ Sofort verflüchtigt sich das Lächeln auf dem Gesicht von Hans. „Das wagst du nicht! Ich werde zuerst baden und dann kannst du dich gerne in mein abgestandenes Wasser setzen.“ Wütend funkelt Sven zurück. „Wenn du glaubst, ich lasse mir von einem Besenstiel etwas sagen, dann hast du dich aber geschnitten.“ Hans zügelt sein Pferd und lenkt es näher an Sven heran. „Wen nennst du hier einen Besenstiel, du Möchtegern-Armbrustschütze?“, schimpft Hans und sieht seinen Kameraden weiterhin böse an. Kurz darauf ist ein handfester Streit zwischen den beiden ausgebrochen und hallt laut durch den Wald.

Aron schließt gereizt seine Augen. Was hat er nur verbrochen, um mit diesen Kindsköpfen unterwegs sein zu müssen? Wenn sie wirklich die besten Soldaten sein sollen, die das Königreich des Märchenwaldes zu bieten hat, na dann gute Nacht. Wie ihr Reich damals so lange den Krieg aushalten konnte, ohne direkt zu verlieren, ist ihm bis heute ein Rätsel. Aber was hat man als König schon für eine Wahl, wenn die Königin kurz nach dem Kindbett auf einer Erholungsreise verschwindet? Da ist der Zwang groß, einen Krieg zu beginnen. Leider weiß bis heute keiner, welches andere Reich die Königin verschleppt hat, wobei kurz darauf die Königin von König Barboss angeblich weggelaufen sein soll. Ob sie etwas gewusst hat und aufgrund dessen ihren Mann verlassen hat? Aber das ist im Moment alles nebensächlich, weil seine Kameraden sich gerade wie zwei unreife Kinder aufführen und sie eigentlich Wichtigeres zu tun hätten, um einen weiteren Krieg zu vermeiden. Deswegen fackelt Aron nicht lange und erhebt seine Stimme, um den Streit zu beenden. „Vielleicht kann euch Giselagunde helfen. Als gute Fee kann sie euch sicher neue Kleidung und einen angenehmen Körpergeruch zaubern." Um sein Argument zu unterstreichen, fährt er sich über seinen seit kurzem kahl rasierten Kopf. Schlagartig sind alle Streitereien beigelegt. „Das ist wirklich nicht nötig", wirft Sven sofort ein. „So dringend muss ich nun wirklich nicht baden." Auch Hans kommt augenblicklich darauf zu sprechen. „Kein Problem! Sven kann gerne vor mir baden. Kein Grund, extra zaubern zu müssen. Ich warte gerne." Verwirrt dreht Giselagunde sich zu Aron und sieht zum ersten Mal ein Lächeln im Gesicht des stolzen Kriegers. Es sieht zwar ein wenig schadenfroh aus, aber wenigstens ist da mal eines. Ungefähr zehn Minuten später verlassen sie den Wald und können die Schlossmauern vor sich sehen. Giselagunde ist fürchterlich aufgeregt. Wie wird wohl König Ludwig auf sie reagieren, wenn er sie wiedersieht? Es hilft aber nichts! Sie brauchen dringend Antworten. Und hier ist der einzige Ort, an dem sie diese erhalten können.

„Was heißt das, ihr habt meine Tochter und den Prinzen Theodor aus den Augen verloren?", donnert König Ludwig wütend. Die Soldaten knien direkt vor ihm und halten den Kopf gesenkt. Giselagunde hat sich in eine Ecke gestellt und sieht sich schon seit längerer Zeit einen imaginären Fleck auf ihrer Schuhspitze an, während ein entsetzter Haushofmeister zusammengesunken auf einem Stuhl sitzt und sich Luft zufächelt. Mit verschränkten Armen auf dem Rücken geht Ludwig seine Kreise im Roten Salon und ist außer sich. Seine einzige Tochter, verschwunden mit dem jüngsten Prinzen des Nachbarreiches! Ist er denn nur von Dilettanten umgeben? Da ist dann das Wiedererscheinen dieser untalentierten Fee nur noch das i-Tüpfelchen für seinen nahenden Nervenzusammenbruch. Sie haben nur noch zwei Wochen, sonst nimmt der Fluch seinen Lauf und fällt über die Reiche her. Alles hätte so einfach sein können. Aber anstelle einer kurzen Hochzeit verwandelt sich sein zukünftiger Schwiegersohn in ein Schwein und seine Tochter verschwindet mit dessen jüngerem Bruder. Jetzt kann er sich aussuchen, was schlimmer ist. Ein Fluch oder das Wiederaufleben des Krieges zwischen den Reichen? Wie genau soll da ein König kein Magengeschwür bekommen? Geistig erschöpft, lässt Ludwig sich neben Klausen auf einen Stuhl fallen und vergräbt seinen Kopf zwischen seinen Händen. „Bitte, erzählt weiter. Recht viel dramatischer kann es ja kaum noch werden“, stöhnt Ludwig und gibt Aron ein Zeichen, fortzufahren. „Na ja!“, druckst dieser herum. „Theoretisch gibt es da schon noch etwas, was die ganze Sache verkompliziert.“ Ludwig lacht freudlos auf. „Noch komplizierter als ein flüchtiger Schweineprinz? Da bin ich jetzt aber mal gespannt.“ Hilfesuchend schaut sich Aron im Raum um. Keiner seiner Kameraden hat Lust, den König nach dieser Marie zu fragen. Also bleibt wieder alles an ihm hängen. Deswegen nimmt er Haltung an und spricht einfach drauflos: „Wie es scheint, gibt es eine weitere Person in diesem Durcheinander. Sie heißt Marie, lebte wohl hier im Schloss, verübte ein Attentat auf den Prinzen, reist nun mit dem Prinzenschwein durch das Land und hat nebenbei die Trolle von ihrem Steinfluch erlöst.“ Grabesstille kehrt in den Raum ein und Ludwig vergräbt seinen Kopf noch tiefer in seinen Händen.

Diesen Moment nutzend, tritt Giselagunde vor. „Wenn Ihr erlaubt, Königliche Hoheit, dann würde auch ich gerne noch etwas dazu sagen.“ Seinen Kopf nicht hebend, deutet er nur eine kurze

Handbewegung an. „Der Soldat Aron hat meiner Meinung nach ein sehr wichtiges Detail vergessen.“ Verlegen knotet sie mit ihren Händen an ihrem langen Seidenrock herum. „Sprich!“ König Ludwig hebt den Kopf und schaut sie kritisch an. „Der Trollprinz hat mir erzählt, wie wunderschön grün die Augen von Marie waren und dass den Fluch nur eine jungfräuliche Prinzessin mit einem reinen Herzen auflösen konnte.“ Wütend steht Ludwig auf und donnert los: „Was redest du da für einen Blödsinn? Ich habe nur eine Tochter. Es muss sich hier eindeutig um eine böse Hexe handeln.“ Gerade will der König nach weiteren Soldaten rufen, damit diese die falsche Prinzessin suchen und einsperren, als sich Haushofmeister Klausen kleinlaut meldet. „Eure Hoheit, ich kenne das Mädchen Marie.“ Gespannt richten sich alle Augen auf Klausen, der sich aufrechter hinsetzt. „Die junge Küchenhilfe Marie arbeitet, schon seit sie laufen kann, hier im Schloss. Sie wurde vor ungefähr einundzwanzig Jahren als Säugling im Schlossgarten gefunden und von dem alten Gärtnerehepaar aufgezogen. Sie ist tatsächlich herzensgut und hat wirklich die gleiche Augenfarbe wie Ihr und Eure Tochter.“ „Zufall! Reiner Zufall!“, donnert König Ludwig. „So eine Augenfarbe kann schließlich jeder haben.“ Sofort meldet sich wieder Giselagunde zu Wort. „Da muss ich Euch leider widersprechen. Diese Augenfarbe war ein Geschenk von uns Feen an Eure Großmutter. Nur ihre Nachfahren können eine solche haben.“ Verwirrt schüttelt Ludwig den Kopf. „Das wusste ich gar nicht. Aber dennoch! Ich wüsste doch, wenn ich vor einundzwanzig Jahren eine Tochter gezeugt hätte. In dieser Zeit habe ich gerade meine geliebte Frau kennengelernt und geheiratet.“ „Zweiundzwanzig“, kommt es leise von Sven. „WAS?“, schreit König Ludwig. Trotz seiner Verunsicherung spricht Sven dennoch lauter. „Ich sagte, zweiundzwanzig. Es müsste vor zweiundzwanzig Jahren gewesen sein.“ Gerade will Ludwig wieder seine Stimme erheben, als er plötzlich kalkweiß im Gesicht wird und sich setzen muss. Haushofmeister Klausen springt sofort von seinem Stuhl auf und bringt seiner Majestät ein Glas Wasser. Dieser beachtet das

Wasserglas aber nicht, sondern starrt schon seit längerer Zeit in die Luft. Leise murmelt er vor sich hin. „Das kann nicht sein! Das konnte doch nicht passieren! Wie ist das möglich? Warum wusste ich nichts davon?“ Gespannt stehen die anderen um ihn herum und warten sehnsüchtig auf die Antwort von König Ludwig. Bedacht nähert sich die Fee dem König. „Majestät, es wäre für unsere Suche sehr von Vorteil, wenn wir mehr über diese Marie wüssten.“

Wie aus einer Trance erwachend, schüttelt König Ludwig seinen Kopf und blickt Giselagunde ins Gesicht. Er seufzt tief und fängt zu sprechen an. „Kurz bevor ich meine Frau kennenlernte, besuchte ich die Nachbarreiche. Ich wollte mit den jeweiligen Herrschern Handelsabkommen schließen. Bei den Zwergen verbrachte ich die längste Zeit und freundete mich gut mit König Gunterich an. Eines Abends beschloss ich, allein auf Entdeckungstour zu gehen, und wagte mich tiefer in die Höhlen der Diamantberge. Der Zwergenkönig hatte mir zwar immer Geschichten über feuerspeiende Monster erzählt, die in den Tunneln hausen, ich tat dies jedoch als Aberglaube ab. Naiv und neugierig, wie ich war, stolperte ich also in ein Abenteuer, ohne es vorher durchdacht zu haben. Lange Rede, kurzer Sinn. Ich fand die Drachen und die Drachen fanden mich. Gerade wollte mich eine Schar von ihnen grillen, als aus dem Nichts eine Frau mit Haaren so schwarz wie die Nacht und einer etwas ungewöhnlichen Nase kam und mich heimlich in einen Gang zerrte und vor den Monstern versteckte. Da ist es halt passiert.“ „Was ist passiert?“, wirft Hans ein und handelt sich von Juan eine Kopfnuss ein. Klausen steht da und streicht nachdenklich über seinen Bauch. „Irgendwie wirft dieses Ereignis noch weitere Fragen auf. Wer war diese Frau und warum legt sie Euer Kind einfach schutzlos im Schlossgarten ab?“ König Ludwig zuckt ahnungslos mit seinen Schultern. „Ich habe keine Ahnung, wer diese Frau war. Sie hat mir kurz darauf den Ausgang gezeigt und ist wieder in den Tunneln verschwunden. Ich habe sie nie wiedergesehen.“ „Mhm!“, kommt es von Klausen. „Wisst Ihr, was das heißt, Eure Majestät?“ Genervt winkt König Ludwig ab. „Jaja, Klausen, ich weiß. Ich habe wohl eine uneheliche Tochter.“ Etwas pikierter schaut der Haushofmeister zurück. „Nicht ganz, Eure Hoheit.“ „Was denn noch?“, ist die etwas pampige Antwort des Königs. „Ihr habt eine *ältere* uneheliche Tochter.“

Kurz stockt Ludwigs Atmung, bevor er zu lachen beginnt. Er springt von seinem Stuhl, klatscht in die Hände und irritiert alle damit. „Dann ist ja alles gut!“ Jetzt schaut auch Haushofmeister Klausen recht seltsam seinen König an. „Äh, wie meint Ihr das?“, lässt es sich Aron nicht nehmen, nachzufragen. „Wenn ich es richtig verstanden habe, dann ist meine ältere Tochter mit dem älteren Prinzen und meine jüngere Tochter mit dem jüngeren Prinzen unterwegs, oder?“ Etwas verwirrt antwortet Aron darauf: „Ja, so ist es!“ Wieder klatscht König Ludwig. „Dann gibt es einfach eine Doppelhochzeit.“ „Ja, schon!“, wirft der absolut verwirrte Haushofmeister Klausen ein. „Aber alle Beteiligten sind doch verschwunden und kennen die Wahrheit ja überhaupt nicht.“ „Dann geht sie suchen und sagt ihnen das!“, donnert die feste Stimme des Königs durch den Raum. „Muss man denn als König an alles denken? Und beachtet bitte, dass ihr zuerst Marie suchen müsst, da sie es ist, die Prinz Eric in spätestens zwei Wochen heiraten muss, damit der Fluch nicht über uns hereinbricht. Meine jüngere Tochter werden wir später schon wiederfinden. Einfach so mit dem anderen Prinzen durchzubrennen! Ich habe mich gleich gewundert, wieso sie unbedingt das Schloss verlassen wollte. Jetzt auf und keine Müdigkeit vorschieben! Schließlich muss geheiratet werden.“ Kaum hat König Ludwig seine kleine Rede beendet, scheucht er alle Anwesenden aus dem Raum und schließt die Türen. Verdutzt stehen die Soldaten und Giselagunde davor und schauen sich gegenseitig an. Der immer noch leicht überrumpelte Haushofmeister Klausen ergreift als Erster das Wort. „Ihr habt den König gehört. Macht euch auf die Suche nach Prinzessin

Marie und bringt sie und den Prinzen zurück!" Aron schlägt militärisch seine Fersen zusammen. „Jawohl, Herr Haushofmeister", dreht er sich weg. Missmutig folgen ihm die anderen drei. „Das war es wohl mit meinem Bad", jammert Hans. „Wartet!", stolpert ihnen die Fee hinterher. „Bevor wir gehen, brauche ich noch etwas aus den persönlichen Sachen von Marie." Da war ja noch etwas, denkt Aron sich und hält inne. Die Fee müssen sie ja immer noch mitschleppen. „Gut!", antwortet er mürrisch. „Dann hole etwas von ihr, während ich ein Pferd für dich satteln lasse." Erschrocken bleibt Giselagunde stehen. „Ich kann doch gar nicht reiten." „Dann lerne es!", kommt die genervte Antwort von Aron, bevor er um die Ecke verschwindet und sie mit nervöser Schnappatmung zurücklässt.

Im Palast des Sultans

Marie kann sich gar nicht sattsehen. Überall Marmor, Gold, Edelsteine, seltene Tiere und Pflanzen. So etwas hätte sie niemals für möglich gehalten. Mit offenem Mund folgt sie zusammen mit Rose den Soldaten immer weiter ins Innere des Palastes. Der Sultan muss unglaublich reich sein, so wie das hier aussieht, denkt Marie beeindruckt. Dagegen sind die Schlösser im Zaubersee und im Märchenwald nur ein kümmerlicher Abklatsch. Je mehr sie jedoch sieht, desto schlechter wird ihre Laune. Wahrscheinlich ist er so reich, weil er Menschen versklavt, anstelle sie gut zu bezahlen, schnauft sie wütend. Es ist keine Kunst, Geld anzuhäufen, wenn man es durch das Leid anderer erwirbt. Marie ist hin- und hergerissen zwischen Begeisterung und Abscheu, je mehr sie von dem Palast zu sehen bekommt. Zum Schluss werden sie in eine große Halle gebracht, in der ein atemberaubend großer Springbrunnen steht. Aus ihm kommen dutzende von Fontänen und plätschern laut in ein großes Becken, in dem sich viele farbenprächtige Fische tummeln. Die Tür wird hinter ihnen geschlossen und sie werden allein gelassen. „Das ist ja der Wahnsinn, Rose“, kann sich Marie nicht länger zurückhalten. „Auch wenn der Sultan ein menschenausnutzendes Monster ist, hat er dennoch Geschmack.“ Aufgeregt geht sie von einer Ecke zur nächsten und bestaunt die verschiedensten Gegenstände. „Sieh mal!“, winkt Marie aufgeregt und fährt zärtlich über die große Glasskulptur eines Pferdes. „Du musst das unbedingt einmal anfassen! Es ist so glatt und kühl. So etwas gab es in dem Schloss, in dem ich gearbeitet habe, nicht. Und selbst wenn“, lacht Marie belustigt, „hätte unsere Prinzessin es sicherlich aus Trotz an die nächste Wand geschleudert und zerbrochen. Wir Dienstboten haben häufig hinter vorgehaltener Hand Wetten abgeschlossen, was sie wohl als Nächstes zerstören wird.“

Rosemarie hält in ihrer Bewegung inne, als sie die Worte von Marie hört. Etwas zittrig dreht sie sich zu Marie und betrachtet sie genauer. „In welchem Schloss hast du denn gearbeitet?“, möchte sie sogleich wissen und spielt nervös mit ihren Haaren. Marie schaut auf und lächelt sie an. „Ich komme aus dem Reich des Märchenwaldes“, sagt sie erheitert und lässt ihre Hand von der Glasskulptur sinken, während sie gemächlich auf Rosemarie zukommt. Diese ist jedoch gerade tief in Gedanken versunken. Bin das ich, von der sie spricht? Nehmen mich meine Untertanen wirklich so wahr? „Woher kommst du, Rose?“ Von dieser Frage überrumpelt, weiß Rosemarie erst einmal nicht, was sie antworten soll. Sie ist sich immer noch nicht sicher, wie sinnvoll es wäre, wenn andere ihre Identität kennen würden. Würden sie sie als Prinzessin zurück zu ihrem Vater schicken oder als wertvolle Beute betrachten? Und was würde Marie denken, wenn plötzlich die vorher erwähnte Prinzessin vor ihr stehen würde? Verwirrt von dem Wunsch, sich ihrer neuen Freundin anzuvertrauen, und der Angst, verraten zu werden, äußert sie das Erste, was ihr auf die Schnelle einfällt. „Wir Jäger haben keinen festen Wohnort. Wir reisen häufig herum und sind eigentlich nirgendwo zuhause.“ Sofort ist Maries Interesse geweckt. „Das klingt ja richtig aufregend. Wo bist du schon überall gewesen?" Unsicher schluckt Rosemarie und setzt sich auf den Rand des Brunnens. Irgendwie muss sie Marie von diesem Thema wegbringen und überlegt deswegen fieberhaft, wie sie dies schaffen könnte. Vorsichtig streckt sie ihre Hand ins Wasser und lässt die Fische daran knabbern. Ein leises Kichern kommt über ihre Lippen, bevor sie ausweichend antwortet: „Wir waren mal da und mal dort. Meistens in Wäldern oder Feldern. Wir meiden die Städte und sind häufig für uns. Aber erzähl doch ein wenig von dir! Wieso hätte die Prinzessin das Glaspferd an die nächste Wand geschmissen?" Ein genervtes Schnauben kommt über Maries Lippen. Sie setzt sich ebenfalls auf den Rand des Brunnens und spielt mit dem kühlen Nass. „Prinzessin Rosemarie ist das einzige Kind unseres Königs. Aufgrund dessen wird sie von ihm von vorne bis hinten verhätschelt. Es vergeht kein Tag, an dem sie ihre Launen nicht an irgendwem oder irgendetwas auslässt. In meinen Augen ist sie absolut verzogen und vollkommen ungeeignet, unser Reich zu regieren." Rosemarie muss nach diesen harten Worten einen dicken Kloß herunterschlucken. Damit hat sich die Frage wohl erledigt, ob es sinnvoll ist, Marie ihre wahre Identität zu verraten. Sie hat wohl keinen allzu guten Ruf bei ihrem Volk. Seltsam ist jedoch, dass Marie sie nicht als Prinzessin erkennt. Daraufhin stellt Rosemarie ihre nächste Frage. „Kennst du sie denn persönlich?" Marie überlegt, schüttelt dann jedoch den Kopf. „Persönlich kenne ich sie nicht. Ich bin nur ein einfaches Küchenmädchen, welche für die Kamine zuständig ist. Ich darf keinen Kontakt zu den Königlichen Hoheiten haben." Verwundert schaut Rosemarie ihre Freundin an. „Das heißt, du hast die Prinzessin in all den Jahren nie zu Gesicht bekommen?" Sogleich schüttelt Marie ein weiteres Mal ihren Kopf. „Ich habe sie zwar öfter aus der Ferne gesehen, aber ihre komischen, hässlichen Hüte verdeckten meistens ihr Gesicht." Rosemarie will daraufhin sogleich erklären, dass diese Kopfbedeckungen extra für sie aus einem fremden Land verschifft wurden, kann sich aber gerade noch zurückhalten. Beinahe hätte sie sich verraten. Sie muss unbedingt besser aufpassen. „Was ich jedoch am nervigsten finde, ist die Tatsache, dass die Prinzessin ebenfalls grüne Augen hat. Das ist leider der Grund, warum mich ein paar Dienstboten immer wieder aufziehen und mich Aschemarie oder Pechmarie nennen." Mitfühlend legt Rosemarie eine Hand auf Maries Schulter. „Lass dich von anderen nicht so leicht ärgern. Du bist ein wundervoller Mensch und wirst sicherlich nicht wie die Prinzessin aus Wut mit Dingen um dich schmeißen." „Also was das betrifft", verzieht Marie das Gesicht und reibt sich verlegen den Hals, „könnte ich schon dazu neigen, Sachen zu schmeißen, wenn meine Gefühle mit mir durchgehen." „Gut zu wissen", grinst Rosemarie schelmisch. „Das werde ich mir merken."

„Wie geht es eigentlich deinen Füßen?" Rosemarie holt verdutzt ihre Hand aus dem Wasser und schüttelt sie trocken. Beherzt greift sie ihre Füße und zieht sich die Schuhe aus. Verwirrt betrachtet sie ihre makellosen Fußsohlen. Jetzt, wo sie ihre Füße sieht, ist ihr erst bewusst, dass sie schon seit Stunden keine Schmerzen mehr hat. „Wie ist das möglich?" Sie hält Marie ihre Füße vors Gesicht und beginnt zu lachen. „Ich weiß zwar nicht, wie, aber meinen Füßen geht es hervorragend." Gerade will sie freudig herumtanzen, als aus der Tür zu ihrer Rechten der stämmige Mann mit dem kahlgeschorenen Haupt tritt. Er ist vollkommen in Weiß gekleidet und schaut beide sehr intensiv und musternd an. Etwas eingeschüchtert hält die Prinzessin in ihren Bewegungen inne und stellt sich aufrecht hin. „Bei was genau habe ich dich unterbrochen?", möchte der Fremde wissen und schaut sie abwartend an. Ein wenig verlegen senkt Rosemarie ihren Kopf. „Ich wollte gerade tanzen." Gemächlich nähert sich der Mann und stellt sich direkt vor die beiden Frauen. „Bist du eine Tänzerin?"

Irritiert schaut Marie diesen Kerl an. „Wieso möchtet Ihr das wissen?" Böse wendet er seinen Blick und funkelt sie an. „Ich habe nicht mit dir gesprochen. Sprich nur, wenn der Sultan oder ich dich direkt auffordern. Ansonsten hast du als Frau zu schweigen.“ Empört will Marie gerade kontern, wird jedoch von Rose zurückgehalten. Diese legt ihre Hand sanft auf die Schulter von Marie und lächelt ihr zu. „Verzeiht bitte meiner Schwester“, vollführt sie einen tiefen Knicks und lässt ihr Haupt gesenkt. „Wir sind nur zwei verängstigte Frauen, deren Schicksale in Euren ehrwürdigen Händen liegen. Bitte verratet uns, was mit uns geschehen soll.“ Wieder etwas besänftigt, lächelt er Rose zu und streicht über seinen Bauch. „Der Sultan möchte euch seinen zwei ältesten Söhnen zum Geschenk machen. Er will seine Königswürde bald abgeben, kann sich aber nicht entscheiden, wer der nächste Herrscher werden soll. Deswegen wurde verfügt, dass der Sohn, der als Erster einen männlichen Nachkommen mit seinen Frauen gezeugt hat, der nächste Sultan werden wird. Ihr seht also, es erwartet euch eine wichtige Aufgabe.“

Jetzt läuft es sogar Rosemarie kalt den Rücken herunter. „Frauen? Wie viele haben die denn?“, rutscht es hingegen Marie heraus. Wieder richten sich zornige Augen auf sie. „Da werden wir wohl ein bisschen an deinem Benehmen arbeiten müssen. Streck deine Hände aus!“ Skeptisch und eingeschüchtert tut Marie, was dieser Mann von ihr möchte. „Nein, nicht so!“, tadelt er sie jedoch und verdreht theatralisch seine Augen. „Die Handflächen zeigen nach oben.“ Keine Sekunde später klatscht ein dünner Stock sehr schmerzhaft auf Maries Hände. Vollkommen überrumpelt zieht sie ihre Hände zurück. „Spinnt Ihr? Das hat richtig wehgetan.“ Ein missbilligender Schnalzton verlässt die Lippen des Mannes. „So wird das nichts!“ Durch seinen leisen Pfiff stürmen sofort zwei Soldaten in den Raum und verbeugen sich tief. Mit einem Kopfnicken zu Marie deutet er den Männern an, sie festzuhalten. Panisch versucht sie sich aus den Griffen der Männer zu befreien. „Haltet ihre Hände! Aufgrund ihres losen Mundwerkes Männern gegenüber fehlen noch neun Stockhiebe.“ Ihr ganzer Körper beginnt zu zittern und ihre Atmung beschleunigt sich, während Rosemarie nicht weiß, wie sie helfen kann, und mit schreckgeweiteten Augen einfach nur dasteht. „Mädchen, es ist ganz einfach. Streck deine Hände aus, ertrage deine Strafe und bedanke dich später für meine Hilfe, dich zu erziehen. Sei stolz darauf, vom diensthöchsten Eunuchen des Palastes belehrt worden zu sein.“ Doch anstelle demütig zu sein, kommt die Wut in Marie empor. Am liebsten würde sie ihren Fuß diesem unsympathischen Fettwanst sonst wohin treten. Aber würde dies bei einem Eunuchen überhaupt funktionieren? Ein Blick zu der ängstlichen Rose lässt sie jedoch innehalten. Wer weiß schließlich, welche Grausamkeiten diesem Mann noch einfallen, wenn sie sich jetzt weigert und nach ihm tritt? Tief durchatmend beschließt Marie, ihre Gegenwehr zu beenden und dem Mann ihre Handflächen tapfer entgegenzustrecken. Dennoch schaut sie ihrem Folterknecht wütend in die Augen, obwohl jeder Schlag ihre Tapferkeit weiter nach unten sinken lässt. Doch trotz der Tatsache, dass sich in ihren Augenwinkeln Tränen sammeln, kommt von ihren Lippen kein Laut. Der letzte Schlag ist der schlimmste und zwingt sie beinahe in die Knie. „Na, siehst du! Es geht doch!“, schenkt er ihr danach ein selbstgefälliges Lächeln. „Und weil ich ein netter Mensch bin, werde ich deine Frage gerne beantworten. Prinz Mustus’ Harem fasst bereits fünfzehn Frauen und der seines zwei Jahre jüngeren Bruders Prinz Vermon ist mit zwölf Frauen gerade im Entstehen.“ Nur mit äußerster Willenskraft kann sich Marie zurückhalten. Ich glaube, die spinnen! Wenn die wirklich annehmen, ich werde Frau Nummer sechzehn oder dreizehn, dann haben die sich aber geschnitten! Schmerzhaft reibt Marie sich ihre Hände und funkelt weiterhin den Eunuchen böse an.

Rosemarie hingegen versucht die Wogen zu glätten und verbeugt sich wieder einmal und lenkt dadurch die Aufmerksamkeit von Marie weg. „So, nun zurück zu meiner Frage. Seid ihr Tänzerinnen?“ Lächelnd blickt Rosemarie auf. „Nicht direkt, Hochehrwürdiger. Erlaubt mir bitte die Frage zu stellen, zu welchem Anlass wir tanzen sollen? So kann ich erahnen, ob unsere Tanzkünste angemessen sind.“ Wohlgefällig nickt der Eunuch. „Ihr sollt morgen Abend für den Sultan und seine Söhne tanzen, damit sie sich besser entscheiden können, wer welche von euch haben möchte. Sobald die Entscheidungen getroffen sind, werdet ihr daraufhin zu den Gemächern der Prinzen geführt und dem Harem einverleibt." Rosemarie hat größte Schwierigkeiten, ihre Gesichtsmimik aufrechtzuerhalten. „Wie Ihr wünscht, Hochehrwürdiger. Morgen Abend werden wir mit Freuden für den Sultan und die Prinzen tanzen. Damit wir dies jedoch zu Eurer vollsten Zufriedenheit ausführen können, bräuchten wir ein bisschen Zeit und einen ruhigen Raum zum Üben." Erfreut nickt der Eunuch und wendet sich zu seinen Soldaten. „So soll es sein. Bringt sie in das große Gemach am Ende des Ganges! Da können sie sich ausruhen und haben genügend Platz zum Tanzen." Ohne große Verabschiedung dreht sich der Mann weg und schreitet durch die große Tür, aus der er zuvor gekommen ist, davon. Marie und Rosemarie folgen den Soldaten und befinden sich fünf Minuten später in einem großen Schlafzimmer, an dessen Wänden überall reich verzierte Bilder hängen und wo ein riesiges Bett mit Dutzenden von Kissen in der Mitte steht. Sofort nimmt Marie Anlauf und lässt sich bäuchlings aufs Bett fallen. „Oh, du meine Güte!", jauchzt Marie freudig. „Dieses Bett ist fantastisch. Es ist so weich und seidig und viel größer als meine kleine Kammer im Schloss. Ich werde hier nie wieder aufstehen. Du kannst dir gar nicht vorstellen, wie sehr sich mein Hintern gerade nach so einem weichen Kissenlager gesehnt hat."

Rosemarie jedoch geht langsam und bedacht in den Raum hinein, setzt sich mit trauriger Miene aufs Bett und lässt den Kopf hängen. Sofort ist ihre Freundin hinter ihr und reibt ihr den Rücken. „Was hast du denn?", möchte sie sogleich wissen. „Jetzt lass doch den Kopf nicht so hängen!", versucht Marie sie aufzubauen. „Wir werden schon einen Ausweg finden. Oder glaubst du etwa, ich will einen dieser zwei Prinzen heiraten? Wenn die nur halb so hässlich aussehen wie ihr Vater, na dann gute Nacht. Jetzt weiß ich langsam, wie sich Prinzessin Rosemarie fühlen muss. Weißt du, unsere Prinzessin muss auch in ungefähr zwei Wochen einen Prinzen heiraten." Diese Worte entlocken Rosemarie ein kleines Schluchzen, anstelle sie zu trösten. Sofort springt Marie auf und kniet sich vor sie. „Willst du darüber reden, Rose?" Rosemarie schüttelt jedoch kaum merklich den Kopf. „Ist es wegen deines Freundes?" Nun rollt Rosemarie auch noch eine Träne über ihr Gesicht. Sofort schließt Marie sie in die Arme und hält sie fest. „Mach dir nicht so viele Gedanken. Da, wo er jetzt ist, geht es ihm bestimmt besser." So sitzen die beiden eine Zeit lang auf dem Bett und halten sich gegenseitig im Arm. Nach einiger Zeit wischt sich Rosemarie die Tränen aus den Augen und steht auf. „Es hat ja keinen Sinn, zu trauern. Theodor hätte nicht gewollt, dass ich aufgebe." Begeistert klatscht Marie in die Hände. „Genau das ist die richtige Einstellung. Jetzt müssen wir nur einen Plan ersinnen, wie wir hier herauskommen. Am besten noch vor morgen Abend, da ich nämlich absolut nicht tanzen kann. Wie bist du nur auf die Idee gekommen, so etwas zu versprechen?" Ein klein wenig lächelnd zuckt Rosemarie die Schultern. „Mir ist in dem Moment nichts Besseres eingefallen. Ich wollte ihn einfach nur von dir ablenken. Du hast eindeutig eine zu große Klappe. Die hat dir sicherlich schon häufiger Schwierigkeiten gemacht, oder?" Marie beginnt unkontrolliert zu lachen. „Du hast ja keine Ahnung, was ich damit schon alles angestellt habe."

Ein sehr lautes Klopfen lässt beide in diesem Moment zusammenzucken. Noch bevor sie ihren Gast hereinbitten können, werden die großen Türen von Lakaien geöffnet und der dicke Sultan mit seinem Riesenturban betritt den Raum. Marie will gerade das Gesicht verziehen, wird aber von Rose daran gehindert, indem sie von ihrer Freundin in einen Knicks nach unten gezogen wird. Leise flüstert Rose: „Reiß dich bitte zusammen, Marie! Auf den Kerker kann ich nämlich gut und gerne verzichten. Und davon abgesehen können wir aus einem schönen Zimmer leichter fliehen." Der Sultan geht in der Zwischenzeit aufgeregt um sie herum und klatscht freudig in die Hände. „Wunder…, wunder…, wunderschön! Da werden sich meine Söhne aber freuen. Ihr seht fast so schön aus wie meine geliebte Erstfrau Jasari. Ihr dürft euch erheben." Marie ist die Erste, die steht und direkt auf die Nase des Sultans schaut. Erschrocken weicht sie einen Schritt zurück. Dies versteht der Sultan jedoch falsch und versucht ihr die Angst vor seinem Status zu nehmen. „Du brauchst dich nicht vor mir zu fürchten, schönes Kind. Hier im Palast wird dir keiner mehr etwas zu Leide tun." Wenn der wüsste, denkt Marie sich und unterdrückt ein Schnauben. „Semil, mein treuer Diener, hatte recht. Aus der Nähe sehen eure Augen noch viel intensiver und leuchtender aus. Sehr schön! Sehr schön! Ein paar meiner Enkelkinder werden hoffentlich auch diese Augenfarbe erhalten." Kaum hat er diese Worte gesagt, verlässt er auch schon beschwingten Schrittes den Raum. Sobald die Tür ins Schloss gefallen ist, kann sich Marie nicht mehr halten. Wütend geht sie auf und ab und kickt mit ihrem Fuß ein Sitzkissen weg. „Spinnt der? Wir sind doch keine Zuchtstuten für seine zukünftigen Enkelkinder. Wie werden die überhaupt aussehen? Hakennase mit leuchtend grünen Augen und dickem Bauch? Ich kann mir wirklich was Schöneres vorstellen."

Selbst Rosemarie muss bei dieser Vorstellung kichern. „Vergiss nicht die Turbane für unsere zukünftigen Kinder." Frustriert lässt sich Marie rückwärts aufs Bett plumpsen. „Rose, wir müssen hier so schnell wie möglich raus. Unsere zukünftigen Kinder machen mir Angst. Gerade deine müssen besonders schlimm aussehen", kichert Marie vor sich hin und zwinkert ihrer Freundin zu. Und schon fliegt das erste Kissen und trifft Marie direkt ins Gesicht. Lachend springt diese auf und schnappt sich ihrerseits ein mögliches Geschoss. Rosemarie läuft sofort hinter eine Säule und verschanzt sich dort. Marie jedoch hat sich das Bett auserkoren und steht nun kampfbereit auf mehreren Kissen. Immer wilder wird die Kissenschlacht, bis irgendwann auch Federn fliegen. Die beiden lachen und scherzen, bis sie erschöpft und voller Federn im Haar auf dem weichen Laken zum Liegen kommen. Beherzt dreht Rosemarie sich zu Marie. „Wie genau wollen wir denn jetzt eigentlich fliehen? So wie ich es mitbekommen habe, sind vor unserer Tür Wachen aufgestellt worden." Marie pustet mit ihrem Atem eine Feder aus ihrem Gesicht und betrachtet die reich verzierte Decke. „Das wird nicht leicht, Rose. Unsere Augen werden uns immer verraten, selbst wenn wir uns verkleiden würden. Ich wüsste auch gar nicht, wohin wir fliehen könnten, ohne gleich wieder Sklavenhändlern in die Arme zu laufen. Wir kennen uns hier absolut nicht aus, haben keine Verbündeten, keine Waffen, keine Verkleidung und, wie es scheint, auch keinen vernünftigen Plan." Frustriert fährt sich Rosemarie mit ihren Händen über das Gesicht. „An deiner Motivationsrede musst du eindeutig noch arbeiten. Die war grauenhaft!" Genüsslich streckt Marie sich und gähnt ausgelassen. „Sag bloß, du siehst die Situation, in der wir stecken, optimistischer?" Längeres Schweigen folgt ihren Worten. „Na ja, sie könnte auch schlimmer sein", antwortet Rosemarie und steht vom Bett auf. „Lass uns doch mal überlegen. Du sagtest gerade, dass wir keine Waffen haben. Aber das ist nicht ganz richtig, da ich gesehen habe, wie du einen kleinen Dolch heimlich aus deinen alten Sachen eingesteckt hast." Schmunzelnd steht Marie auf und holt die Waffe unter ihrer Kleidung hervor. „Du hast recht, Rose!", erklärt Marie ironisch und zwinkert. „Jetzt haben wir definitiv eine Chance." Ihre Hände in die Luft werfend, geht Rosemarie frustriert im Raum herum. „Du bist gerade nicht wirklich hilfreich." In ihrer Aufregung übersieht Rosemarie einen kleinen Schemel und stürzt über diesen. Marie ist augenblicklich an ihrer Seite und hilft ihr auf. „Siehst du!", grinst Marie belustigt. „Ich bin sogar sehr hilfreich." Genervt rollt Rosemarie mit ihren Augen. „Eine richtige Schwester könnte nicht nerviger sein." Neckisch zwinkert Marie und wendet sich dem Bett zu. „Komm, Rose, es ist schon spät. Wir sollten uns etwas ausruhen. Ich kann kaum mehr einen klaren Gedanken fassen. Seit Tagen habe ich nicht mehr richtig geschlafen. Wenn du wirklich meine volle Aufmerksamkeit haben möchtest, dann musst du eindeutig bis morgen warten."

Auch Rosemarie entkommt ein kurzes Gähnen. „Gut, dann werden wir eben morgen einen genialen Plan ersinnen, damit unsere Flucht ein voller Erfolg wird.“ Ob Marie ihre letzten Worte überhaupt mitbekommen hat, weiß Rosemarie nicht, da ihre Freundin bereits schlafend in die weichen Kissen gesunken ist. Daraufhin nutzt Rosemarie die einmalige Gelegenheit und betrachtet Marie eingehend. Ein Lächeln schleicht sich auf ihre Lippen und ein warmes Gefühl breitet sich in ihrem Herzen aus. Zu schade, dass Marie nicht wirklich ihre Schwester ist, sinniert Rosemarie. Sie hat sich schon immer eine gewünscht. So fühlt es sich also an, mit einer Schwester albern herumzutollen und zusammen in Schwierigkeiten zu stecken. Wenn die Umstände nicht so fürchterlich wären, hätte sie großen Gefallen daran. Doch gerade als sie sich hinlegen möchte, tritt sie versehentlich mit ihrem rechten Fuß auf einen harten Gegenstand. „Verflucht, warum immer meine Füße?“, flucht sie leise und ärgert sich über ihr Missgeschick. Kurz darauf setzt sie sich auf den harten Boden und hebt ihren Fuß hoch, damit sie ihn besser betrachten kann. Sofort stockt ihr Atem und sie streicht behutsam mit ihrer Hand über ihre Fußsohle. Wie kann es nur sein, dass es ihren Füßen wieder so gut geht? Sie sehen vollkommen gesund aus. Keine Schrammen, kein Blut oder irgendwelche Narben sind zu sehen. Sie weiß nicht einmal, ab wann es ihr wieder gut ging. Der Tod von Theodor hatte sie vollkommen aus der Bahn geworfen. Mehrere Tränen lösen sich sogleich bei diesem Gedanken und tropfen auf ihr Kleid. „Oh, Theodor!“, muss Rosemarie sich in die Faust beißen, um nicht laut zu schluchzen. „Wenn ich die Chance hätte, dich nochmals sehen zu dürfen, würde ich vieles anders machen. Warum musstest du sturer Bock dich auch unbedingt mit den Sklaventreibern anlegen? Dein gutes Herz war es, das dir den Tod gebracht und mich gerettet hat.“ Ihre weiteren Schluchzer erstickt sie mit einem seidenen Kissen, welches sie sich fest ins Gesicht drückt, damit Marie weiterschlafen kann. So weint sie die halbe Nacht, bevor eine bleierne Erschöpfung sie in einen unruhigen Schlaf zwingt.

Der königliche Stall

Kräftiges Wiehern dringt in Erics Träume ein, während lautes Scheppern den Prinzen vollständig aus seinem Schlaf reißt. Welcher Trottel veranstaltet denn hier so einen Krach, schnaubt Eric missmutig. Seine schlechte Laune kommt nicht von ungefähr. Fast die ganze Nacht hat er fieberhaft überlegt, wie er aus diesem Stall entkommen und Marie retten könnte. Doch leider ist ihm bis in die frühen Morgenstunden einfach nichts eingefallen. Dieses Gebäude wird besser bewacht als der Eingangsbereich seines eigenen Schlosses. Gestern zählte er mindestens fünf Soldaten und sieben Stallburschen, die sich permanent um alles kümmern. Auch der Riegel der Box ist so angebracht, dass er ihn mit diesem Körper nicht fassen kann. Es ist wirklich zum Mäusemelken! Was nutzt ihm ein kluger Verstand in einem starken Körper, wenn er keine Daumen hat? Und wieder ertönt ein metallisches Scheppern, welches er direkt vor seiner Box wahrnehmen kann. Doch seltsamerweise kann er absolut nichts sehen. Deswegen geht Eric einige Schritte vorwärts und späht über die Bretterwand. Und schon kann er den Schopf eines Jungen erkennen, der mit einem großen Schöpflöffel die Haferkörner in die dafür vorgesehenen Futterschalen füllt. Während sich Eric desinteressiert abwenden möchte, fällt dem Knaben aber der schwere Hafereimer um. Wütendes Brüllen folgt dem Aufschrei des Kindes. Ein älterer Stallbursche läuft zu dem Jungen, hebt ihn hoch und gibt ihm eine Ohrfeige. „Für deine Ungeschicktheit bekommst du heute Mittag nichts zu essen, Adul. Und sammle gefälligst alle Haferkörner wieder auf! Wehe dir, du übersiehst welche!“

Eric kann nach einer Stunde das Aufsammeln des Jungen immer noch hören. Er schätzt ihn auf ungefähr elf Jahre, so klein und dünn wie er noch ist. Aus Langeweile streckt Eric seinen Kopf über die Box und beobachtet Adul, wie er die Körner aufhebt. Eine etwas schwierige Aufgabe, wenn man den Sand und das Heu beachtet, die den ganzen Boden einnehmen. Dieser Sand ist wirklich überall, ärgert es Eric. Was würde er jetzt alles dafür geben, in seinem Reich auf einer schönen Wiese zu liegen und den Wolken zuschauen zu können! Gut, dafür hätte er wahrscheinlich keine Zeit, aber die Vorstellung gefällt ihm sehr gut. Während er in Gedanken Wolken vor seinem Auge erscheinen lässt, richtet sich der Junge auf und betrachtet ihn. Eric fühlt sich zwar unwohl unter dem Blick des Kindes, schaut ihn aber ebenfalls eine Weile an. Aber selbst nach fünf Minuten starrt ihn der Bengel immer noch an. Was soll das, schnaubt Eric genervt. Müsste er nicht weiter Haferkörner aufsammeln? Eric ist gerade dabei, sein Hinterteil dem Jungen hinzudrehen, als dieser zu sprechen beginnt. „Du bist kein richtiges Pferd, oder? Ich glaube eher, dass du ein Mensch bist.“ Wie vom Blitz getroffen, verharrt Eric in seiner Bewegung. Zu spät realisiert er, wie der Junge den Eimer aufhebt und sich der nächsten Box zuwendet. Hat dieser Bengel ihn tatsächlich als Menschen erkannt? Aufgeregt trampelt Eric herum und versucht, die Aufmerksamkeit von Adul wieder auf sich zu lenken. Anstelle des Jungen wird jedoch der Stallbursche auf ihn aufmerksam, der Adul vorhin geschlagen hat. Sofort hört Eric auf und stellt sich wieder brav hin. Er hat keine Lust, die Peitsche oder den Stock auf seinem Rücken zu spüren. Verwundert bleibt der Stallbursche an der Box stehen und kann sich das Verhalten des Pferdes nur schwer erklären.

„Hey, Adul!“, schreit dieser plötzlich und wendet sich dem Jungen zu. „Was hast du mit dem Pferd gemacht? Der war ja außer Rand und Band.“ Erschrockene Augen schauen zu dem Mann hinauf. „Nichts, Ebad. Ich verspreche es!“ Ärgerlich tritt dieser auf ihn zu und nimmt sich eine Gerte, die an der Wand hängt. „Nichts? Das kannst du deinen toten Eltern erzählen. Ich habe dich doch kurz vorher bei dem Gaul gesehen.“ Schon schnalzt die Gerte und trifft den Jungen an der Schulter. Eric muss mit Entsetzen zusehen, wie aufgrund seines Handelns ein unschuldiges Kind brutal von diesem Monster geschlagen wird. Doch kein Laut kommt über die Lippen des Jungen. Stoisch erträgt er den Schmerz. Bewunderung und Mitgefühl machen sich in Eric breit. Wie gerne würde er dem Kind jetzt helfen! Ohne noch länger darüber nachzudenken, welche Konsequenzen es für ihn haben könnte, handelt er umgehend und schlägt mit seinen Hinterhufen gegen die Boxentür. Von diesem Lärm abgelenkt, kommt der Stallbursche Ebad sofort zu ihm angerannt und will ihn beruhigen. Doch schon nach dem zweiten Tritt gibt der Riegel nach und die Holztür schlägt auf. Sie trifft Ebad an der Brust und schleudert ihn nach hinten. Mit schmerzverzerrtem Gesicht steht dieser nach einem kurzen Moment stöhnend wieder auf. Angelockt durch den Krach, beginnt sich der Stall mit Menschen zu füllen. Mehrere Stallburschen und Soldaten umringen Eric und halten Gerten und Schwerter gegen ihn erhoben. Eric ist schnell die aussichtslose Lage, in die er sich selbst gebracht hat, bewusst. Ein verärgerter älterer Mann tritt durch die anderen hindurch und baut sich vor ihm auf. „Ist dieses Pferd wirklich für die Haremsdamen vorgesehen?“ Langsam schlurfend kommt Ebad zu dem Mann und verbeugt sich unter Schmerzen. „Ja, Meister. Dieses Tier hat der ehrwürdige Semil uns gestern gebracht. Es soll angeblich …“ „Schweig!“, unterbricht der Mann den Stallburschen. „Als wenn Semil Ahnung von Pferden hätte! Dass ich nicht lache! Der Eunuch soll sich gefälligst um die Damen selbst kümmern und sich aus meinem Stall raushalten. Dieses Vieh ist lebensgefährlich. Ich will ihn hier bis zum Abend nicht mehr sehen. Entfernt ihn aus meinem Stall!“ Ein diabolisches Grinsen schleicht sich auf die Gesichtszüge von Ebad, während er Eric in die Augen sieht. „Wie Ihr wünscht, Meister.“

Kaum hat sich dieser umgedreht, tritt Ebad auch schon vor. „Bringt einen Strick und gebt mir eine Gerte. Diesem Vieh werde ich erst einmal zeigen, wer hier das Sagen hat.“ Ohne Gegenwehr lässt sich Eric den Strick umlegen. Er überlegt fieberhaft, wie er diese Gelegenheit nutzen könnte. Gegen diese Übermacht hat er wenig Chancen, aber irgendetwas Schlaues muss ihm doch einfallen. Schließlich ist er ein brillanter Stratege, der genau weiß, wie er eine Schlacht gewinnen kann. Und dennoch trifft ihn der erste Hieb vollkommen unvorbereitet. Ein scharfer und brennender Schmerz zieht sich seinen Hals empor. Aus einem Reflex heraus zieht er seinen Kopf nach oben und reißt damit dem Stallburschen das Seil aus der Hand. Dieser beginnt sofort zu schreien: „Haltet das Mistvieh!“ Mindestens zehn Männer stürzen sich auf Eric. Von diesem Angriff überrumpelt, schlägt Eric, so gut er kann, mit seinen Beinen zu. Einen Soldaten trifft er am Oberschenkel und zwei Stallburschen fliegen in hohem Bogen in einen Heuberg. Die Stimmung wird immer aufgeheizter. Es wird geschrien und wild mit Stöcken geschlagen. Bald hat Eric das Gefühl, sein Rücken bestehe nur noch aus blauen Flecken. So hat er sich seine Flucht aber nicht vorgestellt. Doch aufgeben kommt jetzt nicht mehr in Frage. Wer anfängt, muss es auch zu Ende bringen. Seine Tritte werden immer unberechenbarer für die Menschen um ihn herum. „Kann denn keiner dieses Monster aufhalten?“, schreit ein großer, schlaksiger Kerl, der mit einer Mistgabel bewaffnet ist. Keinen Meter entfernt kann Eric den Stallburschen Ebad erkennen, wie dieser sich schützend hinter einen Heuballen schmeißt. Dich hole ich mir, geht es Eric durch den Kopf und er stürmt los. Zornig baut er sich mit seiner ganzen Gestalt vor diesem winselnden Etwas auf. Gerade will er seine Vorderhufe auf ihn stürzen, als sich Adul dazwischenwirft.

„Nein!“, schreit dieser. „Hab Mitleid und lass ihn leben!“ Noch in der Luft schafft es Eric, seinen Tritt aufzuhalten, und kommt kurz vor Adul zum Stehen. Diese Chance nutzend, werfen seine Angreifer mehrere Seile über ihn und Eric verliert schon wieder seine Freiheit. Und für was? Weil ein kleiner Junge Mitleid mit seinem Peiniger hatte. Eric versteht die Welt nicht mehr. Wieso bringt sich Adul in Lebensgefahr, damit er das Leben eines Menschen rettet, der ihm absichtlich Schaden zugefügt hat? Nebenbei werden Erics Pferdebeine an den Knöcheln so zusammengebunden, dass er nur noch kleine Schritte machen kann, während über seinen Kopf eine Art Sack gestülpt und ihm somit seine Sicht genommen wird. Gerade müsste er sich ungefähr in der Mitte des Stalles befinden, umringt von mehreren Männern, die ihm wohl gerne das Fell über die Ohren ziehen möchten. In was für einen Schlamassel hat er sich denn jetzt schon wieder hineinmanövriert? Wo ist bloß Marie, wenn man sie braucht? Sie wüsste jetzt am besten, was zu machen ist. Wie es scheint, hat sich Ebad wieder erhoben und kommt wütend auf ihn zumarschiert. „Das Tier wird sofort zum Schlachter gebracht. Vielleicht ist wenigstens sein Fleisch für etwas gut. Ihr zwei dort!“, brummt der Kerl verärgert. „Schnappt euch die Seile und führt das Vieh aus dem Stall.“ Das lassen sich die zwei Burschen nicht zweimal sagen. Mit Gerten und Stöcken bewaffnet, zerren sie Eric hinter sich her. Trotz des enormen Zuges an seinem Hals ist es Eric nicht möglich, schneller zu gehen. Die Seile um seine Knöchel brennen höllisch bei jedem Schritt und lassen ihn häufig stolpern. Dies nutzen die Männer aus und schlagen brutal mit ihren Stöcken auf seinen Rücken. Kaum hat er den Stall verlassen, wenden sich die Männer den überfüllten Straßen von Sabaku zu. Obwohl Eric nichts sieht, kann er doch die Geräusche und Gerüche der Stadt wahrnehmen. Seine Situation hat sich in der letzten Stunde eindeutig nicht verbessert. Wütend auf sich und auf die Welt, folgt Eric seinen Peinigern.

Die Strecke zieht sich ewig weit in die Länge und erinnert ihn an den Weg zu einer Hinrichtung, was ja nicht ganz aus der Luft gegriffen ist. Wieso manövriert er sich in den letzten Tagen nur immer in ausweglose Situationen hinein? Was für ein Einhornmist! Er hätte dem Jungen nicht helfen dürfen. Dummes Mitgefühl! Und noch während Eric sich über seine weiche Seite ärgert, tritt er auf einen spitzen Stein und bohrt sich diesen in seinen rechten Vorderhuf. Sein Humpeln bleibt den Männern nicht verborgen, die daraufhin noch stärker mit ihren Stöcken auf ihn einschlagen. „Beweg dich gefälligst, du dummes Pferd! Du hast uns heute schon genug Ärger eingebrockt.“ Nach einer halben Stunde der Qualen erreichen sie den Ort, von dem Eric nicht mehr zurückkehren wird.

Einer seiner Bewacher verschwindet für ein paar Minuten und kommt kurz darauf mit ein paar Goldmünzen in der Hand zurück. „Ist geregelt“, nickt er dem anderen zu. „Wir brauchen ihn nur in diese Box zu führen und ihn anzubinden. Der Schlachter holt ihn sich später. Er ist gerade noch dabei, ein anderes Pferd auszunehmen. Wird aber wohl nicht mehr lange brauchen. Lass uns zurückgehen! So eingeschnürt wie der ist, stellt er für keinen mehr eine Gefahr dar.“ Lachend wenden sich die Männer von Eric ab und marschieren davon, nachdem sie ihn noch wie besprochen in die Box gebracht und angebunden haben. Den Sack haben sie ihm jedoch weiterhin auf dem Kopf gelassen. Langsam ist Eric schon etwas schummrig von der stickigen Luft, die sich darin befindet. Was soll er nur tun? Er weiß einfach keinen Ausweg aus dieser misslichen Lage. Wenn ihm nicht bald etwas einfällt, dann kommt er als Pferdewürstchen auf die Teller der Einheimischen. Aber es passt, muss sich Eric traurig eingestehen. Man stirbt, wie man gelebt hat. Vom Prinzenwürstchen zum Pferdewürstchen. Was für eine Ironie des Schicksals.

Zur gleichen Zeit im Palast

Genüsslich streckt Marie alle Glieder von sich. So gut hat sie noch nie geschlafen. Sie könnte sich fast an das Leben in einem Palast gewöhnen. Wenn nur nicht die Aussicht auf eine Zwangsheirat und das Zuchtstutenprogramm wäre! Dumm nur, dass sie immer noch nicht weiß, wie sie aus diesem Luxusgefängnis fliehen soll, geschweige denn, wie sie ihren Freund Jorik wiederfinden könnte. Gemächlich schaut sie sich im Raum um und wundert sich, wo ihre Freundin wohl geblieben ist. Seltsam, sie müsste doch auch im Bett liegen. Schwungvoll steht sie auf und wirft ihre Füße über den Bettrand. Verdutzt bemerkt sie, wie sie auf einen Widerstand stößt. „Rose, was machst *du* denn da auf dem Boden?“ Sie gleitet hinunter und kniet sich vor ihre Freundin. Diese liegt eingerollt vor dem Bett und hält ein Kissen umklammert. Dem Gesicht nach zu urteilen, muss sie die ganze Nacht geweint haben. Mitfühlend legt Marie ihr eine Hand auf die Schulter und rüttelt sie wach. „Aufstehen, du Schlafmütze! Es wird Zeit, einen genialen Plan zu erarbeiten.“ Nur mühsam öffnet Rose ihre verquollenen Augen. Nach mehrmaligem Blinzeln kommt sie langsam in der Realität an und richtet ihren Oberkörper auf. „Guten Morgen, Marie. Ich hoffe, du hast besser geschlafen als ich.“ „Bei so vielen Kissen kann man ja nur gut schlafen“, grinst Marie spitzbübisch. „Aber eines der Kissen hat mir gefehlt. Das hat sich ein Dieb einfach aus meinem Traumbett gestohlen.“ Ein bisschen aufgemunterter erwidert Rosemarie: „Jetzt sag bloß, du hast die Kissen gezählt!“ Marie streckt Rose ihre Hand entgegen und hilft ihr auf die Füße. „Natürlich! Wenn ich ab jetzt nicht mehr mindestens zwanzig Kissen unter mir habe, dann kann ich nicht mehr schlafen. Eine Prinzessin müsste man sein!“ Traurig schaut Rose zu Marie. „Wenn du hierbleiben willst, dann kann ich auch allein fliehen. Ich kann dich gut verstehen, wenn du lieber in einem Palast leben und deinem alten Dasein den Rücken zudrehen möchtest.“ Verdutzt schaut Marie zurück. „Ja, aber ganz sicher nicht hier! Lieber teile ich mir ein hartes Lager mit einem armen Mann, den ich liebe, als mit einem eingebildeten Prinzen, den ich noch nicht einmal gesehen habe.“ „Und wenn es dreißig Kissen wären?“, fragt Rose und schenkt Marie ein zaghaftes Lächeln. „Na wunderbar!“, stöhnt Marie theatralisch. „Jetzt denkst du sicher von mir, ich wäre ein Kissenfetischist.“ „Nur ein klein wenig“, schmunzelt Rose und schenkt Marie ein richtiges Lächeln.

Ein Klopfen ertönt, bevor die Tür ganz aufgestoßen wird. Zwei Dienerinnen mit üppigen Tabletts betreten den Raum, dicht gefolgt von vier weiteren Frauen, die feine Gewänder auf ihren Armen tragen. Dahinter erscheint natürlich der Eunuch Semil und schaut hoheitsvoll in den Raum. Er klatscht in die Hände und schon kommt Hektik in die sechs Frauen. Die Kleider werden auf das Bett gelegt und das Essen auf den Tisch gestellt. Drei Frauen gehen in den Baderaum und hantieren dort herum, während wieder andere das Zimmer aufräumen und dabei die Federn beseitigen. Der missmutige Blick von Semil spricht Bände, während er geflissentlich das Chaos zu ignorieren versucht. „Haben die Frauen sich genug ausgeruht und ausgetobt?“, möchte er wissen und wendet sich gleich seinem Liebling Rosemarie zu. Diese geht wie gewohnt in einen tiefen Knicks und senkt den Kopf. „Verzeiht die Unordnung, ehrwürdiger Semil, aber wir glaubten gestern, eine Maus hätte sich in unseren Raum verirrt. Panisch versuchten wir diese zu vertreiben, was wir auch unter Aufbieten unserer Kräfte schafften.“ Die Augen von Semil schauen sich entsetzt in dem großen Raum um. „Eine Maus, sagst du? HIER? So etwas darf es in dem königlichen Palast nicht geben. Ich werde umgehend jemanden rufen lassen, der sich der Sache annimmt und das Tier beseitigt. In dieser Zeit könnt ihr jedoch nicht hierbleiben, da es keinem fremden Mann mehr gestattet ist, euch zu sehen.“ Noch ein bisschen tiefer verbeugt Rosemarie sich, damit sie ihren Worten mehr Demut verleihen kann. „Habt vielen Dank, Hochehrwürdiger. Wäre es vielleicht möglich, dass wir in der Zwischenzeit den Garten besuchen dürfen? Meiner Schwester Marie ist der Schreck fürchterlich in die Glieder gefahren. Sie hat kaum geschlafen und bräuchte dringend etwas frische Luft.“ Wie zur Bekräftigung fächelt Marie sich Luft mit ihren Händen zu und setzt ein leidendes Gesicht auf. Doch der Eunuch lässt sich dadurch nicht hetzen und braucht etwas Zeit für seine Antwort. So eine Situation gab es in dem Palast wohl noch nie. „Gut!“, spricht er nun endlich nach langen Momenten des Wartens. „Ich werde alles in die Wege leiten. In einer Stunde werdet ihr in einen der Gärten geleitet.“ Danach verlässt er den Raum und geht lauten Schrittes davon. Kaum ist er gegangen, zwinkern sich beide Frauen verschwörerisch zu. Am liebsten würden sie über diesen raffinierten Einfall lachen, müssen sich aber aufgrund der anderen Bediensteten zurückhalten.

Bis sie jemand abholt, essen sie sich satt, werden gesäubert und umgekleidet. Das Zimmer wurde bereits gereinigt und verrät nichts mehr von der gestrigen Kissenschlacht. Und tatsächlich! Nach einer Stunde erscheint ein Mann, der ebenfalls keine Haare auf dem Kopf trägt und sich dadurch als Eunuch zu erkennen gibt. Zu dritt schreiten sie durch die großen Gänge und erreichen bald einen wunderschönen Innenhof. In diesem befindet sich ein kleiner Teich, auf dem elegante Schwäne schwimmen. Gleichfalls stolzieren Pfaue herum und zeigen ihr prächtiges Gefieder, während am Rand des Teiches eine Bank unter einem großen Pavillon steht und zum Verweilen einlädt. Selbst Rosemarie verschlägt es bei solch einem Märchengarten die Sprache. Erst Marie reißt sie wieder aus ihrem Staunen heraus und zieht sie hinter sich her. Sie setzen sich gemütlich auf diese Bank und lassen für einen kurzen Augenblick die malerische Kulisse auf sich wirken. Ihr Begleiter bleibt in ihrer Nähe, stellt sich jedoch aus Höflichkeit weiter weg, sodass sie sich ungestört unterhalten können. Marie beginnt mit dem Gespräch. „So weit, so gut. Die Idee mit der Maus war brillant. Wir sind unserer Freiheit gerade ein bisschen näher gerückt." Rosemarie hingegen ist gerade nicht so optimistisch. „Da bin ich mir nicht so sicher. Dieser Garten ist ebenfalls wie ein Gefängnis aufgebaut. Um uns herum sind überall Mauern und wir werden weiterhin bewacht. Ich habe keine Ahnung, wie wir weitermachen könnten." „Das lass dieses Mal meine Sorge sein!", erklärt Marie selbstbewusst. „Ich glaube, ich habe eine Idee. Du musst dich nur bereithalten und schnell mit mir weglaufen." Doch bevor Rosemarie überhaupt zustimmen oder nachfragen kann, erhebt Marie sich von der Bank, fasst sich theatralisch an die Stirn, taumelt ein wenig und fällt in den Teich. Rosemarie stößt vor Schreck einen spitzen Schrei aus. Sofort kommt der Mann angelaufen und zieht Marie aus dem Wasser. Panisch untersucht er sie oberflächlich, kann aber nichts erkennen. Marie blinzelt qualvoll und beginnt zu stöhnen. „Oh, wehe mir, mir geht es gar nicht gut. Bitte holt einen Arzt!" Schon springt der Mann auf und will in den Palast laufen. „Bitte wartet noch! Mir ist so kalt. Lasst mir bitte Euren Überwurf hier." Ohne lange darüber nachzudenken, entledigt sich der junge Eunuch seines weißen Mantels und legt ihn auf Marie. „Ich bin gleich wieder da!", zittert die Stimme des Mannes panisch. „Haltet durch!" Eilig wendet sich der Mann dem Palast zu und stürmt die wenigen Stufen hinauf. Kaum ist er außer Sichtweite, springt Marie auf und packt Rosemarie am Arm.

„Komm schnell! Ich glaube, ich habe dort hinten eine Tür gesehen. Wir haben nicht lange, um uns ein gutes Versteck zu suchen. Wir müssen jede Sekunde nutzen." Sofort schnappt Marie sich den Mantel und sie rennen durch den Garten. Tatsächlich finden sie hinter ein paar Olivensträuchern eine Tür. Rosemarie zieht mit voller Kraft daran. Sie bewegt sich jedoch keinen Millimeter. „So ein Feendreck, die ist verschlossen!" Rosemarie will gerade frustriert dagegentreten, wird aber von Marie auf die Seite geschubst. „Kein Problem, lass mich einfach kurz machen." Sie kniet sich direkt vor das Schloss und zieht eine Haarnadel aus ihrer zerstörten Frisur. Rosemarie schnaubt ungläubig. „Jetzt ernsthaft?! Das klappt doch nie. Das ist nur ein Ammenmärchen in wilden Abenteuerromanen. Das Schloss wird nie aufgehen, wenn du …" Noch bevor sie ihren Satz beendet hat, springt die Tür nach innen auf und zeigt einen dunklen und engen Gang. Siegessicher zwinkert Marie ihr zu. „Übung macht den Meister!" Sobald sie durch die Tür sind, schließen sie diese und lehnen sich dagegen. „Und was jetzt?", will Rosemarie wissen. „Keine Ahnung", antwortet Marie. „Weiter habe ich nicht geplant." „Und für was wolltest du dann seinen Mantel?", fragt Rosemarie verdutzt. „Na, weil mir tatsächlich kalt ist. Der Teich war nicht wirklich eingeplant." „Warum hast du dich dann reinfallen lassen?", versteht es Rosemarie immer noch nicht und schaut ihre Freundin abwartend an. Marie verzieht daraufhin unglücklich ihr Gesicht. „Das war keine Absicht. Ich bin über diesen blöden seidigen Rock gestolpert. Andererseits hat es dem jungen Mann einen gehörigen Schreck eingejagt und ihn total kopflos handeln lassen." Rosemarie schlägt daraufhin ihre Faust leicht gegen die Schulter von Marie. „Nicht nur ihm hast du einen gehörigen Schreck eingejagt. Du hättest mich ruhig vorwarnen können." „Dann hättest du aber kein so entsetztes Gesicht gemacht", kontert Marie und lächelt ihre Freundin an. „Aber jetzt komm! Wir müssen immer noch ein gutes Versteck und wenn möglich eine Verkleidung finden." Rosemarie will schon voranstürmen, wird aber von Marie zurückgehalten. „Warte, Rose! Wenn ich dir so folge, hinterlasse ich eine Wasserspur. So finden die uns sofort. Ich muss nur kurz meine Sachen ausziehen und den Mantel überwerfen." Geschockt schaut Rosemarie zu, wie Marie ihre Hüllen fallen lässt, den weißen Mantel um ihre Hüften legt und zuknotet. Aus ihrer nassen Kleidung holt sie aus einer kleinen Tasche eine Halskette mit zwei Steinen, die sie sogleich in der Manteltasche versteckt. Ihren Dolch hat sie bereits vorher mit einem Lederband um ihren Oberschenkel gebunden, um ihn jederzeit griffbereit zu haben. Ihr ruiniertes Seidenkleid hingegen steckt sie in eine Vase, die auf einer Säule in einer Ecke steht.

„Marie, du bist wirklich ein Banause", kommt es flüsternd von Rosemarie. „Das Kleid hat garantiert ein Vermögen gekostet." Marie zuckt jedoch nur mit ihren Schultern und weist auf eine kleine, unscheinbare Holztür, die in einem der abzweigenden Gänge zu finden ist. „Lass uns diese versuchen", meint Marie und ignoriert den vorherigen Protest. „Die schaut mir viel zu unwichtig aus, als dass sie viel benutzt wird." Leise schleichen sie sich dorthin und öffnen die Tür einen kleinen Spalt. Dahinter erwartet sie eine Wäschekammer, in der sich saubere Bettlaken stapeln. „Das nennt man Glück!", grinst Marie und betritt den Raum. „Wieso Glück?", fragt Rosemarie verwundert. „Willst du dich etwa zwischen diesen Laken verstecken?" „Ach, wo denkst du hin!", winkt Marie belustigt. „Wir können diese Wäsche hervorragend dazu verwenden, uns zu tarnen." Skeptisch betrachtet Rosemarie den Stoff und reibt ihn mit ihren Fingern. „Wie willst du das denn anstellen? Sollen wir uns die Dinger über den Kopf werfen und so tun, als wären wir Gespenster?" „Wenn wir so fliehen können, warum nicht?" Entsetzt reißt Rosemarie die Augen auf. „Das ist jetzt aber nicht dein Ernst, oder? Das klappt doch nie." Freundschaftlich stupst Marie ihre Freundin an. „Mensch, Rose, du bist wirklich viel zu leicht aufs Glatteis zu führen. Natürlich verkleiden wir uns nicht als Gespenster. Wir wickeln uns diese Laken einfach um die Hüften und um den Kopf. Hast du dir denn die Menschen auf dem Markt nicht angesehen?" Obwohl Rosemarie überlegt, kann sie sich dennoch nicht erinnern. „Es tut mir leid, Marie", erklärt sie verhalten. „Ich war zu diesem Zeitpunkt mit meinen Gedanken woanders." Sanft legt Marie ihre Hand auf den Oberarm von Rosemarie. „Verzeih, ich hatte nicht mehr daran gedacht, was kurz vorher geschehen ist." „Ist schon gut", antwortet Rosemarie und schaut sich im Raum um. „Lass uns lieber loslegen, bevor doch noch jemand in diesen Raum kommt."

Beim Schlachter

Verzweifelt versucht Eric den Sack von seinem Kopf zu bekommen. Das Atmen fällt ihm bereits von Minute zu Minute schwerer und seine Luft wird immer stickiger, während schwarze Punkte vor seinen Augen zu tanzen beginnen. Er darf jetzt nicht aufgeben. Zu häufig hat er das in letzter Zeit getan und sich auf die Hilfe anderer verlassen. Als Prinz wurden ihm immer alle Steine aus dem Weg geräumt, was ihm jedoch erst die letzten Tage klargeworden ist. Seine angebliche Stärke, auf die er immer so stolz war, war nichts als Schall und Rauch. Wenn man mächtig ist, fällt es nicht schwer, sich stark zu fühlen. Erst durch Marie, seinen Bruder und den jungen Adul weiß er jetzt, was wahre Stärke und Mut bedeuten. Doch auch sein nächster Versuch scheitert und hinterlässt einen tiefen Schnitt, den er sich durch einen herausstehenden Nagel zugefügt hat. Das Blut läuft warm und dick an seiner Brust herunter und vermischt sich mit seinem Schweiß. Seine Beine schmerzen durch das enge Seil an seinen Fesseln und durch das ständige Treten hat es bereits seine Haut wundgewetzt. Nur noch einen Versuch, denkt Eric erschöpft, dann bin ich frei. So darf es nicht enden! So wird es nicht enden! Doch halt! War da eine Berührung? Hat da jemand gesprochen? Ihm wird plötzlich ganz anders, als er realisiert, dass er nicht mehr allein ist. Ist es jetzt schon so weit? Ist der Pferdeschlachter bereits da? Wie wird es passieren? Wird es ein Messer sein, das seinen Hals aufschlitzt, oder eher eine Lanze, die in seine Brust gerammt wird? Ohne es zu wollen, beginnen Erics Beine unkontrolliert zu zittern. Angst bemächtigt sich seiner und verwandelt den vorher so stolzen Prinzen in ein Häuflein Elend. Nein, denkt Eric kurz darauf und richtet sich auf. Wenn er schon sterben muss, dann nicht wie ein Angsthase.

Erst spürt er eine Hand auf seinem Rücken, die sich immer weiter zu seinem Hals vorarbeitet. Mit seinem Schicksal abgeschlossen habend, schließt Eric seine Augen. Es kann nicht mehr lange dauern, bis das scharfe Messer seinen Hals erreichen wird. Die Sekunden kommen ihm wie eine Ewigkeit vor. Ein Luftzug küsst seine Wangen und erlaubt ihm plötzlich, wieder frische Luft zu atmen. Er ist versucht, die Augen zu öffnen, möchte dem Schlachter aber nicht direkt ins Gesicht sehen. Er weiß nicht, ob er weiterhin diese Stärke ausstrahlen könnte, wenn er in das sichere Angesicht des Todes schauen müsste. Wieder legt sich eine Hand auf ihn. Dieses Mal jedoch sind es seine Nüstern, die vorsichtig berührt werden. Etwas stutzig geworden, öffnet Eric seine Lider einen kleinen Schlitz und ist über den Menschen, der vor ihm steht, sehr überrascht. Denn kein anderer als der kleine Adul steht vor ihm und schaut ihn interessiert an. In einer Hand hält er den Sack, während seine andere beruhigend auf seinen Nüstern liegt. „Alles in Ordnung, mein Großer!“, erklärt er mit ruhiger Stimme. „Ich werde versuchen dich zu befreien. Du musst aber genau das tun, was ich dir sage, wenn wir eine Chance haben wollen. Aber zuvor musst du mir versprechen, dass du mich später an jeden Ort bringen wirst, den ich dir nenne." Eric kann seinen Ohren kaum trauen. Ist das wirklich die Rettung in letzter Sekunde? Ohne an die Konsequenzen seines Versprechens zu denken, nickt er begierig und gibt damit den Startschuss für die Rettungsaktion. So schnell er nur kann, bückt Adul sich und schneidet mit seinem scharfen Messer das Seil an Erics Fesseln durch. Kaum hat er ihn befreit, klettert der Junge auf einen Holzbalken, springt und landet auf dem Rücken von Eric. „Los, Pferd!", spricht der Junge gehetzt und schaut sich um. „Geh so unauffällig wie möglich voran. Ich habe einen Plan, wie wir unbehelligt die Stadt verlassen und uns in die Berge schlagen können." Dies lässt sich Eric nicht zweimal sagen. Neue Energie strömt in seine Glieder und beflügelt ihn zu neuen Höchstleistungen. Er würde gerne im gestreckten Galopp diese Stadt des Grauens hinter sich lassen, doch wäre dies alles andere als unauffällig. Und davon abgesehen, muss er unbedingt noch Marie finden und sie retten.

Kurz darauf lenkt Adul ihn in immer verwinkeltere Gassen, bis Eric vollkommen die Orientierung verloren hat. Sie verlassen die Hauptstraßen zwischen den stolzen Prunkbauten und stoßen immer tiefer in die Stadt hinein. Die vorher majestätischen Straßen verlaufen sich bald und münden in enge Wege. Überall liegt Müll und ältere Menschen sitzen in Fetzen gekleidet vor ihren Häusern. Abgemagerte Kinder kommen ihnen entgegen und strecken verzweifelt ihre Hände nach Adul aus. Dieser greift in seine Taschen und fördert ein kleines Stück harten Brotes hervor. Dieses drückt er einem Mädchen in die Hand, welche in seinem Alter ist und ein kleines Baby in den Armen hält. Eric ist entsetzt von dem, was er gerade sieht. Wo sind nur die Eltern der Kinder? Der Gestank, der sie seit einiger Zeit begleitet und sie unangenehm umgibt, wird immer intensiver und unangenehmer. An irgendetwas erinnert ihn dieser Geruch. Er kann ihn bloß noch nicht zuordnen. Doch so wie es riecht, muss der Auslöser direkt vor ihnen sein. Als sie um die nächste Ecke biegen, ist Eric sehr froh darum, dass

Pferde sich nicht übergeben können. Denn so etwas Grauenhaftes hat er in seinem ganzen Leben noch niemals gesehen. Vor ihm türmt sich ein riesiger Berg voller menschlicher Leichen. Eric möchte sofort umdrehen, um diesem Grauen zu entkommen, wird aber von Adul aufgehalten. „Jetzt reiß dich zusammen!", kommt es von seinem Rücken. „Wenn du leben möchtest, dann müssen wir über Leichen gehen." Wie, über Leichen gehen? Eric ist entsetzt und angewidert zugleich. Das meint er doch hoffentlich nicht wörtlich, schießt es Eric durch den Kopf. Er kann doch nicht auf tote Menschen treten. Und plötzlich lässt ihn eine gedankliche Eingebung am ganzen Körper erzittern. Eine dieser Leichen müsste sein Bruder sein. Nein, das darf nicht sein, bleibt ihm ein verzweifelter Schrei im Halse stecken. Er hätte für seinen Bruder kämpfen müssen. Er müsste als Prinz für alle diese Menschen kämpfen. Wie konnte er bis jetzt nur so blind durchs Leben schreiten?

Adul jedoch ist die Ruhe selbst und rutscht schwungvoll von Eric herunter. „Bleib hier stehen", hebt der Junge mahnend seinen Finger. „Hast du das verstanden?" Eric schafft nur ein kleines Nicken in seinem Zustand und schaut weiterhin starr auf den gigantischen Leichenberg. Immer wieder kann er Menschen sehen, die weitere Tote mit Karren heranschaffen und einfach auf die anderen Leichen schmeißen. Einige Frauen sitzen davor und wippen verzweifelt hin und her, während sie ihr Leid klagen. Die Tränen rinnen ihnen über das Gesicht und landen auf dem heißen Wüstensand. Was ist nur mit all diesen Menschen geschehen, überlegt Eric in seiner Verzweiflung. Einige haben seltsame schwarze Verfärbungen auf der Haut, andere wiederum irgendwelche komischen Blasen. Hier muss eine fürchterliche Krankheit ihr Unwesen treiben. Denn anders kann er sich diese ganzen Toten nicht erklären. Nach einigen Minuten kommt Adul zurück und zieht einen leeren Karren hinter sich her. Ohne ein Wort zu verlieren, befestigt er diesen an Eric. Kaum ist dies geschafft, winkt der Junge auch schon zwei vermummten Männern entgegen. Diese nicken und beginnen Leichen aufzuheben und zu ihnen zu tragen. Eric versteht erst nicht, was hier passiert, und ist vollkommen überrumpelt, als die ersten Toten auf den Karren gelegt werden. Trotz der Hitze fröstelt es ihn am ganzen Körper. Immer mehr werden herangeschafft und auf das Gefährt geschichtet. Sobald dieses so voll ist, dass bereits einige Leichen ins Rutschen geraten, stoppen die Männer ihre Arbeit. Sie legen Adul eine kleine Kupfermünze in die Hände und drehen sich dann weg. Erleichtert kann Eric sehen, wie Adul aufatmet, zu ihm geht und das Seil ergreift, das um seinen Hals hängt. Ein leichter Ruck genügt und Eric geht los. Er kann es immer noch nicht glauben, was er gerade machen muss. Dieses Mal stürmen keine Kinder zu ihnen und betteln um Almosen. Keiner stellt sich ihnen in den Weg oder kommt gar in ihre Nähe. Die Straßen, durch die sie nun wieder gehen, kommen Eric nicht bekannt vor. Adul nimmt eindeutig einen anderen Weg zurück. Doch bald kann Eric die hohen Stadtmauern vor sich erkennen. Aber anstelle eines großen Tores steuert Adul auf ein unscheinbares Tor zu, vor dem zwei Wachposten positioniert sind. Schon öffnen sie dieses und winken den Jungen mit dem Leichengefährt durch. „Das ist heute schon der fünfte Wagen", schnappt Eric von einem der Soldaten auf. „Solange wir die Seuche nicht im Griff haben", erklärt daraufhin der andere, „werden es noch viele weitere werden."

Sobald sie durch das Tor getreten sind, wird es auch sogleich wieder hinter ihnen verschlossen und die endlose Wüste erwartet sie. „Komm, Pferd!", zieht Adul wieder an dem Seil. „Wir haben noch einen weiten Weg vor uns." „Und die Leichen?", würde Eric gerne aus vollem Leibe schreien. „Was wird mit ihnen?" Wie konnte er nur jemals auf die Idee kommen, einen Krieg führen zu wollen? Genau so etwas würde sein Reich in tiefe Verzweiflung stürzen, während Leichen die Straßen säumen würden. Ein Krieg geht immer mit Hungersnöten, Krankheiten und Toten einher. Solange er so etwas nicht kannte, war es leicht für ihn, darüber zu diskutieren und Pläne zu schmieden. Langsam kann er verstehen, warum vor fünfzehn Jahren so dringend ein Friedensvertrag geschlossen werden musste, obwohl die Konditionen so seltsam waren. War es damals auch so schlimm? Fünf Jahre Krieg werden das Land und die Menschen damals unerträglich belastet haben. Wenn er jemals erlöst und die Krone auf seinem Haupt tragen wird, dann sollte er sich immer an diesen Tag erinnern, an dem er Leichen durch die sengende Wüste transportierte.

In einem großen Palast

Leise schleichen zwei weiß vermummte Gestalten die Gänge entlang. Immer wieder drücken sie sich in Ecken oder stellen sich hinter Säulen, wenn ein Trupp Soldaten an ihnen vorbeirennt. „Ich fürchte, die suchen bereits nach uns", flüstert Marie leise. „Vielleicht sollten wir uns ein gutes Versteck suchen und abwarten, bis es dunkler geworden ist." Rose nickt zustimmend, während sie konzentriert um die nächste Ecke späht. „Dann müssen wir aber unbedingt von diesen Gängen runter. Denn lange werden wir nicht mehr so viel Glück haben." Vorsichtig bewegen sich die Frauen Stückchen für Stückchen vorwärts, bis sie plötzlich einen großen Pulk an Schuhen hören, die hart auf den Marmorboden aufkommen. Die Schritte nähern sich ihnen unaufhaltsam. „Schnell, Rose! Hier hinein!" Marie übernimmt die Führung, stößt eine goldene Tür auf und zieht ihre Freundin in den Raum hinein. Überstürzt stolpern sie in das rauchige Zimmer, das dunkel vor ihnen liegt, da alle Vorhänge zugezogen sind.

Sich überaus unwohl fühlend, will Rosemarie schon wieder die Tür öffnen und aus diesem Zimmer stürzen, wird aber von Marie zurückgehalten, da sie draußen auf dem Gang die lauten Soldatenstiefel hören. Was ist das nur für ein schrecklicher Raum, denkt Rosemarie furchtsam und lehnt sich zittrig an das kühle Holz der Tür.

Marie hingegen ist viel zu neugierig. Sie möchte unbedingt wissen, was das für ein seltsamer Duft ist, der den ganzen Raum einnimmt. Doch je mehr sie sich der Mitte des Zimmers nähert, desto schwerer fällt ihr das Atmen und ein leichter Husten beginnt sie zu schütteln. Ein Teppich kreuzt ihren Weg und lässt sie stolpern, da sie in der Dunkelheit kaum etwas erkennen kann. Mit ausgestreckten Armen rudert sie herum und fällt nach vorne. Anstelle jedoch auf einen harten Boden zu knallen, berührt ihr Oberkörper etwas Weiches. Ein klägliches Husten folgt. „Marie, du hörst dich ja fürchterlich an!“, kommt es von Rose, die sich immer noch bei der Tür aufhält. „Hoffentlich wirst du nicht krank!“ „Das war ich nicht“, erklärt Marie und steht auf. Sie dreht sich in die Richtung, in der sie ihre Freundin vermutet, und winkt sie zu sich her. „Kannst du mich überhaupt sehen in diesem Gemisch aus Rauch und Dunkelheit?“ „Das ist tatsächlich gar nicht so einfach“, antwortet Rose. „Irgendjemand hat es wohl zu gut mit dem Räucherwerk gemeint, oder aber das Zimmer brennt und wir sind zu dumm, um es zu merken.“ Wieder kommen ein Husten und ein Stöhnen aus einem Bett, welches in graue Schwaden und Dunkelheit gehüllt ist. „Rose, ich glaube, hier liegt jemand im Bett und erstickt gerade an diesem Rauch.“ Beherzt schaut Marie sich im Zimmer um, soweit dies ihren durch den Rauch brennenden Augen möglich ist. Aber selbst das viele Blinzeln schafft keine Linderung mehr, weswegen sie sich frustriert über die Augen wischt. „Ich werde mal für etwas Licht und frische Luft sorgen“, murrt sie genervt. „Das hält ja kein normaler Mensch aus.“ Ein kleiner heller Punkt, der sich durch einen Spalt kämpft, dient ihr als Orientierung, wo sich die Vorhänge befinden. „Warte, Marie!“, keucht Rose jedoch panisch. „Du kannst doch nicht einfach die Fenster öffnen. Du wirst uns damit sicher verraten.“ Den dicken Stoff der Vorhänge bereits in den Händen haltend, zuckt Marie bei den Worten von Rose zusammen. Denn sie hat recht! Wenn sie die Vorhänge jetzt öffnet, können die Soldaten sie von draußen gut erkennen. Aber ohne frische Luft werden sie es in diesem Raum auch nicht lange aushalten, überlegt Marie und beißt sich dabei auf die Lippe. Und was ist mit dem anderen Menschen? Vielleicht braucht er dringend Hilfe. Ein innerer Konflikt beginnt, und Marie versucht so gut es geht, die Vor- und Nachteile abzuwägen. Den Vorhang bereits wieder loslassend, will sie sich gerade zurück zu Rose drehen, als ein erschütternder Hustenanfall ihre Meinung schlagartig ändert.

Sofort reißt sie die Vorhänge auf und schaut aufs Bett. Ihr Entsetzen ist groß. Ein kleiner Junge liegt zusammengekrümmt unter einer Decke und ringt um Luft. Ohne darüber nachzudenken, reißt sie auch das Fenster auf. „Rose, hilf mir!“, will Marie keine Zeit mehr verlieren. „Wir müssen den Rauch hier sofort rauslassen.“ Unsicher schreitet Rose zu ihr und hilft ihr, die ganzen Vorhänge und Fenster zu öffnen. Augenblicklich erstrahlt das Zimmer in einem grauen Licht. „Wo kommt denn nur dieser ganze Rauch her?“, ärgert sich Marie und wedelt mit ihren Händen vor ihrem Gesicht herum. Trotz der offenen Fenster scheint das Zimmer immer noch in einer stickigen Wolke zu stecken. „Rose, ich schnapp mir den Jungen und trage ihn zum Fenster. Du kannst derweilen den rauchigen Übeltäter finden und vernichten. So viel Rauch entsteht ja schließlich nicht einfach so.“ Kurz darauf wendet sich Marie dem Jungen im Bett zu und kniet sich vor ihn. Sie streicht ihm das verschwitzte Haar aus der Stirn und entdeckt dabei einzelne schwarze Flecken auf seiner Haut. Sein Atem geht pfeifend und erzeugt ein schauriges Brodeln, welches tief aus seinem Brustkorb kommt. Glasige Augen blicken ihr leer entgegen und scheinen nichts mehr wahrzunehmen. Ein Schauer läuft ihr über den Rücken bei diesem Anblick. „Keine Angst, mein Kleiner!“, kann Marie kaum sprechen, so sehr schnürt sich ihre Kehle zu. „Ich trage dich nur zum Fenster, damit du besser Luft bekommst.“ Obwohl der Junge sicherlich schon zwölf Jahre alt sein muss, hat Marie nicht das Gefühl, schwer tragen zu müssen. Und kaum nähert sie sich dem Fenster, sieht sie bereits die eingefallenen Wangen des Jungen. Dunkle Schatten liegen unter seinen geschlossenen Augen, die eingefallen in ihren Höhlen liegen.

„Ich habe es gefunden“, dringen plötzlich Roses freudige Worte zu Marie. „Es ist ein Gefäß, aus dem dieser Rauch kommt. Ich habe eine Decke darübergeworfen. Jetzt müsste es eigentlich aufhören.“

Bedächtig schreitet Rose zu Marie ans Fenster und kniet sich zu ihr. „Das sieht aber nicht gut aus.“ „Ich weiß!“, antwortet Marie heißer. „Er atmet schon ganz flach und kann kaum die Lider heben.“ „Glaubst du, die wollten das Kind vergiften?“ „Durch Kräuterrauch?“, will Marie ungläubig wissen. „Das soll es tatsächlich geben“, ergreift daraufhin Rose das Wort und beginnt ein wenig zu erzählen. „Ich habe einmal ein Buch über Rituale gelesen. Da wurde genau beschrieben, was bestimmte Kräuter auslösen können. Unter anderem wurde dort geschrieben, wie halluzinogen einige Pflanzen im verbrannten Zustand wirken.“ Liebevoll streicht Marie dem Kind über die Wangen und drückt ihn an sich. „Dann ist es ja gut, die Fenster geöffnet zu haben.“ „Und wie!“, pflichtet Rose ihr bei. „Meistens enden diese Rauschzustände nämlich damit, dass sich alle ausziehen und nackt herumtanzen.“ Ein glockenhelles Lachen bricht aus Marie heraus, während sie gerade versucht, diese Bilder aus ihrem Kopf zu bekommen. „Da würden den Soldaten und Prinzen aber die Augen aus den Höhlen fallen, wenn wir plötzlich nackt durch die Gärten tanzen würden. So hat sich Semil unseren Tanz sicher nicht vorgestellt.“

„Mama, Mama!“ Sofort reißen die gekeuchten Worte alle Aufmerksamkeit von Marie an sich. „Keine Angst, mein Kleiner!“, beugt Marie sich über ihn und legt seinen Kopf auf ihre Brust. „Du bist nicht allein.“ Rose hingegen rutscht nach hinten. „Marie, pass bitte auf! Es könnte auch sein, dass er etwas Ansteckendes hat.“ „Ich weiß! Aber er tut mir so leid, Rose.“ Traurig hält Marie den Jungen fest und versucht, ihre eigenen Tränen zu unterdrücken. Ihre Freundin reibt ihr indessen sanft über den Rücken. „Marie, du hast einfach ein viel zu weiches Herz für diese

Welt. Du kannst ihn nicht retten. Schau ihn dir doch an! Der Tod hat ihn schon für sich beansprucht und gezeichnet.“ Resigniert schüttelt Marie den Kopf. „Ich weiß, wie dumm es ist, ihn im Arm zu halten. Aber wir können ein Kind doch nicht einfach allein sterben lassen.“ „Du hast recht!“, erwidert Rose und lässt traurig den Kopf hängen. „Auch Theodor hat es sicher gefallen, dass er nicht allein sterben musste.“ So kommt es, dass die zwei Frauen schweigend vor dem offenen Fenster sitzen und den Garten betrachten, während ein krankes Kind in Maries Armen auf den Tod wartet. Nach einiger Zeit räuspert sich Rose jedoch. „Sag mal, weißt du vielleicht, was das für ein seltsames weißes Bauwerk in der Mitte des Gartens ist?“ Marie hebt ihren Kopf und schaut in die Richtung, in die Rose zeigt. Keine zweihundert Meter entfernt kann sie ein aus Marmor gebautes Gebäude sehen, welches von vier Säulen umgeben ist. Die Außenwände werden von vielen Reliefs verziert, während das Dach aus einer großen, runden Goldkuppel besteht. Trotz enormer Flügeltüren scheint das Bauwerk aber keine Fenster zu besitzen. Verwundert betrachtet sie es noch genauer. „Rose“, schüttelt Marie kurz darauf ihren Kopf, „ich habe absolut keine Ahnung, was dieses kleine Gebäude mitten im Palastgarten zu bedeuten hat. Vielleicht ist es ein Schuppen für vergoldete Gartengeräte.“

Gespielt entsetzt stupst Rosemarie ihrer Freundin an die Schulter. „Du bist wirklich ein Banause. So ein fantastisches Gebäude muss sicherlich ein Tempel sein, in dem große Gottheiten verehrt werden.“ „Und welche Gottheiten könnten das sein?“, will Marie sogleich wissen. Ahnungslos fährt Rosemarie sich mit ihren Fingern über die Lippen und überlegt. „Vielleicht eine Gottheit, die es häufiger regnen lassen soll.“ Mit ihrer freien Hand deutet Marie ein wenig herum. „Sieht dieses Land für dich so aus, als hätten sie einen eigenen Regengott?“ „Ja, eben!“, kontert Rosemarie. „Die könnten dringend einen gebrauchen.“ „Auf was für Ideen du kommst!“, lächelt Marie. „Wie genau stellst du dir denn deinen Regengott vor?“ Die Prinzessin zwinkert ihrer

Freundin zu, stellt sich auf die Füße und deutet einen enormen Bauchumfang an. „Er müsste ganz fürchterlich dick sein, da er ja zusätzlich für gute Ernte stehen muss. Dann brauchen wir einen Fischkopf für das Wasser und zu guter Letzt einen ganz langen …“ Anstelle es jedoch auszusprechen, deutet sie es mit ihren Händen an. „… der für die Fruchtbarkeit steht.“

„Was seid ihr nur für dumme Frauen!“ Geschockt senkt Marie ihren Kopf und blickt in die wachen Augen des vermeintlich Kranken in ihren Armen. „Das ist doch kein Tempel für einen erfundenen Gott“, echauffiert sich der Junge in einem arroganten Ton. „Dieses Grabmal hat mein Vater für seine große Liebe, Königin Jasari, seine Erstfrau, gebaut.“ Rosemarie und Marie bekommen keinen Ton mehr heraus. Wie versteinert sitzen sie da und hören zu. Derweilen versucht sich der Junge aus den Armen von Marie zu befreien. „Lass mich gefälligst los, du einfältiges Weibsbild! Wer hat dir überhaupt erlaubt, in meine Gemächer einzudringen?“ Rosemarie ist die Erste, die sich wieder unter Kontrolle hat. „Na, wen haben wir denn da? Einen kleinen Rotzbengel, der nicht einmal danke sagen kann, wenn er von uns gerettet und geheilt wird.“ Zornig blickt er zurück. „Ihr mich geheilt? Wie hättet ihr denn das anstellen sollen? Frauen sind dazu nicht in der Lage. Es wird die frische Luft gewesen sein und nichts anderes. Und jetzt verschwindet gefälligst, bevor ich die Wachen rufe!“ Entsetzt über die unverschämten Worte des Jungen, lässt Marie ihn von ihrem Schoß fallen und richtet sich auf. Schmerzhaft landet er auf seinem Hintern und beginnt diesen zu reiben. „Na wartet!“, knurrt er sie herausfordernd an. „Wenn ich meinem Vater erzähle, wie ihr mich behandelt habt, dann wird er euch einen Kopf kürzer machen.“ Wütend tritt Rosemarie vor und schlägt dem Jungen mit ihrer Hand auf seine Wange. Gereizt antwortet sie: „Du solltest dich wirklich in Grund und Boden schämen. Egal, ob Mann oder Frau. Hilfe sollte man immer mit Dankbarkeit vergelten.“ Völlig aus der Bahn geworfen, kann der Prinz nur noch geschockt seine Wange halten und Rosemarie mit großen Augen anstarren. „Komm, Marie, wir gehen!“, funkelt Rosemarie den Bengel noch einmal an. „Der kleine dumme Junge hat unsere Hilfe nicht verdient.“ Wie eine echte Prinzessin dreht sich Rosemarie auf der Stelle um und schreitet so königlich, wie es mit einem weißen Laken möglich ist, auf die Tür zu. Marie hingegen folgt stolpernd, weil sie immer wieder den am Boden sitzenden Jungen betrachtet. Und trotz der Gefahr reißt Rosemarie stürmisch die Tür auf und tritt in den leeren Gang hinaus, während ihre Freundin ihr folgt. Doch kaum ist die Tür ins Schloss gefallen, sacken ihre Schultern zusammen und die Anspannung verlässt sie. „Oje!“, fährt sie sich erschöpft über das Gesicht. „Wo sollen wir nur hin?

„Rose, was ist da gerade passiert?“ Trotz der Gefahr, auf dem Gang entdeckt zu werden, starrt Marie dennoch gedankenversunken ihre Hände an. „Ja, es tut mir leid!“, schnauft Rose frustriert und hebt abwehrend ihre Arme. „Da ist eindeutig mein Temperament mit mir durchgegangen. Aber dieser Rotzlöffel hatte nichts anderes verdient.“ „Das meinte ich nicht“, schüttelt Marie ihren Kopf. „Du hast ihn doch gesehen, oder? Wie konnte er von einer Minute auf die andere wieder so gesund sein?“ Bevor Rose ihr antwortet, ergreift sie Maries Hand und läuft mit ihr den Gang hinunter. „Ich habe dir doch gesagt, wie giftig einige Pflanzen sein können. Wahrscheinlich wollte sich der kleine Prinz berauschen und hat sich stattdessen selbst vergiftet.“ Obwohl die Worte von Rose vollkommen logisch für Marie klingen, bleibt doch ein kleiner Zweifel bei ihr zurück. Waren das wirklich nur die Auswirkungen des Rauches? Aber was waren das für schwarze Flecken in seinem Gesicht? Und die eingefallenen Wangen, woher kamen die? Die können doch nicht innerhalb von fünf Minuten durch ein bisschen frische Luft verschwinden. Und was war das wieder für ein seltsames Kribbeln in ihrem Körper, das sie kurz zuvor gespürt hatte? Das gleiche Gefühl hatte sie auch bei Rose, während diese Theodor küsste. Kann es da einen Zusammenhang geben? „Marie, jetzt beeil dich endlich! Solange ich dich hinter mir herziehen muss, können wir nicht entkommen.“ Wie auf Kommando biegt in diesem Moment eine ältere Frau um die Ecke. Bei dem Zusammenstoß fliegt ein Teller mit heißer Brühe auf den Boden und zerschellt in viele Einzelteile. Marie will sich schon nach den Scherben bücken, wird aber von Rose weitergezerrt. „Es tut uns wirklich leid“, kann sie gerade noch sagen, bevor die Frau zu schreien beginnt. „Wachen!“, schallt es hinter ihnen her und mahnt sie zur Eile.

„So ein Einhorndreck!“, schimpft Rosemarie. „Wir brauchen sofort ein neues Versteck. Hier auf den Gängen finden sie uns sofort.“ Durch einen Luftzug aufmerksam geworden, schaut Marie aus einem offenen Fenster neben sich. „Was hältst du davon, wenn wir uns in dem weißen Gebäude im Garten verstecken?“ Irritiert folgt Rosemarie dem Fingerzeig von Marie. „Du willst dich wirklich in einem überdimensionalen Sarg verstecken?“ „Warum nicht?“, zuckt Marie mit ihren Schultern. „Die Tote wird es sicher nicht stören.“ Ein Grinsen schleicht sich auf Rosemaries Lippen. „Da hast du natürlich recht.“ Gerade noch rechtzeitig schaffen es beide, aus dem Fenster zu klettern und sich hinter Büschen zu verstecken. Denn kurz darauf stürmt ein Trupp Soldaten den Gang entlang. „Ihr geht nach rechts, die anderen nach links! Es wird jeder Raum durchsucht. Der Sultan möchte die zwei Frauen auf der Stelle haben. Und ihr drei kommt mit mir! Wir werden den Garten nach den Flüchtigen absuchen.“ Rosemarie und Marie haben alles von ihrer Position unter dem Fenster aus gut hören können. „So ein Mist!“, flucht Rosemarie frustriert. „Wir müssen so schnell wie möglich in dieses Gebäude kommen. Wir dürfen keine Zeit mehr verlieren. Nimm die Beine in die Hand und hör endlich auf, an den unverschämten Jungen zu denken! Dem geht es wieder so gut, dass er andere beleidigen kann.“ Gemeinsam schleichen sie so schnell wie möglich im Sichtschutz von Bäumen und Sträuchern zum Mausoleum. Noch bevor die Soldaten den Garten betreten, können sich beide durch einen Türspalt in das Gebäude quetschen. Obwohl hier keinerlei Fenster zu finden sind, ist der Raum trotzdem hell erleuchtet, denn hunderte von Kerzen und Fackeln spenden ausreichend Licht. Der weiße Marmor reflektiert den Feuerschein und lässt ihn an den Wänden tanzen. Ehrfurchtsvoll steht Marie da und bestaunt dieses wunderschöne Schauspiel der Lichter. Rosemarie hingegen ist gerade weniger beeindruckt und stürmt tiefer in das Gebäude hinein.

„Was für ein Feenmist!“, flucht Rosemarie gehetzt. „Hier gibt es keinerlei Fenster oder andere Türen, aus denen wir fliehen könnten. Wir sitzen in der Falle! Die brauchen nur das Eingangstor zu öffnen und sehen uns, weil es nichts gibt, hinter dem wir uns verstecken könnten.“ Frustriert kickt Rosemarie mit ihrem Fuß imaginäre Steine weg und verzieht gereizt ihr Gesicht. „Wir können uns hinter dem riesigen Steinsarg verstecken, der in der Mitte steht.“ „Und dann?“, seufzt Rosemarie deprimiert. „Die blöden Fackeln und Kerzen erzeugen so viel Licht, dass man uns trotzdem sehen kann, da unsere Schatten uns verraten.“ Das hatte Marie tatsächlich nicht bedacht. „Lass es uns dennoch versuchen. Vielleicht schauen sie nur kurz herein und übersehen uns.“ Hoffnungslos rollt Rosemarie mit ihren Augen. „Deinen Optimismus möchte ich mal haben. Aber gut, etwas anderes bleibt uns sowieso nicht übrig.“ Hinter dem steinernen Sarkophag angekommen, lehnt sich Rosemarie dagegen und zieht ihre Beine an. Sie schließt erschöpft ihre Augen und lässt ihren Kopf zwischen ihre Schultern hängen. Marie hingegen tritt an den Sarg heran und wischt vorsichtig mit ihrer Hand die leichte Sandschicht weg. „Für meine geliebte Frau Jasari. Keine Liebe brannte inniger und leidenschaftlicher als unsere. Mögest du zu mir zurückfinden“, flüstert Marie leise. „Wann ist sie denn gestorben?“, reißt Rosemarie ihre Freundin aus ihren Gedanken. „Woher soll ich das wissen?“ „Na, weil es da sicher stehen wird“, atmet Rosemarie tief Luft in ihre Lungen. „Auf allen Särgen ist eingraviert, wann der geliebte Mensch gestorben ist.“

Von Roses Worten neugierig geworden, schaut Marie sich den Sarg genauer an. „Aber hier steht wirklich nicht, wann sie gestorben ist.“ „Das kann nicht sein“, antwortet Rose und springt hinter dem Sarkophag hervor. Dabei hält sie sich seitlich am Deckel fest und verrutscht diesen leicht. Erschrocken will Marie schon einen Schrei ausstoßen, kann sich aber gerade noch mit ihren Händen auf ihrem Mund selbst daran hindern. „Jetzt pass doch auf, Rose!“ „Warum?“, will Rose sogleich von Marie wissen und schaut sich den Deckel genauer an. „Das ist aber seltsam. Der ist gar nicht festgemacht worden.“ Trotz der Proteste von Marie schiebt Rose den Deckel zur Seite. „Jetzt hab dich nicht so!“, erhält Marie von Rose einen kleinen Schubs. „Ich mach ihn auch gleich wieder zu.“ Gerade will Marie ihrer Freundin auf die Finger klopfen, wird aber von dem Inhalt des Sarges überrumpelt. Denn anstelle einer Leiche liegt nur eine lebensgroße Marmorfigur darin, an deren Hals sich eine Kette mit einem wunderschönen roten Rubin befindet. Völlig irritiert von diesem Bild wissen beide Frauen erst einmal nicht, was sie davon halten sollen. „Hat der Sultan jetzt tatsächlich so ein riesiges Grab nur für eine Steinfigur errichten lassen?“ Auch Marie kann sich diesen Umstand nicht erklären. Aber ihre Aufmerksamkeit gilt eher dem Stein an der Kette, der denen um ihren Hals unglaublich ähnlich sieht. Vorsichtig streckt sie ihre Hand nach dem Rubin aus, zieht sie aber sofort zurück, nachdem er zu leuchten begonnen hat. „Was zum …?! Wie hast du das gemacht, Marie?“ Doch bevor Marie antworten kann, ertönen Geräusche vor dem Mausoleum.

Panisch schauen sich die Frauen im Raum nach einem weiteren Versteck um. Rosemarie ist die Erste, die die Initiative ergreift und sich ohne Scheu einfach in den großen Sarg zu der Marmorfigur legt. Danach winkt sie ihrer Freundin und deutet ihr an, es ihr nachzutun. Trotz inneren Widerwillens folgt Marie und legt sich auf die andere Seite der Figur. Eine kurze gemeinsame Anstrengung folgt und der Decke ist wieder auf seinem vorherigen Platz. „Ein wenig gruselig ist es ja schon, Rose“, flüstert Marie in die Dunkelheit hinein. „Entschuldige! Mir ist auf die Schnelle nichts Besseres eingefallen. Beschweren kannst du dich später, wenn uns meine Idee vor dem Zuchtstutenprogramm gerettet hat.“

Kurz darauf beginnt der Stein an der Kette rötlich zu pulsieren und sein sanftes Glühen hüllt den Innenraum des Sarges in ein warmes Licht. Sofort schließt Marie ihre Hand um den Stein, aus Angst, er könnte sie verraten. Keine Minute später ist lautes Gepolter zu hören, welches sich kontinuierlich nähert. Instinktiv hält Marie die Luft an und bewegt sich keinen Millimeter mehr. Ihr Herz schlägt laut in ihrer Brust und lässt ihre Ohren rauschen. Die Geräusche kommen immer näher, bis sie den Steinsarkophag erreicht haben. „Hier ist niemand, Kommandant“, schreit ein Soldat. „Schau auch hinter dem Sarg nach!“, ertönt es aus der Ferne. „Wir dürfen uns keine Fehler erlauben.“ Ängstlich reißt Marie die Augen auf, weil sie inständig hofft, dass sie den Deckel weit genug zugeschoben haben. Denn nur ein winziger Spalt könnte sie verraten, wenn das rötliche Licht einen Weg hinausfindet. Ein leichtes Beben setzt plötzlich im Sarg ein und lässt die Marmorfigur wackeln. Verwirrt schaut Marie sich um, bis sie die vor Aufregung unkontrolliert zitternde Rose erblickt. Instinktiv streckt Marie ihre Hand mit dem Stein aus und berührt ihre Freundin an der Schulter. „Was war das?“, hören beide von draußen den Soldaten rufen. „Was ist?“, gesellt sich eine zweite Stimme dazu. „Ich hätte gedacht, ich würde ein Geräusch hören.“ „Jetzt mach dich nicht lächerlich. Hier ist nichts. Wahrscheinlich hast du nur eine Maus gehört, die sich in die nächste Ecke verkrochen hat.“ Noch einmal schaut sich der Soldat um, kann aber nichts erkennen. Zur gleichen Zeit bittet Marie inständig, ihre Freundin möge vertrauen in ihr Versteck haben und mit dem Zittern aufhören. Und wieder beginnt ihr Körper zu kribbeln, während sich Rose zusehends beruhigt. „Was ist jetzt?“, murrt einer der Soldaten. „Ich habe keine Lust mehr, hier noch länger zu bleiben. Wer weiß, ob nicht doch irgendwo der Geist von

Königin Jasari herumspukt!" „Mach dich nicht lächerlich!", schimpft der andere. „Man weiß doch nicht einmal, ob sie überhaupt tot ist. Wahrscheinlich ist, dass sie in einer Nacht-und-Sandsturm-Aktion geflohen ist, weil sie zu ihrer Sippe zurückwollte." „Das glaubst du doch selbst nicht", hört Marie ein lautes Murren. „Unser Sultan hat ihr die Welt zu Füßen gelegt. Siehst du nicht dieses Gebäude hier? Einen noch größeren Liebesbeweis gibt es nicht. Welche Frau wäre denn so dumm und würde da einfach fliehen?" „Pff! Was weiß ich denn, wie Frauen denken?", knurrt der Soldat seinen Kameraden an. „Tatsache ist jedoch, dass sie seit ungefähr zwanzig Jahren weg ist." Marie ist ein wenig irritiert. Hat sie so eine Geschichte nicht erst vor Kurzem gehört? „Hey, wo bleibt ihr denn?", poltert eine dritte Stimme. „Wir haben noch den halben Garten vor uns." Der Marmorboden verrät an seinem Klang den Abzug der beiden Soldaten und lässt beide Frauen aufatmen. Ein lauter Schlag folgt kurz darauf und hüllt die Grabkammer wieder in absolute Stille.

„Wahnsinn, war das knapp!", schnauft Rose und spricht Marie damit aus der Seele. „Die hätten uns um ein Haar gefunden. Jetzt sag noch einmal etwas gegen mein Versteck!", witzelt Rose und zwinkert Marie zu. „Du hast ja gewonnen", lacht Marie und zieht ihre Hand von ihrer Freundin zurück. Behutsam öffnet sie diese und betrachtet den Rubin darin, der kaum mehr ein Leuchten von sich gibt. „Was ist das denn für ein seltsamer Stein?" Marie lässt sich etwas Zeit mit ihrer Antwort und überlegt, was sie Rose erzählen könnte. Wenn ich ihr die Wahrheit sage, denkt Marie und beißt sich nervös auf ihre Lippe, dann hält sie mich sicher für eine Spinnerin. Magische Steine, ein Zauberspiegel, Trolle, eine Göttin, Einhörner, ein verzaubertes Schwein, welches sich in eine Maus und später in ein Pferd verwandelt. Selbst Marie würde sich kein Wort glauben. Das Einzige, was sich plausibel anhört, wäre die Erklärung über Zaubersteine. Aber kann sie ihr wirklich die ganze Geschichte über den Spiegel verraten? Schließlich kennen sie sich erst seit einem Tag und Marie muss auch an Jorik denken. Es wäre wohl besser, denkt Marie traurig, sie erzählte ihr nur einen Teil. „Das ist wahrscheinlich ein Zauberstein, Rose“, beginnt sie ihre Erklärung. „Solche Steine können Licht oder Wind erzeugen.“ „Ach, jetzt weiß ich, was du meinst“, antwortet ihr Rose erleichtert. „Was, glaubst du, kann dieser Stein?“ Langsam dreht Marie den Stein in alle Richtungen. „Ein bisschen leuchten kann er auf jeden Fall. Vielleicht hat er auch mehr einen symbolischen Charakter.“ „Wie meinst du das, Marie?“ „Ich bin mir zwar nicht sicher, aber steht die Farbe Rot nicht für die Liebe?“ „Da könntest du recht haben“, nickt Rose zustimmend. „Die Farbe Rot verbinde ich auch mit Liebe und Leidenschaft.“ „Wie kommst du jetzt auf Leidenschaft?“, wundert Marie sich und schaut ihre Freundin an. „Na ja!“, kichert Rose verlegen. „Ich habe mal gehört, dass man einen Mann verführen kann, wenn man sich die Lippen rot anmalt und sich ein rotes Kleid anzieht.“ „Mhm!“, überlegt Marie, bevor sie zu lachen beginnt. „Dann sollte ich lieber die Finger von meiner roten Strickjacke lassen, wenn ich nicht versehentlich einen Mann verführen möchte.“ „Du bist so blöd!“, muss nun auch Rose lachen. Und noch während sich die beiden Frauen über die verführerische Strickjacke amüsieren, beschließen sie, noch ein paar Stunden hier zu bleiben und erst in der Nacht aufzubrechen.

Mitten im Nirgendwo

„Es ist alles gut! Lass alles raus!“ Mitfühlend klopft Adul dem weißen Pferd auf den Rücken, weil Eric würgend hinter einem großen Sandhaufen steht und mit seiner Fassung ringt. Obwohl keine Nahrung seinen Magen verlässt, kann er trotzdem nicht mehr aufhören, Luft zu koppen. Denn der Anblick, der sich ihm vor zehn Minuten geboten hat, war einfach zu fürchterlich. Nach einer Stunde Fußmarsch kamen sie endlich an einer großen Düne an, hinter der sich ein riesiges Grab erstreckt, in das Adul den Wagen entleerte. Der Geruch von getrockneten Leichen, die im

Sand verwesen, hat Eric nicht nur zutiefst erschüttert, sondern ist ihm auch auf den Magen geschlagen. Mit zittrigen Beinen richtet Eric seinen Kopf auf, um gleich wieder Luft aufzustoßen. „So wird das nichts!“, brummt Adul frustriert. „Solange wir hier sind, wird dein Magen sich nicht beruhigen. Deswegen lass uns lieber diesen Ort verlassen.“ Sicheren Fußes wendet Adul sich Richtung Norden, während Eric laut koppend hinter dem Jungen herstolpert. Egal, wohin Eric seinen Kopf auch dreht und wendet, überall ist Sand. „Du bist wohl nicht von hier, oder?“, stellt Adul ihm eine Frage. Daraufhin schüttelt Eric seinen Kopf. „Das dachte ich mir schon“, grinst der Junge schelmisch. „Wer so einen sensiblen Magen hat, kann unmöglich in Sabaku aufgewachsen sein.“ Gemeinsam erklimmen sie eine Düne nach der anderen. Erics Fell klebt schweißgetränkt an seinem Körper, während Adul es sich nach einiger Zeit auf seinem Rücken bequem macht. Denn auch ihm setzt die Hitze zu, sodass es für Eric selbstverständlich ist, den Jungen zu tragen. Der Sand weicht sachte seinen Hufen aus und rieselt langsam die Erhöhungen hinunter. Der laue Wind, der eingesetzt hat, ist zwar eine Wohltat, kann aber den Schweiß nicht trocknen, der ihre Körper bedeckt. Doch Eric hebt weiter tapfer seine Beine und geht in die Richtung, die Adul ihm vorgegeben hat. Hoffend, einen sicheren Unterschlupf zu finden, wo er sich einen Plan überlegen kann, wie er Marie und später sein Königreich retten könnte.

Aufmunternd klopft der Junge Eric auf den Hals. „Es ist nicht mehr weit, mein Großer“, deutet Adul nach vorne. „Bald hast du es geschafft und kannst dich ausruhen.“ Eric ist sich da nicht so sicher, da weiterhin nur Sand in seinem Sichtfeld zu erkennen ist. Doch er muss Vertrauen und Geduld haben. Zwei Eigenschaften, die er in den letzten Tagen tatsächlich erworben hat. Deswegen setzt er tapfer seine Schritte fort und behält den Horizont im Auge. Und tatsächlich, nach einer Stunde verändert sich etwas. Anstelle von flirrend heißer Luft kann er plötzlich die Silhouette eines Berges erkennen. Neue Motivation und Kraft durchströmen seinen Körper und lassen ihn schneller voranschreiten. Als sie am Fuße des Berges angekommen sind, ist Eric nicht mehr fähig, auch noch einen weiteren Schritt zu gehen. Adul hingegen springt von seinem Rücken und geht an der Felswand entlang. „Hier irgendwo müsste es doch sein", brummt er vor sich hin und tastet mit seinen Händen die Felsen ab. Derweilen lässt Eric sich auf seine Knie herunter und legt seinen mächtigen Leib in den Sand. Jetzt versteht er auch, wie sich sein Hengst gefühlt haben muss, als er ihm vor einer Woche das Trinken aufgrund seines Stolzes verweigerte. Der Zwerg hatte eindeutig recht. Er muss definitiv noch einiges in seinem Leben lernen. Fluchend kommt Adul wieder zurück und setzt sich zornig neben ihn. „Ich finde es einfach nicht." Wütend haut er mit seiner kleinen Hand in den Sand. „Ich muss es aber finden. Wenn ich es nicht finde, dann werden wir in dieser Wüste nicht überleben können. Die Strecke zurück, ohne Wasser und Lebensmittel, ist viel zu weit." Eric ist verwirrt und weiß nichts mit den Worten von Adul anzufangen. Was genau muss er denn finden? Sucht er vielleicht eine kleine Wasserquelle oder ein geheimes Lebensmittelversteck? Aber was es auch ist, es muss wohl sehr wichtig sein. Und schon löst sich die erste Zornesträne aus dem Gesicht von Adul und landet im Sand. Mitfühlend stupst Eric seinen kleinen Begleiter an und versucht ihn ein wenig von seinem Kummer abzulenken. Am liebsten würde er ihm Mut zusprechen, bekommt aber nur ein lautes Wiehern heraus. Lächelnd dreht der Junge seinen Kopf zu Eric und legt seine Hände auf dessen Wangen. „Du hast recht, mein Freund. Wir werden das geheime Versteck der vierzig Räuber schon finden."

Freudig springt Adul auf und beginnt weiter zu suchen. Eric will es seinem Kameraden gleichtun, verharrt aber in seiner Position, als die Bedeutung dessen, was Adul gesagt hat, in seinen Kopf dringt. Was suchen wir? Das meint er doch nicht ernst? Er ist doch nicht den Sklavenhändlern und dem Schlachter entkommen, um bei räuberischen Schurken zu landen. Da ist ihm die Aussicht, zurück in die Stadt zu marschieren, immer noch lieber. Schnell rappelt Eric sich auf und trabt hinter Adul her. Dieser ist gerade hinter einem Felsspalt verschwunden und beginnt plötzlich vor Freude zu jauchzen. Eric wird schon wieder flau im Magen. Adul wird doch hoffentlich nicht das Lager gefunden haben. So viel Pech kann er einfach nicht haben. Doch kaum ist Eric um die Ecke gebogen, kann er einen kleinen herumtanzenden Jungen erkennen, der vor einer großen und glatten Felswand steht. Verwundert tritt Eric näher. Aus welchem Grund freut sich Adul so? Hier ist doch nichts. Doch sein kleiner Kumpan lässt sich davon nicht beirren und tanzt fröhlich weiter. „Ich hab's gefunden! Ich hab's gefunden! Jetzt muss ich das Tor nur noch öffnen und schon sind wir reich und müssen nie wieder im Leben arbeiten.“ Eric ist das ziemlich egal, da er bereits reich ist. Na ja, prustet er frustriert. Als Prinz war er auf jeden Fall reich. Aber was er sich gerade am meisten wünschen würde, wären einfach nur zwei große Eimer mit frischem Wasser und trockenem Brot. Bald darauf beendet Adul seinen Tanz und stellt sich breitbeinig vor das gigantische Felsmassiv. „Pfeffer, öffne dich!“, schreit er auf einmal laut dem steinernen Tor entgegen und wartet. Aber nichts passiert. „Mist, das war wohl das falsche Gewürz“, grummelt der Junge und versucht es erneut. „Muskat, öffne dich!“ Aber auch dieses Mal bleibt das Tor verschlossen. Wütend stampft Adul mit seinem Fuß in den Sand. „Gleich!“, kann Eric deutlich sehen, wie Adul überlegt. „Gleich habe ich es.“ Und schon folgen die nächsten Gewürze. „Kardamom, öffne dich! Safran, öffne dich! Zimt, öffne dich! Verzauberter Kamelmist, jetzt öffne dich einfach, du dummes Tor!“ Wenn die Situation nicht so lebensbedrohlich wäre, hätte Eric sich vielleicht sogar über das Verhalten des Jungen amüsieren können.

Deprimiert lässt Adul sich in den Sand gleiten. „Was mache ich nur falsch?“, starrt Adul in den Sand und grummelt vor sich hin. „Wir sind Richtung Norden gegangen, haben den Berg gefunden und stehen vor der glatten und großen Felswand. Eigentlich müsste es jetzt ganz einfach sein, das Tor zu öffnen.“ Erleichtert stupst Eric mit seiner Pferdeschnauze den Jungen an. Im Gegensatz zu ihm ist er heilfroh, dass sich das enorme Felsmassiv nicht geöffnet hat und sie vierzig Räubern in die Arme gelaufen sind. Und vielleicht, wenn Eric all seine restliche Kraft zusammennimmt, könnten sie es zurück in die Stadt schaffen. Vorausgesetzt natürlich, Adul weiß den Weg. Vorsichtig zupft er den Jungen an seinem Oberteil und deutet mit seinem Kopf an, aufzusitzen. Dieser schüttelt jedoch vehement sein Haupt und bleibt sitzen. Mit ein wenig mehr Kraft versucht es Eric erneut. Aber auch dieses Mal möchte der Junge sich nicht von der Stelle bewegen. „Nein, Pferd!", motzt Adul ihn kurz darauf an. „Ich bleibe hier. Ich warte schon seit Jahren auf die Chance, den Schatz der Räuber zu finden. Und so kurz vor dem Ziel gebe ich nicht auf." Frustriert schnaubt Eric und stapft wütend mit seinen Vorderhufen in den Sand. Dieser sture Junge macht ihn noch ganz wahnsinnig. Wenn sie hier nicht bald verschwinden, dann werden sie den Räubern zum Opfer fallen. Plötzlich springt Adul unvermittelt auf. „Ich habe es! Es war Sesam." Sofort stellt er sich breitbeinig vor das Felsmassiv und schreit aus Leibeskräften: „Sesam, öffne dich!" Erst passiert nichts, bevor ein Grollen einsetzt und sich zwei gigantische Felsentüren nach außen hin öffnen. Panisch reißt Eric die Augen auf. Zu spät reagiert er und kann nur noch zusehen, wie Adul begeistert in die Höhle läuft. Sich nach allen Seiten umschauend, folgt Eric ihm vorsichtig. Es dauert ein paar Minuten, bis sich seine Augen an das Dunkel der Höhle gewöhnen. Doch wenn er gewusst hätte, was ihn erwartet, hätte er seine Augen lieber geschlossen gehalten. Denn gerade befinden sie sich in einer gigantischen Felsenhöhle, die über und über mit großen Krügen und Truhen vollgestellt ist. Teure Teppiche hängen an den Wänden und überall blitzen Goldmünzen hervor. In dieser Höhle befindet sich weitaus mehr Gold als in seiner Schatzkammer, geht es Eric nicht mehr aus dem Kopf. Wer auch immer diesen gigantischen Berg an Reichtümern angehäuft hat, wird dies sicherlich nicht durch Nettigkeit geschafft haben. Eric könnte Adul an die Wand klatschen. Anstelle die Gefahr zu erkennen, läuft der Junge kopflos herum und hängt sich eine goldene Kette nach der anderen um den Hals. Bevor Eric jedoch versuchen kann, den Jungen zu stoppen, muss er erst einmal wieder seine Kräfte zurückbekommen. Somit begibt er sich auf die Suche nach Wasser und etwas zu essen. Bereits im ersten Krug wird er fündig. Es ist zwar kein quellfrisches Wasser, aber in seinem Zustand ist ihm auch abgestandenes recht. Durst kann etwas Furchtbares sein. Nachdem er sich satt getrunken hat, begibt er sich weiter auf die Suche nach etwas Essbarem. Er hätte zwar eingelegtes Fleisch gefunden, ist sich aber nicht sicher, wie gut ein Pferd so etwas verdauen kann. Doch im fünften Krug wird er endlich fündig. Das dünne Brot ist zwar schon hart, aber als Pferd hat er hervorragende Zähne, mit denen er es gut kauen kann. Das Einzige, was ihm jetzt noch zu seinem vollen Glück fehlen würde, wäre eine kleine Pause von dem langen und anstrengenden Fußmarsch. Doch diese wäre viel zu gefährlich. Und so blickt er sich stattdessen nach dem Jungen um, um endlich die Höhle zu verlassen. Aber dieser liegt doch tatsächlich mit einem breiten Grinsen in einem gigantischen Berg aus Goldmünzen und ist eingeschlafen.

Verärgert geht Eric zu dem Jungen und versucht ihn mit seiner Schnauze zu wecken. Doch dieser denkt nicht einmal im Traum daran aufzuwachen und dreht sich auf die andere Seite. Genervt stampft Eric auf den harten Felsenboden und erzeugt damit ein lautes und hallendes Geräusch, welches von den Wänden abprallt und als verstärkendes Echo erklingt. Von diesem Effekt überrascht, weicht Eric erschrocken nach hinten und stößt mit seinem Hinterteil einige Krüge um. Und schon ergießen sich aus ihnen Wasser, Öl und Salz und bedecken bald darauf den halben Höhlenboden. „Was hast du nur gemacht?“, will Adul sogleich wissen, der mit weit aufgerissenen Augen erwacht ist. Seine anfängliche Euphorie ist blanker Panik gewichen. „Was machen wir nur? Wenn das die Räuber sehen, dann lynchen die uns doch. Wir können das unmöglich beseitigen. Die werden auf jeden Fall herausfinden, dass jemand in ihrer Höhle gewesen ist.“ Ach, geht es Eric ärgerlich durch den Kopf. Die Einsicht kommt aber sehr spät. Wieder ergreift er mit seinen Zähnen das Oberteil von Adul und will ihn aus der Höhle ziehen, da sie so schnell wie möglich von hier wegmüssen. Wer weiß schließlich, wann die Räuber zurückkommen werden? Doch als hätten seine Gedanken sie herbeigerufen, kann er plötzlich lautes Pferdegetrampel auf hartem Grund vernehmen. Geistesgegenwärtig schubst Eric den Jungen hinter einen großen Truhenberg und stellt sich zu ihm. Er kann nur hoffen, dass die Räuber annehmen, die Eindringlinge wären bereits wieder verschwunden.

„Welche Lumpen haben es gewagt, unser geheimes Versteck zu verwüsten?“, kann Eric deutlich die wütende Stimme eines Räubers vernehmen. „Wenn ich diese Kerle in die Finger bekomme, dann werde ich ihnen alle Organe einzeln herausschneiden.“ Zitternd steht Adul neben Eric und vergräbt sein Gesicht in seinem Fell. „Was sollen wir jetzt machen, großer Abdullah?“, fragt einer der Räuber nach. „Findet sie und bringt sie mir lebend!“, knurrt der Räuberhauptmann erbost. „Zwanzig von euch schwingen sich gefälligst wieder auf die Pferde und suchen draußen nach Spuren. Die anderen bleiben hier in der Höhle und räumen diese Sauerei … Was war das?“ Wutschnaubend dreht sich der Räuberhauptmann in alle Richtungen. Denn Adul ist in seiner Verzweiflung versehentlich mit seiner Hand an einen Goldberg geraten und hat damit ein paar Münzen ins Rollen gebracht. Diese sind nun klirrend auf den nackten Felsboden aufgeschlagen. „Alle Männer an die Waffen!“, ruft Abdullah begeistert. „Die Schurken sind noch in der Höhle.“ Tapfer macht Eric sich für den Kampf bereit. Er dreht sich um die eigene Achse und tritt mit voller Kraft den Turm aus Truhen um. Diese fallen klirrend auf die Räuber und begraben einige von ihnen. Obwohl Eric dadurch ihre Deckung verraten hat, konnte er dennoch einiges an Chaos stiften. Überrascht vom Kampfgeist des Jungen, beobachtet Eric, wie sich Adul einen goldenen Krummdolch greift, von einer Kiste springt und direkt auf seinem Rücken landet, bevor er mutig den Räubern entgegenschreit: „Wenn ihr mich haben wollt, dann müsst ihr mit mir bis aufs Blut kämpfen." Verwirrt schauen die Räuber den kleinen Jungen auf dem großen weißen Pferd an und beginnen schallend zu lachen. „Sag bloß, du Dreikäsehoch bist für diesen ganzen Ärger verantwortlich?", brummt Abdullah missgelaunt. Daraufhin antwortet Adul mit erhobenem Haupt: „Ich bin kein Dreikäsehoch. Ich bin schon elf und damit ein richtiger Mann." Wieder brechen die Räuber in unkontrolliertes Lachen aus.

„Das reicht!", herrscht der Räuberhauptmann seine Männer an. „Fangt mir endlich diesen Bengel, bevor er noch mehr Chaos stiften kann." Und schon stürmen eine Handvoll Männer los, um Adul zu ergreifen. Eric erkennt sofort die Situation und läuft seinerseits auf die Räuber zu. Durch ein gekonntes Manöver kann Eric die Räuber zu der Stelle drängen, an der sich das Wasser, das Öl und das Salz vermischt haben. Dort rutschen die Männer reihenweise aus und fallen auf den Boden. Einige schlagen sogar so hart auf, dass sie sitzen bleiben und sich ihre schmerzhaften Körperteile reiben müssen. Schon schickt der Hauptmann seine nächsten Streiter in den Kampf. Dieses Mal umzingeln sie Adul und grinsen ihn höhnisch an. Eric hingegen lässt sich nicht beirren und beginnt sich im Kreis zu drehen, während er immer wieder mit seinen Hufen ausschlägt. Nach ein paar Minuten steht keiner dieser Männer mehr an seinem Platz. „Nicht schlecht, mein Junge", kommt es von Abdullah. „Aber kannst du auch ohne dein Pferd kämpfen?" Trotz eines Protestwieherns von Eric steigt Adul ab und geht mit gezückter Waffe auf den Räuberhauptmann zu. „Ich kann auch ohne mein Pferd kämpfen, großer Abdullah. Aber könnt Ihr auch ohne Eure neununddreißig Räuber kämpfen?" Einige Männer ziehen hörbar die Luft ein. Noch nie hat ein Mensch es gewagt, so mit ihrem Hauptmann zu sprechen. Dieser schaut den kleinen Jungen mit hochgezogener Augenbraue erstaunt an und zückt ebenfalls seine Waffe. Anstelle jedoch eines Krummdolches, wie ihn Adul hat, zieht er einen langen Krummsäbel. „So, mein Kleiner", grinst Abdullah siegesgewiss.

„Dann wollen wir mal sehen, bei wem das erste Blut fließt.“ Lautes Gegröle hallt von den Wänden. Abdullah und Adul stehen sich direkt gegenüber und taxieren den jeweils anderen. Die Räuber haben sich indessen um die Kontrahenten aufgestellt und blicken gespannt auf ihren Räuberhauptmann. Eric hingegen steht im Hintergrund und muss mit klopfendem Herzen zusehen, wie der kleine Junge bald von einem grausamen Räuber durchbohrt werden wird. Vorsichtig umrunden sich die zwei Gegner. Trotz des massiven Größenunterschiedes und seiner aussichtslosen Lage schaut Adul weiterhin grimmig drein. Den ersten Angriff startet Abdullah. Er holt mit seinem Säbel aus und lässt ihn direkt auf den Jungen sausen. Dieser schafft es gerade noch rechtzeitig, sich zu ducken und dem vermeintlich tödlichen Angriff zu entkommen. Mit einer Rolle nach rechts kann er sich für kurze Zeit aus der Gefahrensituation retten. Doch lange hilft ihm das nicht. Denn schon holt der Räuber zu seinem nächsten Schlag aus. Dieses Mal kommt er jedoch nicht von oben, sondern er zielt direkt auf die Brust von Adul. Ein Sprung nach hinten lässt die Waffe des Gegners nur heiße Luft treffen und den Räuber zornig aufschreien. Eric kann sich das nicht mehr länger mitansehen. Es ist nur noch eine Frage von Minuten, bis dieser grausame Abdullah den Kleinen mit seinem Säbel aufgespießt hat. Irgendetwas muss er unternehmen.

Neben sich kann Eric eine große goldene Kette erkennen, die er gekonnt mit seinem Maul aufhebt, um auf den richtigen Zeitpunkt zu warten. Wieder stehen sich die zwei ungleichen Kämpfer gegenüber, wobei sich auf dem Gesicht von Abdullah ein diabolisches Grinsen bemerkbar macht. „Gibst du auf, du Dreikäsehoch? Wenn du dich jetzt ergibst, werde ich dir einen schnellen Tod gewähren.“ „Niemals!“, schreit Adul daraufhin zurück. „Ein richtiger Mann gibt niemals auf und kämpft bis zum Tode.“ Ein anerkennendes Raunen schwillt an und wird erst durch den nächsten Angriff von Abdullah unterbrochen. Denn wieder stürmt der Räuberhauptmann als Erster los und fuchtelt ohne erkennbare Strategie wild mit seinem Säbel herum, weswegen Adul nichts anderes übrigbleibt, als immer weiter nach hinten auszuweichen. Bald jedoch steht er mit dem Rücken an einer Wand. „Sag dein letztes Gebet, kleiner Mann!“ Schon holt der Räuber mit seinem Säbel aus, wird aber von einem lauten Klirren direkt neben sich abgelenkt. Verwirrt betrachtet Abdullah eine große Kette, die plötzlich mitten ins Kampfgeschehen geworfen wurde, und wundert sich einen Moment später über einen sengenden Schmerz, der sich auf seinem Oberschenkel ausbreitet. Überrascht betrachtet Abdullah einen Augenblick später den langen blutigen Riss, der sein rechtes Bein ziert. Anstelle eines weiteren Angriffs wirft Adul jedoch seinen Krummdolch dem Räuberhauptmann direkt vor die Füße. „Ihr sagtet vorhin, es gehe Euch um das erste Blut, das fließt. Es scheint so, als hätte ich diesen Wettkampf gewonnen.“ Die Stille, die daraufhin einsetzt, ist kaum zu beschreiben. Alle Räuber sowie der Räuberhauptmann stehen vollkommen perplex da und betrachten den kleinen mutigen Jungen. „Du legst meine Worte aber auch so aus, wie du sie gerne haben möchtest“, schüttelt der Räuberhauptmann grinsend seinen Kopf. „Ich sagte nie, dass der Kampf danach vorbei wäre.“ Stolz steht Adul weiterhin auf seinem Platz und funkelt den Räuber an. „Wenn ich das gewusst hätte, hätte ich meinen Dolch doch lieber in Eure Eingeweide gestoßen, anstelle Gnade walten zu lassen und nur Euren Oberschenkel aufzuschlitzen.“ Daraufhin bricht Abdullah in schallendes Gelächter aus und irritiert alle damit. „Junge, du gefällst mir. Wie ist dein Name?“ „Man nennt mich Adul Baba.“ „Ein schöner Name“, kommentiert Abdullah. „Den kannst du aber unmöglich behalten. Das würde viel zu häufig zu Verwechslungen zwischen uns führen. Ab heute wirst du bei uns Ali Baba genannt.“

Des Nachts im Palast des Sultans

„Glaubst du wirklich, dass wir hier richtig sind?“, flüstert Rosemarie zum gefühlt hundertsten Mal. „Ich weiß es nicht, Rose“, antwortet Marie kaum hörbar. „Wieso glaubst du, ich würde mich hier besser auskennen als du?“ Obwohl es keiner sehen kann, rollt Rosemarie trotzdem mit ihren Augen. Es ist schon weit nach Mitternacht und beide irren immer noch in den Gängen des Palastes herum. „Wer war denn der Bauherr von diesem Monsterding?“, stöhnt Rosemarie, als sie die nächste Sackgasse erreichen. „Hat der denn ohne ersichtliche Struktur dieses Gebäude angelegt?“ „Jetzt sei doch endlich leise, Rose!“, zischt Marie frustriert. „Wie soll ich mich denn konzentrieren, wenn du permanent dazwischenredest?“ „Wieso konzentrieren?“, schnauft Rosemarie. „Du gehst doch die ganze Zeit nur immer im Kreis. Jetzt lass mich doch endlich vorgehen. Ich kann uns hier sicher schneller herausbringen.“ Unsanft hält sie Marie fest und überholt sie. Obwohl die Gänge leer erscheinen, achten sie jedoch weiterhin auf mögliche Wachposten, weswegen sie sich meistens im Schatten, dicht an Wänden, aufhalten. Doch plötzlich erfüllt lautes Gelächter den nächsten Gang. Bevor Marie und Rosemarie überhaupt reagieren können, wird eine Tür aufgerissen und ein großer Schwarm an Frauen in bunten Gewändern drängt in den Gang. Völlig überrumpelt bleiben Marie und Rosemarie stehen und hoffen inständig, nicht gesehen zu werden. Leider wird diese Hoffnung jedoch schnell zerschlagen, als eine korpulentere und mürrisch dreinschauende Frau direkt vor ihnen stehen bleibt. „Wo wart ihr denn so lange?“, hebt sie schimpfend ihren Finger. „Das Fest des Sultans ist in vollem Gange und ihr trödelt hier herum. Zieht euch sofort etwas Besseres an, damit die anderen nicht so lange auf euch warten müssen.“ Ohne zu fragen, werden sie in den offenen Raum gezogen und ihnen werden zwei sehr freizügige Kleider in die Hände gedrückt. „Jetzt schaut nicht so dumm!“, murrt die ältere Frau und schaut sie missbilligend an. „Zieht euch endlich um! Ich warte derweilen draußen auf euch. Ich gebe euch fünf Minuten.“ Schon rauscht die imposante Gestalt an ihnen vorbei und schlägt mit Nachdruck die Tür zu. „Na wunderbar!“, stöhnt Rosemarie und lässt das Kleid in ihren Armen nach unten sinken. „Was machen wir jetzt?“ „Wenn ich das wüsste, Rose, dann wäre ich allwissend“, seufzt Marie und schaut sich im Raum um. „Ich fürchte, wir haben keine andere Wahl. Aber vielleicht können wir mit dieser Kleidung leichter in der Masse untertauchen und fliehen? Ich habe zwar absolut keine Lust, schon wieder so wenig anzuziehen, aber wenn es uns hilft … Und so wie die Sitten hier sind, fallen wir nackt wahrscheinlich viel weniger auf. Wir sollten uns aber unbedingt einen Schleier über das Gesicht ziehen, damit man unsere Augen nicht sehen kann.“ „Gut mitgedacht!“, nickt Rosemarie ihrer Freundin zu und betrachtet das Kleid aus einem anderen Blickwinkel. „Also gut“, atmet sie hörbar Luft aus ihren Lungen. „Bringen wir es hinter uns.“ Nach kürzester Zeit stehen beide bauchfrei in halb durchsichtigen, weiten Hosen und engen, mit vielen Münzen verzierten Oberteilen vor einem gigantischen Spiegel. Beide tragen die Farbe Silber und haben einen grauen Schleier angelegt. „So können wir unmöglich rausgehen“, argumentiert Marie. „Keine andere Frau trägt so offensichtlich einen Schleier auf dem Kopf. Wenn uns die Augen nicht verraten, dann tut es der Schleier.“ Frustriert reißt Rosemarie sich diesen herunter. „So ein Feendreck!“, flucht die Prinzessin verärgert. „Du hast recht. Der Schleier ist viel zu auffallend.“

Noch in ihre Überlegungen versunken, klopft es lautstark gegen die Tür. „Meine Damen, die Zeit ist um. Kommt jetzt gefälligst raus! Die Gäste des Sultans haben Durst und wollen bewirtet werden.“ Beide schauen sich entsetzt an. „Das ist nicht gut. Der Sultan und sein Eunuch Semil wissen doch, wie wir aussehen. Die werden uns sofort erkennen.“ „Dann müssen wir das Beste hoffen und immer mit gesenktem Kopf die Gäste im hinteren Teil des Raumes bewirten“, schlägt Marie vor. „Na, wenn das mal gut geht“, atmet Rosemarie nervös. „Aber wir sollten unsere Haare ins Gesicht fallen lassen. Vielleicht hilft das ein bisschen.“ „Mhm, das könnte gehen“, stimmt Marie ihr zu und bürstet ihre Haare nach vorne. „Wir können auch versuchen, so schnell wie möglich den Raum wieder zu verlassen. Wir müssen ja nicht die ganze Zeit bewirten. Wenn sich die Möglichkeit auftut, sollten wir sie ergreifen.“ „Gut gesprochen, Marie!“, hebt Rosemarie kämpferisch eine Faust in die Höhe und stapft zur Tür. Kaum sind sie draußen, folgen sie stumm der anderen Frau und versuchen ihre Aufregung zu verbergen. Die schmalen Gänge weichen bald großen und hell erleuchteten Fluren, in denen überall Wachen an Wänden und Säulen stehen und sie mit Argusaugen beobachten. Der Lärmpegel, dem sie entgegentreten, schwillt immer heftiger an und lässt ihre Nerven erzittern. Gelächter und laute Musik stürmen ihnen entgegen, als vor ihnen eine große Tür geöffnet wird. Der Raum, den sie jetzt betreten, ist riesig. Mindestens hundert Gäste räkeln sich auf Liegen und Kissen und lassen sich von halbnackten Frauen Wein einschenken und sich mit Trauben füttern, wobei sich nicht selten eine Hand eines Mannes unter das Kleid einer dieser Frauen verirrt. Rosemarie wird ganz schlecht bei diesem Anblick, während Marie entsetzt ihre Augen aufreißt. So haben sie sich das Bewirten nicht vorgestellt. Unsanft werden sie von der Matrone in den Raum geschoben und ihrem Schicksal überlassen. Die schweren Türen schließen sich hinter ihnen und verhindern einen schnellen Rückzug.

Laut schluckt Rosemarie ihre Ängste hinunter und dreht sich zu Marie. „Das ist nicht gut. Willst du dich als Erste betatschen lassen oder soll ich den Anfang machen?“ Wütend schaut Marie ihre Freundin an. „Rede doch nicht solch einen Blödsinn! Wir bekommen das schon hin. Wir müssen uns nur Männer aussuchen, die brav ihre Hände bei sich behalten.“ Rosemarie lacht freudlos. „Na dann viel Spaß! Die sehen nämlich alle nicht so aus, als wären sie keusche Jünglinge.“ „Doch, einen sehe ich“, antwortet Marie und verzieht leicht das Gesicht. „Wo genau würdest du hier unter den Lüstlingen einen ausmachen?“, fragt Rosemarie und schaut sich um. „Dort vorne, in der Nähe des Sultans, sitzt der Junge, dem wir geholfen haben." „Jetzt mach dich nicht lächerlich, Marie!", verdreht Rosemarie ihre Augen. „Der ist genauso verdorben wie alle anderen hier. Hast du nicht mitbekommen, wie er mit uns gesprochen hat?" „Was tratscht ihr hier so rum?", werden sie plötzlich von der Seite angesprochen. „Ihr seid hier nicht zum Vergnügen", steht neben ihnen ein Mann ohne Haare, der Semil äußerst ähnlich sieht. „Schnappt euch endlich eine Weinkaraffe und dann an die Arbeit!" Aufgescheucht schnappt Marie sich ein Weingefäß, während Rosemarie nach den Trauben greift. Obwohl Rosemarie nicht begeistert ist, schlägt Marie dennoch den Weg zu dem Jungen ein. Denn er scheint im Moment ihre einzige Hoffnung zu sein, hier unbeschadet herauszukommen. „Spinnst du, Marie?", flüstert Rosemarie. „Du kannst dich doch nicht wirklich da vorne hinstellen. Die werden uns sicher erkennen." „Das Risiko müssen wir eingehen", zischt Marie zurück. „Halt nur deinen Kopf gesenkt, dann wird das schon." Umständlich bahnen sie sich einen Weg nach vorne und weichen gekonnt den begierigen Händen aus. Kaum stehen sie neben dem Jungen, kniet Rosemarie sich hin, senkt ihren Kopf und hält die Schale nach oben. Marie hingegen stellt sich direkt hinter ihn, lässt ihre Haare ins Gesicht fallen und füllt den Becher, der auf einem kleinen Tisch steht, wieder auf. So verharren sie einige Zeit, bis der Junge sich genervt zu Rosemarie umdreht. „Willst du da die ganze Zeit so dumm herumknien? Ich hasse Trauben, also brauchst du dir nicht die Mühe zu machen, sie mir unter die Nase zu halten. Verschwinde lieber und reich sie meinen Brüdern Mustus und Vermon. Die können gar nicht genug Frauen bekommen, die ihnen die Trauben in den Mund stopfen." Panisch sieht Rosemarie auf, wobei ihr zu spät bewusst wird, einen Fehler begangen zu haben. Bevor sie sich jedoch erheben und das Weite suchen kann, legt er ihr eine Hand auf den Arm. „Bitte wartet!", spricht der Prinz mit gebrochener Stimme. „Seid ihr es, die mich vor dem sicheren Tod bewahrt haben?" Geschockt schaut Rosemarie zurück. Er hat sie erkannt! Hilfesuchend blickt Rosemarie zu Marie. Diese nickt sachte in ihre Richtung.

Rosemarie fokussiert wieder den Prinzen und stimmt ihm mit einer leichten Kopfbewegung zu.

Dieser lässt sich daraufhin angespannt in seine Kissen zurücksinken und betrachtet einige Zeit seinen Vater und seine Brüder, wie sie sich mit den Frauen in diesem Raum köstlich zu amüsieren scheinen. Wie ihn dieses ganze Getue doch anwidert, denkt Hajdar gereizt. Zu häufig hat er die Tränen seiner Mutter und die Streitereien im Harem seines Vaters miterleben müssen. Und trotz dutzender Frauen bekommt er dennoch nie genug, seit seine große Liebe Jasari von ihm gegangen ist. Prinz Hajdar kommt es so vor, als müsse sein Vater diesen Verlust mit unzähligen anderen Frauen kompensieren. Ob so wirklich die Liebe aussieht? Seine Brüder stehen seinem Vater in nichts nach. Und da beide die Söhne von Jasari sind, haben sie hier im Palast absolute Narrenfreiheit, die sie gerne damit verbringen, andere Menschen zu quälen. Von einigen Dienern weiß er, wie gerne sie ihre sadistischen Neigungen an ihren eigenen Frauen ausleben. Bei dem Gedanken schaudert es Hajdar. Ohne lange darüber nachzudenken, was sein Handeln für Konsequenzen mit sich bringt, steht er auf und winkt den zwei Frauen zu, ihm zu folgen. Direkt hinter seiner Liegestätte ist ein großer Vorhang gespannt, der zu einer Tür führt. Diese durchschreitet er mit den beiden und schließt sie danach wieder. „Wenn ich euch jetzt helfe", beginnt der Prinz zu argumentieren, „dann möchte ich von euch wissen, wer ihr seid und was ihr hier im Palast macht."

Verunsichert schauen sich Marie und Rosemarie an. Marie ist die Erste, die spricht. „Wir wurden von Sklavenhändlern gefangen genommen und an den Palast verkauft. Und seit diesem Zeitpunkt versuchen wir zu fliehen und unsere Freiheit wiederzuerlangen." „Bitte, helft uns!", wirft Rosemarie ein. „Wir möchten nicht als Gebärvieh in einem Harem landen." Schlagartig wird dem Prinzen bewusst, wer diese zwei Frauen vor ihm sind. „Ach!", kommt es über seine Lippen. „Ihr seid also die zwei geflohenen Haremsdamen, die für meine Brüder bestimmt sind." Gemeinsam bestätigen sie seine Annahme und schauen sich vorsichtig um, ob auch wirklich keiner dieses Gespräch belauscht. „Aber warum seid ihr in mein Zimmer gekommen und habt euch meiner angenommen?" „Wir konnten Euch doch nicht einfach so in diesem Rauch ersticken lassen", erklärt Rosemarie. „Wer auch immer dies in Eurem Zimmer verbrochen hat, wollte Euch eindeutig damit vergiften oder ersticken." Deprimiert lässt der junge Prinz seinen Kopf hängen. „Dieser Weihrauch sollte mich nicht umbringen, sondern mir den Weg ins Totenreich erleichtern. Laut meinem Vater lag ich bereits seit Tagen im Sterben, weil mich die Seuche, die unser Reich fest im Griff hat, ebenfalls befallen hatte. Deswegen wird dieses heutige Fest mir zu Ehren ausgerichtet, weil ich den Tod besiegt habe." Verdutzt betrachtet Rosemarie den Jungen. „Dafür, dass Ihr im Sterben lagt, wart Ihr aber ziemlich fit und frech, als wir Euch verlassen haben." „Das mag sein, aber irgendetwas habt ihr mit mir gemacht und mich damit gerettet. Ich stehe also in eurer Schuld und werde euch helfen." Stolz steht der Prinz da und richtet sich zu seiner vollen Größe auf, die Marie gerade mal bis zum Kinn reicht. „Wenn ihr wirklich fliehen wollt, dann folgt mir. Ich werde euch einen geheimen Gang unter dem Palast zeigen, durch den ihr entkommen könnt." Freudig klatscht Rosemarie in die Hände, wird aber von Marie sofort daran gehindert. „Scht!", zischt Marie belehrend. „Nicht so laut, Rose. Wir sind noch nicht in Sicherheit." Dankbar wendet Marie sich dem Jungen zu. „Habt Dank, Prinz …" „Hajdar", antwortet dieser. „Ich bin Prinz Hajdar, der Drittgeborene." Lächelnd wiederholt Marie ihre Worte: „Habt Dank, Prinz Hajdar. Ohne Euch würden wir den Weg aus diesem Palast nie finden." Lachend schüttelt dieser den Kopf. „Das wundert mich nicht. Diesen Palast hat mein Urgroßvater entworfen. Er galt damals als geistig labil und hat seiner Fantasie freien Raum gelassen. Es dauert Wochen, bis man wirklich verstanden hat, wo welcher Gang hinführt."

„Siehst du!“, grinst Marie ihre Freundin an. „Es lag also wirklich nicht an mir, dass wir ständig im Kreis gegangen sind.“ „So, jetzt kommt aber mit!“, winkt der Prinz ihnen zu. „Lange kann ich nicht mehr vom Fest entfernt bleiben, bis mein Vater mich suchen lässt.“ Mit kräftigen Schritten führt Hajdar die zwei durch die verschiedensten Räume, Flure und Gärten. An einer kleinen, unscheinbaren Tür, die vorher noch von einem großen Wandteppich verdeckt wurde, bleibt er stehen und deutet darauf. „Hinter dieser Tür befindet sich eine Treppe, die unter dem Palast hindurchführt. Wenn ihr immer diesem Gang folgt, kommt ihr hinter den Pferdeställen raus. Mehr kann ich im Moment nicht für euch tun. Ich wünsche euch viel Glück bei eurer Flucht.“ Spontan lässt Rosemarie sich dazu hinreißen und zieht den Jungen in eine Umarmung. „Ich habe mich in dir getäuscht. Der kleine dumme Junge ist in Wirklichkeit ein gerechter kleiner Prinz.“ Genervt schüttelt Hajdar sie von sich und tritt einen Schritt zurück. „Das will ich jetzt lieber überhört haben“, antwortet er murrend, dreht sich auf dem Absatz um und schreitet davon. Rosemarie hingegen dreht sich freudig der Tür zu, reißt diese auf und schaut in ein schwarzes Loch. Schlagartig ist ihre gute Laune verflogen. „Jetzt ernsthaft?“, verdreht sie stöhnend ihre Augen. „Das ist ja voll gruselig. Da kann man ja nicht mal die Hand vor Augen sehen.“ „Warte!“, unterbricht Marie sie. „Ich habe da eine Idee.“ Kurz darauf zieht Marie aus ihrer Unterwäsche eine kleine Kette, an der drei farbige Steine hängen. Sobald sie diese in die Hand nimmt, beginnen sie ein sanftes Licht abzugeben. „Hast du jetzt ernsthaft diesen roten Stein mitgenommen?“, möchte Rosemarie entsetzt wissen. „Ja!“, gibt Marie kleinlaut zu. „Aber es ist nicht so, wie du denkst. Ich brauche ihn für einen Freund. Ich stehle normalerweise nicht.“ „Pff!“, antwortet Rosemarie missbilligend. „Das behaupten alle Diebe. Aber mir kann es egal sein. Hauptsache, ich muss nicht in völliger Finsternis diese Treppe hinuntergehen.“ Doch gerade als sie den ersten Schritt setzen will, werden beide von hinten gepackt.

„Wen haben wir denn da, Vermon?", möchte Mustus von seinem Bruder wissen. „Wie es scheint, haben wir die zwei Ausreißerinnen gerade noch rechtzeitig erwischt." Mit Schwung drehen die Männer Marie und Rosemarie zu sich. Trotz ihres guten Aussehens wirken die Augen der zwei Prinzen jedoch kalt und berechnend. Beide haben dickes schwarzes Haar und einen etwas dunkleren Hautton. Die einzigen Unterschiede der beiden Brüder bestehen in ihrer Körpergröße und in ihrer Augenfarbe, die zwar bei beiden braun, aber unterschiedlich hell ist. „Was wollen wir jetzt mit ihnen machen, Mustus?", fragt Vermon aufgebracht. „Ich glaube", antwortet dieser, „wir sollten ihnen eine Lektion erteilen, die sie in ihrem Leben nie wieder vergessen werden." Gleichzeitig fangen Marie und Rosemarie am ganzen Körper zu zittern an. „Vielleicht sollten wir sie mit in unser Spielzimmer nehmen?", ist Mustus die Reaktion der beiden Frauen nicht entgangen. „Was hältst du davon, Vermon?" Dieser grinst diabolisch zurück. „Keine schlechte Idee. Und wer weiß, vielleicht gefällt ihnen sogar, was wir mit ihnen machen." Beide lachen daraufhin aus vollem Halse und schleifen ihre Gefangenen hinter sich her. Obwohl sich beide aus Leibeskräften gegen die Männer wehren, haben sie doch keine Chance, ihre Arme freizubekommen. Kurz darauf werden sie in einen Raum gestoßen und landen auf einem großen und weichen Teppich. Die Tür wird sofort verschlossen und den Schlüssel hängt Mustus sich um den Hals. Panisch blickt Marie sich im Zimmer um. Sie kann ein riesiges Bett und viele Säulen, an denen Ketten und Seile hängen, sehen sowie einen Tisch, auf dem eine enorme Auswahl an verschiedensten Peitschen und anderen Utensilien liegt. Auch Rosemarie ist dies nicht entgangen, weswegen ihre Unterlippe zu beben begonnen hat. Wie Raubkatzen nähern sich die Männer ihrer Beute und schauen sie siegessicher an. Bevor Marie aufsteht, steckt sie noch geistesgegenwärtig die Steine in ihren Ausschnitt und blickt ängstlich den Männern entgegen. Rosemarie tut es ihr gleich und erhebt sich ebenfalls. Beide weichen immer weiter zurück, bis ihre Kniekehlen an den Rand des Bettes stoßen. Und genau diesen Moment nutzen die Brüder und werfen sich bäuchlings auf ihre Opfer. Sofort entweicht sämtliche Luft aus ihren Lungen, während sie angstvoll in die hämisch grinsenden Gesichter der Prinzen sehen.

Mustus hält erst einmal nur Marie fest und beobachtet seinen Bruder. Vermon hingegen hat sich für Rosemarie entschieden und hält ihre Arme über dem Kopf fest. Mit seiner freien Hand schiebt er Stückchen für Stückchen ihre Hose nach unten und hat bald darauf ihre Unterwäsche freigelegt. Sobald Rosemarie zu schreien beginnen möchte, schiebt er ihr seine Zunge bis tief in den Rachen, während seine Finger ihre Oberschenkel streicheln. Ihr ganzer Körper beginnt unkontrolliert zu zittern und Tränen bahnen sich den Weg aus ihren Augenwinkeln. Nachdem er den brutalen Kuss beendet hat, leckt er ihr genießerisch über das Gesicht. „Mhmm", beginnt Vermon zu knurren, „du schmeckst ausgezeichnet. Ich glaube, ich werde noch ein wenig mehr von dir probieren." Kaum hat er dies gesagt, greift er mit seiner Hand nach einem Seil und bindet ihre Arme damit fest. Ihre angstvollen Schreie ignorierend, rutscht er von ihr herunter, greift ihre strampelnden Füße und bindet auch diese an einem Pfosten fest. Völlig bewegungsunfähig liegt sie nun da, während er sich aufreizend über die Lippen leckt. „Hast du auch Lust zu probieren, Bruder? Sie schmeckt wirklich ausgesprochen gut und hat hübsche Füße." Mit einem hämischen Lachen nähert er sich wieder seiner Beute und umrundet das Bett, sodass er an ihrem Kopf zum Stehen kommt. Er zieht aus seinem Gürtel einen vergoldeten Krummdolch und fährt mit diesem von ihrer Wange bis zu ihrem Schlüsselbein hinab. Während er ihr dadurch kleine Verletzungen zufügt, vermischt sich ihr Blut mit ihren Tränen.

Gebannt betrachtet Mustus das Tun seines Bruders und beachtet Marie nicht weiter. Nur halbherzig bindet er ihre Hände zusammen und macht das Seil an einem Bettpfosten fest, bevor er sich gänzlich seinem Bruder Vermon zuwendet. Dieser hat in der Zwischenzeit begonnen, die Tränen ihrer Freundin wegzulecken.

Marie würde am liebsten die Augen schließen, anstelle mitansehen zu müssen, wie diese Männer überall ihre ekelhaften Lippen auf Rose drücken. Ein greller Schmerzensschrei von Rose, als Vermon ihr aufgrund ihrer Gegenwehr brutal ins Gesicht schlägt, löst eine unbändige Wut in Marie aus. All ihre Kraft zusammennehmend, kann sie das Seil um ihre Hände lockern und hinausschlüpfen. Sofort reißt sie ihre Hose an der Seite auf und holt ihren versteckten Dolch heraus, der sich immer noch an ihrem Oberschenkel befindet. Ohne lange darüber nachzudenken, stürzt sie sich auf Mustus und rammt ihm den Dolch von hinten in sein Gesäß, da er seltsamerweise vor den nackten Füßen von Rose kniet und ihre Zehen hingebungsvoll küsst. Brachial brüllt er seinen Schmerz heraus und lässt sofort von ihr ab. Diesen Moment nutzt Marie und hält ihm augenblicklich ihren Dolch an die Kehle. Schwungvoll zieht sie ihn auf die Beine und stellt sich Vermon gegenüber. „Lass sofort meine Schwester los, du widerliches Aas, oder ich werde deinen Bruder aufschlitzen!" Vermon steht direkt am Kopf von Rose und schaut sie überrascht an. Eine Hand von ihm befindet sich auf ihrer tränenreichen Wange, während er mit der anderen gerade seinen Dolch auf dem Tisch neben sich abgelegt hat. Sein Atem geht stoßweise und beschleunigt sich, als er das Blut sieht, welches seinem Bruder an den Oberschenkeln herunterläuft. Langsam hebt er seine Hände und geht rückwärts von Rose weg. „Mach sie gefälligst los, du Abschaum!" Trotz ihrer Drohung setzt er einen wölfischen Blick auf, während er die Fesseln von ihrer Freundin löst. Diese liegt immer noch apathisch auf dem Bett und bewegt sich nicht mehr. „Wenn du glaubst, du kommst damit durch, dann bist du noch dümmer als die anderen Frauen, mit denen wir uns bereits vergnügten", wirft Vermon ein und schenkt Marie ein selbstgefälliges Lächeln. Gemächlich kommt er immer näher. „Bleib gefälligst, wo du bist, oder ich werde deinem Bruder den Hals aufschneiden!" Daraufhin bahnt sich ein grausames Lachen seinen Weg aus seinem Kehlkopf. „Mach doch!", kontert er belustigt. „Wenn du ihn erledigst, werde *ich* der nächste Sultan dieses Reiches werden. Und glaube mir, meiner Barmherzigkeit wirst du so schnell nicht entkommen können. Jetzt sei ein braves Mädchen und gib mir den Dolch, damit ich weitermachen kann, wo du uns unterbrochen hast." Maries rechte Hand beginnt zu zittern und ritzt Mustus leicht an seinem Hals. Dieser gibt einen erstickten Laut von sich und fixiert seinen Bruder böse. „Jetzt beeil dich schon, Vermon, sonst verletzt mich dieses ungeschickte Weib noch mehr!" Langsam verlässt sie der Mut, da Mustus seinen ersten Schreck überwunden hat und nun ebenfalls seinen Körper anspannt und auf einen winzigen Fehler ihrerseits wartet. Gerade will sich Vermon auf sie stürzen, als er mitten in seiner Bewegung von einer Vase auf den Kopf getroffen wird.

Sofort fällt er bewusstlos zusammen und bleibt im Zimmer liegen. Ungläubig schaut Mustus Rosemarie in die Augen, die halb bekleidet auf dem Bett steht und gerade seinem Bruder dieses Ding über den Kopf gezogen hat. Diesen Augenblick ausnutzend, löst Marie den Dolch von seiner Kehle und haut ihm den harten Griff des Dolches an die Schläfe. Kurz darauf folgt Mustus seinem Bruder und bleibt ebenfalls ohnmächtig auf dem Boden liegen. Danach brechen Rosemaries Knie zusammen und sie bleibt zitternd auf dem Bett sitzen.

Gerade hat Marie jedoch keine Zeit, ihrer Freundin beizustehen. Gehetzt schaut sie sich im Raum um. Sie schnappt sich die ersten Seile, die ihr in die Finger kommen, und schnürt beide Brüder so gut es geht zusammen. Zum Schluss stopft sie ihnen noch Stofffetzen in die Münder und tritt beide kräftig in die Rippen. Dann erst wendet sie sich der schlotternden Rose zu. „Wie geht es dir?", versucht sie zu ihrer Freundin durchzudringen. Diese sagt jedoch kein Wort und starrt nur teilnahmslos in eine Ecke. Verzweiflung überkommt Marie. Sie sucht überall im Zimmer Kleidung zusammen und zieht ihre Freundin so gut es geht an. Diese steht nur da wie eine Puppe und lässt alles über sich ergehen. „Oh, Rose", füllen sich Maries Augen mit Tränen, „es tut mir so leid. Wenn ich dir doch nur früher hätte helfen können!" Auch dieses Mal erhält Marie keine Reaktion. Traurig und verzweifelt schnappt sich Marie ihre Hand und zieht Rose hinter sich aus dem Zimmer. Zusammen laufen beide dem geheimen Ausgang entgegen und schlüpfen dieses Mal ohne große Diskussionen durch die Tür. Die Steine helfen Marie, den Weg durch den engen Gang zu finden, während sie Rose hinter sich an der Hand hält. Die Luft wird immer stickiger und ist durch den heißen Tag unangenehm aufgeheizt. Immer wieder blickt sie sich um, erhascht aber nur den leeren Blick ihrer Freundin. Es schmerzt Marie zutiefst, was Rose passiert ist. Doch leider weiß sie sich keinen Rat, wie sie ihr nach dieser fürchterlichen Erfahrung helfen kann. Bald erreichen sie eine Holztür, durch die der kühle Hauch der Nacht dringt. „Schau, Rose!", deutet Marie nach vorn. „Wir haben es gleich geschafft. Nur noch diese Tür, und wir sind aus dem Palast raus." Nur kurz löst Marie ihre Hand und drückt mit vollem Körpereinsatz den etwas verrosteten Durchgang auf. Und sofort strömt ihnen eine frische Brise entgegen, die Marie tief in ihre Lungen einsaugt. Freudig dreht sie sich zu Rose, die sich noch immer keinen weiteren Schritt bewegt hat. In ihrer Not geht Marie zu ihr und beginnt sie kräftig an den Schultern zu schütteln. „Rose, jetzt reiß dich bitte zusammen! Wir müssen von hier weg. Wenn wir hier noch länger bleiben, finden sie uns sicher wieder und bringen uns zu diesen Monstern zurück." Ein kleines Zucken in Roses Gesicht verrät Marie wenigstens, dass ihre Freundin sie verstanden hat. „Jetzt komm, lass uns verschwinden!" Wieder greift Marie nach Rose und läuft geduckt mit ihr an der mächtigen Palastmauer entlang, nicht ahnend, dass ihnen bereits ein Schatten auf den Fersen ist.

Zur gleichen Zeit vor den Stadttoren von Sabaku

„Pst, jetzt sei doch endlich leise, Hans!", flüstert Sven und schaut genervt seinen Kameraden an. „Ich kann aber nicht", schlottert Hans mit seinen Zähnen. „Es ist so verdammt kalt." „Und wie sollen wir unbemerkt in die Stadt kommen, wenn du uns mit deinem Zähnegeklapper verrätst?", schnauft Sven frustriert und verdreht seine Augen. „Da kann doch ich nichts dafür, wenn die Nächte so kalt sind", murrt Hans missgelaunt. „Am Tag wird man gegrillt und nachts holt man sich Frostbeulen. Was ist denn das nur für ein fürchterliches Königreich?" Nun gibt auch Juan ein genervtes Stöhnen von sich. „Dann hättest du mal besser deine warmen Unterhosen einpacken müssen. Ohne Muskelmasse friert man sich eben leichter seinen knöchrigen Hintern ab." „Du kannst mich mal, Juan!", zischt Hans verärgert seinem Freund zu. „Es kann ja nicht jeder so ein Wohlfühlbäuchlein haben wie du." Pikiert dreht Juan seinen Kopf zu Hans, der so wie alle anderen bäuchlings auf dem Sand liegt und aus sicherer Entfernung die Stadt beobachtet. „Das ist kein Bauch", erklärt Juan sogleich, „sondern wohlgeformte Bauchmuskeln. Aber davon verstehst du ja sowieso nichts." „Dann hast du aber einen sehr großen Bauchmuskel, mein Freund", prustet Hans leise vor sich hin. „Jetzt hört endlich auf!", mischt Aron sich zu diesem Zeitpunkt in die Diskussion ein. „Wir sind nicht hier, damit ihr Idioten streiten könnt. Wir sind hier, damit wir Prinzessin Marie finden und sie zurückbringen können. Und wenn man den Worten von Giselagunde Glauben schenkt, dann müssten sich sogar beide Töchter von König Ludwig in dieser Stadt befinden." Irritiert dreht Sven seinen Kopf in alle Richtungen und schaut sich die Umgebung an. „Wo hast du die Fee gelassen? Die war doch vorher noch hinter uns." „Keine Sorge!", schnauft Aron abfällig und deutet nach Osten. „Ich habe sie mit den Pferden hinter einer Sanddüne versteckt. Eine schnatternde Glitzerfee ist das Letzte, was ich in diesem Moment gebrauchen kann." „Sag bloß, sie geht dir immer noch auf die Nerven?", lacht Juan und klopft seinem

Kameraden auf die Schulter. Verärgert gibt Aron ein kurzes Knurren von sich. „Reite du doch mal eine ganze Nacht und einen ganzen Tag mit ihr Seite an Seite. Dann würde selbst dir das Lachen vergehen." Verschmitzt zwinkert Juan zurück. „Zu schade, dass der König darauf bestanden hat, dass du ihr Beschützer sein sollst. Du Glücklicher kennst doch jetzt sicher jede Kaktusart und jede Sandvariante, die es in dieser Wüste gibt, oder?" Kaum hat Juan zu Ende gesprochen, boxt Aron ihm wütend in die Seite und löst dadurch einen noch größeren Lachanfall bei ihm aus. „Pst, müsst ihr zwei jetzt auch noch laut sein?", schimpft Sven leise und hat als Einziger die Stadt im Auge. „Ich glaube, ich weiß, wie wir hineinkommen." „Und wie?", möchte Aron sogleich wissen und ignoriert Juans weitere Hänseleien. „Wie es scheint, gibt es eine kleine Pforte auf der linken Seite der Stadtmauer. Wir sollten uns aber beeilen, bevor es Tag wird." Missmutig brummt Aron: „Das könnte aber sehr riskant sein, da wir nicht wissen, wie viele Wachen ihren Dienst an dieser Pforte verrichten." „Können wir nicht einfach am Tag durch das offene Tor gehen?", fragt Hans erschöpft und rutscht zu seinen Kameraden auf. „Das geht nicht!", beantwortet Juan ihm unverzüglich seine Frage. „Wir sind als Soldaten des Nachbarreiches gekleidet und könnten damit politisches Aufsehen erregen. Der Sultan dieser Stadt ist nicht für sein gerechtes Urteilsvermögen bekannt. Und wenn wir Pech haben, dann müssen wir die Prinzessinnen aus seinen Klauen befreien." „Auch das noch!", stöhnt Hans jammernd und lässt seinen Kopf in den Sand sinken.

„Ich werde mit Sven allein gehen", erklärt Aron in diesem Moment und richtet sich vorsichtig auf. „Vielleicht können wir aus der Nähe mehr herausbekommen, um die Lage besser beurteilen zu können. Ihr beiden anderen bleibt derweilen hier und haltet die Stellung. Wenn wir bis zum Morgengrauen nicht zurück sind, dann schnappt euch die Pferde und die Fee und reitet zurück zum Schloss. Der König muss unbedingt wissen, wo sich seine Töchter aufhalten." Juan und Hans nicken mit ernsten Gesichtern und bleiben flach auf dem Boden liegen. Aron und Sven hingegen schleichen sich in geduckter Haltung in einem weiten Bogen an die Stadt heran. Kurz vor der kleinen Pforte bleiben sie stehen und legen sich erneut in den Sand. Nach einiger Zeit können sie erkennen, wie die Tür geöffnet wird und ein vollbeladener Wagen die Stadt verlässt. Sven muss sich kurz darauf die Nase zuhalten und mit einem innerlichen Würgen kämpfen. „Was transportieren die denn aus der Stadt? Das stinkt ja fürchterlich“, zischt Sven angewidert. „Leichen!“, ist die kurze und knappe Antwort von Aron. Entsetzt reißt Sven die Augen auf und verstummt augenblicklich. „Die Tür scheint nicht sonderlich gut bewacht zu sein“, erklärt Aron nach kürzester Zeit und blickt seinen Kameraden an. „Es sind wohl nur zwei Wachen, die gelangweilt herumstehen und ihre Tätigkeit nicht gewissenhaft ausführen. Wir sollten uns seitlich an die Mauer stellen und sofort zuschlagen, wenn der nächste Wagen die Stadt verlässt. Ich stehe rechts, du stehst links und gemeinsam überrumpeln wir sie. Wir müssen jedoch schnell sein, damit sie keine Möglichkeit mehr haben, zu schreien.“ Sven antwortet mit einem Nicken und macht sich bereit. Langsam und leise nähern sie sich dem Tor von unterschiedlichen Seiten und nehmen dicht an der Mauer Aufstellung. Und bereits nach wenigen Minuten wird das Tor geöffnet. Ein weiterer Wagen verlässt die Stadt und fährt rumpelnd und voll beladen an ihnen vorbei. Diese Gelegenheit nutzend, schlüpfen beide durch das noch offene Tor und stürzen sich augenblicklich auf die vollkommen überrumpelten Wachmänner. Nur ein kurzes Stöhnen ist zu hören, bevor beide bewusstlos zusammenbrechen. Sofort ziehen Aron und Sven die beiden Soldaten in einen schlecht einsehbaren Winkel und lassen das Tor einen kleinen Spalt offen. Kaum haben sie dies geschafft, verschmelzen sie mit der Nacht und betreten die Stadt.

„Rose, jetzt lass dich doch bitte nicht so gehen und steh wieder auf!“ Vergeblich versucht Marie, ihre Freundin zum Weitergehen zu überreden. Denn ohne ersichtlichen Grund ist diese plötzlich mitten auf der Straße zusammengebrochen, weswegen Marie sehr froh ist, dass sich zu so später Stunde kein Mensch mehr auf der Straße aufhält. Dennoch schweben sie immer noch in großer Gefahr, die durch jede verstrichene Minute größer wird. Marie lässt sich niedergeschlagen auf die Knie fallen und ergreift mit ihren Händen das Gesicht von Rose. Intensiv schaut sie ihr in die Augen. „Rose, ich weiß, wie schrecklich das für dich gewesen sein muss. Aber bitte komm zu mir zurück." Verzweifelt legt sie ihre Stirn an die ihrer Freundin und lässt ihren Tränen freien Lauf. Auch sie ist mit ihren Nerven am Ende und kann sich nicht mehr helfen. Doch plötzlich taucht eine in Schwarz gehüllte Gestalt hinter Rose auf. Panisch springt Marie auf ihre Füße und zückt ihren Dolch. „Lass uns in Ruhe! Ich bin bewaffnet und werde meine Waffe auch einsetzen." Anstatt Marie jedoch zu beachten, kniet sich die Person einfach vor Rose und streicht ihr eine Strähne hinter das Ohr. „Oh, Rosemarie!", hört Marie ein leises Flüstern. „Was haben sie nur mit dir gemacht?" Sofort lässt sie ihren Dolch sinken. „Wer seid Ihr?", bringt sie gerade noch über die Lippen, während ihr Körper vor Angst und Adrenalin zu zittern beginnt. Langsam zieht der Mann seine Kapuze von seinem Kopf und entblößt einen dunkelblonden Haarschopf. Erst nach einiger Zeit kann Marie das Gesicht von Theodor erkennen und geht erleichtert in die Knie. Behutsam nimmt er Rosemarie auf die Arme und richtet sich auf. Vor Erleichterung entkommen Marie unkontrollierte Schluchzer, die sie mit einer Faust in ihrem Mund zu unterbinden versucht. Ihre Freundin hingegen lehnt mit geschlossenen Augen an Theodors Brust und gibt keinen Laut von sich. „Kommt!", spricht Theodor eindringlich. „Vor Sonnenaufgang müssen wir die Stadt verlassen haben." Mühsam kämpft Marie sich wieder auf die Beine. Es scheint fast so, als hätte alle Kraft sie verlassen.

Tief führt Theodor sie in die verwinkelten Gassen der noch schlafenden Stadt, wo streunende Katzen ihnen über den Weg laufen und ausgemergelte Hunde in Müllbergen nach Nahrung suchen. Der Mond scheint hell in dieser Nacht und hilft ihnen, die

Gassen schnell durchschreiten zu können. Doch nach und nach kriecht die Kälte in Maries Knochen, während sie verzweifelt versucht, Wärme mit ihren Händen zu erzeugen. Und noch während sie das tut, muss sie an die große und kalte Wüste in der Nacht und die heiße und erbarmungslose Wüste am Tag denken und daran, dass sie keinen halben Tag überleben, wenn sie ohne Reittier, Proviant und angemessene Kleidung aufbrechen. Und auch der Zustand ihrer Freundin macht Marie Sorgen, da sie nur noch ein Schatten ihrer selbst ist, wohingegen Theodor wie das Leben selbst aussieht, obwohl er doch eigentlich tot sein müsste. „Theodor, bitte warte!", eilt Marie zu ihm und hält ihn an seinem Umhang fest. „Was ist denn?", reißt er verärgert seinen Kopf zu ihr herum. „Ich habe keine Zeit, mir deine Sorgen anzuhören. Bald geht die Sonne auf und dann haben wir ein Problem." „Genau darüber muss ich ja kurz mit dir reden", sagt Marie resolut und hält ihn weiter fest. „Wenn wir jetzt die Stadt verlassen, werden wir in der Wüste sterben oder wieder gefangen genommen werden. Wir brauchen dringend Proviant, bevor wir aus dieser Stadt entkommen können."

Schnaufend verlagert Theodor sein Gewicht, damit er Rosemarie besser halten kann. „Hast du eine Ahnung, was in dieser Stadt los ist? Jeder Tag, den wir hier länger verbringen, könnte unser letzter sein. Es grassiert eine absolut tödliche Seuche, die vor keinem Menschen haltmacht. Es gibt kaum Lebensmittel und Fremden gegenüber verhalten sich die Menschen absolut feindselig. Ich sag es nicht gerne, aber wir haben in der Wüste bessere Chancen zu überleben als hier." Daraufhin schüttelt die Frau neben ihm entsetzt ihren Kopf, weil sie seine Worte erst einmal verdauen muss. „Das ist ja fürchterlich", flüstert sie ergriffen. „Aber wie wollen wir denn ohne Wasser in der Wüste überleben? Ohne Reittiere brauchen wir Tage, um diese zu durchqueren." Resigniert lässt Theodor seinen Kopf hängen. „Ich weiß es nicht. Unsere einzige Chance ist es, die Oase zu erreichen, in der wir damals gehalten haben. Aber leider habe ich keine Ahnung, wo sich diese befindet.

Doch lieber sterbe ich in der Wüste und werde von Aasgeiern zerfetzt, als dass man Rosemarie noch einmal etwas antut. Ich weiß zwar nicht, was passiert ist, aber es muss fürchterlich gewesen sein.“ Mitfühlend betrachtet er die stumme Gestalt in seinen Armen und legt seine Stirn an ihre. „Ich kann dich nicht zwingen, uns zu begleiten, aber ich werde auf jeden Fall mit Rosemarie noch heute Nacht diese schreckliche Stadt verlassen.“

Unschlüssig steht Marie da und weiß nicht, wie sie sich entscheiden soll. Und bevor sie eine Antwort auf ihr Dilemma finden kann, hallt plötzlich ein markerschütternder Schrei durch die Stadt. Von überallher werden Rufe und Stimmen laut. Fackeln werden auf der Mauer entzündet und Soldaten erscheinen auf allen umliegenden Türmen. Marie wird augenblicklich schlecht und kalter Schweiß bricht an ihrem ganzen Körper aus. Wieder beginnt sie zu zittern und knetet verzweifelt ihre Hände.

„Einhorndreck!“, schimpft Theodor und stürmt mit Rosemarie auf seinen Armen los. Nach einer Schrecksekunde ist auch Marie so weit, ihnen hinterherzulaufen. Theodor verschwindet immer wieder aus ihrem Sichtfeld und erschwert es Marie, ihm zu folgen. Die Schreie, die dunklen Schatten in den Gassen und ihre Angst, alleingelassen zu werden, setzen ihr immer mehr zu. Ein größerer Stein hinter einer Ecke wird ihr dann zum Verhängnis. Bäuchlings landet sie im Sand und braucht zu lange, um wieder auf die Füße zu kommen. Sobald sie steht, ist von Theodor nichts mehr zu sehen. Panisch schaut sie sich in alle Richtungen um mit der Hoffnung, einen Hinweis zu finden, in welche Gasse er gelaufen ist. Doch auch nach zwei Minuten steht sie unschlüssig da und weiß nicht, wohin sie sich wenden soll. Und schon nimmt die Angst von ihr Besitz. Sie ist allein! Wieder allein! Verzweifelt und kopflos stolpert sie nach vorn, läuft weiter geradeaus und dringt damit immer tiefer in die Stadt ein.

Er muss es schaffen! Er muss Rosemarie aus dieser furchtbaren Stadt bringen und sie retten! Theodor ist außer sich. Was haben sie seiner Rosemarie nur angetan? Es ist ihm egal, wie gefährlich die Wüste ist. Er hat es einmal geschafft, sie zu durchqueren. Und er wird es auch ein zweites Mal schaffen, selbst wenn er die Prinzessin den ganzen Weg tragen muss. „Oh, Rosemarie, meine Rosemarie!“, seufzt Theodor und nähert sich dem kleinen Seitentor. „Was haben diese Tiere dir nur angetan?“ Abrupt muss er jedoch stehen bleiben, als er zwei seltsame Gestalten entdeckt, die sich ebenfalls zum Ausgang schleichen. Er will schon umdrehen und sich verstecken, als er aus den Augenwinkeln Soldaten erkennt, die mit gezogenen Säbeln auf ihn zueilen. Ohne weiter darüber nachzudenken, stürmt er nun doch dem Ausgang entgegen. Sofort hört er laute Rufe, die ihn dazu auffordern, stehen zu bleiben. Er denkt jedoch nicht einmal im Traum daran und versucht, so viel Kraft wie möglich aus seinem Körper herauszuholen. Obwohl sein Körper eigentlich zerschunden und zerstört sein müsste, fühlt er sich dennoch gesund und kraftvoll, weiß aber nicht, warum. Er kann sich nur noch an die Tränen von Rosemarie und an ihren emotionalen Kuss erinnern, der ihm all ihre Gefühle offenbart hat, während er der festen Überzeugung war, dass er sterben wird. Doch als er wider seine Erwartung erwachte, lag er allein vor den Stadttoren von Sabaku und hat sich wie neu geboren gefühlt. Und dank seines Verstandes konnte er schnell herausfinden, wohin man Rosemarie gebracht hatte, und wollte heute Nacht einen Weg in den Palast finden und sie retten. Das Schicksal war jedoch so gnädig und hat ihm diese Mühe abgenommen und ihm die Prinzessin förmlich in die Hände gespielt.

Schon passiert er das offene Tor, welches die zwei fremden Gestalten vorher verlassen haben, und stürmt in die Wüste hinaus. Die Wachen sind ihm dicht auf den Fersen und schreien aus Leibeskräften. Plötzlich surren Pfeile dicht an ihm vorbei. Qualvolle Schreie zeigen an, dass sie ihre Ziele gefunden haben. Hinter der nächsten Sanddüne kann er zwei männliche Schatten ausmachen, die auf ihn zu warten scheinen. Einer steht breitbeinig da und verschießt in schneller Abfolge seine Geschosse, während der andere auf ihn zukommt. „Prinz Theodor, seid Ihr das?“, ruft der Mann ihm entgegen. Erleichtert und unendlich dankbar antwortet er mit brüchiger Stimme: „Ja, ich bin es und habe Prinzessin Rosemarie auf dem Arm.“ „Den Feen sei Dank!“, kommt es daraufhin zurück. Als Aron sie erreicht, hilft er Theodor mit der Prinzessin und lotst den Prinzen zu seinen Kameraden. Diese haben bereits in weiser Voraussicht die Pferde und die Fee aus ihrem Versteck geholt und warten darauf, in die Nacht entfliehen zu können. Sobald der Prinz auf dem Pferd sitzt und Rosemarie in den Armen hält, stellt Sven den Beschuss ein und schwingt sich als Letzter auf sein Tier. Aron hat kurz vorher hinter der Fee Platz genommen, die ganz außer sich ist und zittrig auf dem Reittier sitzt. Zusammen schlagen sie ihren Tieren die Fersen in den Leib und treiben sie in die offene Wüste hinaus.

Indessen kauert eine junge Frau eingeschüchtert und ängstlich in einer dunklen Gasse. Versteckt hinter Unrat, vergräbt sie ihren Kopf zwischen ihren angezogenen Knien und weint stumme Tränen.

Versteckt in einer Räuberhöhle

„Abdullah, Abdullah! Es ist so weit!“, keucht ein Räuber außer Atem, nachdem er im vollen Galopp in die Höhle preschte und schwungvoll vom Pferd sprang. Indessen liegt der Räuberhauptmann gemütlich auf seinem großen Kissenberg und versucht, mit einem Dolch die letzten Fleischreste aus seinen Zähnen zu entfernen. „Was ist so weit?“, murrt er und betrachtet seinen Fund. „Die Stadt ist in Aufruhr. Eine große Anzahl von Soldaten hat sie verlassen und durchkämmt die Wüste, um die Attentäter der Prinzen zu finden. Es heißt sogar hinter vorgehaltener Hand, Prinz Mustus, dem Erstgeborenen des Sultans, wäre hinterrücks mit einem Dolch die Kehle aufgeschlitzt worden." Sofort springt Abdullah auf und reibt sich vergnügt die Hände. „Das sind ja großartige Neuigkeiten." Abdullah sieht in die Runde und grinst über das ganze Gesicht. Die meisten Männer erheben sich und versammeln sich neugierig. Einige legen bereits ihre Waffen an, während andere sich noch die Schuhe anziehen. „Was haltet ihr davon", grinst er seinen Räubern entgegen, „wenn wir der Stadt einen kleinen Besuch abstatten?" Die Räuber reißen ihre Säbel nach oben und geben ein ohrenbetäubendes Schreien von sich. Danach stürmen sie los und satteln ihre Pferde für den bevorstehenden Ritt. „Nur schade", sinniert Abdullah, „dass wir nicht in den Palast eindringen können. Da würde die fette Beute auf uns warten und vielleicht könnten wir endlich den Sultan stürzen." „Wieso können wir nicht in den Palast?", möchte daraufhin der umbenannte Ali wissen und schiebt sich in das Sichtfeld des Räuberhauptmannes. „Weil sie den Palast sicher nicht ungeschützt zurückgelassen haben", erklärt Abdullah gereizt dem kleinen Jungen vor sich. „Und leider gibt es nur einen Eingang, der rund um die Uhr bewacht wird und hervorragend gesichert ist." „Und was wäre", beginnt Ali mit einem breiten Lächeln im Gesicht zu fragen, „wenn ich euch einen weiteren Eingang zeigen könnte?" Verdutzt reißt der Hauptmann seine Augen auf und kommt näher an Ali heran. „Das könntest du?" Sofort nickt Ali selbstbewusst und zwinkert Abdullah zu. „Ich habe lange genug in den königlichen Ställen gearbeitet und des Nachts häufig reiche Männer beobachtet, die unentdeckt aus dem Palast schleichen wollten. Zu dumm nur, dass ich sie gesehen habe. Denn direkt hinter den Ställen befindet sich eine kleine, unscheinbare Tür, die in das Gebäude führen muss." Begeistert schlägt Abdullah seinem jüngsten Räuber auf die Schulter. „Ali, du bist ja ein echter Glücksgriff. Wenn du so weitermachst, wird aus dir bald ein richtiger Räuber." Die Freude ist Ali anzusehen, der begeistert in die Hände klatscht. „Na dann, nichts wie los!", ruft er kämpferisch und geht zu seinem weißen Pferd.

Eric trampelt unruhig auf der Stelle herum. Auf diese Gelegenheit hat er die ganze Zeit gewartet. Nun kann er in die Stadt zurück und nach Marie suchen. Die Tatsache, dass er gerade das Pferd für einen Räuber spielt, ist zwar etwas seltsam, aber dies ist ihm gerade vollkommen egal. So hat er wenigstens die Möglichkeit, ohne aufgehalten zu werden, durch die Stadt zu preschen und sich umzusehen. Hoffentlich geht es Marie gut und sie hat tapfer durchgehalten. Die letzten zwei Tage, die er getrennt von ihr verbringen musste, haben ihm deutlich gezeigt, wie sehr er sie schätzen und brauchen gelernt hat. Die Vorstellung, wie ein barbarischer Kerl ihr Schmerzen bereitet, hat ihn fast wahnsinnig werden lassen. Kaum ist Ali bei ihm, geht er in die Knie und lässt den Jungen aufsteigen. Dieser ist wie die anderen Räuber in ein dunkles Gewand gekleidet und hat mehrere Waffen an seinem Gürtel stecken. „So, mein Freund, jetzt ist es so weit“, flüstert Ali ihm ins Ohr. „Ich ahne, dass du unbedingt zurück in die Stadt möchtest. Ich weiß zwar nicht, wieso, aber jetzt hast du die Chance dazu.“ Eric stößt ein zustimmendes Wiehern aus und reißt seinen Kopf nach oben. Gemeinsam mit den anderen Vagabunden fallen sie bald in einen schnellen Galopp und lassen die verschlossene Höhle hinter sich.

„Na, wen haben wir denn da?“, hört Marie eine ihr wohlbekannte Stimme. Gerade befindet sie sich in einem großen Thronsaal und wird schmerzhaft mit ihrem ganzen Körper auf den Marmor gedrückt. Das Knie eines Soldaten drückt ihr dabei gewaltsam auf den Rücken und nimmt ihr die Luft zum Atmen. Gemächlich erhebt Vermon sich von dem Thron des Sultans. Der Raum erscheint Marie seltsam leer, da nur wenige Soldaten sich zusammen mit dem Prinzen im Thronsaal befinden. Aufgrund ihrer Position muss sie auf die Schuhe von Vermon blicken, der sich direkt vor ihren Kopf gestellt hat. „Wie kommt es, dass du nicht mit deinen Komplizen geflohen bist?“ Während er mit ihr spricht, geht er in die Knie und wirbelt sich eine ihrer Haarsträhnen um den Finger. Gewaltsam zieht er daran, bis sie einen

Schmerzenslaut ausstößt. „Ich würde zu gerne wissen, wie es sich für dich angefühlt haben muss, meinem armen Bruder die Kehle durchzuschneiden." Irritiert versucht Marie nach oben zu blicken. „Von was sprecht Ihr?", versucht sie trotz Atemnot herauszubringen. „Ich habe Euren Bruder nicht ermordet. Das müsst Ihr mir glauben." Ein Beben geht durch ihren von der Nacht ausgekühlten Körper und lässt ihre Stimme brüchig wirken. Diese Gelegenheit nutzt Vermon und führt seinen Mund ganz nah an ihr Ohr heran, sodass nur sie seine Worte verstehen kann. „Zu dumm für dich, dass nur ich das weiß! Und hab vielen Dank, dass du mir eine Möglichkeit offenbart hast, Sultan zu werden." Kaum hat er ihr diese Sätze zugeflüstert, richtet er sich wieder auf und verkündet: „Diese Mörderin ist schuldig, mich und meinen Bruder heimtückisch überfallen und den geliebten Prinzen Mustus ermordet zu haben. Heute Nachmittag wird ihr Urteil auf dem Marktplatz vollstreckt werden. Bis dahin werde ich versuchen, herauszufinden, wo sich ihre Komplizen versteckt halten. Wachen, führt sie ab und hängt sie in die Folterkammer!" „Nein!", schreit Marie aus vollem Halse. „Ich habe den Prinzen nicht ermordet. Ich bin unschuldig!" Verzweifelt versucht sie sich gegen die Soldaten zur Wehr zu setzen, fängt sich aber nur einige Ohrfeigen ein, die ihren Kopf nach hinten schleudern lassen. Am Schluss wird sie mehr geschleift, als dass sie selbst die Kraft aufbringen würde zu gehen. Die Gefängniszellen, an denen sie vorbeikommt, sind nicht tief unter der Erde wie im Märchenwaldschloss, sondern befinden sich in der Nähe des Schlosseingangs. Viele fensterlose Räume reihen sich aneinander und lassen diesen Gang seelenlos erscheinen. Anstelle jedoch in solch einen Raum mit Gittern gezerrt zu werden, wird sie direkt zum letzten Zimmer gebracht, das mit einer dicken metallischen Tür versperrt ist.

Ein lautes, quietschendes Geräusch ertönt, während die eiserne Tür aufgeschoben wird. Dahinter befinden sich nur weiße Wände, ein großer Haken, der an der Decke hängt, und ein kleinerer mitten auf dem Boden. Marie beginnen die Knie zu schlottern, während das Seil an ihren Armen von einem Wachmann gekonnt über den oberen Haken geworfen wird, bevor zwei andere sie hochziehen. Kurz darauf verknoten sie das Ganze an dem unteren Haken und lassen sie in dieser unbequemen Haltung zurück. Ihre Arme beginnen bereits nach kürzester Zeit zu schmerzen, da diese aufgrund der Konstruktion massiv unter Zug gehalten werden. Sie kann gerade noch mit ihren Zehen den Boden berühren und versucht, so viel Entlastung wie nur möglich ihren Händen zukommen zu lassen. Doch ihre Situation ist aussichtslos. Kurz nach Sonnenaufgang hatten die Soldaten sie in ihrem Versteck aufgespürt und direkt zu Vermon gebracht. Dieses verlogene Schwein, denkt Marie und kann es nicht fassen, dass er seinen eigenen Bruder auf dem Gewissen hat und jetzt versucht, ihr die Schuld in die Schuhe zu schieben. Ach, wenn sie es doch nur schaffen könnte, an ihren Dolch zu kommen! So könnte sie wenigstens ihre Fesseln durchschneiden und wäre kein wehrloses Opfer für dieses Scheusal. Und wenn sie bedenkt, was er Rosemarie angetan hat und noch antun wollte, wird ihr ganz schlecht. Aber vielleicht kann sie …

Weiter kommen ihre Gedanken jedoch nicht, da bereits im selben Moment die schwere Tür ihr schauderhaft quietschendes Geräusch von sich gibt. Kurz darauf steckt Vermon sein zynisch grinsendes Gesicht durch die Öffnung. „Wie gefällt dir dein neues Zimmer?“, fragt er unschuldig und deutet mit seinen Armen herum. „Ist es nicht wunderschön eingerichtet?“ „Ja, einfach wunderbar“, kann es sich Marie nicht nehmen lassen zu antworten. „Ich habe fast schon das Gefühl, mich wie zuhause zu fühlen.“ Von ihrer Aussage amüsiert, tritt Vermon direkt vor sie und umfasst ihr Kinn mit seinen Fingern. Gewaltsam hebt er ihren Kopf, sodass er ihr direkt in die Augen sehen kann. „Wie es scheint, bist du wohl die Wildkatze von euch beiden Schwestern.“ „Wenn Ihr mich losmacht, können wir ja sehen, wie gut ich Euch die Augen auskratzen kann.“ „Tzzz! Wer wird denn gleich so kratzbürstig sein?“, grinst er boshaft und beginnt sanft ihre Wange zu streicheln.

„Wir hätten so viel Spaß miteinander haben können. Du wärst vielleicht sogar eine meiner Lieblingsfrauen geworden. Ich liebe es, starke Frauen in die Knie zu zwingen.“ Gekonnt schafft es Marie, ihrem Gegenüber direkt ins Gesicht zu spucken. Langsam holt Vermon ein seidiges Tuch aus seiner Tasche und wischt sich damit den Speichel ab. „Na, na, wer wird denn so nachtragend sein? Eigentlich stehe ich sogar tief in deiner Schuld, da du mir so gut mit meinem Bruder geholfen hast.“ Zornig funkelt Marie ihn an und legt alle Verachtung, die sie für ihn empfindet, in ihren Blick. „Ihr wisst genau, dass ich nichts gemacht habe.“ Wieder streicht er ihr sanft über die Wange. „Natürlich weiß ich das. Schließlich habe ich die Situation ausgenutzt und meinem Bruder die Kehle durchgeschnitten. Ich war schon immer der Stärkere von uns beiden. Doch mein Vater war vor Liebe zu blind, um dies zu erkennen. Jetzt steht mir keiner mehr im Weg. Zu tragisch, dass sich der Sultan von diesem Schock wohl nicht mehr erholen wird und mir schon bald die Sultanswürde überträgt.“ Verzweifelt versucht Marie ihre Arme freizubekommen und dreht den Kopf aus seinem Griff. „Was hat Euer Vater? Was habt Ihr mit ihm vor?“ „Immer so viele Fragen und doch so viele Möglichkeiten. Wahrscheinlich werde ich ihn genauso vergiften, wie ich es mit meinem jüngeren Bruder versucht habe. Nur leider hat er wohl zu wenig Wasser getrunken, um daran zugrunde zu gehen.“ Marie ist geschockt und angewidert und hätte nicht gedacht, dass sie den Prinzen noch mehr verachten könnte. „Damit werdet Ihr nicht durchkommen. Man wird wissen, dass Ihr Euren Vater vergiftet habt.“ Vermon bricht daraufhin in schallendes Gelächter aus. „Das ist ja das Geniale, meine Liebe. Es wird keiner einen Verdacht schöpfen. Er wird, so wie viele andere auch, in dieser von Unrat bevölkerten Stadt an der Seuche zugrunde gehen.“ Geschockt hält Marie den Atem an. „Wie meint Ihr das? Was habt Ihr mit der Seuche zu tun?“ Ein diabolisches Grinsen zeichnet sich in seinem Gesicht ab. Marie wird ganz übel, während sie hinter die teuflische Maske dieses Monsters blickt. „Das ist einer meiner besten Einfälle, die ich je hatte“, erklärt der Prinz stolz. „Ich musste nur zwei

Brunnen in der Stadt vergiften und damit den Anschein einer Seuche erwecken. Jetzt kann ich jederzeit alle im Palast beseitigen, die mir zuwider sind. Mein kleiner Bruder sollte der Erste sein, gefolgt von meinen anderen Geschwistern, bis es leider auf tragische Weise meinen Vater erwischt hätte. Du hast mir nur geholfen, alles ein wenig zu beschleunigen." Marie ist fassungslos. „Ihr seid für die hunderten toten Menschen auf den Straßen von Sabaku verantwortlich? Habt Ihr denn kein Herz?" Während er wieder das Wort ergreift, fängt er langsam an ihren Körper abzutasten. „Das waren keine Menschen, meine Liebe, das war Abschaum, der schon zu lange meine Stadt in den Dreck gezogen hat. Unter meiner Herrschaft wird Sabaku zu neuem Glanz finden." „Ihr seid wahnsinnig!", kommt es zitternd über ihre Lippen, nachdem er den Dolch an ihrem Oberschenkel gefunden und diesen genüsslich herausgezogen hat. „So, meine Liebe", betrachtet er interessiert ihren Dolch, „jetzt haben wir genug geredet. Es wird Zeit, dass du mich für meine Unannehmlichkeiten entschädigst."

Wie schon bei Rosemarie, beginnt er mit dem Dolch über ihr Gesicht zu fahren und hört erst auf, als er ihre Wange verletzt. Genießerisch fährt er sich über die Lippen. „Es ist wirklich jammerschade, dass ich dich heute Nachmittag hinrichten lassen muss. Dein Körper ist wirklich eine Augenweide." Kurz darauf hält er eine lange Peitsche in der Hand, die er unter seiner Weste bei sich getragen hatte. Bei diesem Anblick zieht sich alles in Maries Körper zusammen. Wie ein Wolf umrundet er seine Beute, bis er ihr wieder ins Gesicht sieht. Und während er ihr schmerzhaft in die Haare greift, leckt er ihr genüsslich die salzigen Tränen von den Wangen. „Wenn du brav bist und alles tust, was ich möchte", knurrt er genießerisch, „könnte ich es mir überlegen, ob ich deinen Körper vorher blutig peitsche." Angewidert dreht sie ihren Kopf weg und schaut stur die Wand an. „Niemals werde ich mich Euch einfach hingeben. Lieber sterbe ich!" „Mhm", vertieft sich das diabolische Grinsen des Prinzen. „So gefällst du mir. Eine starke

Frau, die später um Gnade betteln wird und mir jeden Wunsch von den Augen abliest.“ Nach diesen Worten stellt er sich wieder hinter sie und rollt langsam sein Folterinstrument aus. Der erste Schlag auf ihren Rücken lässt sie vor Schmerzen fast das Bewusstsein verlieren, da das Brennen und Ziehen sich unaufhörlich in ihrem ganzen Körper ausbreitet. Beim nächsten Schlag hat sie sogar das Gefühl, ihre Zehen würden sich verzweifelt in den Boden krallen. Der dritte Schlag bricht ihre Kontrolle und lässt sie all ihre Qualen nach außen schreien. Lachend nähert sich Vermon ihr von hinten und stellt sich dicht an ihr Ohr. „Hast du schon genug oder willst du noch ein paar Schläge bekommen, bevor ich dich zu einer richtigen Frau mache?“ Trotzig reißt sie ihren Kopf zur Seite weg und spricht kein Wort mit ihm. Die nächsten Schläge werden immer stärker und grausamer. Ihre Schmerzen sind kaum mehr zu ertragen. Aus Verzweiflung beißt sie sich die eigenen Wangen wund und lässt ihre Tränen ungehindert fließen. Schon seit einiger Zeit kann sie das warme Blut spüren, wie es von ihrem Rücken ihre Schenkel herunterläuft. Ein lautes Poltern an der Tür lässt Vermon kurz in seiner Tätigkeit innehalten, bevor er in hämisches Lachen ausbricht und ihr einen weiteren Schlag versetzt. Dieser fünfzehnte Treffer übertrifft jedoch alle vorherigen und lässt sie sich die Seele aus dem Leib schreien. Danach wird ihr schwarz vor Augen und sie verliert das Bewusstsein.

Ein paar Minuten zuvor

Die Kämpfe in Sabaku sind in vollem Gange. Die wenigen Soldaten versuchen verzweifelt ihre Stellung zu halten, während eine Vielzahl von Angreifern sie massiv bedrängen, weil Räuber und Bürger plötzlich gleichermaßen gegen die Krieger des Sultans kämpfen. Doch abseits des großen Kampfes folgt ein Dutzend Räuber einer kleinen Gestalt auf einem weißen Pferd, die sich mühelos in den Gassen der Stadt zurechtfindet. „Es ist nicht mehr weit“, schreit Ali über seine Schulter. „Gleich da vorne ist die Tür.“ „Gut gemacht!“, lobt Abdullah ihn. „Sobald wir im Palast sind, werden wir uns den Weg zum Haupttor freikämpfen und dieses für unsere Kameraden und Mitstreiter öffnen. Sobald der Palast gefallen ist, kann das Land endlich wieder aufatmen.“ Zustimmend nickt Ali mit ernstem Gesicht. „Du hast recht, Abdullah! Die Schreckensherrschaft muss endlich ein Ende finden.“ Sobald sie die königlichen Stallungen erreicht haben, springt Ali von seinem Pferd und verschwindet hinter einer Bretterwand. Keine Sekunde später taucht sein Kopf aber wieder auf und er winkt aufgeregt mit seiner Hand. „Na kommt schon!“, grinst Ali über das ganze Gesicht. „Worauf wartet ihr? Hier ist sie!“ Sofort ist Abdullah an seiner Seite und klatscht begeistert in die Hände. „Was für ein Geschenk des Himmels! Jetzt steht unserem Sieg nicht mehr viel im Weg.“ Die Tür lässt sich ohne große Mühen öffnen und eine Schar Räuber stürmt die dunkle Treppe hinauf. Bevor Ali nachkommt, wendet er sich noch seinem Pferd zu. „Falls du auch in den Palast möchtest, musst du einfach deinen Kopf etwas einziehen und mir folgen. Der Gang sieht hoch und die Stufen breit genug aus, damit du mir folgen kannst.“ Kaum hat er das gesagt, ist auch seine kleine Gestalt verschwunden.

Eric steht nun allein zwischen den anderen Pferden und hat keine Ahnung, was er tun soll. Schließlich weiß er überhaupt nicht, ob Marie sich im Palast oder in der Stadt befindet. Da er aber nur heute und hier die Chance bekommt, sich in diesem riesigen Gebäude umzusehen, muss er sie wohl ergreifen. Vorsichtig, immer einen Schritt nach dem anderen gehend, kämpft er sich die paar Stufen nach oben und gelangt bald darauf in einen großen, hellen Gang. Überall kann er den Kampfeslärm hören und schreiende Diener und Frauen erkennen, die aufgeschreckt herumlaufen. Da viele in Richtung Haupttor rennen, schließt er sich einfach an und hofft darauf, unter ihnen Marie zu finden. Immer häufiger dringen Todesschreie an sein Ohr und beflügeln seine Suche. Gerade will er den nächsten Gang hinuntertraben, als er in einer Ecke einen kleinen Jungen in feiner Kleidung entdeckt, der zusammengekauert seinen Kopf zwischen seine Knie gesteckt hat. Eric kann deutlich das Blut erkennen, das ihm frisch in den Haaren klebt. Obwohl alles dagegenspricht, noch mehr Zeit zu verschwenden, geht er auf den Jungen zu. Dieser reißt ängstlich seinen Kopf in die Höhe und betrachtet ihn aus panischen Augen. Sobald er jedoch ein Pferd vor sich sieht, entspannen sich seine Gesichtszüge. Behutsam streckt er die Hand nach Eric aus und streichelt seine Nüstern. „Bist du zu meiner Rettung gekommen?“, fragt der Junge und blickt hoffnungsvoll. Eric indes schüttelt seinen Kopf, da er dem Jungen schließlich keine falschen Hoffnungen machen möchte. Kurz stockt dieser und betrachtet das Pferd genauer. „Möchtest du etwa jemand anderen retten?“ Sofort nickt Eric, was dem Jungen einen kurzen Schrei entlockt, bevor er das Pferd vor sich ehrfürchtig betrachtet. „Bist du etwa wegen ihr gekommen?“ Schlagartig setzt Erics Herz für einen kurzen Moment aus. Wen könnte er mit „ihr“ meinen? Wäre es etwa möglich …? Dem Jungen ist nicht entgangen, wie ein Ruck durch den Leib des Pferdes ging. Ohne nochmals nachzufragen oder eine Antwort abzuwarten, läuft er los. „Komm! Ich ahne, wohin mein Bruder sie gebracht hat.“ Dies lässt sich Eric nicht zweimal sagen und folgt dem Jungen auf dem Fuß. Die Gänge in diesem Gebäudeteil scheinen wie leergefegt zu sein. Sie passieren Zellen ohne Fenster und bleiben an einer metallischen Tür stehen. Trotz mehrerer Versuche kann der Junge die Tür nicht öffnen. Kraftvoll schlägt er mit seiner kleinen Faust dagegen und schreit aus Leibeskräften: „Vermon, bitte lass mich rein! Hier draußen tobt ein Krieg und ich habe Angst. Bitte öffne mir die Tür.“ Nur ein gedämpftes höhnisches Lachen ist zu hören, während die Tür weiterhin geschlossen bleibt. Eric ist sich nicht sicher, ob er hier überhaupt richtig ist, und befürchtet, Marie am Haupttor verpassen zu können.

Gerade will er sich umdrehen, als er einen lauten Peitschenschlag vernimmt, gefolgt von einem unmenschlichen Schmerzensschrei. Sofort stürmen die Bilder seines Bruders in sein Gedächtnis und entzünden in ihm eine unbändige und rasende Wut. Keine Konsequenzen beachtend, dreht er sich von der Tür weg und schlägt mit seinen kräftigen Hinterhufen so lange dagegen, bis diese aus den Angeln kracht. Leicht humpelnd betritt er den Raum und sieht zu seinem Entsetzen Marie, wie sie in zerfetzter Kleidung in ihrem eigenen Blut von der Decke hängt. Der Übeltäter steht irritiert hinter ihr mit einer riesigen Peitsche, die rötlich schimmert. Wie ein wütender Koloss stürzt er sich auf diesen und trampelt mit seinen Vorderhufen seine ganze Wut und den immensen Schmerz heraus. Gerade will er zum letzten Tritt ansetzen, als eine kleine Hand, die sich tapfer auf seinen Körper legt, ihn aus seiner Raserei holt. Verwirrt dreht er sich um und erkennt den Jungen, der sachte seinen Kopf schüttelt. „Bitte, tu es nicht!“, blickt er traurig zu Eric. „Gewalt sollte niemals mit Gegengewalt gesühnt werden. Vermon wird seine gerechte Strafe erhalten. Beschmutze nicht deine Seele.“ Ob dieser Mann lebt oder stirbt, ist Eric in diesem Moment vollkommen egal. Doch die weisen Worte des Jungen gehen ihm sehr nahe. Sobald er sich von Vermon weggedreht hat, kann er den zerschundenen Rücken von Marie erkennen. Es kostet ihn unglaublich viel Selbstbeherrschung, nicht doch noch diesen Verbrecher totzutrampeln. Dies würde jedoch nichts an Maries Zustand verbessern und ihr momentan auch nicht helfen. Aus den Augenwinkeln kann er erkennen, wie der Junge mit einem Messer das Seil am Boden zerschneidet, damit er sie langsam abseilen kann. Ein qualvolles Stöhnen verlässt ihre Lippen, als sie mit ihrem geschundenen Körper den kalten Boden berührt. Eric ist absolut verzweifelt. Wie gerne würde er sie auf seine Arme nehmen und sie in Sicherheit bringen!

„Wir müssen Hilfe holen“, spricht der Junge ihn mitfühlend an und legt ihm eine Hand beruhigend auf den Hals. In diesem Moment stürmen mehrere bewaffnete Vagabunden in den Raum.

„Wen haben wir denn hier?“, tönt es plötzlich von der Tür. Mitten im Rahmen steht Abdullah, an dessen Seite sich Ali befindet, und blickt in den Raum hinein. Gemächlich schreitet er durch seine Räuber hindurch und bleibt vor dem Jungen stehen. „Prinz Hajdar, wenn ich mich nicht ganz täusche, oder?“ Verunsichert, aber mit kämpferischem Blick hebt Hajdar stolz seinen Kopf. „Der und kein anderer.“ Lachend schlägt sich Abdullah auf seinen Oberschenkel. „Und das in der Ecke ist, wenn ich mich nicht gänzlich täusche, wohl der Überrest von Prinz Vermon?“ Ohne sich nach seinem Bruder umzublicken, fixiert der junge Prinz den Räuber und nickt diesem zu mit den Worten: „Ja, dies in der Ecke ist mein unwürdiger Bruder, Prinz Vermon.“ Kaum hat er dies gesagt, glänzen die Augen des Räuberhauptmannes gefährlich. „Wie schön! Dann brauche ich Euch nicht lange zu suchen. Ich glaube, Ihr wisst, was ich jetzt mit Euch machen werde, oder?“ Traurig nickt Hajdar auch dieses Mal. Tapfer geht er in die Knie, um den tödlichen Schlag des Räubers abzuwarten. Dieser zieht genüsslich seinen langen Säbel aus seinem Gürtel und stellt sich direkt vor ihn. Ein lautes Stöhnen lenkt beide jedoch für kurze Zeit ab. „Brunnen“, kommt es schwach von Maries Lippen, die langsam das Bewusstsein wiederfindet. „Was hat sie gesagt?“, fragt Ali und kommt näher an sie heran. „Brunnen … sind vergiftet! Vermon!“, kann er undeutlich vernehmen. Doch diese Information reicht vollkommen aus und lässt sein Gesicht kalkweiß werden. „Oh, du heiliger Wüstensand!“, keucht Ali geschockt. „Ich glaube, die Frau will uns mitteilen, dass Prinz Vermon die Brunnen vergiftet hat.“ Sofort konzentriert sich die ganze Aufmerksamkeit auf Prinz Vermon. Wütend stampft Abdullah zu diesem und reißt ihn am Kragen hoch. „Was hast du getan, du Monster?“ Alle können nur noch ein gurgelndes Lachen vernehmen. Mit blutunterlaufenen Augen versucht Vermon, den Räuberhauptmann zu fixieren. Seine letzten Worte kommen zischend über seine Lippen: „Ihr werdet alle verrecken!“

Diese Antwort ist Abdullah wohl genug und er rammt dem Prinzen seinen Säbel bis zum Anschlag in seinen Leib. Warmes Blut benetzt seine Finger und rinnt an ihnen herab, während der Säbel einen glitschigen Laut von sich gibt, als er aus dem Toten gezogen wird. Wie ein nasser Sack fällt Prinz Vermon in sich zusammen und bleibt reglos am Boden liegen. Zornig dreht sich Abdullah zu dem anderen Prinzen. „Jetzt zu dir!", geht er knurrend auf den jungen Prinzen zu. Doch gerade als er zu einem vernichtenden Schlag ansetzen will, behindert plötzlich das weiße Pferd von Ali diesen. Stolz und erhaben steht das Pferd vor dem Prinzen und der schwerverletzten Frau und rührt sich keinen Meter. „Ali, schaff dein Vieh gefälligst weg!", schreit der Räuber außer sich vor Zorn. „Nein, das werde ich nicht." Auch Ali stellt sich nun vor die anderen. „Wenn mein Pferd dies nicht möchte, dann wird es seine Gründe haben." Ein tiefes, grollendes Lachen verlässt Abdullahs Kehlkopf. „Was scheren mich die Gedanken und Gefühle deines Pferdes? Alle Prinzen müssen sterben, damit das Land endlich wieder leben kann." Tapfer zieht Ali einen kleinen Säbel aus seinem Gürtel. „Wenn Ihr sie töten wollt, dann müsst Ihr auch mich beseitigen." Der Räuber wird langsam ungehalten und funkelt Ali wütend an. „Geh gefälligst aus dem Weg! Ein zweites Mal werde ich dein Leben nicht verschonen." Gerade will Ali zu einem Angriff ansetzen, als sich Hajdar vor ihn schiebt. Behutsam legt er seine Hand auf den Schaft des Säbels und drückt diesen hinunter. „Es ist genug Blut für einen Tag geflossen. Wenn durch meinen Tod das Land wieder Frieden finden kann, dann bin ich stolz, dies für mein Volk vollbringen zu dürfen." Emotionslos schaut der Prinz dem Räuberhauptmann in die Augen, geht auf die Knie und senkt seinen Kopf. „Als Todgeweihter habe ich jedoch noch einen Wunsch, den Ihr mir nicht abschlagen dürft. Bitte kümmert Euch gut um die Frau. Ich verdanke ihr mein Leben. Somit gebe ich meines, damit sie leben kann." Mit gezücktem Säbel steht Abdullah nun vor dem am Boden knienden Prinzen und betrachtet die Frau vor sich. Genervt lässt Abdullah seine Waffe sinken und wendet sich an einen seiner Untergebenen. „Bringt sie und den Prinzen in einen Raum und bewacht diesen gut. Ich werde mich später mit ihnen befassen.“

Stöhnend wird Marie bäuchlings auf ein weiches Bett gelegt, während Ali es sich nicht nehmen lässt, mit seinem Pferd ebenfalls den Raum zu betreten. Und sobald alle drin sind, wird die Tür verriegelt. Eric ist der Erste, der zu Marie eilt und mit seinen Nüstern ihr Gesicht berührt. „Das ist also der Grund, warum du unbedingt in den Palast wolltest“, lacht Ali und tritt zu der Frau auf dem Bett. Hajdar hat währenddessen eine Wasserschüssel und einen Lappen besorgt und versucht vorsichtig, den Rücken von Marie zu säubern. Während er dies macht, hebt Marie kraftlos ihre Hand. Sie kann gerade so die Schnauze von Eric berühren. „Da bist du ja, mein treuer Freund“, schenkt sie ihm ein schwaches Lächeln. „Ich danke dir vielmals, dass du mich gerettet hast.“ Bedacht dreht sie ihren Kopf ein Stück, damit sie die beiden Jungen ebenfalls sehen kann. „Auch euch danke ich von Herzen, dass ihr mir helft.“ Hajdar stellt daraufhin die Schüssel auf die Seite und kniet sich vor Marie hin. Zögernd nimmt er ihre Hand in seine und drückt sie aufmunternd. „Du wirst wieder gesund. Alles wird wieder gut. Du wirst schon sehen.“ Ein schwaches Lachen kommt über Maries Lippen, die sie gleich darauf vor Schmerzen verzieht. Eric kann das nicht mehr länger mitansehen. Wieso ist er nur so hilflos? Obwohl er kräftig und stark ist, fühlt er sich dennoch so machtlos wie nie zuvor in seinem Leben. Ein trauriges und gequältes Wiehern folgt seinen Gedanken. „Jorik, komm!“, hört er leise Maries sanfte Stimme. Trotz ihrer Schmerzen schaut sie ihm sanft und mitfühlend in die Augen. Wieder streckt sie ihre Hand aus, in die er sich augenblicklich hineinschmiegt. Sie wischt ihm eine einzelne Träne von seinen Wangen und zieht seinen großen Pferdekopf näher zu sich. „Oh, Jorik! Ich danke dir für dein Mitgefühl. Du brauchst dir aber wirklich keine Sorgen zu machen. Ich bin sicherlich bald wieder auf den Beinen.“ Zaghaft senkt sie ihre Lippen und gibt ihm einen kurzen Kuss auf seine Schnauze.

Erschrocken springen Ali und Hajdar zurück. Sie weichen panisch in die Nähe der Tür aus, um nötigenfalls nach Hilfe rufen zu können. Denn wo vorher ein stolzer weißer Hengst stand, sitzt jetzt ein hellbrauner Hund. Dieser dreht seinen Kopf und betrachtet die Jungen neugierig aus hellblauen Augen. „Das ist Zauberei!“, flüstert Hajdar und schaut das Tier unsicher an. „Ich habe es doch gleich geahnt, dass dieses Pferd in Wirklichkeit ein Mensch sein muss“, erklärt ihm Ali und nähert sich vorsichtigen Schrittes dem Verzauberten. „Warum genau sitzt dann hier ein Hund und kein Mensch?“, will der Prinz verdutzt wissen und verlässt ebenfalls seinen Platz. „Ich weiß es nicht, Hajdar“, antwortet ihm Ali, kniet sich neben den Hund und krault diesen am Kopf.

Eric indessen bekommt wenig von den Geschehnissen mit. Er hat zwar realisiert, dass er sich wieder verwandelt hat, beachtet diesen Umstand jedoch nicht. Seine Konzentration ist einzig und allein auf Marie gerichtet, die wieder das Bewusstsein verloren zu haben scheint. „Sie ist also doch eine Zauberin, die mich gesundgezaubert hat“, wirft Hajdar ein und beginnt von Neuem ihre Wunden zu säubern. Irritiert hebt Eric den Kopf. Hat sie so etwas nicht auch schon bei ihm gemacht? Aber sie ist doch keine Hexe oder Zauberin. Es muss wohl an den Steinen liegen. Sofort hält er seine Nase in die Luft und nimmt all die verschiedenen Gerüche in sich auf, die er erhaschen kann. Als Schwein war seine Nase zwar feinfühliger, aber seine neue Hundenase ist auch nicht zu verachten. Schnüffelnd nähert er sich Maries Kleidungsstücken, die nur das Notdürftigste bedecken. Doch auch unter all dem Geruch von Blut und Schweiß kann er ihren unvergleichlichen Duft nach Pfirsichen riechen. Kurz ist er versucht, die Augen zu schließen und diesen ganz tief in sich aufzunehmen. Aber ein weiteres Stöhnen, das über ihre aufgesprungenen Lippen kommt, versetzt ihm einen Stich ins Herz und erinnert ihn an seine Aufgabe. Beherzt sucht er weiter und gibt ein erfreutes Bellen von sich, nachdem er die Steine endlich gefunden hat. Und zu seinem Erstaunen hängen an der

Kette nicht nur zwei, sondern bereits drei Steine. Feinfühlig nimmt er die Kette mit seinen Zähnen auf und legt sie dem erstaunten Hajdar in den Schoß. „Was willst du mir damit sagen?", schaut ihn dieser verwundert an. Eric könnte sich aus Verzweiflung das Fell raufen. Sein Bellen und Winseln bringt ihn hier auch nicht weiter, da keiner der beiden Jungen ihn verstehen würde. Verkrampft überlegt er, wie er sich am besten verständlich machen könnte. Irgendwie muss es ihm gelingen, die zwei Jungs auf den grünen Stein aufmerksam zu machen, von dem er fast sicher ist, dass er für seine Heilung verantwortlich war. Und schon kommt ihm eine Idee. Wie ein Blitz läuft Eric von einem grünen Gegenstand zum nächsten. Alles, was irgendwie grün ist, berührt er mit seiner Schnauze. Irgendwie muss er schließlich zeigen, wie wichtig die Farbe des Steins ist. Glücklich klatscht Ali in die Hände. „Grün, Hajdar! Alle Gegenstände, die er uns zeigt, sind grün."

Der Prinz reißt überrascht die Augen auf und betrachtet die Steine genauer. „Den roten Stein kenne ich", kommt es aufgeregt über seine Lippen. „Diesen hat mein Vater seiner ersten Frau mit ins Grab gelegt. Er sollte seine leidenschaftliche Liebe zu ihr symbolisieren, wobei ich eher von Besessenheit sprechen würde." Sofort ist Ali an seiner Seite. „Dann muss der grüne Stein auch eine Bedeutung haben." „Das kann gut sein, Ali", überlegt der Prinz. „Nachdem wir kurz vorher von Heilung gesprochen haben, wird er wohl damit zu tun haben." Ein lautes Bellen von Eric bestätigt Hajdar in seiner Annahme und lässt ihn glücklich über das ganze Gesicht grinsen. Gekonnt löst er daraufhin den Stein von der Kette und legt ihn achtsam auf den geschundenen Rücken von Marie. Aber selbst nach fünf Minuten ist immer noch nichts geschehen. „Hajdar, ich glaube, das geht irgendwie anders", lässt es sich Ali nicht nehmen, den Prinzen auf diese Tatsache hinzuweisen. Frustriert schmeißt der Angesprochene die Hände in die Höhe. „Woher soll ich denn wissen, wie das funktioniert? Ich war schließlich mehr tot als lebendig, während sie mich im Arm gehalten hat." „Vielleicht ist das der springende Punkt." „Wovon sprichst du, Ali?“ Unangenehm streicht sich Ali seine Haare aus dem Gesicht. „Na ja, sie hatte dich im Arm, oder? Also müssen wir sie vielleicht anfassen, damit der Zauber wirken kann.“ Kurz überlegt Hajdar und stimmt danach Ali zu. „Du hast recht! Vielleicht liegt es daran.“ Zusammen legen sie vorsichtig ihre Hände auf den Rücken von Marie, während Eric seinen Kopf behutsam auf die Hinterseite ihres Oberschenkels bettet. Doch auch dieses Mal passiert nichts und die zwei Jungs nehmen bedrückt ihre Hände wieder von Marie. „Das ist alles Zeitverschwendung!“, ärgert sich Ali und setzt sich auf einen freien Stuhl im Zimmer. Hajdar hingegen sieht betrübt auf den Boden. „Ich werde versuchen frisches Wasser zu bekommen. Irgendetwas müssen wir schließlich für sie tun.“

Nur Eric bleibt bei Marie zurück. Sein ganzes Denken ist nur noch von dem Wunsch beseelt, dass es ihr wieder gut gehen soll. Und während er verzweifelt hofft, Marie würde wieder gesund werden, berührt er vorsichtig mit seiner Schnauze den Stein und hofft auf ein Zeichen. Plötzlich! Da! Ein Kribbeln, welches sich von seiner Nasenspitze über seinen ganzen Körper ausbreitet und aus ihm herausfließt! Ein warmes, wohliges Gefühl flutet ihn und erzeugt für einen kurzen Augenblick eine tiefe Zufriedenheit. „Pst, jetzt geh da weg!“, scheucht ihn jedoch genau in diesem Moment Prinz Hajdar von Marie fort, da er frisches Wasser besorgt hat. Und schon taucht er den Lappen ein und wischt ihr vorsichtig das Blut ab. Doch auf einmal beginnt er seine Bemühungen zu verdoppeln und springt dafür sogar von seinem Stuhl auf. „Ali! Ali!“, schreit er unvermittelt und wirft ihm einen freudigen Blick zu. „Wir haben es geschafft! Komm, schau es dir an!“ Augenblicklich springt Ali auf und ist sofort neben Marie. Auch er schaut erstaunt den unverletzten Rücken an, auf dem nur noch das Blut von den vorherigen schweren Verletzungen zeugt. Überglücklich schleckt Eric, ohne lange darüber nachzudenken, mit seiner großen Zunge über ihr Gesicht und holt sie damit aus ihrer Bewusstlosigkeit. Kichernd schiebt sie seinen Kopf zur Seite. „Ihh! Jorik! Lass das doch!“, wischt sie sich lachend den Hundesabber von der Wange, bevor sie perplex in ihrer Bewegung innehält und sich behutsam aufrichtet. Sofort drehen sich die Jungs mit knallroten Gesichtern von ihr weg und räuspern sich mehrmals. Eric hingegen genießt, was er sieht, bevor er zu ihr tritt. Sobald er bei ihr ist, schmiegt er seinen Kopf eng an ihren Oberkörper und freut sich sehr, dass es ihr wieder gut geht. Glücklich zieht Marie ihren Freund sogar noch enger an sich heran und vergräbt ihre Nase in seinem Fell. „Ich bin so froh, dass dir nichts passiert ist, Jorik. Ich habe mir solche Sorgen um dich gemacht.“ Eric würde lachen, wenn die Situation nicht so ernst wäre. *Sie* hat sich Sorgen gemacht? Er hätte fast den Verstand verloren, als er sie in diesem Zustand vorgefunden hat. Verängstigt von seinen tiefen Gefühlen, die er bereits für sie entwickelt hat, tritt er zurück und sucht Abstand. Schließlich ist sie nur eine Dienstmagd und er ein Prinz, versucht er sich ihre sozialen Stellungen ins Gedächtnis zurückzurufen. Sie können zwar Freunde und Kameraden sein, aber mehr darf niemals entstehen. Auf seinen Schultern lastet die Verantwortung von zwei Königreichen. Und nachdem er tiefe Einblicke in das Leid der Menschen erhalten hat, ist es ihm umso wichtiger, seinen Pflichten nachzukommen und für Gerechtigkeit in seinem Land zu sorgen. Dafür muss er aber wieder er selbst werden und Prinzessin Rosemarie heiraten. So sehr ihn diese Tatsache auch schmerzt, ist es doch die richtige Entscheidung für sie beide.

„Wie geht es dir?“, will Hajdar von Marie wissen und drängt sich vor Eric. Diese hat sich bereits in die Decken gewickelt und steht wieder auf ihren eigenen Beinen. „Danke, Hajdar, mir geht es großartig“, erklingt die etwas tiefere Frauenstimme glücklich und erleichtert. „Und wer ist dein Freund?“, möchte Marie nun ihrerseits wissen und schaut gespannt auf den anderen kleinen Jungen. Diese Frage nimmt Ali zum Anlass und vollführt eine tiefe Verbeugung. „Ich bin Ali Baba. Es freut mich, Euch wohlauf zu sehen.“ Marie lacht aus vollem Halse. „Was glaubst du, wie *ich* mich erst freue, wieder wohlauf zu sein?“ Kurz darauf schaut sie sich suchend im Raum um, gibt es aber schnell auf und fragt um Hilfe. „Könntet ihr mir vielleicht Kleidung besorgen? Ich fühle mich gerade ein wenig nackt.“ Wieder laufen die Wangen der zwei Jungs rot an, während sich Eric die ganze Zeit im Hintergrund hält. Als Hund kann er leider genauso wenig helfen wie als Pferd. Er kann weder Schubladen öffnen noch ihr beim Anziehen helfen. Langsam ist er es leid, so unnütz zu sein. Hajdar und Ali hingegen bringen ihr immer mehr Kleidungsstücke, aus denen sie sich eine weiße Hose mit dazu passendem Hemd wählt. Sogar Schuhe konnten sie in diesem Raum auftreiben. Ihre langen, wunderschönen schwarzen Haare bindet sie mit einem Stück Stoff zu einem Pferdeschwanz zusammen und steht glücklich grinsend vor einem Spiegel und betrachtet sich. Eric hingegen steht missmutig da und sieht zu, wie die Jungs sich fast überschlagen, um ihr jeden Wunsch von den Augen abzulesen.

Eine Oase, mitten in der Wüste

Nach einem stundenlangen, halsbrecherischen Ritt hebt Theodor seinen Arm und zügelt sein Pferd. In einiger Entfernung kann er bereits das Glitzern der Oase erkennen, die er noch vor wenigen Tagen als Sklave betreten und verlassen hat. Dieses Mal ist das Wasser jedoch klar und rein. „Wir müssen vorsichtig sein“, spricht er seine Gedanken laut aus. „Die Sklaventreiber nutzen diesen Ort und lauern ahnungslosen Reisenden auf. Sven, du hast die besten Augen. Reite vor und erkunde die Gegend nach etwaigen Gefahren!“ Ein kurzes Nicken genügt und Sven ist kurz davor, mit seinem Pferd nach vorne zu preschen. „Wartet, ich kann auch helfen!“, meldet sich plötzlich Giselagunde zu Wort und erstaunt alle damit. „Ich kenne eine Rune, die steht für Erkenntnis und Weitsicht. Mit dieser ist es mir möglich, herauszufinden, was sich in einiger Entfernung befindet. Man nennt diese Rune Mannaz. Lustigerweise sieht sie so ähnlich wie ein M aus. Dazu fällt mir gleich wieder eine Geschichte ein, die von …" „Es ist gut, Giselagunde!", unterbricht Aron sie, der genervt hinter ihr sitzt. „Deine Erzählungen kann langsam keiner mehr hören. Also bitte erspar uns die Geschichte und verwende einfach nur den Runenanhänger um deinen Hals, damit wir wissen, ob sich jemand in der Oase aufhält." Etwas beleidigt dreht die Fee den Kettenanhänger in ihren Händen und schließt die Augen. Plötzlich erscheint ein transparentes Bild vor ihnen und lässt die Reiter sowie die Pferde aufschrecken. Gerade noch ist es Theodor möglich, Rosemarie sicher im Arm zu halten, nachdem sein Tier leicht gestiegen ist. Doch trotz dieses Vorfalls reagiert die Prinzessin immer noch nicht, obwohl ihre Augen offen sind. Langsam macht er sich große Sorgen um sie und will unbedingt eine kurze Rast in der Oase einlegen. Gemeinsam betrachten sie das Hologramm und können zwei große rote Schemen erkennen, die sich zwischen Felsen aufhalten. „Diese Halunken!", schimpft Aron wütend. „Ihr hattet tatsächlich recht!", wendet sich Aron dem Prinzen zu. „Zwei Menschen scheinen sich zwischen den Felsen zu verstecken und im Hinterhalt zu lauern." Unbändiger Zorn breitet sich in Theodors Brust aus. „Sven, spanne deine Armbrust. Juan, du holst deinen Speer hervor. Hans, dir vertraue ich die Damen an, und ich werde zusammen mit Aron und unseren Schwertern den zwei Herren einen Besuch abstatten. Falls sie fliehen wollen, wisst ihr, was ihr zu tun habt." Behutsam löst Theodor seinen Arm von Rosemarie und reicht ihren kraftlosen Körper an Hans weiter. Obwohl sie kurz blinzelt, kommt doch keine weitere Reaktion über ihr Gesicht. Wütend gibt Theodor seinem Tier die Zügel, um schnell an seinem Ziel zu sein. Aron hingegen hat erst einmal Schwierigkeiten, da sich der pompöse Rock der Fee wieder einmal in seinem Sattel verfangen hat. Und zu allem Überfluss fällt sie dann auch noch auf ihre große Nase und schimpft wie ein kleiner Rohrspatz. Erst danach kann Aron hinter dem Prinzen herpreschen.

Als er die Oase endlich erreicht, ist bereits ein wilder Kampf entbrannt. Theodor kämpft wie ein Berserker und lässt seinen Gegnern nur kurze Momente zum Luftholen. Aron steht weiterhin am Rand und betrachtet ehrfürchtig diese Situation. Er weiß zwar nicht, was dem Prinzen die letzten Tage widerfahren ist, aber scheinbar haben ihn diese Erfahrungen zu einem Krieger und Anführer geformt. Das Gefecht ist schnell vorbei, als Theodor sein Schwert aus dem letzten Leib eines Sklaventreibers zieht. Sie hatten gegen den Zorn und die Verbissenheit des Prinzen nicht die geringste Chance. Gleichgültig wischt Theodor sein blutiges Schwert an der Kleidung der Toten ab und wendet sich Aron zu. „Verscharre ihre Leichen! Ich will auf keinen Fall, dass Rosemarie dies zu Gesicht bekommt. Sie hat schon genug gelitten." Tief geht Aron in die Knie und senkt sein Haupt. „Wie Ihr wünscht, mein Prinz." Mit festem Schritt geht Theodor zu seinem Pferd und schwingt sich in seinen Sattel, bevor er zu den anderen zurücktrabt. Sobald er sie erreicht hat, wird Rosemarie wieder in seine Arme gelegt und er reitet stoisch mit ihr zu der Oase. Giselagunde darf es sich dieses Mal vor Juan gemütlich machen, der es nicht lassen kann, ihr permanent irgendwelche Komplimente ins Ohr zu raunen. Kaum haben sie ihr Ziel erreicht, wird Rosemarie langsam vom Pferd gehoben und kurz darauf von Theodor zum kühlen Wasser getragen, vor das er sich zusammen mit der Prinzessin kniet. Er füllt ihr einen kleinen Trinkschlauch und hält ihn ihr an die Lippen. Reflexartig beginnt sie die Flüssigkeit zu schlucken, ohne aber Theodor dabei zu beachten. Nach einiger Zeit setzt er den Schlauch ab und legt vorsichtig seine Hand an ihre Wange.

„Rosemarie, bitte sieh mich an und sprich mit mir!" Er könnte schreien vor lauter Verzweiflung. Seine Prinzessin reagiert einfach nicht auf ihn, weswegen er traurig seine Stirn auf ihre legt. „Egal, was dort passiert ist, ich verspreche dir, für dich da zu sein und dir zu helfen. Aber bitte, lass mich dir helfen." Ein kleines Zucken ihrer Wangen ist die einzige Reaktion, die er von ihr bekommt. Ohne lange darüber nachzudenken, will er ihr einen keuschen

Kuss auf die Wange drücken, kommt aber gar nicht dazu. Denn dieses Mal reißt sie panisch ihre Augen auf und beginnt ihn gewaltsam mit ihren Händen und Füßen zu treten. Vollkommen überrumpelt muss Theodor mitansehen, wie Rosemarie sofort von ihm wegrutscht und in eine Art Schnappatmung verfällt. Er weiß sich keinen Rat und schaut sich hilfesuchend um. Die Einzige, die seinen flehenden Blick versteht, ist die Fee Giselagunde, die gleich darauf mit ihren wehenden Röcken zu ihm eilt. Bestürzt über den Zustand von Rosemarie, kniet sie sich zu der jungen Frau und schließt sie fest in die Arme. „Pst, meine Liebe! Es wird alles wieder gut." Wie eine Mutter mit einem kleinen Kind im Arm wiegt sie sich vorsichtig mit ihr vor und zurück und streicht ihr dabei behutsam die Haare aus dem Gesicht. Erst langsam beruhigt sich Rosemarie und lässt den Kopf an die Schulter der Fee fallen. In der Zwischenzeit springt Theodor auf und geht verzweifelt im Sand herum. Um sich von seinen Gefühlen abzulenken, geht er zu den vier Soldaten, die bei ihren Pferden stehen und sie tränken. „Woher habt ihr gewusst, wo wir sind?", will er augenblicklich ohne Umschweife wissen. Aron tritt wie immer vor und beantwortet die Frage so gut wie möglich. „Der König schickte uns, seine Töchter und Euch Prinzen zu suchen. Und mit der Hilfe der Fee und einer ihrer Runen war es uns möglich, den Aufenthalt von Euch zu bestimmen." Verwirrt hebt der Prinz seine Hand, damit Aron in seiner Erzählung innehält. „Wen meint ihr mit *Töchter*? Seit wann hat König Ludwig mehrere?" Etwas verlegen druckst Aron herum und fährt sich mit seiner Hand durch die Haare. „Also, was das angeht, ist es ein wenig komplizierter." „Dann haltet es so einfach wie möglich", funkelt der Prinz ihn ungeduldig an. Da Aron aber nicht geschickt mit Worten umgehen kann, springt Juan für ihn ein. „Also, es ist so, mein Prinz", beginnt Juan zu erklären, „der König hat vor zwei Tagen erfahren, dass er vor zweiundzwanzig Jahren eine ältere, uneheliche Tochter gezeugt hat. Diese wurde unentdeckt als Dienstmagd in seinem Schloss aufgezogen und ist unter dem Namen Marie bekannt. Diese Marie ist es, die gerade mit Eurem Bruder durch die Lande zieht und sich laut Giselagunde ebenfalls in der Stadt Sabaku aufhält." Frustriert wischt sich Theodor über das Gesicht. „Hättet ihr mir diese Information nicht eher zukommen lassen können? Jetzt befinden wir uns fast einen ganzen Tagesritt von dieser fürchterlichen Stadt entfernt. Wie soll es uns nur gelingen, meinen Bruder aus dieser uneinnehmbaren Festung herauszuholen? Vorausgesetzt natürlich, er ist bis dahin noch kein festlicher Schweinebraten." „Äh, Prinz, da wäre noch eine Kleinigkeit", räuspert sich Juan unwohl und schaut beschämt zu Boden. „Was ist es? Raus mit der Sprache!", donnert Theodor wütend.

Trotz anfänglicher Schwierigkeiten ist es nun Aron, der diese Frage beantwortet. „Da Marie die älteste Tochter von König Ludwig ist, muss *sie* Euren Bruder heiraten, damit der Fluch abgewehrt werden kann. Gleichfalls geht der König davon aus, dass Ihr mit seiner jüngeren Tochter durchgebrannt seid, und wünscht eine baldige Hochzeit zwischen Euch, sobald wir Euch gefunden haben." Wütend tritt Theodor an Aron heran und hält ihn am Kragen fest. „Schaut euch die Prinzessin genau an!", deutet er auf diese. „Sehen wir so aus, als wären wir durchgebrannt? Glaubt ihr wirklich, sie würde in ihrem Zustand auch nur daran denken, mich zu heiraten?" „Vielleicht hilft ein wenig Zeit", wirft Hans ein. „Meine Mutter hat immer gesagt, dass Zeit alle Wunden heilen kann. Sicherlich auch die der Prinzessin." Sobald diese Worte gesagt wurden, muss sich Hans auch schon seine blutige Nase festhalten. „Redet nie wieder so über die Prinzessin! Es gibt Dinge, die werden niemals wieder so sein, wie sie einmal waren." Um die Situation zu entspannen, tritt Sven hervor und geht tief in die Knie. „Was sollen wir nun machen, Prinz Theodor? Sollen wir zurück nach Sabaku oder reiten wir erst einmal zurück ins Schloss?" Theodors Blick schweift augenblicklich zu Rosemarie, die immer noch in den Armen von Giselagunde gewiegt wird. Obwohl es ihm fast das Herz zerreißt, seinem Bruder nicht gleich helfen zu können, muss er sich erst einmal um Rosemarie kümmern. „Wir werden zurück zu König Ludwig reiten und mit einer größeren Streitmacht zurückkehren. Wenn sie uns nicht geben, was wir fordern, werden wir diese Stadt in Grund und Boden stampfen." „Wie Ihr wünscht, Prinz Theodor!", antwortet Sven und erhebt sich. „Lasst die Pferde noch einen Moment verschnaufen und trinken. Danach brechen wir sofort wieder auf. Wir dürfen nicht noch mehr Zeit verlieren. Jede Stunde, die vergeht, könnte die letzte meines Bruders und von Prinzessin Marie sein."

Nach diesen Worten geht Theodor zögernd zu Rosemarie und der Fee zurück und setzt sich in einiger Entfernung zu ihnen hin. „Könnt Ihr ihr helfen?", kommt es abgehackt über seine Lippen. „Ich kann es nicht, Prinz", erklärt die Fee traurig. „Aber Ihr könntet ihr sicherlich mit viel Liebe und viel Geduld wieder in die Realität verhelfen." „Was meint Ihr mit *in die Realität verhelfen*?", will der Prinz wissen und hört aufmerksam zu. „Ihr müsst Euch das so vorstellen, Prinz", räuspert sich die Fee mehrmals. „Ihr Körper ist zwar hier, aber ihren Geist hat sie tief in sich vergraben." Entsetzt springt Theodor auf. „Aber warum sollte man so etwas machen? Wer hat ihr so etwas angetan?" Traurig schüttelt die Fee ihren Kopf. „Nicht *jemand* hat ihr das angetan. Sie hat sich selbst dazu entschlossen, der Realität zu entfliehen." Ungläubig lässt sich der Prinz wieder in den Sand fallen. „Warum sollte sie so etwas tun?" „Das, Prinz, kann nur sie Euch beantworten. Ich schätze aber, dass sie etwas sehr Schlimmes erlebt haben muss, mit dem sie nicht fertiggeworden ist." „Diese Schweine!", spricht Theodor leise zu sich. „Eines Tages werde ich sie finden und dann werde ich ihnen alles heimzahlen, was sie meiner Rosemarie angetan haben." Verdutzt hebt Giselagunde den Kopf. „Wieso *meiner* Rosemarie? Habt Ihr Euch doch entschlossen, sie zu heiraten?" „Ich …", beginnt Theodor zu stottern. „Ich … Ich weiß es noch nicht." Gebannt schaut er auf den Sand, der zwischen seinen Fingern hindurchrinnt. „Vor ungefähr zehn Tagen war meine Welt noch in Ordnung. Jetzt sitze ich hier und weiß nicht, was die Zukunft noch alles an Schrecklichkeiten für uns bereithält.

Wer weiß also, ob ich die Rettungsaktion meines Bruders überhaupt überleben werde? Mein Bruder und Marie sind gerade die wichtigsten Personen, die es zu finden und zu retten gilt. Ohne ihre Hochzeit und den Kuss der wahren Liebe wird der Fluch gewaltsam über unser Land hereinbrechen und alles Leben ausrotten. Was also, liebe Giselagunde, soll ich Eurer Meinung nach antworten, wenn es um die gemeinsame Zukunft von mir und Rosemarie geht?"

Selbst die Fee ist nach diesen Ausführungen still und tief in Gedanken versunken. „Ihr könnt sie mir jetzt wieder geben, Fee", hebt er abwartend seine Arme. „Ich glaube, sie hat sich beruhigt." Trotz einer gewissen Skepsis tut Giselagunde, was Prinz Theodor von ihr verlangt, und schiebt Rosemarie sanft in seine Umarmung. Danach erhebt sie sich und geht zu den anderen zurück. Allein dasitzend, beginnt auch er der Prinzessin immer wieder sanft über den Kopf zu streichen, so wie er es vorhin bei der Fee gesehen hat. „Ich weiß nicht, was die Zukunft für uns beide bereithält", spricht er mit schwerer und belegter Stimme zu Rosemarie. „Aber ich verspreche dir, ich finde einen Weg, dich wieder ins Leben zurückzuholen." Hätte er zu diesem Zeitpunkt in ihr Gesicht gesehen anstelle auf das Wasser, dann hätte er die einzelne Träne realisiert, die sich aus ihrem Augenwinkel löste.

Im Thronsaal von Sabaku

Brutal wird der junge Prinz Hajdar gefesselt in den Thronsaal geführt und in die Knie gezwungen. Marie und Ali werden etwas gnädiger behandelt, obwohl ihnen ebenfalls ein Dolch in den Rücken gebohrt wird. Und was den hellbraunen Hund betrifft, so erhält dieser wenig Beachtung, da er sich am Rande des Geschehens aufhält. Mitten auf dem Thron hingegen sitzt gemütlich der Räuberhauptmann Abdullah und bohrt wie so oft mit seinem Dolch in seinen Zähnen herum. „Wie ich sehe, hat sich die Frau von den Strapazen erholt“, ist der erste Satz, den er an seine drei Gefangenen richtet. Marie nutzt dies als Anlass und verbeugt sich vor dem Räuberhauptmann. „Habt Dank, Abdullah, dass mich die zwei jungen Herren pflegen durften. Ihrer Fürsorge ist es zu verdanken, dass es mir schon wieder so gut geht.“ Lässig winkt Abdullah ab, steht auf und tritt an Marie heran. „Du sagtest vorher etwas von Brunnen und Gift. Was genau hat es damit auf sich?“ Selbstbewusst reckt Marie ihren Hals und schaut Abdullah offen ins Gesicht. „Als Prinz Vermon mich quälte, hat es ihm eine besondere Freude bereitet, mir zu erzählen, was er alles für seine Stadt, wie er sie nannte, plante. Er wollte seinen Vater sowie seine Brüder ermorden und der alleinige Herrscher werden. Damit dies jedoch nicht auffällt, hat er ein tödliches Gift in zwei Brunnen in der Stadt verteilt und wollte damit den Anschein einer Seuche erwecken. Einerseits, um seine eigenen Morde zu verschleiern, und andererseits, weil er die Stadt von Unrat reinigen wollte. Ich schätze, er meinte damit die Armen und Schwachen dieses Reiches.“ Wütend dreht sich Abdullah herum und haut mit seiner Faust in seine offene Hand. „Dieses Schwein! Wenn ich ihn nicht schon getötet hätte, dann würde ich jetzt ein Exempel an ihm statuieren.“ Zornigen Schrittes wandert der Räuberhauptmann herum und ist tief in Gedanken versunken. „Wenn ich einen Vorschlag unterbreiten dürfte …“, meldet sich Hajdar zu Wort. Abdullah antwortet ihm mit einem Brummen und zeigt somit seine Zustimmung. „Als Erstes müssten wir die zwei Brunnen ausfindig machen, die mein schändlicher Bruder vergiftet hat. Das schaffen wir am besten, wenn wir herausfinden, woher diejenigen ihr Wasser haben, die krank sind. Des Weiteren müssen wir uns dringend der Kranken annehmen. Ich kann nicht mehr ungeschehen machen, was meine Familie getan hat, will aber so gut es geht helfen.“ Abdullah kommt direkt auf Hajdar zu und beäugt ihn kritisch. „Wie genau willst du kleiner Zwerg denn bitte helfen? Deiner Familie ist es schließlich zu verdanken, dass das Land und die Menschen seit Jahren ausbluten. Wieso sollten wir dir vertrauen und uns auf deine Hilfe verlassen?" Vorsichtig schaut Hajdar zu Marie, die ihm ein stilles Zeichen gibt, dass er ruhig weitersprechen kann.

„Weil ich einen Heilzauber gegen dieses Gift gefunden habe und ihn im Austausch für meine Freilassung an allen Menschen in Sabaku anwende." Verblüfft steht Abdullah da und muss nach einigen Sekunden lachen. „Du kleiner Knirps maßt dir an, diese Seuche, die durch das Gift erzeugt wurde, heilen zu können? Das glaubst du doch selbst nicht." Selbstbewusst tritt Hajdar vor. „Was habt Ihr zu verlieren, Abdullah? Wenn ich alle heilen kann, dann steht Ihr als großer Retter dar, der die Stadt und das Volk vor dem Untergang bewahrt hat." Diesem Argument kann sich der Räuberhauptmann kaum verschließen. Interessiert schweift sein Blick über den Prinzen und dann zur großen Tür, an der zwei seiner Räuber lehnen. „Holt mir sofort einen Kranken!", schreit er laut und zeigt mit seinem Finger auf einen der Männer. Dieser reißt sofort die Tür auf und stürmt davon. „Na dann, kleiner Prinz! Da bin ich mal gespannt, wie du das schaffen willst." Nun doch ein wenig verunsichert, muss Hajdar erst einmal schlucken, bevor er weitersprechen kann. „Ich brauche eine Schüssel mit sauberem Wasser und meine Assistentin Marie." Kritisch beäugt Abdullah den Prinzen, gestattet ihm aber seine Bitte. Kurz darauf stehen Hajdar und Marie an einer Schüssel und halten ihre Hände ins Wasser. Abdullah ahnt nicht, dass Marie den grünen Smaragd in ihrer Hand hält und sich sehnsüchtig wünscht, dieses Wasser möge die Kranken heilen. Ein Einfall, den sie noch im Zimmer hatte, als sie mit Ali und Hajdar überlegte, wie sie mit dem Stein der Heilung dem Prinzen und seinem Volk helfen könnte. Sobald Marie das bekannte Kribbeln im Körper spürt, lächelt sie dem Prinzen aufmunternd zu, der wiederum verkündet, dass das heilende Wasser fertig wäre. Keine zwei Minuten später wird ein todkranker Mann auf einer Trage in den Thronsaal gebracht. Sein Körper ist über und über mit schwarzen Pusteln bedeckt und sein Brustkorb hebt sich nur noch ganz schwach. Wie abgesprochen, nimmt

Hajdar ein kleines Glas von dem Wasser und flößt es vorsichtig dem Kranken ein. Ein unglaubliches Raunen geht durch die Räuber, die mit eigenen Augen sehen, wie die Flecken verschwinden und die Wangen des Mannes sich rosig färben. Sobald die Heilung vollständig abgeschlossen ist, öffnet der Mann die Augen und setzt sich auf. Ungläubig betrachtet er seine Hände. Ehrfürchtig kniet er sich vor den Prinzen und küsst ihm die Füße. „Habt Dank, hochehrwürdiger Prinz Hajdar, für meine Rettung." Dieser wiederum geht von sich aus auf die Knie und hilft dem Mann hoch. „Nicht mir habt Ihr zu danken", spricht der Prinz seinen vorher gut durchdachten Satz. „Abdullah, der Große, hat es ermöglicht, uns von der Schreckensherrschaft meines Vaters und meiner Brüder zu befreien. Ihm allein gilt unser Dank." Nochmals beugt der Mann sein Haupt und wird dann mit einem Handzeichen von dem Räuberhauptmann entlassen. Freudig klopft Abdullah dem Prinzen auf die Schulter. „Jüngelchen, ich habe dich unterschätzt. Wir beide zusammen werden dem Reich wieder zu seiner alten Größe verhelfen und den Menschen endlich Frieden bringen." Dies lässt sich der Prinz nicht zweimal sagen und schlägt augenblicklich in den Handel ein. Tatkräftig richtet sich Abdullah an seine Räuber. „Bringt alle gefangenen Soldaten und Diener in die große Halle. Wenn sie mir und Hajdar die Treue schwören, dann lasse ich sie am Leben." Marie und Ali hingegen stehen abseits und grinsen sich verschwörerisch zu. Besser hätte ihr Plan gar nicht aufgehen können.

Nur Eric ist verstimmt, weil er das Gefühl hat, nur eine Randfigur sein zu dürfen. Eine Figur, die zwar existiert, die aber nichts Nennenswertes beizutragen hat. Und das passiert ihm, obwohl er doch eigentlich der Prinz ist, der alle retten sollte. Eric fühlt sich wie ein geprügelter Hund und trottet den drei Helden nach mehreren Stunden, in denen sie hunderte von Kranken heilten, in ein großes Zimmer hinterher. Sobald die Tür ins Schloss fällt, schmeißt Hajdar sich Marie glücklich in die Arme. „Marie, ich danke dir vielmals", glänzt es freudig in den Augen des Prinzen. „Du hast nicht nur mich gerettet, sondern auch mein Volk. Ich werde für immer in deiner Schuld stehen." „Jetzt mach mal halblang!", klopft Ali ihm aufmunternd auf die Schulter. „Du hast schließlich auch einiges dazu beigetragen, dass alles so glattgelaufen ist." „Da muss ich Ali zustimmen", lächelt Marie und streckt müde alle Arme von sich. „Das Einzige, was wir jetzt noch brauchen, ist ein großer Wasservorrat, der für alle Kranken ausreichend ist. Wir können nicht jedes Mal eine kleine Schüssel Wasser verwenden. Das dauert viel zu lange und birgt die Gefahr, dass Abdullah den Stein entdeckt." Nachdenklich fährt Hajdar sich durch die Haare. Ali hingegen geht geschäftig im Raum auf und ab. Nur Eric liegt beleidigt in einer Ecke und grummelt leise vor sich hin. Nachdem Marie die Laune ihres Freundes endlich realisiert hat, kommt sie zu ihm und setzt sich neben ihn. Sanft streichelt sie über seinen Kopf und schließt dabei ihre Augen, während sie herzhaft gähnt. „Sag, Jorik! Würde dir nicht etwas einfallen, wie wir dieses Problem lösen könnten?" Obwohl er immer noch nicht bester Laune ist, steht er dennoch auf, blickt aus dem Fenster zu einem großen Brunnen, der in der Mitte eines Gartens steht, und bellt diesen an. Jubelnd springt Marie auf und umarmt ihren Jorik stürmisch. „Du bist einfach der Beste." Aufgeregt zeigt sie sofort auf den Brunnen und winkt beide Jungs zu sich. „Wir könnten das Wasser eines Brunnens verzaubern. Dann hätte Hajdar für eine gewisse Zeit genug heilendes Wasser, bis alle Bewohner wieder gesund sind." Nur Ali zeigt seine Begeisterung noch etwas verhalten. „Ist das nicht gefährlich? Was würde passieren, wenn jemand herausfinden würde, dass im Palast ein Brunnen ist, der jede Krankheit heilen kann?" Unglücklich schaut Marie Ali in die Augen. „Du hast recht, Ali. Es birgt ein gewisses Risiko, einen Brunnen des Lebens im Palast zu haben." Hajdar ist ganz und gar nicht mit der Wendung dieses Gespräches zufrieden. „Jaja, ihr habt schon recht", brummt er mürrisch. „Aber wir brauchen ihn. Wie sonst soll ich mein Volk retten?" Beruhigend hebt Marie ihre Hände. „Ich habe ja nicht gesagt, dass wir es nicht machen. Wir brauchen nur einen Brunnen, den nicht jeder sofort als einen Zauberbrunnen erkennt und aus dem ihr zwei heimlich Wasser holen könnt.“ Kaum hat Marie zu Ende gesprochen, verändern sich Hajdars Gesichtszüge und er beginnt zu grinsen.

„Was wäre, wenn ich euch einen Brunnen zeigen würde, der sehr versteckt mitten im Palast ist? Der Brunnen ist sehr unscheinbar und den Garten kennt fast keiner, da er noch zum alten Teil des Palastes gehört und nicht mehr gepflegt wird.“ „Das ist doch keine schlechte Idee“, nickt Marie begeistert. „Was hältst du davon, Ali?“ Dieser zuckt nur skeptisch mit seinen Schultern. „Anschauen sollten wir uns den Brunnen auf jeden Fall. Kommt man denn auch ungesehen dorthin?“ „Das ist ja das Geniale“, lächelt Hajdar weiterhin vielsagend. „Mein Urgroßvater war doch leicht verrückt, während er diesen Palast entworfen hat. Und damals hat er einen Garten angelegt, ohne daran zu denken, wie man ihn betreten könnte. Vor Jahren habe ich einen Geheimgang gefunden, der direkt in diesen versteckten Garten führt.“ Jetzt hat er auch Alis volle Aufmerksamkeit erregt. „Na, worauf warten wir dann?“, grinst dieser abenteuerlustig über das ganze Gesicht. „Wir können gleich loslegen“, erklärt Hajdar stolz und zeigt im Zimmer herum. „Der Gang beginnt hier in diesem Zimmer. Es ist das alte Schlafgemach meines Urgroßvaters. Es gibt einen Hebel, der hinter einer Säule versteckt ist.“ Kurz darauf zieht Hajdar an dem Hebel und öffnet einen kleinen Durchgang, der ebenfalls hinter der Säule versteckt liegt. Neugierig geworden, kommt auch Eric zu ihnen und betrachtet den dunklen Gang vor sich. Geistesgegenwärtig schnappt sich Marie eine Öllampe und geht die ersten Schritte ins Ungewisse.

Sobald alle drin sind, verschließt Hajdar die Öffnung mit einem zweiten Hebel im Gang und geht im Feuerschein voraus. „Sag mal, Hajdar, wie lang ist denn der Gang?“, will Ali nach einiger Zeit wissen. „Wir gehen ja mindestens schon fünf Minuten. Bist du dir sicher, dass dieser Weg auch wirklich ans Ziel führt?" „Ich bin mir sogar sehr sicher", antwortet Hajdar Ali. „Ich habe in diesem Garten schon ganze Tage verbracht. Immer dann, wenn meine Brüder sich etwas Gemeines für mich ausgedacht haben, bin ich hierhergeflohen." Mitfühlend legt Marie ihm ihre Hand von hinten auf die Schulter. „Deine Kindheit muss nicht leicht gewesen sein." Traurig lässt der Prinz seinen Kopf hängen. „Das war und ist sie wirklich nicht. Umso besser, dass sie durch den Tod meiner Brüder und die Ermordung meines Vaters vorbei ist und ich nun als Mann behandelt werde." Marie ist sich nicht so sicher, ob Hajdar auch wirklich weiß, was es bedeutet, erwachsen sein zu müssen. Da ihr jedoch nicht einfällt, was sie antworten soll, konzentriert sie sich auf die Öllampe. „Halt!", ruft Hajdar plötzlich in die Dunkelheit hinein. „Wieso halten wir an?", brummt Ali und gibt einen genervten Ausruf von sich. „Weil wir da sind", ist die kurze Antwort von Hajdar. Nachdem der Prinz auf einen Stein gedrückt hat, gleitet eine steinerne Tür auf und offenbart ein kleines Paradies. Überall wachsen wilde Pflanzen mit wunderschönen bunten Blüten, obwohl um den Garten herum sich zu allen vier Seiten hohe Mauern ohne Fenster erstrecken. Verwundert schaut sich Marie diesen seltsamen Garten an und kommt aus dem Staunen kaum heraus. Nach einigen Schritten kommen sie auf einen schmalen Weg, der tatsächlich zu einem weißen Marmorbrunnen führt, aus dem frisches Wasser plätschert. Staunend betrachten Marie und Ali den Brunnen und auch den kleinen Pavillon, in dem eine Vielzahl von Kissen liegen und zum Verweilen einladen. Marie muss plötzlich fürchterlich lachen, als sie all dies in sich aufnimmt und den Sinn dahinter versteht. „Hajdar, weißt du was?", grinst sie ihn verschwörerisch an. „Ich glaube, dein Urgroßvater war nicht verrückt, sondern ein ziemlich schlauer Fuchs, der einen Garten geschaffen hat, den nur er betreten konnte. Für was er ihn jedoch genutzt hat, kann ich dir nicht sagen. Aber ich bin mir sicher, dass es kein Zufall ist, dass keinerlei Fenster in diesen Garten zeigen." Daraufhin hebt Ali den Kopf und schaut sich alles an.

Eric hingegen kann dem Garten nichts Schönes abgewinnen. Er kann sich ganz genau denken, für was der Mann diesen Garten so angelegt hat. So etwas macht man nur, wenn man etwas Geheimes zu verbergen hat, das keiner wissen sollte. Wahrscheinlich hatte der Sultan damals eine Liebelei mit einem anderen Mann oder mit einer verheirateten Frau. Aber was es auch gewesen ist, es ist vollkommen nebensächlich und interessiert ihn nicht. Wichtiger ist, dass sie endlich den Brunnen präparieren, sodass er mit Marie weiterziehen und den Zauberspiegel finden kann. Denn wenn er sich nicht verzählt hat, dann ist heute schon der neunte Tag, den er als Tier verbringen muss. Missmutig trottet er zu Marie, zieht an ihrer Hose und deutet mit seiner Schnauze auf den Brunnen, der von einer kleinen unterirdischen Quelle gespeist wird und aufgrund dessen immer frisches Wasser führt. „Ist ja schon gut, mein Kleiner“, tätschelt Marie ihm liebevoll den Kopf. Genervt verdreht Eric die Augen und knurrt sie an. Anstelle jedoch eingeschüchtert zu sein, lacht Marie aus vollem Halse. „Ich sehe schon, der Spitzname Kleiner gefällt dir nicht. Wie wäre es dann mit Großer?“ Beleidigt dreht Eric ihr den Hintern zu und stolziert Richtung Tür davon.

Marie schaut ihrem Freund noch nach und wundert sich über sein Verhalten der letzten Stunden. Was hat er bloß? Seit sie ihn wiedergetroffen hat, scheint es, als wäre er unglücklich. Hat sie vielleicht etwas Falsches gemacht? Oder aber, überlegt sie und betrachtet seine Hundegestalt, er kann seine neue Form noch weniger leiden als seine Schweinegestalt. Er tut ihr so leid! Noch in Gedanken bei Jorik, kniet sich Marie an den Brunnen, hält den grünen Smaragd ins Wasser und wünscht sich inniglich, alle Menschen, die dieses Wasser trinken, würden wieder gesund werden und ein langes und glückliches Leben führen. Eine Welle sanften Kribbelns breitet sich in ihrem Körper aus und lässt sie leicht schwindeln. Dieses Mal jedoch hat sie das Gefühl, als wäre unglaubliche Kraft vonnöten, diesem Brunnen das Geschenk des Lebens zu geben. Verkrampft muss sie sich am Rande des

Brunnens festhalten, damit sie nicht in diesen stürzt. Gerade als sie das Bewusstsein zu verlieren droht, wird sie von hinten schmerzhaft gerammt und kann endlich wieder ihre Hand aus dem Wasser ziehen. Das Kribbeln hört schlagartig auf und lässt sie erschöpft zusammenbrechen. Noch aus dem Augenwinkel kann sie ihre Hand sehen, die seltsam blass und schrumpelig erscheint. Lange kann sie sich jedoch nicht damit befassen, da ihre Augen vor Müdigkeit zufallen und sie in einen tiefen Schlaf ziehen.

Eric ist komplett außer sich. Warum hat denn keiner auf Marie aufgepasst? Die beiden Jungs liegen gemütlich im Pavillon und haben überhaupt nichts mitbekommen. Durch lautes Bellen versucht er die zwei auf sich und Marie aufmerksam zu machen und ärgert sich über sich selbst, dass er nicht geblieben ist. Aber wie immer ist er vollkommen unnütz. Wenn er doch nur von Anfang an zugesehen hätte, dann wäre das mit Marie nicht passiert. Hoffentlich lebt sie noch. Wo bleiben nur diese verdammten Kinder? Plötzlich hört er einen keuchenden Schreckenslaut hinter sich und schaut in die entsetzten Gesichter der Jungs. Sofort kniet sich Ali zu Marie und hält ihre Hand. „Marie, was ist mit dir passiert? Was hast du getan? Schnell, Hajdar, hol etwas Wasser aus dem Brunnen! Vielleicht kann es ihr helfen.“ Dies lässt sich der junge Prinz nicht zweimal sagen und schöpft augenblicklich mit seinen Händen etwas Wasser, das er Marie vorsichtig in den leicht geöffneten Mund einflößt. Es vergehen ein paar Sekunden, bis sie schließlich die Augen aufschlägt und in zwei besorgte Gesichter sieht.

„Was ist denn mit euch los?“, möchte sie daraufhin wissen. „Habt ihr noch nie eine Frau gesehen, die erschöpft eingeschlafen ist?“, lächelt sie die Jungen an und möchte sich aufsetzen. Ali ist derjenige, der es sich nicht verkneifen kann zu antworten. „Frauen fallen ständig in Ohnmacht. Aber keine altert innerhalb von Sekunden um fünfzig Jahre.“ „Wovon sprichst du, Ali?“, möchte Marie wissen und blickt interessiert in sein ernstes Gesicht. „Schau es dir am besten selbst an“, hört sie Hajdars traurige Stimme und wird von ihm so aufgerichtet, dass sie ihr Spiegelbild im Brunnenwasser erkennen kann. Was sie jedoch sieht, kann sie erst einmal nicht begreifen. Denn die Person, die ihr entgegenblickt, hat zwar ihre Augen, aber alles andere passt nicht. Die Haare sind schneeweiß, das Gesicht ist von Falten gezeichnet und von Altersflecken entstellt. Ihre Hand, die sie vorsichtig zu ihrer Wange führt, ist krumm und gebeugt. Und auch ihre andere Hand weist die Spuren des Alters nur allzu deutlich auf. Geschockt weicht sie zurück. Sie will unbedingt diesem grässlichen Spiegelbild entkommen. Ein leises Winseln lenkt ihre Aufmerksamkeit zu Jorik, der sie mit traurigen Augen betrachtet und seinen Kopf auf ihrem Oberschenkel ablegt. „Was habe ich nur getan?“, schluchzt Marie herzzerreißend und bedeckt ihre Augen mit ihren Händen. Ali versucht sie ein wenig aufzumuntern und klopft ihr unbeholfen auf den Rücken. „Du hast vielen Menschen das Leben gerettet, wenn dich das ein wenig tröstet.“ Ohne aufzusehen, schüttelt sie ihren Kopf und schluchzt weiter. Hajdar schaut unsicher zu Ali. Auch dieser schaut unglücklich drein und zuckt mit seinen Schultern. Keiner weiß so recht, wie er mit dieser Situation umzugehen hat. „Komm, Marie!“, spricht Ali sie wieder an, nachdem ihre Schluchzer verklungen sind. „Wir bringen dich zurück ins Schlafzimmer. Dort können wir besser überlegen, wie wir damit umgehen.“ Mangels Gegenwehr von Marie fällt es den Jungen nicht schwer, sie auf die Füße zu heben und langsam den Gang zurückzuführen. Im Schlafzimmer angekommen, legen sie Marie ins Bett, auf dem sie sich sofort zusammenrollt und ihren Kopf mit einem Kissen bedeckt, damit man ihre Verzweiflung nicht hören muss.

Eric steht eine Zeit lang neben dem Bett und betrachtet die hässliche Alte, die jetzt vor ihm liegt. Vergangen ist die Schönheit der jungen Marie und geblieben ist eine verbrauchte Hülle. Während es für ihn ein Leichtes gewesen wäre, sich zu der früheren Marie zu kuscheln und ihr Trost zu spenden, fällt es ihm jetzt schwer, dies zu tun. Nur langsam geht er zu ihr und stupst sie vorsichtig mit seiner Schnauze an. Im Hintergrund kann er Ali und Hajdar wild diskutieren hören, die sich darüber beratschlagen, was das Beste für eine alte Frau ist. Schlagartig wird Eric die volle Auswirkung dieses Desasters klar. Was wird jetzt aus ihm? Eine alte Frau kann unmöglich mit ihm zusammen den Zauberspiegel suchen und ihn damit erlösen. Jetzt kommt auch ihm ein verzweifeltes Jaulen über die Lefzen. Er möchte nicht sein restliches Leben in dem Körper eines Hundes stecken. Er möchte so gerne wieder ein Mensch sein. So gesehen teilt Marie nun sein Schicksal. Beide sind sie gefangen in einem Körper, der nicht ihrem wahren Kern entspricht. Beinahe hätte sich Eric an diesem Gedanken verschluckt. Das ist die Lösung! Freudig winselnd, schiebt er seine Schnauze unter die Hände von Marie und zwingt sie, ihn anzusehen. „Lass mich, Jorik!“, schiebt sie seinen Kopf weg, damit sie ihren wieder vergraben kann. „Ich will jetzt nicht!“ Doch so leicht gibt er nicht auf. Vehement zieht er mit seinen Zähnen an ihrer Hose, bis sie frustriert aufgibt und sich aufsetzt. „Jorik, mir ist gerade nicht danach. Kannst du das nicht verstehen?“ Traurige, von Tränen verquollene Augen betrachten missmutig sein Tun. Er jedoch nutzt sofort die Gelegenheit und sucht an ihr die drei Steine. Den grünen findet er in ihrer Hosentasche und die anderen zwei hängen an der Kette um ihren Hals. Laut bellend nähert er sich ihr. Verschreckt weicht sie zurück und landet mit dem Rücken auf dem weichen Bett. Diese Situation kann Eric für sich verwenden, indem er auf das Bett springt und mit einer schnellen und gezielten Bewegung die Kette von ihrem Hals reißt. Irritiert langt sich Marie an diesen und rutscht nach hinten. Eric indessen hält die Kette mit den Steinen in seinem Maul und stürmt zum nächsten Spiegel. Hier lässt er die Kette und die Steine sinken und bellt aufgeregt den Spiegel an. Verwundert steht Marie auf und geht gemächlichen Schrittes zu ihm. „Was genau willst du mir sagen, mein Freund?“ Eric rollt frustriert mit seinen Augen. Ist sie wirklich so schwer von Begriff? Nochmals nimmt er die Steine in sein Maul und hält sie direkt an den Spiegel. Es dauert einen Moment, bis Marie ihn endlich verstanden hat.

„Oh, Jorik, du bist ein Genie!", fällt sie dem Hund freudig um den Hals und zieht ihn an sich. „Dass ich da nicht selbst draufgekommen bin!" „Worauf nicht gekommen?", fragt Ali, der jetzt direkt hinter ihr steht. „Jorik hat mir gerade einen Weg gezeigt, wie ich wieder ich selbst werden könnte. Dafür muss ich aber zu den Diamantbergen und später zu den Meerjungfrauen." „Bist du verrückt?", mischt sich Hajdar sofort in das Gespräch ein. „Die Zwerge und auch die Meernixen hassen Menschen. Die wenigsten, die sich in diese Gegenden gewagt haben, sind in einem Stück zurückgekehrt. Und bedenke! Du bist nur noch eine alte und gebrechliche Frau. Wie willst du da lebend hin- und wieder zurückkommen?" Etwas beleidigt hebt Marie ihre Nase. „Das lass mal meine Sorge sein, junger Prinz. Ich werde dahin gehen, egal, ob du damit einverstanden bist oder nicht. Es wäre für mich nur leichter, wenn ihr mir dabei helfen könntet. Ich bräuchte nämlich dringend ein Reittier und Proviant." Hajdar will schon zu einem Gegenargument ansetzen, als Ali ihm eine Hand auf die Schulter legt. „Nicht, Hajdar. Wenn sie das möchte, dann steht es uns nicht zu, sie davon abzuhalten. Wir verdanken ihr das Wohl und die Gesundheit unseres Reiches. Es ist das Mindeste, was wir für sie noch tun können." Geschlagen lässt der Prinz seine Schultern hängen und spricht mit zusammengebissenen Zähnen: „Gut, wenn du unbedingt in deinen sicheren Tod rennen willst, dann will ich dich nicht davon abhalten. Morgen früh sollst du alles bekommen, was du für deine Reise benötigst." Ein breites Lächeln gräbt sich in die tiefen Falten von Maries Gesicht und lässt sie noch älter wirken. „Ich danke euch vielmals. Ihr werdet sehen, bald bin ich wieder die Alte und besuche euch." Erst nachdem einige Sekunden verstrichen sind, fällt Marie ihr kleines Wortspiel auf und lässt sie herzhaft lachen. „Ich meine, ich bin dann wieder die Junge und schaue mir an, was ihr Großartiges aus eurem Reich geschaffen habt. Aber eine kleine Bitte hätte ich noch an dich, Hajdar." „Und welche?", brummt er grantig. „Bitte schaff die Sklaverei ab. Es ist unmenschlich und eines wahren Sultans nicht würdig, sein Reich auf den Schultern von Unschuldigen aufzubauen." Stumm und starr steht er da und weiß nicht so recht, wie er darauf eingehen soll. Die Sklaverei hat es schließlich schon immer in seinem Reich gegeben. Ali dagegen sieht die Situation nicht so ernst und boxt Hajdar in die Seite, während er für ihn spricht. „Natürlich wird der neue Sultan die Sklaverei abschaffen. Denn zusammen mit seinem neuen Großwesir Abdullah und seinem neuen Berater Ali bleibt ihm kaum eine andere Wahl." Missmutig verzieht Hajdar sein Gesicht. „Na, das kann ja lustig werden", lässt er sich doch noch herab, darauf zu antworten. „Ich glaube, junger Prinz", tritt Marie auf Hajdar zu und legt ihm ihre Hand auf die Schulter, „dass du das Zeug hast, ein wirklich großer und gerechter Herrscher zu werden. Doch weißt du, was einen guten König ausmacht?" Verlegen von ihren Worten schüttelt Hajdar seinen Kopf. „Du musst geduldig sein, wenn du große Veränderungen bewirken willst. Sei immer ehrlich zu deinem Volk. Behandle es mit Mitgefühl und stelle deine Person selbstlos deinem Volk zur Verfügung. Dann werden sie dich nicht nur als wahren Herrscher anerkennen, sondern dich auch aus vollem Herzen lieben. Wenn du das berücksichtigst, kann eigentlich gar nichts mehr schiefgehen."

Plötzlich schlägt Erics Herz schneller in seiner Brust. So etwas Ähnliches hat die Fee in ihrem Segensspruch ihm schenken wollen. Geduld, Ehrlichkeit, Mitgefühl, Selbstlosigkeit und irgendetwas mit Liebe. Gerade läuft es ihm kalt den Rücken hinunter. Kann es sein, dass diese Eigenschaften etwas mit seiner Verwandlung zu tun haben? Als Schwein lernte er schließlich die Geduld. Die Maus half ihm, ehrlich zu sich zu sein, und hier in Sabaku spürte er in seiner Pferdegestalt das Mitgefühl für andere. Dann fehlen ihm wohl noch zwei Eigenschaften, und er ist endlich wieder von diesem Zauber befreit. Doch wie genau verhält es sich mit der Selbstlosigkeit? Ist er denn nicht schon die ganze Zeit selbstlos? Braucht er überhaupt den Spiegel? Waren das nur Zufälle mit den Steinen oder gibt es einen Zusammenhang? Fragen über Fragen, die er nicht so leicht beantworten kann. Und nach längerem Hin und Her entscheidet er sich trotzdem, zusammen mit Marie den Spiegel zu finden. Lieber nichts riskieren und auf zwei Pferde setzen, denkt er sich schlussendlich. Und vielleicht könnte ihm die Suche zusätzlich bei seiner Selbstlosigkeit helfen? Eine alte Frau zu unterstützen, ist schließlich absolut selbstlos, auch wenn man sich dadurch erhofft, wieder ein Prinz zu werden, oder? Glücklich über seine neue Erkenntnis folgt er Marie, die in ein anderes Zimmer gebracht wird, damit sie für den morgigen Tag ausgeruht ist.

In den frühen Morgenstunden im Märchenwald

„Oh, du heilige Märchenfee! Ich glaube, ich sterbe! Ich werde niemals wieder sitzen, geschweige denn gehen können. Wir Feen sind für so etwas einfach nicht geschaffen." „Dann benutzt endlich Eure Flügel!", donnert Aron. „Ihr würdet nicht nur Euch, sondern auch uns einen großen Gefallen erweisen, wenn Ihr endlich aufhören würdet zu jammern. Die halbe Nacht musste ich mir die Leier von Eurem armen Hinterteil anhören." „Was erlaubt Ihr Euch?", gibt Giselagunde beleidigt zurück. „Ihr seid doch schließlich schuld daran, dass es mir so fürchterlich geht. Dieser harte Ritt ist einfach nichts für eine zarte Fee." „Dass ich nicht lache!", schimpft der stolze Krieger, der hinter ihr auf dem Pferd sitzt. „Ihr und zart?! Ich kenne Felsbrocken, die sich geschmeidiger anfühlen." Nun ihrerseits wütend geworden, dreht sich die Fee halb zu Aron um und funkelt ihm böse in die Augen. „Es war ja klar, dass ein grobschlächtiger Soldat nicht den Unterschied zwischen einer zierlichen Fee und einem rauen Stein erkennt." „Das mag ja sein", gibt Aron zurück. „Aber wenigstens sind Steine die angenehmeren Reisebegleiter, da sie nicht jammern und nicht stundenlang ihre Klappe offen haben." „Oh!", echauffiert sich Giselagunde fürchterlich. „Was seid Ihr nur für ein Banause! Da teile ich mein ganzes Wissen mit Euch und anstelle eines Dankes werdet Ihr beleidigend." Genervt verdreht Aron die Augen. „Ist es Euch nie in den Sinn gekommen, dass mir Euer Wissen sonst wohin geht?" „Na wartet!", schnauft Giselagunde verärgert. „Wenn wir wieder im Schloss sind, dann werde ich Euch in einen Kaktus verwandeln." Freudlos lacht Aron und funkelt sie belustigt an. „Dazu, meine Liebe, müsstet Ihr erst einmal richtig zaubern können. So wie ich es die letzten Tage mitbekommen habe, seid Ihr wohl die untalentierteste Fee, die es in den ganzen Märchenreichen gibt. Ihr könnt nicht fliegen und erzeugt mittlere Katastrophen, wenn Ihr auch nur an Euren Zauberstab denkt." „Das ist ja ... Das ist ja ... Das ist ja unerhört, was Ihr Euch erdreistet, über mich zu sagen!", schimpft Giselagunde lautstark. Süffisant betrachtet Aron die Fee vor sich und setzt ein wölfisches Grinsen auf. „Dann beweist es doch. Steigt von meinem Pferd herab und erhebt Euch in die Lüfte, so wie alle anderen Feen es auch tun." Geschockt weicht die Fee dem Blick des Soldaten aus. Ihre Hände krampfen sich schmerzhaft zusammen, während sie verzweifelt nach einer Lösung sucht. Etwas weniger selbstbewusst schaut sie zurück und räuspert sich mehrmals, bevor sie wieder zu sprechen beginnt. „Ich kann nicht! Ich habe nicht die richtige Kleidung zum Fliegen an." „Das wundert mich nicht", brummt Aron genervt. „Mit diesem Stoffberg kann sich kein Lebewesen sinnvoll bewegen. Wieso zieht Ihr Euch nicht wie alle anderen Feen ein hauchdünnes Seidenkleid an?" Sofort röten sich die Wangen von Giselagunde und sie schaut verlegen die Hemdknöpfe von Aron an. „Das geht nicht!", ist die kurze und knappe Antwort, die sie über ihre Lippen bringt. „Warum?", lässt Aron jedoch nicht locker und schaut sie von oben herab an. „Weil ich, weil ... Das geht Euch gar nichts an. Kümmert Euch lieber darum, dass wir schnell im Schloss ankommen. Prinzessin Rosemarie braucht dringend Hilfe." Damit beendet sie die Diskussion, dreht sich wieder zurück und starrt durch die Ohren des Pferdes stur geradeaus.

Theodor hat sich mit seinem Pferd und Rosemarie etwas zurückfallen lassen. Sorgenvoll betrachtet er die Prinzessin in seinen Armen, die die komplette Nacht hindurch sich weder bewegt noch gesprochen hat. Obwohl sie seit fast vierundzwanzig Stunden im Sattel sitzen, hört er von ihr keine Klage oder Beschwerde, wie sie die Fee schon seit längerer Zeit von sich gibt. Um wenigstens diesem unheimlichen Schweigen ein Ende zu setzen, hat er begonnen, Geschichten aus seiner Kindheit und Jugend zu erzählen. Sie handeln von seinen kleinen Abenteuern oder davon, welches Buch er besonders spannend fand. Theodor beschreibt ihr die malerische Landschaft seines Reiches und streicht ihr dabei unbewusst immer wieder sanft über ihren Rücken. Er ist so in seine Erzählungen vertieft, dass er erst gar nicht mitbekommt, wie sie die Tore des Schlosses durchreiten und vor dem Eingangsportal stehen bleiben. Irritiert schaut er sich um und betrachtet die fleißigen Dienstboten, die mit Blumengestecken, Schleifen, Tischen und Stühlen bewaffnet im Garten herumlaufen. „Hey, warte!“, hält er einen Dienstboten auf, der gerade geschäftig an ihm vorbeilaufen möchte. „Was geht hier vor sich?“ Dieser verbeugt sich steif vor ihm und stellt dabei kurz den Stuhl, den er gerade getragen hat, neben sich. „Unser König hat angeordnet, dass alles für die bevorstehenden Hochzeiten seiner Töchter vorbereitet werden soll.“ Etwas geschockt sitzt Theodor auf seinem Pferd und lässt das Gesagte in seinen Kopf dringen. Hat er denn überhaupt kein Mitspracherecht, ärgert es den Prinzen fürchterlich. Wie kann es König Ludwig wagen, ihn und Rosemarie vor vollendete Tatsachen zu stellen? So lässt er nicht mit sich umspringen. Sobald er mit der Hilfe von Juan von seinem Pferd gestiegen ist, betritt er erhobenen Hauptes mit Rosemarie auf seinem Arm das Schloss. Da er Rosemarie den Streitereien mit ihrem Vater nicht aussetzen möchte, übergibt er sie kurzzeitig in die Hände von Aron, der die Order hat, sie in ihr Zimmer und zu ihrer Zofe Clodette zu bringen. Danach fühlt er sich gewappnet, König Ludwig im Roten Salon seine Meinung zu sagen. Beschwingt schreitet er den Gang entlang und geht, ohne sich groß ankündigen zu lassen, einfach in den Raum hinein. Obwohl er sich seine Worte bereits gut überlegt hat, sind diese plötzlich aus seinem Kopf wie weggewischt. Denn voller Entsetzen muss er feststellen, dass sich nicht nur König Ludwig und sein Haushofmeister Klausen im Raum befinden, sondern auch sein Vater, König Barboss, und dessen Berater Remolon.

Das ist gar nicht gut, denkt Theodor sich sogleich und würde am liebsten wieder das Zimmer verlassen. Wenn sein Vater Wind davon bekommen hat, dass sein ältester Sohn Eric als Schwein durch die Lande zieht, dann ist der nächste Krieg schon so gut wie sicher. Deswegen gilt es, dies um jeden Preis zu verhindern. Daraufhin setzt Theodor eine undurchsichtige Mimik auf und geht geraden Schrittes zu seinem Vater. In einer tiefen Verbeugung geht er vor ihm auf die Knie und küsst seinen Siegelring, nachdem Barboss ihm seine Hand entgegengestreckt hat. „Was muss ich da hören, mein Junge?", zischt der König missbilligend. „Du willst Prinzessin Rosemarie heiraten?" Trotz seiner starren Gesichtszüge muss Theodor mehrmals schlucken und sich genau überlegen, was er antworten wird. Diese kurze Denkpause nutzt jedoch sofort König Ludwig, tritt hinter Theodor und klopft ihm kameradschaftlich auf den Rücken. „Tja, Barboss, altes Haus", zwinkert er vergnügt, „wer hätte das gedacht? Zwei verliebte Pärchen und eine Doppelhochzeit. Wenn das kein Tag der Freude ist!" Obwohl König Ludwig von einem Ohr zum anderen grinst, ist König Barboss jedoch nicht danach. Kritisch schaut er seinen Sohn an. „Mir war gar nicht bewusst, dass du schon heiraten möchtest." Theodor fühlt sich noch weiter in die Ecke gedrängt. „Tja!", antwortet er zögerlich. „Wo die Liebe halt hinfällt." Der König scheint mit dieser Antwort nicht zufrieden und funkelt seinen Sohn misstrauisch an. „Und warum genau musstet ihr mehrere Tage durch das Land ziehen?" Wieder springt König Ludwig ein und lächelt verschwörerisch. „Du weißt doch, wie Jungverliebte sind. Die möchten erst einmal für sich sein und ein wenig die Welt erkunden." Auf diese Antwort setzt Stille ein, die der königliche Berater Remolon nutzt, sich zu König Barboss beugt und ihm etwas ins Ohr flüstert. Daraufhin stellt der König seine nächste Frage und schaut lauernd zu König Ludwig. „Und warum ist mein ältester Sohn noch nicht wieder zurück? Es sind nur noch elf Tage, die verbleiben. Was hast du mit ihm gemacht?“ Wütend hebt König Barboss seine Arme, schreitet zu König Ludwig und schaut ihm tief in die Augen. Dieser verzieht keinen Muskel und lächelt weiterhin ruhig und entspannt. „Was soll schon mit ihm sein? Er wollte mit meiner Tochter Marie sein neues Reich inspizieren und sich damit Zeit lassen. Aber wenn du unbedingt auf eine baldige Hochzeit bestehst, können wir gerne unsere zwei jüngsten Kinder bereits miteinander verheiraten. Was hältst du davon? Das wird dich endlich mal auf andere Gedanken bringen und auch dir ein Lächeln ins Gesicht zaubern.“ „Du bist mir schon vor Jahren mit deiner guten Laune auf die Nerven gegangen, Ludwig“, knurrt König Barboss verärgert. „Und davon abgesehen, wusste ich nicht, dass du zwei Töchter hast.“ „Tja, unverhofft kommt oft“, lacht Ludwig nun doch etwas gezwungener. „Ihre Mutter hat die Kleine aufgezogen und sie mir erst vor einiger Zeit an den Hof geschickt.“ Dieses Mal tritt Remolon vor und verbeugt sich kurz. „Wenn ich mir eine Frage erlauben darf, Eure Hoheit ... Aber wie kommt es, dass Prinzessin Marie älter ist als Prinzessin Rosemarie?“ Etwas verlegen zupft der König an seinem Hemdkragen. „Bevor ich meine Frau Kassandra heiratete, hatte ich eine stürmische Zeit, wenn Euch dies als Antwort genügt. Und da es der Vertrag nun mal so vorsieht, muss der älteste Königssohn meine älteste Tochter heiraten. Egal, ob ehelich oder unehelich gezeugt. Deswegen freue ich mich umso mehr, dass die Kinder in tiefer Liebe zueinander entbrannt sind.“ Missmutig dreht sich König Barboss zum Fenster und schaut aus diesem hinaus. „Du warst schon immer der Romantischere von uns beiden.“

Theodor steht immer noch komplett überrumpelt im Raum und schaut den Rücken seines Vaters an. „Willst du wirklich Prinzessin

Rosemarie heiraten?", kommt plötzlich die scharfe Frage von König Barboss und bringt ihn für ein paar Sekunden aus dem Konzept. Ohne sich weiter Gedanken darüber machen zu können, antwortet er schnell mit einem „Ja!". „Gut!", spricht sein Vater weiter und verschränkt hoheitsvoll die Hände hinter seinem Rücken, während er den Himmel betrachtet. „Dann wird morgen deine Hochzeit sein. Und sobald Eric zurückkommt, werden wir seine feiern." „So machen wir es!", stimmt König Ludwig freudig mit ein. „Und danach wird die Krönungsfeier stattfinden, so wie wir es vereinbart hatten. Dein Sohn Eric wird gemeinsam mit meiner Tochter Marie über dein Reich herrschen und Theodor kann hier mit Rosemarie für Ordnung sorgen. Dann ist endlich die Spaltung zwischen uns aufgehoben und wir können als große und glückliche Familie zusammenkommen." Verärgert dreht König Barboss sich um und betrachtet König Ludwig abschätzig. „Diese Klausel mit der Krönungsfeier im Friedensvertrag war doch deine dumme Idee, wenn ich mich nicht ganz täusche, oder?" Verschmitzt zwinkert Ludwig den anderen König an. „Wenn du einen Fluch in den Vertrag hineinnehmen durftest, dann kann ich ja wohl genauso Forderungen stellen. Überlassen wir die friedliche Zukunft unseren Kindern! Wir haben damals schon genug angestellt. Es wird Zeit für einen Neubeginn." „Wir werden sehen!", brummt König Barboss mürrisch. „Wir werden sehen!" Mit diesen Worten verlassen König Barboss und sein Berater Remolon den Raum. Nun sind nur noch Theodor, König Ludwig und Haushofmeister Klausen anwesend, weswegen der König ein tiefes Seufzen ausstößt und sich schwerfällig auf seinen Stuhl plumpsen lässt. „Das war knapp!", spricht er mehr zu sich und wischt sich über die Stirn. Selbst Haushofmeister Klausen atmet tief durch und schenkt sich ein Glas Wasser ein. Aus seiner Starre langsam auftauend, dreht sich Theodor zu König Ludwig und funkelt diesen wütend an. „Was sollte das alles? Wie könnt Ihr es wagen, über meinen Kopf hinweg solche Behauptungen aufzustellen? Ihr könnt mir und Rosemarie doch keine Liebesbeziehung unterstellen und uns zu einer Hochzeit nötigen!“ Mit müden Augen schaut Ludwig auf und atmet nochmals hörbar Luft aus seinen Lungen. „Was genau hätte ich denn sonst tun sollen? Dein Vater stand gestern Nachmittag plötzlich vor meinem Schlosstor und wollte euch sehen. Hätte ich ihm lieber erzählen sollen, dass dein Bruder ein verzaubertes Schwein ist, welches mit meiner mir bis jetzt unbekannten Tochter durch die Lande zieht, während sein zweiter Sohn mir ebenfalls zusammen mit meiner jüngsten Tochter abhandengekommen ist? Du weißt doch, wie er ist. Erst Krieg, Zerstörung und Kampf, bevor man nachfragt. Mir ist auf die Schnelle keine bessere Erklärung eingefallen. Wenn du meine Tochter nicht liebst, dann heirate sie wenigstens um des Friedens willen. Zusätzlich bekommst du sogar mein Königreich dazu.“ Theodor fühlt sich komplett vor den Kopf gestoßen. Den Argumenten von König Ludwig kann er tatsächlich nur wenig entgegenbringen, obwohl er absolut nicht darauf erpicht ist, ein Thronerbe sein zu müssen. „Und wie genau stellt Ihr Euch das mit meinem Bruder Eric und Eurer Tochter vor? Beide wissen doch absolut nichts von ihrem Glück.“ „Das ist mir sehr wohl bewusst, junger Prinz“, schnauft der König erschöpft. „Deswegen sollten meine Soldaten eigentlich auch erst Marie und Eric finden und zurückbringen. Doch wie mir zu Ohren kam, ist dies nicht so einfach möglich. Deswegen müssen wir deinen Vater mit deiner Hochzeit noch ein wenig ablenken und bei Laune halten, bis meine Soldaten die zwei endlich aufgespürt haben.“ „Dann hoffen wir mal, dass dies bald passiert. Denn mein Vater ist ein sehr misstrauischer Mann geworden, seit meine Mutter weggelaufen und abgetaucht ist.“ „Ich weiß!“, seufzt Ludwig und fährt sich mit seinen Fingern über seine geschlossenen Augen. „Früher war er ein guter Freund für mich und zusammen beschlossen wir, dem Zauberer Morleon Einhalt zu gebieten. Kaum hatten wir dies geschafft, ist jedoch alles aus dem Ruder gelaufen. Unsere Frauen sind fast zeitgleich verschwunden, ob weggelaufen oder entführt, kann keiner mehr so genau sagen. Jedenfalls haben wir uns damals gegenseitig beschuldigt und sogar mit den anderen Nachbarreichen einen Krieg begonnen. Heute bereue ich zutiefst, was ich in meiner hitzigen Jugend für einen Schaden angerichtet habe. Erst der Friedensvertrag vor fünfzehn Jahren hat dem Ganzen Einhalt geboten.“ „Aber was ich nicht verstehen kann …“, setzt Theodor zu einer weiteren Frage an. „Warum habt Ihr in den Vertrag diesen Fluch einbauen lassen?“ „Das, mein Junge, musst du deinen Vater oder besser noch seinen Berater fragen. Barboss wollte sich damals um jeden Preis mein Reich einverleiben und mich für den Verlust seiner Frau bestrafen. Und damit ich ihm auch ja nicht aus dem Vertrag ausbreche, hat er diesen mit einem Fluch belegen lassen. Ich hingegen habe die Klausel eingeführt, dass, wenn die Hochzeit vollzogen ist, wir die Königswürde früher abtreten und unseren Kindern alles überlassen werden. Jetzt hoffe ich bloß, dass er sich daran auch hält. Deine Mutter Christin hatte damals einen sehr guten Einfluss auf ihn. Ich verstehe bis heute nicht, wieso sie ihn und euch verlassen hat.“ Etwas verwirrt betrachtet Theodor den König und kratzt sich am Kopf. „Das ist seltsam, wenn Ihr das so sagt. In ihrem Abschiedsbrief, den man in ihrem Zimmer gefunden hat, stand, dass sie zu Euch wollte.“ Ungläubig schüttelt König Ludwig den Kopf. „Ich weiß, dass mir Barboss immer noch nicht glaubt. Aber ich habe mit dem Verschwinden von Christin nichts zu tun. Genauso gut könnte ich ihm unterstellen, Kassandra kurz nach dem Kindbett entführt zu haben. Schließlich führten damals alle Spuren in sein Reich. Aber, Junge, das ist fast zwanzig Jahre her. Zerbrich dir darüber nicht deinen Kopf. Es ist nun mal so, wie es ist. Schau lieber, dass dir deine baldige Frau nicht abhandenkommt.“

Mit diesen Worten entlässt König Ludwig den jungen Theodor und wendet sich wieder seinen normalen Tätigkeiten zu. Theodor hingegen ist tief in Gedanken versunken und verlässt den Raum. Seine Beine tragen ihn wie selbstverständlich zu den Gemächern von Rosemarie, an deren Tür er vorsichtig anklopft. Zu seinem Erstaunen öffnet ihm eine völlig aufgelöste Zofe, die von oben bis unten nass ist. Anstatt höflich zu fragen, was passiert ist, drückt er die Tür gewaltsam auf und stürmt in Rosemaries Schlafzimmer. „Wo ist sie?“, ist seine gehetzte Frage, da er sie nirgends sehen kann. „Im Nebenzimmer“, zittert die eingeschüchterte Zofe hinter ihm. Sofort reißt er die Tür zu seiner Linken auf und tritt in große Pfützen, die sich überall auf dem Boden verteilt haben. Mit Entsetzen sieht er, wie Rosemarie nackt in einer großen Wanne sitzt und verzweifelt versucht, sich mit einer Bürste die Haut vom Fleisch zu reiben. Diese ist an einigen Stellen schon so rot, dass kleinere Bereiche bereits aufgescheuert sind und Blut ihre Haut benetzt. Beschwichtigend hebt er seine Hände und kommt vorsichtig auf die Prinzessin zu. Auf seinem Weg zu ihr schnappt er sich ein großes Handtuch und hält es vor sich. „Willst du nicht bald aus der Wanne kommen?“, ist sein erster Versuch, dieser Situation Herr zu werden. „Verzeiht, Prinz! Aber das habe ich schon mehrmals ausprobiert. Doch sie reagiert nicht und hört nicht auf, sich selbst zu verletzen.“ „Dann eben auf die altbewährte Art“, seufzt Theodor, bevor er sich mit dem großen Handtuch geschickt auf Rosemarie schmeißt und sie unter Strampeln und Schreien darin einwickelt. Trotz einiger Schwierigkeiten schafft es Theodor dennoch, die Prinzessin halb bedeckt aus der Wanne zu heben und sie ins Schlafzimmer zu tragen. Zusammen mit ihr wirft er sich aufs Bett und hält Rosemarie so lange im Arm, bis sich seine Kleidung ebenfalls komplett mit Wasser vollgesogen hat. Es dauert länger, bis sie ihren Kampf endlich aufgibt und von schweren Weinkrämpfen geschüttelt wird. Theodor indessen hält sie weiterhin fest in seinen Armen und beginnt zaghaft ihren Rücken zu streicheln. Als die letzte Träne geweint ist und das Schniefen abnimmt, schmiegt sie vorsichtig ihren Kopf an seine Brust und murmelt ein leises „Danke!“. Daraufhin antwortet Theodor: „Gern geschehen“, und atmet hörbar auf.

Nach einiger Zeit kann der Prinz das ruhige und gleichmäßige Atmen von Rosemarie spüren. Mit einem Kopfzeichen deutet er der Zofe an, näher zu kommen und ihm zu helfen. „Wir müssen die Prinzessin aus dem nassen Handtuch bekommen. So kann sie unmöglich schlafen. Bitte helft mir dabei!“ Behutsam zieht Theodor seinen Arm unter dem Kopf von Rosemarie hervor und rutscht langsam zur Kante des Bettes. Kaum steht er auf seinen Beinen, rinnt Wasser seine Oberschenkel herunter und lässt eine kleine Lache zu seinen Füßen entstehen. Die Zofe hat bereits ein neues Handtuch besorgt und steht unschlüssig vor der schlafenden Prinzessin. „Ihr müsstet das Tuch vorsichtig unter ihr entfernen, damit ich sie mit dem anderen abreiben kann. Und da das Bett leider auch nass geworden ist, müsstet Ihr sie zum Schlafen auf das Sofa tragen.“ Beherzt tritt Theodor an das Bett heran und deckt Rosemarie vorsichtig ab, damit er das Handtuch sanft unter ihr herausziehen kann. Dadurch lässt es sich jedoch nicht vermeiden, ihren makellosen Körper ansehen zu müssen, wobei ihm keineswegs die Striemen an ihren Hand- und Fußgelenken entgehen. Der ganze Körper des Prinzen ist angespannt, während er minutenlang das Tuch Stück für Stück hervorzieht. Er möchte auf keinen Fall ihren Schlaf stören. Immer wieder ist er gezwungen, ihren Körper an einzelnen Stellen zu berühren. Und jedes Mal hat er das Gefühl, seine Hände würden gar nicht mehr zu kribbeln aufhören. Wenn die Situation eine andere wäre, würde er liebend gerne ihren ganzen Körper mit Küssen bedecken und ihre seidige Haut streicheln. Doch stattdessen entfernt er das nasse Handtuch und wartet, bis die Zofe sie abgetrocknet hat. In ein neues Handtuch gewickelt, hebt er sie hoch und legt sie schlafend auf das Sofa. Behutsam streicht er ihr einige Haare hinters Ohr und betrachtet noch für einige Zeit ihre entspannten Gesichtszüge. Verzweifelt fasst er sich danach selbst ins Haar, setzt sich auf den Boden und lässt seinen Kopf nach unten hängen.

„Was habt Ihr?“, fragt kurz darauf die Zofe und schaut ihn besorgt an. Langsam hebt er seinen Blick und schaut sie traurig an. „Für wie wahrscheinlich haltet Ihr es, dass Rosemarie morgen eine glückliche und verliebte Braut ist?“ Der schockierte Gesichtsausdruck ist Theodor Antwort genug, bevor auch er die

Augen schließt, seinen Kopf erschöpft auf seine Knie legt und seinen Gedanken freien Lauf lässt. Die letzten Tage haben ihm wirklich alles abverlangt. Er ist sich nicht sicher, wie lange er das noch durchhalten kann. Wenn nicht ein Wunder geschieht, dann ist morgen sowieso alles vergebens gewesen. Sein Vater wird sofort erkennen, dass etwas nicht stimmt, und Nachforschungen anstellen. Dann ist es nur noch eine Frage der Zeit, bis er herausfindet, was mit Eric passiert ist, und ein neuer Krieg beginnt, der nur noch von dem Fluch in elf Tagen getoppt werden kann. Wenn doch nur Rosemarie wieder die Alte wäre! Er vermisst ihre scharfe Zunge, ihren brillanten Verstand, ihr gutes Herz und ihr Temperament. Ihm fehlen die Streitgespräche und ihre Wurfkunst. Es muss doch einen Weg geben, sie wieder in die Realität zurückbringen zu können.

Auf dem Weg zu den Diamantbergen

„Diese blöde Sonne! Ich kann gar nicht verstehen, wie ich dieses Ding am Himmel einmal mögen konnte." Schon seit Stunden ist Marie mit Jorik unterwegs und hat das Gefühl, bald durchgebraten zu sein. „Wie kommt Ali nur darauf, dass diese Route eine Abkürzung ist? Es ist schon bald Nachmittag und ich sehe nichts weiter als Sand und noch mehr Sand. Ach, warte, ist das da vorne etwa …? Nein, doch nicht. Ist wieder nur Sand." Verschwitzt und genervt dreht Marie sich im Sattel des Kamels herum und schaut auf ihren Freund Jorik, der auf einem kleinen Schlitten zusammen mit ihrem Proviant hinter ihr hergezogen wird. Auch er hängt mehr tot als lebendig über den Seiten dieser Trage und hechelt angestrengt vor sich hin. „Geht es dir gut, Jorik?" Doch anstatt seinen Kopf zu bewegen, dreht er nur seine Augen in ihre Richtung und schaut sie erschöpft an. „Mein Freund, dir steht die Begeisterung förmlich ins Gesicht geschrieben", grinst Marie verzweifelt. Nachdem sie sich stundenlang darüber aufgeregt hat, was mit ihrem Körper passiert ist, und nochmals die gleiche Zeit dafür verwendet hat, ihn in stiller Akzeptanz zu ignorieren, hat sie vor einer halben Stunde beschlossen, es mit Humor zu nehmen. Das Leben ist zu kurz, um es mit Trübsal zu belasten. Und wer weiß, vielleicht ist ihres jetzt sogar noch kürzer. „Hey, Jorik, ich kenn da ein großartiges Spiel, das wir spielen könnten. Damit vergeht die Reise viel schneller. Und zwar sehe ich etwas, was du nicht siehst, und das ist gelb.“ Sie kann deutlich erkennen, wie Jorik genervt seine Pfoten über seine Augen legt. „Jorik, so geht das Spiel aber nicht. Du musst schon hinsehen“, lacht Marie hinter vorgehaltener Hand. „Aber warte! Wenn es dir zu schwer ist, sag ich es dir. Die Lösung wäre Sand gewesen.“ In sich hineinkichernd, schaut sie ihren Freund weiterhin an und setzt wieder zum Sprechen an. „Gut, nächster Versuch. Ich sehe etwas, was du nicht siehst, und das ist wieder gelb.“ Und schon hört sie ein leises Knurren. „Hast du mich jetzt angeknurrt oder war das deine Antwort für Sand? Denn falls du mir geantwortet hast, dann war deine Antwort richtig.“ Und dieses Mal kann sie sich nicht mehr zurückhalten und prustet los. „Entschuldige, Jorik!“, versucht sie sich kurz darauf zu beruhigen. „Der Scherz ging eindeutig auf deine Kosten. Du schaust aber auch gar so miesepetrig drein. Sieh doch mal das Positive an der Sache! Wir haben bereits drei Steine, brauchen nur noch den Spiegel und dürfen später den Meernixen einen kleinen Besuch abstatten. Wir haben also schon weit über die Hälfte unserer Aufgabe geschafft. Und davon abgesehen, finde ich deine Hundegestalt eindeutig besser als deine Schweineform. Da hatte ich immer Angst, dass du geschlachtet werden würdest. Ja, jetzt schau nicht so sauer“, entkommt Marie ein Kichern. „Du warst wirklich ein fürchterliches Schwein und hättest niemals eine Woche ohne mich überlebt.“

Eric ist kurz davor, ihr an die Gurgel zu gehen. Kann sie nicht endlich aufhören, ihn wegen seiner tierischen Gestalt aufzuziehen? Er sagt ja schließlich auch nichts dazu, dass sie wie ein altes Waschweib aussieht und ihn dementsprechend nervt. Jedes Mal, wenn sie ihn ansieht, läuft es ihm kalt den Rücken hinunter. Er konnte alte Menschen noch nie leiden. Sie sehen so verbraucht, krank und schon fast tot aus. Was tut man nicht alles, um seine junge, attraktive und menschliche Hülle wiederzuerlangen? Aber lange hält er diese Hitze nicht mehr aus. Sein Fell ist absolut ungeeignet für eine Reise durch die Wüste. „Jorik, weißt du was?“ Jetzt fängt sie schon wieder an, denkt Eric sich frustriert und würde sich am liebsten die Ohren zuhalten. „Du kannst echt froh sein, ein Hund zu sein. Du hättest es auch viel schlechter treffen können. Jetzt stell dir doch einmal vor, du wärst ein Eisbär geworden. Da wärst du schon längst vor Hitze eingegangen. Ein Fisch wäre genauso unpraktisch gewesen. Da hätte ich dich irgendwie in einem Fass transportieren müssen. Und als Wal hätten wir keine Möglichkeit gehabt, dich überhaupt lebend aus der Wüste zu bekommen. Eine Spinne ist auch dumm, da ich diese Tierchen nicht auf die Hand nehme und eine panische Angst vor ihnen habe. Was aber praktisch gewesen wäre, ist ein Huhn oder eine Ziege. Da hätte ich immer etwas Leckeres von dir zum Essen bekommen.“ Jetzt platzt Eric aber wirklich der Kragen. Kann sie nicht endlich still sein und aufhören, ihn zu verhöhnen? Seine Laune ist auf dem absoluten Tiefpunkt. Gerade will er sie aggressiv anknurren, als er eine Veränderung der Umgebung wahrnimmt, da es fast so aussieht, als würde der Tag zur Nacht werden. Denn die Konzentration des Sandes in der Luft hat sich so verdichtet, dass der Himmel über ihnen eine orangerötliche Färbung angenommen hat. Eine üble Vorahnung nistet sich in seinem Geist ein. Darüber hat er schon einmal etwas in einem Buch gelesen. Auch Marie ist dieser plötzliche Wetterumschwung nicht entgangen. „Jorik, ich glaube, wir haben ein Problem“, kommt es holprig über ihre Lippen. Problem ist die Untertreibung des Jahres, denkt sich Eric und fängt versehentlich zu winseln an. Wie sehr er doch diesen Körper hasst! Wäre er noch ein stolzer Hengst, würde er Marie auf seinem Rücken in Sicherheit bringen. Stattdessen dürfen sie zusehen, wie der nahende Sandsturm sie begraben und ersticken wird. Eric sieht zu, wie sich Marie nach allen Seiten panisch umschaut. Doch sobald sie das Gesuchte erblickt hat, reißt sie die Zügel des Kamels herum und treibt es an. Was zum Klabautermann macht sie denn da? Führt sie uns jetzt tatsächlich nach oben auf die Düne? Spinnt sie? Eric ist außer sich. Er würde sich am liebsten hinter der Düne verstecken und hoffen, dass diese den Sturm abfängt. Die Luft ist langsam so sandig, dass er kaum noch etwas erkennen kann. „Na wunderbar!", denkt er sich ironisch. Jetzt stehen wir hier oben und haben noch eine super Aussicht auf unseren nahenden Tod. Wenn das nicht der Höhepunkt meines Tages ist!

Marie hat bereits ihr Kopftuch weit über das Gesicht gezogen und versucht somit, ihre Augen und Nase vor dem herumfliegenden Sand zu schützen. Leider hatte sie nur kurz Zeit zu überlegen, was man bei einem Sandsturm in einer Wüste zu tun hat. Instinktiv hat sie das Kamel auf eine Erhöhung getrieben, aus Angst, der Sand könnte sie im Tal begraben. Leider fand sie in der ganzen Umgebung aber nichts, was wirklich hätte Deckung geben können. Aus Ermangelung von Alternativen muss nun eben das Kamel herhalten. Vorsichtig steigt sie mit ihren alten Knochen von dem Tier und gibt ihm den Befehl, sich hinzulegen. Sie muss sich beeilen, da der Wind unaufhörlich an Intensität zunimmt. Lange kann es nicht mehr dauern und sie befinden sich mittendrin. Panisch beginnt sie ihre Sachen durchzusehen. Sie nimmt die Wasserbehälter an sich und legt sie direkt an die Seite des Kamels. Jorik hingegen steht die ganze Zeit nur herum und schaut sie wütend an. Was macht sie denn jetzt schon wieder falsch? Als Schwein hatte er eindeutig nicht so schlechte Laune. „Jorik, jetzt komm bitte her. Ich habe eine Decke gefunden. Die wird uns vor dem Sturm schützen."

Eric hätte freudlos gelacht, wenn er es gekonnt hätte. Wie bitte soll eine einfache Decke sie vor dieser Naturkatastrophe schützen? Natürlich, wir steigen auf einen Hügel, decken uns zu und schließen ganz fest die Augen. Denn wenn wir den Sturm nicht sehen, dann sieht der böse Sturm uns auch nicht. Er wäre lieber hinter der Düne in Deckung gegangen. Doch vielleicht kann er die sichere Stelle ja noch erreichen, wenn er sich beeilt.

„Jorik, jetzt komm gefälligst her!", schimpft Marie wütend. Sie haben vielleicht noch eine Minute, bevor jede Maßnahme zu spät ist. Und dieser dumme Kerl will auf beleidigte Leberwurst machen. Sie könnte toben bei so viel Sturheit. Anstatt jedoch weiter auf ihn einzugehen, geht sie zu ihm, packt ihn am Schwanz und zerrt diesen Idioten hinter sich her. Das Knurren und Schnappen ignoriert sie geflissentlich. „Wenn du mich jetzt beißt, Jorik", knurrt sie verärgert zurück, „dann kannst du allein schauen, wie du dich zurückverwandelst. Hast du mich verstanden?" Trotz weiterer Proteste seinerseits schafft sie es, ihn unter die Decke zu ziehen, die sie zur Sicherheit an dem Sattel des Kamels befestigt hat, was sich zwei Minuten später als sehr sinnvoll herausstellt, da die Decke in alle Richtungen gezerrt wird.

Jetzt sitzen sie in der Falle, denkt Eric und schaut Marie missmutig an. Diese hat jedoch ihre Augen fest verschlossen. Jetzt ernsthaft? Macht sie wirklich die Augen zu, damit sie den Sturm nicht sehen muss? Eric könnte vor lauter Frustration schreien. Er hat Soldaten, Trolle, tiefe Abgründe, Menschenhändler und Räuber überlebt. Aber Sand wird ihm zum Verhängnis? Wird der stolze Prinz aus dem Reich des Zaubersees tatsächlich von Sand erstickt? Sein ganzer Körper beginnt zu zittern, weil er sich so über diese Situation ärgert. Marie hingegen ist die Ruhe selbst und beginnt ihn sogar noch hinter seinen Ohren zu kraulen. „Jetzt beruhig dich doch, Jorik! Wir müssen schließlich noch einige Stunden ausharren, bis der Sturm weitergezogen ist. Da kannst du dich doch genauso gut entspannen." Und tatsächlich zeigen ihre Worte bald Wirkung bei Eric. Seine Augen werden immer schwerer und die angenehmen Berührungen ihrer Hände lassen ihn bald darauf wegnicken.

Im Märchenwaldschloss

„Wenn ich mir die Anmerkung erlauben dürfte, Majestät“, räuspert sich Remolon, „dann würde ich behaupten, dass König Ludwig uns etwas verheimlicht.“ Missmutig geht König Barboss in seinem Zimmer auf und ab und hört den Worten seines Beraters aufmerksam zu. Dieser hatte schon vor ein paar Tagen angefangen, Zweifel in seinem Kopf zu säen, und darauf bestanden, einmal nach dem Rechten zu sehen. Keine schlechte Idee, wenn er bedenkt, dass sein Thronerbe angeblich seit Tagen mit einer neu aufgetauchten Tochter von Ludwig durch die Lande zieht. So etwas ist für Eric absolut untypisch. Schließlich kennt er seinen Sohn seit achtundzwanzig Jahren gut genug, damit er sich über ihn eine Meinung bilden kann. „Du hast recht, Remolon“, nickt er seinem Berater zu. „Hör dich im Schloss um. Ich will wissen, was hier gespielt wird.“ „Wie Ihr wünscht, mein König.“ Mit einer tiefen Verbeugung verabschiedet sich der Berater und schreitet zur Tür. Und nachdem er den Raum verlassen hat, gesellt sich ein diabolisches Grinsen auf seine Gesichtszüge.

Zaghaft klopft Theodor an die Tür von Rosemaries Gemach. Nachdem er sich umgezogen und noch ein paar Stunden geschlafen hat, fühlt er sich fit genug, diese schwierige Aufgabe zu bewältigen. Die Zofe öffnet ihm sogleich die Tür und schaut ihn mit großen Augen dankbar an. „Ist sie wach?“, spricht der Prinz leise und versucht einen Blick ins Zimmer zu erhaschen. „Da bin ich mir nicht so sicher“, druckst die Zofe herum und verknotet ihre Finger in ihrem Kleid. „Darf ich eintreten?“, fragt Theodor höflich, obwohl er schon seinen Fuß im Raum hat und die Antwort gar nicht abwartet. Wie er befürchtet hat, liegt Rosemarie immer noch auf dem Sofa. Ihre Augen sind jedoch offen und starren leer in den Raum hinein. Theodor ist sich nicht sicher, ob der Plan, den er sich vorhin so gut überlegt hat, wirklich funktionieren kann. In seinem Schlafgemach kam ihm die Idee auf jeden Fall hervorragend vor. Bevor er aber noch einen Rückzieher machen kann, atmet er einmal tief durch und bittet die Zofe, für kurze Zeit vor der Tür zu warten. Kaum hat diese den Raum verlassen, beginnt Theodor sogleich seine Idee in die Tat umzusetzen. Er schlendert im Raum herum, schaut sich die Dinge von Rosemarie an, bleibt vor ihrem Kleiderschrank stehen und öffnet diesen. „Aha!", spricht er laut und deutlich. „Hier hat also diese Zicke von einer Prinzessin ihre Kleider versteckt. Diese hässlichen Dinger sollte man eher den Schweinen vorwerfen und nicht tragen. Und was sind das für grässliche Hüte?", spricht Theodor immer lauter. „Einer grauenhafter als der andere." Theodor nimmt sich einen besonders großen Hut mit ausladenden Federn und Bändern und setzt sich diesen auf seinen Kopf. Damit posiert er vor Rosemarie und zieht Grimassen. „Schaut mich an!", säuselt er gekünstelt. „Ich bin die hübsche Prinzessin, die ihre Launen gerne an anderen auslässt. Wenn mir mal etwas nicht passt, dann schmeiße ich einfach mit Dingen um mich oder ziele auf die Köpfe Unschuldiger." Nach seiner kleinen Aufführung legt er den Hut zurück und greift sich eines ihrer ausladenden rosa Kleider. Dieses hält er vor sich an seinen Körper gepresst und tanzt im Zimmer herum. „Oh, wie großartig ich doch in diesem rosa Albtraum aussehe!", hüstelt er gekünstelt. „Kein Mann kann dieser Farbe widerstehen, auch wenn ich eine kleine Zicke bin, die immer und überall recht haben muss." Als Nächstes schnappt er sich ihre Schuhe und beginnt diese halbherzig nach ihr zu werfen. Mehrere Paare landen direkt vor dem Sofa, während er wieder mit ihr spricht. „Du böser, böser Prinz!", ahmt er ihre Stimme nach. „Du bist nicht meiner Meinung, also bewerfe ich dich so lange mit Schuhen, bis du mir recht geben musst. Ich bin schließlich die Prinzessin und weiß immer alles besser." Sobald ihm die Schuhe ausgegangen sind, wendet er sich ihrem Schminktisch zu und setzt sich davor. Er schnappt sich eine Bürste und beginnt, gekünstelt seine Haare zu kämmen. „Was bin ich doch für ein tolles Weib! Ich habe Haare, so seidig wie Stroh, und einen Teint, so weiß wie Mehlwürmer. Meine Augen haben die Farbe grüner Frösche, die sich gerade paaren, und meine Lippen sind so rot wie verdorbene Kirschen. Meine Brüste sind so …"

Weiter kommt er mit seinen Beschreibungen jedoch nicht, da ihn plötzlich etwas schmerzhaft am Hinterkopf trifft. Sofort dreht er sich um und blickt in die zornig strahlenden Augen von Rosemarie. Diese steht in ein Nachthemd gehüllt vor ihm und hat bereits den nächsten Schuh griffbereit. „Wage es ja nicht, etwas über meine Brüste zu sagen, du Abklatsch eines Mannes!“ Besänftigend steht Theodor auf und versucht hinter dem Stuhl in Deckung zu gehen. Gerade rechtzeitig, da das nächste Geschoss schon seinen Weg zu ihm gefunden hat. „Und was war das mit meinen Augen?“, sprühen die ihren Funken. „Sie sehen wie sich paarende Frösche aus? Geht’s dir eigentlich noch gut? Was fällt dir überhaupt ein, in mein Zimmer zu marschieren und mich zu beleidigen? Verschwinde gefälligst, bevor ich mich vergesse und meinen Nachttopf nach dir werfe!“ Von einem zum anderen Ohr grinsend, huscht Theodor schnell aus dem Raum und schließt die Tür hinter sich, auf die kurz darauf ein schwerer Gegenstand geschmissen wird. Die Zofe steht mit schreckgeweiteten Augen in der Nähe und hört die Prinzessin eine undamenhafte Schimpftirade ausstoßen. Theodor hingegen lacht aus vollem Halse und zwinkert der entsetzten Frau zu. „Ich würde warten, bis ihr die Wurfgeschosse ausgegangen sind. Nicht, dass Ihr noch einen Nachttopf an den Kopf bekommt.“ Gut gelaunt wendet er sich ab und geht pfeifend zurück in seine Gemächer. Nicht ahnend, dass ein Schatten in einer Ecke alles mitbekommen hat. Dieser reibt sich vergnügt die Hände und wendet sich in die entgegengesetzte Richtung.

„Was sagt Eure Rune? Wo befindet sich meine andere Tochter?“ „Das ist schwer zu sagen, Eure Majestät“, antwortet Giselagunde ausweichend. „Ich kann Euch nur die ungefähre Richtung nennen. Und die ist weiterhin im Süden, im Reich der Wüste.“ „Das ist doch zum Aus-der-Haut-Fahren!“, brummt König Ludwig ungehalten. „Uns läuft die Zeit davon. Barboss wird sich nicht mehr lange an der Nase herumführen lassen. Wir brauchen Eric und meine Tochter so schnell wie möglich. Es ist mir auch egal, ob er noch ein Schwein ist. Hauptsache ist, die zwei sind endlich hier. Gleich morgen nach der Hochzeit müsst Ihr wieder los. Und wehe, Ihr kommt mir mit leeren Händen zurück."

„Da gibt es nur ein größeres Problem, Eure Majestät", spricht Aron, während er sein Haupt nach unten gerichtet hält. „Wenn sich beide noch in der Stadt Sabaku aufhalten, haben wir keine Möglichkeit, unauffällig zu ihnen zu gelangen. Wenn wir entdeckt werden, dann könnte es schlimmstenfalls zum Krieg mit unserem Reich kommen." „Das hätte mir gerade noch gefehlt", stöhnt König Ludwig und reibt sich über seine müden Augen. „Ein Krieg zwischen mehreren Reichen. Als wären wir nicht schon einmal in so einer ausweglosen Situation gewesen. Dies muss auf jeden Fall verhindert werden. Du hast recht, Aron. So einfach könnt ihr nicht in die Stadt eindringen und meine Tochter und einen Schweineprinzen herausholen. Obwohl das Schwein wahrscheinlich weniger Probleme macht, da ihr es nur einem Schlachter oder Bauern abkaufen müsst." „Wenn ich einen Vorschlag unterbreiten dürfte?", räuspert sich der Haushofmeister. „Was willst du, Klausen? Hat das nicht bis später Zeit?", murrt König Ludwig ungehalten. „Ich versuche gerade angestrengt darüber nachzudenken, wie ich einen Krieg mit diesem fürchterlichen Sultan umgehen kann." „Ich wollte nur fragen, ob der Fee vielleicht eine Karte aller Reiche behilflich sein kann, damit sie den genauen Aufenthaltsort der Prinzessin und des Prinzen ermitteln könnte." Unsicher schaut Giselagunde den Haushofmeister an. „Ich weiß es nicht", kaut sie nervös auf ihren Lippen. „Aber einen Versuch wäre es auf jeden Fall wert." König Ludwig klatscht begeistert in die Hände und schaut Klausen ungeduldig an. „Dann auf!", deutet er auf ihn. „Worauf wartest du noch? Lauf und hol die Karte! Muss man denn an alles selbst denken?" Keine zwei Minuten später kommt der Haushofmeister mit einer gefalteten Karte zurück, die er sogleich auf dem großen Tisch im Zimmer ausbreitet. Sobald diese aufgeschlagen ist, greift Giselagunde nach ihrer Runenkette und hält gleichzeitig einen Schuh von Marie in die Nähe der Karte. Nicht lange, und ein rotes

Licht erscheint. Dieses konzentriert sich auf einen Punkt in der Wüste. „Kann es etwa sein …?“, fragt Ludwig ungläubig. „Haben sie vielleicht wirklich die Stadt verlassen?“ „Möglich wäre es, Eure Majestät.“ Gewissenhaft betrachtet Klausen den Punkt und studiert eifrig die Karte. „Es scheint sogar so, als wären sie auf dem Weg zu den Diamantbergen.“ „Was wollen sie denn da?“, schimpft der König und stampft mit seinem Fuß auf. „Können die nicht einfach zurückkommen? Die entfernen sich ja immer weiter von uns.“ Schon erlischt das Licht und Giselagunde kommt ins Wanken. „Ab jetzt möchte ich alle zwei Stunden genau wissen, wo sich der Punkt hinbewegt. Vielleicht können wir dadurch die genaue Richtung bestimmen.“ „Wie Ihr wünscht, Eure Hoheit.“ Aron und Klausen gehen in eine tiefe Verbeugung, während die Fee sich noch am Tisch abstützen muss. „So, genug von diesem Thema“, klatscht Ludwig in die Hände. „Eine Hochzeit plant sich schließlich nicht von selbst. Auf, und helft den anderen, alles für morgen zu organisieren! Ich werde in der Zwischenzeit mit meiner Tochter Rosemarie darüber reden und ihr die freudige Nachricht überbringen.“

„Wie konntest du nur?“ Wütend läuft Rosemarie in ihrem Zimmer auf und ab und flucht laut vor sich hin. Ihr Vater dagegen hat es sich auf ihrem Sofa bequem gemacht und kuschelt sich in die Kissen. Diese Zornesausbrüche seiner Tochter sind für ihn nichts Neues. Gelangweilt betrachtet er seine Fingernägel und wartet darauf, dass sie sich wieder abreagiert. Rosemarie denkt jedoch nicht einmal im Traum daran, dies zu tun. „Ich will Theodor nicht heiraten. Ich will überhaupt nicht heiraten. Ich will von Männern absolut nichts mehr in meinem Leben wissen.“ „Ach, Kindchen!“, spricht Ludwig in einem ruhigen Ton mit seiner Tochter. „Du hast doch keine Ahnung, was Männer betrifft. Wie kannst du dir da so sicher sein, dass du nicht Gefallen an ihnen findest? Theodor scheint doch ein ganz netter Kerl zu sein.“ Mit ihrem linken Fuß kickt sie ihre Haarbürste weg, die bereits den Weg auf den Boden gefunden hat, und funkelt ihren Vater böse an. „Das ist mir egal.

Ich will keine Marionette sein, deren Fäden du nach Lust und Laune ziehen kannst. Ich möchte selbst über mein Leben entscheiden." Traurig senkt der König den Kopf und starrt auf seine goldenen Pantoffeln. „Schatz, wenn es nach mir ginge, könntest du den ganzen Tag tun und lassen, was du möchtest. Aber leider steht der Krieg vor unseren Toren." „Wie meinst du das?" Verunsichert schaut Rosemarie auf ihren Vater und nähert sich ihm. „König Barboss ist kurz davor, uns den Krieg zu erklären, da er bereits ahnt, dass etwas nicht stimmt. Solange wir nicht deine Schwester und Prinz Eric gefunden haben, steht alles auf Messers Schneide." Verdutzt schaut die Prinzessin ihren Vater an. „Ich habe keine Schwester. Wovon sprichst du?" „Ach!", langt sich der König an die Stirn. „Das hatte ich ja ganz vergessen, dir zu erzählen. Die Kurzfassung ist, ich habe eine uneheliche und ältere Tochter, von der ich und sie nichts wussten. Sie heißt Marie und hat hier auf dem Schloss als Küchenmädchen gearbeitet." „Oh, du heiliger Feendreck!", stottert Rosemarie und greift zitternd nach einem Stuhl. „Ich glaub, ich muss mich setzen. Bist du dir sicher, dass Marie meine Schwester ist?" „Diesen Hinweis hat uns die Fee gegeben", räuspert sich Ludwig. „Hast du gewusst, dass nur die königliche Familie des Märchenwaldes diese grüne Augenfarbe haben kann?"

Plötzlich bricht Rosemarie in hysterisches Lachen aus. Sie kann sich gar nicht mehr beruhigen und wischt sich immer wieder ihre Tränen von den Wangen. Entsetzt steht Ludwig auf und kommt zu Rosemarie. Mitfühlend streicht er ihr über den Rücken. „Was hast du denn, mein Liebling? Keine Angst, sie nimmt dir nicht deinen Platz in meinem Herzen weg. Ich kenne sie schließlich nicht einmal." „Aber ich!", wandelt sich das Lachen in ein Schluchzen. Gefühlvoll schmeißt sie sich in die Arme ihres Vaters. „Vater, wir müssen sie unbedingt finden. Sie ist meine beste Freundin und ich verdanke ihr mehr als nur mein Leben." Jetzt ist es Ludwig, der verwirrt schaut. „Woher kennst du denn deine Schwester Marie? Selbst ich habe erst vor ein paar Tagen von ihrer Existenz erfahren.“ Schniefend wischt sich Rosemarie die Nase und schaut ihrem Vater tief in die Augen. „Wir wurden zusammen gefangen genommen und als Sklaven verkauft. Marie und mir gelang jedoch die Flucht. Aber leider konnte nur ich am Schluss die Stadt mit der Hilfe von Prinz Theodor verlassen. Was aus ihr wurde, weiß ich jedoch nicht. Oh, Vater!“, schnieft Rosemarie herzzerreißend. „Wir müssen sofort zu ihr und sie da rausholen.“ Begütigend klopft er ihr auf den Rücken und schaut in die Ferne. „Das versuchen wir ja, mein Liebling. Aber wir brauchen Zeit, die du uns mit dieser Hochzeit verschaffen kannst. Solange König Barboss abgelenkt ist, können meine Soldaten nach deiner Schwester suchen und sie sicher nach Hause bringen.“ Selbstbewusst steht Rosemarie auf und schaut ihren Vater eindringlich an. „Gut, ich mache es! Aber nicht für dich, weil ich immer noch stinksauer auf dich bin. Und auch nicht für Theodor oder unser Reich. Ich mache es, weil ich Marie so vieles verdanke und ihr auf jede erdenkliche Weise helfen möchte. Sag also diesem eingebildeten Prinzen, dass wir morgen zu Mann und Frau erklärt werden.“ Ein wenig rumdrucksend, schaut der König im Raum herum und macht noch keine Anstalten, diesen zu verlassen. Das Verhalten ihres Vaters ist Rosemarie nicht entgangen und lässt sie genervt mit den Augen rollen. „Kann es sein, dass du mir noch etwas sagen möchtest?“ „Na ja!“, fängt Ludwig ausweichend an. „Da gibt es tatsächlich noch eine winzige Kleinigkeit, die du wissen solltest.“ „Und die wäre?“, will Rosemarie ungeduldig wissen. „Damit wir eure Abwesenheit dem König erklären konnten, habe ich daraus eine leidenschaftliche Liebesbeziehung kreiert. Es wäre also nützlich, wenn du deinen zukünftigen Mann am Hochzeitstag nicht mit Blicken töten würdest.“ Augenblicklich beginnt Rosemaries Körper vor Zorn zu beben und ihre Stimme nimmt einen unheimlichen Klang an. Langsam zeigt sie mit ihrem Finger zur Tür, während sie gezielt ihre Worte an ihren Vater richtet. „Raus, oder ich werde mich vergessen!“ Schon läuft Ludwig zur Tür und hetzt förmlich aus dem Raum. Kaum ist er aus dem Zimmer, schreit Rosemarie ihren ganzen Frust heraus und lässt dadurch beinahe die Wände wackeln. „Wie können diese Männer es nur wagen, immer über meinen Kopf hinweg zu entscheiden!“, nimmt sie sich eine Vase zur Hand und donnert sie gegen die Tür. „Aber wartet es nur ab!“, greift sie sich das nächste Wurfgeschoss. „Euch werde ich schon zeigen, wie ich als verliebte Frau sein kann. Dieses Spiel kann ich auch spielen.“

Unter einer Decke voller Wüstensand

Schon seit Stunden tobt der Sandsturm über ihr notdürftiges Lager hinweg. Marie fällt das Atmen immer schwerer, da sich überall Sand in der Luft befindet. Ihr Tuch vor dem Gesicht bietet zwar einen gewissen Schutz, macht ihr das Atmen aber auch nicht leichter. Kurz bevor sie sich aus Verzweiflung den Sandschutz von ihrer Nase und ihrem Mund entfernen möchte, ebbt der Wind aber langsam ab. Sie kann richtig spüren, wie sich die Natur beruhigt. Die Decke über ihnen hat auch schon aufgehört, wie wild zu flattern, und liegt fast still auf ihnen. Marie könnte vor Glück weinen, so sehr hat sie sich gewünscht, diesen Sturm zu überleben. Ihren Freund Jorik hingegen muss sie kräftig schütteln, da er doch tatsächlich die letzte Stunde geschlafen hat. Dieser reißt erst einmal weit das Maul auf und gähnt genüsslich vor sich hin. „Ernsthaft jetzt?!“, schaut Marie ihn vorwurfsvoll an. „Da schweben wir in Lebensgefahr und du hältst hier einfach ein Nachmittagsschläfchen. Deine Ruhe möchte ich einmal haben.“

Eric braucht erst einen Moment, um seine Gedanken zu ordnen, da ihm der Sauerstoffmangel unter der Decke doch mehr zugesetzt hat als gedacht. Wie durch dicke Watte bekommt er am Rande mit, dass die Gefahr wohl gebannt ist und sie tatsächlich noch leben. Schwungvoll lüftet Marie die Decke, reißt sich das Tuch vom Gesicht und atmet genüsslich ein. „Oh, du heiliger Zwerg!“, streckt sie ihr Gesicht in die Sonne. „Tut das gut! Frische Luft ist doch das

Schönste, was es auf dieser Welt gibt." Eric kann sich ihrer Ausführung nur anschließen. Auch er zieht genießerisch den Sauerstoff in seine Lungen, während er aus den Augenwinkeln einen Blick in das Tal erhascht, welches er vorhin noch erreichen wollte. Zu seinem Entsetzen ist von diesem jedoch nichts mehr zu sehen. Die Vertiefung ist komplett verschwunden, weil sich in ihr nur noch meterhoher Sand befindet, der sich wohl während des Sturmes dort gesammelt hat. Ein kalter Schauer läuft ihm über den Rücken, wenn er bedenkt, wie knapp er schon wieder einmal seinem Tod entronnen ist.

„Puh, bin ich froh, unter dieser Decke heraus zu sein", streckt Marie alle ihre Glieder von sich. Lautes Knacksen unterbricht jedoch ihr Tun und sie krümmt sich zusammen. „So ein Feendreck!", flucht sie mit verzerrtem Gesicht. „Ich hatte ganz vergessen, in welchem Körper ich stecke. Kein Wunder, dass ich diese Rückenschmerzen habe. Alt zu sein ist definitiv kein Spaß." Kurz darauf geht sie zur Decke zurück und lüftet diese, sodass unter ihr die Vorräte und die Wasserflaschen zum Vorschein kommen. „Möchtest du auch etwas trinken?", fragt Marie ihren Freund Jorik und hält ihm den prall gefüllten Wasserschlauch entgegen. Begeistert reißt er die Augen auf. Lachend öffnet Marie den Schlauch und schüttet sich Wasser in die Hand hinein.

Ungeachtet der schrumpeligen Hand, in der sich das Wasser befindet, beginnt Eric gierig jeden Tropfen aufzulecken. Nachdem er seinen schlimmsten Durst gestillt hat, gönnt sich auch Marie ihren Anteil. Das Kamel sitzt währenddessen immer noch auf seinem Platz und schaut gelangweilt in der Gegend herum. Eric hätte nicht gedacht, dass ihm einmal ein Kamel, eine Decke und eine alte Frau das Leben retten würden. Sein Leben steht gerade auf dem Kopf. Anstatt jedoch gleich wieder aufzubrechen, schauen er und Marie in die Ferne. Nach einiger Zeit fängt Marie zu sprechen an. „Du kannst dir gar nicht vorstellen, wie glücklich

ich darüber bin, auf mein Bauchgefühl gehört zu haben", fasst sie in den Sand und lässt ihn durch ihre Finger rieseln. „Ich habe sehr angestrengt überlegt, wo der beste Ort wäre, einen Sandsturm zu überleben. Siehst du diese Stelle dort?", deutet Marie kurz darauf dorthin, wo sich vorher das Tal befunden hatte. „Eigentlich war ich kurz davor, hinter dieser Düne in einem kleinen Graben Schutz zu suchen. Aber irgendwie hatte ich das untrügliche Gefühl, dort nicht sicher zu sein, und entschied mich für einen höheren Standort. Seltsamerweise habe ich geahnt, dass der Sand uns dort unten begraben würde. Das ist schon unheimlich, findest du nicht? Denn manchmal sind es Kleinigkeiten, wie eben nur ein Bauchgefühl, die uns das Leben retten können." Nach diesen Sätzen steht Marie auf und wendet sich dem Kamel zu.

Während sie den Proviant von Sand befreit und auf den Schlitten schnallt, ist Eric tief in Gedanken versunken. Sie hat recht, geht es ihm immer wieder durch den Kopf. Egal, wie unwichtig eine Entscheidung oder eine Handlung erscheint, sie können doch über ein ganzes Leben entscheiden, auch wenn es auf den ersten Blick nicht so scheint. Eric wird ganz schlecht bei dieser Erkenntnis. Wie häufig hat er wohl schon falsche Entschlüsse gefasst und sich fehlerhaft verhalten? Ist es überhaupt möglich, immer die richtige Wahl zu treffen? Kann es nicht sogar sein, dass man vieles erst im Nachhinein erkennt? Wäre es dann nicht sinnvoll, immer wieder seine Entscheidungen zu hinterfragen und zu kontrollieren, ob sie sinnvoll waren und immer noch sind? Dieses Wissen sollte er sich für seine spätere Regentschaft unbedingt merken. Auch ein König kann sich in die verkehrte Richtung bewegen. Ob er aber ein weiser König ist, liegt nicht daran, dass er immer recht hat, sondern daran, dass er seine Fehler erkennt und diese sich eingesteht, damit er sie berichtigen kann. „Jorik, jetzt komm!", reißt ihn kurz darauf Marie aus seinen Gedanken. „Wir müssen weiter. Wenn wir uns ranhalten, dann können wir heute Abend noch die Ausläufer der Diamantberge erreichen, falls Ali sich nicht vertan und uns ins Niemandsland geschickt hat."

Obwohl Marie vor Müdigkeit die Augen kaum noch offen halten kann, ist es ihr unmöglich, auf diesem Kamelrücken zu dösen. Schon seit dem Beginn ihres Weges weiß sie, warum Kamele auch die Schiffe der Wüste genannt werden. Auf ihnen wird einem nämlich genauso schnell schlecht wie auf einem Boot bei starkem Wellengang. Egal, auf welchem Fortbewegungsmittel sie sich die letzten Tage befunden hat, sie empfindet es immer als notwendiges Übel und würde am liebsten an Ort und Stelle verweilen oder eben zu Fuß gehen. Leider ist sie in diesem Körper aber nicht mehr in der Lage, lange Wegstrecken zu marschieren. Schon seit einiger Zeit hat sich in ihrem Magen ein flaues Gefühl eingestellt, welches sie mit größter Mühe in Schach hält. Auch ein Blick nach hinten zeigt ihr, dass es ihrem Freund nicht besser ergeht. Gerade als Marie ihren Kampf mit ihrer Übelkeit schon aufgeben möchte, hört sie den festen Hufschlag ihres Kamels. Wie es scheint, weicht der Sand in dieser Gegend festem Boden. Noch nie hat Marie sich so gefreut, Hufgeklapper zu hören. Ihre Begeisterung nimmt sogar noch zu, als sie hinter der nächsten Düne die ersten grauen Felsen erblicken kann, die aus dem Sand ragen. Eine halbe Stunde später gehen sie bereits über dürres, gelbes Gras und können die Berge in einiger Entfernung erkennen. Und als sie an einen Ort kommen, der von kargen Büschen umgeben ist, hält Marie ihre kleine Reisekolonne an. „Hier werden wir unser Nachtlager aufschlagen", spricht sie erleichtert und steigt vorsichtig und langsam von ihrem Kamel herunter. „Oh, du lieber Zwergenbart!", gibt sie jedoch ein qualvolles Stöhnen von sich. „Mein Rücken fühlt sich an, als wäre er hundert Jahre alt. Dabei bin ich doch erst sechzig oder siebzig."

Eric kann ihren Sinn für Humor einfach nicht verstehen und vertritt sich die Beine. Während Marie alles für ihr Nachtlager herrichtet und Büsche als Brennholz sammelt, schaut Eric sich in dieser Gegend um. Sie erscheint ihm absolut trostlos und lebensunfreundlich. Deswegen geht er lieber gleich zu Marie und dem muffelnden Kamel zurück. So eine gute Nase kann schon ein Fluch sein, wenn man stundenlang den fürchterlichsten Gerüchen ausgesetzt ist, denkt Eric an den Sandsturm zurück. Denn unter der Decke hätte sich Eric fast übergeben, so sehr hat es nach Schweiß und abgestandenem Tierfell gestunken. Dieses Kamel hat wohl noch nie in seinem Leben ein Bad genommen. Als er zurückkommt, sitzt Marie schon vor einem kleinen Feuer, da die Nacht schon ihre Fühler ausgestreckt hat und die Temperaturen gesunken sind. Neben ihr liegen Brot und ein getrocknetes Fleischstück, die Eric das Wasser im Mund zusammenlaufen lassen. Hungrig macht sich Eric darüber her und hat in wenigen Sekunden alles verschlungen. „Nicht so schnell, mein Freund!“, lacht Marie und lutscht noch immer an ihrem Brot herum, da ihre Zähne nicht mehr so hart kauen können. Bald darauf bricht die Dunkelheit ganz über sie herein und lässt das Feuer noch strahlender erscheinen. Beide sitzen sie tief in Gedanken versunken zusammen und starren in die heiße Glut. Eric ist der Erste, der langsam wegdämmert und sich auf einen erholsamen Schlaf freut, als Marie plötzlich schreiend aufspringt. „Ah! Was war das?“ Vehement schüttelt sie ihre Kleidung aus und springt in die Luft. „Irgendwas hat mich gerade in den Oberschenkel gestochen.“ Sofort ist Eric alarmiert und sucht den Boden nach dem Übeltäter ab. Und zu seinem großen Entsetzen findet er einen Skorpion mit riesigem Schwanz und kleinen Scheren, der noch schnell das Weite sucht. Marie hingegen hat ihn nicht gesehen und stampft weiterhin im Kreis herum. Sie dürfen keine Zeit verlieren, geht es Eric durch den Kopf und er beginnt panisch zu bellen, weswegen ihn Marie verwirrt anschaut. „Jetzt beruhig dich doch, mein Großer! So schlimm war der Stich nun auch nicht. Mich haben schon so viele Bienen gestochen, da kommt es auf einen weiteren Stich nicht an.“ Es ist zum Mäusemelken! Wie kann er ihr nur klarmachen, was gerade passiert ist und wie giftig Skorpione sind? Sie hingegen setzt sich wieder gemütlich auf ihren Felsen und wärmt ihre Hände am Feuer. Immer wieder greift sie zu ihrem Oberschenkel und reibt diesen. „Dieses Vieh kann verdammt gut zustechen. Das brennt ja höllisch.“ Nun läuten alle Alarmglocken bei Eric. Er hat keine Ahnung, wie lange es dauert, bis das Gift ihr

Herz oder ihre Nerven erreicht hat, aber er weiß, dass es passieren wird. Ohne auf ihre Proteste zu achten, kommt er zu ihr und versucht, den grünen Smaragd, der um ihren Hals hängt, zu ergattern. „Jetzt übertreib nicht, Jorik. So ein kleiner Stich wird mich schon nicht umbringen." Wenn sie wüsste, denkt Eric verzweifelt und intensiviert seine Bemühungen. Sobald er den Stein in seinem Maul hat, steht er demonstrativ vor ihr und schaut sie abwartend an. „Gut, dann darfst du mich eben heilen, wenn es dir so wichtig ist", gibt sich Marie nach einiger Zeit geschlagen, zieht sich vorsichtig ihren Rock nach oben und entblößt ihren Oberschenkel. Bestürzt sieht sie den großen roten Fleck, der sich schon fast auf ihrem ganzen Bein ausgebreitet hat. Unsicher richtet sie sich an Eric.

„Es ist vielleicht doch keine schlechte Idee, mich zu heilen. Ich scheine wohl stärker auf die hier ansässige Insektenwelt zu reagieren." Kaum sieht Eric das sich verbreitende Gift, legt er augenblicklich den Stein auf ihre Haut, berührt ihn mit seiner Schnauze und wünscht sich ihre Heilung. Aber selbst nach fünf Minuten hat sich nichts verändert. Bestürzt versucht es Eric ein weiteres Mal. Auch dieser Versuch verläuft ohne Erfolg. Bedächtig nimmt Marie alle Steine in ihre Hand und schließt die Augen. „Wie es scheint, Jorik", spricht sie kurz darauf ihre Erkenntnis aus, „ist der Stein gerade leer. Die anderen zwei kribbeln ganz leicht in meiner Hand, während sich dieser Stein kalt anfühlt. Ich fürchte, wir können nicht auf seine heilende Wirkung zugreifen." Entsetzt reißt Eric sein Maul auf. Wenn ihm nicht bald etwas einfällt, dann wird Marie diese Nacht nicht überleben. Ihre Augen beginnen bereits seltsam zu glänzen und er bemerkt die leichte Veränderung ihrer Atmung. Sie müssen dringend jemanden finden, der ihr bei dieser Vergiftung helfen kann. Sofort sucht er die wichtigsten Dinge zusammen und deutet Marie mit seinem Kopf an, sich auf den provisorischen Schlitten zu legen. „Jetzt übertreib aber nicht, Jorik!", winkt sie jedoch seine Bemühungen ab. „Mir geht es schließlich noch gut und ich habe nicht vor, mich wegen eines

Stiches unterkriegen zu lassen.“ Dieses Mal jedoch rückt Eric keinen Meter von seiner Meinung ab. Ohne Kompromisse nervt er sie so lange, bis sie ergeben ihre Arme in die Luft streckt und sich ihrem Schicksal ergibt. Grummelnd legt sie sich auf die Liege, während Eric mit seinem Bellen das Kamel in Richtung Diamantberge antreibt. Er weiß zwar nicht, ob sie rechtzeitig jemanden finden, der ihr helfen kann. Aber er hofft inständig, dass sie genug Zeit haben, dies herauszufinden. Denn dieses Mal liegt es eindeutig an ihm, ihr Leben zu retten.

Nachts auf dem königlichen Bankett

„Wo bleibt sie nur?“ König Ludwig wird immer nervöser, während Theodor sich an einem aufgesetzten Lächeln versucht und den großen Saal im Auge behält. Schon seit zehn Minuten sitzen sie zusammen mit einer Schar Adliger an einer reich gedeckten Tafel und blicken auf die goldenen Servierdeckel, die verzweifelt das Essen warm halten. Theodor ist am Ende seiner Geduld angelangt und kann seinen Vater, der zu seiner Linken sitzt und wütend auf seinen leeren Teller starrt, gut verstehen. Doch leider können sie nicht ohne Prinzessin Rosemarie beginnen, da dieses Dinner das offizielle Verlobungsbankett darstellt. Und wie würde es denn aussehen, wenn man ohne die Verlobte beginnen würde? Aber gerade als Theodor beschließt, nach seinem störrischen Weib zu sehen, geht ein Raunen durch die Menge und König Ludwig spuckt vor Überraschung die Hälfte seines Weines auf den Tisch. Theodor hingegen muss schwer mit einem Lachanfall kämpfen. Denn so und nicht anders kennt und mag er seine kleine Wildkatze. Es hätte ihn auch gewundert, wenn sie sich ohne Widerspruch in ihr Schicksal gefügt hätte. Und was das für ein Widerspruch ist! Ihr Kleid sieht so fürchterlich aus, dass es selbst den Modegeschmack von Giselagunde schwer in den Schatten stellt. Anstatt einer dezenten Farbe ist es in knalligem Orange gehalten und besitzt grüne Punkte in unterschiedlichen Größen. Dazu trägt sie einen farblich passenden Hut, der jedoch voller Pfauenfedern ist, die steil in die Höhe ragen. Ihre Lippen und ihre Wangen sind so rot eingefärbt, dass es schwer ist, dahinter überhaupt das schöne Antlitz von ihr zu erkennen. Nur ihre strahlend grünen Augen, die ihn direkt anvisiert haben, zeigen deutlich, wer hinter dieser absurden Maskerade steckt. Und als sie zu sprechen beginnt, kann Theodor deutlich König Ludwigs kalkweißes Gesicht sehen und ihn um Fassung ringen hören. Theatralisch legt die Prinzessin sich den Arm auf die Stirn und kippt ihren Kopf nach hinten. „Oh, bitte verzeiht meine Verspätung!“, säuselt sie in einer sehr hohen und unangenehmen Tonlage. „Da heute ein so wichtiger Tag ist, wollte ich unbedingt besonders schön für mein gut riechendes Hasenpupsi aussehen.“ Eine kurze Pause entsteht, die nur durch vereinzeltes Hüsteln unterbrochen wird, das sich sehr nach kaschierten Lachern anhört. Und schon schreitet sie mitten in den Saal und schreit aus vollen Lungen: „Theodor, mein Schnuffelchen! Willst du mich nicht zu Tische geleiten?“ Wie erstarrt sitzt er da und muss an ihre gemeinsame Zeit bei den Jägersleuten denken, wo sie ihm bereits groteske Spitznamen gegeben und ihn zur Weißglut getrieben hat. Aber heute wird er den Spieß umdrehen, denkt Theodor spitzbübisch, erhebt sich und geht auf Rosemarie zu. Galant verbeugt er sich vor ihr und deutet einen keuschen Handkuss an.

„Wie du willst, mein kleines Kaktuspflänzchen.“ Gerade noch rechtzeitig schafft es Rosemarie, ihre Mimik unter Kontrolle zu halten, und schaut ihn weiterhin lächelnd an. Gemeinsam schreiten sie zur gedeckten Tafel und lassen sich nieder, wobei Rosemarie neben Theodors Rechten Platz nimmt. Doch anstatt die Scharade jetzt zu beenden, beginnt Rosemarie erst richtig. Entgegen der Sitte, sich als Frau nur wenig auf den Teller zu legen, bedient sie sich von allen Speisen. Und nachdem ihr Teller bereits eine gefährliche Höhe erreicht hat, beginnt sie einen zweiten und sogar noch einen dritten Teller zu füllen. Vollbeladen stehen diese nun vor ihr und nehmen nicht nur ihren Sitzplatz, sondern auch den von Theodor und ihrem Vater ein. Doch damit nicht genug. Sie lässt Gabel und Messer einfach auf dem Tisch liegen, ergreift mit ihren Händen die Speisen und stopft sie unappetitlich in den Mund. Laut schmatzend stöhnt sie genießerisch. Theodors Aufmerksamkeit ist vollkommen auf sie gerichtet. Fasziniert beobachtet er, wie sehr sie sich bemüht, unangenehm am Tisch aufzufallen. „Willst du das noch essen?“, reißt sie ihn plötzlich mit ihrer Frage aus seiner Starre. Doch bevor Theodor reagieren kann, hat sie auch schon seinen Hähnchenschenkel von seinem Teller genommen und beißt ein großes Stück heraus. Verstohlen schaut Theodor zu seinem Vater, dem vor Schreck die Gabel aus der Hand fällt, als Rosemarie würgend das Fleischstück lautstark auf Theodors Teller zurückspuckt. „Ist doch nicht mein Geschmack“, erklärt sie sich räuspernd und wendet sich wieder ihren eigenen drei Tellern zu. „Man muss sie einfach liebhaben!“, hüstelt Theodor belustigt und schenkt seinem Vater ein kurzes Augenzwinkern.

König Barboss und auch König Ludwig sind entsetzt. Und bereits zwei Minuten später entgleiten ihnen vollständig die Gesichtszüge, als Rosemarie nach einem Weinglas verlangt, aufsteht und mit kräftiger Stimme alle um Ruhe bittet. Theodor hingegen lehnt sich gemütlich in seinem Stuhl zurück und genießt als Einziger in diesem Saal dieses Schauspiel. „Meine lieben Könige, verehrte Gäste und mein geliebtes Flauschibärchen!“, dreht sie sich kurz zu ihm und schenkt ihm ein teuflisches Lächeln. „Ich freue mich riesig, Euch heute alle hier zu meiner Verlobungsfeier begrüßen zu dürfen. Diejenigen, die mich kennen, wissen, wie sehr ich mich schon seit Jahren auf einen edlen Prinzen gefreut habe, der mein Herz im Sturm erobert. Seine charmante Art mir gegenüber und die heiße Nacht am Fluss haben mich vollkommen für ihn eingenommen. Da ist es auch ganz nebensächlich, wie klein seine Ausstattung ist oder wie schlecht er küssen kann. Er ist …“ „Schluss jetzt, Rosemarie!“, donnert ihr Vater lautstark dazwischen. „Es ist genug!“ „Wie Ihr wünscht, Vater“, nickt Rosemarie ehrfürchtig und setzt sich hin, wobei sie rein zufällig Theodor verschmitzt zuzwinkert. Dieses kleine Biest, denkt Theodor schmunzelnd und überlegt, wie sie wohl darauf reagieren würde, wenn er einfach das Spiel mitspielen würde. Seinen Plan gleich ausprobierend, nimmt er sich eine Erdbeere vom Tisch und taucht sie heimlich in dunkle Bratensauce anstatt in Schokolade, bevor er sie ihr vor die Lippen hält. „Komm, mach dein Mäulchen auf, meine Honigpraline“, säuselt er gekünstelt. „Du liebst doch Erdbeeren über alles. Und diese ist besonders köstlich.“ Sich keine Blöße gebend, öffnet sie ihren Mund und lässt sich die Erdbeere auf ihre Zunge legen. Doch nur ein kurzes Stocken ihrer Atmung verrät, dass sie seine kleine Aktion bemerkt hat. Sie wiederum angelt sich eine Essiggurke und tunkt diese dafür in die Schokolade ein. Frech grinsend kommt sie mit dieser näher an ihn heran und hält sie auffordernd vor seinen Mund. „Sag *Ahhh*, mein Honigkuchenpferdchen! Diese Essiggurke ist nur für dich.“ Siegessicher wartet sie auf Theodors abweisende Reaktion, wird jedoch von ihm überrascht, als er ihr Handgelenk ergreift und die Gurke Stückchen für Stückchen aus ihren Fingern isst. Und was den letzten Bissen betrifft, so öffnet er seine Lippen so weit, dass er nicht nur die Gurke, sondern auch ihren Finger im Mund hat. Langsam und genüsslich saugt er kurz an ihrem Finger, bevor er diesen freigibt und sich provokant über die Lippen leckt. Womit er jedoch nicht gerechnet hat, ist das Zittern, das durch ihren Körper geht, als er die Worte „Du schmeckst köstlich!“ gebraucht. Beunruhigt sieht er die Wandlung, die sich innerhalb von Sekunden auf ihrem Gesicht zeigt. Aus der vorher selbstbewussten und frechen Prinzessin ist plötzlich jegliche Kraft gewichen. Sofort steht er schwungvoll auf, reißt ihren Stuhl nach hinten und nimmt sie in seine Arme. „Meine Damen und Herren“, erhebt er seine Stimme, „ich muss nur kurz meine Verlobte entführen. Bitte wartet nicht auf uns.“ „Auf die Verliebten! Mögen sie noch bis zur Hochzeitsnacht warten“, erklingt kurz darauf der Ruf eines Spaßvogels, bevor Applaus Theodors Abgang begleitet. Nur einer am Tisch ist von dieser ganzen Entwicklung weniger begeistert. König Barboss sieht missmutig in seinen Weinkelch und schwenkt diesen in Gedanken versunken im Kreis.

So schnell und angemessen wie möglich, stürmt Theodor aus dem Raum und nimmt gleich die nächste Tür rechts. Diese führt einen Gang entlang, der direkt in einen Wintergarten mündet. Umgeben von Blumen und dem Plätschern eines Brunnens, legt er Rosemarie auf eine mintgrüne Chaiselongue, die versteckt in einer ruhigen Ecke steht. Der Raum wird nur schwach von einzelnen Fackeln beleuchtet, die von draußen hereinscheinen. Kaum hat er sie losgelassen und ihren Hut entfernt, möchte sie sich auch schon zusammenrollen. Theodor jedoch ergreift ihre Arme und zwingt sie, ihn weiterhin anzusehen. „Nein, du wirst jetzt nicht wieder anfangen, dich zurückzuziehen. Sprich mit mir! Was ist dir passiert und wie kann ich dir helfen?“ Bewusst dreht sie ihren Kopf zur Seite und vermeidet seinen Blick. Mit schwacher Stimme antwortet sie, dass sie mit ihm nicht darüber reden kann. „Du kannst mit mir über alles reden, Rosemarie“, streicht er ihr eine Haarsträhne hinters Ohr. „Bitte, lass dir helfen! So kann es nicht weitergehen. Ich möchte meinen Kaktus zurückhaben. Ich möchte die Prinzessin, die mit Schuhen wirft, wenn ihr etwas nicht passt. Ich möchte die Frau, die für eine gute Sache eine Schar von Schweinen küsst und die mit einem Fischer flirtet, damit er so schnell segelt, dass mir schlecht wird.“ Leise, kaum hörbar, fügt er noch hinzu: „Und ich möchte die Rosemarie zurück, die mich im Angesicht des Todes küsst und ihre ganze Liebe in genau diesen Moment legt.“ Einzelne Tränen rinnen über ihr Gesicht und benetzen ihre Kleidung.

„Ich kann dir diese Frau nicht zurückgeben“, entkommt Rosemarie ein Schluchzen. „Diese Rosemarie gibt es nicht mehr. Denn ich bin nur noch die Hülle einer Frau, die entehrt und beschmutzt wurde. Allein der Gedanke, wieder einen Mann an mich heranzulassen, lässt mich schier verzweifeln. Sobald ich meine Augen schließe, befinde ich mich in Sabaku und kann meinen Peinigern nicht entfliehen. Ich fühle mich immer noch hilflos und ausgeliefert. Das ist auch der Grund, warum ich dich unmöglich heiraten kann, Theodor. Du verdienst keine kaputte Hülle. Du verdienst etwas Besseres." Sanft streicht er ihr über die Wangen und wischt behutsam ihre Tränen weg. „Und was mache ich, wenn ich aber keine andere Frau möchte? Wenn ich alles dafür tun würde, ihr bei ihren Albträumen beizustehen, und sie halten möchte, wenn sie traurig ist?" Überrascht reißt Rosemarie ihre Augen auf. „Ich verspreche dir, ich werde nichts tun, was du nicht möchtest", erklärt Theodor weiter. „Aber bitte lass es uns wenigstens versuchen. Nicht nur um des Friedens willen, sondern auch für uns." Mit einem leichten Nicken reagiert Rosemarie auf seine Worte. Diesen Moment nutzt Theodor und beugt sich zu ihr. Bevor er jedoch ihre Lippen berührt, schaut er ihr tief in die Augen und stellt ihr eine Frage. „Rosemarie, darf ich dich küssen?" Erst nach einigem Zögern schüttelt sie ihren Kopf. „Ich kann nicht, Theodor. Versteh doch!" Unglücklich zieht er seine Hand weg und weicht von ihr zurück.

Langsam erhebt Rosemarie sich und versucht ihr Kleid zu richten. „Wir sollten unsere Gäste nicht noch länger warten lassen. Die Aufführung muss schließlich weitergehen." Theodor betrachtet sie verunsichert. „Bist du sicher, dass du schon wieder in Ordnung bist? Wir können gerne noch eine Weile hierbleiben oder ganz von der Feier fernbleiben." „Das geht nicht!", seufzt Rosemarie schweren Herzens. „Dein Vater muss schließlich glauben, wir würden uns von Herzen lieben und die Hochzeit morgen wäre unser größter Traum." Zynisch lachend schlägt Theodor sich auf den Oberschenkel. „Und du meinst, dein Auftritt hat dazu beigetragen, ihn davon zu überzeugen?" „Wenn ich schon zur Schlachtbank geführt werde, dann aber nur mit einem lauten Knall", schenkt sie ihm ein kleines Lächeln. „Und davon abgesehen, wollte ich meinem Vater eins auswischen." „Das ist dir prächtig gelungen", nickt Theodor zustimmend. „Seinen entsetzten Blick, als du über meine Ausstattung gesprochen hast, werde ich in meinem ganzen Leben niemals vergessen. Also komm!", reicht er ihr die Hand. „Auf in die nächste Runde!" „Du kannst schon vorgehen", erklärt sie zögernd. „Ich möchte mich nur noch umziehen. Ich glaube, für heute habe ich alle genug schockiert." „Wie du möchtest", verbeugt Theodor sich galant. „Du würdest mir aber auch in einem Mehlsack gefallen. Für mich musst du dich nicht umziehen." Mit einem echten Lächeln auf den Lippen verlässt sie den Raum, während Theodor noch für ein paar Minuten die Ruhe und Abgeschiedenheit genießt.

König Barboss steht, vor Blicken geschützt, hinter einer großen Säule und betrachtet die sich zum Tanz drehenden Paare mit Gleichgültigkeit. Bereits seit einiger Zeit wartet er auf seinen Berater Remolon, der ihm einige interessante Neuigkeiten versprach. Aus seinem Versteck heraus entgeht ihm nicht das kleinste Detail, was hinter vorgehaltener Hand über die Prinzessin und seinen Sohn gemunkelt wird, weswegen sich Wut und Zorn in seinen Eingeweiden zusammenballen. Denn wie es scheint, ist die weitläufige Meinung, dass sich die Prinzessin einen bösen Scherz erlaubte und ihren Vater damit blamieren wollte. „Verzeiht, Majestät!", hört König Barboss plötzlich das leise Raunen von Remolon. „Ich wurde aufgehalten." „Das wurde aber auch Zeit", brummt der König ungeduldig. „Was hast du für mich?" „Laut meinen Nachforschungen", erklärt der Berater mit zischender Stimme, „hat noch nie jemand im Schloss Prinzessin Marie gesehen oder gar von ihr gehört. Und was Euren Sohn Eric betrifft, so steht sein heißgeliebter Schimmel schon seit Tagen im Stall, wohingegen keiner weiß, wohin der Prinz unterwegs ist und wie er das Schloss verlassen hat." Kurz legt Remolon eine Sprechpause ein, bevor er seine Stimme senkt und flüstert: „Wenn Ihr mich fragt, haben sie ihn wahrscheinlich kaltblütig ermordet und seine Leiche weggeschafft. Und was Euren zweiten Sohn betrifft, so verachtet die Prinzessin diesen und spielt Euch nur etwas vor, Eure Majestät." Wütend schlägt König Barboss mit seiner Faust in seine

Hand. „Ich habe immer gewusst, dass Ludwig hinter seiner freundlichen Fassade ein Monster sein muss. Ich hätte mich damals nicht auf den Friedensvertrag einlassen dürfen und sein Reich dem Erdboden gleichmachen sollen. Jetzt hat er mir nicht nur meine geliebte Frau, sondern auch meinen älteren Sohn genommen. Aber was nicht ist, kann ja noch werden“, presst König Barboss zwischen seinen Zähnen zornig hervor. „Sammle alle meine Soldaten zusammen und hol meinen jüngsten Sohn. Wir werden heute noch das Schloss verlassen, denn ab morgen herrscht Krieg.“

„Wartet, mein König!“, blickt Remolon sich verschmitzt nach allen Seiten um. „Ich habe eine bessere Idee. Lasst doch Theodor und Rosemarie heiraten! Danach beseitigen wir die Prinzessin und ihren Vater und besitzen sein Reich, ohne vorher einen verlustreichen Krieg geführt zu haben.“ „Und wie genau willst du das anstellen?“, will Barboss interessiert wissen und beugt sich zu seinem Berater. „Dies, Eure Hoheit“, beginnen Remolons Augen bösartig zu funkeln, „lasst bitte meine Sorge sein. Wichtig ist nur, dass Euer Sohn morgen vor dem Traualtar eine Erbin dieses Reiches heiratet und sie des Nachts entjungfert. Und besteht auf den Beweis am nächsten Tag, damit die Ehe nicht mehr annulliert werden kann.“ „Ist das mit dem Bettlaken nicht etwas übertrieben, Remolon?“, verzieht König Barboss angewidert sein Gesicht. „Wir leben ja schließlich nicht mehr im finsteren Märchenalter.“ „Doch, Eure Hoheit, ich muss darauf bestehen“, zuckt es um Remolons Mundwinkel. „Wir brauchen schließlich einen Beweis für das Volk, dass Theodor der nächste und rechtmäßige König dieses Reiches ist. Und sobald die Hochzeit vollzogen ist, werde ich Euch so schnell wie möglich von Eurer ungeliebten Schwiegertochter und ihrem Vater befreien. Vertraut mir!“ „Gut, Remolon“, nickt der König seinem Berater zu. „Ich verlasse mich auf dich. Aber wehe, du versagst!“ Eine letzte Verbeugung, und sein Berater hat die Nische verlassen. Barboss könnte vor Wut platzen. Jetzt hat es dieser Halunke Ludwig schon wieder geschafft, ihm etwas zu nehmen, an dem sein Herz hing. Aber dieses Mal wird es kein vorzeitiges Ende geben. Einer von ihnen wird sterben, und wenn es das Letzte ist, was er tut.

Sich im Raum umsehend, erblickt König Barboss seinen jüngeren Sohn, der sich angeregt mit König Ludwig unterhält. Daraufhin verlässt er wütend sein Versteck und gesellt sich zu ihnen. Wer weiß schließlich, was für fürchterliche Dinge dieses Monster seinem unschuldigen Theodor ins Ohr flüstert? Er hätte seine Söhne niemals allein hierherkommen lassen dürfen. Schließlich weiß er nur zu gut, zu welchen Boshaftigkeiten Ludwig fähig ist, auch wenn er sich gerade über Ernten und Ackerbau unterhält. Kurz darauf geht erneut ein Raunen durch den Saal und kündigt abermals das Erscheinen der Prinzessin an. Barboss' Hände verkrampfen sich bereits bei dem Gedanken, der unverschämten Prinzessin erneut gegenüberzustehen, als sein Blick auf sie fällt. Doch dieses Mal trägt sie ein wunderschönes Kleid in sanften Pastelltönen und mit dezenten Schleifen. Ihre Haare fallen gelockt bis zu ihrer Hüfte und sie trägt auf ihrem Kopf ein zartes Diadem. Würdevoll schreitet sie durch die Menge und hält direkt vor den Königen und Theodor an. Hier geht sie in einen tiefen Knicks und wartet eine kurze Zeit, bevor sie ihren Kopf hebt. Die Musik ist verstummt und die Menge wartet mit angehaltenem Atem, was als Nächstes passieren wird. Daraufhin tritt Theodor auf Rosemarie zu und deutet zum zweiten Mal an diesem Abend einen keuschen Handkuss an. Freundlich lächelnd, dreht er sich zu seinem Vater und verneigt sich auch vor ihm. „Vater, darf ich Euch meine Braut, Prinzessin Rosemarie, nochmals vorstellen?“ König Barboss ist erst einmal sprachlos. Denn vor ihm steht plötzlich der Traum eines jeden Mannes. Diese Frau ist nicht mehr mit der zu vergleichen, die er am Tisch gesehen hat.

„Es ist mir eine Freude, Euch kennen zu lernen“, spricht Rosemarie höflich und kultiviert mit König Barboss und neigt ihren Kopf. Und noch bevor der König ihr antworten kann, hat Theodor sie bereits geschnappt, stellt sich mit ihr zusammen in die

Mitte des Raumes und wartet auf die ersten Musikklänge. Als ein Walzer gespielt wird, packt er sie an der Hüfte und führt sie elegant durch den Tanz. Beide schauen sich tief in die Augen und blenden alles andere um sich aus. „Du siehst wunderschön aus, Rosemarie", haucht Theodor ihr ins Ohr, als sie gerade besonders nahe bei ihm steht. Eine leichte Röte überzieht ihre Wangen. „Das habe ich nur für dich angezogen", ist ihre Antwort, während ihr Theodor sanft eine Haarsträhne aus der Stirn streicht.

„Würdest du mir bitte erklären, was das soll, Ludwig?", pflaumt König Barboss sein Gegenüber an. „Warum war sie vorher wie eine Vogelscheuche gekleidet und hat allen mit ihren Tischmanieren den Appetit verdorben?" Verlegen senkt Ludwig seinen Blick und gibt ein schnaubendes Geräusch von sich. „Ich fürchte, daran bin ich schuld", gibt er kleinlaut zu. „Ich habe Rosemarie erst heute Nachmittag von der kurzfristigen Hochzeit erzählt und sie damit überrumpelt. Sie wollte sich eigentlich noch etwas Zeit mit Theodor lassen. Ich schätze, ihr Verhalten heute Abend war ihre Möglichkeit, ihre Wut an mir abzureagieren. Ich habe ihr als Kind viel zu viel durchgehen lassen. Aber wie es scheint, kann Theodor hervorragend mit ihr umgehen. Was Liebe nicht alles ausmachen kann." Zusammen blicken sie auf und sehen das Paar, das mitten auf der Tanzfläche steht und sich tief in die Augen sieht.

Frühmorgens im Tal der Diamantberge

Nachdem sich Marie zum fünften Mal erbrochen hatte, hat sie das Bewusstsein verloren und bisher noch nicht wiedererlangt. Eric kann seine Panik kaum mehr zurückhalten. Schon seit Stunden ist er mit ihr und dem Kamel unterwegs und hält verzweifelt Ausschau nach Hilfe. Das Gebiet, in dem sie sich gerade befinden, ist karg und felsig. Obwohl die Berge immer näher kommen, hat er noch keinen anderen Menschen getroffen. Die Zeit rinnt ihm wie Sand durch die Pfoten. Er weiß nicht, wie lange Marie mit dem Gift des Skorpions in ihrem Körper überleben wird. Denn in seinem Reich gibt es solche Tiere nicht. Selbst Schlangenbisse sind so selten, dass er sich darüber noch nie Gedanken machen musste. Ein lautes Stöhnen von hinten lässt ihn sofort zu Marie eilen. Schweißgebadet liegt sie da und zittert am ganzen Leib unkontrolliert mit ihren Muskeln. Ihre Atmung hat sich in ein angestrengtes Luftschnappen gewandelt und lässt ihre Lippen bläulich anlaufen. Selbst wenn sie jemanden treffen würden, ist Eric sich nicht sicher, ob die Rettung nicht schon zu spät wäre. Verzweiflung macht sich in ihm breit und lässt ihn ein herzzerreißendes Jaulen ausstoßen. Wie er diesen tierischen Körper und seine Hilflosigkeit doch hasst! Sein ganzes Weltbild, in dessen Mittelpunkt er sich immer befand, wurde in den letzten Tagen schwer beschädigt. Denn immer wieder wurde er mit Situationen konfrontiert, die er allein niemals hätte schaffen können. Entweder half ihm eine Frau, ein Kind oder ein Tier. Selbst das Kamel trägt gerade mehr zu Maries Rettung bei als er. Hat er denn jemals etwas in seinem Leben allein geschafft? Und wäre sein Königreich vielleicht besser dran, wenn er verschwunden bleiben würde, damit ein neuer Regent das Schicksal des Landes in seine Hände nehmen könnte? Doch noch während er in seinem Selbstmitleid badet, hat sich ihnen eine gebückte Gestalt genähert und betrachtet sie eingehend.

Erst ein Räuspern erschreckt Eric so sehr, dass er einen enormen Hüpfer in die Luft macht und um sich blickt. „Wenn du mit Trauern fertig bist, dann folge mir mit deiner Meisterin in meine Hütte“, erklärt eine ältere Frau mit kratziger Stimme. „Vielleicht kann ich noch etwas für sie tun.“ Wie in Trance schlürft Eric hinter dem Gespann her und betrachtet die Fremde genauer. Von hinten kann er ihren kleinen Buckel besonders gut erkennen, während ihre grauen langen Haare diesen zu verdecken suchen. Was ihr Gesicht betrifft, so konnte er auf die Schnelle nur eine krumme

Nase sehen, auf der eine haarige Warze sitzt. Und auch ihre braune Kleidung spricht nicht von Reichtum, weswegen ihn die windschiefe Hütte nicht überrascht, die sie nach fünf Minuten erreichen. Unter Schnaufen und Fluchen zieht die alte Frau kurz darauf mit ihren knochigen Fingern Marie in den Schatten ihrer Behausung und legt sie auf dem Boden ab. Kaum hat sie das getan, geht sie auch schon hinein und kommt einen Augenblick später mit einem braunen Becher zurück, in dem sich eine grüne Flüssigkeit befindet. Ohne Worte beugt sie sich über Marie und flößt ihr die Brühe ein. Immer wieder muss Marie würgen und versucht verzweifelt ihren Kopf wegzudrehen. Doch unbarmherzig macht die Frau weiter, bis auch der letzte Tropfen den Becher verlassen hat. Danach erhebt sie sich schwerfällig, geht abermals in die Hütte und kommt nicht mehr heraus. Verwundert tritt Eric näher an Marie heran, die immer noch mit geschlossenen Augen auf dem Boden liegt, aber bereits ein wenig Farbe im Gesicht erhalten hat, während sich ihre Atmung zu entspannen beginnt. Für die Zeit bis zu ihrem Erwachen beschließt Eric sich umzusehen und späht vorsichtig durch das Fenster in das Gebäude.

In einem großen Raum, der wohl den Hauptteil der ganzen Behausung darstellt, kann er zwei ältere Frauen erkennen, die an einem Tisch sitzen und miteinander sprechen. Auf der Tischplatte befinden sich eine tote Krähe, viele verschiedene Pflanzen, eine lebende Kröte und ein Kelch mit roter Flüssigkeit, was Eric nicht weiter stören würde, wenn nicht plötzlich eine der Frauen der Krähe den Kopf abschlagen und das Blut in den Kelch laufen lassen würde, bis dieser randvoll ist. Entsetzt muss Eric mitansehen, wie die zwei Frauen sich an den Händen nehmen, einen Spruch aufsagen und eine rötliche Rauchwolke erzeugen, die aus dem Kelch emporsteigt. Verzweifelt muss Eric mit seinem Mageninhalt kämpfen, während ihn der Anblick, wie die beiden das Blut mit Kräutern versetzen und trinken, stark an seine Grenzen stoßen lässt. Doch plötzlich, wie von Zauberhand, beginnen sich die beiden zu verändern. Ihre gekrümmten Rücken verschwinden, die Haare werden länger und ihre Muskeln und Gesichtszüge beginnen sich zu straffen. Nur die Warze und die krumme Nase der einen Frau bleiben erhalten und verschwinden nicht. Panisch realisiert Eric, dass es sich um Hexen handeln muss. Schnell tritt er vom Fenster zurück, hetzt zu Marie und versucht sie zu wecken. Eisige Kälte erfasst Eric, als er kurz darauf eine Präsenz in seinem Rücken spüren kann. „Du dummes Vieh!“, hört er sie klar und deutlich hinter sich. „Jetzt lass deine Herrin endlich in Ruhe. Siehst du nicht, dass es ihr schlecht geht? Jetzt verschwinde endlich.“ Ein kräftiger Fußtritt befördert ihn in ein Gestrüpp, wo er deutlich beobachten kann, wie sich die verjüngte Version der Hexe zu Marie vorbeugt und ihr ein schimmerndes Pulver ins Gesicht pustet. Daraufhin erwacht Marie schlagartig und zieht zischend Luft in ihre Lungen.

Was für eine Nase! Direkt vor sich kann Marie eine Frau erkennen, deren Nase das wohl prägendste Merkmal ihres Gesichtes darstellt. „Wie geht es dir?“, will diese kurz darauf wissen und schaut sie abwartend an. „Ich weiß nicht genau“, antwortet Marie mit krächzender Stimme und richtet sich auf. Sofort hält sie sich schmerzhaft den Rücken und beginnt innerlich zu fluchen. „Mein Körper fühlt sich an, als wäre er stundenlang über Steine geschleift worden.“ Wie recht sie hat, geht es Eric durch den Kopf, der gerade an die beschwerliche Wegstrecke zurückdenken muss. „Ja, immer dieses Alter!“, tätschelt ihr die Frau mitfühlend den Oberschenkel. „Mein Name ist übrigens Gretlinde. Und wer bist du?“ Etwas verwirrt von diesem seltsamen Namen, benötigt Marie einen Augenblick, bis sie antwortet. „Ich heiße Marie und danke Euch vielmals für Eure Hilfe.“ „Das ist doch selbstverständlich, dass wir uns gegenseitig helfen“, brummt die Frau gleichgültig. „Doch wie du sicherlich aus unserem Zirkel weißt, wäscht eine Hand die andere.“ Gerade will Marie fragen, was Gretlinde mit „unserem Zirkel“ meint, als diese schon ins Haus verschwindet. Schwerfällig stemmt Marie sich hoch und lässt all ihre Knochen knacksen. In einer gebeugten Haltung, da ihr Rücken höllisch schmerzt, will sie der Frau schon in die Hütte folgen, als sie von ihrem Freund Jorik daran gehindert wird, der plötzlich aus einem Gebüsch stürmt und sich ihr knurrend und zähnefletschend in den Weg stellt. Instinktiv weicht sie von der Tür zurück. „Was hast du denn, Jorik?“, betrachtet Marie den Hund vor sich, dessen Verhalten sie nicht erklären kann. Und doch versucht er sie immer weiter von dem Gebäude wegzudrängen und sie abzuhalten, dieses zu betreten, bis Gretlinde im Türrahmen erscheint. „Wenn du deinen verzauberten Menschen nicht bald unter Kontrolle bringst, dann kann ich ihn dir gerne in eine Kröte verwandeln“, schnauft die Frau abschätzig. „Mit dieser Form haben wir schon seit Jahrzehnten die besten Erfahrungen gemacht.“ Ein unheimliches Kichern folgt ihren Worten und erzeugt bei Marie eine beängstigende Gänsehaut. „Jetzt komm endlich!“, verklingt das Kichern und ein Zischen tritt an dessen Stelle. „Du schuldest mir schließlich noch etwas.“

Alarmiert schaut Marie ihrem Freund Jorik in die Augen, geht aber dennoch in Richtung Hütte, während die Fremde all ihre Bewegungen mit Adleraugen verfolgt. Doch kaum hat Marie die Türschwelle übertreten, schlägt ihr plötzlich der angenehme Geruch von Gebackenem entgegen und verwöhnt und verführt ihre Nase. Eine zweite Frau mit einem breiten Lächeln im Gesicht kommt auf sie zu und hält ihr ein Backblech mit Lebkuchenmännchen hin. „Die habe ich selbst gemacht. Du darfst dir gerne einen davon nehmen.“ Marie ist noch zu verwirrt und verunsichert und schüttelt den Kopf. Als sich jedoch schlagartig der Gesichtsausdruck der Frau verändert und sie mürrisch ihre Mundwinkel verzieht, ergänzt Marie, dass sie gerne später einen hätte, weil sich ihr Magen noch etwas seltsam anfühlt. Und schon zaubert sich wieder ein Lächeln auf das Gesicht der Fremden und sie wendet sich pfeifend ihrem Ofen zu. Gretlinde indessen stand die ganze Zeit daneben und verdreht still ihre Augen. „Verzeih bitte meiner Schwester Katharina. Sie ist das weiße Schaf der Familie. Sie hat den ganzen Tag nichts anderes im Kopf, als ihre dummen Lebkuchen zu backen. Wenn sie so weitermacht, kann sie sich bald aus diesen ganzen Tonnen Gebäck ein eigenes Haus bauen." Freudig quietscht Katharina und dreht sich zu ihrer Schwester um. „Vielleicht mache ich das sogar, wenn du weiterhin so garstig zu mir bist. Dann wohne ich in einem leckeren Lebkuchenhaus und du in dieser Bruchbude." „Eines verspreche ich dir", schimpft Gretlinde und hebt drohend ihren Finger. „Wenn du weiterhin so viele Süßigkeiten isst, dann brauchst du dich nicht zu wundern, wenn es dir irgendwann zum Halse raushängt und du doch anfängst, Fleisch zu essen." „Niemals!", protestiert Katharina und stellt sich breitbeinig hin. „Du weißt genau, dass ich auf tierisches Fleisch allergisch bin und Gemüse nicht ausstehen kann." Resigniert zuckt Gretlinde mit ihren Schultern. „Dann hol dir halt ein paar Zwerge. Die sind zwar ein bisschen zäh und du hast ständig irgendwelche Haare in den Zähnen, aber besser als Lebkuchen und Zuckerstangen sind sie allemal."

Verzweifelt kämpft Marie mit ihrer Mimik, um diese aufrechtzuerhalten. An wen ist sie da nur geraten? Wer sind diese zwei Frauen, die Zwerge essen und Menschen in Kröten verwandeln könnten? „Zurück zu dir, meine Liebe", wird Marie erneut angesprochen. „Setz dich!" Gehetzt schaut Marie sich im Raum um, bis ihr Blick auf einem Stuhl landet, auf dem sich eine Kröte befindet. Schallend lacht Gretlinde und deutet auf das Tier. „Sieh mal, Katharina!", verzieht die Frau ihren Mund zu einem hämischen Grinsen. „Dein Verehrer Manfred hat es sich auf deinem Stuhl bequem gemacht." Ohne von ihrem Teig aufzusehen, rührt Katharina ungehindert weiter darin herum. „Er ist nicht mein Verehrer. Er war nur ein dummer Zwerg, der meine Backkünste nicht zu würdigen wusste und andeutete, die Lebkuchen seien zu trocken gewesen." Entsetzt reißt Marie ihre Hand von der Stuhllehne und schaut in die traurigen Augen der Kreatur. Kann es sein, dass diese Kröte einmal ein Zwerg war? Wenn das so wäre, denkt Marie panisch, dann müsste sie sich gerade in einer Hexenküche befinden. Ihren dicken Kloß hinunterschluckend, schiebt sie den Stuhl mit der Kröte unter den Tisch und greift sich den nächsten, auf den sie sich mit ihren wackligen Beinen setzen kann. „Kommt dieses Wochenende Maleria nach Hause?", möchte Katharina plötzlich wissen und lenkt damit die Aufmerksamkeit von Marie weg. „Woher soll ich denn das wissen?", schimpft Gretlinde mürrisch. „Nur weil ich die ältere von uns Schwestern bin, bin ich doch nicht euer Kindermädchen. Ihr seid schließlich auch über hundert Jahre alt. Aber ich kann dich beruhigen. Die haben in der Feenakademie gerade irgendwelche dummen Abschlussprüfungen und Maleria lässt es sich sicherlich nicht nehmen, ein paar von den Feen persönlich durchfallen zu lassen."

„Wo waren wir nochmal stehen geblieben?", dreht sich Gretlinde auch schon wieder Marie zu. Ihre Chance auf Ablenkung nutzend, stellt Marie der Hexe sofort eine Frage: „Was unterrichtet Eure Schwester denn?" Bevor Gretlinde darauf antworten kann, kommt Katharina mit einem Lebkuchen in der Hand zu ihr und hält ihr diesen auffordernd unter die Nase. Dankbar nickend nimmt Marie diesen an und lächelt gekünstelt nach ihrem ersten Bissen. Katharina scheint von ihrer Reaktion mehr als zufrieden und ergreift das Wort. „Unsere jüngste Schwester Maleria wollte unbedingt immer Schüler unterrichten und ist somit die dreizehnte Lehrerin bei den Feen geworden. Ihr Schwerpunkt sind Flüche und Zaubertränke." Überrascht von dieser Information, stellt Marie ihre nächste Frage: „Ist Eure Schwester nicht auch eine Hexe?" Frustriert stöhnt Gretlinde. „Das ist ja genau mein Reden. Aber Maleria möchte es einfach nicht wahrhaben. Deswegen wird sie auch immer von allen Feen ausgeschlossen und lässt dann immer ihre schlechte Laune bei uns aus. Wenn das noch lange so weitergeht mit den Feenhänseleien, dann wird sie irgendwann ausrasten und alle mit einem Fluch belegen." „Das glaubst du doch selbst nicht, Gretlinde", echauffiert sich Katharina. „Sie ist schließlich diejenige von uns mit der besten Selbstbeherrschung.

Da bin ich anders. Ich verliere sie ständig." „Ach wirklich?", funkelt Gretlinde sie belustigt an. „Mir wäre die Krötenplage letztes Jahr fast entgangen, nachdem eine Karawane von Wüstenmenschen deine Zuckerstangen als zu klebrig bezeichnet hatte." Beleidigt dreht Katharina sich um und will wütend die Hütte verlassen. Bevor sie jedoch die Tür aufreißt, dreht sie sich noch einmal um und funkelt ihre Schwester an. „Du weißt genau, dass Zucker in dieser dummen Wüstengegend schnell schmilzt. Da kann doch ich nichts dafür. Die hätten einfach schneller essen müssen." Schon knallt Katharina die Tür hinter sich zu und lässt Gretlinde und Marie allein in der Hütte zurück. Marie knabbert derweilen immer noch an ihrem viel zu trockenen Lebkuchen herum und schaut sich vorsichtig in der Hütte um.

„So, nun zu dir!", reibt sich Gretlinde ihre Hände. „Wie es unter uns Hexen nun einmal Brauch ist, schuldest du mir einen großen Gefallen dafür, dass ich dein Leben gerettet habe. Du hast Glück, dass ich mich mit Giften so gut auskenne. Gerade experimentiere ich mit den verschiedensten Lebensmitteln herum. Wirklich ein sehr interessantes Hobby. Nur mit dem vergifteten Apfel will es mir noch nicht so ganz gelingen. Irgendwie bleibt er immer im Hals stecken. Aber wann braucht man schon so etwas? Den Zeitvertreib meiner Schwestern hast du ja auch schon mitbekommen. Katharina backt leidenschaftlich gerne Lebkuchen und möchte eine Bäckerei eröffnen, während Maleria als Lehrerin anerkannt werden möchte. Und ich", breitet sich ein finsteres Lächeln auf Gretlindes Gesicht aus, „möchte ewige Schönheit erlangen und dadurch die Schönste im ganzen Land werden." In diesem Moment verirrt sich ein Brösel in Maries Luftröhre und lässt sie herzzerreißend husten. Gretlinde lässt sich von dieser Störung jedoch nicht unterbrechen. „Dafür brauche ich jedoch ein paar Tropfen Blut einer jungfräulichen Prinzessin und eines Drachen." Unter ihrer Kleidung holt sie einen Anhänger hervor, an dem eine Viole hängt, in der sich bereits Blut befindet. Panisch schaut Marie sich diese Kette an. „In diesem Behälter sind bereits die kostbaren Tropfen einer Prinzessin. Vor ungefähr zweiundzwanzig Jahren lief mir ein kleiner König über den Weg, während ich immer noch versuchte, das Blut von Drachen zu bekommen. Das sind wirklich störrische Viecher, das muss ich schon sagen. Auf jeden Fall war das Resultat dieses kurzen Treffens meine Tochter, deren Blut ich wunderbar gebrauchen konnte." Marie wird ganz schlecht bei dem Gedanken, was die Hexe mit ihrer eigenen Tochter gemacht haben könnte. Mit zittriger Stimme fragt sie also vorsichtig nach, da ihr das Schicksal des Kindes nicht gleichgültig ist. „Wo ist Eure Tochter jetzt?" Unwissend hebt Gretlinde die Schultern. „So genau weiß ich das nicht. Nachdem ich mir die Tropfen geholt hatte, legte ich das Kind zum Sterben in den Eingangsbereich des Drachenhortes. Was die mit ihr gemacht haben, weiß ich nicht. Ich schätze aber, dass sie gefressen wurde, da Drachen doch auf jungfräuliche Prinzessinnen stehen." Ein grausames und fieses Lachen begleitet ihre Worte und lässt Marie frösteln. Sie sitzt also wieder einmal in der Klemme. Und zwar zwischen einer größenwahnsinnigen und einer lebkuchenfanatischen Hexe. Wer außer ihr könnte noch mehr in der Patsche sitzen?

„So, und jetzt zu deiner Aufgabe", zeigt die Hexe freudig ihre Zähne. „Ich möchte, dass du mir Drachenblut besorgst. Und damit du auch genau das tust, was ich von dir verlange, werde ich ein Pfand von dir einbehalten. Ich habe gespürt, dass du drei magische Steine mit dir führst. Diese werden so lange bei mir bleiben, bis du mir das Gewünschte gebracht hast." „Wie kommt Ihr darauf, dass ich Euch das fehlende Blut besorgen kann?", bekommt Marie kaum Luft bei der Vorstellung, bald einem Drachen gegenüberstehen zu müssen. „Wieso sollten die Drachen ausgerechnet mir ihr Blut geben?" Wieder erklingt ihr schauriges Lachen. „Ich weiß nicht, ob du es schaffst. Aber du hast keine andere Wahl. Wir Hexen sind seit unserer Geburt an die Regel gebunden, einer Blutsschwester ihre Hilfe zu vergelten. Und da du dich nicht wehren konntest und meine Hilfe über dich ergehen lassen musstest, gehörst du bis zu deiner Wiedergutmachung mir.“ Marie wird aus den Worten jedoch nicht schlau. Wie kommt Gretlinde darauf, sie wäre eine Hexe? Sie sieht zwar gerade alt und verbraucht aus, aber so schlimm nun auch wieder nicht. Aber vielleicht ist es ja von Vorteil, wenn sie mich für eine Hexe halten, geht es Marie durch den Kopf. Denn wer weiß, was sie sonst mit ihr gemacht hätten? Aber was soll sie nur tun? Sie braucht dringend die Steine, traut sich aber nicht zu widersprechen, da sie keine Kröte werden möchte. Doch plötzlich durchdringt ein greller Schrei die Stille der Küche, weswegen Marie und Gretlinde augenblicklich aus der Hütte stürmen. „Du verdammtes Vieh!“, sieht Marie die wütende Katharina schimpfen, die einen Lebkuchen vor die Schnauze von Jorik hält. Dieser dreht jedoch demonstrativ seinen Kopf auf die Seite und weigert sich, davon abzubeißen. Marie erkennt sofort die heikle Situation und stürmt auf Jorik zu. Hektisch klopft sie ihm auf den Kopf und schaut Katharina mit einem gezwungenen Lächeln an. „Verzeiht, dass er Euren leckeren Lebkuchen nicht gegessen hat. Aber ich habe ihm verboten, Süßigkeiten von Fremden anzunehmen. Wenn Ihr ihn mir gebt, dann wird er ihn gerne verspeisen.“ Doch wieder dreht Jorik seinen Kopf weg, obwohl Marie ihn unsanft am Kragen gepackt hat.

Verständnislos steht Eric da und versucht sich gegen dieses verzauberte oder vergiftete Gebäckstück zu wehren. Hat denn Marie immer noch nicht begriffen, wer oder was diese zwei Frauen sind? Wenn sie es wüsste, dann würde sie ihn sicherlich nicht zwingen, dieses Ding zu essen. Und so verkohlt wie es aussieht, wird es sicher nicht einmal schmecken. Bevor er sich jedoch weiter weigern kann, beugt Marie sich zu ihm runter, beißt herzhaft von dem Lebkuchen ab, schließt die Augen und kaut genießerisch. „Jorik, du musst das probieren“, hält sie ihm den Lebkuchen demonstrativ unter die Schnauze. „Es ist absolut köstlich. Ich habe noch nie etwas Vergleichbares gegessen. Vertrau mir!“ Von diesen letzten Worten überrascht, schaut Jorik ihr intensiv in die Augen und sieht darin ihre stumme Bitte. Seinen Mut zusammennehmend, beißt er nun ebenfalls von dem Lebkuchen ab und kaut auf dem trockenen Stück herum. Er weiß zwar nicht, was Marie bis jetzt gegessen hat, aber besonders gutes Essen wird es nicht gewesen sein, wenn sie das hier als köstlich deklariert. Bevor er der Versuchung erliegt und es ausspuckt, dreht sich Marie schnell zu ihm und stellt sich vor ihn. „Seht Ihr, Katharina! Es besteht absolut kein Grund, wütend zu werden und meinen Hund in eine Kröte zu verwandeln." Geschockt versteift Eric sich und hört mit Entsetzen, was ihm widerfahren wäre, wenn er dieses Ding nicht gegessen hätte. Bei seinem Glück wäre er wahrscheinlich noch eine richtig hässliche und schleimige Kröte geworden. „Genug jetzt davon!", hebt Gretlinde verärgert ihre Hände. „Katharina, jetzt hör auf, uns mit deinen Lebkuchen zu nerven." Eingeschnappt dreht sich die Hexe der Hütte zu und stürmt hinein.

„Es wird wirklich Zeit, dass sie auf eigenen Beinen steht", verdreht Gretlinde ihre Augen. „Sie kostet mich noch den letzten Nerv. Zurück zu dir! Gib mir die Steine und ich gebe dir ein Gefäß für das Drachenblut." Widerwillig holt Marie ihre Kette mit den Steinen hervor und überreicht sie Gretlinde. Deren Augen funkeln gierig, als sie die Steine in ihrem Besitz hat. Danach holt sie eine leere Viole, die ebenfalls an einer Kette hängt, und gibt sie Marie. Diese legt sie sich sogleich um den Hals und schaut Gretlinde missmutig an. „Bevor du gehst, solltest du noch wissen, dass die Eingänge der Drachen nur über die Zwergenhöhlen zu erreichen sind. Und die Zwerge haben schon seit Jahren ein großes Problem damit, unsereins einfach hereinspazieren zu lassen, nachdem Katharina sie damals mit ihren selbstgebackenen Lebkuchen besucht hat. Wenn dir also eine Schar Kröten entgegenkommt, dann grüße die Zwergenkinder schön von mir." Nach diesen Worten dreht sich auch Gretlinde der Hütte zu und betritt diese. Somit stehen Marie und Jorik wieder allein davor und atmen beide erleichtert aus. So schnell es ihre alten Beine zulassen, wendet sich Marie den Bergen zu und geht voran, dicht gefolgt von Jorik.

Sobald sie in einiger Entfernung zu den Hexen sind, beginnt Marie zu schimpfen. „So ein Hexendreck! In was für einen Schlamassel sind wir jetzt schon wieder geraten? Nachdem mir die Hexe das Leben gerettet hat, besteht sie nun darauf, dass ich ihr als Gegenleistung das Blut von Drachen bringen soll. Kannst du dir das vorstellen? Wie genau soll ich denn das machen? Entschuldigen Sie, lieber Drache, könnten Sie sich bitte für mich in die Klaue stechen? Ich brauche Ihr Blut für eine böse und hässliche Hexe, die gerne die Schönste im ganzen Reich sein möchte. Ach, und bevor ich es vergesse ...", hebt Marie ihre Hand, um ihre Frustration besser ausdrücken zu können. „Wie hat Ihnen denn das Hexen-/Prinzessinnenbaby geschmeckt? Hätten Sie gerne noch mehr davon? Wirklich? Zu schade, die sind gerade ausgegangen. Vielleicht schmecken Ihnen ja auch Zwergenkinder à la Kröte. Wenn nicht, kann ich Ihnen noch ungenießbare Lebkuchen anbieten. Diese sind so trocken, dass Wüstensand immer noch eine bessere Alternative wäre."

Verdutzt hört Eric dem Redeschwall von Marie zu. Wie es scheint, ist ihr wohl eine Laus, oder besser gesagt eine Hexe, über die Leber gelaufen. So hat er Marie noch nie erlebt. Normalerweise ist sie ruhig und freundlich, ab und an temperamentvoll, aber niemals zynisch und sarkastisch. Er weiß zwar nicht, was in der Hütte passiert ist, geht aber davon aus, dass es Marie nicht zugesagt hat. Und plötzlich, ohne Vorwarnung, bleibt Marie wie versteinert vor ihm stehen, weswegen er ihr in die Kniekehle läuft. „Oje, Jorik!", fängt sie an zu jammern und haut sich auf die Stirn. „Wir haben unsere Sachen und das Kamel bei den Hexen vergessen." Missmutig schaut sich Jorik um und schüttelt seinen Kopf. „Du hast recht, mein Freund", greift Marie seine Reaktion auf. „Ich habe auch keine Lust zurückzugehen. Sollen sie doch das Brot und das Wasser haben. Schmeckt wenigstens besser als Katharinas Gebäck. Hauptsache, wir sind heil aus dieser Lage herausgekommen. Weißt du denn, wie wir zu den Zwergen kommen?" Auch jetzt schüttelt Eric seinen Kopf. „Ist auch nicht schlimm", winkt Marie ab. „Einen Schritt nach dem anderen. Schließlich brauchen wir nicht nur das Blut eines Drachen, sondern auch den Zauberspiegel von Morleon. Jetzt versuchen wir einmal, das Gute an der Situation zu sehen. Unsere zwei Ziele liegen wenigstens in derselben Richtung." Genervt rollt Eric mit seinen Augen und geht hinter Marie her. Eric kann an der ganzen Misere nichts Positives erkennen. Kaum sind sie Sklavenhändlern, Räubern, einem bösen Prinzen, Sandstürmen und Skorpionen entkommen, müssen sie sich gleich darauf mit Hexen, Drachen und Zwergen anlegen. Falls er jemals diese Fee Giselagunde in die Hände bekommen sollte, dann hätte sie ein ernsthaftes Problem mit ihm.

Morgens in der königlichen Kapelle

Nervös steht Theodor vor dem Altar und richtet sich zum hundertsten Mal seinen Kragen. Trotz der kurzen Vorbereitungszeit ist die kleine Kapelle mit Blumen und Bändern wunderschön geschmückt worden. Durch die Buntglasfenster fällt das Licht des Morgens in den verschiedensten Farben auf die Wände und erzeugt eine atemberaubend romantische Atmosphäre. Alles hier könnte perfekt sein, wenn nicht er und Rosemarie zu dieser Hochzeit gezwungen werden würden. Da er bereits Gefühle für sie entwickelt hat, die weit über Freundschaft hinausgehen, hätte er sich doch gewünscht, dass sie diese auch erwidern könnte. Nach dem Kuss vor den Toren von Sabaku war er sich sicher, ihr Herz würde für ihn schlagen. Doch nach gestern Abend quälen ihn tausend Fragen, was Rosemarie über ihn denkt. Dass sie ihn weiterhin mag, steht außer Zweifel. Aber kann sie noch eine tiefe Liebe für ihn empfinden und ihn als Partner akzeptieren? Hat man sie in der Wüstenstadt so gebrochen, dass sie alle Männer verabscheut? Unsicher wechselt Theodor nervös von einem auf das andere Bein. Die Blicke der anwesenden Gäste folgen jeder seiner Bewegungen und lassen ihn immer mehr an dieser ganzen Aktion zweifeln. Sein Vater und König Ludwig sitzen in der ersten Reihe und könnten unterschiedlicher nicht aussehen. König Ludwig hat die ganze Zeit ein strahlendes Lächeln auf den Lippen und wischt sich immer wieder verstohlen eine Träne aus seinen Augenwinkeln. So sehr freut er sich auf diese Hochzeit. Die Mimik seines Vaters jedoch wechselt zwischen Missbilligung und einem seltsamen Glitzern in seinen Augen. Fast könnte er den Eindruck erwecken, auf etwas Bestimmtes zu warten, das nur für ihn bestimmt sei. Bevor sich Theodor aber darüber wundern kann, werden die Flügeltüren aufgestoßen und mit Trompetenbegleitung tritt seine wunderschöne Braut in einem weißen Seidenkleid herein. Doch leider kann er durch diesen dichten Schleier keinen Blick auf ihr Gesicht erhaschen. Zu gerne würde er wissen, wie es ihr gerade geht. Ist sie von Zweifeln zerfressen oder hat sie sich in ihr Schicksal gefunden und lässt es über sich ergehen? Vielleicht ist es sogar besser für ihn, es nicht zu wissen. So kann er sich wenigstens kurz der Illusion hingeben, dass sie ihn vielleicht doch heiraten möchte und gerade den glücklichsten Tag in ihrem Leben erlebt. Kaum steht sie neben ihm, ergreift er ihre Hand und spürt deutlich das Zittern, welches ihren ganzen Körper dominiert. Somit zerplatzt seine Illusion in winzig kleine Teile, die sich schmerzhaft in sein Herz bohren. Von der Zeremonie selbst bekommt er wenig mit, da seine Gedanken immer wieder zu Rosemarie schweifen.

Doch kurz vor dem Ende drückt Rosemarie fest seine Hand und weist ihn darauf hin, dass der Priester in seinem goldenen Gewand ihm eine Frage gestellt hat. Kalter Schweiß sammelt sich in Theodors Nacken. Jetzt ist wohl der Moment, auf den alle gewartet haben. Nun ist es an ihm, dieser Farce zuzustimmen. Im Endeffekt stellt sich hier die Frage, was ihm wichtiger ist: der Frieden der Reiche oder das Glück von Rosemarie. Wäre er ein einfacher Bauer, wäre die Entscheidung nicht schwer. Aber als zukünftiger Thronerbe von zwei Königreichen, wenn sein Bruder nicht erlöst oder gefunden werden kann, muss er sein Leben in den

Dienst der Menschen stellen, die sonst keinen Beschützer haben. Die Erlebnisse in Sabaku haben ihn tief erschüttert und ihm gezeigt, was passieren kann, wenn der falsche Regent auf dem Thron sitzt. Somit fällt er nun seinen Entschluss und stimmt seiner Vermählung mit Rosemarie vor allen Anwesenden zu. Wieder geht ein deutliches Zittern durch sie hindurch. Er weiß, dass nur er die Möglichkeit gehabt hätte, diese Hochzeit noch aufzuschieben. Denn wäre dies von ihm gekommen, hätte sein Vater zwar getobt, aber es hätte noch keinen Anlass für einen Krieg gegeben. Noch nicht, jedenfalls. Ihre Hochzeit kann genauso gut umsonst sein, wenn sein Vater herausfindet, was mit Eric passiert ist. Dadurch werden sie nur zu billigen Bauernopfern, die etwas Zeit erkauft haben, indem sie ihren eigenen Willen und ihre Freiheit aufgeben. Wieder plagen ihn die Zweifel. War es wirklich sinnvoll, dem zuzustimmen? Nun ist die Reihe an Rosemarie, den Bund einzugehen. Leise kann er ihre resignierten Worte hören, die sich wie Eissplitter in seinem Inneren anfühlen. Die Ringe werden ihnen überreicht und nach einigen Schwierigkeiten aufgrund ihrer zitternden Hände steckt der Schmuck an ihrem Finger. Nachdem die Worte gesagt sind und der Priester sie nun zu Mann und Frau erklärt hat, dreht Theodor sich zu Rosemarie, da noch der traditionelle Kuss fehlt. Zögernd beginnt er, ihren Schleier von ihrem hängenden Kopf anzuheben, sodass er ihre aufgequollenen Augen sehen kann, die ihn flehend anschauen. Ihm ist sehr wohl bewusst, dass sein Vater sofort hinter das Geheimnis kommen würde, wenn er das verweinte Gesicht seiner angeblich glücklichen Schwiegertochter sehen würde. Deswegen handelt er instinktiv, ohne lange zu fragen, und zieht Rosemarie in einer schnellen Drehung in seine Arme, beugt ihren Oberkörper, sodass ihr Gesicht zum Priester zeigt, und tut so, als würde er sie leidenschaftlich küssen. Dies geschieht jedoch so schnell, dass die wenigsten diese Handlung überhaupt mitbekommen oder die Täuschung dahinter wahrnehmen. Keine Sekunde später steht Rosemarie wieder mit ihrem Schleier vor dem Gesicht neben Theodor. So würdevoll wie möglich schreiten sie nun zusammen durch den Gang und durchqueren die offenen Türen. Draußen erwartet sie eine große Menge jubelnder Menschen, die sie mit Blütenblättern überschütten.

Während das Brautpaar seinen Verpflichtungen nachkommt und sich dem Volk als glückliches Paar präsentiert, beschließt König Barboss, mit König Ludwig zu reden. Noch in der Kapelle ergreift er die Gelegenheit und zieht ihn zum Altar. „Dir ist schon bewusst, dass ich meine berechtigten Zweifel habe, dass dies wirklich eine glückliche Hochzeit war? Deine Tochter hat durchgehend gezittert und mein Sohn hat alles andere als begeistert ausgesehen. Ludwig, wenn ich dahinterkomme, dass diese Hochzeit nur inszeniert wurde und du Eric etwas angetan hast, dann hilft es dir auch nicht, dass wir jetzt verwandt sind. Davon abgesehen verlange ich morgen von dir den Beweis, dass die Hochzeit auch wirklich vollzogen wurde und deine Tochter noch Jungfrau war. Wenn ich etwas nicht möchte, dann ist es ein Kuckuckskind. Habe ich mich klar ausgedrückt, Ludwig?“ Dieser steht vollkommen perplex vor Barboss und sieht ihn entsetzt an. „Du kannst doch nicht wirklich von mir diesen Beweis fordern. Wo leben wir denn? Diese Schmach werde ich meiner Tochter niemals antun. Wenn du schon darauf bestehst, dann unterbreite doch deinem Sohn diesen Vorschlag. Mal sehen, wie er darauf reagieren wird, wenn du das jungfräuliche Blut seiner Frau am nächsten Tag sehen möchtest.“ Wütend schlägt er den Finger weg, den Barboss ihm demonstrativ auf die Brust gedrückt hat. „Ich erkenne dich wirklich nicht wieder. Vor zwanzig Jahren warst du ein lustiger und gütiger König. Was ist nur aus dir geworden? Du bist nur so von Hass und Zweifeln zerfressen.“ Gefährlich funkelt Barboss sein Gegenüber an. „Dann hättest du meiner Frau nicht raten sollen, mich zu verlassen und zu dir zu kommen. Was hast du mit ihr gemacht? Gib es endlich zu!“ Zornig stampft Ludwig mit seinen Füßen auf. „Jetzt langsam reicht es mir, Barboss! Ich habe dir vor so vielen Jahren schon gesagt, dass ich mit dem Verschwinden deiner Frau nichts zu tun habe. So wie ich glaube, dass du nichts mit meiner Kassandra gemacht hast. Wir zwei Idioten waren damals nur zu jung und zu ungestüm, um darüber zu sprechen. Wir hätten uns damals zusammen auf die Suche begeben sollen, anstatt uns gegenseitig in den Krieg hineinzuziehen. Fünf Jahre haben wir verschwendet und unsere Chance vertan, unsere geliebten Ehefrauen wiederzufinden, und müssen jetzt mit den Konsequenzen leben." „Du redest so leicht daher", schimpft Barboss verärgert. „Du hast ja keinen Abschiedsbrief deiner Frau in ihrem Zimmer gefunden, in dem stand, dass sie dich wegen eines anderen Königs verlässt und dich nie geliebt hat. Wie soll ich dir glauben, wenn ihre eigenen Worte das Gegenteil behaupten?" Mit weit ausgestreckten Armen deutet Ludwig in alle Himmelsrichtungen. „Dann frag doch bitte alle hier im Schloss und in meinem Reich, ob sie jemals deine Frau Christin gesehen haben. Wenn deine Worte stimmen, dann müsste sie ja schließlich hier bei mir sein. Ist sie aber nicht und ist sie auch nie gewesen. Du weißt genau, dass ich meine Frau Kassandra über alles geliebt habe. Warum hätte ich da eine Affäre mit Christin beginnen sollen?" Wieder findet der Zeigefinger von Barboss seinen Weg auf die Brust von Ludwig. „Weil du mir damals die Schuld am Verschwinden deiner Frau gegeben hast und dich rächen wolltest. Deswegen hast du meine Frau heimlich umgarnt und sie dann beseitigt, als sie zu dir gekommen ist." Frustriert schnauft Ludwig aus. „Glaubst du das wirklich immer noch, Barboss? Dann kann ich dir auch nicht helfen. Dann leb weiter in deiner Welt und sieh alle und jeden als Feind an. Ich für meinen Teil werde jetzt dem glücklichen Brautpaar gratulieren." Nach diesen Worten dreht Ludwig sich zur Tür und schreitet zum Gang hinaus. Barboss hingegen steht immer noch emotional vor dem Altar und haut mit seiner Faust wütend auf dessen Oberfläche. „Das letzte Wort ist hier noch nicht gesprochen!", grummelt er zornig. „Ich werde herausfinden, was mit Christin passiert ist, und wenn ich dafür jeden Stein in diesem Königreich umdrehen muss. Doch zuvor werde ich mit meinem Sohn sprechen und ihn dazu zwingen, mir das Bettlaken zu zeigen. Remolon hat vollkommen recht. Es darf keine Zweifel geben, dass Theodor der zukünftige König dieses Reiches ist, wenn Ludwig und seine Tochter auf mysteriöse Weise verschwinden."

In der Zwischenzeit hat sich die Menge etwas beruhigt und Theodor ist es gelungen, Rosemarie ins Schloss zu führen. Normalerweise wäre jetzt ein längerer Brunch geplant, während die Adligen ihre Glückwünsche und Geschenke überreichen. Da Rosemarie jedoch wie ein Häuflein Elend aussieht, kann er unmöglich mit ihr dort auftauchen. Schnell zieht er sie hinter sich her und bugsiert sie in ihr Zimmer. Dort angekommen, lehnt er sich gegen die Tür und atmet erleichtert auf. „Wer hätte gedacht, wie anstrengend Hochzeiten sein können!", versucht er die Situation zu lockern, erreicht durch seine Worte aber genau das Gegenteil. Seine sonst so starke Rosemarie sitzt weinend auf dem Bett und reibt sich ihre geröteten Augen. Deprimiert lässt Theodor seinen Kopf hängen. Egal, was er macht oder sagt, immer ist es falsch. Er hat doch nichts Schlimmes getan. Trotzdem versucht er weiter die Situation zu retten und hebt seinen Kopf. „Gibt es etwas, was ich tun kann, damit es für dich keine so große Qual ist, mit mir verheiratet zu sein?" Stumm blickt sie auf und schüttelt ihren Kopf. Diesen Moment nutzt der Prinz und hält ihr sein Einstecktuch entgegen. Dankend nimmt sie es an und putzt sich lautstark ihre Nase. Bevor sie es ihm jedoch zurückreichen kann, hat Theodor schon seine Arme abwehrend gehoben und sein Gesicht verzogen. „Nein, danke! Das kannst du jetzt gerne behalten. Von Prinzessinnenrotz halte ich nicht so viel." Doch selbst das zaubert ihr kein Lächeln ins Gesicht. Aber kurz darauf reift ein sehr riskanter Plan in seinem Kopf heran, wie er es schaffen könnte, Rosemarie aus ihrer Opferrolle dauerhaft herauszuholen. Sie wird ihn zwar danach verabscheuen und ihm sein Eheleben zur Hölle machen, aber wenigstens wird sie wieder sie selbst sein und keine Angst vor ihm haben. Vielleicht kann er danach ihr Herz wieder zurückerobern. Er kann es sich also aussuchen: eine Frau, die jedes Mal in Tränen ausbricht, wenn sie ihn sieht, oder eine, die ihm permanent etwas an den Kopf werfen möchte. Er entscheidet sich für die zweite Variante und überlegt kurz, welche Gegenstände er lieber vor ihr verstecken sollte, bevor er zu sprechen beginnt.

„So, jetzt sind wir endlich verheiratet!“, stellt er sich breitbeinig vor sie und gibt seiner Stimme einen harten Klang. „Ich habe mir zwar eine schönere Frau gewünscht, aber wenigstens bringst du ein ganzes Königreich in die Ehe mit.“ Verdutzt hört Rosemarie schlagartig auf zu weinen und schaut ihn entgeistert an. „Ich dachte schon, ich müsste mir mit Komplimenten und Argumenten den Mund wundreden. Schön, dass du noch eingesehen hast, was das Beste für dich ist. Nachdem ich bekommen habe, was ich wollte, und selbst ein Thronerbe geworden bin, kann ich endlich durchatmen. Ich war es so leid, immer den netten Theodor zu spielen und dir vorgaukeln zu müssen, mir würde etwas an dir liegen. Ab heute kann ich damit aufhören und in die kundigen Arme einer Geliebten zurückkehren. Du brauchst diese und die nächsten Nächte also nicht auf mich zu warten. Ich stehe eher auf blonde Frauen, die genau wissen, wie sie einen Mann verwöhnen müssen.“ Kaum hat er geendet, kann er bereits die Veränderung in ihrem Gesicht erkennen. Ihre vorher ausdruckslosen Augen bekommen einen gefährlichen Glanz und ihr ganzer Körper hat eine lauernde Angriffsposition eingenommen. So schnell er nur kann, stürmt er zur Tür, reißt diese auf und kann sie gerade noch rechtzeitig schließen, bevor etwas Hartes dagegenkracht und in tausend Stücke zerschellt. Eine Sache muss er jedoch noch in die Wege leiten und kommt nicht drumherum, die Tür noch einmal zu öffnen. „Du brauchst dich auch gar nicht zu bemühen, noch zum Brunch zu kommen. So eine hässliche Braut will sowieso keiner sehen. Ich werde einfach sagen, dass deine schwache Konstitution es nicht zulässt, zu erscheinen.“ Noch aus den Augenwinkeln kann er eine Haarbürste erkennen, die gefährlich nahe an seinem Kopf an die Wand kracht. Schleunigst schließt er wieder die Tür. Ob er zu weit gegangen ist?

Vor einem massiven Felsgestein

„Ernsthaft jetzt?!" Laut keuchend und schnaufend steht Marie vor einem massiven Felsgestein, das mehrere Meter steil in die Höhe ragt, und blickt sich suchend um. „Bin ich jetzt ernsthaft stundenlang umsonst bergauf gegangen? Was ist denn das für ein blöder Weg, der direkt vor einer glatten Felswand endet? Wir hätten doch die rechte Abzweigung nehmen sollen. Was für ein Feendreck!" Eric hingegen ist die Ruhe selbst und hat es sich in der Zwischenzeit auf einem Stein gemütlich gemacht und während Maries Schimpftirade die Augen geschlossen. Seit sie bei den Hexen waren, ist Marie nicht mehr zu bremsen. An allem hat sie etwas zu meckern und auszusetzen. Es kommt Eric fast so vor, als wäre ihr grenzenloser Optimismus umgeschwenkt und hätte sie in ein zynisches Weibsbild verwandelt. Vielleicht kommt dies auch mit dem Alter. Er hat schon oft gehört, dass ältere Frauen zu Miesepetrigkeit neigen. Wahrscheinlich ist es also nur ein Symptom ihres Alterungsprozesses. Gut, dass er immer noch ein junger Mann ist. Zwar im falschen Körper, aber dafür wenigstens nicht alt. Unliebsam wird er an der Schulter geschüttelt und aus seinem Dösen gerissen. „Wach gefälligst auf!", wird er frustriert angepflaumt. „Muss ich denn immer alles allein machen? Du könntest dich ruhig nützlich machen und mit deiner Schnauze herumschnüffeln und herausfinden, ob es hier irgendeinen geheimen Gang durch den Berg gibt." Entsetzt reißt Eric die Augen auf. Er ist doch kein dummer Spürhund, den man einfach so abkommandieren kann. Er ist immer noch ein Prinz. Zwar ein schlechter, aber immerhin von königlichem Blut. Dies scheint Marie jedoch nicht klar zu sein, denn ihr nächster Stoß ist so kräftig, dass er ihn von seinem Schlaffelsen gleiten lässt. Missmutig steht er auf und schüttelt sich. Eine seltsame Angewohnheit, die er eindeutig seinem Hundekörper zu verdanken hat. Und gerade als er sich ein Bild von der Lage machen möchte, sitzt Marie schon mit ihrem Hintern auf seinem Stein. Das war ja so klar, denkt Eric wütend und trottet davon. Ihn zum Arbeiten abkommandieren, aber selbst alles aus einer sitzenden Position beobachten. Es fehlt nur noch, dass sie ihm dumme Ratschläge gibt, wie er seine Hundenase einzusetzen hat. Lustlos hält er seine Schnauze in die Luft und nimmt die verschiedensten Gerüche wahr. Angewidert verzieht er seine Lefzen. Hier riecht es ja schlimmer als im Trolldorf. Dieser intensive Gestank hat ihm damals schon alles abverlangt. Aber kein Wunder, wenn man durch Wasser versteinert. Da bleibt die Körperpflege auf der Strecke. Hier riecht es jedoch um einiges schlimmer. Fast könnte man meinen, hunderte von Trollen hätten seit mindestens einer Woche auf engstem Raum zusammengelebt. Das ist ja abartig! Wenn Marie glaubt, er wird hier herumschnüffeln, dann hat sie sich aber geschnitten. Noch ein intensiver Zug durch seine Hundenase, und er fällt augenblicklich in ein Delirium. Seltsam ist es aber schon. Wo kommt denn nur dieses stinkende Lüftchen her? Hier sind doch nur Felsen und Marie, die immer noch genervt schaut.

„Jorik, es würde helfen, wenn du dich bei deiner Suche bewegen würdest", fängt Marie zu motzen an. Sich langsam erhebend, geht sie schlurfend auf ihn zu. „Muss ich denn auch noch selbst suchen? Ich kann unmöglich mit diesen alten Knien nach Ritzen am Boden schauen. Kannst du denn nicht etwas erschnüffeln? So etwas wie abgestandene Luft oder Feuchtigkeit? Es muss hier einfach etwas geben. Ich will nicht glauben, dass jemand einen Weg bis hierher angelegt hat und ihn plötzlich enden lässt. Wäre hier ein Felseinsturz, dann könnte ich es mir erklären. Aber diese Wand steht sicherlich schon seit Jahrtausenden hier. Also komm, Jorik! Sei ein feiner Hund und such!" Das geht Eric zu weit. Er ist doch kein Schoßhund, den sie dressieren kann. Knurrend richtet er sein Fell auf und bellt sie lauthals an. Schließlich soll sie mitbekommen, was er von ihrem Herumkommandieren hält. Doch anstatt auf sein Bellen einzugehen, richtet sich ihr Blick konzentriert in den Himmel. Nun schließt sie auch noch die Augen und wedelt mit der Hand genervt vor seiner Schnauze herum. „Scht, Jorik!", ist der einzige Kommentar, den er auf seinen Protest erhält. Kaum hat er sich beruhigt, kann auch er ein zaghaftes Klopfen hören. Durch sein gutes Gehör kann er die Position dieses Geräusches schneller erkennen als sie und läuft los. Nur ein paar Meter weiter links ist ein großer, runder Fels, der seltsam nach draußen steht. So als hätte man damit einen Eingang verschlossen. Aufgeregt stellt Eric sich auf seine Hinterpfoten und berührt mit seinen vorderen den Gesteinsbrocken. Hier ist auch der Geruch viel intensiver. Es riecht beinahe so, als wäre hier jemand schon sehr lange eingesperrt worden. Die Frage ist nur, wer und ob es sinnvoll ist, dies herausfinden zu wollen. Bei ihrem Glück befindet sich ein neunköpfiges Monster in der Höhle, das am liebsten Hunde und alte Frauen frisst. Doch nachdem Marie erkannt hat, dass jemand Hilfe benötigt, ist sie nicht mehr davon abzubringen, eine Lösung zu finden.

Sofort klopft sie lautstark an den Stein und schreit, was ihre Lungen hergeben. „Keine Angst! Ich werde dir helfen. Halte durch!“ Daraufhin verstummt das leise Klopfgeräusch und wird von unzähligen Schreien ersetzt. Geschockt weicht Marie ein paar Schritte zurück. „Oh, du lieber Feenhimmel, Jorik!“, fasst sie sich entsetzt an die Brust. „Da sind ja Unzählige eingeschlossen. Wie können wir sie befreien? Uns muss unbedingt etwas einfallen.“ Wenigstens, denkt sich Eric, ist sie wieder die Alte. Aber dennoch hat er keinen blassen Schimmer, wie sie zu zweit einen massiven Fels bewegen sollen, wenn es die vielen Wesen auf der anderen Seite auch nicht schaffen. Doch von solch unlösbaren Problemen hat sich seine Marie noch nie aufhalten lassen. Geschäftig geht sie um den Felsen herum und betrachtet ihn von allen Seiten. „Der sitzt ziemlich fest!“, ist ihr einziger Kommentar dazu. Doch nach einigen seltsamen Verrenkungen holt sie einen kleinen Dolch hervor und fährt damit in die engen Spalten zwischen Felsbrocken und Felswand. Frustriert gibt sie nach zehn Minuten aber wieder auf. „Selbst die Klinge des Dolches kommt keinen Millimeter in diese Wand hinein. Jorik, es muss irgendeinen Trick oder Zauber geben. Wie sonst wäre es möglich, mit einem so großen Stein den Eingang perfekt zu verschließen? Unsere Aufgabe besteht darin, etwas zu finden, das so perfekt oder einzigartig ist, dass es nicht in dieses Bild hineinpasst. Vielleicht ein seltsames Loch, ein Schriftzeichen oder ein kleiner Stein." Emsig macht sie sich ans Werk und sucht gewissenhaft jeden Zentimeter dieses Kolosses ab. Sie scheitert jedoch bald an ihrer Größe, da dieser Fels mindestens zwei Meter hoch ist.

Eric würde bereits aufgeben, hat aber nicht mit der Willensstärke von Marie gerechnet. „Jorik, komm doch mal her! Ich werde versuchen, dich hochzuheben. Vielleicht sind wir zusammen groß genug und können ihn auch von oben untersuchen." Ungläubig betrachtet er die schmächtige Gestalt von Marie und verdreht innerlich die Augen. Wie will sie ihn denn hochheben? Selbst als Hund wiegt er mindestens zwanzig Kilo. Er bezweifelt sogar, dass sie es überhaupt schafft, ihn vom Erdboden zu lösen. Da muss es doch eine andere Lösung geben. Aufmerksam schaut Eric sich um und entdeckt in einiger Entfernung einen Haufen kleinerer Felsen, die sich am Wegesrand befinden. Diese sind zwar auch schwer, könnten aber von ihnen bis hierher gerollt werden. Dann wäre es Marie möglich, sich selbst daraufzustellen und endlich zu erkennen, wie sinnlos ihre Rettungsaktion ist. Derjenige, der diesen Fels dahin platziert hat, wollte wohl nicht, dass irgendjemand diese Höhle jemals wieder öffnet. Vielleicht hat dies ja seinen Grund und sollte von ihnen befolgt werden. Er ist schließlich nicht so lebensmüde, sein Leben für Unbekannte zu riskieren. Er müsste Selbstlosigkeit zwar entwickeln, damit ein weiterer Teil des Segensspruchs endlich erfüllt wird, aber dafür sein Leben zu riskieren, scheint ihm doch etwas extrem. Doch bevor sich Marie einen Hexenschuss einfängt, hilft er ihr lieber, damit sie schnell wieder von hier fortkommen. Es ist zwar ärgerlich, die ganze Strecke wieder zurückgehen zu müssen, aber immerhin besser, als neunköpfige und ungewaschene Monster zu treffen, die seit Wochen nichts gefressen haben. Deswegen verliert Eric keine Zeit mehr, springt einen Schritt zurück, rennt auf die Felsen zu und beginnt zu bellen. Erfreut hebt Marie ihre Lippen und kommt auf ihn zu. Hätte sie ihm nicht den Kopf getätschelt und „Guter Junge!“ gesagt, hätte er sich vielleicht sogar für einen kurzen Moment über seine Idee gefreut. So hat er wieder das Gefühl, nur ein Idiot zu sein, dem ausnahmsweise etwas gelungen ist.

Marie hingegen geht motiviert in die Knie und beginnt, die Steine zu der Felswand zu rollen. Doch schon nach einem Meter beginnt sie zu jammern, gibt aber nicht auf. Dies macht sie insgesamt fünf Mal, bis sie genug Felsen zusammen hat und sich auf die wacklige Konstruktion stellen kann. Und auch während dieser ganzen Zeit ebben die verzweifelten Rufe nicht ab und dringen gedämpft zu ihnen durch. Vielleicht sind es doch Menschen oder Zwerge, die ihre Hilfe benötigen, denkt Eric brummend. Hin- und hergerissen fiebert Eric am Schluss doch mit und hofft auf ein kleines Wunder. Dass dieses tatsächlich kurz darauf von Marie entdeckt wird, hätte er nicht erwartet. Freudig gibt sie einen Schrei von sich und klettert von den Felsen herunter. „Jorik, ich glaube, ich habe etwas gefunden. Genau über dem Felsen befindet sich ein kleiner, länglicher Spalt. Er ist vielleicht nur einen Zentimeter breit, aber er ist so akkurat und perfekt, dass er nicht natürlichen Ursprungs sein kann. Dieser Riss muss die Lösung sein. Die Frage ist nur, was wir mit dieser Information anfangen sollen. Am wahrscheinlichsten ist es, etwas hineinstecken zu müssen. Doch was würde passen? Das einzig Mögliche wäre die Klinge des Dolches, den mir der Trollprinz geschenkt hat. Vielleicht sollte ich es einfach versuchen.“ Kurz darauf holt sie erneut den Dolch unter ihrem Rock hervor, und entblößt für einen kurzen Moment ihre schrumpeligen Beine. Angeekelt schüttelt es Eric am ganzen Körper. Und noch während er sich von diesem Anblick erholt, ist Marie auf die Felsen geklettert. Es dauert eine gewisse Zeit, bis sie das Gleichgewicht gefunden hat und mit ruhiger Hand den Dolch in den Riss stecken kann.

Und tatsächlich! Der weiße Edelstein auf dem Griff des Dolches beginnt zu glühen und ein lautes Krachen folgt. Etwas unbeholfen versucht Marie schnell von den Steinen zu kommen, bleibt jedoch hängen und verdreht sich schmerzhaft den Fuß bei ihrem Sturz. Leicht wimmernd robbt sie von der Gefahrenstelle weg und kann mit vor Staunen offenem Mund sehen, wie der Fels sich langsam nach vorne bewegt und einen Eingang zu einer Höhle freilegt. Im ersten Moment erkennen sie nur große, schwarze Schemen, die sich bedächtig dem Ausgang nähern. Eric ist sofort alarmiert und stellt sich schützend vor Marie, der es mit ihrem verrenkten Fuß nicht möglich ist zu entkommen. Er hat doch gleich gewusst, dass es eine schlechte Idee ist, Unbekannten in einer Höhle zu helfen. Seine Vorahnung erhält nun auch Gewissheit, als er die ersten Trolle erkennt, die auf sie zukommen. Seine letzte Begegnung mit diesen Kreaturen ist ihm noch sehr gegenwärtig im Gedächtnis. Verwirrt schauen diese sich jedoch nach allen Seiten um und schütteln immer wieder ihre Köpfe, wenn sie Marie erblicken. Ein besonders großes, furchteinflößendes Exemplar mit strengem Gesichtsausdruck tritt vor und baut sich direkt vor ihnen auf. In der Zwischenzeit verlassen immer mehr Trolle die Felsenhöhle. Zu Erics Erstaunen kann er nicht nur Männer, sondern auch viele Kinder, Frauen und ältere Trolle sehen, die sich gegenseitig helfen und sich lachend und weinend in die Arme fallen. So wie ihre Körper und ihre Kleidung aussehen und stinken, müssen sie wirklich schon seit einigen Tagen hier eingesperrt gewesen sein.

„Wer seid Ihr?“, donnert die kräftige Stimme des Trolls ihnen entgegen. Marie setzt sich aufrechter hin und lächelt ihn freundlich an. Wie sie jetzt in diesem Moment so nett schauen kann, ist Eric absolut unbegreiflich. „Ich bin Marie und das ist mein Freund Jorik“, antwortet sie dem Troll und deutet mit den Fingern auf ihn. Durch ihren nächsten Satz überrascht sie ihn jedoch völlig. „Ich bin eine Freundin von Prinz Avantis von Steinwolf.“ Nachdenklich reibt sich der Troll über das Kinn. „Das erklärt natürlich, wieso Ihr im Besitz seines Dolches seid, der diese Höhle öffnen kann. Was ich jedoch nicht verstehe, ist, wieso er nicht selbst gekommen ist, nachdem der Fluch gelöst wurde.“ Verwirrt schaut Marie ihn fragend an. „Welcher Fluch lag denn auf Euch?“ Das ist doch zum Aus-dem-Fell-Fahren, denkt Eric sich frustriert. Wieso weiß Marie nur so wenig von den Reichen und ihren Kreaturen? Auch der Troll sieht leicht geschockt aus. „Wie viele Jahre waren wir denn in Stein verwandelt, dass unsere Geschichte nicht mehr in den Köpfen der anderen ist?“ Nach ein wenig Zeit des Überlegens antwortet Marie: „Ich weiß zwar nicht genau, wann Ihr in Stein verwandelt wurdet, aber der große Krieg ist seit fünfzehn Jahren vorbei und hat vor ungefähr zwanzig Jahren begonnen. Kurz davor wurde gegen den Zauberer Morleon gekämpft. Muss ich noch weiter zurück oder reicht diese Information für Euch?“ Doch anstatt sie weiter zu beachten, dreht sich der Troll den anderen zu und spricht mit kräftiger Stimme: „Wir waren über zwanzig Jahre in dieser Höhle in Stein verwandelt. Wir sollten nicht noch mehr Zeit verlieren und nach Hause gehen. Was haltet ihr davon?“ Ein ohrenbetäubendes Gejohle ist zu hören und einige Trolle springen sogar vor Freude in die Luft, was eine massive Vibration des Bodens verursacht. Noch einmal dreht sich der große Troll zu Marie und geht in die Hocke. „Wenn Ihr mir noch verraten könntet, wo sich unser Volk gerade befindet, wären wir Euch zu noch größerem Dank verpflichtet.“ Umständlich versucht Marie sich zu erheben und knickt immer wieder mit ihrem Fuß weg. Nur mithilfe einer helfenden Hand des Trolls gelingt es ihr schlussendlich, sich zu erheben. „Sie befinden sich gerade im Märchenwald in den nördlichen Ausläufern. Wenn Ihr Avantis und seiner Schwester begegnet, dann grüßt sie schön von mir.“ Lange Zeit wird sie von den Umstehenden seltsam betrachtet.

„Kommt Ihr denn nicht mit?“, stellt einer der Anwesenden die Frage, die wohl alle interessiert. „Nein, ich muss noch zu den Drachen, den Zwergen und danach zu einer sehr unfreundlichen Hexe. Ich habe also noch einiges zu tun. Wenn Ihr mir aber netterweise meinen Dolch von da oben heruntergeben könntet, wäre ich Euch sehr verbunden.“ Kaum hat sie ihren Wunsch geäußert, stürmen auch schon zwei jüngere Trolle los und versuchen in einem Wettstreit den jeweils anderen zu übertrumpfen und den Dolch für sich zu gewinnen. Lachend kommen sie kurz darauf zu ihr und überreichen ihr das Gewünschte. Eric hingegen steht weiterhin als unwichtige Randfigur da und versteht einfach nicht, wie sich Marie mit den Trollen so schnell anfreunden konnte. Wieso ist sie eine Freundin des Trollprinzen Avantis, und wie konnte der Fluch so plötzlich gelöst werden? Immer stärker hat Eric das Gefühl, ein unbedeutender Statist in einem großen Theaterstück zu sein, während Marie die strahlende Heldin verkörpert. Denn sie ist es, die nicht nur mit Prinz Hajdar aus Sabaku, dem zukünftigen Sultan, befreundet ist, sondern auch mit dem Thronerben der Trolle. Und gleichfalls rettet sie schon seit Tagen seine Wenigkeit, den gerade sehr unbedeutenden Prinzen Eric, den zukünftigen König von zwei Königreichen. Jetzt fehlen ihr eigentlich nur noch der König der Zwerge und die Königin der Meerjungfrauen und sie hat alle mit ihrer Freundlichkeit in ihren Bann gezogen. Eigentlich sollte er sie unsympathisch finden, so perfekt wie sie ist, aber leider hat es ihn genauso erwischt. Langsam versteht er, was es mit dieser Selbstlosigkeit auf sich hat. Wahrscheinlich ist die Freundschaft mit Prinz Avantis entstanden, nachdem sie ihn aus dem Fluss gerettet und ihn wohl so vor dem Steinfluch bewahrt hatte. Er hingegen hat zu diesem Zeitpunkt seine eigene Rettung in der Flucht gesucht und an sich gedacht. Etwas beschämt lässt er den Kopf hängen, reißt ihn aber gleich wieder vor lauter Überraschung hoch, weil Marie auf die Arme des großen Trolls genommen wird. Und trotz ihres fortgeschrittenen Alters beginnt sie, wie ein kleines Mädchen zu kichern. Obwohl ihre Gestalt alles andere als ansehnlich ist, nehmen die Wangen des Trolls dennoch eine rötliche Färbung an, wohingegen sich in Eric der unbändige Wunsch aufbaut, diesen Troll in seinen dicken Hintern zu beißen. „Komm, Jorik!“, spricht ihn plötzlich Marie an. „Belan ist so nett und trägt mich ein Stück den Weg hinunter, weil ich kaum mit meinem Fuß auftreten kann. Ich muss ihn mir verknackst haben." Eric kann eine Minute später den Troll nur noch von hinten sehen, während sich viele andere Trolle an ihm vorbeidrängeln. Es müssen hunderte sein, die ihren Weg nach unten antreten. Obwohl die Höhle schon länger offen ist, kommen immer noch Grüppchen aus ihr hervor. Die Gesichtszüge dieser Trolle sind leicht ausgemergelt und ihr Geruch steigt ihm sehr penetrant in die Nase. Ihm war nie bewusst, dass der Fluch auch so viele Kinder erwischt hatte. Er ging immer nur von Kriegern aus, die im Zuge einer großen Schlacht ihr Leben gelassen hatten. Doch so wie es scheint, muss der Zauberer Morleon ein Monster gewesen sein, wenn er nicht einmal vor Kindern haltgemacht hat. Und erst als der letzte Troll die Höhle verlässt und den Weg ins Tal antritt, schließt sich auch Eric diesem langen Tross an.

An einer reich gedeckten Festtafel

Wie erwartet, ist der Andrang enorm, da es nicht häufig vorkommt, dass ein Prinz des Nachbarreiches eine hiesige Prinzessin heiratet. Verstimmt sitzt Theodor vor seinem erneut leeren Weinkelch und betrachtet ihn betrübt. So hat er sich sein zukünftiges Leben nicht vorgestellt. Es war zwar die richtige Entscheidung für die Königreiche und auch sein Verhalten hat Rosemarie einen Ausweg aus ihrer Trauer offenbart, aber er bleibt vollkommen auf der Strecke. Er weiß jetzt schon, dass es ihm das Herz brechen wird, sich von Rosemarie fernhalten zu müssen. Erst vor dem Traualtar ist ihm bewusst geworden, wie gerne er eine Liebeshochzeit mit ihr gehabt hätte. Nun sind sie zwar vermählt, werden aber das Leben eines unglücklichen Paares führen, das sich permanent aus dem Weg geht. So jedenfalls wird es Rosemarie sehen, während er innerlich aus Sehnsucht nach ihr zerbricht. Aber was hätte er tun sollen? Ihr seine Liebe gestehen und somit ihr Trauma wieder aufreißen? Es muss ihr Schreckliches in Sabaku widerfahren sein, mit dem sie einfach nicht umgehen kann. Vielleicht hat er ja Glück und sie finden nach einigen Jahren eine gewisse Akzeptanz. Er will nicht von Freundschaft sprechen, dafür musste er zu viel zerstören, um sie vor sich selbst zu retten. Jetzt sitzt er hier, einsamer denn je, auf seiner eigenen Hochzeit und versucht sich zum ersten Mal in seinem Dasein einen Rausch anzutrinken. Bis jetzt war er immer der Vernünftige, auf den alle bauen konnten. Nur einmal möchte er über die Stränge schlagen und das tun, was er möchte.

Immer wieder kommen Gratulanten und klopfen ihm bekräftigend auf die Schultern. Ihr anzügliches Grinsen kann er sehr wohl deuten, ohne dass sie ihm direkt etwas ins Gesicht sagen müssen. Die Stimmung ist ausgelassener und die geladenen Gäste verfallen mehr und mehr in Feierlaune. Obwohl er fest damit rechnete, dass ihm Rosemarie nach seinen Worten die Stirn bieten möchte, ist er doch überrascht, wie lange sie gebraucht hat, um herunterzukommen. Von ihrem vorherigen Zustand verraten nur noch die leicht geschwollenen Lider, wie es ihr ergangen ist. Aber ansonsten schaut ihr Gesicht tadellos aus. Anstatt sich jedoch zu ihm zu setzen, wie es der Brauch verlangt, mischt sie sich unter die Gäste. Er kann kaum seine Augen von ihr lassen. Schon damals am Fluss ist er ihrem Zauber erlegen. Jedes glockenhelle Lachen von ihr, das durch den Raum gleitet, versetzt ihm einen Stich in die Magengrube. Wenn sie ihn kurz mit den Augen streift, kann er ihren Zorn und die Kälte darin sofort spüren. Frustriert hebt er seinen neu eingeschenkten Kelch und kippt diesen zum wiederholten Mal in einem Zug herunter. Diesen Tag wird er nüchtern nicht überstehen und winkt sofort den nächsten Diener herbei.

Rosemarie könnte vor Wut platzen. Wie konnte sie nur die ganzen Tage so dumm sein und in Theodor mehr sehen? Seine harten und ehrlichen Worte haben ihr wortwörtlich den Boden unter den Füßen weggerissen. Doch anstatt in Trauer und Verzweiflung zu stürzen, hat er es tatsächlich vollbracht, sie dermaßen zu erzürnen, dass ihre Zofe vor lauter Angst ihr Zimmer nicht mehr betreten möchte, weswegen sie wahrscheinlich keinen Gegenstand mehr im Zimmer hat, der nicht irgendwie zerbeult oder auf dem Boden zerschellt ist. Aber das hat sie gebraucht. Nicht nur ihre Wut auf Theodor, sondern den ganzen Kummer und die Verzweiflung, die sich seit einer Woche immer wieder aufgestaut hatten und in Sabaku gegipfelt waren, konnte sie herauslassen. Jetzt fühlt sie sich seltsam befreit und könnte gerade vor lauter Energie Bäume ausreißen oder Theodor an die Wand klatschen. Sie weiß zwar noch nicht genau, wie sie mit der Situation und ihrem angetrauten Ehemann umgehen soll, aber einfach so die brave Frau zu spielen, die ihm alles durchgehen lässt, kann er vergessen. Es freut sie ja diebisch, dass er schon seit einer Stunde mürrisch jeden ihrer Schritte beobachtet. Wenn er geglaubt hat, sie würde auf dem Zimmer bleiben, dann kennt er sie wirklich nicht gut genug. Heute ist schließlich ihr Hochzeitstag und den wird sie jetzt auch genießen. Komme, was wolle! Motiviert schnappt sie sich einen herumstehenden Mann und schleppt ihn auf die Tanzfläche. Ihm folgen weitere, bis ihr vom ganzen Drehen und Hüpfen leicht schwindlig ist. Ihr Plan scheint aufzugehen, da sie mit Genugtuung feststellt, wie Theodor jeden ihrer Tanzpartner mit seinen Blicken erdolcht. Freudig erregt, grinst sie in sich hinein und genießt diesen Triumph. Sie wird ihm schon zeigen, was er nicht mehr haben kann. Soll er doch zu einer dummen Blondine gehen! Keine Frau kann ihr nur ansatzweise das Wasser reichen und genau dies wird sie ihm ab sofort jeden Tag beweisen. Wie ein kleines Kind springt sie begeistert auf und schnappt sich den nächsten Tänzer, der sie lachend über das Parkett führt.

Heute ist Theodor fertig mit der Welt. Schwerfällig steht er auf und hält sich schwankend an einer Stuhllehne fest. Er erträgt es keine Minute länger, Rosemarie in den Armen anderer Männer zu sehen, wie sie diese anlächelt und mit ihnen engumschlungen tanzt. Nur noch raus, denkt Theodor und geht schlurfend auf eine Glastür zu. Vielleicht hilft ihm ja die frische Luft des späten

Nachmittags, um sich wieder sammeln zu können. Allein auf der großen Terrasse stehend, schaut er auf den majestätischen Neptunbrunnen. Dieser vermag es tatsächlich, mit seinem stetigen Wassergeplätscher sein Gemüt zu beruhigen. Doch der Frieden währt nicht lange. Schon legt sich eine große und schwere Hand auf seine rechte Schulter. „Ich gratuliere dir, mein Sohn", hört er die dunkle Stimme seines Vaters direkt neben sich. „Mit Rosemarie hast du nicht nur eine wunderschöne Frau, sondern für uns auch ein ganzes Königreich gewonnen. Besser hätte es nicht laufen können. Wenn jetzt noch Eric diese Marie heiratet, dann stehen uns glorreiche Zeiten bevor." Aufgrund seines Zustandes ist es Theodor jedoch nicht mehr möglich, den lauernden Unterton seines Vaters herauszuhören, und er bemerkt somit nicht den Sarkasmus des Gesagten. „Mein Sohn, ich habe jedoch noch eine Bitte an dich, damit ich glücklich nach Hause zurückkehren kann." Jetzt hat König Barboss doch die volle Aufmerksamkeit von Theodor. Wenn er wirklich auf sein Schloss zurückkehren würde, denkt Theodor erleichtert, hätten sie die benötigte Zeit gewonnen, die ihnen bei der Suche nach seinem Bruder sehr nützlich wäre. „Wasch kann isch tuun, damit du glücklisch bischt?", lallt Theodor. Auffordernd klopft sein Vater ihm nochmals auf den Rücken und äußert seinen Wunsch. „Bei uns im Königreich ist es Tradition, dass der Bräutigam seinem Vater am nächsten Tag den Beweis erbringt, dass die Braut bis zu diesem Zeitpunkt noch unberührt war." Geschockt reißt Theodor die Augen auf und schwankt gefährlich hin und her. „Reischt es denn nischt, wenn isch dir dasch am näschten Morgen einfasch sage?" Dies tut König Barboss jedoch sofort mit einem Kopfschütteln ab. „Nein, mein Sohn. Tradition ist nun einmal Tradition. Ich erwarte das Bettlaken morgen früh in meinem Zimmer." Bevor Theodor überhaupt die Gelegenheit erhält, dagegen vorgehen zu können, hat sich sein Vater schon wieder aus dem Staub gemacht und ihn allein zurückgelassen. Aus lauter Verzweiflung krallt Theodor seine Hände in das steinerne Geländer und drückt so fest zu, bis seine Arme vor lauter Anstrengung zu zittern beginnen. Danach löst er seine schmerzhaft verkrampften Finger und versucht durch tiefes Atmen wieder Kontrolle über seine Gefühle zu erlangen. Was er jetzt dringend braucht, ist ein klarer Kopf, den er zuvor mit Alkohol ertränkt hat. Deswegen entscheidet er sich, seine eigene Hochzeitsfeier nun endgültig zu verlassen und auf sein Zimmer zu gehen. Vielleicht hilft es ihm, noch ein wenig zu schlafen, damit sein Körper den Alkohol besser abbauen kann. So kann er Rosemarie unmöglich heute Abend in ihrem Zimmer aufsuchen. Er muss sich also irgendetwas einfallen lassen. Aber gerade ist dies absolut nicht möglich, weil sich sein Gehirn anfühlt, als würde es in Pudding schwimmen.

Rosemarie, die Theodor die ganze Zeit beobachtet hat, bekommt natürlich sofort mit, dass er die Feier verlassen hat. Wahrscheinlich will er sich jetzt mit seiner Geliebten treffen, versetzt es Rosemarie einen heftigen Stich in die Brust. Aber ihr soll es recht sein. Sie wird sich davon nicht die Laune verderben lassen. Deswegen greift sie sich ein sprudelndes Champagnerglas und prostet mit den anderen freudig zusammen. Es lag ihr zwar noch nie viel an diesem Getränk, aber das Prickeln und das wohlig warme Gefühl in ihrem Bauch lassen sie optimistischer in die Zukunft schauen.

Zur gleichen Zeit befinden sich König Ludwig, sein Krieger Aron und die Fee Giselagunde in dem Roten Salon und beugen sich über die Landkarte der Märchenreiche. „Was in drei Zauberers Namen macht sie denn jetzt mit dem verzauberten Prinzen bei den Diamantbergen? Die Zwerge sind schon viele Jahre sehr schlecht auf uns zu sprechen. Wenn sie glaubt, hier Unterstützung zu erhalten, hat sie sich aber getäuscht“, murrt König Ludwig und blickt seinen Soldaten an. „Aron, was haltet Ihr davon?“ Dieser kratzt sich überfordert am Kopf und betrachtet den Punkt, an dem sich Marie aufhalten soll. „Die Frage ist weniger, was ich davon halte, Majestät, sondern vielmehr, ob wir einfach so ins Reich der Zwerge vordringen dürfen, damit wir sie herausholen können. Es wäre ratsam, eine offizielle Delegation zu entsenden, um einen weiteren Krieg oder Zwischenfälle zu vermeiden. Wir können uns unmöglich geheim unter die Zwerge mischen oder verdeckt ermitteln. Dafür ist ihr Berg viel zu gut bewacht." „Aber sie ist doch noch gar nicht bei den Zwergen!", wirft Giselagunde ein. „Das mag schon sein", antwortet Aron ihr. „Aber was tun wir, wenn sie sich genau dann in den Berg der Zwerge verirrt, wenn wir gerade ankommen? So etwas wie in Sabaku würde ich gerne vermeiden." Der König verlässt den Tisch, geht im Zimmer herum und bleibt immer wieder stehen, um seine Gedanken besser ordnen zu können. „Eine Delegation würde König Barboss noch mehr gegen uns aufbringen", beginnt er irgendwann draufloszureden. „Er könnte mir unterstellen, ich würde Verbündete gegen ihn suchen und würde mich mit den Zwergen gegen ihn stellen. Den Schuh möchte ich mir lieber nicht anziehen." Daraufhin beginnt das Schweigen von Neuem. „Sag mal, Giselagunde, wie sieht eigentlich das Verhältnis von Feen und Zwergen aus?" Interessiert beugt sich König Ludwig zu der Fee und betrachtet sie eingehend. Diese schluckt nervös und knetet ihre Finger. „Eigentlich ist unser Verhältnis ganz in Ordnung", antwortet sie verzögert. „Wir erhalten von ihnen Edelsteine und sie bekommen diese mit Zaubern zurück. Ich würde es eine solide Handelsbasis nennen. Nicht wirklich eine Freundschaft, sondern eher eine Zweckbeziehung."

Giselagunde wird ganz anders, als sie das Glitzern in den Augen des Königs sieht. Und sein freudiges Hände-aneinander-Reiben lässt sie nervös auf ihrer Lippe kauen. „Worauf wollt Ihr hinaus, Eure Hoheit?", stellt Aron die Frage, die sich Giselagunde nicht getraut hat zu fragen. „Das ist doch ganz offensichtlich, oder?", wirft der König genervt seine Arme in die Höhe. „Wir können nicht zu den Zwergen, aber eine Fee in Begleitung ihres menschlichen Dieners kann es sehr wohl. Ihr wird man den Zugang in die Zwergenstadt Yama nicht verwehren." „Aber … Aber …", beginnt Giselagunde aufgeregt zu stottern. „Wieso sollte ich denn in die Stadt reisen? Ich habe als Fee doch gar keinen

Grund dazu. Und davon abgesehen werde ich massiven Ärger von meiner Akademieleiterin Fee Goldstaub bekommen. In ihren Augen bin ich sowieso eine mittlere Feenkatastrophe." „Ach, wie kommt sie bloß darauf?", kann sich Aron seinen bissigen Kommentar nicht verkneifen und handelt sich damit einen tadelnden Blick seines Königs ein. „Da wird uns schon etwas einfallen", tut König Ludwig ihre Einwände hingegen als unwichtig ab. „Am einfachsten ist es, wenn ich dir Goldmünzen mitgebe. Du kannst dann behaupten, du würdest gerne ein paar Edelsteine für dich persönlich kaufen wollen. Danach täuschst du Unwohlsein vor und bittest für dich und deinen Diener um ein Nachtlager. Diese Zeit sollte ausreichend sein, damit ihr meine Tochter und Eric finden könnt. Dann erzählt ihr Marie, wer sie ist, sie küsst Eric und zusammen flieht ihr und kommt zurück. Alles doch ganz einfach!" Ungläubig wagt Aron es, laut zu schnaufen und somit seinen Unmut kundzutun. Giselagunde jedoch hat sich auf einen Stuhl plumpsen lassen und wedelt sich mit ihrer Hand Luft zu. „Das wird niemals klappen!", murmelt sie keuchend. „Nur Mut!", kommt König Ludwig auf sie zu und tätschelt ihr die blasse Wange. „Das schaffst du schon. Du bist doch schließlich eine taffe Fee." In diesem Moment hört sie ein leises Prusten und weiß sehr wohl, von wem dieses Geräusch stammt. Trotz ihrer Bedenken nimmt sie ihren Mut zusammen und schaut dem König in die Augen. „Ich werde es versuchen, Eure Majestät! Ich werde es versuchen!" Daraufhin schenkt ihr der Monarch ein Lächeln. „Mehr habe ich auch nicht verlangt. Versuche einfach, dein Bestes zu geben. Dann wird schon alles gut."

Nach diesen Worten dreht der König sich Aron zu. „Verkleide dich und lass die Pferde mit Proviant satteln. In einer Stunde geht es für euch beide los. In der Zwischenzeit hole ich euch das Gold." Damit beendet er seine Ausführungen und verlässt den Raum. Somit sind Aron und Giselagunde allein in diesem großen Zimmer und sehen beide unglücklich aus. „Na, das kann ja lustig werden", motzt Aron verärgert. „Versuch wenigstens, so wenig wie möglich anzustellen. Ich möchte ungerne von den Zwergen gelyncht werden, weil du ihre Diamanten in Glasperlen verwandelst oder ihre Bärte blau zauberst.“ Beleidigt springt Giselagunde auf und baut sich vor Aron auf. „Was hast du denn für eine schreckliche Meinung von mir? Du stellst mich ja als wandelnde Katastrophe hin.“ „Wieso ich das wohl mache?“, antwortet Aron zynisch. „Tu uns einfach einen Gefallen und zaubere nicht. So kommen wir vielleicht heil zurück.“ Deprimiert lässt Giselagunde den Kopf hängen. Leider hat sie dem wenig entgegenzusetzen. Er hat ja recht! Ihre Zauberkünste sind unterirdisch schlecht. Nicht umsonst ist sie die schlechteste Feenschülerin, die noch nicht einmal zu den Prüfungen zugelassen wurde. Aber ihre Zeit wird kommen, da ist sie sich ganz sicher. Sie muss nur noch ein bisschen üben und dann klappt das schon. „Und bevor ich es vergesse …“, fügt Aron noch hinzu. „Zieh dir endlich etwas Vernünftiges an. So nehme ich dich nämlich nicht mehr mit. Dein Rock ist eine Gefahr für Leib und Leben.“ Kaum hat er dies gesagt, verlässt auch er den Raum und bereitet alles für die Reise vor. Giselagunde dagegen steht geschockt da und betrachtet ihre ausladenden Röcke. Schon seit vielen Jahren trägt sie Kleider mit besonders viel Stoff, der sich um sie herum wie eine schützende Hülle anfühlt. Sie weiß nicht genau, wann es begonnen hat, aber ihre Röcke sind für sie so etwas wie eine Rüstung, die sie vor anderen schützt. In ihrer Kindheit war sie immer die Ausgestoßene und das Opfer von bösem Feengespött. Als junge erwachsene Fee wurde es sogar noch schlimmer. Feen sind sehr stolze Wesen, die besonders viel Wert auf Grazie und Schönheit legen. Sie hingegen hat für eine Fee eine viel zu große Nase und viel zu weibliche Rundungen. Und dies entspricht absolut nicht dem Schönheitsideal von der gertenschlanken, schon fast hauchdünnen Fee. Egal, was sie getan hat, immer wurde sie gehänselt und ausgelacht. Deswegen hat sie sich einen Kokon aus Kleidern, Hüten und Accessoires zugelegt, der die Aufmerksamkeit von ihr weg und zu ihrer lächerlichen Aufmachung lenkt. Begründet hat sie dies immer damit, dass sie einen fürchterlichen Geschmack hat und wie eine Prinzessin aussehen möchte, die auf einen Ball geht. Doch leider hat Aron recht. Für diese Mission stellt ihr Outfit eine zu große Gefahr dar. Und da jetzt der Erfolg allein auf ihren Schultern lastet, darf sie keine Rücksicht mehr auf ihre Befindlichkeiten nehmen. Etwas unsicher, aber mit einem klaren Ziel vor Augen richtet sie sich auf und verlässt nun ebenfalls den Roten Salon.

Am Fuße der Diamantberge

„Belan, es war sehr nett von dir, dass du mich den ganzen Weg getragen hast", erklärt Marie und wird auf einem Felsen in der Nähe eines kleinen Flussausläufers abgesetzt. „Ohne deine Hilfe würde ich noch immer vor der Felswand sitzen." „Das war doch eine Selbstverständlichkeit für mich", zwinkert der Troll schelmisch, „unsere Retterin auf Händen zu tragen." „Du Charmeur!", boxt Marie dem Troll lachend gegen seine Schulter. „Dir werden die Trollfrauen sicher reihenweise zu Füßen liegen." Sogleich nimmt Belans Gesicht eine leichte Rotfärbung an, die sich bis zu seinen Ohrspitzen erstreckt. „Ich werde dir mal einen Stock suchen", räuspert sich der Troll und zwinkert ihr erneut zu, „damit du auch ohne meinen starken Körper zurechtkommst." „Jetzt übertreibst du es aber ein bisschen", schüttelt Marie grinsend ihren Kopf und streckt ihren schmerzhaften Fuß aus, der sich leider auf die doppelte Größe verdickt hat und unangenehm pocht. Na wunderbar, denkt Marie frustriert und betrachtet ihre Verstauchung. Wie soll sie denn damit eine Reise antreten? Diese dumme Verletzung wird sie unglaublich viel Zeit kosten. Ob sie ihren Fuß vielleicht in dem kalten Wasser des kleinen Flussausläufers kühlen sollte? Doch bevor sie eine Entscheidung getroffen hat, schweift ihr Blick zu den Trollen, die in Grüppchen zusammenstehen und sichtlich ihre Freiheit genießen. Die Kinder laufen lachend im Kreis herum und spielen

Fangen, während die Frauen zusammensitzen und ihre Gesichter der Sonne entgegenstrecken. Die Männer hingegen wirken unruhig und energiegeladen. Man merkt deutlich, dass sie unbedingt etwas tun möchten. Kaum ist Belan mit einem krummen und langen Stock zurück, ergreift Marie die Gelegenheit und bittet ihn um einen weiteren Gefallen, da sich ihr Magen bereits lautstark beschwert hat und sie deutlich den Hunger in den Gesichtern der Trolle sehen kann. Doch als sie ihm den Vorschlag unterbreitet, dass die Trolle doch Fische im Fluss fangen könnten, schaut er sie mit weit aufgerissenen Augen entsetzt an und schüttelt vehement seinen Kopf. „Das geht nicht!", erklärt er sogleich. „Wir können unmöglich Fische aus dem Wasser holen. Lieber hungern wir noch ein paar Tage, als uns dieser Gefahr erneut auszusetzen."

„Welcher Gefahr denn?", fragt Marie verwirrt und lässt ihren Blick über das Wasser schweifen. „Dieser kleine Nebenfluss ist doch nicht tief. Ich bin vor ein paar Stunden sogar durchgewatet, damit ich auf diese Seite gelangen konnte, was ihr im Übrigen auch tun müsst, wenn ihr den Märchenwald erreichen wollt." Sofort nimmt Belans Gesicht eine kalkweiße Farbe an, was Marie sehr irritierend findet, weswegen sie ihm unbeholfen auf den Rücken klopft. „So schlimm ist es nicht", versucht Marie dem Troll Mut zuzusprechen. „Ich kann dich gerne an die Hand nehmen, wenn du jemanden brauchst, der dir über den Fluss hilft." Verständnislos betrachtet er Marie. „Du müsstest mich schon tragen, damit ich unversehrt ankommen würde. Und ich glaube nicht, dass deine mickrigen Ärmchen genug Kraft besitzen." Lachend gibt Marie ihm einen Stups. „Leg dich lieber nicht mit Großmutter Marie an!", hebt sie provokant ihre rechte Faust. „Ich kenne ganz gemeine Tricks, um jemanden in den Hintern zu zwicken." „Das glaube ich dir sofort!", scheint Belan seinen ersten Schock überwunden zu haben und wendet sich einer Gruppe von Trollen zu, die ihn etwas fragen möchten. Nachdem ihr Gespräch dadurch ein abruptes Ende gefunden hat, schnappt sich Marie den Stock und testet ihn als

Gehhilfe. Er ist zwar nicht ideal, aber wenigstens kann sie sich damit nach vorne bewegen, weswegen sie die Gelegenheit ergreift und zum Fluss humpelt. Auch wenn die Trolle etwas wasserscheu sind, so ist das kühle Nass für ihren geschwollenen Knöchel dennoch eine Wohltat, da sie dem Pochen endlich etwas entgegensetzen kann. So vergeht die Zeit, bis sich Jorik an ihre Seite setzt und seinen Blick über den Flussausläufer gleiten lässt. Und genau in diesem Moment meldet sich ihr Bauch zu Wort und grummelt beleidigt vor sich hin, was Joriks Magen nicht verborgen bleibt, sodass dieser ebenfalls zu knurren beginnt. Langsam dreht sie ihren Kopf zu ihrem Freund und grinst berechnend. „Du, Jorik", klimpert sie verführerisch mit ihren Wimpern, was bei einer älteren Frau etwas seltsam aussehen muss, „hast du zufällig Angst vor Wasser?"

Mit einem skeptischen Blick betrachtet Eric Marie und wartet darauf, was kommen wird. Und schon rutscht sie näher zu ihm heran und schenkt ihm ein unschuldiges Lächeln. „Kannst du zufällig Fische fangen?" Zerknirscht verdreht er seine Augen. Eigentlich will er nicht ins kalte Wasser steigen. Doch auch sein Bauch zieht sich schmerzhaft zusammen bei dem Gedanken, etwas zwischen die Zähne zu bekommen. Also geht er ein paar Schritte ins Wasser und hält still. Aus Sekunden werden Minuten und diese ziehen sich in die Länge. Obwohl sein Körper bereits vor Kälte bibbert, will er trotzdem nicht aufgeben. Er möchte nicht das Gefühl haben, seine Zeit umsonst verschwendet zu haben. Wie lange er schon bewegungsunfähig im Wasser steht, kann er nicht sagen, da er jegliches Zeitgefühl verloren hat. Sind es Minuten oder sogar Stunden? Doch da! Plötzlich! Ein Schillern! Sofort stößt er mit seiner Schnauze ins Wasser und hält eine Sekunde später einen goldglänzenden Fisch im Maul. Stolz stapft er aus dem Wasser und trägt seine Beute zu Marie, während ihm schon der Sabber seitlich aus den Lefzen rinnt. Sofort überreicht er den Fisch Marie in der Annahme, sie möge ihn erschlagen, damit sie ihn braten können. Doch stattdessen beginnt sie ein Gespräch mit seiner Beute. Ja, selbst ein sprechender Fisch kann ihn jetzt nicht mehr sonderlich verwundern. Doch voller Entsetzen muss er zwei Minuten später mitansehen, wie sie den Fisch wieder ins Wasser wirft. Zornig baut er sich auf und knurrt sie an. Wie konnte sie es wagen, seinen Einsatz mit Füßen zu treten? Hat sie überhaupt eine Ahnung, wie sehr er in diesem Wasser gefroren hat? Doch anstatt ihre Missetat einzusehen, hebt sie nur beschwichtigend ihre Hände. „Es tut mir leid, Jorik!“, zuckt sie unschuldig mit ihren Schultern. „Aber wir können doch unmöglich einen sprechenden Fisch essen. Was ist, wenn auch er ein verzauberter Mensch ist?“ Diesem Argument kann selbst er unmöglich widersprechen, lässt aber dennoch deprimiert seinen Kopf hängen. „Jetzt schau nicht so traurig“, tätschelt Marie ihm den Kopf. „Der Fisch hat versprochen, uns Essen zu besorgen. Er hat mir zwar für seine Freilassung auch ein Schloss und den Thron einer Königin angeboten, aber ich habe abgelehnt und mir lieber eine Mahlzeit für alle gewünscht.“ Lachend zwinkert sie ihm zu. „Bedenke also, ich wäre beinahe erneut eine Königin geworden. Das ist diese Woche schon das dritte Angebot, das ich bekommen habe. Aber ohne Liebe möchte ich weder heiraten noch die Königin eines Landes werden. Da bleibe ich lieber die kleine, unwichtige Marie und suche mir einen netten Handwerker, der mich auf Händen trägt.“ Eric ist bestürzt über ihre Worte. Für ihn war es immer selbstverständlich, dass jede Frau auf der Welt sich nach einem Prinzen sehnt und alles tun würde, um sich einen zu angeln. Er hat in seinem Leben schon so viele Avancen bekommen, dass er mit achtzehn bereits nicht mehr mitzählen konnte. Und dass Marie schon das dritte Angebot ablehnt, Königin zu werden, ist für ihn nicht nachvollziehbar. Will denn nicht jeder Macht, Reichtum und Unbeschwertheit? Hätte er genauso entschieden wie sie?

Was war das? Eric schaut sich gehetzt nach allen Seiten um, als er eine unnatürliche Vibration in der Luft wahrnimmt. Und keine Sekunde später bricht plötzlich das Chaos um ihn herum aus. Trolle laufen wie wild durcheinander, werfen die Hände in die

Höhe und singen lauthals Freudenlieder. Die Kinder springen im Kreis und Frauen und Männer brechen weinend zusammen. Ein Blick in Maries runzliges Antlitz verrät ihm wenig, obwohl sich auf ihrem glücklichen Gesicht eine einzelne Träne ihren Weg nach unten bahnt. Hat er irgendwas nicht mitbekommen? Was ist denn nur passiert, dass sich alle so seltsam verhalten? Gerade kommt Belan zu ihnen gestürmt und hält etwas Rotglänzendes in der Hand. Freudig überreicht er Marie einen Apfel und beißt genüsslich in einen anderen. Marie jedoch dreht sich zu Eric und hält ihm den Apfel direkt vor die Schnauze. „Hier, für dich! Durch deinen Einsatz hast du vielen Trollen geholfen und sie vor einer weiteren Nacht des Hungers bewahrt.“ Erst jetzt realisiert Eric die essenden und schmatzenden Geschöpfe. Viele halten einen Apfel, andere wiederum ein Butterbrot und einige sogar ein Stück Fleisch in der Hand. Auch ihm läuft daraufhin das Wasser im Mund zusammen, weswegen er ein großes Stück von dem saftigen Apfel abbeißt.

Nachdem er den Apfel ganz und gar verputzt hat, gesellt er sich zu den Trollen und plündert ebenfalls die Körbe mit Lebensmitteln, die überall herumstehen. Doch anstatt leerer zu werden, bleiben diese weiterhin bis zum Rand mit Leckereien gefüllt, was Eric zu einer Völlerei ermutigt und ihm später einen schmerzhaften Bauch beschert. Satt und zufrieden legt er sich in die Sonne und genießt seinen Zustand sichtlich. Aber leider schiebt sich kurz darauf ein Schatten über ihn. Schläfrig blinzelt er der Störquelle entgegen und erkennt eine alte Frau, die er irgendwie zu kennen glaubt. „Jorik, jetzt steh endlich auf!“, brummt Marie missmutig. „Wir haben noch einiges zu tun.“ „Ach, stimmt!“, stöhnt Eric innerlich. Schwerfällig erhebt er sich und streckt alle Glieder von sich. „Es tut mir wirklich leid, Jorik“, tätschelt Marie ihm seinen Kopf. „Aber wir haben durch den Umweg und die Befreiung der Trolle sehr viel Zeit verloren. Mein Fuß wird uns ebenfalls noch massiv aufhalten. Deswegen müssen wir noch versuchen, so viel Weg wie möglich zurückzulegen. Dieses Mal nehmen wir aber die andere

Abzweigung nach rechts.“ Langsam humpelnd und auf ihren neuen Stock gestützt, bewegt Marie sich vorwärts, nachdem sie noch freudig allen Trollen gewunken und ihnen eine gute Heimreise gewünscht hat.

Nach einigen Stunden haben sie ein Plateau auf einem niedrigen Berg erreicht und beschließen, ihr Nachtlager aufzuschlagen. Marie kann kaum mehr auftreten, so schlimm ist ihr Fuß geschwollen. Immer wieder betastet sie vorsichtig die Entzündung, so als ob diese sich in den letzten fünf Minuten verändert hätte. Der Tag weicht langsam der Nacht und ein kühlerer Wind pfeift durch die Felsen hindurch. Die Sonne ist dunkelrot gefärbt und verwandelt den Himmel in ein richtiges Farbenspektakel. Obwohl Eric wenig mit dem Schauspiel der Sonne anfangen kann, ist selbst er ergriffen und bewundert es. Sein Blick wandert dabei zu Marie, die trotz ihres Alters wie eine junge Frau sehnsuchtsvoll dem Geschehen folgt. „Weißt du, Jorik“, spricht sie ihn nach einigen Minuten an, „was ich mir von Herzen wünsche?“ Eric ist überrascht, dass Marie plötzlich mit so einem Thema anfängt, hört aber aufmerksam zu. „Ich habe heute den ganzen Tag darüber nachgedacht, dass selbst die Hexen, die wir getroffen haben, ein Ziel im Leben verfolgen. Ich glaube zwar nicht, dass Katharina besonders erfolgreich mit ihrer Bäckerei wird, aber dennoch hat sie etwas, auf das sie ihre Energie und ihr Leben ausrichten kann. Bis jetzt habe ich immer gearbeitet und mich selbst aufgeopfert, damit ich es allen recht machen kann. Es ist zwar in meinen Augen kein Problem, selbstlos zu sein. Aber ich glaube, ich habe dabei mein eigenes Selbst verloren. Was wünscht sich also ein Mensch für sich selbst, der doch bis jetzt nur für andere existiert hat? Diese Frage hat mich heute den ganzen Tag beschäftigt und gequält. Doch langsam glaube ich die Antwort zu kennen. So wie ich das sehe, habe ich mein ganzes Leben versucht, von anderen gemocht zu werden, weil ich tief in mir nach Liebe und Zuneigung gesucht habe. Was ich mir also inniglich wünsche, ist, so geliebt zu werden, wie ich bin. Egal, ob ich arm, hässlich oder alt bin. Ich will so geliebt werden, wie ich bin, ohne vorher anderen gefallen zu müssen. Glaubst du, dass es irgendwo auf dieser Welt einen Menschen gibt, der dies könnte?“ Natürlich ist Eric klar, dass Marie keine Antwort von ihm erhofft, obwohl er ihr gerne Mut zusprechen würde. Denn Maries Worte haben Eric sehr berührt und auch seine Seele zum Klingen gebracht. Schon lange hat er die Hoffnung aufgegeben, um seiner selbst willen geliebt zu werden. Ein reicher, gutaussehender und junger Prinz weiß ebenfalls nie, ob es ein Mensch wirklich ehrlich mit ihm meint. Wird er, sein Titel oder sein Vermögen geliebt?

So vergeht die Zeit und die Nacht bricht herein. Die Luft hat sich merklich abgekühlt und lässt Marie in ihren dünnen Wüstenkleidern frieren. Ihr unaufhörliches Zähneklappern ist für Eric der Hinweis, aufzustehen und Feuerholz zu suchen. Doch weit kommt er nicht, da ihm plötzlich der köstliche Duft eines Eintopfes in die Nase steigt. „So etwas Leckeres habe ich schon länger nicht mehr gerochen“, schließt Marie genießerisch ihre Augen. „Glaubst du, der Unbekannte würde uns etwas von seinem Essen abgeben?“ Obwohl Eric diese Frage nicht beantworten kann, nickt er dennoch mit seinem Kopf und folgt der Geruchsspur. Ja, muss er sich selbst eingestehen, so eine Hundenase ist tatsächlich recht nützlich.

Immer näher kommen sie dem Gesuchten und können in einiger Entfernung ein kleines Männchen mit langem Bart erkennen, das singend und springend um sein Feuer tanzt. Immer wieder hören sie die Worte: „Heute koch ich, morgen wasch ich und übermorgen kämm ich mir die Läuse aus dem Bart. Ach, wie gut, dass niemand weiß, dass ich Sepp Aloisius heiß.“ Marie muss sich mit Müh und Not ein lautes Lachen verkneifen. Welche Mutter ist denn auf diesen Namen gekommen? Aber gut, wenn dies sein Name ist, dann kann es ihr egal sein. Langsam tritt sie hinter dem großen Busch hervor, der ihr noch im Wege stand, und begrüßt den Zwerg. „Entschuldige den kleinen Überfall, Sepp Aloisius. Aber könntest du dir vorstellen, zwei Wanderer an deinem Feuer willkommen zu heißen?“ Zu ihrem Entsetzen springt das Männchen jedoch zornig auf, hüpft wütend um das Feuer herum und schreit immer wieder: „Das hat dir der Teufel gesagt! Das hat dir der Teufel gesagt!“ Marie ist leicht verwirrt und geht einen Schritt zurück. „Was genau soll mir denn der Teufel gesagt haben?“ „Meinen Namen!“, schreit der Zwerg verärgert. „Du weißt meinen Namen.“ „Na ja!“, versucht Marie einzulenken. „Eigentlich hat mir nicht der Teufel deinen Namen verraten, sondern du hast ihn laut um dein Feuer gesungen. Wenn du nicht willst, dass ihn jemand kennt, solltest du so etwas unterlassen.“ Wieder jault das Geschöpf und rollt sich vor dem Feuer zusammen. Leicht genervt verdreht Marie ihre Augen. Wie kann man nur so empfindlich sein? Doch weil ihr der kleine Kerl leidtut, kniet sie sich neben ihn. „Wenn du willst, können wir uns ja gemeinsam einen neuen Spitznamen für dich überlegen. Dann hast du einen neuen und singst ihn einfach nicht mehr laut vor dich hin. Was hältst du denn davon?“ Ein wenig lugt Sepp Aloisius unter seiner Mütze hervor und zieht laut schniefend seine Nase hoch.

Eric, der dieses Schauspiel als absolut lächerlich empfindet, hat sich gemütlich neben das Feuer gesetzt und genießt die Wärme auf seinem Fell. Während er die beiden beobachtet, wie sie über die verschiedensten Namen diskutieren, werden seine Lider immer schwerer und schwerer. Erst eine Schüssel warmen Eintopfs weckt ihn aus seinen Träumen und katapultiert ihn in den Himmel. Trotz seines geringen Appetits genießt er dennoch jeden einzelnen Bissen. Marie sitzt zu diesem Zeitpunkt immer noch auf ihrem Platz und sieht konzentriert ins Feuer. „Was hältst du von Pumpernickel? Mir gefällt auch der Name Rumpumpel sehr gut.“ Leicht gereizt winkt Sepp Aloisius ab. „Rumpumpel ist doch ein Frauenname. Davon abgesehen gibt es eine Wetterhexe mit diesem Namen. Ich möchte einen Namen, den es nur einmal auf der Welt gibt. Also lass dir gefälligst etwas Besseres einfallen.“ „Na, du hast ja Ansprüche“, seufzt Marie genervt und löffelt ihren

Eintopf. Und weiter geht die Namens-Odyssee, der Eric nur zu gerne durch Schlaf entkommt. Immer wieder hört er im Halbschlaf Namensfetzen wie Hatschipuh, Pumuckl oder Hotzenplotz. Doch plötzlich wird er gewaltsam aus seinen Träumen gerissen, als das Männchen aufgeregt um das Feuer tanzt und zu singen beginnt. „Heute koch ich, morgen wasch ich und übermorgen kämme ich mir die Läuse aus dem Bart. Ach, wie gut, dass niemand weiß, dass ich …"

„STOPP!", schreit Marie laut dazwischen. „Genau so etwas sollst du doch nicht tun. Wenn du deinen Namen schon wieder laut herumsingst, dann hätten wir uns die ganze Arbeit auch sparen können. Jetzt lass es sein! Ich bin müde und habe ziemliche Fußschmerzen. Davon abgesehen muss ich morgen die Zwerge besuchen und einem Drachen Blut abzapfen. Ein wenig Schlaf würde mir sicherlich guttun." „Du willst WAS?!" Entsetzt schaut das Männchen sie an. „Drachen geben doch keiner Hexe ihr Blut. Da müsstest du schon einen von seiner Horde trennen, fangen und jahrzehntelang aushungern lassen, damit du vielleicht die Chance erhältst, einen Tropfen von ihm zu erwischen. Schlag dir das lieber aus dem Kopf." Nachdenklich schaut Marie ins Feuer und spielt mit ihrem Stock herum, bevor sie auf die Worte des Männchens eingeht. „Erstens", erklärt sie sich räuspernd, „bin ich keine Hexe und zweitens halte ich nichts davon, einem anderen Lebewesen einfach Gewalt anzutun." Lachend reibt sich der kleine Kerl den Bauch und kugelt sich vor Lachen. „Du und keine Hexe, dass ich nicht lache! Du stinkst doch meilenweit danach. Und wann genau hast du das letzte Mal in den Spiegel geschaut? Wenn du keine Hexe bist, dann fresse ich meine Mütze. Aber wenn du willst, können wir einen Handel eingehen. Du gibst mir etwas von dir und ich gebe dir dafür etwas aus Gold. Wenn du einen Drachen überreden willst, dir einen Tropfen seines Blutes zu geben, dann musst du ihn an seiner Gier nach Gold und Schätzen packen." „Das ist ja alles schön und gut", seufzt Marie erschöpft. „Aber sieh mich doch an! Ich habe nichts, was ich dir geben könnte.

Und komm mir jetzt nicht mit so einem Blödsinn wie *du willst mein erstgeborenes Kind.*“ „Brrr!“, schüttelt es das kleine Männchen. „Wieso sollte ich denn so etwas wollen? Kinder machen doch nur Lärm, stinken und sabbern. Da kann ich genauso gut deinen Hund fordern. Der ist einem Baby schließlich sehr ähnlich. Dem muss ich aber wenigstens keine Windeln wechseln.“ „Vergiss es!“, grätscht ihm Marie dazwischen. „Meinen sabbernden Freund behalte ich. Aber was ich dir anbieten kann, wäre eine große und schöne Behausung, mitten auf einem Berg. Du gibst mir etwas aus Gold und ich verrate dir, wo du diese Höhle finden kannst. Da könntest du auch ungestört deinen Namen herumsingen, ohne dass ihn jemand hört.“ Dies war wohl das ausschlaggebende Argument, denn plötzlich beginnen sich seine Mundwinkel nach oben zu ziehen. Freudig hüpft er auf und ab und reicht ihr seine Hand. „Darauf schlage ich ein! Du sagst mir, wo ich die Höhle finden kann, und ich zaubere dir dafür etwas aus Gold.“ „Einverstanden!“, stimmt Marie erleichtert zu und reicht dem Männchen die Hand.

An der Grenze des Märchenwaldreiches

„Stopp! Hier ist eine gute Stelle, die Nacht zu verbringen“, erklärt Aron und deutet auf das Flussufer. „Morgen werden wir durch diese flache Furt reiten und den Furo überqueren. Dann ist es nicht mehr weit bis zu den Zwergen.“ Giselagunde ist erleichtert. Feen sind einfach nicht dafür gemacht zu reiten. Sie kann sich zwar nach diesen anstrengenden Tagen im Sattel halten, findet aber keinen Gefallen daran. Und auch ihr Begleiter hat ihr die Reise nicht versüßt, da er stundenlang schweigend neben ihr ritt, weil er sie und ihre Begeisterung für die Natur nicht ausstehen kann. Deswegen wartet Giselagunde nicht auf seine Hilfe und steigt allein von ihrer braven Stute. „Du bist wirklich eine ganz brave Maus“, tätschelt sie ihrem Pferd den Hals. „Bald bist du wieder in deinem Stall und da werde ich dir eine doppelte Portion Hafer geben." Während sie so neben ihrem Pferd steht, geht Aron grummelnd an ihr vorbei. Schon wieder scheint er schlecht auf sie zu sprechen zu sein, obwohl sie keinen blassen Schimmer hat, was sie jetzt schon wieder angestellt hat. Die ganze Reise schon hat er sie ignoriert und angespannt auf seinem Pferd gesessen. Und wenn er doch ein Wort oder einen Blick mit ihr gewechselt hat, hätte sein zorniger Blick die Luft beinahe zum Kochen gebracht. Traurig schlägt Giselagunde ihre Augen nieder. Sie weiß ja, dass sie keiner sonderlich leiden kann, aber so viel Abscheu hat sie selten gespürt. Dabei mag sie Aron sogar. Er ist ehrlich, korrekt und versucht anderen zu helfen. Er ist in ihren Augen ein wahrer Ritter, der diesen Titel verdient hat. Gerade jetzt fühlt sie sich aber alles andere als wohl in seiner Gegenwart. Rosemarie war tatsächlich so nett und hat ihr eines ihrer Kleider geliehen. Doch aufgrund ihres vom Alkohol vernebelten Verstandes hat sie ein Kleidungsstück gewählt, das Giselagunde zu freizügig findet. Es passt zwar perfekt zu einer Fee, aber eben nicht zu ihr. Und gleichfalls ist es nicht sonderlich hilfreich, dass Rosemarie viel schmaler ist als sie, weswegen ihre Rundungen nicht nur zusammen-, sondern auch nach oben gequetscht werden. Aber auch der Stoff, der ihre Hüften umschmeichelt, ist so eng, dass jeder sofort ihr breites Becken sehen kann. Wenn doch wenigstens das Kleid aus mehreren Schichten bestehen würde, seufzt Giselagunde innerlich. Aber nein! Es ist ein hauchzarter Seidenstoff. Rosemarie war ganz begeistert, ihr dieses Ding anzudrehen. Angeblich hat sie es noch nie getragen, da es ein Geschenk der Feen war und nicht den Gepflogenheiten ihres Reiches entspricht. Was Giselagunde gut verstehen kann. Denn wer, außer den Feen, will denn schließlich mit einem Hauch von Nichts bekleidet sein? Ihren Geschmack trifft die aktuelle Feenmode auf jeden Fall nicht. Doch für ihre Mission ist es tatsächlich hilfreich, wie eine ganz normale Fee auszusehen. Also hat sie sich schlussendlich doch breitschlagen lassen und sich umgezogen. Aber auch jetzt ist Aron über ihre neue Kleiderwahl nicht sonderlich begeistert, da er sich seit Stunden weigert sie anzusehen.

Aron ist am Ende seiner Willenskraft angelangt und versucht sich mit einem nicht brennenden Lagerfeuer abzulenken. Leider ist das Holz am Rand des Flusses zu nass, um gut brennen zu können, weswegen er schon länger Steine aneinanderreibt und versucht die Funken mit seinem Atem zu entfachen.

Giselagunde steht in einiger Entfernung und sieht dem Trauerspiel um das nicht existierende Lagerfeuer aufmerksam zu. Zu gerne würde sie ihm anbieten, das Feuer zu entfachen. Sie ist zwar keine sonderlich gute Fee, aber Feuer zu erzeugen, ist dann doch eine sehr einfache Fingerübung, die selbst sie beherrscht. Nach dem zwölften Versuch schmeißt er frustriert seine Feuersteine auf den Boden. „Ich suche nochmals Feuerholz!", brummt er missmutig und geht, ohne sie eines Blickes zu würdigen, an ihr vorbei, bevor er hinter einem Baum verschwindet. Soll sie, oder soll sie nicht? Unsicher steht sie da und knetet ihre Finger. Wäre er wirklich sauer, wenn sie ihm helfen würde? Sie kann andere Lebewesen so schwer einschätzen und ist deswegen ein großer Freund von Pflanzen und Tieren, die einfacher strukturiert sind. Ein klein wenig Mut schöpfend, tritt sie näher an das Holz heran und legt ihre Finger auf dieses. Ein kleiner Gedanke, und schon beginnen die Äste zu glühen und kurz darauf zu brennen. Voller Freude steht sie da und betrachtet ihr gelungenes Werk. Stolz durchflutet ihren Körper und ihren Geist. Gerade will sie sich in die Richtung von Aron wenden, damit sie ihn rufen kann, stockt aber mitten in ihrer Bewegung. Denn dieser steht bereits hinter ihr mit weiteren Holzstücken auf dem Arm und schaut sie bedrohlich an. Verängstigt schluckt sie ihre Worte herunter und wischt ihre feucht gewordenen Hände an ihrem Kleid ab. Aron hingegen fixiert sie weiter. Seine harschen Worte, die darauf folgen, lassen sie in ihrer Gestalt schrumpfen. „Ist das ein normales Feuer oder muss ich Angst haben, es könnte später explodieren?" Leicht verlegen streicht sie sich eine Strähne ihres Haares hinter das Ohr, welches ausnahmsweise offen über ihren Rücken fällt, und schaut ihrerseits seine Schuhe an. „Es ist ein harmloses Feuer. Du kannst ganz beruhigt sein." „Gut!", grummelt er und setzt sich angespannt auf den Boden. Giselagunde tut es ihm gleich und setzt sich auf die andere Seite des Lagerfeuers. Schweigend starren beide ins Feuer, bis Aron beginnt, ihren Proviant auszupacken. Er gibt ihr Brot, getrocknete Früchte, ein Stück Fleisch und eine Käseecke. Und zu ihrer großen Überraschung beginnt Aron plötzlich ein Gespräch mit ihr, wobei sich dieses auf eine Frage konzentriert. „Wieso heißt du eigentlich Giselagunde? Das ist doch kein typischer Name für eine Fee." „Das ist richtig!", ergreift sie sofort die Gelegenheit, dieses erdrückende Schweigen zu brechen. „Meine Eltern wurden vor meiner Geburt von Räubern bedroht. Dies sah eine tapfere Zwergin und rettete sie. Meine Eltern waren so dankbar und die Zwergin so in Eile, dass sie ihr als Dank noch schnell versprachen, ihrem ungeborenen Kind den Namen ihrer Retterin zu geben." Giselagunde legt eine kurze Sprechpause ein, bevor sie fortfährt. „Ich frage mich häufig, ob sie dieses Versprechen auch gegeben hätten, wenn sie vorher den Namen gewusst oder aber die Zwergin mehr Zeit gehabt hätte." Freudlos stochert sie mit einem dünnen Stöckchen in der Glut herum. „Es ist für eine Fee nicht einfach, mit Makeln in eine perfekte Feenwelt hineingeboren zu werden."

Aron ist irritiert und hebt bewusst seinen Blick, um Giselagunde über das Feuer hinweg anzusehen. Die Reflexionen tanzen verlockend über ihre Gesichtszüge und lassen sie unschuldig und zerbrechlich wirken. Ihre Flügel kommen gerade richtig zur Geltung und schimmern in den schönsten Farben. Aron fühlt sich seit heute Nachmittag wie vom Blitz getroffen, als er die Fee in diesem Kleid zu Gesicht bekommen hat. Seine Annahme, sie hätte die Figur einer Tonne, wurde augenblicklich widerlegt und hat ihn mehrmals schwer schlucken lassen. Ihr Körper ist einfach atemberaubend verführerisch. Sie hat genau die Körpermaße, die er sich bei einer Frau wünschen würde. Nicht zu dünn und an den richtigen Stellen reizvoll ausgefüllt. So gefesselt war er selten von einer Frau, wobei er sich streng verbietet, sich von ihrem Aussehen ablenken zu lassen, da schließlich der ganze Erfolg der Mission auf seinen Schultern liegt. Deswegen wendet er erneut seinen Blick von ihr ab und schweigt sie an, während er überlegt, welche Makel sie meinen könnte. Haben diese Makel vielleicht irgendetwas mit ihrem Kleidergeschmack zu tun? Und warum hat sie den ganzen Ritt über geschwiegen? So kennt er sie gar nicht. Er war eigentlich der festen Überzeugung, einen vortragsreichen Tag hinter sich bringen zu müssen. Stattdessen war dies der ruhigste Ritt, den er jemals erlebt hat. Doch seltsamerweise hatte er während der ganzen Reise das Bedürfnis, ihre Stimme zu hören. Irgendwie gehört ihre fröhliche Art, sich über jedes Pflänzchen zu freuen, einfach zu ihr. Er gibt es ja ungerne zu, aber ab und an hat er sogar bewusst ihren Worten gelauscht. Denn ihre Begeisterung hat selbst ihn nicht immer kaltgelassen. Doch jetzt sitzt ein verschüchterter Abklatsch ihrer Persönlichkeit vor ihm. Irgendwie hat er ja das untrügliche Gefühl, an dieser Situation nicht ganz unschuldig zu sein. Für morgen nimmt er sich auf jeden Fall vor, mehr mit ihr zu sprechen. Doch plötzlich lässt ein Knacksen hinter ihm all seine Sinne hochfahren. Geschmeidig ergreift er sein Schwert, springt auf und wirbelt auf seinem Platz herum.

Giselagunde ist von dieser Aktion so überrascht, dass sie rückwärts von ihrem Stein fällt und mit dem Rücken auf dem Boden landet. Umständlich rappelt sie sich auf und schaut ebenfalls in die Nacht hinaus. Das Knacksen wird immer lauter und verrät das Herannahen von Fremden. Ängstlich hält die Fee die Luft an und überlegt fieberhaft, welcher Zauber ihnen zur Not helfen könnte. Nachdem das Feuermachen so gut funktioniert hat, überlegt sie sich, ob sie nicht die Kleider der Angreifer in Brand setzen könnte. Von dieser Idee begeistert, richtet sie sich auf und beginnt bereits in Gedanken an den richtigen Spruch zu denken. „Verhext und zugenäht!“, schimpft plötzlich jemand lautstark hinter einem Busch. „Wer wagt es, meine Kleider in Brand zu stecken? Ist das die höfliche Art, mit anderen Reisenden umzugehen?“ Sobald diese Worte gesprochen wurden, kommt ein Zwerg in Begleitung eines Esels hinter dem Busch hervor. Missmutig klopft er auf sein angekokeltes Wams und schimpft lautstark. Wütend betrachtet er Giselagunde und wedelt mit seinem Finger. „Für diesen Schaden wirst du aufkommen, Fee. Das ist mir ja die letzten hundert Jahre nicht mehr passiert, dass mich jemand in Brand gesteckt hat. Wie ist dein Name, damit ich dich auf jeden Fall wiederfinden kann."

Verängstigt beginnt Giselagunde zu zittern, weswegen sich Aron schützend vor sie stellt und seinerseits dem Zwerg böse in die Augen schaut. „Wenn Ihr Euch nicht so angeschlichen hättet, dann wären wir nicht gezwungen gewesen, zu reagieren. Giselagunde hat nichts falsch gemacht. Es wäre an Euch, sich bei ihr zu entschuldigen." Diese Belehrung oder etwas anderes hat den Zwerg plötzlich sprachlos werden lassen. Schon fast ehrfürchtig kommt er der Fee näher und betrachtet sie genauer. Als er dann noch anfängt, seine Finger nach ihr auszustrecken, geht das Aron zu weit und er schlägt sie weg. „Ansehen und nicht anfassen!", erklärt Aron verärgert. „Hat man Euch so etwas nicht beigebracht?" „Verzeiht!", zieht der Zwerg seine schmerzende Hand zurück. „Ich war gerade in die Vergangenheit getaucht. Meine Frau hatte ebenfalls den wunderschönen und edlen Namen Giselagunde. Sie war die tapferste Zwergin von allen. Aber leider ist sie vor zwanzig Jahren im Krieg gefallen. Seitdem ist ihr Körper verschollen und meine Seele gebrochen. Wir Zwerge verlieben uns nur einmal in unserem Leben und bleiben auf ewig zusammen. Der Verlust des einen zerstört den anderen."

Giselagunde schaut den Zwerg traurig an und geht auf ihn zu. „Das tut mir unsäglich leid für Euch. Ich habe meinen Namen von einer Zwergin erhalten, die meine Eltern damals im Märchenwald gerettet hat." Von dieser Erzählung stutzig geworden, schaut der Zwerg Giselagunde mit großen Augen an. „Es gibt und gab immer nur eine Giselagunde bei den Zwergen, da es verboten ist, einen Namen zweimal zu vergeben." Leicht schockiert tritt die Fee zurück. „Wollt Ihr damit sagen, dass meine Eltern damals von

Eurer Frau gerettet wurden?" „Wenn deine Eltern dir nichts Falsches erzählt haben, dann wird dies meine Frau gewesen sein. Ich glaube dir nur nicht, dass sie deine Eltern im Märchenwald gerettet hat. Das ist zeitlich und geographisch absolut unmöglich. Wie alt bist du denn? Zweihundert oder eher zweihundertfünfzig?" Von dieser ganzen Sache unangenehm berührt, beginnt Giselagunde auf ihren Lippen zu kauen. „Ich bin erst zwanzig Jahre alt", kommt es stockend aus ihr heraus. Geschockt weicht nun Aron einen Schritt zurück. „Wie kannst du noch so jung sein?", beginnt er sie zu fragen. „Ich dachte immer, Feen wären uralte Wesen, deren Alter man ihnen nicht ansieht und die erst mit zweihundert Jahren erwachsen sind. Wie kannst du jetzt schon so erwachsen aussehen?" „Na ja!", druckst Giselagunde herum. „Das liegt daran, dass ich eine Besonderheit bin, weil mein Blut unrein ist. Mein Vater war keine Fee, sondern ein Mensch. Deswegen altere ich, habe diese klobige Figur und eine viel zu unvorteilhafte Nase für eine Fee." Vollkommen überrascht setzt sich der Zwerg auf den Boden. „Das kann alles nicht stimmen!", schüttelt er verzweifelt seinen Kopf. „Meine Frau war doch vor zwanzig Jahren nicht im Märchenwald. Ich, Gunterich von Eisenstein, kann mich doch nicht so irren!" Bei der Nennung seines Namens hat Giselagunde das Gefühl, ihn schon einmal gehört zu haben, kann ihn aber aufgrund ihrer Aufregung nicht zuordnen.

Kurz darauf zieht der Zwerg ein kleines Medaillon aus seiner Brusttasche und betrachtet liebevoll das Antlitz seiner Frau. „Darf ich?", tastet sich Giselagunde vorsichtig mit ihrer Frage heran und hält ihm ihre offene Hand hin. Nach einem kurzen Zögern legt Gunterich das Medaillon in ihre Hände. Mitfühlend betrachtet sie das lächelnde Gesicht der Zwergin. So sieht also ihre Namensvetterin aus. Fast zärtlich streicht sie mit ihrem Finger federleicht über das Bild. „Wenn Ihr wollt, dann kann ich versuchen, Euch zu helfen, die letzte Ruhestätte Eurer Frau zu finden. Betrachtet es als Wiedergutmachung für meinen kleinen

Brandanschlag." Daraufhin schleicht sich ein kleines, trauriges Lächeln auf das Gesicht des Zwerges. „Das wäre sehr nett von Euch." Sogleich holt sie die Karte der Reiche aus ihrer Reisetasche und legt sie ausgebreitet auf den Boden. Danach nimmt sie die Rune und das Bild der Zwergin und schließt ihre Augen. Aufgeregt rutscht Gunterich unruhig auf seinem Platz herum und bereits nach kürzester Zeit erscheint ein roter Punkt in der Mitte des Zaubersees. Verwirrt schauen alle drei auf diese Stelle. „Es wäre auch zu schön gewesen, um wahr zu sein", schüttelt der Zwerg deprimiert seinen Kopf. „Das verstehe ich nicht!", spricht Giselagunde aufgeregt und schaut Aron flehentlich an. „Es hat doch die letzten Male auch immer funktioniert. Wieso sollte es gerade jetzt versagen?"

Bewusst langsam streicht der Krieger sich über sein Kinn und wählt seine nächsten Worte mit Bedacht. „Ich glaube nicht, dass du versagt hast, Giselagunde. Vielmehr glaube ich, dass die letzten Überreste von der Zwergin auf dem Grund des Zaubersees zu finden sind." „Das kann unmöglich sein!", springt Gunterich geschockt auf. „Meine Frau ist in der Schlacht bei den Diamantbergen gefallen. Wie bitte soll ihr Leichnam bis zum Zaubersee gelangt sein?" Ernst schaut Aron den Zwerg an. „Habt Ihr denn gesehen, wie sie gestorben ist?" „Das nicht", gibt Gunterich nach kurzem Zögern zu. „Ich habe es nur angenommen, da sie nicht unter den Lebenden war, die zurückgekommen sind. Ich habe zu dem Zeitpunkt weiter südlich gekämpft." „Gegen welche Armee hat Eure Frau denn zu diesem Zeitpunkt gekämpft?" Eine längere Pause setzt ein, bevor er antwortet. „Sie müsste zu diesem Zeitpunkt gegen König Barboss aus dem Reich des Zaubersees gekämpft haben. Ich war zeitgleich mit dem Wüstenvolk beschäftigt. Es war ein schrecklicher Krieg der Reiche, der damals gewütet hat." „Gegen König Barboss aus dem Reich des Zaubersees, sagtet Ihr?", hebt Aron eine seiner Augenbrauen. Und auch dem Zwerg scheint ein Licht aufzugehen. „Kann es etwa sein, dass dieser Verbrecher mit dem Verschwinden meiner Frau etwas zu tun hat?" „Ausschließen würde ich es nicht", gibt Aron zu bedenken. „Auch in unserem Reich ist die Frau von König Ludwig kurz nach der Geburt von Prinzessin Rosemarie vor ungefähr zwanzig Jahren auf seltsame Weise verschwunden. Vielleicht gibt es da einen Zusammenhang." Plötzlich schauen beide zu der aufschreckenden Fee, die sich sogleich ihre Hände vor die Lippen hält. Sofort ist Aron alarmiert. „Was hast du? Was ist passiert?"

Stotternd versucht Giselagunde, die Worte in ihrem Kopf zu formulieren, scheitert aber immer wieder an ihrer Aufregung. Erst nachdem Aron sie kurz in den Arm genommen und ihr sanft über den Rücken gestrichen hat, beruhigt sich ihr Gemüt und sie kann ihnen erzählen, was sie so erschreckt hat. „Kannst du dich noch an unseren Aufenthalt im Trolldorf erinnern?", beginnt sie ihre Erzählung. „Wie könnte ich den vergessen?", seufzt Aron. „An diesem Tag hast du mir die schlimmste Haarfarbe aller Zeiten verpasst." Schuldbewusst schaut Giselagunde auf den Boden, spricht aber leiser weiter. „Dort habe ich mich mit Prinzessin Majana angefreundet. Auch sie erzählte mir, dass ihre Mutter vor ungefähr zwanzig Jahren verschwunden sei." „Das ist wirklich höchst seltsam", spricht Aron seine ersten Gedanken aus. „War nicht sogar das Verschwinden der Königinnen Christin vom Zaubersee und Kassandra vom Märchenwald der Hauptauslöser für den damaligen Krieg?" „Das stimmt!", nickt Aron zustimmend. „Aber wie passt da das Verschwinden einer normalen Zwergenkriegerin rein?" „Das ist ganz einfach!", beantwortet der Zwerg diese Frage. „Indem sie meine Frau wurde und somit Königin der Zwerge." Verblüfft sehen Giselagunde und Aron den Zwerg plötzlich in einem anderen Licht und gehen beide sofort auf die Knie. „Verzeiht, dass wir Euch nicht sogleich als König erkannt haben", versucht die Fee die Situation zu retten. Mürrisch brummt der Zwerg vor sich hin. „Das war auch beabsichtigt. Ich habe keine Kraft mehr, die Königswürde zu tragen, und will einfach nur in Frieden gelassen werden. Also vergesst meinen Titel sogleich wieder und steht gefälligst auf." Augenblicklich erheben sich die beiden und klopfen sich den Staub von ihrer Kleidung. „Das sind beunruhigende Nachrichten, die wir herausgefunden haben", erklärt Aron verstimmt. „Vier verschwundene Königinnen und der Hinweis auf ein Grab im Zaubersee. Ich fürchte, wir müssen dieser Sache unbedingt nachgehen und so schnell wie möglich dem König darüber berichten."

„Aber das geht nicht!", schüttelt Giselagunde gehetzt ihren Kopf. „Wir haben doch eine Mission und müssen Marie und Eric bei den Zwergen finden und sie unbedingt zu König Ludwig zurückbringen." Sofort mischt sich Gunterich in das Gespräch ein. „Das könnt ihr mir überlassen. Ich kenne Marie und Eric sehr gut. Beide haben bereits in meiner Hütte übernachtet, wobei ich das unverschämte Schwein lieber unter freiem Himmel hätte schlafen lassen. Das hätte diesem aufgeblasenen Prinzen sicher gutgetan." Überrascht von dieser Offenbarung schaut Giselagunde den Zwerg mit großen Augen an. „Wie kommt es, dass Ihr von dem verzauberten Prinzen wisst?" Stolz reckt Gunterich sein Kinn in die Höhe und räuspert sich vor seiner Erzählung. „Ich habe die Gabe, in die Seelen von Lebewesen blicken zu können. Deswegen habe ich den unverschämten Bengel auch sogleich in dem Schwein wiedererkannt. Das wäre nicht jedem gelungen. Ihr könnt mir also unbesorgt diese Aufgabe überlassen. Ich werde die zwei aufspüren und zurückschicken." Immer noch unsicher, schaut Giselagunde zu Aron, der nur leicht mit seinen Schultern zuckt. „Ich finde die Idee von König Gunterich nicht schlecht. Vielleicht kann diese Information die immer noch glimmende Fehde zwischen den beiden Königen beenden. Und davon abgesehen, müssen wir herausfinden, ob die drei anderen toten Königinnen auch am selben Ort zu finden sind. Ich glaube, wir sind hier etwas Wichtigem auf der Spur und sollten keine Zeit verlieren." „Da hast du recht, mein Junge!", bestätigt Gunterich die Überlegungen von Aron. „Gleich morgen in der Früh breche ich auf und werde Marie und Eric bei meinem Volk suchen, während ihr König Ludwig unsere Erkenntnisse berichtet. Sobald ich kann, komme ich nach." Daraufhin nicken alle drei und machen es sich vor dem Feuer gemütlich, da die Nacht bereits weit fortgeschritten ist und der Morgen nicht mehr lange auf sich warten lässt.

Spätnachts im Schloss des Märchenwaldes

„Oh, du heiliger Feenhimmel!", stöhnt Theodor leise, während er sich mit einer Hand vorsichtig an den Wänden entlanghangelt. „Bin ich etwa mit meinem Kopf gegen mehrere Wände gelaufen, bevor eine Horde Zwerge über mich marschiert ist? Ich hätte niemals so viel trinken dürfen." Es ist bereits weit nach Mitternacht und der Prinz verzieht unglücklich sein Gesicht bei dem Versuch, sich im dunklen Schloss des Märchenwaldes zurechtzufinden. Jetzt hat er doch tatsächlich beinahe seine eigene Hochzeitsnacht verschlafen. Seine Beine sind bleischwer, sein Kopf hämmert fürchterlich und sein Magen rebelliert. Doch wenigstens hat er endlich sein Ziel erreicht und öffnet leise die Tür zu Rosemaries Gemach. Wie zu erwarten, liegt sie schlafend in ihrem Bett, wobei sie seltsame Geräusche ausstößt. Bei näherer Betrachtung kann er in der Dunkelheit sogar erkennen, dass sie immer noch ihr Hochzeitskleid trägt und bäuchlings eingeschlafen ist. Ihr halber Körper ragt unbequem über die Matratze und an ihren Füßen baumeln noch ihre Tanzschuhe. Wie es scheint, hat wohl auch Prinzessin Rosemarie zu tief ins Glas gesehen. Unschlüssig steht Theodor da und weiß nicht, wie er diese Situation verbessern könnte. Eigentlich dachte er, eine züchtig schlafende Maid vorzufinden, der er einfach ein paar Blutstropfen aufs Bettlaken tropfen könnte. Morgen früh müsste er nur die Zofe abfangen und das Laken seinem Vater zeigen. Er hätte zwar gerne sein eigenes Laken verwendet, aber jeder weiß, dass Rosemarie ihr Namensemblem auf ihrem hat. Auch sein Vater ist über diese

Besonderheit informiert und wird sicher misstrauisch, wenn nicht alles zusammenpasst. Doch wie soll er das anstellen, wenn die schnarchende Prinzessin quer über ihrem ganzen Bett liegt? Es hilft nichts! Theodor muss sie verschieben. Zuerst entzündet er eine kleine Kerze und befreit ihre Füße von ihren Schuhen, bevor er schwankend hochkommt und sie an der Taille greift. Zu seinem Schreck hat er jedoch nicht bedacht, wie wacklig er auf seinen eigenen Beinen steht, und fällt bäuchlings auf Rosemarie. Diese schreckt augenblicklich hoch und knallt ihren Hinterkopf schmerzhaft auf Theodors Kinn. Vor Schmerzen aufschreiend, lässt er Rosemarie sofort los. Kreischend springt die Prinzessin auf ihre Füße und steht zum Kampf bereit auf ihrem Bett. Ihre Haare stehen wild in alle Richtungen ab, ihr Gesicht ist schwarz und rot verschmiert und ihr vorher so schönes Hochzeitskleid ist fürchterlich zerknittert. Theodor kann sich der Komik der Situation nur schwer erwehren und muss laut loslachen. Daraufhin realisiert Rosemarie, wer ihr nächtlicher Besucher ist, und funkelt ihn nur noch wütender an. „Aha!“, deutet sie mit ihrem Zeigefinger auf ihn. „Kommt nun also doch der Bräutigam zur Braut und fordert seine ehelichen Rechte ein? Hat deine Geliebte dir nicht mehr ausgereicht? Oder wolltest du nur kontrollieren, ob ich allein in meinem Bett liege und mich nach dir verzehre?“ „Du hast dich also nach mir verzehrt?“, hebt Theodor interessiert eine seiner Augenbrauen. „So etwas höre ich natürlich gerne“, greift Theodor das Gesagte auf und grinst spitzbübisch seine Frau an. Wütend stampft diese auf die weiche Matratze und hebt ihr Kinn. „Treib es nicht zu weit, Theodor. Ich habe schreckliche Laune und die werde ich an dir auslassen, wenn du nicht augenblicklich mein Zimmer verlässt. Und wehe dir, du betrittst es je wieder!“ „Das ist aber schade!“, zwinkert Theodor frech die Prinzessin an. „Ich werde dein liebliches Schnarchen sicher vermissen.“

Verärgert schnappt Rosemarie sich ein Kissen und stürmt auf Theodor zu. Dieser ist davon so überrumpelt, dass er viel zu spät darauf reagieren kann. Schon knallt er schmerzhaft mit seinem

Rücken auf den Boden, während eine Prinzessin auf ihm liegt und ein Kissen auf sein Gesicht drückt. Sofort beginnt sein Überlebenstrieb zu reagieren und er versucht, das Mordinstrument von sich zu drücken. Da seine Glieder jedoch aufgrund seines Alkoholexzesses immer noch kraftlos sind, hat er die größten Schwierigkeiten. Dies realisiert Rosemarie schnell und lässt nicht locker. Nach ungefähr zwei Minuten hört jedoch Theodors Gegenwehr plötzlich auf und seine Arme erschlaffen an seiner Seite. Davon überrascht, löst Rosemarie das Kissen und springt panisch auf. Hat sie ihn jetzt etwa in ihrer Wut umgebracht? Ihr Puls schlägt vor lauter Panik so kräftig, dass sie ein unangenehmes Rauschen in den Ohren hört. Erst nach einigen Sekunden, die sie benötigt, um überhaupt wieder klar denken zu können, kniet sie sich neben Theodor und fühlt, ob er noch einen Herzschlag besitzt. Erleichtert atmet sie durch, als sie diesen kräftig schlagend vorfindet. Doch was nun? Wenn er aufwacht, dann wird er ihr sicherlich nicht so einfach verzeihen. Für ihn muss dies alles wie ein Mordversuch aussehen. Zu ihrer Bestürzung kann sie dieser Ansicht sogar zustimmen. In ihrer Raserei hat sie gar nicht über die Konsequenzen nachgedacht. Aber ihre Verzweiflung und die Wut, gepaart mit Alkohol, haben ihr einfach den Rest gegeben. Jetzt steht sie da und betrachtet den ohnmächtigen Theodor. Vielleicht, wenn sie ihm alles in Ruhe erklären könnte, hätte sie eine Chance, sich zu entschuldigen. Ihrem geliebten Theodor hätte sie ein vernünftiges Gespräch zugetraut, aber wie das Monster reagiert, das er in Wirklichkeit ist, kann sie nicht einschätzen. Voller Aufregung schaut sie sich im Zimmer um und entdeckt ihre Sammlung von Seidenschals auf einer Stange. Sich nicht anders zu helfen wissend, schnappt sie sich sofort einige davon und bindet ungeschickt die Arme und Beine von Theodor zusammen. Bei genauer Betrachtung ist sie jedoch immer noch nicht zufrieden, da er trotzdem locker aufstehen könnte. Also nimmt sie all ihre Kraft zusammen und wuchtet ihn auf ihr großes Bett. Nun hat sie auch die Möglichkeit, ihre Bettpfosten zu verwenden, und macht ihn daran fest, um wenigstens ein paar Minuten Zeit herausholen zu können, wenn er erwacht. Während sie ihn so gefesselt betrachtet, zieht sich ihr Herz schmerzhaft zusammen. Diese ganze Szene erinnert sie nur zu deutlich an Sabaku. An seinen Tod, wie er hilflos vor ihr lag, und an ihr eigenes Schicksal mit den Fesseln im Bett. Ohne es bewusst steuern zu können, kommt sie seinem Gesicht näher und will dieses vorsichtig berühren.

Was Rosemarie jedoch nicht weiß, ist, dass Theodor schon die ganze Zeit über wach war. Denn sobald er merkte, ihrer Attacke nicht gewachsen zu sein, hat er sich für die List entschieden, eine Bewusstlosigkeit vorzutäuschen. Dass sie ihn aber danach an ihr Bett fesselte, davon war er dann doch sehr überrascht. Aber nachdem seine Neugier gesiegt hatte, wollte er nicht den Spielverderber spielen und sie unterbrechen. Doch langsam wird er nervös, da er weder sehen noch hören kann, was sie macht. Er kann nur inständig hoffen, dass sie nicht aus Rache einen Dolch herausholt und ihn damit ersticht. Dies wäre eindeutig nicht das, was er erreichen will. Als er schon fast versucht ist, seine Augen zu öffnen und nach dem Rechten zu sehen, erspürt er eine zaghafte Berührung auf seinem Gesicht. Federleicht wie ein Schmetterling und so kurz wie dessen Flügelschlag. Und wenige Sekunden später kann er nochmals ihren sanften Finger spüren, wie dieser zaghaft seine Konturen im Gesicht nachfährt. Nur mit äußerster Willensanstrengung schafft es Theodor, weiterhin ruhig zu atmen. Jetzt streicht sie ihm sogar noch liebevoll seine Haare aus der Stirn und lässt ihre Handfläche danach auf seiner linken Wange liegen. Kurz darauf löst sie diese wieder und fährt mit ihrem Daumen seine Unterlippe nach und öffnet diese leicht mit ihrem Finger. Was jetzt jedoch kommt, kann er nicht mehr ignorieren. Denn ihre seidigen Lippen drücken sich auf seine und erzeugen in ihm ein Feuerwerk der Gefühle. Nachdem sie auch noch begonnen hat, mit ihrer Zunge seine Lippen nachzufahren, stockt ihm der Atem und ihm entkommt unbeabsichtigt ein Stöhnen. Sofort beendet Rosemarie ihr Tun und rutscht von ihm weg. Er könnte sich selbst für seine dumme Reaktion ohrfeigen. Es hat jetzt keinen Sinn mehr, so zu tun, als wäre er ohnmächtig. Also schlägt er seine Augen auf und betrachtet das gerötete Gesicht der Prinzessin. Diese springt gehetzt auf und fuchtelt aufgeregt mit ihren Armen herum. „Es tut mir so leid! Das wollte ich nicht! Ich wollte dich nicht ermorden! Das musst du mir glauben! Ich war nur so wütend auf dich, und dieser dumme Champagner und dann dein Witz ... Ich habe einfach die Kontrolle verloren“, haspelt sie viel zu schnell und erklärt mindestens vier Mal, warum sie ihn eigentlich nicht umbringen wollte. Theodor hingegen liegt ruhig da und versucht seine Gefühle wieder in den Griff zu bekommen. Als dann jedoch die Worte fallen: „Was kann ich tun, damit du mir verzeihst?“, kann er seinem animalischen Impuls nicht mehr Einhalt gebieten. Inwieweit der Alkohol an seiner Antwort beteiligt ist, wird er im Nachhinein nicht sagen können. „Küss mich noch einmal und ich verzeihe dir alles.“

Sofort intensiviert sich Rosemaries Röte im Gesicht und sie weicht einen weiteren Schritt zurück. Da Theodor jedoch weiterhin ganz ruhig daliegt, traut sich Rosemarie wieder heran. Schritt für Schritt nähert sie sich ihm, bis ihr Oberschenkel die Bettkante berührt. „Ich mache es“, kommt es fast atemlos über ihre Lippen, „wenn du deine Augen geschlossen lässt.“ Der Prinz kommt ihr sofort entgegen und bietet ihr sogar an, dass sie seine Augen verbinden darf. Dies lässt sich Rosemarie nicht zweimal sagen, holt einen dunklen Seidenschal und verbindet seine Augen. Seltsamerweise fühlt sich Rosemarie jetzt viel sicherer, da er sie weder berühren noch sehen kann. Mit mehr Selbstbewusstsein als zuvor beugt sie sich über ihn und betrachtet seine schönen Lippen. Zuerst fährt sie mit ihrem Daumen über diese und entlockt ihm ein zufriedenes Seufzen. Angestachelt von diesem Laut und davon, dass sie die Kontrolle hat, werden ihre Handlungen mutiger und sie beginnt ihn zu küssen. Ihre Hände entwickeln kurz darauf ein Eigenleben und wandern wie selbstverständlich durch seine Haare. Ein lautes Stöhnen seinerseits lässt sie aber sofort zurückschrecken. Schnell atmend steht sie vor ihm und erkennt seine innere Aufgebrachtheit.

Bevor er überhaupt realisiert, dass sie den Kuss bereits beendet hat, hat Rosemarie schon damit begonnen, ihn loszumachen. Und kaum nimmt er die Augenbinde ab, kann er den beschämten Ausdruck in ihrem Gesicht erkennen. „Es tut mir leid, Theodor!“, stammelt sie betrübt. „Ich habe mich vergessen!“ „Scht!“, tritt er vor sie, zieht sie schnell in seine Arme und hofft auf einen Überraschungseffekt. Er kann jedoch sofort die Versteifung ihres Körpers spüren, lässt sie aber nicht los. „Rosemarie!“, beginnt er sanft mit ihr zu sprechen. „Das war der schönste Kuss, den ich in meinem Leben je erhalten habe.“ Ihr Körper entspannt sich etwas und sie schmiegt ihren Kopf an seine Brust. „Wenn du mich jeden Tag so küssen würdest, dann würde ich dir die Welt und mein Herz zu Füßen legen.“ Dies war wohl zu viel des Guten, da sie ihn sofort von sich stößt und ihn verstört ansieht. „Was spielst du für ein krankes Spiel, Theodor?“, schreit sie aufgebracht. „Du kannst mich nicht retten, beschimpfen, küssen, wegstoßen, beleidigen und dann wieder küssen. Du machst mich damit kaputt. Merkst du das denn nicht?“ Theodor weiß nicht, was er darauf antworten soll, da er absolut keine Erfahrung mit Frauen und noch weniger mit der Liebe hat. Doch eines weiß er mit Bestimmtheit: Wenn sich nicht bald etwas ändert, dann wird nicht nur sie, sondern auch er daran kaputtgehen. Voller Verzweiflung will er einfach nur noch weg. Doch bevor er dies kann, muss er seinen Auftrag erfüllen. Somit zieht er unter dem schrillen Kreischen von Rosemarie einen Dolch aus seinem Gürtel und wendet sich dem Bettlaken zu. Die Prinzessin flüchtet sofort in eine Ecke und betrachtet aus schreckgeweiteten Augen das Geschehen. Doch Theodor kann sich darum im Moment nicht kümmern, da er zitternd vor der Matratze steht, sich das Messer an seinem Unterarm ansetzt, sodass sein Vater morgen keine offensichtlichen Verletzungen erkennen kann, und sich schneidet. Ein scharfer Schmerz flutet seine Sinne und lässt ihn innehalten. Blut läuft ihm am Ellenbogen hinab und trifft seine Hose. Er legt den Dolch weg und greift mit seiner Hand an seinen blutigen Unterarm. Mit dieser rötlich gefärbten Hand beginnt er das Bettlaken zu berühren und verschmiert das Blut großzügig, da er keine Ahnung hat, wie schlimm Frauen beim ersten Mal bluten, und er kein Risiko eingehen möchte, dass es zu wenig sein könnte, weswegen das Laken kurz darauf einem Schlachtfeld gleicht.

Vollkommen verständnislos und verwirrt schaut Rosemarie dem Treiben zu. Was ist wohl in Theodor gefahren, dass er so etwas Verrücktes macht? Wie ein Déjà-vu kommt ihr der Gedanke an eine Geisteskrankheit zurück. Kann es sein, dass Theodor in sich mehrere Personen vereinigt? Ist dies vielleicht der Grund für sein widersprüchliches Verhalten? Wenn dies so wäre, dann bräuchte er dringend Hilfe. Ob sie die Person sein kann, die dies vollbringen kann, weiß sie jedoch nicht. Doch eine Antwort muss sie dringend haben, bevor sie sich entschließen kann, ihm überhaupt helfen zu wollen. All ihren Mut zusammennehmend, schaut sie ihn an und stellt eine Frage. „Theodor, liebst du mich?“ Lange blickt er ihr in die Augen und wickelt sich zeitgleich einen Stoffstreifen um seinen verletzten Arm, nachdem er das Bettlaken abgezogen und sich über die Schulter geworfen hat. Sobald er damit fertig ist, kommt er auf sie zu. Er hebt instinktiv seine Hand, die noch blutverschmiert ist, und möchte sie berühren. Sie weicht jedoch instinktiv zurück. Daraufhin lässt Theodor seine Hand wieder sinken und den Kopf hängen. Er tritt zur Tür, öffnet diese einen Spalt und sagt die Worte, die ihr fast das Herz zerspringen lassen. „Mehr als mein Leben, Rosemarie!“ Doch kaum sind die Worte gesagt, ist die Tür auch schon in die Angeln gefallen und Rosemarie ist wieder allein.

In der Nähe der Zwergenstadt Yama

„Jetzt hör endlich auf zu schmollen, Jorik!“, kämpft Marie verzweifelt darum, nicht zu lachen. „Woher sollte ich denn wissen, dass dieser fiese kleine Kerl sich einen Streich mit mir und dir erlauben würde?" Verärgert und peinlich berührt geht Eric neben Marie und schämt sich in Grund und Boden. Ist es denn nicht ausreichend, dass er ein Hund sein muss? Muss er deswegen auch noch verspottet werden? Sichtlich um seine Fassung ringend, versucht Eric nicht mehr daran zu denken, dass Marie ihm verboten hat, diesem Sepp Aloisius, oder wie er gerade auch heißen mag, in seinen winzigen Hintern zu beißen. Stattdessen muss er allein mit dieser Schmach zurechtkommen. Er weiß nicht einmal, ob er Marie je wieder in die Augen schauen oder ihr vertrauen kann, da sie sich partout weigert, den vergoldeten Gegenstand in ihrer Tasche in ein tiefes Erdloch zu werfen, sodass nie ein anderes Lebewesen diesen zu Gesicht bekommt. „Ehrlich, Jorik!", versucht sie weiter auf ihn einzureden. „Jetzt stell dich doch nicht so an. Es ist doch nichts Schlimmes passiert. Der kleine Kerl hat doch nur etwas Besonderes gebraucht, was er für uns in Gold verwandeln kann. Und da ist ihm eben dieses Besondere in die Nase gekrochen. Ich hätte zwar auch etwas anderes bevorzugt, aber wer verweigert schon einen geschenkten Goldhaufen?" Daraufhin fängt Eric jämmerlich zu jaulen an. Belustigt verdreht Marie ihre Augen, holt das Gold vorsichtig aus ihrer Tasche, legt es sich auf die Hand und betrachtet es von allen Seiten. „Schön schaut der Goldhaufen ja nicht gerade aus", verzieht sie leicht ihr Gesicht. „Aber dafür besteht er aus massivem Gold." Eric bleibt geschockt stehen, legt sich flach auf die Erde und verdeckt seine Augen mit seinen Pfoten. „Oh, Jorik!", geht Marie in die Knie und tätschelt seinen Kopf. „Ist dir das wirklich so peinlich? Aber du musst schon zugeben, dass der Streich des Männchens wirklich gelungen ist. So einen makabren Humor hätte ich ihm niemals zugetraut. Denn wer kommt schon auf die Idee, einen frischen Hundehaufen zu vergolden?" Erics Schmach ist unendlich und er überlegt ernsthaft, ob er seinem Leiden nicht ein Ende setzen und sich einen Abhang hinunterstürzen sollte.

Es ist früher Morgen und die Sonne scheint bereits kräftig auf Marie herunter, die mit ihrem Gehstock den anstrengenden Weg zurücklegt und den seit Stunden jammernden Jorik ertragen muss. Doch nicht mehr lange, hofft sie im Stillen und vermutet, dass sich der Eingang zur Zwergenstadt gleich am Fuße des nächsten Berges befinden muss. Doch was soll sie den Zwergen nur sagen? *Bitte gebt mir den Zauberspiegel und lasst mich zu den Drachen vor, damit ich ihnen ein vergoldetes Hundehäufchen im Tausch gegen ein paar Blutstropfen geben kann*? Die würden ihr doch niemals glauben, weswegen sich Marie dafür entscheidet, erst einmal die Wahrheit für sich zu behalten. Und schon nach der nächsten Kurve kann Marie tatsächlich ein großes eisernes Tor im Berg erkennen, an das sie fünf Minuten später mehrmals mit ihrem Stab klopft. Kurz darauf öffnet sich eine kleine Klappe und ein griesgrämig dreinschauender Zwerg mit langem Bart sieht ihr direkt in die Augen. Dieser erschreckt sich jedoch so sehr vor ihrem „Hallo!“, dass er ihr augenblicklich die Klappe vor der Nase zuknallt. „Was hat er denn?“, dreht Marie sich antwortsuchend zu Jorik. „Habe ich etwas zwischen den Zähnen oder Mundgeruch? Oder aber es muss ein sehr schreckhafter Zwerg sein, der sich vor Fremden fürchtet. Vielleicht sollte ich es einfach nochmals versuchen. Sie können mich ja nicht ewig ignorieren.“ Und schon schlägt sie wieder mit ihrem Stock gegen die Tür und wartet auf eine Reaktion. Dieses Mal wird aber nicht die Klappe, sondern das ganze Tor geöffnet. Freudig will Marie schon eintreten, stockt aber, als mehrere bewaffnete Zwerge mit Schwertern und Speeren herausstürmen. Sofort wird sie umzingelt und böse angefunkelt. „Was willst du, Hexe?“, tritt eine ältere Zwergin mit lila Gewand, einer Kette mit Steinen und Knochen und einer Krähenfeder in den Haaren auf Marie zu. Verwundert hebt Marie eine Augenbraue, schaut die Zwergin aber dennoch freundlich an. „Ich bin keine Hexe!“, versucht sie zu erklären. „Ich bin …“ „LÜGE!“, unterbricht die Alte sie sofort und deutet mit ihren knorrigen Fingern auf sie. „Sie ist eine Hexe. Nehmt ihr den Zauberstab ab, fesselt ihre Hände und verschließt ihren Mund.“ Marie weiß gar nicht, was ihr geschieht, denn schon stürmen die Zwerge schreiend auf sie zu. Manch einer wirft sich sogar auf sie und reißt sie schmerzhaft zu Boden. Jorik geht es nicht besser, denn auch er wird mit Schwertern attackiert und mit einem großen Netz eingefangen. Nach kürzester Zeit sind sie handlungsunfähig und komplett von oben bis unten gefesselt.

So zusammengeschnürt wird Marie in den Berg geführt, während Jorik trotz weiterer Gegenwehr hinterhergeschleift wird. Längere Zeit folgen sie einem dunklen Gang, der von speziellen Steinen erleuchtet wird. Gerne hätte Marie sich diese Wunder der Zauberkunst noch länger angesehen, wird aber unbarmherzig weitergeschoben. Doch das ist kein Problem, denn kurz darauf darf sie einen Blick auf die Zwergenstadt Yama werfen. Sie hätte mit vielem gerechnet, aber nicht mit dieser Pracht. Mitten im Berg ist eine riesige Stadt zu sehen. Es muss Jahrhunderte gedauert haben, diesen Berg so weit auszuhöhlen, dass eine ganze Stadt dort hineinpasst. Überall reihen sich die verschiedensten Häuser aneinander, die sorgfältig aus Stein erbaut oder daraus gehauen wurden. In etwas weiterer Entfernung kann sie sogar ein riesiges Gebäude sehen, das einem Palast gleicht. Überall an den Gebäuden befinden sich glänzendes Metall und bunt leuchtende Steine. Die Stadt sieht wie ein wahrgewordener Traum aus. Selbst Pflanzen kann sie sehen, die weit nach oben ragen. Was ihr Bild von Yama jedoch ein wenig trübt, ist die ruhige Atmosphäre, da sie weder Kinder sehen noch sie schreien hören kann. Aber genau das hat ihr im Trolldorf besonders gut gefallen. Dürfen die jüngsten Zwerge etwa nicht aus den Häusern, wenn Fremde die Stadt betreten? Oder sitzen sie vielleicht alle in der Schule?

Anstatt das Herz der Stadt zu betreten, wie es Marie gehofft hat, werden sie nur in einen nahegelegenen Gang geführt. Dieser geht leicht bergab und führt immer tiefer ins Erdinnere, wo die Luft mufflig riecht und die Temperatur immer weiter nach unten fällt. Marie beginnt zu frösteln und ist entsetzt, als sie das angepeilte Ziel sieht. Es ist eine kleine, schmutzige Zelle am Ende des

Tunnels, die mit schweren Gitterstäben gesichert ist, während sich darin nur feuchtes Stroh und ein Topf befinden. Und schon wird sie zusammen mit Jorik in das nasse, nach Schimmel stinkende Stroh geschubst. Doch bis sich Marie mit ihren gefesselten Gliedmaßen aufsetzen kann, sind die Zwerge bereits gegangen und haben sie zurückgelassen. Fröstelnd lässt sie ihren Blick schweifen. Jorik hingegen kommt mit der Situation besser zurecht, da er seine Fesseln mit seinen Zähnen durchbeißen kann. Sobald er das geschafft hat, kommt er zu Marie und hilft ihr ebenfalls, sich zu befreien. Nach ungefähr einer halben Stunde sind beide ihre lästigen Fesseln los und müssen sich jetzt nur noch mit der ekligen Zelle auseinandersetzen.

„Na, die Begrüßung lief wohl nicht ganz so gut", seufzt Marie, während Eric sich so weit wie möglich vom Stroh entfernt und sich frustriert schnaufend in eine Ecke setzt. „Es tut mir leid, Jorik", erklärt Marie und schaut ihn entschuldigend an. „Ich konnte doch nicht ahnen, dass die mich gleich für eine Hexe halten, nur weil ich so faltig und schrumpelig aussehe. Das ist eindeutig Diskriminierung von älteren Mitmenschen. Die Zwerge sollten sich schämen." Wütend stampft Marie in der kleinen Zelle herum. Nach einiger Zeit macht sich ihre Verletzung jedoch wieder bemerkbar und sie muss sich setzen. Aufgrund der ganzen Aufregung hatte sie glatt ihren geschwollenen Fuß vergessen. Dies rächt sich jetzt böse und sie spürt deutlich das Pochen. Während Marie noch mit ihren Schmerzen beschäftigt ist, hört Eric ganz deutlich ein Schleichen. Sofort stellen sich seine Nackenhaare auf und er fixiert angespannt das Zellengitter. Umso verwunderter ist er, als nur ein kleines Zwergenkind mit einer Kröte auf den Händen erscheint. Dieses steht ängstlich und zitternd da und betrachtet Marie eingehend. Marie bekommt davon jedoch nichts mit, da sie ihren Fuß betrachtet. Doch kaum hebt Marie ihren Kopf, hüpft das kleine Mädchen aufgebracht nach hinten und rennt den Gang zurück.

„Wer oder was war denn das, Jorik?", wundert Marie sich und schaut Jorik fragend an. Dieser zuckt jedoch gleichgültig mit seinen vorderen Schultern und betrachtet angewidert das Stroh. Marie hingegen steht umständlich auf und geht an die Gitterstäbe. Vielleicht kann sie in den Gang spähen und herausfinden, wer sie da besucht hat. Leider scheint der Gang aber wieder leer zu sein, als Marie es endlich geschafft hat und an den Gittern steht. Sie will sich schon wieder entfernen, als ihr ein kleines Lebewesen auffällt, das auf dem Rücken liegt und verzweifelt mit seinen Beinen strampelt. „Oh, du Arme!", beugt Marie sich zu der Kröte hinunter. „Warte, ich helfe dir!" Mitfühlend ergreift Marie das Tier und schließt es in ihre Hände ein. Sobald sie sich schwerfällig hingesetzt hat, öffnet sie diese und betrachtet die Kröte. Einer Eingebung folgend, stellt sie dem Tier eine Frage und hofft auf eine Antwort. „Bist du ein verzaubertes Zwergenkind?" Doch leider schaut das Tier sie nur aus großen, goldenen Augen an. „Er ist mein Bruder", kommt es leise von den Gitterstäben, wo ein kleines Zwergenmädchen mit feuchten Augen steht. „Bitte tu ihm nichts. Ich wollte dich nicht stören. Ich wollte nur … Ich wollte …" Weiter kommt sie jedoch nicht, weil ein Weinkrampf ihre Antwort unterbricht. „Keine Angst!", versucht Marie sie zu beruhigen. „Ich werde ganz nett zu ihm sein. Was wolltest du denn?" „Ich wollte", nimmt das Kind all seinen Mut zusammen, „dich um ein Tauschgeschäft bitten. Nimm mich und verwandle meinen Bruder zurück. Bitte!" Traurig betrachtet Marie das Mädchen. „Wenn ich könnte, würde ich deinen Bruder sofort zurückverwandeln. Aber ich bin keine Hexe." „Natürlich bist du eine!", erklärt das Kind aufgebracht. „Wenn die alte Myra sagt, dass du eine Hexe bist, dann bist du auch eine." „Ich schwöre es dir", schnauft Marie genervt, „ich bin keine Hexe." „Dann beweise es!", lässt das Mädchen aber nicht locker. „Und wie?", fragt Marie interessiert nach. „Mit einem Hexenkuss!", antwortet das Kind.

Verständnislos schaut Marie das Zwergenkind an. „Was ist ein Hexenkuss?“ Genervt verdreht das Mädchen die Augen, wie es typisch für kleine Kinder ist, und doziert in einem belehrenden Ton: „Ein Hexenkuss ist der Kuss einer Hexe. Mit diesem kann sie besonders starke Flüche verhängen oder einen ihrer Flüche aufheben.“ Kurz überlegt Marie. „Wenn ich dich richtig verstanden habe, dann könnte ich den Fluch doch nur aufheben, wenn ich ihn auch ausgesprochen hätte, oder?“ Deprimiert schaut das Kind auf den Boden und scharrt mit seinen Füßen. „Das weiß ich nicht genau“, gibt es traurig zu. Mit sich ringend, was sie tun könnte, um das Vertrauen des Mädchens zu erlangen, beschließt Marie, dennoch die Kröte zu küssen, auch wenn sie ungerne Amphibien küsst. „Weißt du, was?“, räuspert Marie sich unwohl. „Ich könnte ja trotzdem deinen Bruder küssen. Vielleicht haben wir ja Glück und ich bin eine verzauberte Prinzessin, die über Zauberkräfte verfügt und Flüche aufheben kann. Sollen wir es versuchen?“ Obwohl Marie weiß, dass sie dem kleinen Mädchen gerade einen riesigen Bären aufgebunden hat, hüpft diese dennoch freudig herum und klatscht in die Hände. Somit bleibt Marie gar nichts anderes übrig, als die Kröte zu küssen. Dass plötzlich jedoch ein paar Sekunden später ein kleiner Junge auf ihrem Schoß sitzt, damit hätte sie zuvor nicht gerechnet und verfällt abrupt in eine Schockstarre.

Das Mädchen hingegen hüpft freudig herum und Eric steht mit wild klopfendem Herzen da und betrachtet seine Gefährtin in einem anderen Licht. Da sie dieses Mal keine Steine hat, muss es tatsächlich an ihrem Kuss liegen. Dies wirft für Eric unglaublich viele Fragen auf. Wer ist Marie wirklich? War sie zuvor tatsächlich nur eine Dienstmagd im Märchenwaldschloss? Ist sie eine Hexe, eine verzauberte Prinzessin oder vielleicht sogar eine Fee? So wie Marie jedoch gerade schaut, kann sie ihm diese Frage allerdings nicht beantworten. Denn selbst sie scheint von diesem Ereignis mehr als überrascht zu sein. „Oh, vielen, vielen Dank, verzauberte Prinzessin!“, juchzt das Zwergenmädchen glücklich. „Das ist so wunderbar!" „Ich … Also ich …", stammelt Marie verwirrt und betrachtet den circa zweijährigen Zwergenjungen auf ihrem Schoß. „Warte!", ruft unterdessen das Zwergenmädchen. „Ich bin gleich wieder da!" Und schon läuft sie davon. Nur ihre kleinen Füßchen sind noch im Gang zu hören, bis selbst dieses Geräusch verklungen ist. Der Junge hingegen quengelt auf Maries Schoß und will auf den Boden gesetzt werden. Sobald Marie dem Drängen des kleinen Zwerges nachgekommen ist, steuert das Kind jedoch direkt auf Eric zu. Eric will sogleich zurückweichen, wird aber von den Mauern aufgehalten und muss dadurch das Streicheln und An-den-Ohren-Ziehen über sich ergehen lassen. Marie hingegen schaut lächelnd dabei zu und zwinkert ihm auch noch frech entgegen. Eric ist genervt. Aber zu seinem Glück erlöst ihn das Mädchen zehn Minuten später, indem sie einen großen Schlüssel in das Schloss steckt. Beim Umdrehen des Schlüssels zögert das Zwergenkind jedoch kurz. „Wenn ich dich freilasse, Prinzessin", kaut das Mädchen nervös auf ihrer Lippe, „wirst du dann mit mir gehen und die anderen Kinder erlösen? Sie befinden sich alle im verschlossenen Spiegelsaal. Unsere Eltern haben das so bestimmt, weil sie Angst haben, sie könnten davonhüpfen. Ich kenne aber den Weg und konnte meinen Bruder heimlich einstecken und mitnehmen." Durch das Wort Spiegel sind Marie und auch Eric sofort hellhörig geworden. Könnte das ihre Chance sein? „Wenn du mich führst", verspricht daraufhin Marie und steht umständlich auf, „komme ich natürlich gerne mit und helfe den Kindern."

Später Vormittag im Märchenwaldschloss

„Bist du denn von allen guten Geistern verlassen?", fragt König Barboss entsetzt. „Was hast du denn in der Hochzeitsnacht mit deiner Frau getrieben? Hast du sie abgestochen oder habt ihr euch mit Schweineblut eingerieben, bevor ihr schlafen gegangen seid?" Zerknirscht schaut Theodor auf den Boden und betrachtet intensiv seine Schuhe. Obwohl er bereits vierundzwanzig Jahre alt ist, fühlt er sich dennoch wie ein kleines Kind in der Gegenwart seines Vaters. Dieser steht wutschnaubend mit dem blutverschmierten Bettlaken in seinem Zimmer und hält es Theodor zornig unter die Nase. „Was bist du nur für ein Dilettant! Hast du denn vorher noch nie mit einer Frau geschlafen? Ich will für dich hoffen, dass es Rosemarie heute früh gut geht. Wir dürfen uns die nächsten Tage keine Fehler erlauben. Habe ich mich klar ausgedrückt?“ Leicht skeptisch hebt Theodor seinen Kopf und schaut seinen Vater an. „Wieso dürfen wir uns die nächsten Tage keine Fehler erlauben? Was hast du vor?“ Daraufhin ziehen sich die Mundwinkel von König Barboss nach oben, während seine Augen zu funkeln beginnen. „Das, mein Sohn, hat dich nicht zu interessieren. Spiele du nur die Rolle eines verliebten Ehemannes!“ Wütend funkelt Theodor zurück. „Ich spiele keine Rolle!“, knirscht Theodor mit seinen Zähnen. „Ich liebe meine Frau wirklich! Und wenn du ihr auch nur ein Haar krümmst, dann wirst du es bereuen, Vater.“ Doch dieser lacht nur hämisch und hält das Laken hoch. „Wer seine Frau wirklich liebt, der schlachtet sie nicht in seiner Hochzeitsnacht ab, sondern bettet sie auf Rosen und legt ihr die Welt zu Füßen. Aber du, mein dummer Junge, hast doch keine Ahnung, was Liebe ist und wie sie einen zerstören kann. Sei lieber dankbar für meine Hilfe. Und jetzt geh!“ „Nein, Vater!“, ballen sich Theodors Hände zu Fäusten. Wie ein Fels stellt er sich breitbeinig vor seinen Vater und bietet ihm zum ersten Mal in seinem Leben die Stirn. „Ich werde nicht gehen, bevor ich nicht weiß, was du vorhast, und du mir versprochen hast, Rosemarie kein Haar zu krümmen.“ „Was fällt dir ein, so mit mir zu sprechen?“, donnert König Barboss. „Ich bin immer noch dein König und dein Vater. Erweise mir gefälligst den nötigen Respekt!“ Kopfschüttelnd steht der junge Prinz da und weicht keinen Zentimeter. „Du bist schon lange kein Vater mehr für mich. Du bist ein alter Mann, der immer noch in seinem Wahn gefangen ist.“

„WIE KANNST DU NUR?“ Schreiend stürmt Barboss zu seinem Sohn und erhebt die Hand. Dieser fängt sie jedoch spielend leicht ab. „Wenn du glaubst, du kannst mich weiterhin wie einen kleinen Jungen behandeln, dann hast du dich aber geschnitten.“ Verdutzt lässt der König seine Hand sinken und tritt zurück. „Was ist mit dir geschehen?“ „Ich bin zum Mann geworden“, spricht Theodor ruhig und sachlich. Verwundert lässt sich Barboss auf einen Stuhl fallen. Schweigend sitzt er da, während sein Sohn geduldig wartet. „Du liebst sie wirklich, oder?“, kommt es nach einiger Zeit nachdenklich von seinem Vater. „Mehr als mein Leben“, antwortet Theodor mit kräftiger Stimme. Doch bei der Frage „Liebt sie dich auch?“ kommt Theodor ins Stocken. Zweimal versucht der Prinz die Frage zu beantworten, scheitert aber kläglich. „Es ist kompliziert!“, versucht er deshalb die Frage zu umgehen und reibt sich dabei seinen Nacken. Zu seiner großen Verwunderung fängt sein Vater jedoch herzhaft zu lachen an und schlägt sich auf den Oberschenkel. „Lass dir eines von einem alten Mann gesagt sein. Frauen und die Liebe sind immer kompliziert.“ „Ein weiser Rat!“, stimmt Theodor zu und setzt sich grinsend seinem Vater gegenüber. Obwohl es riskant sein könnte, hat der Prinz dennoch das Bedürfnis, seinem Vater endlich alles zu sagen. Er hat das ewige Versteckspielen und die Geheimniskrämereien satt und möchte keine Zeit mehr vertrödeln und seinen Bruder finden. Darum beginnt er, erst zögerlich, dann immer flüssiger die Geschehnisse der letzten Tage zu erzählen, und beendet seine Ausführungen mit dem Vorschlag, einmal ein offenes Gespräch mit König Ludwig zu führen und alle Karten auf den Tisch zu legen. Sein Vater wiederum sitzt schweigend da und muss erst einmal das Gesagte verarbeiten. Doch kurz darauf schaut er missbilligend auf und formuliert seine nächsten Worte. „Wenn ich das richtig verstanden habe, Theodor, dann ist mein Thronerbe gerade als Schwein mit der unbekannten Tochter von Ludwig unterwegs und könnte sonst wo sein?“ „Und genau deswegen ist es so wichtig, jetzt endlich ehrlich zu sein. Wir haben nicht mehr viel Zeit, damit wir Eric finden und den Fluch aufhalten können.

Bitte, Vater!“, bittet Theodor flehentlich. „Spring über deinen Schatten! Hier geht es schon lange nicht mehr um deinen verletzten Stolz, sondern um die Rettung der Königreiche und meinen Bruder.“ „UND warum rückst du erst jetzt mit der Sprache heraus?“, donnert Barboss wütend und steht auf. Daraufhin erhebt sich auch Theodor und stellt sich abermals breitbeinig vor seinen Vater. „Weil dich jeder gut kennt und wir davon ausgehen mussten, dass du einen Krieg beginnst, ohne überhaupt vorher zuzuhören.“ Kurz legt Theodor eine Pause ein, bevor er weiterspricht. „Vater, versteh doch! Ich liebe dich wirklich sehr! Aber als König bist du unberechenbar geworden und stellst nicht selten eine Gefahr für alle dar.“ Zornig erwidert Barboss: „So siehst du mich? Ich bin in deinen Augen also nur noch ein alter, wahnsinniger Mann, der aufgrund seines verletzten Stolzes alle ins Unglück stürzen will.“ Noch bevor Theodor antworten kann, klopft es stürmisch an der Tür. „Herein!“, ruft König Barboss und wundert sich über den gehetzt aussehenden Soldaten. „Entschuldigt die Störung, König Barboss!“, verbeugt sich dieser sogleich mehrmals. „Aber König Ludwig schickt mich. Es gibt dringende Angelegenheiten, die keinen Aufschub dulden. Bitte folgt mir sogleich.“ Verdutzt sehen sich Vater und Sohn an, beschließen aber, dem auf den Grund zu gehen, und verlassen zusammen das Zimmer.

Aufgelöst geht Ludwig in seinem Roten Salon herum und kommt immer wieder an den zwei verschwitzten und staubigen Ankömmlingen vorbei, während er das Gehörte immer noch verdauen muss. Aber wie kann das sein? Warum haben die Zaubersprüche, die seine Frau vor so vielen Jahren finden sollten, nicht funktioniert? Aber wieso jetzt? Und wieso mit einer Rune? Und warum kann dies ausgerechnet die untalentierte Giselagunde? Noch während sich König Ludwig darüber Gedanken macht, werden Theodor und sein Vater in den Raum geführt. „Ich habe meinem Vater alles erzählt“, ist Theodor derjenige, der sofort das Wort ergreift. „Wir können nun endlich offen über alles reden." Erst erschrocken, dann jedoch erleichtert geht Ludwig auf Barboss zu. „Ich verspreche dir, wir tun alles, um deinen Sohn wohlbehalten zurückzubringen." „Das will ich auch hoffen, Ludwig!", knurrt Barboss gefährlich. „Noch einmal nimmst du mir keinen geliebten Menschen." Durch diesen kleinen Seitenhieb lässt Ludwig sich jedoch nicht davon abhalten, seinem Gegenüber zu erzählen, was die Fee Giselagunde und sein Soldat Aron herausgefunden haben. „Ich glaube", erklärt Ludwig kurz darauf, „dass wir einem Schurken auf den Leim gegangen sind." Auch wenn König Barboss überaus skeptisch schaut, gibt er Ludwig dennoch mit einem Handzeichen zu verstehen, dass er fortfahren soll. „Was würdest du sagen", spricht Ludwig daraufhin sogleich weiter, „wenn ich dir erzähle, dass vor zwanzig Jahren nicht nur deine und meine Frau, sondern auch die Königinnen der Trolle und der Zwerge verschwunden sind?" Sogleich ergreift auch Theodor das Wort. „Das sind nicht alle", sprudelt es aus ihm heraus. „Wie meinst du das?", fragt Ludwig verwirrt nach. „Auch die erste Frau des Sultans, Königin Jasari, ist vor zwanzig Jahren verschwunden. Er hat ihr deswegen sogar ein großes Denkmal bauen lassen, in dem jedoch nur eine Statue liegt, da man ihren Leichnam nie gefunden hat. So wird es auf jeden Fall auf den Straßen von Sabaku erzählt." „Damit wären es also fünf verschwundene Königinnen", reibt sich Ludwig erschöpft über sein Gesicht. „Worauf willst du hinaus, Ludwig?", fragt Barboss ungeduldig nach. „Das ist mehr als zwanzig Jahre her. Was soll uns diese Information noch nutzen?" „Genau deswegen habe ich dich ja holen lassen", antwortet Ludwig schnaubend. „Die Fee Giselagunde hat einen Weg gefunden, unsere Frauen oder besser gesagt deren Überreste mithilfe von Runen aufzuspüren. Hast du etwas von Christin dabei?" Geschockt steht Barboss mit kalkweißem Gesicht da und schüttelt seinen Kopf. „Er nicht", tritt Theodor einen Schritt nach vorne. „Aber ich trage immer ein kleines Bild meiner Mutter nahe an meinem Herzen." Und schon überreicht der Prinz ein kleines Medaillon der Fee, die es dankend annimmt und mit der Hilfe ihrer Rune und der Karte loslegt. „Das kann unmöglich sein!", schimpft König Barboss und betrachtet den roten Punkt. „Die Gebeine meiner Frau liegen nie und nimmer in meinem Zaubersee." Daraufhin unterbricht Ludwig ihn zornig. „Hier geht es nicht nur um deine Frau. Auch meine Frau und die des Zwergenkönigs Gunterich befinden sich an dieser Stelle." „Willst du mir jetzt etwa auch noch unterstellen, ich hätte alle Königinnen entführt und ertränkt?", haut Barboss zornig auf den Tisch. Beschwichtigend hebt Ludwig die Hände und tritt von König Barboss zurück. „Ich weiß, dass du damit nichts zu tun hast. Die Frage ist nur: Wer steckt dahinter?" „Die Frage sollte eher lauten, Eure Majestäten", wirft Aron in diesem Moment ein, „wer etwas davon gehabt hätte, wenn sich alle Herrscher bekriegen." „Das ist doch Schwachsinn!", schimpft Barboss mürrisch. „Zu dieser Zeit ging es uns allen hervorragend. Es herrschte Frieden, der Handel war reichlich und wir hatten gerade den Zauberer Morleon besiegt."

Daraufhin hebt Giselagunde interessiert den Kopf und schaut in die Runde. Da keiner weiterspricht, ergreift sie die Chance und stellt eine Frage. „Was ist eigentlich mit dem Zauberer Morleon passiert?" „Den hat Ludwig in einem Zweikampf besiegt und sein Herz durchbohrt", antwortet Barboss gelangweilt. „Das habe ich nicht!", erwidert Ludwig lautstark. „Ich dachte, *du* hättest mit ihm gekämpft und ihm den Kopf abgeschlagen!" „Wie kommst du darauf?", schaut König Barboss verwirrt und betrachtet den anderen verdutzt. „Ein Soldat aus deinen Reihen kam zu mir und hat mir das erzählt." Jetzt muss sich Barboss erst einmal setzen. „Genauso ist es auch bei mir gewesen", fährt sich König Barboss zittrig durch seine Haare. „Ein Krieger aus deinen Reihen hat mir berichtet, du hättest den bösen Zauberer getötet und ich solle die Schatzkammer unten im Keller seines kleinen Schlosses ausheben." „Dann sind wir wohl betrogen worden", muss sich nun auch Ludwig hinsetzen. „Denn ich sollte die Zauberkammer im Turm unter die Lupe nehmen." Als beide Könige sitzen, geht Theodor nachdenklich im Raum herum. „Kann es vielleicht sein, dass der böse Zauberer Morleon überlebte?" „Das ist ausgeschlossen", antwortet Ludwig kopfschüttelnd. „Wenn er wirklich noch leben sollte, dann hätte er sich bestimmt schon zu erkennen gegeben. Ein so mächtiger Mann, der die Herrschaft über alle Reiche anstrebt, würde nicht so lange warten." „Das hat er ja auch nicht", wirft Giselagunde ein, die daraufhin von allen verständnislos angesehen wird. „Na ja!", räuspert sie sich unsicher. „Wenn er alle Königinnen entführte und es anderen in die Schuhe schob, dann hat er doch erst einmal alle Reiche und Verbündeten getrennt und später in einen Krieg verwickelt. Ich an seiner Stelle hätte einfach darauf gewartet, bis alle am Boden sind, und dann zugeschlagen." „Aber der Friedensvertrag …", beendet Theodor ihre Ausführungen. „Wie passt dieser in dein Bild?" „Das weiß ich nicht!", zuckt die Fee mit ihren Schultern. „Was ich aber dennoch seltsam finde, ist der Fluch, der sich darin befindet. Warum, König Barboss, wolltet Ihr unbedingt diese Klausel?" „Das war doch nur ein Druckmittel, damit Ludwig auch wirklich dem Vertrag zustimmt und sein Wort hält", winkt Barboss ab. „Und was genau passiert, wenn der Vertrag nicht erfüllt wird?", will Giselagunde dennoch wissen. Überlegend kratzt König Barboss sich am Kinn. „Das weiß ich nicht so genau, da diese Idee meinem Berater Remolon eingefallen ist."

Plötzlich reißt ein hysterisches Aufhusten alle Köpfe der Männer zu Giselagunde herum. Wütend betrachtet König Barboss die Fee. „Was genau habt Ihr denn jetzt schon wieder, Fee? Ich an Eurer Stelle wäre lieber respektvoller mir gegenüber. Oder irre ich mich, wenn ich annehme, dass Ihr diejenige seid, die für den ganzen Schlamassel mit meinem Sohn Eric verantwortlich ist?" Sofort senkt Giselagunde beschämt ihren Kopf. „Verzeiht!", blickt sie angespannt auf den Boden. „Ich wollte nicht so respektlos erscheinen. Aber der Name Remolon ging mir gerade durch Mark und Bein." Sofort ist Theodor alarmiert. „Was meint Ihr damit?" Unsicher hebt Giselagunde ihren Kopf und schaut in die Runde. „Bei uns Zauberwesen hat der Name eine sehr wichtige und starke Bedeutung. Wenn du deinen wahren Namen ablegst und ersetzt, dann kann sich das auf deine Magie auswirken. Deswegen heiße ich auch immer noch Giselagunde und nicht Schneeflocke oder Maigrün. Diese Namen wären mir zwar lieber, aber …" „Jetzt lenk nicht ab, sondern komm zum Punkt, Giselagunde!", unterbricht Aron sie und schaut ihr streng in die Augen. „Entschuldigung!", räuspert sich die Fee unwohl. „Worauf ich eigentlich hinauswollte, ist, dass, wenn man als Zauberer untertauchen muss, man seinen Namen behalten muss oder nur leicht verändern darf, sonst büßt man zu viel Magie ein. Und wenn Ihr die Buchstaben von Remolon verdreht, dann könnte man daraus auch Morleon ableiten." Geschockt schauen alle die Fee mit offenem Mund an. „Das ist doch absurd!", springt König Barboss wütend auf. „Ich hätte doch wohl gemerkt, wenn ein Verräter und Feind seit Jahren in meinem Schloss sein Unwesen treiben würde. Und wenn nicht ich, dann spätestens meine Frau Chris…" Mit schreckverzerrtem Gesicht hört Barboss plötzlich zu sprechen auf. „Meine Christin! Sie hat mich kurz vor ihrem Verschwinden darauf angesprochen, dass etwas mit meinem neuen Berater Remolon nicht stimmen könnte. Warum war ich nur so stur und uneinsichtig?" Aus tiefer Verzweiflung heraus stöhnt König Barboss auf und vergräbt seinen Kopf zwischen seinen Händen. „Jetzt reiß dich gefälligst zusammen!", schimpft Ludwig und schüttelt ihn an dessen Schulter. „So werden wir das Problem nicht lösen. Wo ist dein Berater jetzt?" „Ich weiß es nicht!", gibt Barboss kleinlaut zu. „Er wollte das Schloss auskundschaften und Informationen sammeln." „Dann sollten wir dies zu unserem Vorteil nutzen", regt Ludwig sein Haupt. „Aron, versammle deine Männer und such mir diesen Verräter!"

„Majestät! Majestät!", wird jedoch im selben Moment die Tür aufgerissen und eine aufgelöste Zofe steht mit hochrotem Kopf im Türrahmen. „Ich kann Prinzessin Rosemarie nirgends finden. Sie scheint wie vom Erdboden verschluckt zu sein." Theodor läuft sofort panisch zur Zofe und schüttelt diese unsanft. „Was heißt,

Ihr könnt sie nicht finden? Seit wann ist meine Frau weg?" „Schon heute Morgen habe ich sie nicht in ihrem verwüsteten Zimmer angetroffen. Erst habe ich mir nichts dabei gedacht, da ich annahm, sie wäre bei Euch. Aber mit der Zeit habe ich dann doch angefangen, sie zu suchen." „Was meint Ihr mit dem verwüsteten Zimmer?", dringt Theodor weiter in sie ein. „Na ja, das Übliche eben", schaut die Zofe ihn verwirrt an. „Dinge lagen auf dem Boden, das Bett war zerwühlt und der Nachttisch umgeworfen." „Und da seid Ihr nicht auf die Idee gekommen, dass jemand Rosemarie etwas angetan haben könnte?" „Ich … Also ich …", stottert die Zofe. „Giselagunde, könntest du Rosemarie finden, wenn du etwas von ihr hättest?" „Ja, natürlich!", setzt diese sofort an und geht auf Theodor zu. Dieser schiebt sein Gewand am Arm nach oben und reißt sich den blutverschmierten Stoffstreifen herunter. „Dieser Stoff ist aus Rosemaries Zimmer. Bitte such sie sofort. Wir haben keine Zeit zu verlieren." „Wieso bist du verletzt?", will Barboss sogleich wissen und schaut seinen Sohn streng an. „Das, mein Vater, habe ich gemacht, damit du deinen Beweis in der Früh begutachten kannst." „Ich verstehe!", kommt es kleinlauter vom König, der zum ersten Mal in seinem Leben beschämt auf den Boden schaut. Kaum hat Giselagunde den Streifen, erscheint eine Minute später ein Punkt auf der Karte. Dieser befindet sich jedoch mitten im Märchenwald und verursacht in Theodor massive Übelkeit. „Ich muss sofort los!", keucht er entsetzt und stürmt zur Tür. „Aber, Theodor!", will ihn sein Vater aufhalten. „Du weißt doch gar nicht, wohin deine Frau entführt wird." „Oh doch! Das weiß ich!", blickt Theodor grimmig zurück. „Und wenn ich zu spät bin, dann liegt ihr Körper bald ebenfalls bei den Knochen meiner Mutter." „Ich begleite ihn", tritt Aron vor und verbeugt sich vor seinem König. „Das ist gut zu wissen", nickt König Ludwig zustimmend. „Auch Euch, Giselagunde, bitte ich! Bringt mir meine Tochter und meinen Schwiegersohn lebend zurück!" Diese verneigt sich ebenfalls und verlässt kurz darauf mit Aron das Zimmer. „Und wir beide", richtet Ludwig das Wort an König Barboss, „haben eine Menge zu besprechen und zu organisieren. Denn so wie es scheint, hat Morleon schon seit vielen Jahren seine Finger im Spiel und ist uns einige Züge voraus."

In einer Zelle im Berg der Zwerge

„Was ich immer noch nicht verstehe …", fragt Marie interessiert und schaut das kleine Mädchen an. „Warum bist du als einziges Kind nicht verzaubert worden?" Daraufhin dreht das Mädchen lachend den Schlüssel herum und öffnet die Gittertür zur Zelle. „Das liegt daran, dass ich ein sehr unfolgsamer Zwerg bin", kichert sie fröhlich. „Es ist uns Kindern eigentlich strengstens verboten, in den Spiegelsaal zu gehen, da dort viele Gefahren auf einen lauern. Ich finde es dort aber richtig spannend und habe mich heimlich vor Jahren dorthin geschlichen." „Wie alt bist du denn?", möchte Marie wissen und tritt aus der Zelle heraus. Nach einer kurzen Bedenkzeit antwortet das Mädchen: „In Zwergenjahren bin ich siebzig. Aber wenn ich es für dich umrechnen müsste, wäre ich ungefähr in dem Alter eines zehnjährigen Menschenmädchens." „Dann altert ihr also genauso langsam wie die Trolle?" Beleidigt hebt die Zwergin ihre Nase nach Maries Frage. „Wir sind doch nicht wie die Trolle", schnauft sie beleidigt. „Die altern doch viel langsamer als wir. Bei denen sind neun Trolljahre ein Menschenjahr. Aber die Feen sind die absoluten Spitzenreiter. Die altern alle zehn Jahre nur um ein Jahr. Wenn ich also eine Fee wäre, dann wäre ich jetzt erst sieben Feenjahre alt. Deswegen bin ich richtig froh, eine Zwergin zu sein. Mit zehn Zwergenjahren ist man schließlich schon fast erwachsen", kichert das Mädchen und dreht sich mit ihrem Bruder dem Ausgang zu. Nach diesen ganzen Erläuterungen muss Marie schmunzeln und an ihre Kindheit denken. Damals dachte sie auch, dass sie mit zehn Jahren bereits alles über die Welt wüsste und eigentlich schon erwachsen wäre. „Auf jeden Fall", unterbricht das Zwergenkind

Maries Gedanken, „gibt es im Spiegelsaal einen Schutzraum, in dem kein Zauber von außen wirken kann. Und dort war ich, als die Hexe uns Zwergenkinder verfluchte. Also nicht wirklich spektakulär. Ich hatte einfach nur Glück." „Und wohin genau bringst du uns jetzt?", versucht Marie noch mehr Informationen aus dem Mädchen zu erlangen. „Das ist lustig, dass du fragst", grinst das Mädchen frech zurück. „Denn ich bringe dich jetzt genau in diesen Raum, da dort unsere Eltern alle untergebracht haben, da sie weitere Flüche fürchten. Er ist gleich am Anfang des Spiegelsaals. Aber jetzt sei leise, sonst entdecken sie uns noch." Dies lässt sich Marie nicht zweimal sagen und schlurft langsam hinterher.

Das Schlusslicht bildet Eric, der kritisch die ganze Situation beurteilt und immer noch mit dem Kuss beschäftigt ist. Kaum haben sie den unteren Gang verlassen, nähern sie sich bereits der Eingangspforte in der Nähe von Yama, durch die sie gekommen sind. „Warte!", spricht Marie leise. „Ich kann dort unmöglich rausspazieren. Ich bin viel zu auffällig." „Mmh!", macht das Mädchen. „Daran habe ich noch gar nicht gedacht. Kannst du dich nicht kleiner hexen?" Frustriert verdreht Marie ihre Augen. „Jetzt noch einmal! Ich bin keine Hexe und kann nicht zaubern." „Stimmt ja!", gluckst das Mädchen belustigt. „Du bist eine verzauberte Prinzessin. Das ist jetzt natürlich doof!" Doch bevor Marie dazu kommt, auch dies zu berichtigen, ist das Mädchen samt ihrem Bruder verschwunden. „Hat die uns jetzt einfach alleingelassen?" Ein Blick auf Jorik ist ihr auch keine große Hilfe, denn der zuckt nur kurz mit seinen Schultern. Bevor Marie jedoch in Not gerät und sich gezwungen sieht, zu handeln, streckt das kleine Mädchen ihren Kopf wieder um die Ecke und winkt ihnen genervt zu. „Jetzt kommt doch endlich! Die Luft ist rein!" Unwohl lugt Marie den Gang entlang und kann bereits die ersten Häuser der Stadt erkennen, wobei sie weit und breit keinen Zwerg wahrnimmt. „Und wenn uns jemand sieht?", fragt sie dennoch skeptisch und geht langsam aus dem Gang heraus. „Das wird so schnell nicht passieren", zwinkert ihr das Mädchen zu. „Ich habe meinen Bruder als Ablenkungsmanöver benutzt." „Und wie hast du das gemacht?", wundert Marie sich, der das Fehlen des Kleinen erst jetzt auffällt. „Hast du schon einmal erlebt, wie panisch Erwachsene hinter einem Kind herlaufen, wenn es die Unterhose nicht am Hintern, sondern auf dem Kopf trägt und damit durch die Stadt läuft?" Vollkommen entsetzt schaut Marie das Mädchen an. „Das kannst du doch nicht machen!" „Warum nicht?", zuckt das Mädchen unschuldig mit ihren Schultern. „Meinem Bruder macht es riesig Spaß und wir haben Zeit genug, meine Freunde zu retten." „Aber … Aber …" Marie hat es schier die Sprache verschlagen. Gegen die Logik des Zwergenmädchens kommt sie nur schwerlich an. Hilfesuchend dreht sie sich zu ihrem Freund. Empört beobachtet sie jedoch, wie sich trotz seiner Hundeschnauze ein Grinsen in sein Gesicht stiehlt. „Jetzt ernsthaft, Jorik?", stemmt sie entrüstet ihre Arme in die Hüften. „Du kannst doch nicht auf ihrer Seite stehen."

Doch Eric denkt gar nicht daran, sich seine gute Laune nehmen zu lassen, und folgt dem Mädchen aus dem Tunnel. Er kann sich noch ganz genau daran erinnern, wie er dasselbe mit seinem kleinen Bruder gemacht hat. Er hat danach zwar eine Woche nicht mehr sitzen können, aber das war es wert. Er hatte vorher noch nie so viele Diener panisch herumlaufen und schreien sehen wie an diesem Tag. Es dauerte fast eine Stunde, bis man den kleinen, nackten Prinzen Theodor endlich unter einem Bett hervorgezogen hatte und ihn wieder anständig kleidete. So viel wie damals hat er seitdem nicht mehr gelacht. Er findet auch, dass dies wohl das beste Ablenkungsmanöver überhaupt ist. Und tatsächlich! Auf dem kurzen Weg durch Yama bis zur nächsten Tunnelabzweigung begegnen sie nur wenigen Zwergen, die sie aber geschickt umgehen können. Sie hören zwar in der Ferne lautes Schreien und Gelächter, bekommen aber wenig von dem Tumult mit.

Kaum sind sie in den richtigen Tunnel abgebogen, verändert sich schlagartig die Atmosphäre des Ganges. Die Wände nehmen eine silbrige Farbe an und die leuchtenden Steine erzeugen ein kräftiges Licht. Dieses ist so stark, dass Marie Schwierigkeiten hat, ihre Augen offen zu halten, weswegen ihr nach zehn Minuten Tränen über die Wangen laufen, weil ihre Augen so brennen. „Ist es noch weit?“, versucht Marie ihre Lider so weit wie möglich zu schließen. „Ach!“, lacht das Mädchen und beginnt rückwärts zu gehen. „Das habe ich ja ganz vergessen. So kommen wir natürlich niemals an.“ Verwundert schaut Marie der Zwergin zu, wie sie immer einen Schritt vor und zwei zurück macht. „Dir ist aber schon klar, dass wir so auch nicht ankommen werden?“, setzt Marie zum Sprechen an und schaut sie belustigt an. „Wenn du immer nur einen Schritt vor und zwei zurück machst, dann kommen wir ziemlich sicher wieder am Anfang an.“ Belehrend schüttelt das Mädchen ihren Kopf und schaut Marie abschätzig an. „Du bist wirklich keine Hexe. Du hast wohl noch nie etwas von Verwirr-, Rätsel- oder Bedingungszaubern gehört? Das hier ist ein Verwirrzauber, der dich in die Irre führen soll. Und wenn ich dich so ansehe, dann hat er ja wunderbar funktioniert. Ein Rätselzauber hat etwas mit einem Rätsel zu tun, das du lösen musst, und ein Bedingungszauber bedeutet, dass du erst etwas erfüllen musst, damit sich der Zauber löst. Dieser wird häufig bei Flüchen verwendet oder wenn jemand etwas bekommen soll, aber vorher erst etwas schaffen muss. Ein blöder Zauber, wenn er an ein Geburtstagsgeschenk geknüpft wurde und du vorher dein Zimmer aufräumen musst“, schnauft das Mädchen genervt.

Und während das Mädchen weitererzählt, gehen alle immer einen Schritt vor und zwei zurück und stehen tatsächlich nach fünf Minuten vor einer Tür, die plötzlich vor ihnen auftaucht. Verblüfft bestaunt Marie diese ehrfürchtig. Kaum öffnet das Mädchen die Tür, kann Marie ihren Mund kaum zubekommen, da vor ihnen ein riesiger Saal mit Spiegeln liegt. Überall, an jeder Wand, sind die verschiedensten Modelle angebracht. Es müssen mehrere Hundert sein, die sich hier befinden. Das Mädchen beachtet diese jedoch nicht und wendet sich einer kleinen Tür zu, die sich am Anfang dieses Raumes befindet. Schwer schluckend wendet Marie sich von den Spiegeln ab und geht dem Kind hinterher. Leicht deprimiert muss sie sich eingestehen, keine Ahnung zu haben, wie denn der Zauberspiegel aussieht, den sie später suchen muss. Es könnte Tage dauern, bis sie den richtigen finden. Und bei ihrem Glück zerstört sie wahrscheinlich noch versehentlich ein paar davon und erhält sieben Jahre Pech pro Spiegel. Na, das kann ja lustig werden. Doch dies ist alles nebensächlich, als eine weitere Tür geöffnet wird und Marie eine gigantische Menge an Kröten entgegenhüpft. „Schnell, kommt rein!", schreit das Mädchen panisch. „Wenn sie rauskommen und irgendwelche Spiegel berühren, kann es sein, dass sie sich zu Staub verwandeln oder in eine andere Welt gezaubert werden."

Wieso habe ich so etwas Ähnliches schon geahnt, denkt Eric sich zerknirscht. Es hätte ja ausnahmsweise auch einmal einfach sein können. Aber nein! Die Zwerge haben einen Zauberspiegelsammelwahn und keine große Lust, diese Spiegel zu beschriften. Und dass er sich jetzt auch noch in einem Raum voller Kröten befindet, tut seiner Laune ebenfalls nicht sonderlich gut. Aber wenigstens, denkt er sich erleichtert und schaut die verzauberten Zwergenkinder an, ist er nicht derjenige, der hunderte von Kröten küssen muss. Einen Augenblick später beginnt es auch schon, das große Küssen, und die ersten Kinder stehen lachend da und klatschen freudig in die Hände. Wenn es doch bei ihm auch so einfach wäre, denkt Eric deprimiert. Aber scheinbar ist seine Entzauberung an Bedingungen geknüpft, so wie es das Zwergenmädchen vorher beschrieben hat. Und die gilt es zu erfüllen, damit er wieder seinen menschlichen Körper erhalten kann.

„Jetzt mach nicht so ein Gesicht, Jorik!", verzieht Marie zeitgleich ihres. „Du bist schließlich nicht derjenige, der sich wundküssen muss. Und so wie ich mein Glück einschätze, habe ich später sicher überall Warzen auf den Lippen von dem ganzen Krötenküssen." Maries Begeisterung, was das Küssen betrifft, hält sich zwar sehr in Grenzen, aber wenn sie in die freudigen Gesichter der Kinder sieht, kann sie einfach nicht anders und küsst weiter. Schon bald hat sich eine gewisse Routine eingestellt und die Zwergenkinder, die bereits entflucht sind, helfen ihr, so gut sie können, ihr immer mehr Kröten zu bringen. In einer Reihe stehend, mit je einer Kröte in den Händen, warten sie geduldig, bis sie dran sind. Marie hat mit der Zeit keine Ahnung mehr, wie viele Kröten sie eigentlich schon geküsst hat. Aber der Raum ist bereits brechend voll und der Geräuschpegel der Kinder zehrt an ihren Nerven. Und bald sind es nur noch wenige Kröten, die gefangen und geküsst werden müssen, was Marie erleichtert aufatmen lässt. „Haben wir jetzt alle?", fragt Marie nach einiger Zeit in den Saal hinein und setzt sich auf den Boden, da ihr Fuß sie kaum mehr tragen kann und unangenehm pocht. „Schwer zu sagen", beantwortet ihr das Zwergenmädchen die Frage und kratzt sich am Kopf. „Ich werde mal nachfragen." Und schon verzieht Marie unangenehm das Gesicht, sobald das Mädchen aus Leibeskräften zu schreien beginnt: „Hat jeder seine Geschwister gefunden, seinen Bankgefährten aus der Schule entdeckt und seinen Nachbarn gesehen?" Ein wildes Gewusel setzt ein, gefolgt von Schreien und Umarmungen. Doch nach ungefähr zehn Minuten beruhigt sich das Ganze wieder und das Mädchen verkündet stolz, dass alle Kinder entflucht wären. Keine Minute später wird auch schon die Tür aufgerissen und die Kinder stürzen lachend in den großen Saal und danach zum Ausgang. Marie bleibt derweilen allein mit Jorik im Raum zurück und wartet, bis alle gegangen sind. Selbst das Mädchen wird mit der Masse mitgerissen und verlässt quietschend mit ihren Freundinnen den Spiegelsaal. Sobald endlich Ruhe eingekehrt ist, atmet Marie kräftig durch und wischt ihren Mund mit ihrem Ärmel ab. „Oh, Jorik!", seufzt sie dabei theatralisch. „Das war ja so widerlich! Ich habe zwar nichts gegen das Küssen, aber Kröten sind abscheulich. Dieser Schleim und ihre glitschige Art! Ich habe jetzt erst einmal genug davon, Amphibien zu küssen. Deswegen lass uns keine Zeit mehr verlieren und den Zauberspiegel suchen!"

Und schon verlassen die beiden den Raum und stellen sich in die Mitte des großen Saals. „So, Jorik!", reibt Marie ihre Hände aneinander. „Jetzt fangen wir mal an zu suchen. Ich sehe was, was du nicht siehst, und das reflektiert." Genervt wendet Eric sich von Marie ab. Ihr Humor ist einfach nur anstrengend und definitiv nicht witzig. Doch plötzlich bricht schallendes Lachen durch den Raum. Verwirrt drehen sich Marie und Eric um die eigene Achse, können aber kein anderes Lebewesen in diesem Raum erkennen. Das Lachen ist aber weiterhin deutlich zu hören, bevor es verebbt und jemand zu sprechen beginnt. „Was macht eine Hexe mit geschlossenen Augen vor dem Spiegel? Sie möchte sehen, wie sie im Schlaf aussieht. Oder kennt ihr den schon?", beginnt das Lachen plötzlich von Neuem. „Was sagt ein Skelett, wenn es vor einem Spiegel steht? So eine blöde Nulldiät!" „Jetzt sei doch endlich leise!", schimpft eine weitere Stimme. „Deine Witze sind so flach wie deine Scheibe. Geh mir gefälligst nicht aufs Glas, du Spiegelflachwitzemacher." „Du bist ja nur neidisch, weil du den ganzen Tag nur miese Laune verbreiten kannst. Willst du dir den Tag versauen, musst du in diesen Spiegel schauen." „Und was wollt ihr zwei hässlichen Gestalten?", beginnt plötzlich der Spiegel vor ihnen, sie zu beleidigen.

Marie schaut ganz verdutzt drein und betrachtet das seltsam durchscheinende Gesicht im Glas, das plötzlich aufgetaucht ist. Denn anstatt ihres eigenen Spiegelbildes kann sie plötzlich die Umrisse eines sprechenden Kopfes sehen. „Hast du Tomaten auf den Ohren? Ich spreche mit dir", schimpft der Spiegel weiter und holt damit Marie in die Realität zurück. Fasziniert betrachtet sie den Spiegel. „Bist du ein sprechender Spiegel?", traut Marie sich zu fragen und schaut diesen genauer an. „Nein!", antwortet dieser sichtlich genervt. „Ich bin ein Deppenreflektor. Was genau siehst du denn, wenn du mich anschaust? Ich bin ein Spiegel und spreche. Also bin ich ein …? Richtig, eine Henne, und jetzt geh mir nicht auf die Eier und lass mich gefälligst in Ruhe.“ „Beachte ihn gar nicht, mein schönes Kind, und schau dir lieber dein atemberaubendes Antlitz in mir an“, spricht nunmehr ein dritter Spiegel zwei Meter weiter links mit ihr. „Von dem Miesepeter und dem Witzemacher könnt ihr nichts erwarten. Aber ich kann dir den ganzen Tag Komplimente machen, denn ein edleres Wesen habe ich noch nie gesehen. Du bist wirklich die Allerschönste auf diesem Planeten.“ Leicht röten sich die Wangen von Marie und sie winkt verlegen mit ihrer Hand. „Das ist sehr nett von dir. Was bist du denn für ein Spiegel, wenn ich fragen darf?“ „Ich, verehrtes Fräulein, kann Eurer Schönheit huldigen.“ Langsam versteht Marie, was hier vor sich geht, und schaut sich die Spiegel der Reihe nach an. „Kann denn jeder Spiegel sprechen und hat jeder bestimmte Charaktereigenschaften?“ „Aber nein, meine Liebe“, säuselt der Spiegel. „Nicht jeder Spiegel hat so eine schillernde Persönlichkeit wie ich. Ich würde perfekt zu Eurer strahlenden Erscheinung passen.“

Eric schaut sich in der Zwischenzeit die anderen Kandidaten an, weil ihm das Gesülze ziemlich auf die Nerven geht, findet aber keinen weiteren Spiegel mehr, der sprechen kann. Stattdessen hat er einen entdeckt, der ihn wieder als Prinz Eric zeigt. Eine Wohltat, aber auch gefährlich, wenn Marie ihn so sieht. Also beschließt er, sogleich weiterzusuchen, und kommt an einem größeren Spiegel vorbei. Dieser hat eine schwarze Scheibe und wirkt vollkommen matt. Selbst bei näherer Betrachtung kann er weder sich selbst noch etwas anderes sehen. Schon will er sich wieder wegdrehen, da denkt er kurz an seinen toten Bruder, der hier seine helle Freude gehabt hätte, und erstarrt kurz darauf. Denn noch während er an ihn denkt, verändert sich plötzlich der Spiegel und er kann seinen Bruder deutlich erkennen, wie dieser abgehetzt mit seinem Schimmel durch den Märchenwald galoppiert. Verstört geht Eric näher an den Spiegel heran. Was ist das? Was zeigt mir der Spiegel?

Lebt mein Bruder etwa noch, oder ist dies nur eine Reflexion meiner Wünsche? Doch bevor er dem Geheimnis auf die Spur kommt, steht Marie hinter ihm. Schon verschwimmt das Bild und er kann Prinzessin Rosemarie sehen, die sich schlafend und gefesselt in einer kleinen Kutsche befindet. „Oh, du meine Güte!", kommt es laut von Marie. „Ich kann Rose sehen. Und wie es scheint, steckt sie schon wieder in Schwierigkeiten." Übermotiviert dreht Marie sich zu ihm. „Sobald ich das mit den Zwergen, Drachen und Hexen geschafft habe, werde ich mich auf die Suche nach Rose oder besser gesagt Rosemarie begeben. Ich habe sie im Palast des Sultans kennengelernt. Sie ist meine Freundin und ich muss ihr dringend helfen. Also komm!", winkt sie ihm zu. „Lass uns keine Zeit verschwenden und den richtigen Spiegel finden. Ich konnte dem Spiegel zwischen seinen Komplimenten ein paar sinnvolle Informationen entlocken. Und zwar, dass es hier in diesem Saal einen Spiegel gibt, der immer die Wahrheit spricht. Und wenn wir diesen Wahrheitsspiegel finden, kann er uns hervorragend bei der Suche helfen. Aber, sag mal", reißt Marie plötzlich ihren Mund auf und zeigt Eric ihre Zähne, „hast du eigentlich gewusst, dass ich wunderschön eckige Zähne habe, die wie Mondlicht auf einem klaren Teich mitten im Frühling glänzen?" Genervt verdreht Eric innerlich die Augen und kann sich Marie gut als Flachwitzespiegel vorstellen. Doch nun muss er selbst schmunzeln und geht die Reihen ab.

Plötzlich beginnt Marie jedoch panisch zu kreischen und springt wild herum. „Jorik, hilf mir! Tu sie runter! Sie sind überall!" Verdutzt schaut Eric das seltsame Schauspiel an, kann aber absolut nicht erkennen, was er machen soll. „Oh, du heilige Fee!", jammert Marie herzzerreißend. „Sind die eklig! Jetzt hilf mir doch endlich, die verdammten Viecher abzuschütteln!" Obwohl er nichts sehen kann, kommt er dennoch zu ihr und will sich alles aus der Nähe ansehen. Doch so weit kommt er gar nicht, da ihm plötzlich ein Spiegel offenbart, dass auf ihm hunderte von Spinnen herumkrabbeln. Nun fängt auch Eric zu jaulen, zu knurren und zu hüpfen an. Auch er ist ein großer Spinnenhasser und kann diese Tiere nicht ausstehen. Nicht sehr lange, und der Witzespiegel beginnt wieder lauthals zu lachen und lässt ein paar weitere schlechte Spiegelwitze über Spinnen fallen.

Nachdem Marie keuchend zusammengebrochen ist und damit einen gewissen Abstand zu dem Spiegel aufgebaut hat, erwacht sie wie aus einer Trance und erkennt mit Schrecken, dass sie einer Spiegeltäuschung aufgesessen ist und sich Jorik noch in dieser befindet. „Jorik, hör auf damit und komm her!“, schreit sie ihrem Freund zu. „Du hast keine Spinnen auf dir.“ Doch obwohl sie alles an Argumenten vorbringt, versucht er weiterhin panisch sich von den imaginären Spinnen zu befreien. „Es hilft nichts!“, hievt Marie sich schmerzhaft auf ihre Füße und geht mit geschlossenen Augen in Joriks Richtung, weil sie unter allen Umständen vermeiden möchte, wieder in diesen Angstzustand gerissen zu werden. Leider ist es aber nicht sonderlich einfach, einen panisch gewordenen Hund ohne Sehvermögen aus der Gefahrenzone zu ziehen. Nicht nur einmal bohren sich seine Zähne schmerzhaft in ihren Unterarm und lassen das Blut herausquellen. Und kaum hat sie es endlich geschafft, brechen beide laut schnaufend zusammen. „Jetzt verstehe ich, was das Zwergenmädchen mit Gefahren gemeint hat“, gibt Marie zu und versucht ihre Bisswunden notdürftig zu umwickeln. „Wir müssen unbedingt besser aufpassen und können nicht einfach in jeden Spiegel schauen. Wer weiß schließlich, welche Fallen sich noch hier verstecken?“ „Fallen gibt es hier viel, das macht doch das Spiel.“ Verwirrt schaut Marie sich um und erkennt einen kleinen Spiegel in einer goldenen Fassung, aus dem dieser Reim gekommen sein könnte. „Warst du das?“ „Ja und nein, wer könnte das sein?“, antwortet der Spiegel ihr. Sofort ist Marie klar, was dies für ein Spiegel sein muss. „Kannst du mir verraten, welcher Spiegel hier im Raum immer die Wahrheit sagt?“ „Wie zwei Brüder sehn sie aus, doch Sätze kommen wenig raus. Nur einen pro Tag sie dir gewähren, du kannst sie auch nicht mehr bekehren. Stell deine Frage mit Bedacht, sonst stehst du alleine in der Schlacht. Der eine lügt, der andere nicht, doch wer es ist, das sagen sie dir nicht.“ Verwirrt steht Marie vor dem Spiegel und versucht das Gesagte zu begreifen. Nach einiger Zeit schaut sie Jorik an und versucht ihre Gedanken in Worte zu fassen. „Also, Jorik!“, fährt sie sich erschöpft über das Gesicht. „Unterbrich mich bitte, wenn ich falschliege, aber wie ich den Spiegel verstanden habe, müssen wir zwei gleichaussehende Spiegel suchen. Diesen können wir dann eine Frage pro Tag stellen, wobei der eine aber lügt und der andere die Wahrheit sagt. Hättest du das auch so verstanden?“ Daraufhin nickt Jorik, was Marie erleichtert aufatmen lässt. „Gut, das ist natürlich nicht ganz so gut.“ Und etwas leiser flüstert sie Jorik ins Ohr: „Vielleicht aber kann uns der Reimspiegel noch einmal helfen, wobei seine Reime wirklich schlecht sind. Er macht dem Flachwitzespiegel und dem Komplimentespiegel eindeutig schwer Konkurrenz.“

Daraufhin gluckst Eric und betrachtet Marie, wie sie wieder versucht, mit dem Spiegel zu sprechen. Er für seinen Teil kann nach kurzer Zeit dem Geschwafel des Spiegels nicht mehr folgen, wobei ihn ein geistiger Schmerz durchfährt, als der Spiegel auf frei das Wort Spiegelei reimt. Kein Wunder, dass die Spiegel in diesem Raum hängen. Das hält ja kein normales Lebewesen aus. Auf einmal läuft Marie los und geht schnell die Reihen ab. Insgesamt nimmt sie zwei kleine Handspiegel mit, die zu Erics Verwunderung kein Glas besitzen. „Einer von diesen Spiegeln gehörte Morleon. Der andere jedoch ist ein Unglücksspiegel, weil sein Glas zerbrochen wurde, weswegen wir ihn auf keinen Fall mitnehmen dürfen. Welcher jedoch unser gesuchter Spiegel ist, kann ich dir nicht sagen. Dazu müssen wir die zwei anderen Spiegel finden.“ Eric hat sofort verstanden, was Marie möchte, und macht sich auf die Suche. Er möchte auf keinen Fall noch mehr Unglück anziehen. Die letzten Tage waren für ihn vollkommen ausreichend. Schnell ist der Raum abgelaufen und er bleibt hechelnd vor zwei kleineren Exemplaren stehen, die ebenfalls zwei Handspiegel darstellen. Unscheinbar, mit ihrem langen Griff und den kleinen

Verzierungen an den Seiten, wären sie ihm kaum aufgefallen. Doch ab und an findet ein blinder Hund eben auch mal ein Korn. Sofort bellt er lautstark und erregt damit Maries Aufmerksamkeit. Diese kommt freudig zu ihm und betrachtet seinen Fund. „Das hast du super gemacht, Jorik!“, tätschelt sie ihm abermals seinen Kopf, was beinahe schon zur Gewohnheit geworden ist. „Wenn du mir nun auch verraten könntest, wie wir die Frage so formulieren, dass wir die richtige Antwort erhalten, wäre ich dir zu großem Dank verpflichtet.“ Eric will schon ansetzen etwas zu sagen, stockt aber in seiner Überlegung. Nicht nur, weil sein Bellen wenig Sinn hätte, sondern auch, weil er absolut keine Ahnung hat, wie die Frage sein könnte. Marie geht in der Zwischenzeit ein paar Schritte zurück und lässt sich grübelnd auf den Boden fallen. „Das ist eine blöde Pattsituation“, grummelt sie vor sich hin. „Wenn ich frage, ob es dieser Spiegel ist, dann antwortet einer mit Ja und der andere mit Nein. Was uns absolut nicht weiterbringt. Frage ich, ob der Himmel blau ist, dann weiß ich zwar, wer die Wahrheit sagt, aber kann heute nicht mehr fragen, welcher Spiegel der falsche ist. Ich muss also eine Frage wählen, die mir einerseits verrät, wer lügt, und andererseits, welcher Spiegel der von Morleon ist.“ Lange sitzt sie konzentriert da und verzieht keine Miene. Eric hingegen wird immer nervöser und unruhiger. Es kann schließlich nicht mehr lange dauern, bis man ihr Verschwinden bemerkt hat und nach ihnen suchen wird. Wenn sie also noch entkommen möchten, während die Zwerge mit ihren Kindern abgelenkt sind, dann wäre eine schnelle Lösung wünschenswert. „Ich habe es!“, springt Marie auf und klatscht in ihre Hände. Sie hebt die beiden Spiegel auf und stellt sich mit diesen vor die anderen. Sie räuspert sich laut und wartet darauf, die Gesichter der Spiegel zu sehen. Kaum erscheinen sie, da stellt sie ihre Frage. „Wenn ich ab sofort noch mehr Pech haben möchte, welchen Spiegel würde mir der andere von euch empfehlen?“ Tatsächlich raten ihr beide zu einem bestimmten. Und genau diesen steckt Marie ein und legt den anderen weg. Jorik versteht absolut nicht, warum sie genau den mitnimmt, den beide als den Pechspiegel bezeichnet haben, und gibt ein Jaulen von sich. Doch Marie ignoriert ihn und steckt sogar noch die zwei anderen Spiegel ein. „Jetzt schau nicht so verdutzt!“, schenkt sie ihm ein belustigtes Zwinkern. „Ich habe mir schon meinen Teil dabei gedacht. Du wirst schon sehen. Und jetzt komm! Lass uns hier verschwinden und die Drachen suchen.“

Im Märchenwald

„Oh, mein Kopf!“, klagt Rosemarie und versucht aus ihren Augen zu blinzeln. Das ständige Holpern und Rattern ist ein Albtraum für den pochenden Schmerz hinter ihrer Stirn. Erst langsam sickert die Erkenntnis in ihren Verstand, was mit ihr passiert sein könnte und wo sie sich befindet. Gestern Nacht, nachdem Theodor gegangen war, dauerte es keine zwei Minuten und eine schwarze Gestalt verschaffte sich ohne Erlaubnis Zutritt zu ihrem Schlafzimmer. Trotz ihrer Gegenwehr muss es dem Eindringling aber dennoch gelungen sein, sie zu überwältigen. Sie kann sich nur noch schwach an ein Pulver erinnern, das ihr ins Gesicht geworfen wurde. Danach ist alles schwarz. Wie es scheint, muss es wohl irgendein Betäubungszauber gewesen sein, sickert es durch Rosemaries zähe Gedanken. Um klarer im Kopf zu werden, versucht sie mit Flüchen und Beschimpfungen, sich trotz der Fesseln an ihren Armen und Beinen in eine sitzende Position zu manövrieren. Jetzt, wo sie die Welt wieder aus einer besseren Warte betrachten kann, realisiert sie auch, dass sie sich in einer Kutsche befindet. Und trotz der verschlossenen und gefärbten Fensterscheiben kann sie undeutlich zahllose Bäume neben der Kutsche sehen, die in halsbrecherischem Tempo an ihr vorbeisausen. Sie scheint nicht lange geschlafen zu haben, da sie noch die vertraute Vegetation ihres Reiches erblicken kann. Was sie aber brennender interessieren würde, ist die Frage nach ihrem Entführer. Wer kommt nur auf die dumme Idee, eine Prinzessin in ihrer Hochzeitsnacht zu entführen? Aber damit sie dieses Rätsel lösen kann, muss sie erst ihre Fesseln loswerden. Ihre Arme sind ihr unangenehm nach hinten gedreht worden und bereits taub, während ihre Beine an ihren Fußgelenken zusammengeschnürt wurden. Doch all das Reiben, Drehen und Zerren lockert die Seile nicht, sondern bringt sie nur außer Atem. Und auch die Idee, sich unbemerkt aus der Kutsche fallen zu lassen, kann sie nicht umsetzen, da die Kutschentür verschlossen ist und es auch sehr schwierig wäre, sich mit einem weißen Hochzeitskleid unauffällig aus dem Staub zu machen. Wenn sie vorher gewusst hätte, wie nervenaufreibend ihre Hochzeitsnacht werden würde, hätte sie sich etwas Bequemeres angezogen.

Doch da kommt ihr plötzlich eine Idee. Vielleicht, wenn sie …, geht es ihr durch den Kopf und sie beginnt ein abenteuerliches Verrenkungsmanöver. So vergeht einige Zeit, in der sie immer wieder schnaufend innehalten und ihre Position in der Kutsche verändern muss, bis sie endlich zu dem gewünschten Ergebnis kommt. Ihre Arme brennen zwar fürchterlich, aber sie hat es tatsächlich trotz des Kleides geschafft, ihre Arme nach vorne unter ihrem Körper durchzuziehen. Sie sind zwar immer noch gefesselt, aber wenigstens nicht mehr auf ihrem Rücken. Obwohl es nicht die feine Art einer Prinzessin ist, schmutzige Seile in den Mund zu nehmen, macht sie jedoch genau dies. Mit ihren Zähnen beginnt sie zu beißen und zu ziehen und kann den Knoten damit immer weiter lösen. Sobald sie es geschafft hat, kommt ihr ein erleichtertes Schluchzen über die Lippen, welches sie sich dennoch sofort versagt. Nachdem auch ihre Füße befreit sind, geht es jetzt darum, sich die größtmögliche Bewegungsfreiheit zu erkämpfen. Als Erstes steht die Zerstörung dieses nervigen Brautkleides auf ihrer Liste. Mit Kraft und Gewalt reißt sie große Stücke herunter, bis sie nur noch mit einem kurzen weißen Fetzen bekleidet ist, der es ihr ermöglicht, ohne Beeinträchtigungen laufen zu können. Nur dumm, dass sie schon wieder keine Schuhe trägt. Aber um den Schaden ihrer Füße dieses Mal so gering wie möglich zu halten, wickelt sie sich genügend Stoff um ihre Füße, damit sie ohne

Schmerzen weglaufen kann. Bleibt eigentlich nur noch das Problem der verschlossenen Kutschentür, betrachtet Rosemarie das Türschloss und lässt ihre Gedanken zu ihrer Schwester Marie schweifen. Wo sich diese wohl aufhält? Hoffentlich ist ihr ebenfalls die Flucht aus dieser fürchterlichen Stadt gelungen. Obwohl sie sich Sorgen macht, ist sie dennoch voller Zuversicht, da Marie eindeutig die Stärkere von ihnen beiden ist. Und weil sie gerade an Marie denkt, greift sie schnell in ihre derangierte Frisur und holt sich eine Haarnadel heraus. Wenigstens ihre Hochzeitsfrisur ist für eine Flucht gut, muss sie schmunzelnd eingestehen und versucht ihr Glück. Doch nach zehn Minuten schmerzen ihre Finger und sie hat wahrscheinlich jeden Fluch im Geiste aufgesagt, der ihr gerade eingefallen ist. Deprimiert zieht sie die verbogene Nadel heraus. „Bei Marie sah das viel einfacher aus", schnauft Rosemarie deprimiert. „Was mache ich bloß falsch?" In ihrer Not zieht Rosemarie sich noch weitere Haarnadeln aus ihrer Frisur und steckt diese zusammen in das Schloss hinein. Entweder alles oder nichts, denkt sie sich und fährt wild mit ihren Instrumenten darin herum. Und tatsächlich! Obwohl sie nicht damit gerechnet hatte, hört sie plötzlich ein Klicken. Sofort beschleunigt sich ihr Herzschlag und ihre Handflächen werden feucht. Jetzt keine Fehler mehr machen, ermahnt sie sich und schluckt ihre Panik herunter. Langsam öffnet sie die Kutschentür einen Spalt und sieht hinaus. Sie befinden sich immer noch im Märchenwald und fahren in schnellem Tempo einen ihr unbekannten Weg entlang, der wohl schon viele Jahre nicht mehr benutzt wurde. Große Sträucher streifen das Gefährt und größere Steine und Äste säumen den Pfad. Kein Wunder, dass die Kutsche permanent so durchgeschüttelt wird.

All ihren Mut zusammennehmend, reißt sie die Tür weiter auf und versucht sich aus der fahrenden Kutsche vorsichtig hinausrollen zu lassen. Kurz darauf muss sie jedoch schmerzhaft eingestehen, dass es in ihrer Vorstellung eindeutig besser ausgesehen hat als in der Realität. Ihre linke Schulter brennt höllisch und der Aufschlag hat ihr erst einmal alle Kraft geraubt. Leider blieb auch ihre Flucht nicht unbemerkt, da die Kutsche keine zehn Meter nach ihrem Fall zum Stehen kommt. Schnell rappelt sie sich auf und läuft mit ihren aufgeschürften Knien los. Zur Sicherheit verlässt sie den Weg und läuft direkt in den Wald hinein. Immer wieder schlagen ihr Äste schmerzhaft ins Gesicht und zerkratzen ihre Arme. Doch all dies ist ihr vollkommen egal. Sie möchte nur noch nach Hause und hat die Nase so dermaßen voll von all dem Chaos der letzten Tage, dass sie am liebsten das ganze restliche Jahr im Bett verbringen möchte. „Bleibt gefälligst stehen, Prinzessin Rosemarie!", hört sie die laute und unangenehme Stimme ihres Verfolgers. „Es hat ja doch keinen Sinn! Ihr entkommt mir nicht!" Irgendwoher kennt sie diese unangenehme Stimme, möchte aber keine Zeit verlieren und sich umdrehen. Immer tiefer gelangt sie in den Wald, bis sie eine Lichtung erreicht. Während sie diese überqueren möchte, zischt ein Funken an ihr vorbei und sprengt den Baum vor ihr. Vollkommen perplex bleibt sie stehen und beobachtet, wie der majestätische Riese in der Mitte auseinanderbricht und ihr den kompletten Fluchtweg nach vorne versperrt. Panisch schaut sie sich nach einem anderen Ausweg um, kann aber auf die Schnelle keinen erkennen. Sobald sie sich jedoch umdreht, kann sie den Mann sehen, der für dieses Spektakel verantwortlich ist. Zu ihrer großen Verwunderung steht der königliche Berater Remolon hinter ihr und hält einen Zauberstab in der Hand. „Sei eine brave Prinzessin und komm zu mir", säuselt er lieblich, während seine Augen eine andere Sprache sprechen. Rosemarie ist hin- und hergerissen. Was soll sie nur tun? Ein weiterer Blick auf den gefällten Baum lässt ihre Nackenhaare sich schmerzhaft aufstellen. Eine einzige Bewegung mit diesem Stab, und eine jahrhundertealte Eiche, die jedem Sturm getrotzt hat, liegt gefällt vor ihr. Wie selbstverständlich bewegen sich ihre Beine zurück, obwohl ihr Bauchgefühl verzweifelt dagegen protestiert. „So ist es gut!", zeigt sich ein gefährliches Glitzern in den Augen des Beraters. „Ich freue mich, dir mitteilen zu dürfen, dass du die Sechste und damit die Letzte sein wirst, die ich brauche." Bei diesem Satz läuft es ihr kalt den Rücken hinunter. Hat nicht die Jägerin ihr schon prophezeit, dass sie die Sechste sein wird? Doch von was? Dieses Rätsel bleibt ihr immer noch verborgen, wobei es nichts Gutes heißt, wenn schon eine höhere Macht sie davor gewarnt hat. Sobald sie Remolon erreicht hätte, wäre es demnach vorbei mit ihr, denn eine weitere Möglichkeit zur Flucht würde er nicht zulassen. Wie es scheint, braucht er sie dringend für irgendein Ritual oder etwas Ähnliches. Aber wahrscheinlich braucht er sie lebend. Deswegen trifft sie ihre Entscheidung innerhalb eines Wimpernschlages, und dieses Mal aus dem Bauch heraus.

Wie schon zuvor nimmt sie ihre Füße in die Hand, wagt ein Ausweichmanöver und rennt um den Baum herum und seitlich in den Wald hinein. Wieder beginnt eine halsbrecherische Jagd, wobei sie das arme Häschen ist, das erlegt werden soll. Leises Rauschen dringt an ihre Ohren und kündigt den nahen Furo an. Ob es eine weise Entscheidung ist, dem Flussgeräusch zu folgen, kann sie jedoch nicht abwägen. Doch dank ihrer Weitsicht könnte sie mit ihrem kurzen Kleid den Sprung in das Gewässer wagen. Vielleicht schafft sie es sogar, sich von der Strömung mitreißen zu lassen und somit mehr Abstand zu ihrem Verfolger herauszuholen. Denn dieser denkt nicht einmal im Traum daran, sich so einfach abschütteln zu lassen. Aber wird sie es noch rechtzeitig schaffen? Schon kann sie die Finger spüren, die kurz über ihre Schultern gleiten. Ein kleiner Haken nach rechts rettet sie zwar vor seinem Zugriff, aber wirklich viel Zeit hat sie damit nicht herausgeholt. Schon bricht sie durch das Gestrüpp und sieht vor sich die steilen Ufer des Furos. Ohne zu überlegen, springt sie und landet in dem eiskalten Wasser. Die Luft wird ihr schmerzhaft aus den Lungen gedrückt, bevor sie sich zurück an die Wasseroberfläche kämpfen kann. Doch ihre Erleichterung währt nicht lange. Wütend steht der Zauberer am Ufer und fuchtelt wild mit seinem Stab herum, während er verschiedenste Formeln aufsagt. Plötzlich verdunkelt sich der Himmel und Blitze zucken beängstigend über ihr. Das Wasser beginnt zu toben und drückt sie immer wieder nach unten.

Als sie gerade kurz davor ist aufzugeben, fährt ein weiß schimmernder Blitz in ihren Körper und durchflutet diesen. Anstelle jedoch zu sterben, verspürt sie ein seltsam wärmendes Kribbeln, das ihr Kraft verleiht. Mit dieser neu erlangten Stärkung kann sie sich aus dem Strudel befreien und unbemerkt ans andere Ufer schwimmen. Kaum hat sie dieses erreicht, bricht sie augenblicklich zusammen und keucht verzweifelt nach Luft. Noch ist sie nicht in Sicherheit und muss unbedingt weiterkommen. Deswegen rappelt sie sich auf und rennt weiter kopflos in den Wald hinein. Aus der Ferne kann sie noch den Zauberer hören, wie er ihr hinterherschreit: „Du gehörst bereits mir! Ich werde dich finden und mir das holen, was ich brauche." Ihr Körper fühlt sich mit der Zeit immer seltsamer und schwerer an. Sie kann kaum noch aus ihren Augen sehen, da alles um sie herum zu verschwimmen beginnt. Noch zwei Schritte, und sie bricht zusammen. Sie kann noch halb wahrnehmen, wie ein seltsamer Windhauch sie ergreift und ihren Körper einhüllt. Danach wird ihr schwarz vor Augen.

In der Zwergenstadt Yama

Große Freude ist angesagt, denn die verzauberten Kinder sind wieder zurückgekehrt und stellen gerade alles auf den Kopf, während wild getanzt und gesungen wird. Da ist es nicht verwunderlich, dass keinem etwas Ungewöhnliches auffällt. So ist es tatsächlich möglich, dass eine alte Frau mit ihrem Hund ungesehen im Schatten von versteckten Gassen sich einen Weg zu den ansonsten gut bewachten Höhlensystemen bahnt. Doch gleichzeitig geschieht noch etwas anderes, mit dem kein Zwerg mehr gerechnet hätte. Denn vor den Toren der Stadt steht der seit Jahren abwesende Zwergenkönig Gunterich von Eisenstein mit dem vor Jahren verschenkten Goldesel Miguli. Ohne somit groß zur Kenntnis genommen zu werden, bahnt sich Gunterich seinen

Weg durch die Stadt und erreicht kurz darauf seinen Palast. Wie verwaist steht dieser da, da sich noch kein zukünftiger Nachfolger hat finden lassen. Irgendwie scheint es, dass sich die Zwerge noch nicht auf einen neuen Nachfolger einigen konnten, der mit absoluter Mehrheit hätte ausgerufen werden müssen, was Gunterich verwundert, wenn er bedenkt, dass sein Sohn Manfred doch dafür in Frage gekommen wäre. Nur einige Soldaten und Dienstboten säumen die Palastgänge, erkennen ihren König sofort wieder und knien sich freudig vor ihn. Gunterich winkt jedoch genervt mit seiner Hand und geht in seine Gemächer. Hier ist alles noch genau so, wie er es vor Jahren zurückgelassen hatte. Etwas melancholisch geht er zu seinem Bett und setzt sich auf die Kante. Liebevoll streicht er über die Decke und murmelt leise: „Bald ist es geschafft, Giselagunde. Ich werde deine Gebeine finden und nach Hause bringen. Du wirst das Grab erhalten, das einer Königin würdig ist." Noch eine gewisse Weile sitzt er so da, bevor er sich erhebt und seinen Kleiderschrank öffnet. Wie zu erwarten, hängen auch hier noch all seine Sachen ordentlich aufgereiht. Wehmütig betrachtet er diese und zieht einzelne Stücke heraus. Nun ist es wohl so weit. Er kann seiner Trauer und seiner Verantwortung nicht länger entkommen und muss sich wieder seinen Pflichten als König zuwenden. Somit zieht er sich nun schweren Herzens um, setzt sich die Krone auf sein Haupt, die in einem Schrank bereits Staub angesetzt hatte, und tritt vor seinen großen Spiegel. Befremdlich sieht er in seinen Augen aus, da er doch die letzten fünfzehn Jahre ein ewiger Wanderer war und erst zum Schluss in einer Hütte im Märchenwald gelebt hat. Und schon klopft jemand ungeduldig gegen seine Tür.

„Herein!", hört Gunterich sich noch sagen, bevor diese aufschwingt und ein Pulk von Zwergen seine Räume betritt. Ehrfürchtig bleiben sie stehen und verbeugen ihr Haupt tief. Einer seiner früheren Berater mit rotem, langem Bart tritt vor und lächelt ihn glücklich an. „Ich bin so froh, dich zu sehen, Gunter. Ich hatte schon ganz die Hoffnung aufgegeben, dich jemals wieder als

König zu sehen." Ohne auf die Etikette zu achten, geht der König auf seinen Freund zu und zieht ihn in eine feste Umarmung. „Auch mich freut es, dich wiederzusehen, Jakos. Ich bin ganz überrascht, dass heute gefeiert wird. Habe ich etwas Wichtiges verpasst?" Daraufhin lacht Jakos freudlos. „Und ob du was verpasst hast! Wir liegen jetzt seit mindestens zehn Jahren im Streit mit ein paar Hexen, die es sich am Fuße unseres Gebirges gemütlich gemacht haben. Diese fürchterlichen Kreaturen haben es gewagt, all unsere Kinder in Kröten zu verwandeln, weil ein paar von ihnen eine Hexe bezüglich ihrer Backkunst ein wenig aufgezogen haben." „Was genau meinst du mit *ein wenig aufgezogen*?", will Gunterich genau wissen und stellt sich gebieterisch vor seinen Berater. „Na ja!", druckst dieser herum. „Vielleicht haben sie es ein bisschen übertrieben. Wobei das immer noch keine Rechtfertigung ist, sie so zu bestrafen." „Jetzt komm zum Punkt, Jakos!", wird Gunterich ungeduldig. „Vielleicht sollte ich zuvor erwähnen", räuspert sich Jakos unwohl, „dass die Hexe Katharina leidenschaftlich gerne backt, wobei ihre Lebkuchen eine absolute Beleidigung eines jeden Gaumens sind. Die Dinger sind so hart und staubig, dass du sie kaum beißen kannst. Auf jeden Fall hat sie eine ganze Wagenladung für unsere Kinder gebacken." „Bis jetzt sehe ich noch nicht wirklich ein Problem, Jakos", brummt Gunterich. „Würdest du jetzt bitte endlich das Wichtige erzählen?" „Es könnte sein", beginnt sein Gegenüber stockend, „dass unsere Kinder dieses Gebäck genommen, die Hexe damit beworfen und ihr auf den Kopf zugesagt haben, dass sie die schlechteste Bäckerin aller Zeiten ist und dass Kröten besser schmecken würden als ihre Lebkuchen." Resigniert haut sich Gunterich auf die Stirn. „Und da wundert ihr euch, dass die Hexen schlecht auf euch zu sprechen sind und unsere Kinder in Kröten verwandelten? Wäre ich hier gewesen, hätten diese Bengel eine noch viel härtere Strafe von mir erhalten. Wird denn die nächste Zwergengeneration nicht mehr erzogen?" Stolz steht Jakos da und reckt seine Brust. „Wir haben gerade eine neue Erziehungsmethode, die darauf basiert, dass unsere Kinder sich selbst erziehen sollen.“ Daraufhin reißt Gunterich entsetzt die Augen auf. „Ihr versucht WAS? Was ist denn bitte an den früheren Methoden falsch gewesen, bei denen die Eltern die Erziehung übernommen haben?“ „Nichts!“, gibt Jakos kleinlaut zu. „Aber wir konnten uns im Zwergenrat nicht einigen, welche Moralvorstellungen und Werte wir ohne König bevorzugen, und so haben wir nichts entschieden und somit jedem die freie Wahl gelassen.“

Wütend stampft Gunterich auf und geht im Kreis herum. „Da lässt man euch für ein paar Jahre allein und schon schafft ihr es durch Passivität, dass unsere Kinder eine Fehde mit Hexen beginnen. Wo ist eigentlich mein Sohn? Hat der denn überhaupt nichts dagegen unternommen?“ „Das ist so eine Sache“, weicht Jakos wieder aus und fühlt sich sichtlich unwohl. „Er wollte nach diesem ganzen Dilemma zu den Hexen und sich entschuldigen. Kam aber nie wieder zurück.“ „Das wundert mich nicht“, brummt Gunterich verärgert. „Wenn er sich bei ihnen genauso entschuldigt hat, wie er es bei mir getan hat, wenn er was ausgefressen hatte, dann wurde er wahrscheinlich ebenfalls in eine Kröte oder sonst was verwandelt. Manfred war noch nie sonderlich geschickt in Diplomatie.“ Ein tiefer Seufzer verlässt Gunterichs Lippen. „Ich hätte nicht so lange fortbleiben dürfen. Es ist meine Schuld. Doch bevor ich beginne, mich noch mehr über das zu ärgern, was alles liegengeblieben ist, möchte ich von euch wissen, ob hier eine junge Frau und ein Schwein aufgetaucht sind.“ Daraufhin schauen alle Berater ihren König verwundert an, schütteln aber einheitlich ihre Köpfe. „Gut. Wenn dies passiert, möchte ich sofort benachrichtigt werden. Habt ihr verstanden?“ „Ja, Eure Hoheit!“, kommt es fast synchron von allen Zwergen, die danach den Raum verlassen. „Und noch eins!“, ruft Gunterich ihnen noch hinterher. „Lasst alle Kinder sich im königlichen Thronsaal einfinden! Ich habe eindeutig ein Wörtchen mit ihnen zu reden. Ist das klar?“ „Ja, König Gunterich!“, hallt es von den Wänden, bis alle gegangen sind. Nur Jakos bleibt zurück und schaut seinen Freund mitfühlend an.

„Wie geht es dir, Gunter?“ „Wie soll es mir schon gehen“, antwortet Gunterich stockend, „wenn mir seit fast zwanzig Jahren ein Teil der eigenen Seele fehlt? Aber selbst nach Jahren der Wanderung werde ich nicht glücklicher und die Probleme der anderen nur umso größer, was eure seltsame Erziehungsmethode bewiesen hat. Hat die auch einen Namen?“ „Nicht direkt“, gibt Jakos zu. „Aber ich persönlich nenne sie *gegen frühere Methoden angelegte Erziehung.*“ „Und warum? Das verstehe ich nicht. Was war denn an der früheren Methode so schlecht?“, fährt sich Gunterich erschöpft über sein Gesicht. „Das hat eher damit zu tun, dass einige Zwergeneltern hoffen, ihre Kinder mögen ihre Fehler selbst einsehen und dadurch weiser werden“, erklärt Jakos höchst motiviert. „Sie lehnen Strafen ab und glauben an Vernunft und Einsicht.“ „Und?“, fragt Gunterich spöttisch. „Hat das geklappt?“ „Es weist wohl noch einige Probleme auf“, kratzt sich Jakos unsicher am Kopf. „Das wundert mich nicht“, setzt Gunterich an. „Wenn wir unsere neuen Generationen so erziehen möchten, dann ist diese Methode viel anstrengender und schweißtreibender als die vorherige. Wir müssen schon früh anfangen, unseren Kindern genau zu erläutern, was Recht und Unrecht ist, damit sie überhaupt die Chance haben, dies irgendwann erkennen zu können. Es bedarf vieler Diskussionen und wir müssen es ihnen jeden Tag vorleben, sodass sie es nicht nur verstehen, sondern auch verinnerlichen. Ihr könnt nicht einfach faul danebensitzen und davon ausgehen, dass sie es von allein lernen. Ich habe eher den Verdacht, dass ihr alle nach dem Krieg und ohne Anweisungen gemütlich geworden seid und es euch die letzten Jahre zu leicht gemacht habt. Das rächt sich jetzt und beschert euch lächerliche Probleme. Nenn mir einen König in unserer Geschichte, der sich mit so einem Blödsinn auseinandersetzen musste! Aber, was rede ich?“, schnauft Gunterich frustriert. „Am besten ist es, wenn du mir unsere glorreiche Zukunft zeigst, damit ich mir selbst ein Bild machen kann.“

Zusammen gehen die beiden Zwerge Richtung Thronsaal und werden bereits früh von einer unglaublichen Geräuschkulisse begrüßt. Denn anstatt brav im Thronsaal auf den König zu warten, laufen die Kinder überall herum und offenbaren Gunterich ein riesiges Chaos. „Ernsthaft jetzt?!“, schaut Gunterich seinen Freund Jakos genervt an. „Das wird also aus unseren Kindern, wenn man ihnen freie Hand lässt?“ Jakos zuckt peinlich berührt zusammen. „Dann zeig mir doch mal, wie du hier wieder für Ordnung sorgen willst“, hebt Gunterich provokant eine seiner Augenbrauen. Doch Jakos scheint mit der Aufgabe mehr als überfordert zu sein. Denn seine ruhig vorgetragene Bitte geht gnadenlos im Lärm der schreienden Kinder unter. Gunterich hingegen genießt die Verzweiflung seines Freundes, die er als Vater nur zu gut kennt. Als König hatte er alle Hände voll zu tun, seinem Sohn beizubringen, was ethisch richtig ist und wie er mit diesem Wissen gerecht herrschen könnte. Hier durfte er keine Kompromisse eingehen, da das Wohl vieler von seiner Erziehung abhängig war. Manfred ist daraufhin zwar ein guter Junge geworden, aber in Gesprächsführung war er schon immer eine mittlere Katastrophe.

„Ruhe jetzt!“, brüllt Gunterich nach fünf Minuten aus voller Kehle und stellt sich breitbeinig vor die Meute. Daraufhin verebben die Geräusche schlagartig und er wird aus vielen Augenpaaren neugierig angesehen. Er will sich gar nicht lange mit den Kindern aufhalten, weil er genau weiß, dass diese Ruhe trügerisch und nur von kurzer Dauer ist. „Du da!“, wählt er einen etwas älteren Jungen aus, der verdutzt nach vorne schaut. „Wie würdest du dich fühlen, wenn du mit besonders viel Mühe und Herzblut ein Geschenk für einen anderen gemacht hättest und dieser würde es kaputt machen und dich beschimpfen?“ Verlegen reibt sich der Junge über den Kopf und antwortet schüchtern: „Ich wäre sehr traurig und sauer.“ „Ist das ein schönes Gefühl?“, fragt Gunterich nach und lässt den Jungen nicht vom Haken. Daraufhin schüttelt dieser seinen Kopf. „Und wie sieht es mit euch anderen aus?“, richtet Gunterich sich nun an alle. „Würdet ihr euch auch so fühlen?“ Zustimmendes Nicken und einzelne Rufe werden laut und bestätigen diese Behauptung. „Was sollte eurer Meinung nach derjenige tun, der das Geschenk kaputt gemacht hat?“ Ein längeres Schweigen setzt ein, bevor sich ein kleines Mädchen mutig zu Wort meldet. „Er sollte sich entschuldigen.“ Zustimmend nickt Gunterich dem Mädchen zu. „Und was sagen die anderen?“, hört er jedoch noch nicht mit seiner kleinen Rede auf. „Seid ihr mit der Antwort des Mädchens einverstanden?“ Zufrieden sieht Gunterich, wie sich die meisten dafür aussprechen. „Dann stelle ich euch nun eine letzte Frage“, legt er eine kurze Sprechpause ein und erhöht damit die Spannung. „Habt ihr euch bei der traurigen und wütenden Hexe entschuldigt, nachdem ihr die Plätzchen, die sie extra für euch gebacken hatte, kaputt gemacht habt? Wenn nicht, dann solltet ihr euch jetzt zusammensetzen und überlegen, wie ihr das nachholen könnt und ob es richtig war, ihr so weh zu tun.“ Ein Wink von ihm, und der Saal leert sich, wobei die meisten Zwergenkinder beschämt ihre Köpfe hängen lassen.

Nun ist Gunterich mit seinen Beratern allein und gibt ihnen Befehle. „Holt mir den Esel Miguli her! Ich möchte zwar, dass sich die Kinder bei den Hexen entschuldigen und aus ihren Fehlern lernen, aber damit wird die Fehde nicht beendet sein. Wir brauchen eindeutig Gold, damit wir die Hexen besänftigen können und damit ich meinen Sohn wiederbekomme.“ Kaum ist der Esel gebracht worden, stellt sich Gunterich an dessen Seite, streicht ihm liebevoll über den Rücken und spricht laut und kräftig das Wort „Bricklebrit!“. Daraufhin kommen hinten aus dem Esel Goldstücke, die klirrend auf den Boden fallen. „Sag mal, Gunter“, spricht ihn Jakos von der Seite an, „warum genau hast du denn den Goldesel damals auf dieses komplizierte Wort eingestellt? Hat dir denn der Satz *Esel, reck dich, Esel, streck dich, wirf Gold und Silber hinter dich* nicht mehr gefallen?“ Daraufhin grinst Gunterich, lässt aber seinen Freund im Unklaren, während er mit Schadenfreude an König Ludwig zurückdenkt, dem er einst den Esel als Zeichen des Friedens geschenkt hat. Doch wie es der Zufall will, hat Gunterich ihm zwar erzählt, was das Tier kann, aber nie, mit welchem Zauberwort es dies auch macht. Und jetzt, nach all den Jahren, hat das kostbare Tier zu den Zwergen zurückgefunden. Eine glückliche Fügung, die er gerade nicht missen möchte, wobei er inständig hofft, dass er mit dem Gold das Problem mit den Hexen lösen und seinen Sohn befreien kann. Denn schließlich muss er noch Marie und Eric finden, bevor er seinem früheren Freund, König Ludwig, einen Besuch abstatten kann, damit sie zusammen nach den Überresten ihrer Frauen suchen können. „Veranlasse alles, damit wir morgen so schnell wie möglich zu den Hexen aufbrechen können!“, gibt Gunterich einen weiteren Befehl, um sich von dem traurigen Gedanken an seine Frau abzulenken.

In den Höhlen der Diamantberge

„Jorik, bist du dir sicher, dass es hier entlang geht?“ Marie schleppt sich schon seit längerer Zeit laut keuchend hinter ihrem Freund her und bräuchte dringend eine Verschnaufpause. Für sie sehen alle Gänge und Abzweigungen absolut gleich aus. Dunkle Steine, so weit das Auge reicht. „Jorik, ich sehe etwas, was du nicht siehst, und das …“ Weiter kommt sie aber nicht, weil sich Jorik im selben Moment umdreht und sie vorwurfsvoll ansieht. Resigniert hebt Marie ihre Hände. „Gut, wenn du nicht willst, du Spielverderber, dann lass ich es eben. Ich finde den Witz immer noch gut.“

Eric wendet sich wieder ab und beginnt von Neuem zu schnuppern, da er ganz deutlich den angekokelten Geruch von erhitzten Steinen in der Nase hat. Doch leider ist es fast nicht möglich herauszufinden, aus welcher Richtung dieser kommt. Es riecht hier schließlich überall danach. Wieder kommen sie an eine Kreuzung mit drei möglichen Abzweigungen. „Das ist ja ein richtiges Höhlenlabyrinth, in das wir hier geraten sind“, stöhnt Marie erschöpft. „Hätte ich Brot dabei, hätte ich wenigstens eine

Spur aus Krümeln legen können. Ich glaube nämlich, dass wir hier schon einmal waren. Schau nicht so ungläubig, Jorik!", entkommt Marie ein Kichern. „Ein Salatkopf oder ein großes Stück Käse hätten für meinen Plan auch funktioniert. Wobei ich den Käse wahrscheinlich aufgegessen hätte, also streich den wieder." Genervt schüttelt Eric seinen Kopf. Marie ist und bleibt sie selbst! Er hatte bis jetzt noch nie einen Menschen getroffen, der einerseits so schlau, mutig und herzensgut ist und andererseits einen so schlechten Geschmack besitzt, was Witze, Kleidung oder Einfälle betrifft. Eine Spur aus Brotkrumen! Da kommt doch sonst kein Mensch drauf! Doch was hält man nicht alles aus, um wieder ein Mensch zu werden, denkt Eric resigniert. Wobei er es noch nicht geschafft hat, eine selbstlose Tat zu vollbringen und damit die nächste Verwandlungsstufe einzuleiten. Wenn er Glück hat, ist diese dann die letzte, bevor er wieder zum Prinzen werden kann. Leider sitzt er aber noch mitten in den Diamantbergen fest und versucht verzweifelt die Drachen zu finden. Ob sie diesen Berg jedoch lebend wieder verlassen dürfen oder sie den Nachmittagssnack darstellen, wird sich noch zeigen. Ein markerschütterndes Brüllen hallt plötzlich durch die Gänge und lässt Erics Rute zittern. Dieses Geräusch kam eindeutig von rechts. Vielleicht sollten sie aber doch lieber den linken Gang nehmen, denkt Eric sich panisch und will schon umlenken. Marie hingegen ist begeistert und schnappt sich ihren Freund im Vorbeigehen.

„Das nenn ich doch mal Glück!", lacht Marie begeistert, während Eric sich nicht sicher ist, ob er es Glück nennen würde. Keine zehn Minuten später haben sie es tatsächlich geschafft und befinden sich im Eingang einer großen Höhle. Eric wird ganz schlecht, als er die Ausmaße dieser betrachtet. Sie ist so hoch, dass er die Decke nicht einmal erahnen kann, und so breit, dass er eine Ewigkeit bräuchte, um ans andere Ende zu gelangen. Überall in den Felsen befinden sich größere Aussparungen, in denen schlafende Drachen liegen, während einige wache Exemplare herumfliegen und fürchterliche Laute ausstoßen. Eric will gerade den Rückzug antreten, wird jedoch von Marie aufgehalten. Ehrfürchtig und begeistert steht sie da und bewundert die wunderschönen und schillernden Schuppen dieser majestätischen Kreaturen. Eric hingegen überlegt bereits fieberhaft, wie sie es unbemerkt und sicher hinausschaffen können, als plötzlich Marie neben ihm zu winken beginnt und laut auf sich aufmerksam macht. Eric würde das Herz in die Hose rutschen, wenn er eine anhätte, und verkneift sich ein anderes Bedürfnis mit aller Macht. Denn schon kommt ein besonders großes, rotes Ding auf sie zugeflogen. Eric hält es keine Minute länger aus und versteckt sich augenblicklich hinter einem Felsen, kurz bevor der Drache vor Marie landet. Dieser ist mindestens doppelt so groß wie sie und sieht furchteinflößend aus.

Marie hat lange überlegt, wie sie mit den Drachen umgehen soll. Erst das kleine Männchen mit dem seltsamen Namen Sepp Aloisius hat ihr dabei geholfen, wobei sie sich nicht so sicher ist, ob sie nicht doch einen Fehler gemacht hat, als der Drache vor ihr steht. Jetzt gibt es nur noch zwei Möglichkeiten, denkt Marie sich nervös. Doch anstatt die erste zu wählen und die Flucht zu ergreifen, senkt sie ihren Kopf. „Seid gegrüßt, hocherhabener Drache", versucht Marie besonders höflich zu sein. „Ich heiße Marie und würde gerne mit Euch einen Handel eingehen." Der Drache beachtet jedoch weniger ihre Worte, sondern beginnt an ihr zu schnuppern. „Den Geruch kenne ich doch", brummt er mit einer sehr tiefen Stimme, die Marie als sehr angenehm empfindet. „Ich wusste aber nicht, dass Menschen so dermaßen schnell altern." Verwirrt hebt Marie den Kopf und schaut den Drachen an. „Was meint Ihr damit?", kommt es ihr stockend über die Lippen. „Das hat dich nicht zu interessieren, Hexenkind", geht er jedoch nicht auf Maries Frage ein. „Bring dein Anliegen jetzt vor, bevor ich es mir überlege und dich sofort fresse." Von seinen Worten mehr als überrascht, holt sie die vergoldete Hundescheiße aus ihrer Tasche und hält sie dem Drachen hin. „Ich würde gerne dieses goldene Unikat gegen etwas von Euch eintauschen." Sofort sieht sie das Glitzern und die Begierde in den Augen des Drachen.

„Du weißt also, wie sehr wir Drachen den Geruch von Gold lieben. Lass mich einmal einen tiefen Atemzug nehmen und dann kommen wir zu deiner Forderung.“ Daraufhin hält Marie den Goldhaufen in die Höhe und lässt den Drachen einen tiefen Zug nehmen. Dieser verzieht jedoch augenblicklich seine Schnauze und gibt ein ohrenbetäubendes Brüllen von sich. „Wie kannst du es wagen, du niedere Kreatur, mich so zu beleidigen? Dein Gold stinkt wie ein frischer Haufen Hundescheiße.“ Erschrocken zieht Marie ihre Hand zurück und schaut sich ihren Goldhaufen an. Na ja, denkt Marie sich beschämt, ein Hundehaufen bleibt wohl ein Hundehaufen, selbst wenn er vergoldet ist. Weiter kann sie ihre Gedanken aber nicht mehr ausführen, weil der Drache vor ihr gerade seinen Atem sammelt und sein Maul auf sie richtet.

Eric erkennt in wenigen Sekunden die Gefahr, in der Marie schwebt, und springt bellend hinter seinem Felsen hervor. Durch diese Aktion schafft er es, dass sich der Drache vor Schreck an seinem eigenen Feuer verschluckt, wild um sich hustet und dadurch kleine Rauchwolken ausstößt. Diese sind so dicht, dass man kaum die eigene Hand vor Augen sehen kann. Eric ergreift diese Chance sofort, schnappt mit seinen Zähnen Maries Hosenbein und zerrt sie aus der Schussbahn. Direkt hinter dem Drachen erkennt Eric eine kleine Höhle, die ihnen eine gute Deckung versprechen könnte. In geduckter Haltung und ebenfalls leicht hustend schaffen sie es gerade noch rechtzeitig, diese zu erreichen, bevor der Drache einen riesigen Feuerstrahl aussendet, der weit in den Tunnel, aus dem sie gekommen sind, hineinreicht. Leise und zusammengekauert liegen sie hinter einem Felsen und warten darauf, dass sich der Drache wieder in die Lüfte erhebt und davonfliegt. Diesen Gefallen erweist er ihnen sogar und ist kurz darauf verschwunden. „Puh!“, stößt Marie aus. „Das war jetzt aber knapp! Wenn ich dieses Kerlchen in die Finger bekomme, dann mache ich Rumpelschaschlik aus ihm!“, schimpft Marie leise. „Das war doch eine absolut abgekartete Sache von dem Kerl. Der hat genau gewusst, wie er mich erledigen kann, damit ich seinen

Namen nicht weitererzähle. Wenn ich das geahnt hätte, dann hätte ich ihn Pfurzgesicht oder Hosenpippi genannt. Rumpelstilzchen ist viel zu freundlich für diesen vergammelten Krötenlaich." Eric hat Marie noch nie so sauer erlebt, aber gerade scheint sie stinkwütend zu sein. Dieses Temperament hat ihm schon immer an ihr gefallen. Schon damals, als sie aus dem Pferdetrog gestiegen ist, konnte sein Hirn kaum mehr einen klaren Gedanken finden. Sie sieht zwar gerade wie ein alter, vertrockneter Pfirsich aus, riecht aber immer noch wie ein frischer. Ganz unauffällig robbt er näher an sie heran und nimmt einen wohltuenden Zug, wobei ihm nun auch der etwas unangenehme Duft seines eigenen Hundehaufens in die Nase steigt. Angewidert dreht er nun doch seinen Kopf auf die Seite. Er hat doch gleich gewusst, dass es eine beschissene Idee ist. Und das kann man sogar wörtlich nehmen. Jetzt sitzen sie zu allem Überfluss noch in einem Drachenhort fest und sind wohl zum Drachenfeind Nummer eins aufgestiegen. Langsam beschleicht ihn das Gefühl, doch den falschen Spiegel mitgenommen zu haben. Andererseits haben sie schon so häufig Pech gehabt, dass dies noch kein eindeutiger Beweis dafür ist. Doch plötzlich vernimmt er ein leises, knackendes Geräusch, das aus einer Nische zu kommen scheint. Sofort spannt sich sein ganzer Körper an. Vorsichtig und langsam dreht er sich um und späht in die Dunkelheit hinein. Und keine drei Meter hinter ihnen kann er ein kleines Drachennest erkennen, in dem sich gerade eines von drei Eiern bewegt. Vielleicht sollte er seine Gedanken revidieren und doch vom Unglücksspiegel ausgehen.

Marie hat von alldem nichts mitbekommen, da sie immer noch damit beschäftigt ist, die skurrilsten Schimpfnamen zu erfinden. Ein kleines Kneifen von Eric lenkt jedoch ihre Aufmerksamkeit gleich zu ihm und dem Ei. Natürlich kann Marie nicht einfach abwarten und vernünftig über einen Fluchtplan nachdenken. Sie geht wie selbstverständlich zu dem Ei und legt zu Erics großem Entsetzen ihr Ohr an die Schale. „Oh, Jorik, es schlüpft. Ist das nicht wunderbar?" Eric empfindet es eindeutig nicht so. Zu bewusst ist ihm die Tatsache, dass es zu Eiern auch immer eine Mutter geben muss, die wenig begeistert sein wird, wenn das zukünftige Abendessen ihre Eier betatscht. Doch Marie lässt sich nicht aus der Ruhe bringen und will tatsächlich neben dem Ei warten, bis es geschlüpft ist. Dies dauert zu Erics Verwunderung gar nicht allzu lange. Schon nach fünf Minuten streckt ein kleiner Drache seinen Kopf aus dem Ei und schaut sie an. Marie ist ganz begeistert und beginnt dem kleinen Wesen zu helfen. „Komm, mein Kleiner!“, säuselt sie mütterlich. „Gleich bist du auf der Welt.“ Nass und schleimig schält sich der Drache aus seiner Behausung und liegt dann auf dem Boden. Marie hat natürlich nichts Besseres zu tun und beginnt, mit ihrer Kleidung das Baby abzurubbeln. Dabei fällt Eric sofort das Blut auf, das sie damit ebenfalls entfernt. Sofort läuft er zu ihr und versucht sie darauf hinzuweisen. Und wer hätte das gedacht? Marie realisiert tatsächlich, was er ihr sagen will, und sammelt ein paar Tropfen des Blutes ein und verschließt gleich darauf das Gefäß. Eric könnte vor Freude Purzelbäume schlagen. Sie haben es tatsächlich geschafft, das Blut eines Drachen zu bekommen. Jetzt müssen sie die Höhle nur noch lebend verlassen und dann sind sie schon fast … Ein großer Schatten verdunkelt plötzlich die ganze Nische. Eric braucht sich erst gar nicht umzudrehen. Ihm ist vollkommen bewusst, dass es so kommen musste. Wann genau hätte er die letzten Tage kein Pech gehabt? Und zu allem Überfluss beginnt Marie nun auch noch ein Wiegenlied zu summen, wobei ihm dieses vollkommen unbekannt ist. Als wenn der Tag nicht schon verrückt genug gewesen wäre, stimmt auch noch der Mutterdrache in dieses Lied ein. Zusammen singen und summen die beiden nun tatsächlich das Drachenbaby in den Schlaf.

Kaum gibt das Drachenbaby blubbernde Geräusche von sich, dreht Marie sich um und lächelt freundlich die Drachendame an. „Du bist alt geworden“, spricht der Drache direkt zu ihr. „Wie kommt Ihr darauf?“, antwortet Marie verdutzt, erinnert sich an die Aussage des roten Drachen und stellt sofort eine weitere Frage:

„Kennt Ihr mich denn?“ Kurz schaut die Drachendame Marie interessiert an und beginnt dann zu erzählen. „Vor ungefähr einundzwanzig Jahren wurde in der Nähe unserer Höhle ein Kind abgelegt. Es entbrannte eine hitzige Diskussion, ob wir dich fressen oder zu den Menschen bringen sollten. Bis eine Entscheidung gefallen ist, war ich für dich verantwortlich und sorgte ein paar Tage für dich. In dieser Zeit sang ich dir häufig dieses Lied vor, weil ich menschliches Kindergeschrei nicht ausstehen kann.“ Marie steht plötzlich völlig bewegungsunfähig da und beginnt am ganzen Körper zu zittern. Eric kann dies noch nicht ganz nachvollziehen, wobei die Tatsache, bei den Drachen als Baby abgegeben worden zu sein, schon nicht ganz einfach zu verdauen ist. „Du solltest gehen!“, erklärt der weibliche Drache danach ohne Umschweife. „Wenn du nicht bald gehst, dann werden sicherlich über kurz oder lang die anderen auf dich aufmerksam und werden dich dieses Mal fressen.“ Wie betäubt nickt Marie und schaut auf den Boden. „Gleich in der nächsten Nische ist ein lockerer Fels. Wenn du diesen auf die Seite schiebst, dann kannst du den schmalen Gang bis ins Freie hinauskrabbeln. Ich würde dir raten, dies auch zu tun.“

Eric lässt sich dies nicht zweimal sagen, schnappt sich Maries Ärmel und schleift sie aus der Höhle, ohne zurückzusehen. Und wer hätte das gedacht? Keine fünf Minuten später kann er die frische Luft des Frühlings einatmen. Wie berauscht fühlt er sich, dieses Abenteuer gut überstanden und vor allem überlebt zu haben. Es ist schon auffallend, dass ihn immer alle fressen möchten, egal, in welcher Gestalt er sich gerade befindet. Marie hingegen sieht sehr traurig und niedergeschlagen aus. Soll einer die Frauen verstehen. Beim Anblick eines schlüpfenden Ungeheuers beginnt sie zu singen, während der Anblick der Freiheit sie zum Heulen bringt. Aber ihm kann es egal sein. Der Weg zu den Hexen scheint auch nicht sonderlich weit zu sein, da er bereits den Rauch erkennen kann, der permanent aus dem Schornstein des Hexenhauses kommt.

Eine halbe Stunde später stehen sie vor der Schwelle der Hexenhütte. Zaghaft klopft Marie an die Tür und wartet auf eine Reaktion. „Hast du, was ich von dir wollte?“, ist es Gretlinde, die voller Begeisterung die Tür öffnet. „Ja, Mutter!“, kommt es Marie zäh über die Lippen, weswegen die Hexe verdutzt schaut und dann in Gelächter ausbricht. Denn scheinbar hält sie die Worte von Marie für einen Scherz. „Meine Liebe, wie du dir sicherlich denken kannst, bin ich nicht wirklich gerne eine Mutter. Mir hat es schon gereicht, mein Balg neun Monate mit mir herumtragen zu müssen. Also beleidige mich nicht und gib mir das Fläschchen.“ „Erst holst du meine Steine, sodass wir einen fairen Tausch vollziehen können“, kommt es eisig über Maries Lippen. Nun funkelt Gretlinde böse zurück, tut aber, was Marie verlangt, und holt die drei Steine aus ihrer Tasche. Marie holt im Gegenzug das Fläschchen mit Blut und hält es ihr unter die Nase. Genau in diesem Moment hüpft eine Kröte aus dem Haus und Marie direkt vor die Füße. „Böser Manfred!“, schimpft Gretlinde und will dem Tier schon mit ihrem Fuß einen Tritt geben. Doch instinktiv stellt Marie ihren davor und beschützt die Kröte dadurch vor schweren Verletzungen. „Was verlangst du für die Kröte?“, will sie sofort wissen und fixiert ihre Mutter ärgerlich. Boshaft grinst diese zurück und schaut sie süffisant an. „Die ist leider unverkäuflich. Meine Schwester hängt wirklich sehr an ihr.“ Daraufhin holt Marie die zwei gleichen Spiegel hervor und hält sie der Hexe hin. „Alles hat seinen Preis. Hier hätte ich zwei Zauberspiegel der Zwerge. Der eine sagt einmal am Tag die Wahrheit und der andere lügt. Deinen Spiegel könntest du dann immer fragen, ob du gerade die Schönste im Land bist, und deiner Schwester gibst du den anderen und sie hat einmal am Tag jemanden, der ihr sagt, wie gut ihre Lebkuchen heute schmecken. Wer welchen bekommen soll und was du deiner Schwester über die Spiegel verrätst, musst du selbst entscheiden.“ Abwartend steht sie mit vereister Miene da und schaut Gretlinde genauso abschätzig an, wie diese zurückfunkelt.

Eric wird ganz anders, wenn er diese zwei Frauen betrachtet, die erschreckenderweise eine gewisse Ähnlichkeit aufweisen. „Entscheide dich bald, Gretlinde!“, zischt Marie herablassend. „Ich kann die Spiegel selbst gebrauchen und gebe sie nur ungerne her.“ Die Hexe steht immer noch schweigend da, obwohl man deutlich ihr Verlangen erkennen kann. Davon lässt Marie sich aber nicht beeindrucken und tut so, als würde sie die Spiegel wieder einstecken. „Warte!“, keucht daraufhin die Hexe. Sie nimmt die Kröte und die Steine und hält sie auffordernd Marie vor die Nase. „Wenn dir wirklich so viel an diesem Tier liegt, dann will ich doch keine böse Hexe sein und es dir verwehren. Hier, nimm deine Steine, die ich extra wieder für dich aufgeladen habe, und das Vieh. Dann gibst du mir das Blut und die Spiegel.“ „Sind wir dann quitt?“, will Marie noch wissen und schaut sie herausfordernd an. Zerknirscht gibt Gretlinde dies zu und schaut sie daraufhin noch zorniger an. Marie war vollkommen bewusst, dass diese Frau ihr absolut nichts freiwillig schenken würde und ihr jedes Mittel recht wäre, um sie immer noch an sich gebunden zu halten. Sobald der Tausch vollzogen ist, dreht Marie sich demonstrativ mit ihrer Kröte auf dem Arm um und stapft so würdevoll, wie es ihr schmerzhafter Fuß zulässt, von dannen.

Eric ist hingegen verwirrt. Hat sie jetzt wirklich zwei wertvolle Spiegel gegen eine Kröte eingetauscht? Oder ist diese Kröte vielleicht auch wieder ein Zwergenkind? Leicht missmutig, schon wieder eine Randfigur zu spielen, trottet er Marie hinterher und kann aus der Ferne noch das zufriedene und boshafte Lachen der beiden Hexen hören. Er ist wirklich froh, diese zwei fürchterlichen Frauen nicht mehr wiedersehen zu müssen. Nicht auszudenken, was sie mit ihm gemacht hätten, wenn sie realisiert hätten, wer er in Wirklichkeit ist. Bei seinem Pech hätten sie sein Blut in Flaschen abgefüllt und immer zu besonderen Anlässen eine entkorkt. Vielleicht hätte ihnen sogar Gusto, der Weinhändler, weitergeholfen und ihnen bei der Abfüllung ein paar wertvolle Tipps gegeben. Da wird ihm gleich ganz anders, wenn er an so etwas Seltsames denkt, und er beschleunigt seine Schritte. Sobald sie genug Abstand zwischen sich und dem Häuschen zurückgelegt haben, bleibt Marie stehen und betrachtet die Kröte. „Also dann, Manfred, auf gutes Gelingen!“, spricht Marie ihren Wunsch aus und küsst das Tier auf den Kopf. Und wie zu erwarten, steht keine Sekunde später ein Zwerg vor ihnen. Er ist zwar kein Kind mehr, aber wirklich alt sieht er ebenfalls noch nicht aus. Verwundert betrachtet der Zwerg seine Hände und fährt glücklich über sein Gesicht. Stotternd findet er nur schwer Worte. „Oh, also ich … Also ich danke dir vielmals für … also für deinen Kuss. Also ich meine … meine Erlösung.“ Kein Wunder, dass dieser Zwerg ein leichtes Opfer für die Hexen darstellte, denkt Eric sich und schüttelt seinen Kopf. Der sprüht ja geradezu vor Elan und Intelligenz.

„Kein Problem!“, antwortet Marie dem Zwerg in höflichem Ton und lächelt ihn aufmunternd an. Diese kleine Geste reicht vollkommen aus, und dieser bekommt augenblicklich feuerrote Ohren. „Wenn du möchtest, kannst du wieder zu deiner Familie zurückgehen“, schlägt Marie vor und hofft darauf, dass Manfred diesen Wink versteht. Doch leider ist er wohl nicht sehr bewandert, was das Lesen von Nachrichten zwischen den Zeilen angeht. Denn anstatt das Weite zu suchen, begleitet er sie und erzählt durchgehend irgendwelche Zwergengeschichten. Eric ist richtig erleichtert, als es endlich finster wird und sie bald ein Nachtlager aufschlagen müssen. Dann wird der Zwerg hoffentlich endlich aufhören zu reden. Denn die letzten zwei Stunden geht es ihm nur um seine Überlegungen, ob er von zuhause ausziehen soll. Immer wieder spricht Manfred über die Idee, eine Zwergenwohngemeinschaft mit seinen sechs Freunden zu gründen und mit ihnen hinter die Berge zu ziehen. Auch diese ewige Diskussion, ob Zwergenfrauen erlaubt wären oder nicht, geht Eric gehörig auf die Nerven. Was bitte wollen sieben Zwerge hinter den Bergen anstellen? Denen wird doch schnell langweilig werden. Und wenn nach Jahren dann doch einmal ein weibliches

Wesen vorbeikommt, werden sie sich wie die verhungerten Wölfe auf sie stürzen. Aber bitte, schnauft Eric missmutig, ihn fragt ja keiner, was er von dieser Schnapsidee hält. Wenigstens kann Marie den Zwerg überreden, morgen erst einmal nach Hause zu gehen und seine Freunde zu fragen. Als wenn die so dumm wären und dem zustimmen würden, denkt Eric sich und lacht heimlich in sich hinein. Sieben Männer, auf engstem Raum, allein im Wald, hinter Bergen, und das jahrelang. Nein danke, schüttelt es Eric innerlich. Da bleibt er lieber ein Hund und erlebt mit seiner Marie Abenteuer. Auch wenn sie runzlig und alt ist, genießt er dennoch ihre Gegenwart. Sie ist die erste Person, an die er denken muss, wenn er aufwacht, und die letzte, wenn er abends schlafen geht. Sobald sie ihn anlächelt, stieben hunderte Schmetterlinge in seinem Bauch herum, und wenn sie traurig ist, leidet er mit ihr. Wenn er es nicht besser wüsste, dann würde er fast davon ausgehen, sich unsterblich in Marie verliebt zu haben. Doch das kann gar nicht sein. Wer würde sich schon in eine so hässliche Alte verlieben? Er ist ein Prinz mit einer Aufgabe, die er dringend erfüllen muss. Und davon abgesehen, würde sie ihm wahrscheinlich erst einmal in seine königlichen Juwelen treten, wenn sie herausfinden würde, wer er in Wahrheit ist. Es hilft also nichts! Er ist weiter gezwungen, seine Identität zu unterdrücken und die restlichen Tage mit ihr auszukosten. Es fehlt nur noch das magische Wasser und schon ist sein missglückter Segensspruch gebrochen. Dann werden sich ihre Wege trennen. Melancholisch legt Eric sich schlafen und lauscht noch den einschläfernden Worten des Zwerges, der jetzt auch noch von einer kleinen Hütte und einem eigenen Bergwerk schwärmt.

Nördlich im Märchenwald

Gerade weil sich Rosemarie in einem wunderschönen Traum befindet, empfindet sie die Störung als umso unangenehmer. Welcher Holzkopf wagt es, sie mit einem Tritt in den Bauch aufzuwecken? Genervt schnaubt sie und wehrt den Angreifer mit ihrem Schwanz ab. Halt, kommen ihre Gedanken kurz ins Stocken. Irgendetwas passt da nicht in ihrer Wahrnehmung. Sofort reißt sie die Augen auf und ist umringt von Geschöpfen, die zwar wie Menschen aussehen, aber riesige Nasen und Ohren besitzen. Panisch will sie aufstehen, bricht aber augenblicklich mit ihren vier Beinen zusammen. Und genau diese Zahl trägt nicht unbedingt zu ihrer Beruhigung bei. Wieso hat sie so viele Beine und einen Schweif? Und auch ihre Fellfarbe sollte nicht weiß sein. Eigentlich sollte sie überhaupt kein Fell haben. In was für einen Schlamassel ist sie denn jetzt schon wieder geraten? Oder träumt sie etwa noch? Genau, das muss es sein, beruhigt sich ihr Puls. Sie träumt davon, ein Pferd zu sein und von seltsamen Wesen mit Seilen und spitzen Gegenständen attackiert zu werden. Bloß dumm, dass dieser Traum sogar so realistisch ist, dass sie jeden Stoß deutlich und schmerzhaft spüren kann, weswegen sie sich wohl doch mit der Tatsache auseinandersetzen muss, plötzlich eine Stute geworden zu sein. Und da dachte sie schon, nach der Entführung könnte der Tag nur noch besser werden. Und dieser neigt sich tatsächlich schon dem Ende entgegen und taucht den Wald in ein wunderschönes Schattenspiel. Nach mehreren Anläufen hat sie es dann doch endlich geschafft und steht. Zwar wacklig, aber wenigstens steht sie auf ihren Beinen. Unbeholfen stakst sie nach vorne und hat die größte Mühe, nicht das Gleichgewicht zu verlieren. Die Wesen um sie herum klopfen ihr sogleich beruhigend auf den Hals und kontrollieren ihre Hufe. Wahrscheinlich gehen sie davon aus, sie wäre irgendwie verletzt. Das Einzige, was gerade wirklich schmerzt, ist ihr Schamempfinden, da ihr erst jetzt bewusst wird, dass Pferde selten einen Rock tragen. Und das Bedürfnis, bald eine Toilette aufsuchen zu müssen, trägt auch nicht wirklich zu ihrer Entspannung bei. Diese Schmach würde sie nicht überleben, wenn sie genau jetzt äppeln müsste. Das wäre dann noch eine weitere Steigerung ihres wunderbaren Tages. Vorsichtig setzt sie einen Schritt vor den anderen und wird behutsam am Zügel geführt, bis sie das Dickicht hinter sich lassen und plötzlich in einem wunderschönen Dorf stehen. Gleich darauf kommen Kinder zu ihnen gelaufen und begrüßen lachend und hüpfend ihre Väter. Diese heben ihre Sprösslinge freudig auf den Arm und werfen sie scherzend in die Luft. Rosemarie geht bei diesem Bild das Herz auf. Ein besonders süßes Mädchen mit roten Haaren und Sommersprossen ist sogar so mutig und beginnt ihre Schnauze zu streicheln. Auch wenn sie jetzt lieber ein Mensch wäre, der gemütlich in seinem Bett liegt, genießt sie dennoch die liebevolle Behandlung der Kleinen und senkt den Kopf, damit diese sie auch hinter den Ohren streicheln kann. Dadurch schaut sie dem Mädchen natürlich direkt in die Augen, die daraufhin zurückweicht und sich erschrocken die Hand vor den Mund hält.

„Marie, bist du das?“ Seltsam irritiert durch diese Frage, schüttelt Rosemarie den Kopf. „Aber du hast die gleiche Augenfarbe wie Marie!“, ergänzt daraufhin die Kleine. Nun hat sie Rosemaries volle Aufmerksamkeit. Sofort versucht sie, diese zu beantworten, und nickt zweimal kräftig. Anstatt ihr jedoch weitere Fragen zu stellen, dreht sich das Mädchen plötzlich um und stürmt über die Straße in ein großes Gebäude hinein. Irritiert bleibt Rosemarie zurück und ist weiterhin umringt von Kindern und Kriegern, die sie gemächlich in die Nähe dieses Bauwerkes führen. Kaum steht sie davor, werden die großen Türen aufgerissen und die Kleine hält einen jungen Mann an der Hand und zerrt ihn widerstrebend die Treppe hinunter. „Jetzt glaub mir doch endlich, Avantis!“, ist sie kaum zu bremsen. „Das Pferd kennt Marie und hat irgendwas mit ihr zu tun.“ Lachend kommt der Prinz die Treppen herab und bleibt gut gelaunt vor Rosemarie stehen. Doch diese Laune vergeht ihm schnell, als er dem Tier in die Augen schaut. „Heiliger Trollmist!“, entfährt es ihm spontan. „Diese Augen sind wirklich sehr auffällig.“ Daraufhin richtet er seine nächsten Worte direkt an das Pferd vor ihm.

„Bist du Marie?“ Kopfschüttelnd antwortet ihm das weiße Pferd. Kurz überlegt Avantis und stellt die nächste Frage. „Kann es sein, dass du ihre Schwester bist?“ Jetzt stapft das Pferd aufgeregt mit den Hufen, nickt mit dem Kopf und gibt ein lautes Wiehern von sich. „Treffer!“, spricht der Prinz laut und deutlich. „Dann müsste dein Name Rosemarie sein, wenn ich mich recht erinnere.“

Völlig perplex von seinem Wissen, kann Rosemarie nur nicken und ein zufriedenes Schnaufen ausstoßen. Es ist schon sehr interessant, dass alle Welt von ihrer Verwandtschaft weiß, obwohl sie diesen Umstand erst vor Kurzem erfahren hat. „Nachdem das geklärt ist, stelle ich mich am besten auch erst mal vor“, räuspert sich ihr Gegenüber. „Ich bin Prinz Avantis von Steinwolf und heiße dich im Namen aller Trolle willkommen. Wir freuen uns immer, Familie und Freunde von Marie kennen zu lernen.“ Rosemarie hätte mit vielem gerechnet, aber nicht mit so einem herzlichen Empfang bei den Trollen. Laut ihrer Amme müssten diese Wesen eigentlich unglaublich hässlich und bösartig sein. Aber gerade steht sie mitten in einem Trolldorf, umringt von spielenden Kindern, während ein attraktiver Prinz sich vor ihr verbeugt. Bloß der Umstand, dass sie ein Pferd ist, stört die Idylle dann doch ein wenig. „Darf ich dir das Seil abnehmen?“, fragt Avantis höflich und kommt ihr dadurch näher. Peinlich berührt von ihrer tierischen Erscheinung, gibt sie ihm die Erlaubnis und senkt den Kopf. In diesem Moment stürmt jedoch ein laut schreiender, mit einem Schwert bewaffneter Reiter durch das Gestrüpp.

Theodor prescht direkt durch die Reihen der Trolle und hält vor einem Troll mit Krone und einem Pferd an. „Gebt sie sofort raus, Ihr Ungeheuer, oder ich werde das ganze Dorf in Schutt und Asche legen!“ Etwas perplex und zynisch schaut der Troll ihn an, während dieser übertrieben deutlich seinen Kopf auf die Seite lehnt und um den Reiter herumsieht. Nachdem er dies mehrmals demonstrativ gemacht hat, richtet der Troll seine hochmütig klingenden Worte an ihn. „Du? Mit welcher Armee, wenn ich fragen darf?" Daraufhin beginnen die Trolle um ihn herum in schallendes Gelächter auszubrechen und heben ihre Waffen demonstrativ nach oben. Davon lässt Theodor sich jedoch nicht einschüchtern und springt leichtfüßig von seinem Pferd. „Kämpft, wenn Ihr ein wirklicher Mann seid! Oder sind alle Trolle feige?" Damit hat er bei dem Troll wohl einen wunden Punkt getroffen. Dieser zieht sogleich sein Schwert und geht auf Theodor los. Die Schwerter tanzen im Rhythmus der Schläge und zeigen deutlich, wie talentiert beide Kämpfer sind.

Rosemarie ist von diesem Schauspiel wie paralysiert und realisiert viel zu spät den Ernst der Lage. Jetzt ist es schwierig, einzugreifen und Theodor verständlich zu machen, dass es ihr gut geht und sie von den Trollen gerettet wurde. Schon ist es passiert, und der Prinz der Trolle hat die erste Verletzung am Oberarm abbekommen. Davon lässt sich dieser jedoch nicht ablenken und holt zum Gegenschlag aus. Es folgen mehrere Schläge, die Theodor in Bedrängnis bringen. Daraufhin vollzieht er einen Ausfallschritt und steht nun seitlich vom Trollprinzen, der versehentlich nach vorne stolpert. Nun ist Theodors Chance gekommen.

Theodor holt mit seinem Schwert aus, doch anstatt des Trolls trifft sein Schlag die Flanke eines weißen Pferdes, das sich plötzlich dazwischengedrängt hat. Ein herzzerreißendes Wiehern durchbricht den Kampfeslärm und Blut färbt dessen Fell dunkelrot. Wie versteinert steht Theodor da und sieht in die schmerzverzerrten Augen dieses wunderschönen Tieres. „Was habe ich nur getan?", kommt es ihm leise und gebrochen von den Lippen, als er die Augenfarbe des Pferdes sieht. Zitternd fällt ihm das blutige Schwert aus der Hand und landet scheppernd auf dem Boden. Er würde so gerne zu seiner Frau eilen, kann sich aber keinen Meter bewegen. Zu groß ist der Schock, sie verletzt zu haben, weswegen die Trolle dies ausnutzen und sich zu dritt auf ihn werfen. Der andere Troll nimmt sich jedoch des verletzten Pferdes an. „Es ist alles gut, Rosemarie. Ich werde mich um dich kümmern“, säuselt er und versetzt Theodor damit einen schmerzhaften Stich ins Herz. Wie kann es sein, denkt Theodor traurig, dass ein anderer Mann besser für seine Frau sorgen kann als er? Wie konnte ihm nur so ein fürchterlicher Fehler unterlaufen? Aber nachdem die Fee ihm die Richtung gewiesen hatte, konnte ihn nichts mehr aufhalten und er ist in vollem Galopp durch den Wald geprescht. Die Rufe von Aron ignorierend, wollte er nur noch seine Frau erreichen und sie aus den Fängen des Entführers befreien. Und als er annehmen musste, dass sie in einem Trolldorf festgehalten wird, waren seine Beherrschung und sein Denkvermögen vorübergehend ausgeschaltet. Jetzt liegt er hier im Dreck und muss mitansehen, was er seiner Liebsten angetan hat. Sie muss ihn wirklich hassen für das, was er verbrochen hat. Kein Wunder, dass sie nachts vor ihm zurückgewichen ist. Er ist in der Tat ein Monster. „Führt diesen Spinner ab! Ich werde mich später mit ihm beschäftigen“, kann Theodor noch die harten Worte des Trolls hören, bevor er schmerzhaft aufgehoben und abgeführt wird.

Rosemarie bekommt von alldem nichts mehr mit. Zu sehr ist sie von diesem scharfen Schmerz eingenommen, der ihre komplette rechte Hinterseite in ein brennendes Inferno verwandelt hat. Behutsam wird sie die Stufen des Gebäudes hinaufgezogen und in einen großen Saal geführt. Hier laufen schon mehrere Trollfrauen emsig herum und holen Decken, die sie in der Mitte des Raumes platzieren. Darauf soll Rosemarie sich vorsichtig legen, damit man sich schnell um sie kümmern kann. Kaum hat sie dies mit ihren wackligen Beinen geschafft, wird sie sogleich umsorgt. Es werden kühlende Auflagen auf ihre Flanke gelegt, und eine sehr gut duftende Trollfrau beginnt behutsam, ihren Kopf beruhigend zu streicheln und ihr kleine Mengen eines Tees einzuflößen. „Es wird alles gut, Rosemarie“, flüstert sie immer wieder. „Unsere Kräuterauflagen sind sehr gut und können dir helfen. Du musst nur Geduld haben. Und keine Angst!“, erhellt ein Lächeln ihre Züge. „Mein Avantis wird sich dieses fürchterlichen Verbrechers annehmen, damit er dir nie wieder ein Leid antun kann.“ Daraufhin versucht Rosemarie sofort aufzustehen, wird aber von allen Umstehenden heruntergedrückt. Sie muss augenblicklich hier raus und Theodor helfen. Er konnte doch nicht ahnen, dass sie ein Pferd ist und die Trolle ihre Freunde sind. Und davon abgesehen, hat sie sich bewusst vor sein Schwert gestellt, um den Prinzen der Trolle zu retten. Sie konnte doch nicht zulassen, dass Theodor einen Unschuldigen tötet. Als sie ihn erkannte, wie er sich einer ganzen Trollhorde stellte, um sie zu retten, hätte ihr Herz nicht schneller schlagen können. Jetzt besteht für sie kein Zweifel mehr, dass er sie mehr liebt als sein Leben. Bloß blöd, wenn er dieses so schnell aufs Spiel setzt, wo sie doch ihr restliches Dasein mit ihm verbringen möchte. Ein weiterer Versuch, sich auf die Beine zu erheben, gelingt ihr noch weniger. Ihre Gliedmaßen fühlen sich taub an und sie kann kaum mehr ihre Augen aufhalten. Was war das nur für ein Tee? Sie darf jetzt nicht einschlafen. Theodor ist hier und sie muss ihm dringend helfen. Doch schon gleiten ihre Gedanken in die Schwärze und lassen sie friedlich darniederliegen.

Noch nie hat sich Theodor so schlecht und elend gefühlt. Obwohl er in einem Käfig in einer Hütte sitzt, sind seine Gedanken doch ganz woanders. Die Nacht ist schon weit fortgeschritten und immer noch ist keiner gekommen, den er hätte fragen können, wie es Rosemarie geht. Verzweifelt stützt er seinen Kopf mit seinen Händen ab. Erst nach mehrmaligem Räuspern erkennt er im Licht einer Laterne den Troll von vorhin, der ihn abschätzig ansieht. „Was habt Ihr zu Eurer Verteidigung zu sagen?“, kommt der Troll gleich auf das Thema zu sprechen. „Nichts!“, antwortet Theodor kapitulierend. „Ich habe jede Bestrafung verdient, die Ihr für mich vorseht.“ Verblüfft schaut der Troll ihn an. „Das sind ja jetzt ganz andere Worte als diejenigen, die Ihr vorhin verwendet habt. Man könnte fast meinen, es säße ein anderer Mann in der Zelle.“ Daraufhin hebt Theodor seinen Kopf und schaut den Troll unglücklich an. „Das liegt daran, dass dieser Mann gerade gebrochen wurde." Lachend kommt der Troll näher. „So schlimm ist unser Gefängnis nun auch wieder nicht. Ich habe Euch ja noch nicht einmal gefoltert." „Das braucht Ihr auch nicht", ergänzt Theodor. „Das kann ich wunderbar selbst. Da braucht Ihr nicht einmal Hand anzulegen." Neugierig geworden, geht der Troll in die Knie und betrachtet das traurige Gesicht des Fremden. „Wer seid Ihr?" „Das kommt auf den Zeitpunkt an", antwortet Theodor ausweichend. „Gerade würde ich mich als Monster bezeichnen." „Das ist eine gute Beschreibung von Euch. So würde ich Euch auch gerade sehen. Aber wer oder was wart Ihr vorher?"

„Da könnt Ihr Euch etwas aussuchen", antwortet der Gefangene. „Es stehen Bruder, Prinz, Sklave und Ehemann zur Auswahl." „Mhm!", überlegt Avantis und schaut den Mann vor sich irritiert an. „Versuchen wir es doch einfacher", kommt der Trollprinz seinem Gefangenen entgegen. „Sagt mir erst einmal Euren Namen und mit wem Ihr verheiratet seid." Deprimiert senkt der Gefangene erneut seinen Kopf und spricht so leise, dass sich Avantis anstrengen muss, um die Worte überhaupt hören zu können. „Ich bin Theodor vom Zaubersee und bin mit der atemberaubendsten Frau auf der ganzen Welt verheiratet, die jedoch einen viel besseren Mann verdient hätte." „Und wie lange seid Ihr schon verheiratet, wenn Ihr bereits jetzt so über Euch sprecht?" Unglücklich schaut der Gefangene auf und dem Prinzen direkt in die Augen. „Wir sind seit zwei Tagen verheiratet." Jetzt ist es Avantis, der laut pfeifend einen Schritt nach hinten macht. „Darf man auch den Namen der unglücklichen Braut erfahren?" Kurz stockt der Gefangene, bevor er sich dazu durchringt, weiterzusprechen. „Ihr Name ist Rosemarie." Lachend schlägt Avantis sich auf seinen Oberschenkel. „Ich glaube, ich verstehe langsam, was es mit dem gebrochenen Mann auf sich hat. Ich würde sagen, heute Nacht tut Euch ein wenig Einsamkeit ganz gut. Wir werden morgen weitersprechen. Gute Nacht, Prinz Theodor vom Zaubersee. Und macht Euch keine Sorgen. Die Prinzessin ist bei mir in besten Händen." Wütend springt Theodor auf und stellt sich an den Käfig. „Wenn Ihr es wagen solltet, sie unsittlich zu berühren, dann werde ich Euch höchstpersönlich aufsuchen.“ Lachend dreht Avantis sich noch einmal um. „Ich kann mir nichts Schöneres vorstellen, als mit einem Pferd mein Lager zu teilen. Schlaft schön, Ihr Möchtegernretter!“

Am nächsten Morgen

„Dieser verfluchte Prinz!“, schimpft Aron frustriert. „Wie kann man nur so unvernünftig sein, in einer Nacht-und-Nebel-Aktion einfach allein loszustürmen?“ „Das hat er doch nicht böswillig gemacht“, versucht Giselagunde Partei für Theodor zu ergreifen. Seit dem frühen Morgen sind sie wieder unterwegs und versuchen den Prinzen einzuholen. Kaum hatte Giselagunde ihm gestern die Richtung vorgegeben, ist er wie von der Tarantel gestochen drauflosgeprescht. Sie hatten überhaupt keine Chance, dem Prinzen zu folgen, und mussten einsehen, dass sie zu zweit einfach zu schwer sind für einen halsbrecherischen Ritt. Zu Giselagundes größter Freude hat sich Rosemarie seit gestern Abend nicht mehr von der Stelle bewegt. Vielleicht ist sie sogar bei den Trollen und genießt dort deren Gastfreundschaft. Sie weiß zwar nicht, wie das mit der Entführung zusammenpasst, aber es wäre ein netter Zufall. Aron hingegen sitzt weiterhin mürrisch hinter ihr. Ein Glück, dass Feen für solche Momente ihre Flügel wegzaubern können! Nicht auszudenken, wie seine Laune wäre, wenn er nicht nur ihre Haare, sondern auch permanent ihre Flügel im Gesicht hätte! Schade nur, dass er sie nicht leiden kann. Und auch sein Versuch, sie so wenig wie möglich zu berühren, scheitert kläglich, da er immer wieder schmerzhaft aufstöhnt, wenn sie versehentlich ins Rutschen kommt und er sie daraufhin fester an sich drücken muss. Es tut ihr unglaublich leid, eine solche Belastung für ihn darzustellen. Doch damit sie schneller losreiten konnten, hat Aron darauf bestanden, dass sie sich zusammen ein Pferd teilen sollten. Wahrscheinlich bereut er schon seit Stunden diese Entscheidung. Aber dafür funktioniert ihre Runensuche einwandfrei und sie kann ihm den richtigen Weg lotsen. Wenigstens ist sie für eine Sache gut.

Arons Gedanken sind permanent auf die Fee gerichtet, die ihm gerade den Himmel und die Hölle auf Erden beschert. Denn schon seit gestern befindet sich ihr verführerischer Körper direkt vor seinen Lenden und quält ihn unaufhörlich. Wie gerne würde er seine Hände um sie schlingen, anstatt nur die Zügel halten zu müssen! Seid sie sich offenbarte und er nun weiß, dass sie eigentlich nur eine verunsicherte junge Frau mit ein paar Feenmerkmalen ist, sieht er seine Zurückhaltung stark gefährdet. Als ihm klar wurde, wie verletzlich und unsicher sich seine Fee fühlt, sind all seine Beschützerinstinkte erwacht. Wer hätte gedacht, dass sie es tatsächlich mit ihrer Art schaffen könnte, ihm doch noch den Kopf zu verdrehen? Er empfindet es als richtige Wohltat, endlich die wahre Giselagunde kennen zu lernen. Dumm nur, dass Soldaten und junge Feen selten eine gemeinsame Zukunft haben. Also leidet er lieber weiter und genießt die Momente mit ihr, solange sie andauern. „Ich glaube, sie sind bei den Trollen", reißt ihn Giselagunde aus seinen Gedanken und lenkt sie zurück zu den wesentlichen Dingen. Denn schon durchschreiten sie die letzten Bepflanzungen und befinden sich im Trolldorf. Wie immer spielen Kinder auf offener Straße und winken ihnen sogleich zu, als sie die Fremden erkennen. Giselagunde winkt sogleich zurück und möchte von Aron heruntergelassen werden. Auch er steigt aus Höflichkeit vom Pferd und nähert sich dem großen Gebäude, das in der Mitte des Dorfes zu finden ist. Es ist schon interessant, wie alle Wege immer dorthin führen. Plötzlich quiekt Giselagunde freudig und läuft vor. Irritiert muss er mitansehen, wie sie ein kleines rothaariges Trollmädchen umarmt. Jetzt kann er endlich verstehen, warum sie immer so eine leicht kindliche Art an sich hat. Für eine Fee müsste sie eigentlich erst in einem Kleinkindalter stecken. Er hingegen sieht eine bezaubernde Frau mit unglaublich verführerischen Kurven. Genervt schüttelt er seinen Kopf. Er muss endlich aufhören, nur an sie zu denken. Und schon rennt Giselagunde mit dem Mädchen dem Gebäude entgegen. Kaum hat sie die Stufen überwunden, ist sie auch schon darin verschwunden. Aron geht das alles zu schnell, weswegen er erst einmal sein Pferd an einen Pfahl bindet, bevor kurz darauf Prinz Avantis auf ihn zukommt. „Verzeiht unser Eindringen, Eure Hoheit!“, geht Aron sogleich in die Knie. „Aber wir sind auf der Suche nach Prinzessin Rosemarie und ihrem Ehemann Prinz Theodor. Sind diese zwei Menschen zufällig Gäste bei Euch?“ „Auf diese Frage muss ich mit Jein antworten“, grinst der Prinz spitzbübisch. „Als Gäste würde ich die beiden nicht bezeichnen und auch nicht unbedingt als Menschen.“ Aron hebt sogleich seinen Kopf und spannt seinen Körper an. „Was genau meint Ihr damit?“, spricht er ruhig und lauernd. „Kein Grund, misstrauisch zu werden“, schlichtet der Prinz. „Rosemarie befindet sich als verletztes Pferd in meinen Hallen und Theodor ist noch in seinem Käfig, bis er fertig mit seinen Selbstvorwürfen und Geißelungen ist.“ Jetzt versteht Aron überhaupt nichts mehr, was man sehr gut aus seinem Gesichtsausdruck herauslesen kann. „Kommt!“, grinst Prinz Avantis belustigt. „Vielleicht können wir zusammen herausfinden, was passiert ist.“

Rosemarie fühlt sich fürchterlich. Permanent gleitet sie zurück ins Traumland und hat die verworrensten Bilder vor Augen. Überall sind Blut und Schreie, aber auch Küsse und Kämpfe. Ein Glück, als sie endlich aufgeweckt wird, indem jemand kräftig an ihrer Schulter rüttelt. „Rosemarie, wach auf!“, hört Rosemarie eine vertraute Stimme. „Ich bin es! Giselagunde! Bitte, Rosemarie, komm zu dir!“ Angestrengt öffnet Rosemarie ihre Lider und sieht vor sich das lächelnde Antlitz der Fee. Wer hätte gedacht, dass Rosemarie sich über deren Anwesenheit einmal so freuen würde? Nur ein bisschen kann Rosemarie ihren Oberkörper aufrichten, bevor starke Schmerzen in ihre Flanke schießen. „Wie geht es dir?“, kommt es mitleidig von Giselagunde. Genervt schaut Rosemarie die Fee und dann ihr Hinterteil an, welches sich unter mehreren

Lagen Stoff mit Kräuterpaste befindet. „Ups! Das ist wohl eine dumme Frage an ein verletztes Pferd“, entkommt Giselagunde ein Schmunzeln. „Aber könntest du mir wenigstens beantworten, ob dies das Werk von Remolon, dem Berater von König Barboss, ist?“ Jetzt nickt Rosemarie aktiv und wirkt sogleich wacher. „Ich habe es mir doch gleich gedacht“, verhärten sich die Gesichtszüge der Fee, „dass wir es hier mit dem Zauberer Morleon zu tun haben. Nur wenige beherrschen so einen starken Zauber.“ Kaum hat die Fee diesen Namen genannt, kreischen die Trollfrauen und verlassen fluchtartig den Raum.

„Wieder ups!“, schlägt sich Giselagunde verlegen die Hand auf den Mund. „Das hätte ich jetzt wahrscheinlich nicht sagen sollen.“ „Was hat es mit Morleon auf sich?“, steht keine Sekunde später der Prinz der Trolle hinter ihr und schaut sie streng an. „Sag mir sofort alles, was du weißt, Fee!“, was Giselagunde auch sogleich tut. Das Gesicht des Prinzen wechselt mehrere Male die Farbe, während er ihren Ausführungen folgt. Kaum ist sie fertig, schreit der Prinz augenblicklich einem Soldaten zu: „Holt sofort den Gefangenen aus dem Gefängnis! Wir haben keine Zeit zu verlieren. Jede Minute ist kostbar!“ Bis Theodor jedoch gebracht wird, bellt Avantis noch einige Befehle und versetzt somit das ganze Dorf in Aufruhr. Kinder, Frauen und Alte packen ihre Sachen zusammen und Krieger legen ihre Rüstungen an. Sobald Theodor den Raum betritt, stürmt bereits der Trollprinz wütend auf ihn zu, sodass Theodor nur einen kurzen Blick auf Rosemarie erhaschen und ihr ein trauriges Lächeln zuwerfen kann. „Warum habt Ihr mir gestern nichts von Morleon gesagt, verdammt nochmal?“, brüllt der Prinz wütend. „Aber Hauptsache, Ihr konntet in Rätseln sprechen und Euch selbst bemitleiden! Habt Ihr eigentlich eine Ahnung, wie bösartig dieser Mann ist und wie mächtig seine Zaubersprüche? Ich muss augenblicklich das Dorf evakuieren und die Schwachen in Sicherheit bringen. Es ist nur noch eine Frage der Zeit, bis er hier auftauchen und sich die Prinzessin holen wird. Dank Eurer unüberlegten Aktion hat sie nicht einmal die Chance, fliehen zu können." Zornig geht Avantis im Saal herum. Theodor hingegen steht stoisch da und überlegt ebenfalls, was jetzt zu tun ist. „Ihr könntet zu König Ludwig ins Schloss fliehen", schlägt Giselagunde vor. „Er weiß, wie gefährlich der Zauberer ist, und würde sofort helfen." „Dann dürfen wir nicht noch mehr Zeit verlieren", nickt der Trollprinz zustimmend. „Mein Volk muss sofort aufbrechen. Egal, ob sie ihre Habseligkeiten zusammengesucht haben oder nicht. Wer in zehn Minuten noch hier im Dorf ist, muss sich mit mir gegen den Zauberer stellen." Diese Botschaft wird sogleich von zweien seiner Krieger im Dorf verbreitet.

Aron hingegen versucht die Ruhe zu bewahren und dreht sich zu Giselagunde. „Du musst sie führen und dem König berichten", erklärt er bestimmend. „Aber ich kann doch helfen", spricht sie tapfer ihren Wunsch aus. „Du hilfst uns, indem du alle Unschuldigen in Sicherheit bringst und uns Verstärkung vom König schicken könntest. Vielleicht kommen sie sogar noch rechtzeitig an und wir können uns wiedersehen", fügt er traurig hinzu und schaut sie zum ersten Mal in ihrem Leben zärtlich an. Die Prinzen haben bereits den Raum verlassen, sodass Giselagunde fast das Gefühl bekommt, mit Aron allein im Raum zu sein. Schwer liegt ihr die Zunge im Mund, während sie dem Krieger in die Augen sieht. Ohne es abgesprochen zu haben, nähern sie sich gegenseitig dem anderen. Und kurz bevor Aron ihre Lippen mit seinen berührt, haucht er noch leise: „Lebe wohl, meine kleine Fee!" Doch trotz der Kürze des Kusses liegen so viele Emotionen darin, dass es Giselagunde schier den Atem raubt. Aber kaum hat Aron diesen beendet, verlässt er auch schon den Raum. Somit sind Giselagunde und Rosemarie allein und schauen sich beide traurig in die Augen. Ihnen ist bewusst, dass dieser Tag der letzte ihrer Liebsten sein könnte.

An den Ufern des Furos

„Das ist jetzt weniger praktisch“, überlegt Marie, während sie das andere Ufer des Furos aus der Ferne betrachtet. „Wir hätten gestern Abend doch noch über die seichte Furt gehen sollen. Jetzt stehen wir hier und haben keine Möglichkeit, da rüberzukommen. Wenn uns nichts einfällt, Jorik, dann dürfen wir den ganzen Weg wieder zurücklatschen. Du hast nicht zufällig Lust, eine alte und schwache Frau zu tragen, die ein Fußleiden hat?“ Ein leichtes Knurren ist zu hören und veranlasst Marie, über ihren eigenen Witz zu lachen. „Du verstehst eindeutig keine Ironie“, gluckst Marie belustigt. „Wenn du dich nicht besserst, dann werde ich dich unter meine Fittiche nehmen und dir die Welt der Flachwitze und schalkhaften Bemerkungen näherbringen. Also würde ich dir mehr Begeisterung anraten. Das war nämlich keine leere Drohung.“ Und zum Beweis, dass sie es wirklich ernst meint, legt sie gleich los. „Also, Jorik, aufgepasst!“, beginnt sie ihren Witz. „Was machst du, wenn dir ein Vogel auf den Kopf macht?“

Genervt rollt Eric mit seinen Augen und wünscht sich nichts sehnlicher als Ohrenstöpsel. Noch ein paar weitere Stunden, und er ist sich sicher, dass er ihr als tollwütiger Hund an die Kehle geht. „Und, weißt du die Antwort?“, muss sie bereits selbst über ihren Witz kichern. „Die Antwort ist ganz einfach. Du darfst nicht traurig sein, sondern du musst dich freuen, dass Hunde nicht fliegen können.“ Eric könnte aus der Haut fahren. Als er gestern dachte, er würde die Zeit mit ihr genießen, war dies sicher von seinem Schlafmangel und dem Adrenalinkick ausgelöst worden. Jetzt muss er tatsächlich eine alte Frau mit dem Geist eines Kleinkindes ertragen, die sich köstlich über ihre unglaublich schlechten Witze amüsiert. Dabei haben sie gerade viel wichtigere Probleme zu lösen. Die Zeit sitzt ihm nämlich unaufhörlich im Nacken. Nach seiner Zählung ist heute schon Freitag, der Dreizehnte. Nicht wirklich ein gutes Omen für ihr Abenteuer. Noch neun Tage, dann ist es zu spät und der Fluch nimmt seinen

Lauf. Es ist ja nicht so, als wären sie nicht sowieso schon vom Pech verfolgt. Und wer weiß, ob Marie nicht doch aus Versehen den Pechspiegel eingesteckt hat? Denn egal, wie häufig er versucht, sich an die Frage zu erinnern, er bekommt diese einfach nicht mehr auf die Reihe. Nur dumm, dass Marie der Hexe die zwei anderen Spiegel zum Tausch gegen einen nervigen Zwerg angeboten hat. Was will die überhaupt damit? Die wird doch nicht jeden Tag vor dem Ding stehen und fragen: „Spieglein, Spieglein in meiner Hand, wer ist die Schönste im ganzen Land?“ Für diese Antwort braucht man doch keinen Zauberspiegel. Drei Worte wären völlig ausreichend, die sie sich auf ein Blatt Papier schreiben und an die Wand hängen kann. Dann könnte sie sogar mehrmals am Tag danach fragen und immer wieder lesen: „Ihr sicher nicht!“ „Jorik, sag mal, träumst du?“, wird er plötzlich unsanft von Marie angestoßen. „Jetzt habe ich dir mindestens drei super Witze erzählt und du reagierst überhaupt nicht. Bei dir ist eindeutig Hopfen und Malz verloren. Und davon abgesehen habe ich beschlossen, dass wir über den Fluss schwimmen. Ich bräuchte nur etwas Schwimmendes, mit dem ich meine Kleidung trocken rüberbringen könnte. Aber dass du mir später ja nichts wegsiehst, wenn ich dir meinen fantastischen und faltigen Körper präsentiere!“, lacht Marie abermals über einen ihrer schlechten Witze. Eric hingegen stößt ein herzzerreißendes Jaulen aus. Dieses fürchterliche Bild wird er sicherlich nie wieder aus seinem Kopf bekommen. Da versucht er sich lieber an die anderen beiden Male zu erinnern, in denen sie wie eine Göttin aus den Fluten gestiegen ist und nicht wie ein alter, runzliger Apfel. Und schon wieder ist ihm zum Heulen zumute, was er als Hund auch gleich in die Tat umsetzt, indem er einen Trauergesang anschlägt. „Jorik, du bist so ein Blödhund!“, schnauft Marie beleidigt. „Du hast wirklich das Talent, einer Frau sehr schmeichelhaft zu zeigen, wie abstoßend du sie findest. Mein Freund, das merke ich mir, wenn du dich wieder einmal wegen deiner Flöhe kratzen musst. Dann beginne nämlich ich einen Gesang des Wehklagens.“ Das nimmt Eric tatsächlich den Wind aus den Segeln.

Zusammen versuchen sie etwas zu finden, das leicht und gleichzeitig stabil genug ist, um damit Kleidung trocken über den Fluss zu befördern. Dafür gehen sie das Ufer in östlicher Richtung entlang und nähern sich der Grenze zum Reich des Märchenwaldes. Sobald die ersten Bäume auftauchen, ist es kein großes Problem mehr, einen Ast zu finden, der ihnen dafür ausreichend erscheint. Leider hängt dieser jedoch noch kräftig und gesund an einem Baum und denkt nicht einmal im Traum daran, herunterzufallen. Überlegend steht Marie unter diesem Ast und weiß nicht weiter. Sie kann ihn zwar mit ihren Armen erreichen, aber deswegen kann sie ihn noch lange nicht abbrechen. Ihr Freund Jorik steht genauso sprachlos neben ihr und betrachtet den niedrig hängenden Ast. Noch während sie so dastehen und überlegen, nähert sich ihnen etwas Großes und Hungriges von hinten. Erst viel zu spät realisiert Marie die Gefahr, in der sie sich befinden. Sobald sie den feuchtwarmen Atem an ihrem Handgelenk spürt, weiß sie bereits, dass jede Flucht zu spät wäre. „Mmh!", kommt es in einem knurrenden Ton. „Du riechst gut nach frischen Pfirsichen. Dreh dich um, mein schönes Kind, damit ich dich genauer betrachten kann." Langsam und vorsichtig dreht Marie sich mit angehaltenem Atem um. Wie sie befürchtet hat, steht ein großer grauer Wolf vor ihr, dem das Wasser bereits aus den Mundwinkeln läuft. „Wie kann das sein?", knurrt der Wolf sie böse an. „Du duftest absolut verführerisch nach Pfirsichen, siehst aber aus wie eine Großmutter. Und ich hasse Großmütter! Die letzte, die ich aß, lag mir wochenlang wie Steine im Magen." „Du musst mich ja nicht fressen", versucht Marie den direkten Weg und hofft auf eine friedliche Lösung. „Es könnte aber auch sein", überlegt der Wolf weiter, „dass es an diesem dummen roten Mantel von ihrer Enkelin lag. Roten Farbstoff vertrage ich nämlich nicht sonderlich gut." Fieberhaft überlegt Marie, wie sie dem Wolf entkommen könnte, und hofft inständig, dass Jorik seine Chance ergreift, ins Wasser springt und ans andere Ufer schwimmt. Sie jedoch kann weder weglaufen, noch kann sie sich mit ihrer Kleidung über Wasser halten. Aber sie könnte auf den Baum klettern und so den

Zähnen des Wolfes entgehen, muss aber zuvor für Ablenkung sorgen. Schnell hebt sie eine Hand an ihre Stirn und tut so, als würde sie in einiger Entfernung etwas erkennen. „Oh, wie süß!“, ruft sie aus und verwirrt den Wolf, der in die gleiche Richtung sieht und nichts erkennen kann. „Was war so süß?“, will er sogleich von ihr wissen und schaut sie böse an. „Ach, nichts!“, tut Marie es lapidar ab. „Ich fand nur gerade die drei kleinen Schweinchen zum Anbeißen niedlich, die sich nackt hinter dieser kleinen Biegung sonnen. Aber leider haben sie uns gerade gesehen und sich hinter diesem Felsen versteckt. Wenn ich daran denke, wie zart ihre kleinen Schenkel sein müssen und wie dick ihre kleinen Bäuche sind, da läuft mir glatt …“ Marie muss gar nicht mehr weitersprechen, denn schon hat sie den Wolf vollkommen um den Verstand gebracht und ihn zum Handeln getrieben. Wie ein Ertrinkender rennt er zu dem zweihundert Meter entfernten Felsen und will sich die kleinen Leckerbissen nicht entgehen lassen. Diese kurze Zeit ist so kostbar wie der letzte Tropfen Wasser in der Wüste. So schnell wie möglich versucht sie den Baum zu erklimmen, hat aber aufgrund ihres verletzten Fußes größere Schwierigkeiten.

Eric realisiert sofort, dass Marie die Zeit niemals ausreichen wird. Doch was kann er tun? Schon sieht er den Wolf wütend zurücklaufen. Denn lange hat er nicht gebraucht, um die Täuschung zu erkennen. Marie hat sich zwar ein bisschen hochhieven können, hängt aber immer noch mit ihrem Unterkörper viel zu weit unten. So könnte der Wolf sie locker erreichen. Ohne an sein eigenes Leben und an sich selbst zu denken, rennt Eric dem Tier entgegen und rammt es mit seinem Kopf, kurz bevor sich dessen Zähne in den Oberschenkel von Marie bohren können. Das verschafft Marie zwar die nötige Zeit, hat aber auch dazu geführt, dass der Wolf ihn stinksauer betrachtet und zornig seine Zähne fletscht. „Ich esse zwar keine Hunde“, würgt der Wolf wütend hervor, „aber ich habe kein Problem, meine Reißzähne in sie zu schlagen. Das versaute Frühstück wirst du mir büßen, du Hundsköter.“

Marie muss unter Tränen mitansehen, wie der Wolf sich auf Jorik stürzt und seine scharfen Zähne in seinen Nacken schlägt. Obwohl er mit vollem Einsatz kämpft, ist klar, wie ungleich und unfair dieser Kampf ist. Jeder Schmerzenslaut fährt Marie bis tief in ihre Eingeweide. Gerne würde sie ihm helfen, weiß aber, dass dann sein Einsatz vollkommen umsonst gewesen wäre. Schon bald ist sein helles Fell von Blut getränkt. Seine Bewegungen werden immer fahriger und seine Laute immer leiser. Marie beginnt elendig zu schluchzen und klammert sich verzweifelt am Baum fest. Ein Schuss durchdringt plötzlich die Stille und lässt den Wolf aufschrecken. Sofort zieht er seine Zähne aus seinem leblosen Opfer und sucht das Weite. Keine Minute länger hält es Marie auf diesem Baum aus und klettert umständlich herunter. Tränen verschleiern ihr die Sicht und lassen sie den letzten Meter fallen. Kaum ist sie schmerzhaft auf dem Boden angekommen, humpelt sie zu ihrem schwer verletzten Freund. „Bitte, Jorik, du musst leben!“, sagt sie ihm immer wieder vor. Weinend bricht sie über ihm zusammen, nachdem sie das ganze Ausmaß zu Gesicht bekommen hat. Das Blut quillt nur so aus seinem Körper, der sich schwer rasselnd hebt. Marie ist vollkommen klar, dass er in seinen letzten Atemzügen liegt. Obwohl es an der Zeit wäre, ihm die letzten schönen Worte mit auf den Weg zu geben, kann sie ihn dennoch nur anschreien. „Wie konntest du dich nur für mich opfern, du dummer, selbstloser Idiot? Aber was du kannst, das kann ich auch. Ich werde dich nicht einfach hier so sterben lassen. Dafür bist du mir viel zu wichtig.“ Mit zittrigen Händen kramt sie die drei Zaubersteine und den Spiegel aus ihrer Tasche und legt diese so, dass sie alles mit einer Hand berühren kann. „Ich werde dich retten, koste es, was es wolle!“, murmelt sie noch ins Ohr von Jorik, bevor sie ihn auf ihren Schoß zieht. Fest drückt sie ihn an sich, wünscht sich von ganzem Herzen, er möge wieder gesund werden, und bekräftigt dies mit einem innigen Kuss auf seine Stirn. Ihr ist sehr wohl bewusst, welches Opfer dies von ihr verlangen könnte. Aber sie ist bereit, dieses zu geben. Schon setzt bei ihr das wohlbekannte Kribbeln ein. Doch dieses ist anders als die vorherigen. Mächtiger und zehrender. Sie merkt bereits nach wenigen Sekunden, wie schwer es ihr fällt, wach zu bleiben. Ihre Kraft wird ihr förmlich ausgesaugt und Jorik gegeben. Plötzlich beginnt der Körper von Jorik kurz zu verschwimmen, bevor er sich neu zusammensetzt. Nur noch am Rande bekommt sie mit, wie sanfte Hände sie halten und eine warme Stimme ihren Namen ruft.

„Marie! Marie!" Zärtlich streicht Eric ihr die weißen Haare aus der Stirn und schaut in ihr eingefallenes Gesicht. Sie scheint um weitere zehn Jahre gealtert zu sein. Erleichtert stellt er jedoch fest, dass ihr Herz noch gleichmäßig in ihrer Brust schlägt. Zwar nicht sehr kräftig, aber immer noch spürbar, während eine Träne von ihm versehentlich auf ihr Gesicht tropft. Er kann diesen Schmerz kaum ertragen. Zutiefst bedrückt wischt er seine Träne weg, hinterlässt dabei aber eine Blutspur auf ihren Wangen. Gerade will er sich seinen Gefühlen ergeben und hemmungslos seinen Schmerz herausschreien, als ihm jemand eine Hand auf die Schulter legt. „Geht es Euch gut, Zwerg?", fragt ein älterer Mann mitfühlend. „Ich habe von meinem Boot aus gesehen, wie ein Wolf jemanden attackiert hat, und konnte ihn, den Fischen sei Dank, mit meiner Büchse verjagen. Aber so wie Ihr ausseht, mit all dem Blut und so, war ich wohl doch nicht mehr rechtzeitig zur Stelle. Wie geht es der Frau? Hat der Wolf sie schwer erwischt?" Darauf kann Eric nur seinen Kopf schütteln. „Wenn Ihr wollt, kann ich Euch mit meinem Boot mitnehmen und zum nächsten Dorf bringen. In den Randgebieten ist es schon lange nicht mehr sicher, nachdem die Wölfe hier ihr Territorium eingerichtet haben." Wieder kann Eric nur noch nicken. Alles, was Marie helfen könnte, ist jetzt wichtig. Gerade will er seine Freundin hochheben, merkt aber schnell, dass er dies allein nicht kann. Verwundert betrachtet er seine kurzen Arme und Beine. Ein langer grauer Bart hängt ihm vom Gesicht herab und wenn er steht, reicht er dem anderen Mann gerade einmal bis zu dessen Bauchnabel. Vorhin ist bereits der Begriff Zwerg gefallen. Kann es wirklich sein, dass seine letzte Verwandlungsstufe die eines Zwerges ist? Egal, was es auch ist. Jetzt zählt nur noch Maries Leben, denkt Eric und kümmert sich nicht weiter um seine neue Gestalt. Gemeinsam hieven sie die schlappe Gestalt der alten Frau auf das kleine Segelboot und machen sich für die Abfahrt bereit. „Wohin fahrt Ihr?", will Eric sogleich wissen und macht es sich und Marie bequem. Kaum sitzt der Mann, holt er mehrere kleine Steine aus seiner Tasche und legt diese vorsichtig in eine Vertiefung. Daraufhin strafft sich das Segel des Bootes und sie gleiten gemächlich mit dem Strom. „Du kannst mich gerne Bernhard nennen", schenkt der Mann ihm ein aufbauendes Lächeln. „Ich bin Fischer und gerade auf dem Weg ans Meer." Da kommt Eric plötzlich eine Idee, wie er Marie vielleicht helfen könnte. „Wie schnell kann dein Boot fahren?" Kurz überlegt der Fischer und reibt über sein Kinn. „Bei diesem guten Wetter und der Strömung könnte ich mit meinen Windsteinen am Abend am Meer sein." „Das wäre hervorragend", kann Eric sein Glück kaum fassen. „Meine Freundin braucht dringend Hilfe und mein Ziel liegt genau auf deinem Weg. Ich bitte dich inständig, hole alles aus deinem Boot heraus, was möglich ist. Ich würde es nicht ertragen, wenn die Liebe meines Lebens heute und hier in meinen Armen sterben würde." „Na, wenn das so ist", lächelt der Fischer gutmütig. „Dann habe ich ja fast keine andere Wahl, mein Freund." „Jorik!", platzt es daraufhin aus Eric heraus. „Meine Freunde nennen mich Jorik."

Im Dorf der Trolle

Mitfühlend streicht Theodor der schlafenden Prinzessin über ihre Mähne. Das Schlafmittel, das die Trolle Rosemarie gestern Abend gegeben haben, damit sie die Schmerzen besser verkraften kann, wirkt ungewöhnlich stark bei ihr. Die Mittagszeit ist bereits überschritten und das Dorf schon seit Stunden evakuiert. Eine angespannte Stille hat sich über alles und jeden gelegt. Zu

Rosemaries Sicherheit wurden zwei Trollkrieger abkommandiert, die sie im Auge behalten, wobei es sich Theodor nicht nehmen lässt, ständig an ihrer Seite zu sein, da er sich schwere Vorwürfe macht, sie verletzt zu haben. Was würde er nicht alles dafür geben, wenn er seine unüberlegte Tat rückgängig machen könnte und sie alle zusammen fliehen könnten! Doch jetzt sitzen sie hier und warten auf ihr unausweichliches Schicksal, das sich in diesem Moment mit einem lauten Hornsignal ankündigt. Sofort springt Theodor auf, haucht Rosemarie einen Kuss auf die Stirn und stürmt aus dem Gebäude, wo sich bereits eine große Anzahl von Trollkriegern eingefunden hat. Der Trollprinz Avantis sowie der Soldat Aron stehen mit gezogenen Schwertern in der ersten Reihe und blicken auf eine einzelne Gestalt, die sich langsam dem Dorf nähert. Sofort erkennt Theodor den Berater seines Vaters und gesellt sich zu Avantis und Aron. „Wenn ihr mir Prinzessin Rosemarie aushändigt, werde ich heute eure mickrigen Leben verschonen“, erklingt die Stimme des Zauberers dunkel und bedrohlich. „Weigert ihr euch jedoch, werde ich euch alle töten und mir dann nehmen, was mein ist.“ „Das werde ich nicht zulassen, Remolon!“, schreit Theodor zurück. „Oder sollte ich lieber Morleon sagen?“ Daraufhin hallt ein düsteres Händeklatschen durch die leeren Gassen des Dorfes. „Bravo, mein Junge!“, erscheint ein boshaftes Lächeln auf Morleons Gesichtszügen. „So viel Kombinationsgabe hätte ich dir gar nicht zugetraut. Dann ist dir aber auch sicher bewusst, dass ich keine leeren Drohungen ausgestoßen habe.“ „Das ist mir sehr wohl bewusst“, antwortet Theodor wütend. „Ich werde dir trotzdem nicht meine Frau aushändigen. Wenn du sie haben möchtest, dann musst du erst an mir vorbei.“ „Das ist kein Problem“, grinst der Zauberer hochmütig. „Ich bekomme immer, was ich möchte. Du wärst also nicht die erste Leiche, die meinen Weg kreuzt.“ Schon zieht Theodor sein Schwert und durchbricht dadurch die bedrückende Stille, die nach Morleons Worten entstanden ist, was der Zauberer aber gleich darauf zum Anlass nimmt, mit seinen Händen wild in der Luft zu gestikulieren und unverständliche Worte zu murmeln.

Erst kann Theodor nicht erkennen, was der Zauberer damit bezweckt, befürchtet aber das Schlimmste. Deswegen will er so wenig Zeit wie möglich verlieren und stürmt auf ihn zu. Aber eine starke Windböe verhindert sein Fortkommen und schleudert ihn mit Wucht gegen seine Kameraden. Diese versuchen dem Sturm zu trotzen und stemmen sich mit ihrem Gewicht dagegen. Es kostet Theodor unglaublich viel Kraft, wieder auf die Beine zu kommen. Der Wind ist einfach zu stark für ihn. Avantis hingegen scheint mit dieser Naturgewalt besser zurechtzukommen und wagt nun seinerseits einen Angriff. „Sieh an! Sieh an!“, hebt Morleon abschätzig seine Augenbraue. „Wen haben wir denn da? Wenn das nicht der hochmütige und stolze Prinz der Trolle ist! Für dich habe ich auch eine kleine Überraschung auf Lager“, lacht Morleon hämisch und deutet mit seinem Zauberstab nach oben. Als könnten seine Worte den Himmel öffnen, ergießen sich plötzlich große Mengen Wasser über Avantis und seine Krieger. Doch dieses Mal liegt der Trumpf in ihrer Hand. Vollkommen perplex beobachtet Morleon, wie die Trolle weiterhin lebend und nass vor ihm stehen. Sofort beendet er diesen Angriff und rüstet zum nächsten. „Ihr habt es also tatsächlich geschafft, meinen Fluch zu brechen. So viel Glück hätte ich euch nicht zugetraut. Aber das macht nichts“, verzieht Morleon seine Lippen zu einer hässlichen Fratze. „Ich kenne hundert Arten, euch das Leben zu nehmen. Da kommt es auf einen Fluch hin oder her gar nicht an.“ Und mit einer schnellen Handbewegung beendet der Zauberer den Regen und den Wind augenblicklich.

Lange haben die Krieger aber keine Verschnaufpause, da plötzlich überall an den Gebäuden dornige Büsche aus der Erde schießen. Wie eine riesige Dornenhecke legen sich die Pflanzen um alles und jeden. Die meisten Trollkrieger werden von diesem Gewächs an den Knöcheln gepackt und festgehalten. Kein Schwert vermag es, sie zu zerstören. Von überallher hört man Schmerzenslaute, da sich die Dornen in das Fleisch der Trolle bohren. „Was machen wir jetzt?“, ruft Avantis und hofft auf eine Antwort von Theodor.

Dieser ist jedoch genauso beschäftigt, die Pflanzen abzuwehren, wie die anderen. Daraufhin schreit Aron laut in die Menge: „Feuer! Diese Pflanze mit Namen Toge ist ein Gewächs der Bara. Diese hassen Feuer über alles.“ Schon holen die ersten Krieger ihre Feuersteine aus der Tasche und lassen einen Funkenregen auf die Dornen nieder. Und tatsächlich! Überall, wo Feuer ist, zieht sich die Pflanze augenblicklich zurück. Schon brennen die ersten Fackeln und drängen das Dornengewächs in den Hintergrund. Aron hätte nie gedacht, dass jemals einer der Vorträge von Giselagunde ihm das Leben retten könnte. Doch wenn er ihr das erzählt, wird sie nie wieder damit aufhören, ihm die Natur und die darin lebenden Tiere näherzubringen. Eine im Moment seltsam schöne Vorstellung für Aron. Doch der Frieden währt nicht lange. Zornig blickt Morleon sich um und ballt wütend seine Hände zu Fäusten. „Das war nur ein Vorgeschmack meines Fluches, der in neun Tagen über alle Reiche hereinbrechen und sie verwüsten wird.“ „Nicht, wenn wir es aufhalten können“, schreit Theodor ihm laut und kräftig entgegen. „Du Narr!“, erwidert Morleon daraufhin. „Glaubst du wirklich, dass es einen Kuss der wahren Liebe gibt? Ihr Dummköpfe habt ihn mit einem Hochzeitskuss gleichgesetzt. Doch ich habe den Fluch extra so formuliert, dass er niemals gebrochen werden kann. Und sobald die vollkommene Macht der Natur erweckt wurde und ich diese durch das Siegel der Einhörner kontrollieren kann, werde ich der alleinige Herrscher der Welt sein.“

In diesem Moment hofft Theodor nur, den Zauberer so lange mit Fragen ablenken zu können, bis sich Aron heimlich von hinten an ihn herangeschlichen hat, weswegen er den Worten des Zauberers nicht viel Gehör schenkt. „Und warum hast du dann fünfzehn Jahre gewartet und nicht früher zugeschlagen?“ Arrogant blickt Morleon ihn an. „Du bist wirklich ein sehr einfältiger Junge, der keine Ahnung von Zauberei und Magie hat. Je länger ein Fluch reifen kann, desto stärker sind seine Auswirkungen. Ich will schließlich nicht nur eine Sommerbrise entfesseln, sondern will riesige Orkane, Hagelschauer, Gewitterinfernos, Wirbelstürme, Erdbeben und natürlich auch Vulkanausbrüche. Ich will alles Leben unter meine Kontrolle bringen und jederzeit die Macht haben, es mit einem Fingerschnipsen ausradieren zu können." „Du bist wahnsinnig!", wirft Avantis ein, der den Zauberer entsetzt anblickt. „Nicht wahnsinnig, kleiner Prinz!", lacht Morleon schallend. „Ich bin nur unglaublich machthungrig!"

Gerade als es Aron geschafft hat, hinter dem Zauberer Stellung zu beziehen und sein Schwert anzuheben, verdüstert sich der Himmel und unzählige Blitze sind zu sehen. Und schon schlagen die ersten Blitze direkt vor den Füßen der Krieger ein. Auch Aron bleibt nicht verschont und kann gerade noch vor einem davonhechten, der zielstrebig das am Boden liegende Schwert trifft.

Theodor ist dieser vermeintliche Zufall nicht entgangen. Auch sein Schwert wurde als Erstes von einem Blitz anvisiert. Und nachdem auch noch Avantis' Helm getroffen wurde, der schon länger im Staub lag, ist es Theodor plötzlich klar. „Werft sofort eure Waffen und Rüstungen weg!", brüllt er aus Leibeskräften. „Die Blitze werden von Metall angezogen. Schnell, beeilt euch und versucht alles auf einen Haufen zu legen, damit sie dorthin geleitet werden." Die Idee von Theodor trägt tatsächlich schon nach kürzester Zeit Früchte. Die ersten Blitze haben schon ihr neues Ziel anvisiert und schlagen unaufhörlich in den Metallhaufen ein. Immer mehr Funken sprühen und verwandeln die Waffen in einen glühenden Klumpen Metall. „Nicht schlecht!", klatscht Morleon abfällig. „Aus dir hätte etwas werden können. Nur zu schade, dass ihr jetzt keine Waffen mehr habt und ich mich langsam langweile. Verzeiht mir also, wenn ich zum finalen Schlag ansetzen möchte." Daraufhin stampft Morleon auf die Erde und reißt seine Arme in den Himmel. Ein unnatürliches Grummeln setzt ein und der Boden beginnt unaufhörlich zu beben. Schon entsteht der erste Riss und vergrößert sich zu einem Graben. Furchtsam weichen die Männer zurück, als sie mit schreckgeweiteten Augen sehen, dass aus diesem großen Spalt plötzlich Gestalten aus purem Stein hervorgekrochen kommen, die mindestens drei Meter messen, unglaublich breit sind und deren Hände aus großen Felsbrocken bestehen, die sie mit roher Gewalt um sich schlagen. „Es werden ja immer mehr!“, schreit ein Trollkrieger panisch, während Theodor mindestens zwanzig dieser Ungetüme erblickt. Wie eine riesige und unheimliche Armee stehen sie abwartend hinter Morleon und warten nur auf den kleinsten Befehl von ihm. Prinz Avantis kann die ängstlichen Laute seiner Krieger deutlich hören und auch Theodor bricht der kalte Schweiß aus, wenn er diese Übermacht betrachtet. Sie sind ihnen nicht nur zahlen- und kräftemäßig unterlegen, sondern haben auch keine Waffen mehr, mit denen sie sich verteidigen könnten. Die Situation sieht mehr als aussichtslos aus.

„Und, was haltet ihr von meinen neuen Kriegern?“, grinst Morleon boshaft. „Auch ich habe aus meinen Fehlern gelernt und mir treue Vasallen erschaffen, die sich nicht einfach gegen mich richten. Sobald ich meine volle Macht errungen habe, werde ich tausende von ihnen mit einem Handstreich erschaffen können. Ist das nicht wunderbar?“ Schwer atmend schaut Theodor sich nach einem Ausweg um. Aber leider fällt ihm absolut nichts ein, was sie Morleon entgegenstellen könnten. „Mein Angebot steht noch“, reißt der Zauberer erneut das Wort an sich. „Gebt mir Prinzessin Rosemarie, oder besser gesagt das Einhorn, und ich lasse euch noch die letzten neun Tage auf Erden. Ich bin ja schließlich kein Monster.“ Die Erwähnung eines Einhorns irritiert Theodor, bringt ihn aber nicht aus dem Konzept. Mutig steht er da, mit rausgedrückter Brust, und schaut Morleon tapfer an. Ein kurzer Blick zu dem nickenden Avantis besiegelt seine Entscheidung dann endgültig. „Lieber sterben wir hier und heute als tapfere Krieger als erst in neun Tagen mit dem Stempel eines Feiglings“, reckt Theodor seine Faust in die Höhe. Doch ob alle Krieger auch so denken, kann er nicht sicher sagen, aber in seinem Fall ist es ganz sicher so. Entweder er hält Morleon auf oder er wird bei dem

Versuch sterben. „Gut, wie du willst, Jüngelchen“, erscheint ein gefährliches Glitzern in Morleons Augen. „Aber beschwere dich später nicht, ich hätte dir nicht die Wahl gelassen.“ Schon senkt der böse Zauberer seinen rechten Arm und die Kolosse setzen sich in Bewegung. Mit jedem Schritt, den sie gehen, bebt und vibriert die Erde. Ihr Stampfen ist so mächtig, dass an einigen Häusern die ersten Risse entstehen.

Aron muss kräftig schlucken. Jetzt ist es also so weit. Seine letzten Minuten auf Erden sind angebrochen. Zu schade, dass er nicht noch einmal in den Geschmack von Giselagundes Lippen kommen wird, die ihn tausend Gefühle gleichzeitig haben spüren lassen. So etwas Atemberaubendes und Einmaliges hat er noch nie bei einer Frau empfunden. Nur leider hat er keine Gelegenheit mehr, diesen ganzen Gefühlen auf den Grund zu gehen. Seine Sehnsucht nach ihr scheint sogar so groß, dass er sich lebhaft einbildet, sie von rechts aus dem Wald kommen zu sehen. Doch was machen die unzähligen Trolle hinter ihr? Doch nachdem er seine Augen einmal kräftig geschlossen und wieder geöffnet hat, sieht er dieses Bild immer noch. „Prinz Theodor!“, dreht er sich nach links. „Seht Ihr auch, was ich sehe?“, will Aron verunsichert wissen und wendet sich seinem Prinzen zu. „Es scheint fast so zu sein, Aron“, gibt dieser erstaunt zurück.

Prinz Avantis hingegen gibt einen lauten Schrei der Freude von sich, da er seinen Onkel Belan in der ersten Reihe sieht. Doch viel Zeit bleibt ihnen nicht, dies zu feiern. Denn gerade jetzt erreichen die ersten Steinkolosse ihr Ziel und schlagen mit ihren riesigen Felsenfäusten um sich. Das erste Haus bricht sofort in sich zusammen und verletzt einige Trolle durch herunterfallende Steine und Hölzer.

Aron ist einer der Ersten, die versuchen die Ungetüme aufzuhalten. Er schnappt sich ein paar heruntergebrochene Brocken und wirft sie auf die Steinmonster, die jedoch unbeeindruckt weitermarschieren. „KOMMT! Mir nach!“, schreit Aron laut und deutlich und stürmt mit zehn Kriegern los. Zusammen greifen sie mit all ihrer Kraft eines der Geschöpfe an, um es zu Fall zu bringen. Aber leider reicht ihr Einsatz nicht aus. Schmerzhaft werden sie abgeschüttelt und knallen unkontrolliert gegen Hauswände und auf den Boden, wodurch sich Aron sein rechtes Bein bricht, weil er sehr unglücklich aufkommt.

Arons Schmerzensschrei fährt Giselagunde durch alle Glieder. Mit weit aufgerissenen Augen muss sie mitansehen, wie er und die stolzen Trollkrieger gewaltsam abgeschüttelt werden und schmerzhaft auf den Boden fallen, während sich die Trolle hinter ihr, die sie zufällig vor ein paar Stunden getroffen und hierhergeführt hat, ebenfalls ins Kampfgeschehen einmischen. Doch auch sie sind nicht fähig, gegen die Steinkolosse anzukommen. Verzweifelt holt Giselagunde mit zittrigen Händen ihre Runen hervor und hofft inständig, eine zu finden, mit der sie die Steinriesen vernichten kann. Doch keine scheint ihr geeignet zu sein, so etwas zu vollbringen. Aber vielleicht, geht es ihr durch den Kopf, muss sie das auch gar nicht. Vielleicht würde es ausreichen, wenn sie diese Riesen einfach aufhalten könnte. Und eine Rune scheint ihr dafür besonders geeignet zu sein, da hier überall die Reste der Togepflanze zu finden sind. Sofort schnappt sie sich die Rune Berkana, die wie ein großes B aussieht und für Wachstum und Fruchtbarkeit steht. Tapfer hält sie diese in ihrer Hand, kniet sich auf die Erde und berührt die übriggebliebenen Dornen. Erst passiert nichts, doch dann beginnen sie sich langsam zu erheben. Doch dieses Mal richten sie sich nicht gegen die Trolle, sondern suchen sich gezielt die Steingeschöpfe aus. Schon schlingt sich die erste Ranke um den Fuß eines dieser Wesen und hält es damit an Ort und Stelle fest. Giselagunde würde vor Freude schreien, wenn sie die Möglichkeit hätte. Doch ihre ganze Konzentration und Kraft muss jetzt in diesen Zauber fließen. Ein kleiner Fehler, und ihre Bemühungen würden in sich zusammenfallen.

Es dauert einige Zeit, bis Morleon mitbekommt, dass seine Vasallen plötzlich Schwierigkeiten haben, sich zu bewegen. Diesen Zustand haben die Trolle schon früher erkannt und damit begonnen, aus den verbliebenen Hütten Spitzhacken zu holen. Jetzt stark in ihrer Anzahl gewachsen, bekämpfen die Trolle die Steinkörper der Kolosse, indem sie große Brocken einfach heraushacken, während diese Geschöpfe aufgrund der Dornenranken sich nicht wehren können. Ein ohrenbetäubender Wutschrei durchdringt den Kampfeslärm. Theodor kann noch sehen, wie sich Morleon suchend umsieht. Und sobald sein Blick die Fee gestreift hat, eilt er zu ihr. Giselagunde bemerkt von alldem jedoch nichts, da sie hochkonzentriert und mit geschlossenen Augen zitternd auf dem Boden sitzt. Arons verzweifelte Schreie bleiben ebenfalls ungehört.

Theodor läuft sofort los. Noch ist er mit dem Zauberer gleichauf. Doch plötzlich bricht vor ihm eine Dornenranke aus dem Boden und packt den Arm eines Kolosses, der in der Nähe steht. Diese Ranke kostet Theodor jedoch wertvolle Sekunden, in denen Morleon die Fee früher erreicht, einen kleinen Dolch aus seiner Kleidung zieht, sich über ihr aufbaut und sie siegessicher angrinst. Theodor sieht bereits das Leben von Giselagunde verwirkt und den Kampf gegen das Böse verloren. Zu seiner großen Verwunderung reißt jedoch der Zauberer einen Augenblick später seine Augen schreckgeweitet auf und lässt seinen Dolch fallen. Daraufhin ertönt aus seinen Lungen ein nichtmenschlicher Laut und er bricht zusammen. Theodor kann erst einmal nicht erkennen, was passiert ist, und rennt zu der Stelle, wo er einen hässlichen Zwerg mit einem kleinen Dolch sieht, dessen Schneide mit Blut getränkt ist. Vor seinen Füßen krümmt sich noch in den letzten Atemzügen der Zauberer, aus dessen Seite unaufhörlich die rote Flüssigkeit des Lebens in die Erde sickert. Bereits eine Sekunde später erschüttert ein mehrmaliges lautes Beben die Erde und erschreckt Theodor fürchterlich. Die Steinkolosse brechen in sich zusammen und hinterlassen ein Trümmerfeld aus Steinen und

Dornen. Keinen Augenblick zu früh, denn Giselagunde sinkt ohnmächtig zu Boden. Das Gebrüll und die Freude der Trolle kennen nun keine Grenzen mehr. Laut singen und grölen sie: „Ding Dong! Der Zauberer ist tot. Der Zauberer ist tot. Der Zauberer ist tot." Irritiert von diesem seltsamen Text, wendet sich Theodor von den Trollen ab und wundert sich, warum der Zwerg ihn plötzlich mit offenem Mund entgeistert anstarrt. „Habe ich etwas zwischen meinen Zähnen, oder hast du vorher noch nie so einen hübschen Prinzen wie mich gesehen?", fragt Theodor spitzbübisch. Als hätte er damit einen Bann gebrochen, zeigt sich augenblicklich ein Lächeln auf den Zügen des Zwerges. Ohne etwas dagegen machen zu können, kommt dieser blitzschnell auf ihn zugestürmt und zieht ihn in eine feste Umarmung. Damit hätte Theodor nicht gerechnet. Befangen lehnt er seinen Oberkörper nach hinten und klopft dem Fremden unbeholfen auf den Kopf. „Es freut mich ja auch, dich kennen zu lernen", räuspert Theodor sich unwohl. „Aber muss es gleich eine Zwergenumarmung sein?" Und seine Versuche, den Zwerg von sich zu schieben, scheitern unaufhörlich an der Vehemenz des kleinen Mannes. „Avantis!", schreit Theodor nach einiger Zeit über den Platz. „Wenn du mit Singen fertig bist, könntest du mich bitte von einem klammernden Zwerg befreien? Der ist hartnäckiger als gedacht."

„So steif begrüßt man also seinen Bruder?", lacht der Zwerg ausgelassen und lässt endlich von Theodor ab. Pikiert schaut Theodor an sich herab. „Ich will dich ja nicht unbedingt beleidigen, da du unser aller Retter bist. Aber dir fällt schon auf, dass wir uns nicht so ganz ähnlich sehen, oder?" „Das stimmt!", grinst der Zwerg ihn daraufhin frech an. „Ich war schon immer der Schönere von uns beiden." Theodor will schon widersprechen, hält aber in seinem Tun inne. Entsetzt reißt er die Augen auf und betrachtet den Zwerg in einem anderen Licht. Als er dessen Augen genauer betrachtet, entkommt Theodor ein Stöhnen. „Eric, jetzt sag mir bitte nicht, dass du im Körper eines hässlichen Zwerges steckst!" „Ein besonders schönes Exemplar bin ich tatsächlich nicht geworden“, gibt Eric zu und zwinkert seinen Bruder an. Jetzt kann Theodor nichts mehr halten und er reißt den kleinen Zwerg hoch in seine Arme und hält ihn seinerseits fest. „Wenn ich dich von dem klammernden Prinzen befreien soll, musst du es nur sagen, Zwerg“, wirft Avantis ein, hebt die ohnmächtige Fee in seine Arme und trägt sie ohne große Mühe zu dem Gebäude, in dem auch Rosemarie untergebracht ist. Aron folgt ihm humpelnd und fluchend. „Jetzt ist es aber wieder gut, Theodor!“, unterbricht Eric seinen Bruder und schiebt ihn seinerseits weg. „Wir können später über alles sprechen. Jetzt brauche ich erst einmal deine Hilfe, um meine Freundin ins Dorf zu bringen. Sie liegt am Ufer des Furos an einer zerstörten Brücke. Aber leider bin ich gerade körperlich nicht in der Lage, sie selbst hierherzutragen.“ „Dein Wunsch sei mir Befehl, Bruder!“, lacht Theodor glücklich und folgt ihm.

Im Saal der Trolle

Nach ungefähr einer Stunde sitzen alle Prinzen sowie Aron im großen Gebäude der Trolle und blicken auf die drei mehr oder weniger schlafenden Frauen. „Dein Geschmack war auch schon einmal besser, was Frauen betrifft“, durchbricht Theodor die Stille. „Und das aus dem Mund desjenigen, der mit einem Pferd verheiratet ist“, kontert Eric umgehend. „Eure Geschmäcker sind eben verschieden“, witzelt daraufhin Prinz Avantis. „Der eine steht auf alte Weiber und der andere auf Stuten.“ „Nicht witzig!“, brummt Theodor mürrisch und wirft mit seinem Bruder Eric dem Trollprinzen böse Blicke zu, was Prinz Avantis ein herzzerreißendes Lachen entlockt. Aron hingegen sitzt auf dem Boden und hält die erwachende Giselagunde fest an seine Brust gedrückt, der sogleich Tränen über die Wangen rinnen, als sie ihn erblickt.

Überglücklich, ihn lebend zu sehen, wirft Giselagunde ihre Hände um den Hals von Aron und drückt ihm völlig unvorbereitet einen Kuss auf die Lippen. Doch als er nicht sofort reagiert, zieht sich Giselagunde beschämt zurück. Hat sie seine Signale heute früh doch falsch verstanden? Hat sie gerade eine Grenze überschritten? Unbeholfen und verunsichert beschließt sie aufzustehen, wird aber augenblicklich von Aron daran gehindert, der nun seinerseits ihre Lippen beansprucht. Wie Ertrinkende klammern sie sich aneinander und können nicht mehr von sich lassen. Zu groß war die Angst, den jeweils anderen für immer zu verlieren. „Muss das jetzt sein?“, stöhnt Theodor genervt. „Nehmt gefälligst Rücksicht auf diejenigen, die gerade nicht in der Lage sind, wild herumzuküssen.“ „Wieso?“, murmelt Marie leise und hat plötzlich die uneingeschränkte Aufmerksamkeit aller. „Hast du was gegen Pferdelippen?“ „Du bist einfach nicht witzig, Marie. Hat dir das schon einmal jemand gesagt?“, spricht Eric mit brüchiger Stimme und wischt ihr behutsam eine weiße Strähne aus ihrem eingefallenen Gesicht. „Deine Flachwitze haben mich die letzten Tage fast um den Verstand gebracht.“ „Jorik?“, schaut sie interessiert den Zwerg an. „Ich dachte immer, du wärst ein Handwerker oder ein Bauer. Aber dass du ein Zwerg bist, damit hätte ich nicht gerechnet. Da muss ich mir ja gleich ein paar Zwergenwitze einfallen lassen, damit du nicht unter Entzugserscheinungen leidest.“

Die Stimme kenne ich doch! Immer noch mit der Schwärze der Bewusstlosigkeit kämpfend, tastet sich Rosemarie nur langsam in die Realität vor und öffnet ihre Augen. Doch kaum hat sie das getan, ist Rosemarie der festen Überzeugung, sich in einem seltsamen Traum zu befinden. Denn warum sonst sollte vor ihr ein hässlicher Zwerg sitzen, der eine alte Frau im Arm hält? Verwirrt schüttelt Rosemarie ihren Kopf, bis sie Theodor erblickt, der sie mit trauriger Miene betrachtet und sich nicht zu ihr traut. Dieser Dummkopf, denkt Rosemarie liebevoll und versucht aufzustehen.

Theodor steht bewegungsunfähig am Rand des Geschehens und weiß nicht, wie er sich Rosemarie gegenüber verhalten soll. Hasst sie ihn für das, was er ihr angetan hat? Oder freut sie sich, ihn lebend zu sehen? Aufgrund seines inneren Konflikts hadernd, bemerkt er beinahe zu spät, dass Rosemarie trotz ihrer Schmerzen aufstehen möchte. Sofort ist Theodor alarmiert, stürmt zu ihr und drückt sie sanft auf den Boden zurück, damit die Wunde nicht aufplatzt. „Bitte, Rosemarie!", spricht Theodor mit belegter Stimme und fürchterlichen Schuldgefühlen im Herzen. „Die Verletzung, die ich dir zugefügt habe, ist schwer und tief. Wenn du dich bewegst, geht sie auf und du könntest verbluten." Doch was jetzt kommt, überrascht nicht nur Theodor, sondern auch alle anderen. Denn Rosemarie nutzt die Gunst der Stunde und schleckt Theodor zärtlich mit ihrer großen Zunge einmal quer über das Gesicht, weswegen er freudig zu grinsen beginnt. „Ach!", kommt es belustigt von Aron. „Aber mir das Küssen verbieten wollen! Bei dir war eindeutig mehr Zunge im Spiel."

Marie kann sich nicht mehr halten und muss einfach aus vollem Halse lachen. Das ist genau ihr Humor, muss sie freudig feststellen. „Das war ja klar, dass du das lustig findest, Marie", brummt der Zwerg an ihrer Seite. Reflexartig dreht Rosemarie ihren Kopf zu der alten Frau, nicht ahnend, dass es sich dabei um ihre Schwester Marie handeln könnte, bis sie deren grüne Augen sieht. Freudige Überraschung rast durch Rosemaries Pferdekörper und lässt diesen zusammenzucken, was Marie nicht entgeht. Doch Marie braucht einen Augenblick länger, bis es ihr dämmert, dass das Pferd ihre Freundin Rosemarie sein könnte. Steif und schwach rappelt Marie sich auf und geht zu der weißen Stute. „Rosemarie?", spricht sie diese an. „Bist du es wirklich?" Kaum hat diese mit ihrem Kopf genickt, legt Marie auch schon ihre Arme um ihre Freundin und drückt sie fest an sich. „Oh, wie wunderbar!", hört Marie die Stimme der Fee hinter sich. „Endlich sind die Schwestern vereint." Verwirrt lässt Marie das Pferd los und stellt der Fee eine Frage. „Wie kommt Ihr auf Schwestern?" Dies führt unweigerlich dazu, dass die Fee zu erzählen beginnt und Marie in eine perplexe Schnappatmung verfällt.

Nach zehn Minuten kann es Marie immer noch nicht glauben und schaut ungläubig in die Runde. „Wollt Ihr mir jetzt wirklich weismachen, dass ich die älteste Tochter von König Ludwig bin und aufgrund dessen den Fluch lösen muss?“ „Ja!“, nickt die Fee erfreut, weil Marie eindeutig alle wichtigen Zusammenhänge verstanden hat. „Ich habe aber keine Lust, diesen arroganten und eingebildeten Eric zu heiraten“, zischt Marie jedoch verärgert und schüttelt vehement ihren Kopf. „Der war damals schon ein Idiot und ist es sicher immer noch. Wenn der mir nochmals unter die Augen kommt, dann kann er aber was erleben.“ „Aber … Aber …“, stottert die Fee und schaut auf den Zwerg, der kopfhängend dasteht und nervös mit seinen Füßen auf dem Boden herumscharrt. „Er ist doch gleich neben Euch.“ Verwundert dreht Marie ihren Kopf und sieht Jorik, wie dieser sie unglücklich ansieht. Eine einzelne Wutträne bahnt sich ihren Weg aus ihrem Augenwinkel, als sie endlich begreift, was alle schon die ganze Zeit wussten. Ihr guter Freund Jorik ist in Wirklichkeit kein anderer als der ihr verhasste Prinz Eric, der die Schuld an ihrer misslichen Lage trägt.

„Ich kann es erklären!“, versucht Eric zu beschwichtigen, wird aber augenblicklich von Maries Wutausbruch unterbrochen. „Wie konntest du mich nur all die Tage im Unklaren lassen, wer du bist?“, giftet sie Eric an. „Ich weiß sehr wohl, dass du ein Tier gewesen bist und nicht sprechen konntest. Aber du hättest locker mit deinen Gliedmaßen deinen Namen irgendwo in die Erde schreiben oder dich sonst irgendwie zu erkennen geben können. Doch stattdessen hängst du dich einfach an mich ran und … Ja, warum eigentlich?“, schnauft Marie zornig. „Aus Nächstenliebe bist du sicher nicht mit mir gekommen. Dafür hast du mich schließlich zu sehr verachtet. Wenn ich raten müsste“, hebt sie verächtlich eine ihrer Augenbrauen, „dann würde ich auf den Zauberspiegel von

Morleon tippen. Der hat es dir doch angetan, oder?“ Niedergedrückt lässt Eric seinen Kopf weiterhin nach unten hängen, während er Luft für sein Geständnis holt. „Ja, du hast recht“, beginnt er seine Erklärung. „Am Anfang hatte ich gehofft, mit deiner Hilfe meine wahre Gestalt wiedererlangen zu können, indem wir die Teile des Spiegels finden und aktivieren. Ich habe aber auf der Reise festgestellt, dass mein missglückter Segensspruch auch anders aufgelöst werden kann.“ „Mit dem Kuss einer jungfräulichen Prinzessin“, wirft Giselagunde ein, wird aber augenblicklich von Maries bösem Blick zum Schweigen gebracht. „Nicht ganz!“, fügt Eric hinzu. „Ich musste auch gleichzeitig die Charaktereigenschaften Geduld, Ehrlichkeit, Mitgefühl und Selbstlosigkeit entwickeln, die du mir aufgeladen hast. Doch das Letzte, was mir noch fehlt, ist die Liebe einer Frau, um wieder ganz ich selbst werden zu können.“

„Das ist doch kein Problem!“, kommentiert Aron und klatscht begeistert in seine Hände. „Prinzessin Marie heiratet Prinz Eric, sie tauschen den Kuss der wahren Liebe aus und schon steht er als Mensch wieder vor uns und der Fluch ist ebenfalls abgewandt.“ „So einfach ist das leider nicht, Aron“, schaut Giselagunde betrübt. „Für den Kuss der wahren Liebe müssten sich die beiden auch über alles lieben.“ Nachdenklich kratzt Theodor sich am Kinn. „Morleon hat vorhin erwähnt, dass der Fluch angeblich niemals gebrochen werden kann. Was genau hat er damit gemeint?“ Seufzend beantwortet die Fee auch dies. „Er sprach die Tatsache an, dass es so etwas wie den Kuss der wahren Liebe eigentlich gar nicht gibt. Denn wahre Liebe bedeutet, den anderen mehr als sich selbst zu lieben und zu wissen, dass derjenige der einzig fehlende Teil der eigenen Seele ist.“ „Dann haben wir wohl ein Problem“, bringt es Avantis auf den Punkt. „Denn so wie Marie gerade aussieht, würde sie Eric lieber vierteilen, als ihn leidenschaftlich zu küssen.“ „Kannst du dich nicht einfach in den nächsten neun Tagen unsterblich in ihn verlieben?“, fragt Aron unbeholfen und blickt hoffnungsvoll Marie nach. Daraufhin lacht

Eric freudlos. „Wie soll das bitte gehen? Sieh mich doch an! Ich bin ein hässlicher Zwerg und auch noch schuld an ihrem jetzigen Zustand. Nicht einmal ich würde mich gerade sonderlich sympathisch finden." „Dann müssen wir schnell eine andere Lösung finden", spricht der Trollprinz seine Gedanken aus. „Hat Morleon nicht etwas von einem Einhornsiegel erzählt?", wirft Theodor sogleich ein und schaut fragend Giselagunde an. Diese zuckt jedoch nur mit ihren Schultern. „Ich kann dir da nicht weiterhelfen, Theodor. Einhörner sind nur Sagengestalten und existieren nicht." „Was kann er denn dann damit gemeint haben?", lässt der Prinz aber nicht locker. „Doch!", ist es Marie, die mit ihrem Einwurf plötzlich alle Aufmerksamkeit auf sich zieht. „Einhörner gibt es!" Auch Eric nickt zustimmend und erzählt weiter: „Bei uns im Zaubersee ist eine kleine, geheime Insel. Auf dieser haben wir Einhörner gesehen." „Was für eine Insel?", fragt Theodor perplex. „Ich habe noch nie von einer solchen Insel gehört oder sie gar gesehen. Da musst du dich täuschen, Eric. Wo soll die denn bitte ungefähr sein?" „Wenn du mir eine Karte gibst, dann kann ich es dir genauer zeigen." Wie aufs Stichwort holt Giselagunde ihre Karte hervor und breitet sie vor aller Augen aus. Angestrengt überlegt Eric und setzt kurz darauf seinen Finger auf die vermeintliche Stelle. „Da ist aber nichts auf der Karte zu sehen", spricht Theodor die Gedanken der anderen aus. „Es ist ja auch eine geheime Insel", verdreht Eric genervt seine Augen.

Giselagunde jedoch beginnt plötzlich so stark zu zittern, dass Aron Mühe hat, sie zu beruhigen. „Was hast du denn?", fragt er besorgt und schaut sie liebevoll an. „Prinz Theodor, könnt Ihr mir bitte nochmals das Bild Eurer Mutter geben?", keucht die Fee nervös und hält ihre Hand dem Prinzen hin. Verwundert kommt er gleich ihrer Bitte nach und reicht ihr das Bild. Und keine zwei Minuten später erscheint ein roter Punkt auf der Karte, der direkt neben Erics Finger liegt. „Was soll das bedeuten?", wird Theodor ungehalten und fährt sich gestresst mit seiner Hand durch seine Haare. „Ich habe das Gefühl", setzt Giselagunde an zu erklären,

„dass Morleon die Königinnen nicht nur einfach ermordete, sondern sie auch zu dieser Insel brachte.“ „Das ist ja hervorragend!“, spottet Theodor. „Dann können wir gleichzeitig Einhörner jagen und die Überreste unserer Mütter ausgraben.“ „Und was wäre“, erklingt nun auch die Stimme von Marie, „wenn eure Mütter noch leben würden? Ich für meinen Teil glaube nämlich nicht, dass die Rune auf ein Grab hinweist.“ Sogleich stürmt Avantis zu Marie und schüttelt sie kräftig an den Schultern. „Wie meinst du das? Hast du sie damals gesehen?“ „Nicht direkt“, gibt Marie kleinlaut zu. „Aber kurz bevor ich die Insel verlassen habe, bat mich in meinen Gedanken eine Frauenstimme, auf ihren Sohn achtzugeben. Ich habe dies damals nicht verstanden und es meiner Fantasie zugeschrieben. Aber unter diesen Umständen ...“ Aufgeregt laufen Theodor und Avantis wild im Raum herum. „Wir müssen sofort zu ihnen“, ist es Theodor, der sogleich handeln möchte.

„Nun mal langsam!“, versucht ihn Eric zu bremsen. „Wir wissen doch überhaupt noch nicht, was das alles zu bedeuten hat. Ich bin eher dafür, dass wir vorher mit unseren Vätern darüber sprechen. Schließlich sind es ihre Ehefrauen.“ Wütend braust Theodor auf. „Das bist so typisch du, Eric. Hier geht es um unsere Mütter. Und du willst erst einmal …“ Wütend unterbricht Eric seinen Bruder. „Was ich will, steht nicht zur Debatte. Aber was das Richtige für unsere Reiche ist, sehr wohl. Wir haben nur noch neun Tage, bevor der Fluch und damit die Naturkatastrophen über uns hereinbrechen. Deswegen müssen wir erst einmal jemanden finden, der uns sagen kann, was es mit dem Siegel der Einhörner auf sich hat.“ Erregt und stinksauer stürmt Theodor aus dem Raum. Sogleich folgt Eric ihm und will nochmals versuchen, mit ihm zu reden. Doch kaum hat er ihn eingeholt, dreht dieser sich wütend zu ihm. „Wir hätten dieses ganze Problem mit dem Fluch nicht, wenn du Marie einfach von ganzem Herzen lieben würdest. Gib dir gefälligst einen Ruck und versuch es!“ „Das würde nichts nutzen“, erwidert Eric ruhig und gefasst. „Ach, und warum nicht?“, schnauft Theodor herablassend. „Ist sie unter deiner Würde, oder kannst du sie nicht lieben, weil sie alt und hässlich ist? Doch bedenke, dass du im Moment auch wie der Hintern einer Kröte aussiehst.“ „Daran liegt es nicht, Theodor“, fährt sich Eric resigniert durch seine verfilzten grauen Haare. „UND WORAN DANN?“, schreit Theodor ihm emotional ins Gesicht. „Sie erwidert meine Liebe nicht!“

Gerade will Theodor weiterschimpfen, stoppt aber, bevor ein weiteres Wort seine Lippen verlässt, und schaut seinen Bruder irritiert an. Eric atmet derweilen tief durch und blickt seinem Bruder traurig in die Augen. „Ich habe mich die letzten Tage unsterblich in Marie verliebt“, räuspert Eric sich unwohl. „Und es vergeht kaum eine Minute, in der ich nicht an sie denken muss oder ihr nahe sein will. Denn nur durch ihre Herzlichkeit bin ich jetzt ein besserer Mensch. Nur mit ihr zusammen fühle ich mich lebendig und die Welt erstrahlt in den wunderbarsten Farben. Der Grund, warum ich hier plötzlich im Trolldorf aufgetaucht bin, ist der, dass ich um jeden Preis herausfinden will, wie ich ihr Leben retten und ihr wieder ihre Jugend zurückgeben kann. Und da sie den grünen Smaragd vom Trollkönig bekommen hatte, setze ich auf sein Wissen. Verdammt, Theodor!“, kämpft Eric um seine Fassung, während ihm die Stimme bricht. „Ich würde alles für sie tun. Erst heute früh habe ich mich von einem Wolf für sie zerfleischen lassen. Ich kann sie nicht noch mehr lieben, weil ich ihr bereits mit Haut und Haaren verfallen bin.“ Theodor ist erst einmal sprachlos. Selbst nach ein paar abwartenden Momenten kann er dennoch nur nicken. „Verstehst du jetzt das Problem?“, lässt Eric resigniert die Schultern fallen. „Dann müssen wir es doch nur schaffen, dass sie sich auch in dich verliebt“, versucht Theodor zu helfen. „Bleib doch realistisch, Theodor“, schüttelt Eric jedoch seinen Kopf. „Wieso sollte sie sich in mich verlieben? Ich habe mich wie ein Monster ihr gegenüber verhalten. Und jetzt schau mich an! Keine Frau kann sich in so einen hässlichen Zwerg verlieben. Es ist also hoffnungslos. Deswegen müssen wir unbedingt herausfinden, wie Morleon die Naturkatastrophen kontrollieren wollte. Wenn wir den Fluch schon nicht abwenden können, dann schaffen wir es vielleicht, ihn zu kontrollieren oder zu verharmlosen." „Ich glaube zwar immer noch, dass Liebe der einfachste Weg wäre", atmet Theodor hörbar aus, „aber wenn du nicht daran glaubst, dass man dich lieben könnte, dann wird es auch nicht funktionieren. Also komm, lass uns zurückgehen und mit den anderen Pläne schmieden, wie wir dieses ganze Chaos beenden können. Und davon abgesehen", zeigt sich auf Theodors Gesicht ein kleines Grinsen, bevor er seinem Bruder zuzwinkert, „hätte ich meine Frau auch gerne wieder etwas kleiner und mit weniger Haaren." „Und ich dachte schon, dich stören die vier Beine", gluckst Eric belustigt. „Hast du jetzt gerade einen Flachwitz gemacht?", fragt Theodor irritiert. Entsetzt greift Eric sich an den Mund. „Oje!", entkommt Eric ein kurzes Lachen. „Es hat begonnen. Maries Humor färbt auf mich ab." Und gerade als Eric zurückgehen möchte, hält sein Bruder ihn am Arm fest und schaut ihm tief in die Augen. „Du hast recht, Eric", nickt Theodor ernst. „Du bist ein anderer Mensch geworden."

Samstagnachmittag im Märchenwaldschloss

„Wie sieht es aus, Klausen?", fragt König Ludwig seinen Haushofmeister. „Sind gestern alle gut versorgt worden?" Nervös fährt sich der Haushofmeister durch seine karge Haarpracht. „Ich habe gestern Nacht getan, was ich konnte, Eure Majestät. Die Trollfamilien konnte ich notdürftig in den Ställen, Sälen und Gärten unterbringen und dem alten Trollkönig habe ich im Westflügel ein Zimmer zugewiesen." „Sehr gut, Klausen!", lobt König Ludwig ihn und lässt sich gemütlich in seinen Stuhl fallen. „Das war ja gestern Nacht ein ganz schönes Durcheinander. Es kommt mir beinahe so vor, als wären wir seit neuestem ein Gasthaus mit Übernachtungsmöglichkeiten geworden." „Spiel dich nicht so auf, Ludwig!", kommt es von der Seite, nachdem König Barboss genüsslich seinen Kuchen verspeist hat. „Wenn ich könnte, wäre ich schon längst wieder in meinem Schloss und müsste nicht diese trockenen Gebäckstücke essen." „Es tut mir wirklich leid für dich, dass du gerade dein drittes trockenes Kuchenstück herunterwürgen musstest", schaut Ludwig ihn amüsiert an. „Ich kann dir gerne auch einen eingelegten Hering oder eine Brokkolisuppe anbieten. Die wären feuchter." Angewidert verzieht König Barboss das Gesicht und sammelt die letzten Kuchenkrümel mit seinem Finger auf, bevor er sie sich in den Mund schiebt. „Da bleibe ich lieber bei deinem trockenen Kuchen."

Laute Trompetenklänge erklingen und lassen beide Könige überrascht aufspringen. „Na endlich!", kommt es erleichtert von Ludwigs Lippen. „Das müssen sicher unsere Kinder sein. Hoffentlich geht es ihnen gut." Abfällig schnauft Barboss. „Das will ich ihnen auch geraten haben. Wo kommen wir denn da hin, wenn alle unsere Thronerben plötzlich von der Bildfläche verschwinden? Eine zweite Frau und Kinder tu ich mir in meinem Alter sicher nicht mehr an." Lachend klopft Ludwig ihm auf den Rücken. „Bei dem Charme, den du versprühst, und deiner permanent guten Laune wundert es mich, dass die Frauen nicht reihenweise bei dir Schlange stehen." „Das sagt der Richtige, du Frauenheld!", funkelt Barboss ihn böse an. „Es kann ja nicht jeder uneheliche Kinder mit wildfremden Frauen in die Welt setzen." „Autsch!", kommentiert Ludwig. „Der Treffer war eindeutig unter der Gürtellinie." „Hoffentlich ist deine Marie wenigstens schön", brummt Barboss mürrisch. „Wenn schon nicht von edlem Blut, dann will ich wenigstens, dass mein Sohn Gefallen an ihr findet. Eine uneheliche Schreckschraube brauchst du mir nicht anzudrehen." Mit einem entnervten Blick will Ludwig gerade zu einer Antwort ansetzen, als die Tür aufgestoßen wird und Gunterich von Eisenstein, der König der Zwerge, plötzlich den Raum betritt. Verwirrt schauen Barboss und Ludwig den Neuankömmling an. „Gibt es dich also auch noch?", durchbricht die Stimme des Zwergenkönigs die Stille, während er König Barboss intensiv mustert. „Das Gleiche könnte ich von dir sagen, Gunterich“, murrt Barboss. „Was hast du denn all die Jahre gemacht? Hast du dich in deinem Berg verlaufen oder musstest du dir noch ein paar neue Mützen stricken?“ „Jetzt hör doch auf zu stänkern, Barboss!“, mischt sich nun auch Ludwig ein. „Deine Laune seit heute Morgen ist so schlecht, dass sogar meine Frühstücksmilch sauer geworden ist. Ich weiß ja, dass du dir Sorgen um deine Söhne machst. Denn auch ich bin mit meinen Nerven am Ende. Aber es hilft nichts. Wir müssen stark sein und auf das Beste hoffen.“ „Was ist mit euren Kindern?“, will Gunterich sogleich wissen und setzt sich zu den beiden Königen an den Tisch. Während er auf eine Antwort wartet, nimmt er sich ein Stück Kuchen und beißt genüsslich davon ab. Doch als nach zwei Minuten immer noch keiner mit einer Erklärung herausgerückt ist, ergreift der Zwerg abermals das Wort. „Mein Sohn Manfred macht mir auch gerade ziemliche Schwierigkeiten. Gestern Vormittag kam er nach ungefähr zehn Jahren, die er als Kröte bei Hexen verbracht hatte, seelenruhig nach Hause spaziert und unterbreitete mir, dass er ausziehen und in einer Männerwohngemeinschaft sein Glück finden möchte. Er hat wohl von Frauen die Nase so voll, dass er erst einmal die nächsten hundert Jahre keine mehr zu Gesicht bekommen möchte. Könnt ihr euch das vorstellen? Der zukünftige König der Zwerge lebt mit sechs anderen Junggesellen für viele Jahre allein im Wald. Wie kommt die Jugend heutzutage bloß auf die absurde Idee, sie könnten sich alle Freiheiten der Welt herausnehmen, ohne an ihre Pflichten zu denken? Ich wäre nicht einmal ansatzweise auf so ein stumpfsinniges Vorhaben gekommen. Ich habe ernsthaft überlegt, ihn einfach wieder zu den Hexen zu bringen, damit sie ihn zurückverwandeln. Als Kröte könnte er wenigstens nichts anstellen. So, und jetzt zu eurem Nachwuchs!“, hebt der Zwergenkönig interessiert eine seiner Augenbrauen und zwinkert Barboss provozierend zu. „Ist dein Sohn Eric immer noch ein Schwein?“

Sofort springt König Barboss wütend auf und ballt seine Hände zu Fäusten. „Das geht dich einen Zwergendreck an, du schmieriger kleiner Gnom! Kümmere dich gefälligst um deine Angelegenheiten. Wir haben schließlich Wichtigeres zu tun." Sofort ändert sich Gunterichs Gesichtsausdruck und er blickt die beiden Könige mit ernster Miene an. „Wenn du damit andeuten willst, dass ihr die Gebeine eurer Frauen im Zaubersee finden wollt, dann bin ich auch involviert." Verdutzt schaut Ludwig ihn von der Seite an. „Damit hätte ich jetzt nicht gerechnet", sagt der König des Märchenwaldes abgehackt und blickt kurz darauf betrübt aus dem Fenster, bevor er weiterspricht. „Wir haben gestern erst erfahren, dass Morleon wahrscheinlich noch am Leben ist und vor Jahren all unsere Ehefrauen geraubt hat. Gerade befinden sich meine Tochter Rosemarie und Prinz Theodor im Trolldorf und kämpfen gegen ihn." Entsetzt springt Gunterich auf. „Und da könnt ihr so ruhig hier sitzen und Kuchen essen? Warum seid ihr ihnen nicht zu Hilfe geeilt?" „Weil wir es niemals rechtzeitig geschafft hätten und sie die Unterstützung vieler Trollkrieger haben", motzt Barboss von seinem Stuhl aus den Zwerg an. „Der alte Trollkönig befindet sich ebenfalls hier im Schloss und hofft auf die Rückkehr seines Sohnes", erklärt Ludwig weiter. „Wir sind einfach zu alt für diese Schlachten. Wir wären unseren Kindern nur eine Last und ein Hindernis." „*Du* vielleicht! *Ich* nicht!", schimpft Barboss und funkelt die anderen zornig an. „Auch du bist nicht mehr der Jüngste", verdreht Ludwig genervt seine Augen. „Jetzt überleg doch mal! Was würde passieren, wenn wir alle sterben würden? Wer ist dann für das Volk verantwortlich, wenn der Fluch über alle hereinbricht und Morleon sein Unwesen treibt? Wir haben als Könige eine Verpflichtung unserem Volk gegenüber. Auch wenn es mir das Herz zerreißt, meiner Tochter nicht beistehen zu können, so müssen wir doch auch an die anderen denken." Schlecht gelaunt lässt sich Barboss zurück auf den Stuhl fallen und ergreift das vierte Kuchenstück. „Aber eines sage ich dir", murrt er schlecht gelaunt und ergreift seine Kuchengabel. „Wenn mein Sohn Theodor nicht in der nächsten Stunde zurückkommt, dann können mich auch deine salbungsvollen Worte nicht davon abhalten, nach ihm zu suchen." „Aber vielleicht ein neuer Kuchen?", versucht es Ludwig mit einem Scherz, der aber auf keinen fruchtbaren Boden fällt. Stattdessen schaufelt sich Barboss wütend in kürzester Zeit das Gebackene in den Mund und trinkt einen heißen Hagebuttentee dazu.

Doch noch während König Barboss kaut, dröhnen laute Trompetensalven von draußen an sein Ohr und lassen ihn fürchterlich husten, weswegen mindestens der halbe Kuchen wieder auf seinem Teller landet. Erwartungsvoll blicken alle drei Könige auf die Eingangstür und können es kaum erwarten, herauszufinden, wer angekommen ist. Zu ihrer Verwunderung betreten aber nicht nur Prinz Theodor, die Fee Giselagunde und der Soldat Aron den Raum, sondern auch ein hässlicher Zwerg, eine sehr alte Frau und zu Ludwigs Entsetzen auch noch ein weißes Pferd. „Was macht das Pferd hier?", schimpft König Ludwig und verweist zur Tür. „Pferde haben im Schloss nichts verloren." Schnaufend tritt das Pferd auf den Boden und schaut den König böse an. Theodor hingegen kann sich sein Lachen nicht verkneifen und klopft dem Pferd beruhigend auf den Rücken. „Ruhig, mein Schatz! Wenn dein Vater dich nicht mehr im Schloss haben möchte, dann teilen wir uns eben eine Box im Stall. Flitterwochen im Heuhaufen hört sich doch gar nicht so schlecht an." Jetzt ist es Ludwig, der einen Hustenanfall bekommt. „Rosemarie, mein Schatz!", bringt er unter mehreren Hustenattacken hervor. „Bist du das?" Ein großzügiges Nicken des Pferdes, und Ludwig kann seinen Mund nicht mehr schließen. „Tja, mein Freund", klopft Barboss ihm daraufhin sarkastisch auf den Rücken, „jetzt weißt du wenigstens, wie es sich anfühlt, wenn dein Kind ein Tier geworden ist." Davon lässt sich Ludwig jedoch nicht beirren und geht auf seine Tochter zu. Sanft streichelt er ihr über den Hals und blickt ihr in die Augen. „Keine Angst, mein Pferdebäckchen", spricht er sie liebevoll an. „Dein Papa wird schon eine Lösung dafür finden." Und noch während er mit seiner Tochter beschäftigt ist, tritt Barboss an die anderen heran.

„Und wer seid ihr anderen, wenn ich fragen darf?“ Laut prustend unterbricht ihn der Zwergenkönig Gunterich und hält sich vor Lachen den Bauch. „Wenn das keine Ironie des Schicksals ist!“, zwinkert Gunterich dem anderen Zwerg zu und wendet sich danach wieder seinem Kuchen zu. Als Erste ergreift die alte Frau das Wort. „Ich bin Marie!“, beginnt sie zögerlich und kann sich nur schwer auf den Beinen halten. Sofort eilt der Zwerg auf sie zu und stützt sie. „Ich habe dir gleich gesagt, es wäre eine dumme Idee, Aron und deine Schwester Rosemarie zu heilen“, schnalzt der Zwerg missbilligend mit seiner Zunge. „Du bist deswegen sicherlich wieder um einige Jahre gealtert.“ Genervt versucht sie den Zwerg abzuschütteln. „Und wie hätten wir dann zusammen hierherkommen sollen? Wir hatten ein Pferd zu wenig.“ „WAS?“, schreit Barboss in den Raum. „Das soll Prinzessin Marie sein? Ich verbiete entschieden, dass diese hässliche Alte meinen gutaussehenden Sohn Eric heiratet.“ Eine Sekunde später dreht sich König Barboss herum und funkelt Gunterich an. „Und DU, hör endlich auf zu glucksen! Was genau findest du denn die ganze Zeit so amüsant?“ Verwirrt geht König Ludwig zu Marie und schaut sie verwirrt an. „Ich hätte ja schon damit gerechnet, dass du jünger bist. Aber wie es scheint, ist gerade alles ein wenig auf den Kopf gestellt.“ Zu ihrer größten Verwirrung zieht er sie dennoch in die Arme und drückt sie an sich. „Willkommen daheim, Tochter! Und lass dich von dem brummigen König da neben mir nicht fertigmachen. Ich werde dich so lieben, wie du bist. Egal, ob jung oder alt.“ Daraufhin läuft Marie eine kleine Träne über die Wange, die Ludwig ihr liebevoll wegwischt. Gerührt erwidert sie die Umarmung. Barboss hingegen wirft genervt die Hände in die Luft. „Du gehst mir mit deinem rührseligen Getue unglaublich auf die Nerven, Ludwig. Können wir jetzt bitte endlich zu den wichtigen Dingen kommen? Theodor, erzähle mir sofort, was es mit Morleon auf sich hat!“

Sogleich tritt Theodor gut gelaunt vor seinen Vater und verbeugt sich. „Ich kann dir freudig mitteilen, dass mein Bruder Eric uns in der Schlacht beistand und den Zauberer Morleon vernichtet hat." Sofort klatscht Barboss stolz in seine Hände und schaut die anderen Könige hochmütig an. „Das sind meine Jungs!", spricht er gut gelaunt und wendet seinen Blick erneut Theodor zu. „Gehe ich also recht in der Annahme, dass dein Bruder kein Schwein mehr ist?" „So ist es!", grinst Theodor über das ganze Gesicht. „Und wo ist der strahlende Held? Ich möchte ihm zu seinem glorreichen Sieg gratulieren." Sich laut räuspernd, tritt nun der unbekannte Zwerg vor und verbeugt sich tief vor Barboss. „Es freut mich sehr, Vater, dass du mit meiner Leistung zufrieden bist." Völlig entsetzt betrachtet Barboss den hässlichen Gnom vor sich und tritt einen Schritt zurück. „Soll das jetzt ein übler Scherz sein? Wer ist dieser Kerl?" Ohne mit der Wimper zu zucken, steht Eric auf und schaut seinem Vater in die Augen, bevor er spricht. „Kein anderer als dein Sohn Eric." Völlig kraftlos lässt Barboss sich auf seinen Stuhl fallen und schließt die Augen, während sich Gunterich vor Lachen den Bauch halten muss. „Ich hätte heute wirklich im Bett bleiben sollen", stöhnt König Barboss theatralisch. „Diese Schmach, einen Sohn zu haben, der hässlicher ist als Gunterich, überlebe ich nicht." „Na, na, mein Lieber!", lacht Gunterich immer noch. „Jetzt übertreib mal nicht so. Sieh es lieber von der positiven Seite. Jetzt passen dein Eric und Ludwigs Tochter Marie doch viel besser zusammen." Erregt springt Barboss auf und funkelt den Zwergenkönig böse an. „Mach gefälligst keine Witze darüber! Denn diese erzwungene Hochzeit wird auch dein Reich retten, wenn ich mich nicht irre." „Leider irrst du dich!", unterbricht Eric seinen Vater. „Morleon hat uns einen bösen Streich gespielt und den Fluch unauflöslich gestaltet. Mit dem wahren Kuss der Liebe ist kein Hochzeitskuss gemeint, sondern ein wirklicher Kuss unter Liebenden, die seelenverwandt sein müssen. Unsere einzige Rettung besteht also darin, das Siegel der Einhörner rechtzeitig zu finden und es gegen den Fluch zu richten, der im Übrigen aus gewaltigen Naturkatastrophen besteht."

„Jetzt möchte ich auch wieder ins Bett", fügt König Ludwig hinzu und schaut niedergeschlagen alle Anwesenden an. „Und wo genau wollt ihr die Viecher finden?", brummt Barboss missgelaunt. „Die gibt es doch überhaupt nicht." „Das ist nicht richtig, Vater. Ich habe sie auf einer kleinen, geheimen Insel bei uns im Zaubersee mit eigenen Augen gesehen. Unser Problem besteht eher darin, dass wir nicht wissen, was das Siegel der Einhörner ist. Wir hoffen aber, in der Feenakademie Antworten auf diese Frage zu finden. Laut Giselagunde gibt es eine Lehrerin mit Namen Maleria, die sich mit Flüchen sehr gut auskennt und uns vielleicht weiterhelfen kann." „Dann werden wir die Suche nach unseren toten Frauen wohl nach hinten verschieben müssen", wirft Gunterich traurig ein und erhebt sich von seinem Stuhl. „Nein, ganz im Gegenteil", spricht Theodor frei heraus. „Meine Mutter und die anderen müssen sich ebenfalls auf dieser Insel aufhalten. Vielleicht haben wir sogar die Möglichkeit, sie lebend wiederzusehen." „Wovon sprichst du, Junge?", schaut der Zwergenkönig Gunterich ihn erschrocken an und beginnt am ganzen Körper zu zittern. „Ich spreche die Möglichkeit an, dass Morleon sie vielleicht am Leben gelassen und sie auf diese Insel gebracht hat." „Wir wissen es aber nicht sicher", fügt Giselagunde nervös hinzu. „Es besteht aber eine geringe Chance, dass sie noch am Leben sein könnten." Nun sehen alle Könige aus, als hätten sie einen Geist erblickt, setzen sich geschockt auf ihre Stühle und fahren sich simultan durch ihre Haare. „Dann nichts wie los!", springt Gunterich kurz darauf auf, nachdem er den ersten Schock überwunden hat. „Das geht nicht!", ergreift nun Aron das Wort. „Wir können den Fluch und die dadurch entfesselten Naturkatastrophen vielleicht nicht aufhalten. Deswegen müssen die Königreiche so gut es geht darauf vorbereitet werden. Und nur die Könige dieser Reiche sind in der Lage, dies zu tun."

„Aron hat recht!", seufzt Ludwig erschöpft. „Wir werden uns um die Königreiche kümmern und alles organisieren. Schaut ihr aber darauf, dass ihr den Fluch so gut es geht eindämmt und uns unsere

Frauen zurückbringt." „Dann verzeiht, wenn wir nicht länger bleiben", spricht Eric, bevor er sich verbeugt und zusammen mit den anderen den Raum verlässt. Wieder allein, sitzen die drei Könige am Tisch und wissen nicht genau, wie sie mit all diesen Informationen umgehen sollen. „Dann gibt es wohl keine zweite Hochzeit", spricht König Ludwig erst einmal das Offensichtliche aus. „Du wolltest wohl deine hässliche Tochter weiterbringen?", lächelt Barboss zynisch und erhebt sich. „Aber keine Angst. Hässliche Zwerge gibt es wie Sand am Meer. Da musst du nicht lange suchen und meinen Sohn nehmen. Frag mal den Kuchen essenden Zwergenkönig! Dessen Sohn ist ja auch noch frei." „Du kannst mich gar nicht mehr treffen, Barboss", grinst der Zwergenkönig jedoch von einem Ohr zum anderen. „Wenn meine Giselagunde wirklich noch lebt, dann bin ich der glücklichste Zwerg auf der ganzen Welt. Du kannst dir deine blöden Witze also sparen. Ich werde mich lieber auf den Weg machen und mein Reich absichern. Denn so wie die Dinge gerade laufen, könnte es ein böses Erwachen geben." „Das ist eine gute Idee, Gunterich", fügt Ludwig hinzu und steht mühsam auf. „Dem kann ich mich nur anschließen." Mürrisch nickt auch König Barboss und wendet sich der Tür zu. „Dann werde ich mal meine Soldaten zusammenrufen lassen und ebenfalls verschwinden. Lass mir aber den restlichen Kuchen einpacken! Mein Pferd wird sicher auf dem Rückweg Hunger bekommen." Nach diesen Worten verlässt auch er den Saal und läutet damit den Aufbruch der Könige ein.

Vor den Toren der Feenakademie

„Ich wusste gar nicht, dass deine Schule so riesig ist, Giselagunde", ergreift Theodor das Wort und gleitet leichtfüßig von Rosemaries Rücken. Auch die Fee will von ihrem Pferd steigen, wird aber von Aron sanft auf den Boden gehoben. Verschüchtert blickt sie ihn an und wird augenblicklich feuerrot, als er ihr danach einen Kuss auf ihren Scheitel drückt. Dann hilft Aron auch Eric und Marie von ihren Pferden. Zusammen stehen sie nun vor der Schule und schauen sich gegenseitig abwartend an. „Ich werde einfach mal klopfen“, bietet sich Giselagunde an und tritt vor. Bereits nach dem dritten Anklopfen wird die Tür geöffnet und die Akademieleiterin, Fee Goldstaub, steht höchstpersönlich vor ihr. Wunderschön sieht sie mit ihren langen blonden Haaren und ihrem goldenen Kleid aus und schaut Giselagunde abschätzig an. „Ach, sieh an!“, kommt es arrogant über ihre Lippen. „Wenn das mal nicht die verloren geglaubte Feenschülerin Giselagunde ist! Wer hat dir erlaubt, dich von der Schule zu entfernen?“ Trotz panischer Schnappatmung versucht die junge Fee verzweifelt die richtigen Worte zu finden. „Es handelt sich um einen Notfall“, tritt Aron schützend vor sie. „Die Märchenreiche brauchen dringend Eure Hilfe.“ Zynisch lachend dreht sich die Fee zu dem Soldaten und schaut ihn spöttisch an. „Da habt Ihr Euch aber an die falsche Fee gewandt. Alle meine anderen Schülerinnen sind viel talentierter als diese hier.“ „Hätten diese auch den bösen Zauberer Morleon besiegen können?“, mischt sich nun auch Theodor aufgebracht ein und stellt sich ebenfalls schützend vor Giselagunde. „Nur durch ihren Einsatz und ihre Zauberkunst hat sie das Leben von mir, Prinz Theodor vom Zaubersee, und meinem Bruder Prinz Eric gerettet. Gleichfalls verdanken auch alle Trolle ihr Leben dieser tapferen Fee. Doch wenn Ihr mir nicht glaubt, dann fragt einfach Prinz Avantis von Steinwolf. Er war auch Zeuge, wie sie es allein mit der kompletten Armee von Morleon aufgenommen hat.“ Verwirrt tritt die Akademieleiterin zurück und schaut ihre Schülerin lauernd an. „Und das soll ich Euch glauben?“ „Das ist mir egal!“, wirft Theodor zornig ein. „Wir sind nicht hier, um über Giselagunde zu sprechen, sondern brauchen dringend den Rat von Eurer Lehrerin Maleria. Morleon hat einen bösen Fluch auf unsere Reiche gelegt, der in acht Tagen nicht mehr aufgehalten werden kann. Helft Ihr uns jetzt? Oder wollt Ihr für die Vernichtung allen Lebens mitverantwortlich sein?“ Mürrisch dreht sich die Fee weg und winkt ihnen zu, ihr zu folgen. „Ich glaube Euch zwar immer noch nicht“, erklärt sie hochnäsig, „aber wenn Ihr annehmt, dass Maleria Euch helfen kann, dann will ich nicht im Weg stehen. Aber bedenkt, Prinz!“, verziehen sich ihre Lippen zu einem zynischen Lächeln. „Diese Hexe ist sehr launisch und hasst Fremde. Ihr werdet kein großes Glück haben, etwas von ihr zu erfahren. Doch wenn Ihr sie dennoch aufsuchen wollt, müsst Ihr in der Bibliothek nach ihr suchen. Führ sie hin, Giselagunde! Du kennst ja den Weg.“ Und schon erhebt sich die Fee in die Lüfte und fliegt mit ihren Flügeln davon.

„Wahnsinn, ist das eine arrogante Zicke!“, kann sich Marie ihren Kommentar nicht verkneifen. „Schönheit ist eben nicht alles. Lasst uns hoffen, dass Maleria netter ist.“ Nun ist es an Giselagunde, unglücklich zu lachen. „Das bezweifle ich, Marie. Ich habe bis jetzt nicht die besten Erfahrungen mit ihr gemacht.“ Und während sie sich auf dem Weg zur Bibliothek befinden, kommen sie an vielen weiteren Feenschülern und -lehrern vorbei. Doch trotz ihrer hämischen Blicke und ihres Gekichers fühlt sich Giselagunde zum ersten Mal in ihrem Leben nicht allein und minderwertig. Denn zusammen mit ihren Freunden schreitet sie tapfer den Weg entlang und spürt eine innere Ruhe in sich. Sie kennt nun ihren Wert, den ihr keiner mehr nehmen kann. Sobald sie die Bibliothek erreicht haben, klopft Marie an und tritt, ohne zu warten, in den Raum hinein, da ihr alles viel zu langsam geht und sie endlich Antworten möchte. Und schon sieht sie einen großen Tisch in der Mitte des Raumes, auf dem einige Bücher und viele handgeschriebene Prüfungen liegen. Zornig schaut eine Frau auf, die komplett in Schwarz gekleidet ist. „Wer stört meine Konzentration?“, will sie sofort wissen und funkelt die Neuankömmlinge böse an. „Fräulein Maleria“, stottert Giselagunde ängstlich, „ich bin Eure Schülerin Giselagunde und wir hätten eine wichtige Frage an Euch.“ „Das ist mir gleich!“, spricht Maleria in einem scharfen und schneidenden Ton. „Eure Frage muss warten, bis ich in ein paar Tagen mit den Korrekturen fertig bin. Bis dahin hat keiner die Erlaubnis, mich zu stören. Also raus oder ich verfluche Euch alle!“ Daraufhin tritt Marie vor und schaut die Hexe freundlich an. „Begrüßt man so seine Nichte, liebe Tante Maleria?“, überrumpelt Marie alle mit ihrer Offenbarung. „Ich soll dich von Gretlinde und Katharina schön grüßen und dir ausrichten, dass sie für dich ein paar Lebkuchen bereithalten, wenn du nach Hause kommst.“ Sofort verzieht Maleria angewidert ihr Gesicht. „Wenn Katharina nicht bald mit diesem Blödsinn aufhört, dann wird sie uns alle noch damit vergiften.“ „Das darfst du ihr aber persönlich sagen“, lächelt Marie und schaut der anderen Hexe selbstbewusst in die Augen. „Ich dachte immer“, hebt Maleria interessiert eine ihrer Augenbrauen, „dass Gretlinde dich den Drachen zum Fraß vorgeworfen hätte?“ „Ich muss wohl ziemlich unappetitlich gerochen haben, weil sie mich lieber zu den Menschen brachten, anstatt mich zu verspeisen“, antwortet Marie wahrheitsgemäß. Neugierig geworden steht Maleria auf und umrundet Marie. „Um meine Nichte sein zu können, bist du aber ein wenig alt.“ „Ich habe wohl zu viel gezaubert“, zuckt Marie gleichgültig mit ihren Schultern. „Tantchen, ich brauche dringend deine Hilfe“, wagt Marie einen riskanten Vorstoß. „Weißt du zufällig, was mit dem Siegel der Einhörner gemeint ist?“

Laut lachend schüttelt die Hexe den Kopf und setzt sich zurück zu ihren Korrekturen. „Schlag dir das aus dem Kopf, Nichte. Dieser Zauber ist viel zu stark und mächtig für uns. Nur ein großer Zauberer kann etwas damit anfangen.“ „Könntest du ihn mir trotzdem erklären?“, schaut Marie sie flehend an. „Ich würde ihn so gerne verstehen und Gretlinde hat gesagt, dass du die beste aller Lehrerinnen bist.“ Geschmeichelt fährt sich Maleria über ihre langen schwarzen Haare und versucht sich an einem Lächeln. „Also gut, wenn du es unbedingt wissen willst, dann erzähle ich dir ein bisschen was. Nachdem die Einhörner schon vor hunderten von Jahren ausgestorben sind und nur noch als Fantasiegebilde gekannt werden, müssen erst welche erschaffen werden. Meistens nimmt man bereits majestätische Geschöpfe und verwandelt diese zu Einhörnern. Wichtig für dich! Es dürfen keine Jungfrauen mehr sein." „Wieso das?", will Marie sogleich wissen. „Das hat etwas mit Reinheit und so zu tun", winkt Maleria jedoch ab. „Auf jeden Fall funktioniert eine solch komplizierte Verwandlung bei Jungfrauen immer viel schlechter als bei anderen. Ihre Jungfräulichkeit scheint die schwarze Magie abzuschwächen. Denn die musst du anwenden, wenn du Einhörner erschaffen willst." „Und was ist dann das Siegel?", wird Marie immer nervöser. „Das, meine liebe Nichte, erhältst du, wenn du sechs Einhörnern die Hörner abschneidest, sie in deren Blut tränkst und in einem Zauberkreis zusammenlegst. Sie verbinden sich dann von allein und erschaffen ein unglaublich mächtiges Siegel, mit dem dir fast jeder Zauber gelingt, ohne dass er deine Lebenskraft aussaugt. Aber dafür ist es für dich zu spät. Denn so wie du gerade aussiehst, hast du es eindeutig übertrieben und wirst dein Leben schon bald ausgehaucht haben. Schlag dir das also lieber aus dem Kopf und trinke frisches Blut. Vielleicht hilft das noch ein bisschen. Du schaust nämlich fürchterlich aus." „Danke für den Tipp, Tante", nickt Marie zufrieden. „Nichts zu danken und jetzt geh!", deutet Maleria ungeduldig auf die Tür. „Ich habe noch viel zu tun und ärgere mich schon seit Stunden fürchterlich über meine Feenschüler. Ist es denn zu viel verlangt, wenn sie einfach nur einen Fluch so formulieren sollen, dass er für hundert Jahre in Kraft tritt, sobald sich jemand in den Finger sticht? Das ist doch wirklich keine schwere Prüfungsaufgabe."

Dankbar nickt Marie ihrer Tante zu und verlässt mit ihren Gefährten, die sich die ganze Zeit zurückgehalten haben, nicht nur die Bibliothek, sondern kurz darauf auch die Feenakademie. Doch sobald sie diese verlassen haben, begrüßt sie ein sternenklarer Nachthimmel. „Heute werden wir wohl nicht mehr sehr weit kommen", spricht Theodor die Gedanken der anderen aus, weswegen sie einen Platz für ein geeignetes Nachtlager suchen. Kaum sitzen alle am Feuer, stellt sich ein unangenehmes Schweigen ein, bis Giselagunde dieses durchbricht. „Du bist also eine halbe Hexe?" „Leider ja!", nickt Marie traurig. „Wie es scheint, brauchte meine Mutter nur das Blut einer Prinzessin und hat sich deswegen von König Ludwig schwängern lassen. Danach brauchte sie mich jedoch nicht mehr und wollte mich an die Drachen verfüttern und loswerden. Nicht gerade das, was ich mir als Kind immer vorgestellt habe, wenn ich an meine Mutter dachte. Aber wer hat schon perfekte Eltern?“ Mitfühlend kommt die Fee zu ihr und legt ihren Arm um Marie. „Wir stehen alle hinter dir, Marie. Egal, wer oder was du bist. Wir halten zusammen.“ Liebevoll schaut Marie ihre neue Freundin an und genießt deren Zuwendung.

Eric hingegen sitzt abseits des Feuers und betrachtet resigniert die Szene. Gerne hätte auch er Marie in seine Arme genommen und ihr gesagt, wie wenig ihn ihre Herkunft stört. Doch nachdem Marie gestern beschlossen hat, ihn ab sofort zu ignorieren, hat er keine Chance mehr, sich ihr zu nähern. Sobald er auch nur ein Wort an sie richtet, wird er mit Blicken erdolcht und mit Worten vernichtet. Es ist mehr als offensichtlich, dass sie immer noch stinksauer auf ihn ist. Aber es bringt nichts. Er muss sich einfach an den Gesprächen beteiligen, auch wenn er damit ihren Zorn auf sich zieht. Also geht er missmutig zu den anderen und setzt sich zwischen Theodor und Aron. Mit der Frage „Kannst du einen Zauberkreis ziehen, Giselagunde?“ richtet er das Gespräch auf ihr eigentliches Ziel zurück. „In der Theorie bin ich ziemlich gut“, lächelt die Fee freudestrahlend in die Runde. „Ich kann euch einen perfekten Kreis zeichnen.“ „Das ist doch schon mal was“, ergänzt Eric und stochert mit einem Stab im Feuer herum. Nachdem sich kleinere Funken gelöst haben, spricht er weiter. „Die wichtigere Frage jedoch ist, ob wir in der Lage sind, sechs Einhörner zu töten, von denen wir wissen, dass sie früher Menschen waren.“ Theodor schaut betreten auf den Boden. „Wenn es die einzige Möglichkeit ist, alle zu retten? Sind wir dann nicht verpflichtet, es zu tun?“ „Genau diese Frage stelle ich mir auch schon die ganze Zeit, Bruder“, brummt Eric. „Ist es moralisch in Ordnung, einige wenige zu opfern, um Tausende zu retten?“ „Wenn du die Frage so formulierst, müsste ich eigentlich mit Ja antworten“, gibt Theodor zerknirscht zu. „Und was ist“, ergänzt Eric, „wenn die

Einhörner unsere Mütter sind?" Sofort springt Theodor auf und schaut entsetzt seinen Bruder an. „Worauf willst du hinaus, Eric? Willst du von mir hören, dass wir unsere Mütter töten sollen, um alle zu retten? Du weißt genau, dass ich dazu nicht in der Lage bin. Also schlag dir das aus dem Kopf. Da nehme ich es lieber mit hundert Naturkatastrophen auf." „Dann wird uns wohl nichts anderes übrigbleiben", seufzt Eric schwer. „Denn auch ich bin nicht bereit, Unschuldige für das Wohl aller zu opfern."

„Vielleicht gibt es noch einen anderen Weg, den wir noch nicht gefunden haben", schlägt Giselagunde vor und schaut aufmunternd in die Runde. „Wir könnten", überlegt Eric, „noch einmal in das geheime Labor eindringen. Vielleicht finden wir dort erneut Remolons Notizbuch und können eine andere Lösung herauslesen." „Das ist ein guter Plan", freut Theodor sich und grinst seinen Bruder erleichtert an. Dieser ist jedoch nicht so optimistisch und wendet seinen Kopf Marie zu. „Was denkst du darüber, Marie?" Irritiert durch seine direkte Frage hebt sie ihren Kopf und schaut zunächst ins Feuer. Eigentlich hatte sie sich ja vorgenommen, mit diesem Kerl kein Wort mehr zu reden. Aber was würde es ihr bringen, sich bei so einem wichtigen Thema herauszuhalten? Gerade ist es an ihr, ihren Stolz zu schlucken und konstruktiv mit den anderen und auch mit Eric zusammenzuarbeiten. Und wie er schon so treffend formulierte, steht das Leben von Tausenden auf dem Spiel. „Ich denke auch", räuspert sie sich mehrmals, „dass wir erst einmal ins Reich des Zaubersees aufbrechen und das Labor von Remolon auf den Kopf stellen sollten. Danach können wir auf die Insel übersetzen und herausfinden, was es mit den Einhörnern auf sich hat. Vielleicht kann uns auch die Göttin des Sees weiterhelfen." „An die Göttin habe ich gar nicht mehr gedacht", nickt Eric und schaut sie lächelnd an. „Sie könnte das Zünglein an der Waage sein und uns helfen." „Welche Göttin?", fragt Theodor verdutzt und wird sogleich von Rosemarie sanft angestupst. „Jetzt sag bloß, du glaubst an sowas?", schaut Theodor daraufhin Rosemarie an. Diese kann sogar als Pferd die Augen verdrehen und schnauft genervt. „Ernsthaft?“, spricht plötzlich Aron und schaut den Prinzen vorwurfsvoll an. „Du lebst am Zaubersee und glaubst nicht an Göttinnen?“ „Ich dachte, du wärst so klug und so belesen?“, kann es sich Eric ebenfalls nicht verkneifen, seinen Bruder aufzuziehen. „Das bin ich auch“, gibt dieser beleidigt zurück. „Aber von Sagen habe ich noch nie viel gehalten. Ich bin eher ein Mann der Wissenschaft.“ „Das ist jetzt auch vollkommen egal“, wirft Marie ein. „Hauptsache, wir wissen, dass es eine Göttin im See gibt, die uns vielleicht helfen kann.“

„Da stimme ich Marie zu“, lächelt Giselagunde freudig. „Vielleicht kann sie uns auch helfen, Rosemarie, Marie und Eric wieder zurückzuverwandeln.“ Laut schnaufend stimmt Rosemarie zu und unterstützt diesen Vorschlag mit einem Nicken ihres Pferdekopfes. „Ach! Warum denn?“, lächelt Theodor spitzbübisch in die Runde. „Es ist doch wirklich praktisch, eine Frau zu haben, die einen tragen kann und die einen nicht mehr mit Schuhen bewirft.“ Zur allseitigen Belustigung schafft es Rosemarie dennoch, einen Stein mit ihren Zähnen aufzuheben und Theodor provozierend anzusehen. Sofort hebt Theodor abwehrend seine Hände und lacht ebenfalls. „Ich gebe mich geschlagen. Schuhe sind mir doch lieber als Steine. Die hinterlassen wenigstens keine so großen Beulen.“ „Dann sollten wir uns aber endlich ausruhen“, brummt Aron und legt seinen Arm um Giselagunde, die sich kurz vorher an ihn gelehnt hat und ihn verlegen ankichert. „Das sollten wir wirklich“, stimmt auch Theodor zu und kuschelt sich ganz nahe an den großen und warmen Körper seiner Frau. „Habe ich schon erwähnt, wie praktisch deine Pferdegestalt ist?“ Ein leises Wiehern folgt dem Stein, der ihm in den Schoß geworfen wird. Theatralisch krümmt sich Theodor zusammen und schaut Rosemarie schelmisch an. „Wie es scheint, stehst du wohl gerade nicht so auf Komplimente.“

Marie hält es kaum mehr aus und muss aus vollem Halse lachen. Theodor ist wirklich schlimm, wenn es darum geht, andere aufzuziehen. Schade nur, dass Eric dieser Sinn für Humor fehlt. Er ist wohl mehr der ernste Typ. Doch gerade als sie sich hinlegen möchte, bemerkt sie, dass Eric nicht mehr bei ihnen ist. Verunsichert schaut sie sich in alle Richtungen um, kann ihn aber nirgends entdecken, weswegen sie sich schwerfällig erhebt und mit ihren krummen Beinen das Feuer verlässt. Aber kaum hat sie sich den Pferden zugewandt, kann sie ihn leise flüstern hören. „So ist es gut, mein Großer! Lass dir die Karotte schmecken. Es tut mir leid, dass ich früher immer so unfreundlich zu dir war. Ich weiß jetzt, wie es ist, bis zur Erschöpfung galoppieren zu müssen und kein Wasser zu bekommen. Hoffentlich kannst du mir dies verzeihen. Ich verspreche dir, mich ab sofort besser um dich zu kümmern." Noch eine ganze Weile steht Marie versteckt hinter einem Baum und beobachtet Eric, wie er hingebungsvoll den Kopf seines Pferdes krault. Immer wieder kann sie dessen zufriedenes Schnauben und Erics Lachen hören. Bald schon beginnen ihre Glieder von der Kälte steif zu werden und sie schleicht sich leise zurück. Die anderen liegen bereits zusammengekuschelt vor dem Feuer und spenden sich gegenseitig Wärme. Sie schnappt sich eine der zwei übriggebliebenen Decken und legt sich direkt vors Feuer. Leider ist ihr Körper bereits so kalt, dass dieser unkontrolliert zu zittern beginnt. Trotzdem versucht sie mit ihren geschlossenen Augen der Kälte zu trotzen und in den Schlaf zu finden. Doch kurz darauf bemerkt sie, wie eine zweite Decke über sie gelegt wird und ihr die dringend benötigte Wärme spendet. Im Halbschlaf kann sie noch erkennen, wie ein Zwerg sich vor das Feuer setzt und Äste nachlegt.

Der plötzliche Schrei einer Eule lässt Marie Stunden später aufschrecken und die Augen aufschlagen. Verwirrt schaut sie in die Dunkelheit und sieht Eric, wie er weiterhin am Feuer sitzt und dieses anstarrt. Heimlich beobachtet sie ihn eine Weile und erkennt deutlich die Sorgenfalten auf seinem Gesicht. Was er wohl jetzt gerade denkt?

Schon eine Ewigkeit sitzt Eric betrübt am Feuer und beobachtet die Flammen. Er hat eine böse Vorahnung, was ihre Mission angeht, und findet keinen Schlaf. Zusätzlich wandern seine Gedanken auch immer wieder zu Marie, die weiterhin den Gefahren trotzen will. Er macht sich unglaubliche Sorgen um sie, da ihr Körper bereits zusehends verfällt und nicht mehr viel Zeit bleibt, ihr mit dem Zauberspiegel zu helfen, weil sie viel zu leichtfertig mit den Zauberkräften des grünen Smaragds umgegangen ist. Noch eine Heilung, so fürchtet er, und sie wird wahrscheinlich nie wieder erwachen. Die Verantwortung liegt schwer auf seinen Schultern und vermag ihn fast zu erdrücken. „Warum schläfst du nicht?", unterbricht Marie irgendwann seine trübsinnigen Gedanken. „Es ist mitten in der Nacht und du brauchst auch dringend deinen Schlaf." „Das kann schon sein", antwortet Eric niedergeschlagen. „Aber mir geht viel zu viel im Kopf herum. Versuch du aber, noch etwas zu schlafen. Dein Körper braucht dringend Ruhe und muss sich erholen." Säuerlich motzt Marie leise zurück: „Behandle mich nicht wie ein Kind, Eric. Ich bin alt genug, um selbst entscheiden zu können, was gut für mich ist." „Genau das ist ja der Knackpunkt", atmet Eric erschöpft aus. „Du bist gerade *zu* alt. Also sei eine brave Großmutter und schließ die Augen." Schon will sie ausholen und kontern, bemerkt aber das leichte Heben seiner Lippen. Verblüfft schaut sie ihn an und kann tatsächlich ein Lächeln auf seinem Gesicht erkennen. „Sag bloß, du hast gerade einen Witz auf meine Kosten gemacht?" „Natürlich!", schmunzelt Eric, auch wenn sein Lächeln nicht seine Augen erreicht. „Ich muss ja schließlich noch aufholen, nachdem du mich mehrere Tage als Opfer auserkoren hattest und ich mich verbal nicht wehren konnte." Ein Glitzern tritt in Maries Augen und lässt sie aufgeregt funkeln. „Dann haben wir also einen persönlichen Wettkampf?" „Wenn du das möchtest, dann gerne", antwortet Eric. „Doch jetzt schlaf noch ein wenig. Der Tag wird bald anbrechen und der Ritt wird hart und lang." Mit einem Lächeln auf den Lippen findet Marie tatsächlich nochmals in den Schlaf und kuschelt sich in ihre warmen Decken.

„Das hält doch der stärkste Krieger nicht aus!“, jammert Aron und hält sich gespielt die Ohren zu. Lachend reitet Theodor an seine Seite. „Du bist heute aber empfindlich, Aron. Hast du vorher noch nie das Wehklagen von Frauen gehört?“ „Doch, schon“, knirscht Aron genervt mit seinen Zähnen. „Aber jetzt jammern zwei von der Sorte.“ „Dann können wir ja von Glück sprechen, dass meine Frau gerade nicht mitmachen kann. Es ist schon eine Wohltat, wenn sie in einer Gestalt steckt, die nicht sprechen kann.“ Kaum hat er dies gesagt, bleibt Rosemarie augenblicklich stehen, hebt ihre Vorderhufe weit nach oben und lässt dadurch Theodor unfreiwillig von ihrem Rücken rutschen. Sobald er auf festem Boden gelandet ist, marschiert sie weiter und zeigt ihm ihre Kehrseite. Lachend und fluchend zugleich rappelt Theodor sich auf und geht nun zu Fuß neben Aron her. „Deine Frau hat dich aber ganz schön im Griff“, grinst Aron auf Theodor herunter. Dieser zuckt nur mit den Schultern und geht gemütlich weiter.

„Ist das jetzt dein Ernst?“, schimpft Aron keine zwei Stunden später. „Musst du jetzt auch noch zu jammern anfangen?“ „Dann geh du doch mal zu Fuß und leih mir dein Pferd! Dann können wir ja sehen, wie gut du das hinbekommst, ohne Blasen zu bekommen“, brummt Theodor mürrisch. „Du könntest dich auch einfach bei meiner Schwester entschuldigen“, schlägt Marie vor und dreht sich zu Theodor herum. „Vielleicht ist sie dann so nett und lässt dich wieder aufsitzen.“ „Wer bin ich denn?“, beginnt Theodor zu motzen. „Das hier ist ein reines Machtspiel und ich habe keine Lust, immer den Kürzeren gegen sie zu ziehen. Davon abgesehen habe ich überhaupt nichts Schlimmes gemacht. Sie ist und bleibt eine verwöhnte Prinzessin, egal, in welcher Form sie sich gerade befindet oder wie groß ihr Hintern ist.“ Frustriert haut Marie sich auf die Stirn und Eric beginnt seinen Kopf zu schütteln. „Und du bist und bleibst unverbesserlich. Selbst ich als dein Bruder würde dich gerade nicht auf mir reiten lassen“, ergänzt Eric und schaut ihn vorwurfsvoll an. „Mischt euch da nicht immer ein!“, brummt Theodor genervt. „Von ehelichen Auseinandersetzungen habt ihr alle doch überhaupt keine Ahnung.“ „Du aber auch nicht“, grinst Marie ihn schelmisch an. „Wenn du dich nämlich auskennen würdest, dann wäre dir klar, dass in einer Ehe immer die Frauen das Sagen haben.“ Daraufhin muss Aron laut lachen und schlägt sich auf den Oberschenkel. „Ein wahres Wort!“

Eine halbe Stunde später erreichen sie endlich die kleine Stadt, aus der sie mit einem Boot über den Zaubersee setzen und das Schloss erreichen können. Wie bereits vor ein paar Tagen dominiert reges Treiben das Stadtbild, wobei es dieses Mal anders ist. Die freudigen Rufe sind verstummt und die Menschen wirken gehetzt. Soldatentrupps kontrollieren Warentransporte und die Bauern bringen ihr Korn und Vieh zu zentralen Punkten. „Mein Vater hat also schon begonnen, unser Reich auf den Fluch vorzubereiten“, spricht Eric das Offensichtliche aus. Traurig gleitet sein Blick über das Land und seine Bewohner. „Ich hoffe, wir finden bald eine Lösung, damit wir alle retten können und die Schönheit der Reiche erhalten bleibt.“ „Das hoffe ich auch, Bruder“, ergänzt Theodor und schaut ebenfalls betrübt den Menschen zu. „Jetzt lasst doch eure Köpfe nicht so hängen!“, wirft Marie enthusiastisch ein. „Wir haben schließlich noch sieben Tage, in denen wir sicher eine Lösung finden werden.“ „Deinen Optimismus möchte ich haben“, lächelt Giselagunde betreten und zügelt ihr Pferd vor einer großen Fähre. Mit dieser setzen sie sogleich auf die große Insel im See über und machen sich auf den Weg ins Schloss. Dort angekommen, wird Rosemarie jedoch der Zugang verwehrt, weswegen sich Aron anbietet, bei ihr zu bleiben. Dankend nimmt Theodor das Angebot des Soldaten an und begleitet seinen Bruder, Marie und Giselagunde ins Schloss.

Mit gemischten Gefühlen betritt Eric sein Zuhause, wo er sein ganzes Leben als arroganter Prinz verbracht und den Menschen häufig Unrecht angetan hat. Beschämt lässt er seinen Kopf hängen, geht die Gänge des Schlosses entlang und denkt an sein früheres Verhalten. Doch noch während er in Gedanken ist, stürmt plötzlich ein großes, braunes, sabberndes Ungetüm auf ihn zu. Und noch bevor er reagieren kann, wird er freudig von dem Hund umgerissen und im gesamten Gesicht abgeschleckt. Erstarrt bleibt Theodor stehen und kann es nicht fassen, dass Eric das Tier nicht wegstößt, sondern aus vollem Halse lacht und den Hund freudig am Kopf krault. „Ja, mein Guter!", säuselt Eric und vergisst für einen kurzen Moment, dass er nicht allein ist. „Du bist wirklich ein ganz schlauer Kerl. Du bist der Einzige, der mich gleich wiedererkannt hat." Sich räuspernd steht Theodor hinter seinem Bruder und klopft ihm auf den Rücken. „Bei so einer hässlichen Visage ist das aber auch wirklich schwer." Erschrocken hält Eric in seinem Tun inne und realisiert erst jetzt, dass alle ihn belustigt anstarren, während er mit dem Hund auf dem Boden knuddelt. Mit leicht gerötetem Gesicht erhebt sich Eric, wendet sich wieder den Gängen zu und geht geradewegs in das frühere Zimmer des bösen Zauberers, der hier unentdeckt als Berater seines Vaters gelebt hat.

Klopfenden Herzens folgt Marie den anderen und kann kaum begreifen, was sie gerade gesehen hat. War das wirklich der arrogante Prinz, dem sie damals begegnet ist, der Tiere und Menschen gleichermaßen schlecht behandelte? Steckt in ihm vielleicht doch mehr? Langsam und in ihre Gedanken vertieft, folgt sie den anderen, die bereits das Zimmer von Morleon betreten und den Wandteppich zur Seite geschoben haben. Und keine zwei Minuten später stehen alle vier in dem dunklen Raum am Fuße einer kleinen Treppe und können kaum ihre Hand vor Augen sehen. Giselagunde ist so nett und entzündet mit ihrer Magie ein paar Fackeln, die überall im Raum verteilt sind. Aber sobald die Fee alles sehen kann, springt sie augenblicklich vor Entsetzen in die Höhe. Denn überall im Raum sind Flaschen aufgereiht, in denen sich Gliedmaßen von Lebewesen oder geheime Mixturen befinden. Und auch ein verwester Krähenfuß ist zu finden und lässt das Gesicht der Fee grün anlaufen. Zitternd tritt sie zur Treppe zurück. „Ich glaube, ich werde lieber oben warten“, beißt sie angespannt ihre Zähne zusammen und geht mit wackligen Füßen die Treppe hoch. „Ich werde dich begleiten“, kommt es auch von Theodor, der mit seiner gräulichen Gesichtsfarbe Giselagunde in nichts nachsteht. Genervt verdreht Eric die Augen und winkt zur Treppe. „Dann schaut wenigstens, ob ihr in dem anderen Raum etwas Brauchbares finden könnt. Alle Hinweise sind kostbar.“ Danach beginnt Eric akribisch den Tisch und die Schränke zu untersuchen. Marie hingegen schaut sich den Raum in seiner Ganzheit an. „Nichts!“, schnauft Eric jedoch frustriert nach einigen Minuten. „Ich kann das Buch nicht finden. Vielleicht hatte er es ja bei sich?“ „Das hoffe und glaube ich nicht“, wirft Marie kopfschüttelnd ein. „Er muss es besser versteckt haben, nachdem wir es ja das letzte Mal gefunden hatten.“ „Da könntest du recht haben“, brummt Eric und schaut sich nach allen Seiten um. Doch selbst nach einer halben Stunde intensiven Suchens sind sie keinen Schritt weitergekommen. „Wir haben nicht mehr viel Zeit“, wird Eric immer nervöser. „Es ist bereits nach Mittag und wir wollten heute noch auf die Insel. Wenn wir das Buch nicht finden, dann müssen wir es eben ohne versuchen.“ „Du hast recht!“, lässt Marie deprimiert ihren Kopf hängen. „Aber gib uns noch ein paar Minuten. Ich bin sicher, wir werden es bald haben.“

„Es bringt nichts!“, muss Marie jedoch nach weiteren zehn Minuten zähneknirschend zugeben. „Wir sollten uns wirklich auf den Weg machen.“ Verärgert über die verlorene Zeit, will Eric Marie zur Treppe folgen, als er innehält und lauscht. Hat er da nicht ein leises Kratzgeräusch gehört? Sich wieder umdrehend, versucht er dem Laut zu folgen und bleibt vor dem Schrank mit den ganzen Gläsern stehen. Behutsam schiebt er die beschrifteten Giftmischungen, eine nach der anderen, zur Seite und findet dort in einem Glas eine kleine, sehr geschwächte Maus, die sich kaum mehr bewegen kann. Voller Mitleid holt er das Gefäß zu sich, öffnet den Deckel, nimmt die kleine Maus in seine Hand und steckt sie in einen kleinen Beutel, den er um die Hüften trägt. „Was hast du gefunden?", will Marie sogleich wissen und kommt ihm entgegen. „Leider nichts von Belang", antwortet Eric ausweichend und stellt das leere Glas zurück. Dies macht er jedoch so ungeschickt, dass er damit ein weiteres anrempelt und eine Kettenreaktion auslöst. Daraufhin landen mehrere Gläser mit Flüssigkeiten und Leichenteilen scheppernd auf dem Boden und verteilen sich. Eric versucht sofort angewidert zurückzuspringen, rutscht aber aus und landet mit dem Rücken schmerzhaft auf hartem Grund. Sein Blick ist daraufhin direkt an die Decke gerichtet. Und zu seiner großen Freude kann er nun endlich erkennen, was ihnen die ganze Zeit verborgen blieb. Durch eine optische Täuschung konnten sie die kleine Aussparung nicht erkennen, die sich direkt an der Decke befindet. Ungelenk steht Eric auf und schleppt einen schweren Stuhl zu dieser Stelle. Aber leider ist seine Körpergröße nicht ausreichend, um das Buch zu erreichen.

„Warte, ich helfe dir!", eilt Marie sogleich zu ihm. „Vorsicht, es ist rutschig!", kann Eric zwar noch anmerken, ist aber viel zu spät mit seiner Warnung. Ein kleiner Fehltritt, und Marie landet wie der Zwerg zuvor auf ihrem Rücken. Doch aufgrund ihres Alters bemerkt sie den Sturz viel stärker in ihren Knochen, weswegen sie kaum aufstehen kann, da die Flüssigkeit sie massiv behindert. Eric eilt sofort an ihre Seite und reicht ihr die Hand. Zusammen schaffen sie es umständlich, zu dem Stuhl zu gelangen, der inmitten der ganzen Glasscherben und verschütteten Tränke steht. Doch sobald Marie diesen erklommen hat, hält sie keine drei Sekunden später das Notizbuch von Morleon siegessicher in der Hand. „Ich habe es, Eric", schenkt sie dem Zwerg ein strahlendes Lächeln. „Wir haben es gefunden." Euphorisch will sie vom Stuhl steigen, rechnet aber nicht mit ihren rutschigen Schuhsohlen. Ein lauter Entsetzensschrei folgt ihrem Fehltritt und schon saust ihr Körper dem Boden entgegen. Doch anstatt hart zu landen, befindet sie sich plötzlich über einem stöhnenden Zwerg, der vor lauter Schmerzen sein Gesicht verzieht. Mühsam möchte sie sich aufrappeln, rutscht aber sogleich wieder aus und landet ein zweites Mal auf Eric.

„Warte, Marie!“, presst Eric unter zusammengebissenen Zähnen heraus. „Bleib bitte kurz liegen und gib mir ein paar Minuten, bis ich wieder atmen kann. Einen dritten Zusammenstoß mit deinem Körper überlebe ich nämlich nicht.“ Die Momente verstreichen und Erics Lungen können bald wieder ihre Arbeit aufnehmen. Doch anstatt aufzustehen, sobald Sauerstoff seinen Körper belebt, schaut er Marie intensiv in die Augen. Wie selbstverständlich hebt er seine Hand und streicht ihr eine Haarsträhne aus dem Gesicht. „Du hast wunderschöne Augen“, muss er sich räuspern, um trotz seines Kloßes im Hals mit ihr sprechen zu können. „Ich könnte stundenlang in ihre Tiefen blicken und würde doch nicht ertrinken.“

Ein lautes Rumpeln reißt Marie von Erics Anblick los und lenkt ihre Aufmerksamkeit zu Theodor. Dieser steht mit angewidertem Gesicht auf der untersten Stufe der Treppe und schaut sich die Sauerei im Raum an. „Euch kann man aber auch nicht allein lassen“, deutet er auf den Boden. „Jetzt schaut euch an, was ihr angerichtet habt! Der arme Morleon würde sich im Grabe umdrehen, wenn er wüsste, was ihr aus seinem schönen und gemütlichen Labor des Schreckens gemacht habt.“ „Jetzt rede nicht, sondern hilf uns lieber!“, kommandiert Eric seinen Bruder zu sich. „Maries alte Knochen sind verdammt schwer und piksen.“ Verdutzt schaut Marie den Zwerg unter sich an, der gerade ihrem Blick ausweicht. Provokant zwinkert sie ihm schelmisch zu und ignoriert das Kribbeln in ihrem Bauch. „Da kann ja ich nichts dafür, dass Zwerge so klein und schwach sind, dass sie nicht einmal mit alten Frauen fertigwerden. Wie ist eigentlich das Gefühl, in ständiger Angst leben zu müssen, von einer Frau versehentlich erdrückt zu werden?“

„Ich sehe schon", kommentiert Theodor, nachdem er sie schlitternd erreicht hat. „Ihr scheint nicht verletzt zu sein, wenn ihr euch noch liebevolle Neckereien an den Kopf werfen könnt." Vorsichtig hilft Theodor Marie auf die Beine und geleitet sie sicher zur Treppe. „Ich komme gleich nach", erklärt Eric und stemmt sich erst vom Boden hoch, als beide außer Sicht sind. Denn wie er befürchtet hat, stecken in seinem Rücken und Oberschenkel größere und kleinere Glassplitter, die sich durch Maries zusätzliches Körpergewicht in sein Fleisch gebohrt haben. Unter Schmerzen entfernt er jeden einzelnen vorsichtig, schafft es aber nicht, alle zu erreichen. „Eric, kommst du endlich oder soll ich dich holen?", brüllt Theodor in der Zwischenzeit von oben herunter. „Ich bin ja gleich da", verzieht Eric unter Schmerzen sein Gesicht. „Ihr könnt ja schon mal zu Rosemarie vorgehen. Ich möchte noch eine Sache nachschauen", versucht er dennoch so neutral wie möglich zu klingen und unterdrückt seine aufkommende Panik. Sein ganzer Rücken brennt und verbindet sein Blut mit den Flüssigkeiten, die sich auf dem Boden kurz vorher vermischt haben. Man muss kein Genie oder Zauberer sein, um zu erahnen, was mit ihm die nächsten Stunden oder Tage passieren wird. Er ist zu sehr Realist und weiß, dass er gerade einen giftigen Zaubercocktail in seinen Adern hat. Wie lange er jedoch noch hat, bevor die Wirkung dieser Substanzen einsetzt, wird die Zeit zeigen. Aber eine glückliche Zukunft braucht er sich wohl nicht mehr auszumalen. Mühsam und von Schmerzen gepeinigt, schleppt er sich die Stufen hoch. In einem Spiegel im Zimmer kann er seinen blutigen Rücken deutlich sehen und die letzten Splitter entfernen. Kaum hat er dies getan, zieht er sich auch schon sein Hemd über den Kopf und sieht bereits die ersten schwarzen Adern, die sich auf seiner Haut bilden. Resigniert lässt er den Kopf hängen. Bevor er jedoch das Zimmer verlässt und sich den anderen anschließt, zieht er aus dem Kleiderschrank von Morleon noch schwarze Kleidung, da diese sein Blut kaschieren wird, und macht sich dann auf den Weg, wobei er bereits beschlossen hat, den anderen nichts von seinem Unglück zu erzählen. Zu groß lastet bereits der Druck auf allen, den Fluch zu lösen. Da dürfen sie keine weitere Zeit verlieren, ihn retten zu wollen. Denn seine Situation ist sowieso aussichtslos. Er kann nur hoffen, lange genug durchzuhalten, damit er ihnen noch behilflich sein kann.

Nach einigem Suchen kann er alle an einem größeren Boot am Rande des Schlossgartens wiederfinden. „Wo warst du denn so lange?", wirkt Theodor ungehalten. Man kann ihm deutlich seine Nervosität ansehen. „Ich musste mich umziehen, wie du siehst", antwortet Eric, schaut seinem Bruder dabei aber nicht in die Augen. Mit so viel Körperspannung wie möglich kaschiert er hingegen seine Verletzungen und steigt als Erster ins Boot. Nachdem sogar Rosemaries Pferdekörper einen Platz gefunden hat, ergreifen Theodor und Aron die Ruder und bringen das Gefährt in Stellung. Eric hat sich in der Zwischenzeit das Notizbuch geschnappt und überfliegt die Seiten, während Giselagunde die Richtung mit ihrem Runenstein vorgibt. Zusammen gleiten sie über den stillen See und können sogar kurzzeitig in der Ferne ein kleines Fischerboot erkennen, das einigen bekannt vorkommt. „Wo ist denn jetzt die Insel?", motzt Theodor nach einer Stunde und wischt sich den Schweiß von der Stirn. „Ich kann weit und breit keine Insel sehen. Ich habe doch gleich gewusst, dass es keine gibt." „Jetzt hab doch ein wenig Geduld, Theodor!", versucht Marie ihn zu besänftigen. „Wir haben sie damals auch nicht einfach gefunden, sondern die Insel uns." „Was soll das heißen?", schaut daraufhin der Prinz verständnislos Marie an. „Na ja!", überlegt Marie und fasst sich ans Kinn. „Plötzlich war da der Nebel, eine Strömung, die uns erfasst hat und das Boot lenkte. Ich weiß nicht, wie ich es anders beschreiben soll", hebt Marie entschuldigend ihre Schultern. Frustriert schaut Theodor sich um. „Wir haben aber klaren Sonnenschein und ich kann absolut keinen Nebel erkennen. Nicht mal ein Wölkchen ist zu sehen." „Da kann ich jetzt auch nichts dafür, Theodor", verdreht Marie genervt ihre Augen. „Ein wenig Geduld musst du schon mitbringen." „Ich habe Geduld!", motzt er sie an und handelt sich ein lautes Abschnauben seiner Frau ein.

Sofort beginnen seine Augen zu rollen und er schaut Rosemarie genervt an. „Jetzt tu nicht so, als hättest du mehr Geduld, Rosemarie. Ich kenne dich schließlich gut genug.“

In diesem Moment schaltet Marie auf Durchzug, weil sie es leid ist, diese ewigen Streitereien zwischen ihrer Schwester und Theodor mitanhören zu müssen, und findet wie selbstverständlich das Antlitz von Eric mit ihrem Blick. Hochkonzentriert merkt er nicht, wie sie ihn eingehend mustert. Zwei Dinge fallen ihr sofort auf, die sie beide nicht zuordnen kann. Sein leicht verkrampftes Gesicht überzieht ein feiner Schweißfilm, obwohl es nicht warm genug ist, um zu schwitzen. Und auf der anderen Seite hält er eine kleine Maus in seiner Hand, der er immer wieder kleinere Brotkrümel zum Fressen gibt, während er weiter das Buch liest. Obwohl seine Gestalt alles andere als schön ist, beginnen dennoch Tausende von Schmetterlingen in ihrem Bauch wie verrückt herumzufliegen. Aber noch bevor sie ihre Gefühle verstehen kann, kommt plötzlich ein Nebel auf und hüllt das Boot ein. Die Wellen werden höher und lassen das Gefährt gefährlich nach links und rechts schaukeln. Kurz darauf verspüren alle ein gewaltiges Ziehen, das nunmehr die Kontrolle übernommen hat. Giselagunde beginnt panisch zu kreischen und hält sich am Bootsrand fest. Theodor hingegen schlingt seine Arme um Rosemaries Hals und Aron beobachtet Giselagunde mit Argusaugen für den Fall der Fälle. Marie jedoch tut sich schwerer, sich festzuhalten, da ihre Arme durch ihr Alter kaum mehr Muskelmasse aufweisen. Und schon beginnen ihre Finger den Halt zu verlieren, was sich böse auf ihr Gleichgewicht auswirkt. Doch bevor sie ins Wasser fällt, spürt sie plötzlich einen kräftigen Oberkörper, der sich schützend hinter ihr befindet und sich mit ihr zusammen am Bootsrand festhält. „Nicht loslassen!“, kann sie Eric hören, wie er ihr sanft ins Ohr flüstert. Wieder stieben Schmetterlinge wie wild in ihrem Körper herum und entfachen ein Feuerwerk an Gefühlen. Was ist nur los mit ihr? Seit wann reagiert sie so auf Eric? Was macht er nur mit ihr?

Bald darauf ebbt die wilde Fahrt ab und lässt das Boot auf der Stelle verharren. Der Nebel verzieht sich so schnell, wie er gekommen war, und gibt die Sicht auf einen Sandstrand frei. Erleichtert atmen alle durch. Theodor ist der Erste, der aus dem Boot springt und tatsächlich vor aller Augen den Sand küsst, während ein Pferd laut zu wiehern beginnt. „Hör auf zu lachen, Rosemarie!", spricht Theodor mit Sand im Mund. „Du weißt genau, wie schlimm solche Bootsfahrten für mich sind. Ein bisschen mehr Feingefühl könnte ich schon von meiner Ehefrau erwarten." „Jetzt klärt endlich eure Eheprobleme, sonst mach ich es!", schimpft Aron und steigt mit Giselagunde aus dem Boot. „Ihr geht allen nämlich damit gehörig auf die Nerven. Merkt ihr das denn nicht?" Gleichgültig winkt Theodor ab und schaut sich in der Umgebung um. Marie hingegen steht angespannt da und hofft auf das Erscheinen der Göttin. Diese will sich jedoch nicht zeigen. „Wohin müssen wir, Giselagunde?", ergreift Aron nach einigen Minuten das Wort und schaut seine Fee liebevoll an. Diese kramt sofort wieder ihre Sachen zutage und erzeugt mit ihrer Rune ein rotes Licht, dem sie folgen können. Gebannt bewegen sich alle ins Landesinnere und bekommen nicht mit, wie Eric sich zurückfallen lässt. Noch am Rand des Strandes setzt er die Maus in ein nahes Gebüsch und klammert sich schwer atmend an einem Baum fest. Sein Rücken brennt höllisch, während sich die Wunden mit seinem Schweiß vermischen. Zitternd zieht er tief Luft in seine Lungen und versucht Halt zu finden. „Du hast nicht mehr sehr lange", hört er plötzlich die melodische Stimme der Göttin in seinem Rücken. Langsam dreht er sich zu ihr und betrachtet die wunderschöne Frau in ihrem weißen Kleid. „Das habe ich befürchtet", gibt er ihr zur Antwort. „Du stehst vor einer schwierigen Entscheidung, Königssohn", schaut die Göttin ihn mitfühlend an. „Ich darf dir eine Frage beantworten, weil du ein Tier auf meine Insel gebracht und es gerettet hast. Doch überlege weise. Willst du erfahren, wie du *dein* Leben retten kannst oder das der anderen? Beides ist dir jedoch nicht möglich." „Da muss ich nicht lange überlegen", strafft Eric seine Brust und schaut der Göttin selbstbewusst entgegen. „Bitte sag mir, was ich machen muss, um das Unheil von den anderen abzuwenden.“ „Wie du möchtest!“, nickt die Göttin freundlich. Eine kurze Pause setzt ein, bevor sie ihn eindringlich anblickt und weiterspricht. „Benutze den Zauberspiegel und befreie Marie und die Einhörner von ihrem Zauber. Dann wird sich alles ergeben.“ Kaum ist das letzte Wort verklungen, hat sich auch die Erscheinung der Göttin aufgelöst. Mit neuem Mut und neuer Kraft macht sich Eric auf den Weg, bis er die blühende Blumenwiese erreicht, wo er alle wiederfindet, wobei er weit und breit keine Einhörner sieht. Wen er jedoch deutlich sehen kann, ist Marie, die mit ausgebreiteten Armen den Blütenduft tief in ihre Lungen aufnimmt. Aus dem Wissen heraus, nur noch wenig Zeit auf dieser Erde verbringen zu dürfen, gibt er sich einen Ruck und stellt sich neben Marie. „Wenn du die Sonnenblumen suchst, dann musst du dich nach rechts drehen“, spricht er sie leise an und wendet sich danach wieder ab.

Marie braucht die Augen nicht zu öffnen, um zu wissen, wer gerade neben ihr stand. Nie hätte sie es für möglich gehalten, dass er sich noch daran erinnert, welche Blume ihr die liebste ist. Gerührt öffnet sie ihre Lider und beobachtet Eric, wie er zu Theodor geht und mit ihm spricht. Und wie selbstverständlich ziehen sich ihre Lippen nach oben, sobald sie ihn betrachtet. Doch plötzlich hört sie Rosemarie aufgeregt wiehern und schaut sofort in deren Richtung, während fünf weiße Einhörner angaloppiert kommen und sich zu Rosemarie gesellen. Trotz ihres Alters versucht Marie so schnell wie möglich dorthin zu gelangen, kommt jedoch als Letzte an. Mit Erstaunen kann sie beobachten, wie Eric offen mit den Einhörnern spricht. „Ich habe dem Buch von Morleon entnommen, dass ihr die verschollenen Königinnen der Reiche seid“, erklärt er ohne Umschweife und vollführt eine tiefe Verbeugung. „Gleichfalls haben wir herausgefunden, warum Morleon euch sechs verzaubert hat, und ich bin froh, euch mitteilen zu können, dass dieser Schurke seine gerechte Bestrafung erhalten hat.“

„Aber, Eric!“, kommt es verwirrt von Theodor. „Es sind doch nur fünf und nicht sechs Einhörner.“ „Das liegt daran“, dreht Eric sich zu seinem Bruder, „dass das sechste Einhorn ohne Horn neben dir steht. Was mir verrät, dass deine Frau immer noch ihre Unschuld besitzt.“ Bestürzt schaut Theodor zu Rosemarie und muss erst mal kräftig schlucken. Giselagunde ist auch ganz entsetzt und keucht zittrig: „Dann hatten wir ja echtes Glück, dass es Morleon mit dem letzten Einhorn nicht rechtzeitig zu dieser Insel geschafft hat. Danach hätten wir ihn nicht mehr aufhalten können.“ „Das stimmt!“, gibt Eric der Fee recht. „Das Siegel der Einhörner wäre sein Meisterwerk der Zauberkunst geworden. Das mächtigste magische Artefakt, das es je gegeben hätte. Er wäre dadurch beinahe allmächtig gewesen und hätte die Welt unter seiner Herrschaft ausbluten lassen.“ Marie läuft es bei Erics Erzählung kalt den Rücken hinunter. „Was machen wir aber jetzt?“, fragt Theodor überfordert und fährt sich nervös durch seine Haare. „Wir haben zwar die Einhörner und damit auch die Königinnen und unsere Mutter gefunden, aber eine Lösung für das Fluchdilemma sehe ich immer noch nicht. Denn wir können weder die Königinnen noch Rosemarie opfern, um das Siegel zu erhalten. Das lasse ich nicht zu, Eric!“ „Für was für ein Monster hältst du mich?“, schaut Eric seinen Bruder traurig und vorwurfsvoll an. „Dann sind wir alle verloren“, schluchzt derweilen Giselagunde und drückt ihr Gesicht an Arons Brust. Dieser legt seine Arme schützend um sie und hält sie fest. „Wir haben aber dennoch noch eine Chance!“, nimmt Eric den Faden wieder auf. „Die Göttin des Sees ist mir vorhin erschienen und hat mir erzählt, dass wir die Einhörner und Marie mit Hilfe des Zauberspiegels zurückverwandeln müssen, damit sich alles Restliche ergibt.“ „Na wunderbar!“, schimpft Theodor abermals. „Was bitte soll das heißen, dass sich alles Restliche ergeben wird? Unser aller Schicksal steht auf dem Spiel und du erhältst eine Wischiwaschi-Anleitung, um sie zu retten. Einfach großartig!“

Verwirrt blickt Theodor kurz darauf jedoch einem Einhorn entgegen, das sich aus der Herde gelöst hat und zu ihm kommt. Starr vor Schreck steht er da und weiß nicht, wie er reagieren soll. Denn ihm ist sehr wohl bewusst, um wen es sich handelt. Langsam und sanft nähern sich die Nüstern des Tieres dem jungen Prinzen und stupsen ihn liebevoll in die Seite. Theodor beginnt daraufhin am ganzen Körper zu zittern, während er sachte seine Hand auf die Stirn seiner Mutter legt. Seine Augen werden feucht und beginnen zu schwimmen. Sobald Christin ihren Kopf gehoben hat, schlingen sich Theodors Arme um ihren starken Hals. Auch Rosemarie wird plötzlich von einem Einhorn sachte an ihrer Flanke berührt. Auch ihre Emotionen gehen mit ihr durch und lassen sie überglücklich sich an den Körper ihrer Mutter pressen. „Willst du nicht auch zu deiner Mutter gehen, Eric?", spricht Marie sanft mit dem Prinzen, nachdem sie mitbekommen hat, wie ergriffen er diese Szene mit seinen Augen verfolgt. Langsam schüttelt er jedoch seinen Kopf. „Das ist der Moment meines Bruders. Diesen möchte ich ihm auf keinen Fall nehmen." Beeindruckt von seiner inneren Stärke, genießt Marie die wunderschöne Familienzusammenführung vor der Kulisse einer untergehenden Sonne und spürt den kleinen Funken der Hoffnung in ihrem Herzen, auch wenn der siebte Tag sich dem Ende zuneigt. Doch dies scheint gerade keinem groß aufzufallen. Nur Eric wirkt nervös und fahrig. Die Situation muss ihn wohl doch mehr mitnehmen als gedacht, denkt Marie sich und lässt sich auf der Wiese nieder. Auch die anderen tun es ihr gleich und sitzen umringt von Einhörnern gemütlich zusammen. An diesem Abend wird wenig gesprochen. Denn wie es scheint, hängen alle ihren Gedanken nach und genießen die Ruhe vor dem Sturm.

Auf einer kleinen, geheimen Insel im Zaubersee

Am nächsten Morgen sind alle hellwach und aufgedreht, da es einen Zauber aufzulösen gilt. Nur Eric fällt vollkommen aus diesem Bild. Tiefe Augenringe haben sich in sein Gesicht gegraben und lassen den Zwerg um Jahre älter wirken. Auch seine Bewegungen sind fahriger und zittriger. Marie kann sich Erics Zustand nur schwer erklären und stellt ihn zur Rede. „Was ist mit dir? Du siehst gar nicht gut aus." Eric winkt jedoch Maries Frage als übertriebene Sorge ab und erklärt, dass er nur an Schlafmangel leiden würde, bevor er zu den anderen geht. „Da stimmt doch etwas nicht!", kann Marie ihr seltsames Gefühl aber nicht abschütteln, weswegen sie ihm noch lange hinterhersieht.

In der Nacht ist Eric ein Plan gekommen, wie er Zeit einsparen kann, da er nicht mehr viel übrighat. Denn die sechs Tage bis zum Beginn des Fluches wird er ziemlich sicher nicht überleben, da die Schmerzen in der Nacht bereits unaufhörlich zugenommen haben und ihm teilweise das Atmen massiv erschweren. Und vor lauter Angst, nicht mehr zu erwachen, hat er sich eine weitere Nacht den Schlaf versagt. Müde und erschöpft holt er das Letzte aus sich heraus und schleppt sich zu den anderen. Sobald alle bereit sind und sich am Strand versammelt haben, ergreift Eric das Wort. „Wir haben nicht mehr viel Zeit und sollten so schnell wie möglich agieren. Ich schlage deshalb vor, dass Aron und Theodor sofort mit Marie und mir losfahren und uns ans Festland bringen, sodass wir uns auf den Weg zur Grotte der Meerjungfrauen begeben und den Spiegel aktivieren können. Ihr anderen müsst in der Zwischenzeit dafür sorgen, dass die verwandelten Königinnen sicher ans Ufer gebracht werden. Am besten wäre es, Theodor, wenn du sie direkt zu Vater bringen würdest. Er kann für ihre Sicherheit sorgen, damit ihr später mit einem Segelboot nachkommen könnt. Vergiss aber nicht die Windsteine! Denn mit ihrer Hilfe können wir es schnell zurückschaffen." „Bist du dir sicher, Eric, dass ihr das auch schafft?", schaut Theodor zweifelnd seinen Bruder an. „Ihr zwei seid schließlich nicht die Jüngsten und Fittesten.“ Beleidigt verwirft Eric diesen Einwand mit einer Handbewegung. „Wir haben auch die vorherigen Teile besorgt. Wir schaffen das schon, kleiner Bruder. Hab einfach Vertrauen, dann wird alles gut.“ „Dann passt bitte gut auf euch auf“, schaut Theodor traurig und schließt Eric, ohne zu fragen, in eine feste Umarmung. Doch sogleich durchbricht Erics qualvoller Schmerzensschrei die Stille, weswegen Theodor sofort von ihm ablässt und erschrocken zurückweicht. „Junge, hast du fest zugedrückt!“, keucht Eric schweißgebadet und versucht sich an einem Grinsen. „Du musst schon beachten, dass ich ein Zwerg und kein Mehlsack bin.“

Die meisten kann er mit dieser Ablenkung täuschen, aber nicht Marie. Da sie als Einzige hinter ihm steht, kann sie ein paar Blutstropfen erkennen, die kurz danach ungesehen in den Sand tropfen. Warum sagt er nicht, dass er verletzt ist, kann Marie Erics Beweggründe nicht verstehen. Sie hätte sich doch um ihn kümmern können. Und wenn schon nicht mit einem Heilzauber, da sie dafür tatsächlich keine Kraft mehr hat, dann aber wenigstens mit einer Bandage um seinen Brustkorb. Wenn sie später mit ihm allein ist, wird sie ihn auf jeden Fall darauf ansprechen und ihn zurechtweisen, dass man auch als Mann Schwächen zugeben darf. Frustriert über Erics Schweigen beobachtet sie jetzt jede seiner Bewegungen mit Adleraugen und muss mit Entsetzen feststellen, dass es ihm bereits sehr schlecht gehen muss. Denn durchgehend sucht er Halt an Bäumen, wischt sich Schweiß von der Stirn und verzieht häufig sein Gesicht, wenn er davon ausgeht, dass ihn gerade keiner beachtet. Es schmerzt Marie zutiefst, dass sie ihm im Moment nicht helfen kann. Aber wenn er nicht möchte, dass die anderen wissen, wie schlecht es ihm geht, dann muss sie dies erst einmal akzeptieren.

Als würde ein Zauber sie begleiten, können sie ohne ersichtliche Schwierigkeiten die Insel verlassen und direkt auf ein Ufer zusteuern. Doch weit müssen sie gar nicht rudern, da Eric den Fischer Bernhard in einiger Entfernung erkennen kann, der gemütlich auf seinem Boot sitzt und schlafend eine Angel ins Wasser hält. „Seht ihr den Fischer dort?“, deutet Eric nach links. „Rudert uns bitte zu ihm.“ Verdutzt machen Theodor und Aron, was Eric möchte. „Sag bloß, du kennst Bernhard auch?“, fragt Theodor, während er anstrengende Ruderbewegungen ausführt. „Sobald unser Abenteuer eine gute Wendung genommen hat, müssen wir uns unbedingt vor dem Kamin zusammensetzen und uns gegenseitig erzählen, was wir alles erlebt haben.“ Traurig hebt Eric seinen Kopf und schaut seinen Bruder an. „Das wäre schön, Theodor. Das wäre wirklich schön!“ Geschockt blickt Marie auf Eric, dessen Worte sie gemeinsam mit ihrer unterschwelligen Botschaft vernommen hat. Nervös beißt Marie sich auf ihre Lippen. Sind seine Verletzungen doch so schwerwiegend? Viel Zeit bleibt ihr aber nicht, sich darüber Gedanken zu machen, denn schon erreichen sie das Boot von Bernhard und wecken ihn unsanft mit einem Stoß an seinen Bug.

„Verzeih, dass wir dich so überrumpeln, Bernhard!“, ergreift Theodor das Wort. „Aber wir brauchen dringend deine Hilfe, da du das schnellste Boot weit und breit besitzt. Mein Bruder, Prinz Eric, und Prinzessin Marie müssen so schnell wie möglich in die Nähe der Grotte der Stille, um den Weltuntergang abzuwenden.“ Verdattert reibt Bernhard sich den Schlaf aus den Augen und schaut sich suchend um. „Und wo genau sind dein Bruder und diese Prinzessin?“ „Leider direkt vor dir“, deutet Theodor auf den Zwerg und die alte Frau. „Na, das ist mir ja mal ein schönes Königspaar. Aber ich dachte, du würdest Jorik heißen.“ „Das ist auch richtig“, bekräftigt Eric. „Ein ganz besonderer Mensch hat mir diesen Spitznamen gegeben.“ Trotz des Wellengangs steht Bernhard auf und verbeugt sich umständlich. „Dann freut es mich, Euch an Bord begrüßen zu dürfen, Eure Hoheiten. Kommt, steigt herüber und ich bringe Euch in wenigen Stunden an Euer Ziel.“ „Das ist sehr freundlich von dir, Bernhard“, antwortet Eric und wechselt vorsichtig das Boot. Kurz darauf ist Marie an der Reihe und ist schließlich überaus froh, nicht ins Wasser gefallen zu sein, nachdem es fürchterlich zu wackeln begonnen hatte. Kaum haben Theodor und Aron ihr Boot gewendet, setzt Bernhard auch schon sein Segel und legt die Windsteine an ihren Platz. Und schon saust das kleine Segelboot dahin und lässt Marie den Wind nur so um die Ohren pfeifen. Jetzt ist der richtige Moment gekommen, denkt Marie sich und spricht Eric an. „Was hast du für eine Verletzung, Eric? Und weich mir bitte nicht aus. Ich sehe doch, wie schlecht es dir geht.“ Mürrisch brummt er vor sich hin und schaut weiterhin nach vorne. „Es ist nichts Schlimmes passiert“, tut er es fahrig ab. „Nur ein oberflächlicher Schwerthieb, den ich im Kampf gegen Morleon einstecken musste. Mach dich also nicht verrückt.“ „Wieso hast du diesen nicht im Schloss verarzten lassen?“, schnauft Marie verärgert. „Und wieso setzt er dir erst Tage später zu?“

Angestrengt überlegt Eric, wie er Marie auf eine falsche Fährte locken kann, damit sie auf keinen Fall herausfindet, wie schlecht es wirklich um ihn steht. Denn mit ihrem Komplex, allen helfen zu müssen, würde sie glatt ihr Leben gegen seines tauschen. Und das muss er um jeden Preis verhindern. Seine Tage sind gezählt, aber sie soll die Chance erhalten, ihre Familie wirklich kennenlernen zu können, und soll ein schönes und unbeschwertes Leben führen. Das Einzige, was er jedoch bereut, ist die unerwiderte Liebe, die sein Herz so schwer schlagen lässt. Nur einmal möchte er in ihre Augen schauen und darin die gleichen Gefühle lesen können, die er für sie empfindet. Doch auch wenn er dies nie erleben wird, ist es für ihn dennoch beruhigend zu wissen, dass er alles für sie getan hat, was er tun konnte. „Ich habe mir die Wunde doch verarzten lassen!“, motzt er sie jedoch wirsch an, anstatt ihr seine wahren Gefühle zu offenbaren. „Ich habe sie mir nur wieder aufgerissen, als ich in Morleons Labor auf den Rücken gefallen bin. Also keine große Sache. Dass ihr Frauen aber auch immer sofort übertreiben müsst! Nur weil ihr schwach seid, heißt das nicht, dass wir Männer auch so weichlich sind.“ Danach vergehen die Stunden schweigend, da Eric jedes weitere Gespräch abblockt und in dem Buch von Morleon liest, während Marie frustriert aufgibt und ihren Blick über die wunderschöne Landschaft schweifen lässt. Erst am Nachmittag erreichen sie die Meeresmündung, wo Bernhard seine beiden Passagiere aussteigen lässt. Eric ist der Erste, der das Boot verlässt, und erkundet sogleich die nähere Umgebung auf mögliche Gefahren. Bernhard hilft währenddessen Marie vorsichtig an Land und schaut sie freundlich an. „Ich wünsche Euch viel Glück, Marie“, will er sich schon verabschieden, hält aber nochmals in seiner Bewegung inne und dreht sich zu ihr zurück. „Wisst Ihr, Männer sind schon seltsame Wesen. Wir fühlen und lieben genauso wie Frauen, sind aber meist nicht fähig, es zu zeigen oder zu sagen. Als ich Eric, oder eben damals Jorik, das erste Mal traf, hat er mir gesagt, dass ich ihm unbedingt helfen müsste, da er es nicht ertragen könnte, wenn die Liebe seines Lebens heute und hier in seinen Armen sterben würde. Dieses Eingeständnis von Gefühlen und seine tiefe Verzweiflung haben mich damals tief bewegt. Ich weiß nicht, was in der Zwischenzeit bei Euch vorgefallen ist, aber ich kann mir vorstellen, dass diese Information für Euch sehr wichtig sein könnte. Was Ihr damit jedoch macht, liegt ganz in Euren Händen. Aber bitte, spielt nicht mit dem Herzen eines Mannes. Wenn ein Mann wahrhaft liebt, dann tut er dies meistens mit Körper und Seele.“

Wie ein Orkan wirbeln hunderte von Gefühlen in Maries Innerem herum und ziehen sie in einen Strudel der Gedanken und Emotionen. Kann das wirklich sein? Liebt Eric sie tatsächlich aus vollem Herzen? Doch irgendwie kann sie sich das nur schwer vorstellen. Wahrscheinlich muss der Fischer etwas falsch verstanden haben. Denn wieso sollte er gerade sie über alles lieben? Sie ist doch schließlich nur das uneheliche Kind einer bösen Hexe, welche einen König verführt hat. Auch ihr Äußeres ist gerade alles andere als ansprechend. Aber dennoch beginnt ein zaghaftes und kleines Flämmchen in ihrem Herzen aufzulodern. „Die Luft ist rein!“, schreit Eric aus der Ferne. „Wir sollten uns aber nicht zu weit ans Meer heranwagen, da wir sonst die Opfer von Meerjungfrauen werden könnten. Ich glaube zwar nicht, dass sie auf so alte Hexen wie dich stehen, aber ein Risiko müssen wir jetzt auch nicht eingehen. Vielleicht gibt es ja ein paar Meernixen, die leidenschaftlich gerne Knochen abnagen.“ Kann es sein, dass er gerade versucht, die Stimmung zwischen ihnen wieder aufzulockern, überlegt Marie und nimmt sein Friedensangebot an. „Du hast recht“, nickt sie ihm lächelnd zu. „Ich sollte besser aufpassen. Aber bei dir würde ich mir nichts denken. Wer hat denn schon gerne Haare in seinem Essen?“ Eric antwortet mit einem kleinen Prusten, weswegen Marie nachlegt. „Vielleicht sind die Meerjungfrauen aber auch auf Diät. Dann kommt ihnen so eine halbe Portion gerade recht.“ Jetzt ist Eric an der Reihe und zwinkert ihr spitzbübisch zu. „Eventuell brauchen sie aber auch in nächster Zeit Zahnstocher für die Wale und sind von deinen spitzen Knochen begeistert.“ Daraufhin schaut Marie sich provozierend an, hebt ihr Oberteil ein paar Zentimeter an und drückt ihren Finger demonstrativ auf ihren leicht herausstehenden Hüftknochen. „Da könntest du recht haben“, lächelt sie zurück, nachdem sie so getan hat, als hätte sie sich mit ihrem Hüftknochen selbst in den Finger gestochen. Doch nur kurz gewährt ihnen das Schicksal diesen unbeschwerten Moment.

Denn keine zwei Minuten später kann Marie auch schon eine wohlig angenehme Stimme hören, die leise und sanft über das Meer gleitet und eine verführerische Weise von Heimweh und Herzensschmerzen singt. Wie betäubt nähert Marie sich dem Meer und steht bereits mit einem Fuß im kalten Wasser, als sie ein Krebs ohne Erbarmen in den großen Zeh zwickt. Aufschreiend kommt sie zu sich und muss panisch realisieren, wie Eric das Wasser bereits bis zum Hals steht. Trotz ihrer Schwäche versucht sie ihn so schnell wie möglich zu erreichen. Doch gerade als sie glaubt, seine Haare noch greifen zu können, entschlüpft er ihren Fingern und wird blitzschnell von einem Wesen in die Tiefe gezogen. Schon ist seine gesamte Gestalt unter Wasser verschwunden und unauffindbar. Schreiend haut Marie auf die Wasseroberfläche und lässt all ihrem Frust und ihren Gefühlen freien Lauf. „Bringt mir Eric gefälligst zurück, ihr hässlichen Fischweiber! Wenn ihr dies nicht tut, dann, so schwöre ich euch, werde ich Himmel und Hölle in Bewegung setzen und mir den zurückholen, der mir gehört."

Zur selben Zeit im Zauberseeschloss

„Und das soll ich dir glauben, Theodor?", schaut ihn sein Vater mürrisch an. „All diese Einhörner sollen wirklich Königinnen sein und wollen nicht im Stall schlafen? Und wo bitte soll ich sie dann unterbringen?", wird die Laune des Königs immer schlechter. „Ich habe gerade alle Hände voll zu tun, das Reich auf die Naturkatastrophen vorzubereiten. Da werde ich mich nicht mit solchen Unsinnigkeiten abgeben. Es ist mir vollkommen egal, ob dies die Königinnen der anderen Reiche sind. Solange aus ihren Hintern Pferdeäpfel kommen, werden sie im Stall schlafen. Und das ist mein letztes Wort." Doch wie es scheint, hat ein Einhorn ganz andere Vorstellungen und keilt plötzlich den Körper von Barboss zwischen sich und der Wand ein. Wutschnaubend schlägt dieser auf den Rücken des Tieres. „Lass mich gefälligst in Frieden, du Vieh, sonst wirst du meine Peitsche zu spüren bekommen!", schimpft Barboss und redet sich richtig in Fahrt. „Kein anderer hat es je gewagt, so mit mir umzugehen. Sobald ich hier herauskomme, wird dir das noch leidtun. THEODOR, hol mich endlich hier raus!" Dieser steht jedoch grinsend daneben und amüsiert sich köstlich über diese Szene. „Du weißt doch, wie es immer heißt", holt Theodor theatralisch aus. „In der Ehe haben immer die Frauen das Sagen!" Schon will sein Vater widersprechen, hält aber plötzlich in seinem Tun inne. „Willst du mir etwa damit sagen, dass dieser weiße Koloss, der mich gerade erdrücken will, meine Frau Christin ist?“ Das mit dem Koloss hat dem Einhorn wohl gerade gar nicht gefallen, da es für einen kurzen Moment König Barboss fester gegen die Wand drückt, sodass ihm kurzzeitig die Luft aus den Lungen gepresst wird. „Und wenn schon!“, gibt er pampig zu und versucht weiter das Einhorn von sich zu schieben. „Sie wollte mich damals verlassen. Nur einen Abschiedsbrief hat sie zurückgelassen und mir klargemacht, dass sie mich niemals liebte. Warum also sollte ich ihr noch ein weiches Bett unter meinem Dach gewähren?“ Vehement schüttelt plötzlich das Einhorn den Kopf und tritt von Barboss zurück. „Hast du es etwa immer noch nicht verstanden?“, wird nun auch Theodor sauer. „Mama hat dich nie verlassen wollen. Diesen Brief schrieb Morleon, um ihr Verschwinden zu rechtfertigen und dir einen Grund für einen Krieg zu liefern. Sie liebt uns weiterhin.“

Bestürzt steht der König da und lässt seine Schultern hängen. Doch ein kleiner Hoffnungsfunke stiehlt sich in sein Herz und gibt ihm den Mut, seiner Frau in die Augen zu sehen. „Ist das wahr, Christin? Liebst du mich noch?“ Sanft schaut das Einhorn ihn an und Christin versucht, kraft ihrer Gedanken ihm das Gefühl zukommen zu lassen, welches sie tief in sich empfindet. Augenblicklich flutet eine unglaublich angenehme und einnehmende Wärme Barboss’ ganzen Körper und bringt ihn zum Schwanken. Wie auf Wolken, so leicht fühlen sich seine Glieder an und eine unbändige Freude beginnt sich seine Adern hochzuarbeiten. Kaum hat diese sein Herz berührt, klopft es im Gleichklang mit dem seiner Frau. Eine kleine, scheue Träne löst sich aus dem Augenwinkel von König Barboss und findet den Weg nach unten. Glücklich geht er die zwei Schritte auf seine Frau zu und berührt ehrfürchtig ihre Stirn. „Als du weg warst, Christin“, muss Barboss mehrmals schlucken, bevor er weitersprechen kann, „sind für mich die schlimmsten zwanzig Jahre meines Lebens angebrochen. Wage es also niemals wieder, dich einfach so von einem bösen Zauberer entführen zu lassen. Denn die nächsten zwanzig Jahre würde ich nicht überstehen." Auch dem Einhorn glänzen die Augen, während Christin ihren Kopf in die Arme ihres Mannes drückt. „Das heißt dann wohl, dass sie nicht in den Stall müssen, oder?", fragt Theodor frech nach und zwinkert den anderen Einhörnern zu. Daraufhin hebt König Barboss seinen Kopf und versucht seine Emotionen beiseitezuschieben. „Wenn ich aber nur einen Pferdeapfel irgendwo sehe", hebt er drohend seinen Finger, „oder gar in eine große Pfütze trete, dann mache ich meine Drohungen wahr. Dann müssen alle in den Stall. Ohne Ausnahme!" Selbst das Einhorn Christin verdreht daraufhin die Augen und schüttelt den Kopf.

In Ermangelung großer ebenerdiger Schlafzimmer wird kurzerhand der Ballsaal umgestaltet, da dieser mit seinen großen Flügeltüren, die in den Garten führen, den idealen Platz für die Einhörner darstellt. Kaum ist dies alles geschafft, möchte Theodor zusammen mit Aron und Giselagunde aufbrechen und den anderen folgen. Schließlich gibt es hier nichts mehr für sie zu tun. Doch leider macht ihnen das Wetter einen Strich durch die Rechnung. Schwarze Wolken türmen sich am Himmel und lassen dutzende von Blitzen in den See einschlagen. Kein seltenes Schauspiel in diesem von Wasser umgebenen Reich. „Verzaubert und zugenäht!", schimpft Theodor wütend und geht aufgeregt im Ballsaal auf und ab. „Das hat uns gerade noch gefehlt. Wie sollen wir nur meinem Bruder und Marie helfen, wenn wir hier festsitzen und vor morgen früh nicht wegkommen?" „Wenn du möchtest", bietet Giselagunde an, „dann können wir mit Hilfe meiner Rune herausfinden, ob sie es wenigstens schon bis zur Grotte geschafft haben." „Das will ich doch sehr hoffen", seufzt Theodor. „Das Unwetter kommt nämlich aus dem Norden und ist sicherlich über dem Meer entstanden. Wenn sie nicht rechtzeitig Schutz finden konnten, dann wird das keine schöne Nacht für sie." „Dann hoffen wir mal das Beste", brummt Aron und überreicht Giselagunde ein Stück Stoff von Erics Kleidung, das er genau zu diesem Zweck von ihm vor ein paar Stunden erhalten hat. Schon schließt die Fee die Augen und konzentriert sich intensiv auf die Rune. Doch auch nach fünf Minuten ist kein roter Punkt auf der Karte zu sehen. Panisch schaut Theodor Giselagunde an und bittet sie erneut, nach seinem Bruder zu suchen. Doch auch der zweite Versuch bleibt erfolglos und stürzt Theodor in ein tiefes Loch. „Was hat das zu bedeuten?“, will der Prinz augenblicklich wissen und rauft sich dabei die Haare. „Ich fürchte, nichts Gutes!“, beantwortet Aron ihm die Frage. „Vielleicht ist auch das Unwetter schuld“, versucht Giselagunde erfolglos dieses einschlagende Ergebnis zu begründen. „Machen wir uns nichts vor“, geht Theodor traurig zu einem großen Glasfenster und lehnt seinen Kopf daran. „Es war von Anfang an klar, dass wir nicht alle dieses Abenteuer lebend überstehen können. Doch vielleicht kann Marie die Aufgabe noch bewältigen und den Zauberspiegel aktivieren, sodass der Tod meines Bruders nicht umsonst war.“

„Hat denn jemand etwas von Marie, womit wir sie orten könnten?“, stellt Aron eine sehr berechtigte Frage und blickt die anderen an. „Ich habe vor zwei Tagen ein Taschentuch von ihr bekommen“, keucht Giselagunde erfreut, kramt in ihrer Tasche herum und holt kurz darauf ein verknittertes und gebrauchtes Tuch heraus. „Es ist zwar schon benutzt“, räuspert Giselagunde sich beschämt, „aber es gehörte ihr. Vielleicht hilft es uns bei der Suche.“ Angewidert verzieht Theodor sein Gesicht. „Womit eine Fee heutzutage alles zaubern muss! Ich dachte, eklige Flüssigkeiten wären das Metier der Hexen.“ „Jetzt mach keine dummen Witze, Theodor!“, spricht Aron offen mit dem Prinzen. „Ich weiß, dass du deine Trauer gerne hinter dummen Kommentaren versteckst. Aber jetzt ist nicht der richtige Zeitpunkt dafür. Lass uns lieber hoffen, dass es noch Hoffnung gibt.“ Gebannt schauen alle auf den roten Punkt, der plötzlich auf der Karte erscheint. Schon möchte Aron erleichtert durchatmen, stockt aber, als er realisiert, wie der Punkt direkt am Rande des Meeres langsam an Kraft und Kontur verliert. Ein paar Minuten später ist auch dieser verschwunden und hinterlässt eine leere Karte. Unglücklich schaut Giselagunde in die Gesichter der anderen. Nur ein lautes und verzweifeltes Wiehern von Rosemarie durchbricht die Stille. „Ich glaube, Rosemarie und ich brauchen kurz ein paar Momente für uns“, spricht Theodor stockend und dreht sich zu seiner Frau um. Sachte führt er das zitternde Pferd in eine Ecke und setzt sich mit ihm zusammen auf einen Berg aus Decken. Behutsam bettet Theodor den Kopf von Rosemaries Pferdekörper auf seinen Schoß und beginnt diesen langsam und sachte zu streicheln.

Immer wieder können Aron und Giselagunde beobachten, wie Theodor sich über die Augen reibt. Es tut der Fee unendlich leid, die zwei so traurig sehen zu müssen, und sie würde ihnen gerne helfen. Aber der Tod ist nun einmal endgültig und unaufhaltbar. Tröstend legt Aron seine Hand auf ihre Schulter und zieht sie zu sich. „Nachdem auch unsere letzte Hoffnung von den Meerjungfrauen oder dem Unwetter ausgelöscht wurde, müssen wir stark bleiben und einen klaren Kopf bewahren“, spricht Aron sie mitfühlend an. „Bekommst du das hin, Giselagunde?“ Langsam hebt sie ihren Kopf und schaut ihm in die Augen. „Wenn du an meiner Seite bist, dann kann ich alles schaffen.“ Auch wenn er weiterhin ungerührt dasteht, zeigen doch seine leicht verfärbten Wangen, wie sehr er sich über diesen Zuspruch freut. Vorsichtig bettet sie ihren Kopf an seine Brust und schließt erschöpft die Augen. Die ganze Aufregung der letzten Tage und ihr Dornenzauber haben sie sehr viel Kraft gekostet. „Ruh dich aus“, erklingt Arons sanfte Stimme neben ihrem Ohr. „Sobald Theodor und Rosemarie wieder bereit sind, einen Plan zu erarbeiten, werde ich dich wecken.“ Dankbar löst Giselagunde sich von ihm und legt sich auf einen herangeschafften Kissenberg. Kaum berührt ihr Kopf diesen, ist ihr Bewusstsein auch schon ins Reich der Träume abgetaucht.

Die Einhörner haben von dem Drama am anderen Ende des Saales nur wenig mitbekommen, da sie panisch in einer Gruppe zusammenstehen und darauf warten, dass das Gewitter endlich nachlässt. Die zwanzig Jahre unter freiem Himmel haben ihnen doch mehr zugesetzt, als man annehmen würde. Wie echte Pferde schlagen sie mit ihren Hinterhufen, wenn ein Donner die Stille durchbricht, oder legen die Ohren dicht an ihren Kopf an. Unruhig tänzeln sie herum und klackern laut auf dem Holzboden. Erst König Barboss ist in der Lage, Ruhe hineinzubringen, nachdem er angefangen hat, alle Einhörner als Feiglinge zu beschimpfen, und beklagte, dass sie ihm den teuren Tanzboden ruinieren würden. Theodor indessen streichelt weiterhin den Kopf von Rosemarie und beobachtet die Blitze, wie sie den Garten wie von Zauberhand erhellen. „Weißt du, Rosemarie“, beginnt er leise zu sprechen, „ich hatte die letzten Tage wirklich gehofft, endlich einen wahren Bruder erhalten zu haben. Obwohl ich bis jetzt kaum ein Verhältnis mit ihm aufbauen konnte, so sind doch die letzten gemeinsamen Stunden mit ihm für mich die kostbarsten gewesen, weswegen der Schmerz über seinen Verlust sich gerade tief in meine Seele frisst und mich wohl lange begleiten wird. Ich kann also gut nachempfinden, wie es dir gerade gehen muss. Doch eines möchte ich dir noch sagen, bevor wir uns erheben und diesem Wahnsinn entgegentreten müssen. Wer weiß, wie lange ich noch die Gelegenheit dazu haben werde? Ich möchte nur, dass du weißt, dass ich dich weiterhin aus vollem Herzen liebe. Es ist mir egal, ob du ein Pferd oder eine eingebildete Prinzessin bist. Es ist nicht wichtig für mich, ob du Dinge nach mir wirfst oder mich verliebt anlächelst. Ich liebe dich so, wie du bist. Ich liebe alles an dir! Dein Wesen und deinen Geist, dein Temperament und deine Sanftmut. Wenn mir also etwas passieren sollte, dann möchte ich, dass du all dies weißt und mich in guter Erinnerung behältst. Auch wenn uns keine glückliche Zukunft erwartet, so möchte ich doch diesen Moment festhalten und dir versichern, dass ich mit keiner anderen Frau lieber verheiratet wäre als mit dir.“

Rosemarie ist so gerührt von diesen Worten, dass sie kaum noch fähig ist, Luft in ihre Lungen zu saugen. Ist nicht dies das Liebesgeständnis, auf das jede Frau ihr Leben lang hofft? Doch warum erst jetzt? Warum zu diesem Zeitpunkt? Muss erst ein geliebter Mensch sterben und die Welt kurz vor dem Untergang stehen, bevor ein Mann endlich den Mund aufbekommt? Frustriert möchte sie losschreien, kann sich aber gerade in ihrer Trauer nicht aufraffen. Denn leider hat er auch einen sehr wunden Punkt angesprochen. Wer weiß schließlich, was die Zukunft bringt und ob sie überhaupt eine haben? Doch selbst ein Abschiedskuss, wenn es zum Äußersten kommt, wird ihr mit diesem Körper verwehrt. Und damit es erst gar nicht so weit kommt, richtet sie sich auf und atmet tief durch. Jetzt bereits ans Aufgeben zu denken, wäre der komplett falsche Ansatz, schnauft Rosemarie tapfer. Sie sind schon so weit gekommen. Man kann entweder das Problem sehen oder eine Möglichkeit, nach Lösungen zu suchen. Und sie entscheidet sich für das Kämpfen und Hoffen. Denn was wäre das Leben ohne Hoffnung und Zuversicht? Auch Theodor hat sich erhoben und klopft ihr aufmunternd auf den Hals. „Dann gehen wir es an", spricht er das Offensichtliche aus und wendet sich Aron zu. Zusammen werden sie schon einen Weg finden.

Am Meeresufer, kurz bevor das Gewitter einsetzt

Wütend schreit Marie sich fast die Seele aus dem Leib und schlägt immer wieder verzweifelt auf das Wasser. Es sind schon zehn Minuten vergangen und noch immer ist kein Lebenszeichen von Eric zu sehen. „Hört ihr mich, ihr Fischweiber?", rinnen Tränen über Maries Wangen. „Gebt ihn mir zurück und ihr bekommt alles, was ihr wollt!" Sobald sie jedoch den letzten Satz von sich gegeben hat, bricht sie schluchzend zusammen und landet im Wasser. „Bitte!", flüstert sie leise und vergräbt ihr verheultes Gesicht hinter ihren Händen. „Was schreist du so herum?", reißt jedoch plötzlich die Stimme einer älteren Frau Marie aus ihrer Melancholie. Hoffend schaut Marie auf und sieht eine Frau mit kurzen grauen Haaren, deren Oberkörper aus dem Wasser ragt. „Durch dein Geschrei kann ich unmöglich meinen Schönheitsschlaf halten. Wir Meerhexen sind da nicht sonderlich gut drauf zu sprechen.“ „Das ist mir gleich“, spricht Marie erregt und kämpft sich mühsam mit ihren alten Knochen nach oben. „Gebt mir sofort meinen Zwerg zurück und ich höre augenblicklich auf zu schreien.“ „Was willst du denn mit einem Zwerg?“, lacht die Meerhexe schallend. „Die sind doch nicht einmal gut, um damit die Fische zu füttern. Viel zu zäh und behaart.“ „Dann gebt ihn mir einfach zurück und rettet eure Fische vor einer Magenverstimmung.“ „Oh, meine Liebe! Du hast mich falsch verstanden“, lächelt die Hexe boshaft. „Nicht ich habe deinen Zwerg, sondern die Meerjungfrauen. Was sie mit ihm jedoch machen, liegt ganz in ihrem Ermessen. Wobei mich das Gefühl beschleicht, dass dein Zwerg mehr zu sein scheint und sie ihn noch eine Weile behalten werden, bevor sie ihn verspeisen. Und auch du kommst mir seltsam vor. Verrate mir, wie alt du wirklich bist!“ Trotzig, aber auch stolz reckt Marie ihr Kinn in die Höhe und schaut die Hexe intensiv an. „Ich heiße Marie und bin einundzwanzig Jahre alt und ebenfalls eine Hexe. Wenn du mir also hilfst, dann hast du einen Gefallen bei mir gut, so wie es der Brauch zwischen uns Hexenschwestern ist.“ Nachdenklich streicht sich die Meerhexe über das Gesicht, während sich ein diabolisches Grinsen auf ihren Gesichtszügen zeigt. „Das ist ja sehr interessant. Da lässt sich doch sicher etwas finden. Gut, ich gehe auf deinen Vorschlag ein“, freut sich die Meerhexe sichtlich. „Ich, die Meerhexe Urana, werde in einen Handel mit dir einschlagen. Was bist du jedoch mir zu geben bereit, damit ich dir helfe?“ „Was möchtest du?“, kommt Marie sogleich auf den Punkt. „Du weißt doch sicher schon, was du willst. Also kürzen wir das Ganze ab. Ich habe leider nicht viel Zeit, um hier herumzufeilschen.“ Ein lautes und tiefes Lachen folgt und Urana schaut sie besitzergreifend an. „Ich hätte gerne das Mächtigste, was eine Hexe ausmacht. Ich möchte deine Stimme, mein Kind. Ich bin eine leidenschaftliche Sammlerin. Eine

Hexenstimme würde perfekt in meine Sammlung passen." Bestürzt fasst Marie sich an den Hals. Denn ein Leben, ohne sich sprachlich mitteilen zu können, stellt sie sich fürchterlich vor. Doch im Vergleich zu dem Verlust von Eric könnte es Schlimmeres geben. „Gut, ich schlage in den Handel ein", sammelt sie all ihren Mut zusammen und nickt der Meerhexe zu. „Aber was gibst du mir dafür? Da du das Mächtigste von mir verlangst, kann ich auch mit einem großen Entgegenkommen von deiner Seite rechnen." Kurz überlegt Urana und nickt andächtig. „So wird es gemacht", spricht sie feierlich und hebt ihren Zauberstab in die Höhe. Sofort verdüstern sich die Wolken und türmen sich bedrohlich auf. „Jetzt beginn zu singen, Marie, damit ich den Pakt beschließen kann." Obwohl Marie noch nicht genau weiß, wie die Hilfe der Meerhexe aussehen wird, ist sie doch optimistisch und hofft das Beste. Sie wählt ein Liebeslied und singt sich mit ihrer tiefen Stimme den Schmerz von der Seele. Urana ist ganz begeistert und dreht sich freudig im Wasser um ihre eigene Achse, während Blitze den Himmel zeichnen. Nach und nach wird Maries Stimme zunehmend leiser und das Singen fällt ihr immer schwerer. Mit dem letzten Ton des Liedes verebbt sie völlig und fließt als goldener Schimmer aus Marie heraus und zu der Hexe, die eine große Muschel bereithält. Kaum hat ihre Stimme das Gefäß erreicht, leuchtet dieses strahlend hell und nimmt einen unglaublich schönen Glanz an.

Lachend steckt die Meerhexe die Muschel weg und dreht sich zu Marie, die stumm am Ufer steht. „Jetzt zu dir, meine Liebe", glänzen die Augen von Urana hinterlistig. „Da das Wasser mein Element ist, gewähre ich dir das Atmen unter Wasser sowie deine Jugend und einen Fischschwanz. Bedenke jedoch, dass dies nur drei Tage anhält. Dann wirst du dich wieder zurückverwandeln. Falls du dich also noch unter Wasser befinden solltest, empfehle ich dir, schnell an die Oberfläche zu schwimmen." Kurz darauf hält die Meerhexe ihren Zauberstab in die Höhe und befiehlt einem Blitz, direkt in Marie zu fahren. Obwohl kein Schrei über

Maries Lippen kommt, reißt sie ihren Mund jedoch schmerzhaft auf und krümmt sich qualvoll zusammen. Der Zauber beginnt seine Wirkung. Ihre Beine sind nicht länger vorhanden, sondern wurden durch einen grünlich schillernden Fischschwanz ersetzt. Ihr Körper strotzt nur so vor Energie und ihre Haut ist seidig weich und gestrafft. Ihre langen schwarzen Haare fallen ihr wieder weit über den Rücken und lassen sie wie eine echte Meerjungfrau wirken. Doch als sie ins Wasser losstürmen möchte, bemerkt sie mit Schrecken, dass ihre Kleidung weggezaubert wurde. Ernsthaft jetzt, denkt Marie genervt und bedeckt augenblicklich ihre Blöße. Das war ja so klar. Muss sie jetzt tatsächlich halbnackt im Meer herumschwimmen? Verlegen schaut sie sich um und kann zu ihrer Beruhigung einen großen Stoffstreifen finden, der nicht weit entfernt im Sand liegt. Zwar notdürftig, aber wenigstens gut sitzend, betrachtet sie ihr Werk und wagt sich ins Wasser. Von der Meereshexe ist schon längere Zeit weit und breit nichts mehr zu sehen. Denn sobald Marie verwandelt war, hat sie sich wieder ins Meer begeben und ist verschwunden. „Also dann", atmet Marie das letzte Mal Luft in ihre Lungen, „auf zur Rettungsaktion!" Doch obwohl sie weiß, dass eigentlich der Zauberspiegel oberste Priorität hätte, kann sie dennoch nicht anders. Erst muss sie Eric finden. Denn sie ist sich sicher: Nur mit ihm zusammen kann sie den Fluch lösen.

„Oh, mein Kopf!", stöhnt Eric und öffnet seine Augen, was ihn mit Schrecken erfüllt, da er sich in einer ihm unbekannten Höhle befindet. Langsam kämpft er sich von der harten Steinliege hoch und sucht Halt an den Wänden. Denn sein Körper ist immer noch von dem Gift geschwächt und bereitet ihm höllische Schmerzen. „Was ist nur passiert?", brummt Eric und fährt sich verzweifelt über seine Stirn. „Bin ich schon in der Grotte der Stille? Aber wie wäre ich hierhergekommen, und wo ist Marie?" Panisch sieht er sich um und muss bestürzt feststellen, völlig allein zu sein. „Marie! MARIE!", beginnt er laut zu schreien und herumzulaufen. Doch nur seine eigene Stimme hallt zurück und antwortet ihm. Bestürzt und aufgebracht schreit er immer lauter. „Na, na, mein Kleiner!", hört er plötzlich die melodische Stimme einer Fremden. „Wer wird denn gleich so laut werden?" Sofort dreht Eric sich um und erkennt im Wasser eine Frau mit langen, braunrötlichen Haaren und halbnacktem Oberkörper, der nur durch zwei Muscheln züchtig bedeckt ist. Nicht nur ihre Stimme ist wunderschön, sondern auch ihre Gestalt ist schwer zu übersehen. „Wer und was bist du?", stellt Eric sofort seine erste Frage. Er möchte nicht noch mehr Zeit verlieren und endlich hier heraus. „Ich bin Delmira, eine der drei Töchter der Meereskönigin. Und wer bist du?" Schnell überlegt Eric und versucht die Wahrheit für sich zu behalten. „Ich bin Jorik, der Zwerg, und möchte hier raus. Kannst du mir vielleicht helfen und mich zum Strand bringen?" Ein glockenhelles Lachen erklingt in der düsteren Höhle, das nach einer Minute einem bösen Blick weicht. „Lüg mich nicht an, du Unwürdiger! Ich besitze magische Kräfte und ich kann deutlich riechen, dass du kein Zwerg bist. Wenn sich nicht so viel Gift in deinem Körper befinden würde, dann hätte ich dich schon längst gefressen. Also ärgere mich nicht!" Deprimiert strafft Eric dennoch seine Schultern. Was hat er schon zu verlieren? Er wird so oder so sterben. Und so wie es scheint, wird er hier seine letzte Ruhestätte finden, wenn er nicht in dem Magen einer Meerjungfrau landet. Was hat er nur an sich, dass ihn jeder fressen möchte? Und ob er noch drei Stunden oder drei Tage hat, ist vollkommen gleichgültig. Also setzt er alles auf eine Karte.

„Ich bin in Wirklichkeit Prinz Eric vom Zaubersee und durch einen missglückten Segensspruch in einen Zwerg verwandelt worden." Mit neu erwachtem Interesse betrachtet die Meerjungfrau ihn eingehender. „Ein Prinz also", spricht sie genüsslich und leckt sich über ihre Lippen. „Das ändert natürlich alles. Der Sohn eines Königs kann mir noch sehr nützlich sein." Lange bleibt es still und man kann der Meerjungfrau deutlich ansehen, wie sie angestrengt nachdenkt. „Ich mache dir einen Vorschlag, Menschensohn", spricht sie Eric erst wieder nach fünf

Minuten an. „Wenn du mich heiratest und ich die Königin deines Reiches werde, dann nehme ich den Zauber und das Gift von dir.“ Völlig überrumpelt von ihrem Angebot, geht Eric ein paar Schritte zurück. „Wie willst du das anstellen?“ Lieblich lächelnd hebt sie ihren Oberkörper aus dem Wasser und zeigt Eric dadurch ihre rote Fischflosse. „Wie ich schon sagte ... Ich besitze viel Magie und das Wasser ist mein Element. Es kann dich von dem Gift reinigen und ich werde einen weiteren Zauber über deinen Bann legen und dir dadurch dein richtiges Aussehen verschaffen. Ein Trick, sozusagen! Du musst nur bereit sein, mich zu heiraten.“ Kurz überlegt Eric, schüttelt aber dennoch ablehnend mit seinem Kopf. „Niemals werde ich dich heiraten und meinem Volk eine Königin vorsetzen, die nichts Gutes im Sinn hat und mein Volk als Snacks ansieht. Lieber bleibe ich hier in dieser Höhle und sterbe.“ Diabolisch grinsend schaut sie ihn hochmütig an. „Das wirst du auch, mein Freund, das wirst du. Doch wenn das Gift richtig zu wirken beginnt und du dir vor Qualen nicht mehr zu helfen weißt, dann rufe meinen Namen und ich werde da sein.“

Langsam macht sich eine unglaubliche Schwere in Maries Körper breit. Fast die ganze Nacht ist sie herumgeschwommen und hat einen Hinweis auf den Verbleib von Eric gesucht. Sie ist zwar an tausenden von Meerestieren vorbeigekommen, aber keine einzige Meerjungfrau war weit und breit zu sehen. Langsam und traurig lässt Marie sich auf den Grund des Meeres sinken, setzt sich auf einen Felsen vor einem Korallenriff und sieht den bunten Fischen zu, die sich geschäftig darin tummeln. Besonders niedlich findet sie die Tiere, die wie Pferde aussehen, aber anstelle von Beinen einen geringelten Unterleib haben. Wenn sie nicht schon wieder in der Patsche sitzen würde, dann wäre diese Erfahrung unter dem Meer für sie mit nichts zu vergleichen. Diese Stille und diese Ruhe! Sogar die Farben sind hier viel leuchtender und kräftiger, als sie es je für möglich gehalten hätte. Doch plötzlich scheinen alle Fische verschwunden zu sein. Wo vorher noch hunderte kleine, farbenprächtige Wesen waren, ist jetzt alles leer und verwaist.

Verwirrt schaut Marie sich um, kann aber im ersten Moment nichts erkennen. Aber bereits drei Sekunden später wird sie gewaltsam in den Oberarm gebissen. Panisch erkennt sie zu spät, dass sich ein großer Hai ihr näherte und sich in ihrem Arm festgebissen hat. Instinktiv macht sie das einzig Richtige und sticht ihm augenblicklich mit ihrem Zeigefinger in eines seiner Augen. Die kurze Zeit, in der der Hai von ihr ablässt, nutzt Marie für die Flucht. Weit kommt sie aber nicht, bevor ihr Verfolger die Jagd nach ihr eröffnet, während ihr Arm schmerzhaft pocht und das Wasser rötlich färbt. Immer näher kommt ihr der hungrige Meeresbewohner und fletscht bereits seine spitzen Zähne, die in mehreren Reihen hintereinanderstehen. Und trotz mehrerer Ausweichmanöver kann sie ihm einfach nicht entkommen. Jetzt rächen sich die lange Suche nach Eric und ihr Schlafmangel.

Verzweifelt sucht sie nach einem Ausweg, rast aber in diesem Moment direkt auf eine steile Felswand zu. In Ermangelung von Alternativen wählt sie den Weg nach oben. Immer schneller nähert sie sich der Wasseroberfläche und durchbricht diese. Zu ihrer großen Freude kann sie in einiger Entfernung einen großen Stein sehen, der flach aus dem Wasser ragt und auf den sie sich flüchten könnte. Doch zu spät ist diese Erkenntnis, denn schon hat der Hai ihre Schwanzflosse erreicht und zieht sie zurück in die Tiefe. Dieses Mal ist es ihr jedoch nicht möglich, den Hai mit ihren Fingern zu blenden. Der Schmerz, der sich ihren kompletten Körper hocharbeitet, wird immer intensiver. Gefärbtes Wasser kommt ihr entgegen und zeigt ihr nur zu deutlich, was der Hai schon alles mit seinen Zähnen zerstört hat. Hilflos schließt sie ihre Augen, weil sie nicht mitansehen möchte, wie sie bei lebendigem Leibe gefressen wird. Kurz lässt das Tier von ihr ab und Marie wartet auf den nächsten qualvollen Bissen. Aber seltsamerweise lässt dieser auf sich warten und sie schwebt unberührt im Wasser. Doch plötzlich schließen sich starke Arme um ihren Oberkörper und halten sie fest. Ihr erster Gedanke gilt Eric und sie öffnet hoffnungsvoll ihre Augen. Aber leider schauen sie nicht blaue, sondern braune Augen intensiv an. Mit ernstem Blick mustert der Fremde sie interessiert und schwimmt mit ihr der Felswand entgegen. Ihre Erschöpfung und ihre Schmerzen sind jedoch so groß, dass sie bald darauf das Bewusstsein verliert und nicht mehr mitbekommt, wie der Meermann sie durch einen Tunnel ins Innere des Nixenfelsens bringt.

In einer Höhle im Nixenfels

Qualvoll stöhnt Eric immer wieder. Die Schmerzen sind bereits so enorm, dass er alle paar Minuten das Bewusstsein verliert. Die schwarzen Adern haben nun endlich seinen Körper vollständig eingenommen und ziehen sich wie ein Spinnennetz quer über sein Gesicht. Sein Fleisch brennt, als würde er in Flammen stehen, und seine Atmung setzt immer wieder für kurze Zeit aus und vermittelt ihm das Gefühl, ersticken zu müssen. „Nun, mein Schatz? Wie ist das werte Befinden?“, kann er durch einen Nebel aus Schmerzen die Stimme von Delmira hören. „Hat dir ein weiterer Tag des Lustwandelns ausgereicht? Denn bedenke, es wird nur noch schlimmer. Gib mir einen Kuss und du wirst augenblicklich von deinen Qualen erlöst sein. Schwöre mir deine Treue und reiche mir deine Hand.“ „Niemals!“, presst Eric qualvoll unter Schmerzen heraus und dreht sein Gesicht von der Meerjungfrau weg. „Wie du möchtest, Menschensohn. Ich habe Zeit. Ich kann warten.“ Und schon verschwindet sie in einem Aufschäumen des Wassers und lässt Eric wieder allein. Nicht aufgeben, denkt Eric verzweifelt. Er hat nicht mehr lange zu leiden, dann ist es vorbei und er findet endlich seinen Frieden. Hoffentlich konnte Marie die letzte Aufgabe bewältigen und die anderen befreien. Ihn braucht schließlich keiner mehr. Er ist nur noch ein sterbender Körper, der auf seine letzte Reise wartet. Und schon schließt Eric seine Augen und fällt in die nächste Ohnmacht, die ihn für kurze Zeit von seinen Schmerzen befreit.

Langsam erwacht Marie aus einem seltsamen Traum, der von Haien und Meermenschen handelte, muss sich aber kurz darauf eingestehen, dass es sich wohl nicht um einen Traum gehandelt hat. Denn gerade liegt sie in einem riesigen Muschelbett, das sich unter Wasser befindet, und betrachtet Möbel aus Muscheln und Steinen, die sich mit ihr in diesem Raum befinden. Bis jetzt wusste sie gar nicht, dass so etwas überhaupt möglich ist. Als jedoch ihre vollständigen Erinnerungen zurückkehren, schaut Marie panisch nach ihren Verletzungen und ist überrascht, keine zu erkennen. Sie hätte eigentlich mit einer komplett zerfetzten Fischflosse gerechnet, kann aber nicht einmal einen Kratzer sehen. „Ah, du bist wach! Wie schön!“, kommt plötzlich eine weiche, männliche Stimme aus einem Durchgang. „Ich dachte schon, du schläfst noch einen weiteren Tag.“ Erschrocken dreht Marie ihren Kopf in die Richtung der Stimme und sieht einen stattlichen Mann, der mit nacktem Oberkörper und einer blauen Schwanzflosse auf sie zugeschwommen kommt. Seine langen braunen Haare gleiten sanft durch das Wasser, während er provozierend seine Muskeln vor ihr zur Schau stellt. „Wie ist dein Name?“, stellt er ihr eine Frage und schaut sie interessiert an. Aber als sie ihm antworten möchte, bekommt sie keinen Ton heraus. Entsetzt erinnert sie sich, dass sie ja der Meerhexe ihre Stimme im Tausch gegeben hat. Unbeholfen versucht sie dem Mann klarzumachen, dass sie gerade nicht sprechen kann, stellt sich aber sehr ungeschickt dabei an. „Nicht schon wieder!“, stöhnt dieser frustriert und setzt sich auf die Kante der großen Muschel. „Lass mich raten!“, beginnt er belehrend. „Du hast Urana, der Meerhexe, deine Stimme für einen Tausch angeboten. Hast du denn in der Meeresschule nicht gelernt, dass man niemals einen Handel mit einer Meerhexe eingehen darf?“ Mitfühlend betrachtet er sie und streicht ihr zärtlich über die Wange. „Aber das ist nicht so schlimm“, ergänzt er. „Da du mir außerordentlich gut gefällst, biete ich dir dennoch an, dass du eine Weile bei mir bleiben kannst. Wenn du also besonders lieb und zärtlich zu mir bist, dann hast du ein sorgenfreies Leben an meiner Seite.“ Genervt verdreht Marie ihre Augen. Das hat ihr gerade noch gefehlt, dass sie von einem Frauenhelden gerettet wurde. Kaum hat sie sich erhoben und sich zu seiner Tür begeben, hält er sie jedoch zornig zurück. „Soll das etwa heißen, du verschmähst mein Angebot?“ Trotz fehlender Stimme ist ihr Kopfnicken dennoch sehr klar und eindeutig. „Ist das etwa dein Dank, dass ich, Meerjunker Kasimir, dir zur Rettung eilte und mich um deine Wunden kümmerte? Wie kannst du es nur wagen, mir eine Abfuhr zu erteilen?“ Männer sind doch alle gleich, geht es Marie ärgerlich durch den Kopf und sie macht sich daran, sich aus seinem Griff zu befreien. Kasimir hält sie jedoch weiterhin fest. „So leicht kommst du mir nicht davon. Wenn du schon nicht meine Geliebte sein möchtest, dann wirst du mir wenigstens deine Rettung vergelten und mir dienen.“ Schneller als sie reagieren kann, hat er ihr plötzlich ein goldenes Halsband angelegt, das sie als äußerst unangenehm empfindet. „So, meine Liebe! Jetzt gehörst du trotzdem mir. Diese wunderschöne Kette soll nur garantieren, dass du mir nicht davonschwimmst. Sobald du dich von mir entfernst, wird sie enger und du fällst in einen tiefen Schlaf, aus dem dich nur mein Kuss erlösen kann. Dies soll dir klarmachen, wem deine Loyalität gelten sollte.“

Wütend will Marie sich auf ihn stürzen, wird aber lachend von ihm daran gehindert. „Wie schön!“, gibt er süffisant von sich. „Ein wenig Temperament hat mir schon immer gefallen.“ Augenblicklich lässt sie ihn los und versucht abermals von diesem arroganten Kasimir wegzukommen. Hoffentlich ist der Radius weit genug, dass sie Eric finden und an Land bringen kann. „Vergiss nicht!“, ruft der Meermann ihr noch hinterher. „Sehr weit wirst du damit nicht kommen. Schenk mir deine Gesellschaft für ein paar Wochen und ich erlöse dich von diesem Schmuckstück.“ Nicht darauf eingehend, schwimmt Marie so schnell wie möglich durch die Gänge und begegnet dabei unzähligen Meermenschen. Sie muss sich wohl im Inneren des großen Felsens befinden, auf den sie gestern zugeschwommen ist. Aber wie nur soll sie hier ihren Eric finden? Alle Gänge und

Zimmer ähneln sich auf unheimliche Weise. Doch kurz darauf wird ihr klar, dass Eric sich hier unmöglich in einem Raum aufhalten kann. Ihm ist es schließlich nicht möglich, unter Wasser zu atmen. Aber gibt es hier Gefängniszellen oder Höhlen, die mit Luft gefüllt sind? In Gedanken versunken, schwimmt sie noch einige Zeit herum, bis ihr die Idee kommt, dass sie weiter oben an der Meeresoberfläche suchen müsste. Es dauert einige Zeit und viele Gänge und Kurven, bis sie endlich ihren Kopf aus der Wasseroberfläche stoßen kann. Und kaum hat sie das getan, merkt sie bereits, wie sich das Halsband leicht zusammengezogen hat. Dieser gemeine Fisch, denkt Marie sich und schluckt ihren Ärger herunter. Um dieses Früchtchen wird sie sich später kümmern. Langsam und intensiv beginnt sie die Wände abzuschwimmen und hofft auf einen Durchgang. Und nach über einer Stunde kann sie tatsächlich endlich einen kleinen Tunnel erkennen, der knapp unter der Wasseroberfläche in den Felsen führt. Kurz darauf befindet sie sich in einer dunklen Höhle und kann qualvolles Stöhnen vernehmen. Augenblicklich hievt sie ihren Körper auf den nackten und kalten Felsenboden und robbt umständlich auf eine Steinerhöhung zu, auf der sich Eric befindet. Kaum hat sie ihn erreicht, weicht sie entsetzt zurück, als sie die schwarzen Verfärbungen überall auf seiner Haut erkennt. Gerne hätte sie seinen Namen gesagt und ihn damit angesprochen, muss ihn aber stattdessen schütteln. Ihr entgeht nicht, welch unsägliche Schmerzen sie ihm durch ihre Berührung bereitet. Er hat sie also doch belogen, wird es Marie nur zu bewusst. Doch wenigstens haben ihre Versuche gefruchtet und er schlägt langsam die Augen auf. Erst nach einigen Momenten erkennt er ihr Gesicht und verzieht seine Lippen zu einem Lächeln. „Wie schön du bist!“, kommt es leise von ihm, während er angestrengt seine Hand zu heben versucht. Marie kommt ihm gerne entgegen und schmiegt ihre Wange in seine Handfläche. Trotz der Schmerzen will Eric seine Hand nicht zurückziehen. „Ich habe so gehofft, dich noch einmal sehen zu können.“

„Das ist ja wirklich rührend!", ertönt nunmehr eine zynische Stimme und lenkt Maries Aufmerksamkeit zurück zum Wasser. „Wen haben wir denn hier? Ist das etwa deine Geliebte, mein Prinz? Wie schön es doch ist, in den letzten Minuten denjenigen zu sehen, der einem besonders viel bedeutet." Ein grausamer Zug erscheint auf dem Gesicht der Meerjungfrau und verleiht ihr eine gehässige Fratze. „Nur zu schade, dass sie vor dir den Tod finden wird. Ich kann es nun einmal nicht leiden, Konkurrenz zu haben. Aber ich möchte dir meine Güte zeigen und schlage dir einen weiteren Handel vor, Eric. Begib dich in meine Hände und ich werde dich von dem Gift befreien, dir deine wahre Gestalt zurückgeben und deine Freundin am Leben lassen. Dafür musst du mich nur küssen und mir deinen Körper schenken." Eric will sich schon weigern, erkennt aber mit Schrecken, wie Marie sich plötzlich auf dem Boden befindet und nach Luft ringt. „Gib mir dein Wort, Delmira", presst Eric keuchend hervor, „dass du sie danach in Frieden lässt und ihr nicht schaden wirst." „Aber natürlich, mein Lieber. Ich schwöre dir auf meine Schwanzflosse, ihr nichts anzutun." Und für einen kurzen Moment blitzt ein helles Licht auf und verschwindet wieder. „Doch nun komm zu mir und zeig mir deine Bereitschaft, mir gehören zu wollen." Langsam richtet sich Eric auf und braucht eine Ewigkeit, bis er sich mühsam zu Delmira geschleppt hat. Aber kurz bevor er sie endgültig erreicht, bricht er zusammen und bleibt mit dem Gesicht in der Nähe des Wassers liegen. Dies kümmert die Meerjungfrau jedoch nicht, da sie von sich aus den letzten Meter überwindet und seinen Kopf anhebt.

Gerade als Marie ihre Augen wieder aufschlägt und Luft ihre Lungen erreicht, muss sie mitansehen, wie diese fremde Frau ihren Eric leidenschaftlich auf den Mund küsst. Und kaum hat sie dies beendet, schaut ihr dieses Weib auch noch zynisch lächelnd in die Augen und zwinkert ihr gehässig zu. Kurz darauf setzt die Verwandlung ein. Eine große Welle ergießt sich über Eric und schwemmt die schwarze Flüssigkeit aus seinem Körper. Nass und gesund liegt er nun da und richtet sich langsam auf. Doch schon beginnt der nächste Zauber und Delmira holt eine weitere Welle aus dem Wasser, die den Körper von Eric komplett umschließt und ihn einhüllt. Schon beginnt die Verwandlung und Marie erkennt, wie sich seine Glieder strecken und seine Kleidung zerreißt. Immer intensiver kommen seine schönen Gesichtszüge zum Vorschein und keine Minute später steht ein absolut atemberaubender und nackter Mann in der Mitte einer Wasserblase. Marie will sich schon aufrichten und zu ihm robben, wird aber von einer unsichtbaren Wand daran gehindert. Böse schaut Delmira zu ihr und schüttelt, gepaart mit zischenden Geräuschen, ihren Kopf. „Nun gehört dein kleiner Prinz mit Haut und Haaren mir. Wer hätte gedacht, dass sich so ein Prachtexemplar von Mann hinter dieser grässlichen Zwergengestalt verbirgt? Vielleicht werde ich ihn nach der morgigen Hochzeit doch noch einige Zeit behalten. So etwas Schönes bekommt man schließlich nicht häufig zu sehen. Und dir würde ich raten, deinen Herrn Kasimir nicht länger warten zu lassen. Denn gehe ich recht in der Annahme, dass du meinem Cousin dieses nette Halsband zu verdanken hast?“ Wütend richtet Marie sich so weit wie möglich auf und ignoriert die beißenden Worte dieses Fischweibes. Für sie zählt nur, Eric zu erreichen und ihn aus den Fängen der Meerjungfrau zu befreien. Mit Gewalt kämpft sie sich durch die Barriere und kann Eric tatsächlich erreichen. Eine leichte Berührung mit ihren Fingern ist ausreichend und die Wasserblase platzt und ergießt sich über den Fels. Plump fällt Erics Körper auf den harten Stein und bleibt liegen. Sofort berührt Marie seine Schulter und dreht ihn so, dass sein Gesicht nach oben zeigt. Zaghaft streicht sie ihm die nassen Haare aus der Stirn und schüttelt ihn sanft an der Schulter. Doch sobald er seine Augen aufschlägt und sie sich schon freuen möchte, bemerkt sie, wie er mit leerem Blick durch sie hindurchschaut. „Komm, mein Prinz! Es wird Zeit!“, hört sie Delmira säuseln. Keine Sekunde später richtet sich Eric auf, schüttelt Maries Hand ab und geht geradewegs zu der Meerjungfrau. Vor dieser verbeugt er sich, ergreift ihre Hand und haucht einen Kuss darauf. „Wie Ihr wünscht, Prinzessin!“ Schallendes Lachen und ein mitleidiger Blick werden Marie zugeworfen. „Verzeih mir!“, kichert die Meerjungfrau schadenfroh. „Ich habe ganz vergessen zu erwähnen, dass zu seinem Körper natürlich auch sein Herz und sein Gedächtnis zählen.“ Und schon zieht sie Eric mit in die Tiefe und lässt Marie allein in der Höhle zurück. Wütend und verzweifelt schlägt Marie mit ihrer flachen Hand gegen den Felsen und lehnt ihren Kopf daran. Was soll sie jetzt nur machen? Eric steht unter einem bösen Bann, sie hat weder ihre Stimme noch ihre Freiheit und morgen Abend auch keine Flosse mehr. Und wieder einmal steckt sie bis über beide Ohren in einer absolut bescheidenen Situation und hätte fast ganz vergessen, dass sich in vier Tagen auch noch der Fluch erfüllt und die Welt ins Chaos stürzt. Manchmal möchte sie einfach nur noch aufgeben und sich in eine Ecke setzen. Doch was würde es ihr bringen? Eben! Und genau deswegen schluckt sie ihre Sorgen und Ängste herunter und stürzt sich zurück ins Wasser. Es wäre doch gelacht, wenn sie diesem blöden Fischweib den Mann nicht einfach ausspannen könnte.

An den Ufern des Zaubersees

„Nein und nochmals nein!“, donnert die unnachgiebige Stimme von Theodor durch den kompletten Schlossgarten. „Das kann sie nicht wirklich ernst gemeint haben“, bellt er Giselagunde wütend an. „Ich werde sicherlich nicht zulassen, dass sich meine Frau, meine Mutter sowie die anderen Königinnen für uns opfern. Das können die sowas von vergessen.“ Aufgebracht geht der Prinz wütend herum und kämpft mit seinen Gefühlen. „Ich kann doch nichts dafür“, verteidigt sich die Fee kleinlaut. „Ich bin doch nur die Überbringerin ihrer Entscheidung. Nachdem uns vorgestern Abend und gestern nichts eingefallen ist, was wir dem Fluch entgegensetzen könnten, haben sie einfach eigenmächtig entschieden. Und glaub mir, ich bin auch alles andere als glücklich mit dieser Entscheidung.“ „Aber ich dachte, es wäre nicht möglich, das Siegel mit nur fünf Einhörnern durchzuziehen?" „Es sind ja auch keine fünf, sondern sechs. Rosemarie hat einfach nur kein Horn. Sie ist aber dennoch ein Einhorn. Ich habe das Ritual in einem Zauberbuch von Morleon gefunden und weiß nun, dass man fünf Hörner für das Pentagramm benötigt und theoretisch ein sechstes für einen Zauberstab verwenden könnte. Für jede der fünf Zacken muss ein Horn in den Zauberkreis gelegt werden. Aber zusätzlich wird das frische Blut aus den Herzen von sechs Einhörnern gebraucht. Das Blut der ersten fünf für den Stern und den Lebenssaft des sechsten Einhorns muss der Zauberer trinken, um die Verbindung zu dem Siegel herzustellen." „Hast du dich eigentlich gerade selbst sprechen gehört?", braust Theodor auf. „Du kannst doch nicht ernsthaft in Erwägung ziehen, meiner Frau einen Dolch ins Herz zu stoßen und ihr Blut zu trinken! Was bist du nur für eine Fee?" Traurig lässt Giselagunde den Kopf hängen. „Ich kann das Ritual unmöglich vollziehen, da meine Zauberkräfte dafür nicht ausreichend sind. Wir bräuchten eine mächtigere Fee, eine Hexe oder einen Zauberer, der dieses ausführen könnte." „Na großartig!", wütet Theodor weiter. „Dann hätten wir Morleon auch gleich am Leben lassen können. Verstehst du denn nicht, Giselagunde? Wenn wir das Siegel der Einhörner erschaffen, dann hat er am Schluss selbst aus dem Grab heraus gewonnen und ich habe alles verloren." „Was schlägst du stattdessen vor?", ringt Giselagunde verzweifelt um Worte. „Wir haben nur noch vier Tage. Die Zeit läuft gegen uns. Denn auch dieses Zauberritual braucht eine gewisse Vorbereitungszeit und kann nicht einfach so schnell mal vollzogen werden. Gleichfalls müssten wir auch erst einmal jemanden Geeignetes finden, der diese schwere Bürde auf sich nehmen würde." „Das werdet ihr gefälligst nicht tun!", schreit Theodor sich die Seele aus dem Leib. „Ich werde jedes magische Wesen sofort töten, das es wagen sollte, meiner Frau auch nur zu nahe zu kommen. Ich habe schon zu viel verloren. Ihr nehmt sie mir nicht auch noch weg." „Aber versteh doch, Theodor!", versucht die Fee ihn zu besänftigen. „Es ist nicht unsere Entscheidung, die Welt zu retten, sondern ganz allein die ihre." „Von wegen!", wischt der Prinz diesen Einwand mit der Hand weg. „Da habe ich noch ein Wörtchen mitzureden. Ich bin schließlich nicht irgendwer. Ich bin Rosemaries Ehemann und damit habe auch ich eine Stimme, die gehört werden muss. Ich glaube kaum, dass die anderen Ehemänner es gut finden, was sich ihre Frauen da in den Kopf gesetzt haben."

Noch während Theodor damit beschäftigt ist, seine Wut an einer überforderten Fee auszulassen, kommen Aron und sein Vater zu ihnen. Sobald er dies bemerkt, richtet er seinen ganzen Zorn auch auf sie. „Habt ihr gewusst, was die Frauen planen?" Traurig senken beide Männer die Köpfe und bestätigen Theodors Verdacht, ebenfalls an diesem Plan beteiligt zu sein. „Wie kannst du nur, Vater?", beginnt der Prinz zu stottern. „Ist dir das Leben von Mutter so wenig wert, dass du sie so leichtfertig opfern möchtest?" „Was glaubst du denn, mein Sohn?", knirscht Barboss mit seinen Zähnen. „Als hätte ich bei deiner Mutter je ein Mitspracherecht gehabt! Sie hatte schon immer einen Sturschädel. Es wundert mich, dass sie sich in ein Einhorn und nicht in einen Maulesel verwandelt hat. Das hätte besser zu ihrem Wesen gepasst." „Dann bist du damit einverstanden?", kann Theodor nicht an sich halten und reißt entsetzt die Augen auf. „Was bleibt uns anderes übrig, Sohn?", kommt die resignierte Stimme seines Vaters an sein Ohr. „Es gibt immer eine Alternative. Der Tod war noch niemals die Lösung. Ich verspreche euch, ich werde einen Weg finden. Aber dafür müsst ihr mir im Gegenzug versprechen, dass ihr das Ritual erst ausführt, wenn alle Hoffnung verloren scheint und die Welt kurz davor ist, unterzugehen." Daraufhin schauen sich die anderen drei an und nicken zustimmend. Kaum haben sie das getan, stürmt Theodor auch schon los. „Wohin willst du, Sohn?", ruft ihm Barboss hinterher. „Eine sinnvolle Lösung finden. Ihr macht mich alle krank mit eurem Blödsinn der Selbstaufopferung. Ich habe das einmal gemacht und es war alles andere als spaßig. Ich suche lieber einen Weg, der allen hilft und nicht nur der großen Masse. Denn jedes Schicksal ist kostbar und wichtig und darf nicht einfach in der Menge untergehen." Schon erreicht er das Schloss und stürmt Richtung Ballsaal. Hier unter allen Einhörnern steht seine Frau, die ihren Kopf an dem ihrer Mutter reibt. Aufgebracht und zornig ruft er laut und deutlich: „Weib, komm sofort her oder ich werde dich holen!" Als sie auf seinen Schrei jedoch nicht reagiert, versucht er es erneut. „Ich meine es ernst, Rosemarie. Ich werde dich zur Not an deinem Schweif aus diesem Raum zerren. Leg dich also heute nicht mit mir an!" Nach einem genervten Schnauben aus der Mitte der Einhörner sieht er deutlich, wie sich seine Frau von den anderen löst und gemächlich zu ihm kommt. Mit einem Kopfnicken zeigt er ihr an, ihn in einen ruhigen Teil des Gartens zu begleiten.

„Bist du denn von allen guten Geistern verlassen?", schreit er von Neuem und schaut seine Frau böse an. „Wie kannst du es wagen, so eine Entscheidung einfach ohne mich zu treffen? Glaubst du denn, dass ich damit einverstanden bin? Und was soll das überhaupt alles bringen? Der Fluch ist deswegen nicht weg, und wer weiß, was bei dem anderen Zauberer für fürchterliche Eigenschaften zu Tage treten! Was ist, wenn ihr euch einen neuen Morleon damit erschafft? Kannst du dir wirklich sicher sein, dass der andere nicht seine neu erlangte Macht missbrauchen wird und ebenfalls die Welt ins Chaos stürzt?" Je mehr er argumentiert und spricht, desto intensiver beginnt sein Körper unkontrolliert zu zittern. Nach seinen letzten Worten scheint ihn die Kraft verlassen zu haben und er muss sich schwer auf einer Banklehne abstützen. Zärtlich berührt ihn eine Pferdeschnauze und knabbert sanft an seiner Wange.

Rosemarie ist der leicht salzige Geschmack nicht entgangen, den sie jetzt auf ihrer Zunge schmeckt. Wie gerne würde sie Theodor in die Arme nehmen und ihm sagen, dass alles gut werden wird! Aber das ist nun einmal nicht so. Sie hat lange mit sich gehadert, ob sie den letzten Schritt wagen soll, doch für die Menschen, die ihr etwas bedeuten, ist sie bereit, dies in Kauf zu nehmen. Ihre

Schwester und Eric sollen schließlich nicht umsonst ihr Leben für das Wohl aller gegeben haben. Die Worte von Theodor haben jedoch ebenfalls eine Sorge in ihr hochgeholt, die sie so noch nicht beachtet hatte. Denn wer auf dieser Welt hat heutzutage wirklich noch ein so reines und gutes Herz, dass er in der Lage wäre, mit einer allumfassenden Macht umzugehen? Tatsächlich würde ihr auf Anhieb keiner einfallen. Selbst sie ist so voller Makel, eigener Wünsche und Bedürfnisse, dass es kaum vorstellbar ist, diese nicht über andere zu stellen. Doch was ist die Alternative? Naturgewalten, die die Märchenwelt in Schutt und Asche legen? Eine Welt, in der es nicht mehr möglich ist zu leben? Auch sie ist hin- und hergerissen und weiß doch, dass es weder eine richtige noch eine falsche Entscheidung gibt. Es gibt nur Entscheidungen, die eine bestimmte Konsequenz nach sich ziehen. Ob die eine besser ist als die andere, kann jedoch keiner im Vorfeld beantworten. „Ich werde dein Opfer nicht zulassen", flüstert Theodor ihr sanft ins Ohr. „Ich werde einen Weg finden, dein Leben und das der anderen Frauen zu retten. Vielleicht kann ich am Rande des Meeres die Steine und den Spiegel finden und diesen doch noch aktivieren. Schließlich hat Eric gesagt, dass eure Entzauberung Einfluss auf den Fluch haben wird. Ich werde mich also gleich auf den Weg machen. Wenn ich mich ranhalte, kann ich innerhalb eines Tages am Meer sein. Aber bitte versprich mir, auf meine Rückkehr zu warten. Bitte, Rosemarie! Das bist du mir schuldig." Mit flehenden Augen schaut ihr Theodor bis tief in ihre Seele. Wie gerne hätte sie diesen großartigen Mann richtig kennengelernt! Vielleicht, aber nur vielleicht, findet er eine Lösung und kann sie alle retten. Und wenn nicht, dann ist dies der letzte Moment auf Erden, den sie mit ihrem Liebsten verbringen darf.

Unter dem Meer am Nixenfels

Es vergeht eine Ewigkeit, bis Marie herausgefunden hat, in welchen Räumen sich Eric aufhält. Die Zeit rinnt ihr wie Sand durch die Finger und Delmira macht es ihr nicht gerade einfach, unbemerkt zu Eric zu gelangen, da sie ihre Beute nicht aus den Augen lässt. Doch heute Abend könnte es Marie gelingen. Denn heute Abend wurde zu einem Fest gerufen, bei dem Delmira allen Besuchern ihren zukünftigen Ehemann, Prinz Eric vom Zaubersee, präsentieren möchte. Der Nixenfels ist ganz in Aufruhr, dass es endlich eine Prinzessin geschafft hat, sich einen Prinzen zu angeln. Denn wie Marie erfahren hat, schwelt schon seit Jahren ein unerbittlicher Konkurrenzkampf zwischen den drei Schwestern, wer die Erste im Bunde ist, die einen Ebenbürtigen heiratet. Und zu Maries großem Entsetzen musste sie ebenfalls erfahren, dass Eric nicht der erste, sondern der achtzehnte Ehemann werden wird. Lachend haben die anderen Meermenschen darüber spekuliert, wie lange Delmira an ihm Interesse haben und wann sie ihn beseitigen und verspeisen wird. Die Schwestern von Delmira stehen ihr aber in nichts nach und haben ebenfalls den Ruf, einen gewissen Männerverbrauch zu haben. Für sie stellen die männlichen Menschen nur einen kurzweiligen Zeitvertreib dar, wohingegen die Menschenfrauen von den wenigen Meermännern beansprucht werden. Das ist ja fast wie in Sabaku, denkt Marie sich angewidert und schüttelt ablehnend den Kopf. Es ist zum Aus-dem-Fischschwanz-Fahren. Sie weiß zwar jetzt, wo Eric sich befindet, aber erreichbar ist er dennoch nicht. Vielleicht kann sie sich auf das Fest schleichen und ihn irgendwie entführen. Denn freiwillig wird er sicher nicht mitkommen, nachdem dieses Weib in seinem Kopf herumgepfuscht hat. Also heißt es, auf den richtigen Moment zu warten.

Doch leider scheint dieser Moment nicht zu kommen. Abseits, leicht versetzt hinter anderen Meermenschen, muss sie schon seit Stunden Delmira beobachten, wie sie überall ihren neuen, baldigen

Ehemann herumpräsentiert. Eric ist der Einzige, der Beine hat, die in einer engen schwarzen Hose stecken. Sein Oberkörper ist wie bei den anderen frei von Kleidung und zeigt seine beeindruckenden Muskeln. Diese hätte sie Eric niemals zugetraut. Nicht selten hört sie Meerfrauen seufzen und leise hinter vorgehaltener Hand über Eric sprechen. Auch sie ist mehr als angetan von seinem Körper, ärgert sich jedoch über die Oberflächlichkeit aller Anwesenden hier. Ist ihnen denn der Mensch, der in dieser Hülle aus Knochen und Fleisch steckt, nicht auch wichtig? Doch was kann man anderes erwarten? Alle Meermenschen schauen atemberaubend schön aus und genießen diesen Umstand. Plötzlich legt sich eine Hand von hinten auf ihre Schulter und zwingt sie sich umzudrehen. „Na, wen haben wir denn da?“, spricht Kasimir sie arrogant an. „Wenn das mal nicht mein Besitz ist, der fremdschaut. Gefällt dir der Menschenmann etwa auch?“ Das geht dich einen feuchten Dreck an, würde sie ihm am liebsten an den Kopf schreien, wird aber dadurch abermals an ihr Problem mit der fehlenden Stimme erinnert. Entnervt rollt sie deswegen mit den Augen und fegt seine Hand von ihrer Schulter. Dies nimmt der Meeradlige jedoch nicht so einfach hin und drängt sie an die Wand. „So nicht, meine Liebe! So nicht! Ich war jetzt wirklich mehr als geduldig mit dir. Aber auch ich habe meine Grenzen. Ab morgen wirst du mir gefälligst zu Willen sein oder ich werde Gewalt anwenden. Ich habe schließlich noch jede Frau bekommen, die ich wollte. Du wirst da keine Ausnahme bilden.“ Kaum hat er fertig gesprochen, lässt er sie auch schon wieder los und verschwindet in der Menge. Wenn es eine Möglichkeit gäbe, hätte sie ihm liebend gerne in seine Fischeier getreten. Aber dieser Umstand hat leider zwei entscheidende Einschränkungen. Erstens hat sie im Moment keine Beine und zweitens hat sie keine Ahnung, wohin genau sie eigentlich treten müsste. Aus den Augenwinkeln kann sie gerade noch erkennen, wie Delmira ihr neues Spielzeug mit einer Handbewegung wegschickt. Diese Gelegenheit oder keine, denkt sie sich und macht sich bereit. Eine weitere wird sie sicher nicht so schnell bekommen. Also versucht sie so unauffällig wie möglich, sich durch die anderen zu bewegen, und biegt in denselben Gang ein, in den Eric kurz zuvor verschwunden ist. Dank ihrer Flosse ist sie um einiges schneller als er und kann ihn bald darauf einholen, bevor er in irgendeinen Raum geht und wieder vor ihrer Nase verschwindet. Sofort stürzt sie sich auf ihn und klammert sich kurz an seinem Rücken fest. Eric dreht sich daraufhin leicht irritiert um und steht nun vor ihr. „Wer bist du?“, fragt er gelangweilt und wartet ihre Antwort ab. Verzaubert und zugenäht, denkt Marie sich und ist gerade ziemlich sauer auf den Umstand, dass sie keine Stimme mehr hat. Deswegen versucht sie mit Händen und Flosse, Eric die Situation zu erklären, merkt aber schnell, dass sie einfach nur sehr lächerlich aussieht. Doch so schnell will sie nicht aufgeben und tut das Einzige, was ihr noch einfällt. Ohne zu fragen, wirft sie sich in die Arme von Eric und hofft inständig, dass diese Geste ein Gefühl oder einen Gedankenfetzen bei ihm erzeugt. In ihrem Körper sind auf jeden Fall die Schmetterlinge in Aufruhr, fliegen wie wild in ihrem Bauch herum und erzeugen einen Orkan der Gefühle. Jetzt ist sich Marie absolut sicher, sich Hals über Kopf in Eric verliebt zu haben. Doch leider ist es ihr nicht möglich, ihm das zu sagen. Eric steht indessen sehr verwirrt da und lässt die Umarmung über sich ergehen. Nach ein paar Momenten beginnt er jedoch, sich von ihr zu lösen. „Kennen wir uns?“, schaut er sie leicht verwirrt an. „Mir ist so, als hätte ich diese Augen schon einmal gesehen.“ Glücklich lächelt Marie ihn zustimmend an. Doch so kurz dieser Lichtblick andauerte, so schnell ist er auch wieder vergangen. Schon schüttelt er schmerzhaft seinen Kopf und tritt einen Schritt zurück. „Verzeih, ich muss mich geirrt haben. Nur die Augen von Delmira dürfen mir etwas bedeuten. Entschuldige mich bitte, aber ich muss für morgen ausgeruht sein.“ Marie kann nur noch traurig mitansehen, wie er hinter der nächsten Biegung verschwindet und ihre Hoffnung damit zunichtemacht.

„Soso!", kommt es süffisant von der Seite. „Meine Schwester hat sich also einen bereits vergebenen Mann geangelt. Wenn das mal nicht herzzerreißend romantisch ist." Neben Marie befindet sich keinen Meter entfernt eine weitere Meerfrau, die Delmira ausgesprochen ähnlich sieht. „Was würdest du sagen, wenn ich dir anbieten würde, dir zu helfen? Ich könnte dir morgen Mittag kurz vor der Hochzeit eine kleine Pille zukommen lassen, die den Zauber meiner Schwester aufhebt. So würde er sich an dich erinnern und ihr könntet entschwinden." Kritisch beäugt Marie ihr Gegenüber und weiß nicht, was sie davon halten soll. Dumm mal wieder, dass sie keine Möglichkeit hat, nachzufragen. „Warum schaust du denn so misstrauisch?", lacht die andere derweilen. „Ich tue das sicher nicht für dich oder ihn. Ich tue dies leidenschaftlich gerne, um meiner Schwester eins auszuwischen. Also willst du jetzt mein Angebot annehmen oder nicht?" Da sie keine anderen Möglichkeiten sieht und die Zeit knapp wird, nimmt Marie kurzentschlossen an. „Gut so!", verzieht sich das Gesicht der Meerfrau selbstzufrieden. „Triff mich morgen erneut an dieser Stelle. Dann gebe ich dir, wonach dein Herz verlangt."

Neue Hoffnung keimt auf und gibt ihr die nötige Kraft, um weiterzumachen. Doch leider hat sie nicht mit den Machenschaften von Kasimir gerechnet, der ihr einen Strich durch die Rechnung machen wird. Denn dieser stand nicht weit entfernt und hat das Gespräch heimlich belauscht. Sobald die Meerfrau entschwommen ist und Marie allein zurückbleibt, schwimmt Kasimir heimlich hinter sie und packt sie grob am Oberkörper. „Zu schade, meine Schöne, dass du nicht in der Lage bist, um Hilfe zu rufen. Jetzt wollen wir doch mal sehen, ob ich dir nicht diesen Menschenmann ein für alle Mal austreiben kann." Gewaltsam zieht er die sich wehrende Marie hinter sich her und in seine Räume, die nur ein paar Abzweigungen entfernt liegen. Kaum hat er den Raum erreicht und Marie hineinmanövriert, stopft er ihr eine kleine Kugel in den Mund und befreit sie von seinem Griff. Danach verschließt er die Tür und lässt sie allein zurück. „Ich habe noch etwas zu erledigen, meine Kleine“, kann sie ihn von der anderen Seite deutlich hören. „Aber morgen Mittag gehöre ich ganz dir.“ Frustriert lässt sich Marie aufs Bett fallen. Eine Haarnadel hat sie gerade nicht parat und so überlegt sie fieberhaft, was sie stattdessen verwenden könnte, um das Schloss zu knacken. Aber keine zwei Minuten später befällt sie eine seltsame Schwere und Müdigkeit, die sich plötzlich in ihrem Körper ausbreitet. Hat ihr dieses Scheusal etwa ein Schlafmittel eingeflößt? Es dauert nicht lange, bis sie in eine traumlose Bewusstlosigkeit gleitet.

Erst ein Geräusch lässt sie erschrocken aus dem Schlaf hochfahren. Direkt vor ihr steht Kasimir, der gerade die Tür schließt und sie grinsend ansieht. Hat sie nicht erst vor Kurzem so eine ähnliche Situation erlebt? Wobei da eindeutig weniger Wasser und mehr Sand im Spiel war. Dummerweise hat sie jedoch dieses Mal keinen Dolch an ihrem Oberschenkel hängen, um sich wehren zu können. Auch ihre Kraft ist weit unter der des Meermannes. Was also tun? Sei schlau, Marie, denkt sie sich und überlegt fieberhaft, wie sie den Spieß umdrehen könnte. Dumm nur, dass man unter Wasser niemandem etwas auf den Kopf schlagen kann. Da fallen jetzt wirklich ihre wichtigsten Verteidigungsmanöver weg. Weder ein Tritt in bestimmte Bereiche noch ein Stich ohne Waffe oder ein Schlag auf den Kopf sind möglich. Also muss sie sich etwas komplett anderes ausdenken. Während sie überlegt, ist Kasimir wohl der Geduldsfaden gerissen, da er immer näher und näher kommt. Bald hat er sie erreicht, geht aber um sie herum und legt sich aufs Bett. Einladend klopft er darauf und lächelt sie überlegen an. „Mach es dir doch nicht so schwer. Du brauchst mir nur ein bisschen entgegenzukommen und schon befreie ich dich von diesem Halsband und du kannst deiner Wege schwimmen.“ Angewidert will sie schon ihr Gesicht verziehen, erkennt aber plötzlich ihre Chance, diesem ganzen Wahnsinn zu entkommen. Also setzt sie ein verführerisches Lächeln auf und bewegt sich einladend und hüftschwingend zu Kasimir. Dieser ist ganz begeistert, rutscht gemütlich auf seinem Bett nach hinten und wartet darauf, sie in seine Arme schließen zu dürfen. Doch Marie denkt gar nicht daran und beginnt sich verführerisch zu drehen, wie sie es bei den Tänzerinnen in Sabaku gesehen hat, was mit einer Schwanzflosse gar nicht so leicht ist. Sie vollführt elegante Armbewegungen, streicht immer wieder aufreizend über ihren Körper und schaut Kasimir mit einem besonders verlangenden Blick an. Dieser kann sich kaum an ihr sattsehen und hat ein dümmliches Grinsen im Gesicht. Wie eine Bauchtänzerin bewegt sie ihre Hüften und lässt ihren Kopf und ihre Haare dazu im Wasser schwingen und kreisen. Immer wieder nähert sie sich Möbeln und Gegenständen im Zimmer und bindet diese in ihren Tanz mit ein. Dem Meermann fallen fast die Augen aus, als sie sich besonders aufreizend an einer Stange windet und ihren Kopf weit nach hinten streckt. Was seiner Aufmerksamkeit jedoch entgeht, ist der immer wieder suchende Blick von Marie, die diesen Tanz dazu nutzt, sich im Zimmer nach etwas Hilfreichem umzusehen. Und tatsächlich werden ihre Bitten erhört, als sie eine scharfe, abgebrochene Muschelschale unter dem Bett findet. Sobald sie diese erreicht und in ihrer Hand versteckt hat, kommt sie langsam und verführerisch wieder hoch und wendet sich nun voll und ganz dem sabbernden Meeradligen auf dem Bett zu. Dieser ist so hin und weg, dass sie eigentlich ein leichtes Spiel haben sollte. Also begibt sie sich trotz ihres Ekels in seine Arme und schmiegt sich eng an ihn. Er sucht sofort ihre Lippen und drückt ihr einen sehr unangenehmen und widerlichen Kuss darauf. Doch bevor er es schaffen kann, auch seine Zunge in ihren Hals zu stecken, liegt schon die scharfe Muschelschale an seiner Halsschlagader und lässt ihn jäh aufkeuchen. „Du Miststück!“, bringt er erregt heraus und versucht nach hinten auszuweichen. Dies misslingt jedoch, da Marie seinen Körper mit ihrem an die Muschelwand des Bettes drückt. „Und was jetzt? Willst du mir etwa den Hals durchschneiden? Denn etwas anderes kannst du mit deinem kleinen Werkzeug schwer machen.“ Daran hat Marie auch schon gedacht und weiß sehr wohl, in welch blöder Lage sie sich befindet. Eigentlich müsste sie tatsächlich seine Adern anritzen, denn sobald sie von ihm weichen würde, hätte er sie wieder in der Hand. Leider ist sie aber kein Mensch, der einfach so das Leben anderer nehmen kann und möchte. Darum entscheidet sie sich für einen Mittelweg, der zwar moralisch auch nicht ganz solide ist, aber dafür wenigstens nicht tödlich endet. Mit einer schnellen Bewegung zieht sie die Muschelschale von seinem Hals weg und ritzt ihm dafür in Windeseile eine Armschlagader auf, die er sicher mit seinen eigenen Kräften heilen kann. Sofort färbt das ganze Blut das Wasser im Raum rötlich. Während Kasimir abgelenkt ist und eilig versucht, mit seiner anderen Hand die Wunde zu schließen, schwimmt Marie fluchtartig aus dem Raum.

Nur kurz braucht sie, bis sie den richtigen Weg gefunden hat und die bereits etwas übellaunige Schwester von Delmira trifft. „Das wurde aber auch Zeit, meine Liebe. Ich hätte keine zwei Minuten mehr auf dich gewartet. Hier hast du die Pille. Aber dummerweise bist du viel zu spät dran. Dein Traummann wurde bereits abgeholt und ist zu dem großen und flachen Stein vor dem Nixenfels gebracht worden. Dort soll in zehn Minuten die Hochzeit stattfinden. Viel Glück, wenn du das noch schaffen willst." Panisch dreht Marie sich in alle Richtungen und entscheidet sich dann spontan für die rechte Abzweigung. Hoffentlich ist sie nicht zu spät und kann ihn noch rechtzeitig erreichen.

In der Nähe des Nixenfelsens

Theodor will seinen Augen nicht trauen. Kaum hat er mit seinem Boot die Mündung des Meeres erreicht, kann er seinen Bruder aufrecht und in seiner wahren Gestalt auf einem großen Stein inmitten des Meeres sehen. Er hat zwar eine lächerlich enge schwarze Hose an und präsentiert seinen nackten Oberkörper, aber dieser blonde Schopf ist ihm nur zu vertraut. Freude ergreift seine Sinne und verursacht in ihm ein berauschendes Gefühl.

Wenn da jetzt nicht zufällig eine große Anzahl von Meerjungfrauen schwimmen würde, dann wäre sein Tag für heute gerettet. Wie aber kann er seinen Bruder aus den Fängen dieser Nixen retten? Um Eric herum tummeln sich gerade zahlreiche dieser Wesen und machen es Theodor sehr schwer, eine erfolgreiche Rettungsaktion durchzuführen. Was er auch noch nicht verstehen kann, ist das Versagen der Rune. Warum hat die keinen Punkt auf der Karte gezeigt? Es muss wohl mit den Meermenschen zusammenhängen, dass die Magie von Giselagunde nicht bis in diese Wasserwelt reicht. Er sieht doch schließlich deutlich, wie lebendig sein Bruder hier herumsteht. Leider ist aber von Marie weit und breit nichts zu sehen. Zu seinem großen Glück hat er mehrere Waffen für den Fall der Fälle eingepackt und könnte sich mit Armbrüsten und Schwertern einen Weg zu seinem Bruder freikämpfen. Und gleichfalls gab Giselagunde ihm den Tipp, seine Ohren mit Wachs zu verschließen, damit er die Stimmen der Meerjungfrauen nur dumpf hören kann. Denn laut der Fee sind diese hypnotisierend und können spielend leicht in den Geist ihrer Opfer eindringen und diesen kontrollieren. Es dauert nicht lange, und die ersten Meernixen sind auf sein Kommen aufmerksam geworden. Sofort kann er erkennen, wie sie ihre Münder weit aufreißen und zu singen beginnen. Nur schwach kommt ihr Klang bei ihm an, verlangt aber dennoch seine volle Konzentration, damit er die Kontrolle über sich selbst behalten kann. Nachdem aber die Meeresbewohner bald erkennen, dass ihr Gesang bei ihm keine Wirkung zeigt, verziehen sie ihre schönen Gesichter zu entstellten Fratzen und entblößen ihre spitzen und langen Zähne. Darauf ist er jedoch vorbereitet und hebt die erste geladene Armbrust und zielt direkt auf die Kreaturen, die sich ihm nähern. Schon saust der Bolzen los und bohrt sich in die Schulter eines dieser Wesen, das mit einem lauten Schrei die Flucht ergreift. Schon hebt er die nächste Armbrust und schießt sich den Weg zu Eric frei. Nur noch ein paar Meter trennen ihn von seinem Bruder, der seltsam teilnahmslos die ganze Situation zu beobachten scheint. Mit zwei Schwertern in den Händen kämpft er sich durch und landet siegessicher auf dem Stein. Sofort wirft er seinem Bruder das zweite Schwert zu, das jedoch laut scheppernd auf dem Stein landet und dort liegen bleibt.

„Verflucht, Eric, jetzt heb schon endlich das Ding auf und kämpf dir mit mir den Weg frei!“ Eric hingegen schaut zu Delmira, die sich noch im Wasser befindet und zornig dreinschaut. „Eric! Sei so gut, heb das Schwert auf und beseitige diesen Störenfried, damit unsere Hochzeit endlich stattfinden kann.“ Ergeben beugt er sein Haupt vor der Meernixe und richtet seinen kampferprobten Körper mit dem Schwert in der Hand gegen den Eindringling. Dieser kann gerade noch das Schwert erheben und blockt einen harten Schwerthieb von Eric ab. „Eric, was ist mit dir? Erkennst du deinen eigenen Bruder nicht?“ Sofort beginnen die Meerjungfrauen aufgeregt zu reden.

„Noch ein Prinz!“, kann Theodor leise vernehmen, ist aber zu sehr mit dem Kampf beschäftigt. Jetzt zeigt sich deutlich, dass Eric der bei weitem bessere Kämpfer ist. Immer wieder treffen Schwerthiebe Theodors Arme und Beine und lassen das Blut langsam aus seinem Körper fließen. Ihm ist bald klar, dass sein Bruder unter Hypnose oder einem bösen Bann stehen muss, denn seine Augen wirken leer und seelenlos. Nicht mehr lange, und Eric hat ihm das Schwert aus der Hand gestoßen. Und gerade als er ihm den letzten Schlag verpassen und seinen Kopf abtrennen möchte, schreit die Meernixe: „Halt!“

Delmira hat sich für einen kurzen Moment Beine gezaubert und geht interessiert zu den zwei Prinzen. Eric hält immer noch das Schwert hocherhoben und wartet nur auf ihren Befehl, es heruntersausen zu lassen. Doch die Meerjungfrau denkt noch nicht daran und schaut sich seinen Bruder genauer an. „Du bist zwar nicht so muskulös wie Eric, aber dein Aussehen ist auch nicht schlecht. Hätte ich die Gunst von zwei Prinzen, wäre ich eindeutig die Siegerin über meine Schwestern. Was sagst du, mein Schöner?

Willst du nicht auch in meine Dienste treten und mir deine ewige Treue schwören?“

Angewidert verzieht Theodor das Gesicht. „Nur über meine Leiche, du nach Fisch stinkender Kadaver. Lieber lasse ich mich von Haien anknabbern, als solch lächerliche Hosen anzuziehen. Wo bitte findet man eine solche Scheußlichkeit?“ „Schweig!“, herrscht sie ihn augenblicklich an. „Du hast gerade dein eigenes Schicksal besiegelt. Die Haie sollen es also sein. Da trifft es sich ja gut, dass du schon blutest und sie damit anlockst. Eric, bitte sei so gut und geleite deinen Bruder an den Rand dieses Steines. Wie er ja schon gesagt hat, will er mit Freuden in den Tod springen. Doch bis es so weit ist und er in die Tiefen gezogen wird, darf er noch gerne zusehen, wie ich seinen geliebten Bruder heirate.“ „Da beneide ich ihn nicht. Wie schafft er es bloß immer, die scheußlichsten Weiber zu finden?“ Gefährlich leuchten die Augen der Meerjungfrau auf, während sie ihre Fangzähne ausfährt. „Es wird mir ein wahres Vergnügen sein, dich leiden zu sehen. Dann lebe wohl und versuche, den Haien nicht zu schwer im Magen zu liegen.“ Einen letzten Kommentar kann sich Theodor jedoch nicht verkneifen und zwinkert der Meerjungfrau sarkastisch zu. „Da du sie mit mir fütterst, kann ich dich wohl einen Tierquäler nennen, du missratene Kreuzung aus Blob- und Viperfisch.“ Ihren Zorn nun vollkommen entfacht habend, bemerkt Theodor zu spät, wie hohe Wellen über ihnen zusammenschlagen und ihn mit sich ins Meer reißen. Auch den anderen Meermenschen wird es nun zu ungemütlich und sie versuchen so schnell wie möglich die Flucht zu ergreifen.

Jetzt stehen nur noch Delmira und Eric auf dem Felsen, während Theodor verzweifelt versucht, nicht zu ertrinken. „Du hast wirklich einen sehr ungezogenen Bruder“, kommt Delmira nun wieder verführerisch auf Eric zu und schlingt ein Bein um seine Hüfte. „Zu schade, dass unsere offizielle Hochzeit ins Wasser gefallen ist. Aber die Hochzeitsnacht werde ich mir nicht entgehen lassen. Und weil du gar so ein braver Lakai und hervorragender Kämpfer warst, gewähre ich dir einen kleinen Vorgeschmack. Du darfst mich jetzt leidenschaftlich küssen."

Marie würde sich am liebsten übergeben bei dem Anblick, den sie gerade ertragen muss. Ohne Schamgefühl klammert sich Delmira an Eric und lässt sich von ihm ausgiebig liebkosen. Immer wieder verwendet sie ihre Zunge und stöhnt genüsslich, wenn er wieder an einem ihrer Ohrläppchen knabbert. Gleichzeitig schlägt die Gischt hohe Wellen und lässt Wasser auf sie herniederregnen. Wenn Marie nicht so gut erzogen worden wäre, hätte sie sich einfach auf diese dumme Seekuh geworfen und ihr die Haare ausgerissen. Aber erst einmal gilt es, Theodor zu retten. Sie kam gerade noch rechtzeitig und konnte genau erkennen, wohin ihn die Wellen getragen haben. Schnell packt sie seinen Arm und zieht ihn an die Wasseroberfläche zurück. Keuchend und hustend spuckt er Wasser aus. „Das war wirklich Rettung in letzter Minute. Ich danke dir, kleine Meerjungfrau! Muss ich dich jetzt auch heiraten oder willst du mich lieber fressen? Aber bedenke, ich schmecke zäh und bin aufgrund des Meerwassers gerade ziemlich versalzen." Könnte Marie laut lachen, hätte sie das getan. Sie kann aber ihre Stimme immer noch nicht benutzen und Theodor klarmachen, wer sie ist. Leider hat er sie nur einmal kurz in der Nacht in Sabaku gesehen und später als alte Frau an Erics Seite. Natürlich war klar, dass er sie nicht erkennen wird. Und auch der Fischschwanz und das heraufziehende Unwetter sind da nicht förderlich. Doch das ist ihr gerade vollkommen egal. Sofort schnappt sie sich seinen Arm und zieht ihn an den flachen Stein heran, auf dem Delmira und Eric immer noch gut beschäftigt sind. Mit ihrem Finger deutet sie Theodor an, leise zu sein, und holt die Pille aus ihrem Oberteil heraus. Diese zeigt sie ihm und weist dann auf Eric. Wenigstens versteht Theodor sie auch so und nimmt die Pille an sich. Marie hingegen schwimmt auf die andere Seite des Steines und zieht sich an diesem hoch. Ihr Ablenkungsmanöver ist zwar einfallslos, aber dennoch sehr effektiv. Vorsichtig und leise robbt sie sich auf den

Stein, schlägt dieser dummen Delmira die Beine unter dem Körper weg, vergisst ihre gute Erziehung und stürzt sich auf deren Haare. Schreiend und kreischend windet sich daraufhin die Meerjungfrauenprinzessin und versucht Maries Hände zu greifen.

Diesen Moment nutzt Theodor. Er hievt sich aus dem Wasser, läuft auf seinen Bruder zu, packt diesen und wirft die Pille in seinen erstaunten und offenen Mund. Sofort bricht Eric zusammen und verwandelt sich augenblicklich in einen Zwerg zurück, der leicht betäubt auf dem Boden liegt. Theodor will keine Zeit mehr verschwenden, packt seinen Bruder und zerrt ihn zum Boot, das sich noch immer auf dem Stein befindet. Keine zwei Minuten später sitzt Theodor an den Rudern und versucht mit aller Kraft, so schnell wie möglich von diesem Felsen zu gelangen. Eric hingegen hält sich seinen schmerzenden Kopf und ist gerade nicht ansprechbar.

In der Zwischenzeit hat Delmira die Oberhand gewonnen und hält nun Maries Haare fest in ihrer Faust. „Das wirst du mir büßen. Ich werde dich unglaubliche Schmerzen leiden lassen, bis du deinen Verstand verlierst." Schon durchzucken Marie heiße und brennende Qualen, die ihr bis unter die Fingernägel reichen. Doch plötzlich verebben diese und die Hand von Delmira lässt sie augenblicklich los. Schmerzhaft schlägt Delmira auf dem Stein auf und krümmt sich zusammen. Marie kann nun die entsetzten Schreie der Meerjungfrau deutlich hören, deren Füße sich erst in eine Schwanzflosse verwandeln und sich dann langsam aufzulösen beginnen. An ihrer Stelle wachsen nun acht lange schwarze Tentakel mit vielen Saugnäpfen hervor und lassen Delmira verzweifelt aufheulen. „Was hast du getan? Wie konntest du es schaffen, mir meine Schwanzflosse zu nehmen und mich in den Körper einer Meerhexe zu zwingen?" Kurz flammt in Maries Gedanken das Versprechen auf, welches die Nixe Eric gegeben hat. Schon blöd, wenn man sich nicht an seine eigenen Worte hält. Doch darüber möchte sie nicht zu lange nachdenken, denn die Zeit ist kostbar und die Verwandlung von Delmira noch nicht abgeschlossen. Also beeilt Marie sich und stürzt sich zurück ins Meer. Schnell steuert sie direkt den Strand an, auf dem bereits Theodor steht und Eric in seiner Zwergengestalt schüttelt. Scheinbar ist er noch nicht ganz klar im Kopf, was ja kein Wunder ist. Doch leider schafft sie es nicht mehr rechtzeitig, das sichere Ufer zu erreichen. Denn schon wird das Halsband aktiviert und drückt ihren Hals schmerzhaft zusammen. Ihr fehlen noch ungefähr hundert Meter, die aber unüberwindbar scheinen, wenn sie vorher in einen tiefen Schlaf fällt. Panisch sieht sie sich um und bemerkt, dass sie zurückschwimmen muss, um besser Luft zu bekommen. Doch kaum hat sie diese wieder in ihren Lungen, kommt jedoch schon das nächste Problem mit acht Tentakeln auf sie zu und schaut nicht gerade begeistert drein. Ein unfairer Kampf beginnt, in dem Marie eindeutig den Kürzeren zieht. Nicht lange, und sie wird in einen Würgegriff genommen und aus dem Wasser gehoben. Baumelnd hängt sie in der Luft und muss die wutverzerrte Fratze von Delmira sehen. „Deine letzten Sekunden haben begonnen und ich werde jede einzelne davon genießen." Kurz bevor Marie das Bewusstsein verliert, kann sie plötzlich einen Bolzen erkennen, der aus der rechten Schulter von Delmira herausragt. Schreiend lässt diese Marie ins Wasser fallen und zieht sich augenblicklich zurück. Verwundert schaut Marie sich um und kann Eric erkennen, der mit einer Armbrust auf dem Sandstrand steht. Erleichtert will sie aufatmen und winken. Doch wehe, wenn man an ein glückliches Ende glaubt! Denn gerade befindet sie sich mitten im Meer und verwandelt sich in ihre alte Gestalt zurück. Die drei Tage sind wohl gerade in diesem Moment vergangen und der Zauber der Meerhexe hat sich aufgelöst. Nur dumm, dass ihre Stimme nicht zurückkam und sie deswegen nicht in der Lage ist, nach Hilfe zu rufen. Auch ihre schwachen Arme kommen kaum gegen die Schwere ihrer vollgesogenen Kleider an, die sie erbarmungslos nach unten ziehen. Auch der Umstand, dass sie nicht an das Ufer schwimmen kann, da sie sonst einschläft und ebenfalls ertrinkt, ist nicht wirklich hilfreich. Es wird immer schwieriger für sie, sich über der Wasseroberfläche zu halten. Immer mehr Wasser findet den Weg in ihre Lungen und lässt sie qualvoll husten. Das fünfte Untertauchen besiegelt ihren Untergang, da ihre Arme keine Kraft mehr haben und ihr Brustkorb höllisch brennt. Langsam entfernt sie sich von der hellen Oberfläche und sinkt in die schwarzen Tiefen hinab.

Verzweifelt treibt Eric seinen Bruder an, die Ruder schneller zu schwingen. Entsetzt musste er mitansehen, wie Marie sich ständig an die Wasseroberfläche zurückkämpfte und sich nicht dem sicheren Ufer näherte. Ihr letztes Auftauchen ist schon zu lange her und lässt ihn panisch werden. Kaum haben sie die richtige Stelle erreicht, springt Eric, ohne nachzudenken, ins Wasser und taucht hinab. Ein goldenes Reflektieren weist ihm den Weg und er kann bald darauf die Hand von Marie ergreifen. Trotz seiner Körpergröße ist er in der Lage, Marie bis an die Wasseroberfläche zu bringen, an der sie Theodor in Empfang nimmt und ins Boot zieht. Eric ist sofort zur Stelle und kontrolliert ihre Atmung. Schnell befördern sie Marie ans Ufer, steigen aus dem Boot und bringen so viel Abstand wie möglich zwischen sich und das Meer. Theodor trägt Marie sicher in seinen Armen und Eric hat sich ein paar Waffen geschnappt. „Verflucht und verzaubert, war das knapp, Eric! Ich dachte wirklich, Marie ertrinkt uns hier vor unseren Augen. Doch warum hat sie sich kurz vor dem Strand in ihre alte Gestalt zurückverwandelt? Sie hätte doch locker noch die letzten paar Meter schwimmen können." „Das kann ich dir nicht sagen, Theodor", schaut ihn sein Bruder nachdenklich an und betrachtet intensiv die nasse Gestalt in dessen Armen. „Seltsam war auch ihr Verhalten mir gegenüber, als sie mich rettete", fügt Theodor hinzu. „So als hätte sie keine Lust gehabt, mit mir zu sprechen oder mir ihre Identität zu verraten." „Da stimmt etwas nicht!", antwortet Eric und befühlt kurz das goldene Halsband, das sich eng um Maries Hals schmiegt. „Vielleicht hat es mit diesem Ding hier zu tun." „Was ist das?", will Theodor wissen und schaut es genauer an. „Ich weiß es nicht. Aber ich fürchte, es könnte etwas damit zu tun haben, wieso Marie nicht gleich laut um Hilfe gerufen hat und sich nicht dem Ufer nähern konnte. Auch die Tatsache, dass sie immer noch nicht erwacht ist, gefällt mir nicht." „Dann sollten wir das Geheimnis um dieses seltsame Halsband bald lösen, denn uns läuft die Zeit davon. Wir haben nur noch heute Abend und zwei Tage, bevor sich der Fluch erfüllt und sich die verzauberten Königinnen und Rosemarie als Bauernopfer hingeben. Die Frauen sind nämlich auf die irre Idee gekommen, die Weltrettung auf eigene Faust durchzuziehen." „Das hört sich nicht gut an, Theodor", seufzt Eric und geht mit seinem Bruder in Richtung der untergehenden Sonne, in der sich die Grotte mit dem magischen Wasser befinden muss. „Eric, darf ich dir eigentlich eine persönliche Frage stellen?" Verwundert schaut Eric auf und ist gespannt, was Theodor wissen möchte. „Wie fühlt es sich eigentlich an, wenn man eine so enge Hose trägt und die Blutzufuhr in bestimmte Bereiche abgeschnürt wird?" Entnervt verdreht Eric seine Augen und weigert sich, darauf zu antworten.

Freitagmorgen vor der Grotte der Stille

Direkt vor Eric erstreckt sich eine große Felsformation, die mit ihren schwarzen Steinen unheimlich aussieht. „Hübsch sieht anders aus", kommentiert Theodor die Gedanken von Eric und legt erschöpft die schlafende Marie in den Sand. „Verdammt, Eric, ist deine Freundin schwer. Das nächste Mal darfst du sie gefälligst selbst tragen. Das kommt auch viel romantischer, wenn der eigene Freund und nicht dessen Bruder die Frau trägt." „Ein bisschen mehr Training schadet dir überhaupt nicht", geht Eric auf dessen Vorschlag nicht ein. „Ich konnte dich viel zu schnell entwaffnen und besiegen. Das war ja schon fast peinlich, wie leicht ich dich schlagen konnte. Sobald wir wieder zu Hause sind und das alles überstanden ist, wirst du definitiv Übungsstunden von mir bekommen. Denn weißt du", gluckst Eric belustigt, „wenn du deine Frau beeindrucken möchtest, dann ist es viel romantischer, wenn du als Sieger aus einem Kampf hervorgehst und nicht dein Bruder." Schmunzelnd hebt Theodor seine Mundwinkel und schaut Eric anerkennend an. „Nicht schlecht, Bruder! Gar nicht schlecht! Noch ein bisschen Übung, und du bist mir ebenbürtig." Daraufhin lacht Eric und schaut Marie liebevoll an. „Ich hatte eine gute Lehrerin. Aber jetzt lass uns endlich den Eingang zu dieser Grotte finden! Morgen ist schließlich schon mein neunundzwanzigster Geburtstag und der letzte Tag, an dem die Welt noch in Ordnung ist." „Das nennst du in Ordnung?", wirft Theodor süffisant ein. „Dann will ich lieber nicht wissen, was du unter Chaos verstehst." Kurz darauf nimmt Theodor seine kostbare Fracht wieder auf die Arme und sie beginnen die Grotte zu umrunden. Auf der südlichen Seite werden sie endlich fündig und erkennen einen kleinen Eingang, der durch einen langen und dunklen Tunnel führt. „Also einladend würde ich diesen Ort jetzt nicht gerade nennen", seufzt Theodor und schaut sich in der Umgebung um. „Hat es eigentlich einen Grund, warum dieses Ding hier Grotte der Stille genannt wird?" Kurz überlegt Eric, zuckt aber kurz darauf mit seinen Schultern. „Das kann ich dir nicht sagen, Theodor. Aber sehr positiv klingt dieser Beiname nicht. Entweder ist damit die ewige Stille, also der Tod, gemeint, oder aber es ist einfach sehr leise da drin." „Ich wähle die zweite Variante", erwidert Theodor sofort und seufzt schwer. „Wieso habe ich aber eher das Gefühl, dass ich damit falschliege?" „Vielleicht, weil du gar nicht so dumm bist und ich ebenfalls die erste Möglichkeit als die wahrscheinlichere annehme." Daraufhin legt Theodor die schlafende Marie abermals auf den Boden und streckt seinen Rücken durch. „Was machen wir nun? Nehmen wir Marie gleich mit oder müssen wir uns erst den Weg freikämpfen?" Eric zieht bereits ein Schwert aus der Scheide und vollführt ein paar Übungsschläge. „Wenn du Marie weiter tragen könntest, dann würde ich den Kampf übernehmen, falls uns etwas angreift." Kopfnickend stimmt Theodor zu, schnallt sich aber aus Sicherheitsgründen trotzdem ein Schwert um die Hüften.

So gehen beide Brüder bewaffnet und konzentriert dem Eingang entgegen. Doch plötzlich bleibt Eric stehen und schaut sich intensiv eine kleine Beschriftung an, die sich direkt im Fels befindet. „Was steht denn da?“, will Theodor neugierig wissen und versucht an Eric vorbeizusehen. „Da steht nur ein einziger Satz, der unsere Befürchtungen leider bestätigt.“ „Jetzt lass dir nicht alles aus der Nase ziehen!“, schnauft Theodor ungeduldig. „Was steht denn da und mit welchen Gefahren haben wir es dieses Mal zu tun?“ „Das weiß ich ehrlich gesagt nicht“, gibt Eric zu und streicht kurz seinen langen Bart entlang. „Hier steht nur, dass man still sein soll, sonst kommt die Stille über einen. Das ist jetzt nicht gerade aufschlussreich.“ „Da gebe ich dir recht“, antwortet Theodor und wartet darauf, dass Eric weiterspricht. „Wenigstens steht ein Hinweis drauf, was man unterlassen sollte, wenn man nicht gleich sterben möchte.“ „Der da wäre?“, will Theodor interessiert wissen und schaut seinen Bruder abwartend an. „Ganz einfach! Du musst nur endlich einmal deine große Klappe halten und alles wird gut“, zwinkert Eric seinem kleinen Bruder spitzbübisch zu. „Dass dir das gefällt, war ja klar. Aber gut, wenn es der Sache dienlich ist, dann werde ich so leise wie ein Mäuschen sein.“ „Bitte keine Witze über Mäuse!“, verzieht Eric schmerzhaft das Gesicht. „Eine Maus sein zu müssen, zehrte ganz schön an meinem Selbstwert.“ „Wir müssen uns wirklich unbedingt mal unterhalten“, lacht Theodor schallend. „Ich glaube, du hast mir bis jetzt die spannendsten Stellen deiner Reise verschwiegen. Aber zuvor lass uns endlich in diese Höhle gehen und es hinter uns bringen. Dieses Dunkel vor uns ist so schwarz, dass man nicht einmal seine eigene Hand vor Augen sehen kann.“ Kaum hat Theodor zu Ende gesprochen, setzt Eric eine konzentrierte Miene auf und betritt als Erster die Grotte.

Sofort umschließt eine undurchdringliche und unnatürliche Schwärze die Prinzen. Langsam bewegen sie sich Schritt für Schritt nach vorne und brauchen eine gefühlte Ewigkeit, bis sie einen großen Raum erreichen, der durch ein hohes Deckenloch erhellt wird. In der Mitte befindet sich ein unscheinbares Becken mit klarem, reinem Wasser. Vorsichtig und leise legt Theodor Marie ab, damit Eric die Steine und den Spiegel aus der Tasche ihrer Kleidung holen kann. Da sie nicht sprechen dürfen, versuchen sie sich leise mit Handzeichen zu verständigen. Eric hat keine Ahnung, was er jetzt genau machen soll, beschließt aber, die Steine in die kleinen Kuhlen des Spiegels zu legen und diesen in das Wasser zu tauchen. Danach zieht er seine Hände zurück und wartet. Und tatsächlich! Das Wasser bewegt sich und nimmt einen wunderschönen leuchtenden Glanz an. Immer mehr Farben werden sichtbar und eine kleine Fontäne spritzt sanft in die Höhe. Sobald das Schauspiel nachgelassen hat, zieht Eric den Gegenstand heraus, der nun tatsächlich ein richtiger Spiegel mit einer Scheibe ist. Freudig will er ihn Theodor zeigen, erschrickt aber entsetzlich, als ihn plötzlich das Gesicht einer alten Frau aus dem Spiegel ansieht. „Das wurde aber auch Zeit!", beginnt diese zu keifen und schaut Eric böse an. „Verdammt, was ist das?", kann jetzt auch Theodor sich nicht länger zurückhalten. „Mein Junge, wie kannst du es wagen, mich so abwertend anzusprechen? Ich bin schließlich ein überaus begabter Zauberspiegel. Ein wenig mehr Respekt, wenn ich bitten darf!" „Respekt muss man sich erst einmal verdienen", kontert Theodor und beginnt doch tatsächlich mit dem Spiegel ein Streitgespräch. Eric hingegen versucht beide zum Schweigen zu bringen, was ihm jedoch gänzlich misslingt. Daraufhin schaut er sich aufmerksam und angespannt in der Höhle um und wartet auf einen Angriff. Schnell bemerkt er, dass sich in dem dunklen Tunnel, durch den sie kamen, etwas bewegt, und hält die Luft an. Doch selbst nach fünf Minuten bewegt sich dieses Etwas nicht aus der Dunkelheit. „Na großartig!", motzt jetzt auch Eric. „Vielen Dank euch beiden, dass ihr in der Grotte der Stille auch wirklich still wart und uns somit nicht den Rückweg verbaut habt." Beschämt schaut Theodor auf den Boden, als ihm sein Fehler bewusst wird. „Was gehen mich eure Probleme an und dass die Dunkelheit erwacht ist?", wirkt jedoch der Spiegel wenig einsichtig. „Die Kreaturen der Schwärze machen mir doch nichts aus. Nur ihr werdet gefressen." Zornig blickt Eric den Spiegel an. „Na dann vielen lieben Dank, dass du sie für uns aufgeweckt hast." Beleidigt schaut ihn die alte Frau an und rümpft die Nase. „Kannst du uns wenigstens sagen, wann diese Viecher wieder anfangen zu schlafen und wir sicher die Höhle durch den dunklen Tunnel verlassen können?" Zynisch schaut der Spiegel Eric an und setzt eine gelangweilte Miene auf. „So viel Zeit habt ihr nicht mehr. Sobald die Schatten länger werden, kommen sie und werden euch holen." „Du bist ein sehr motivierender Spiegel, das muss man dir schon lassen", kommt ein zynischer Kommentar von Theodor. „Es ist nicht meine Aufgabe, zwei Versagern zu helfen. Ich bin für Größeres bestimmt." „Wie wäre es denn, wenn du die Welt retten könntest?", versucht es Eric mit Schmeicheleien und hat tatsächlich prompt die Aufmerksamkeit des Spiegels. „Das hört sich doch schon eher nach einer Aufgabe für mich an", wirkt dieser nun besänftigt. „Dann beginnen wir doch gleich, da die Welt morgen um Mitternacht untergeht und wir noch viel vorhaben." „Du meinst eher, *ich* muss beginnen!", spricht der Spiegel mit seiner näselnden und arroganten Art. Genervt verdreht Theodor die Augen, wird aber sogleich von Eric böse angeblickt. „Das ist richtig! Verzeih meinen Fehler!", säuselt Eric und verbeugt sich sogar vor dem Spiegel, den er immer noch in der Hand hält. „Deswegen bitte ich dich inständig, verwandle Marie wieder in ihre wahre Gestalt zurück." Kurz betrachtet der Spiegel die alte Frau und nickt huldvoll. „Gut, wenn du es unbedingt so willst, dann werde ich mit ihr beginnen. Halte ihr Antlitz direkt vor mich und es wird geschehen."

Eric könnte vor Freude Luftsprünge vollführen, als er kurz darauf das wunderschöne und schlafende Antlitz von Marie sieht, während Theodor so verständnisvoll ist, und für einen kurzen Moment den Spiegel übernimmt. Dieser ist zwar alles andere als begeistert, von dem unverschämten Kerl gehalten zu werden, protestiert aber im Stillen. Eric hat nur noch Augen für seine Marie, wie sie unschuldig und schlafend vor ihm liegt. Sofort geht er in die Knie und legt seine Hand auf ihre linke Wange. „Jetzt ist alles gut, mein Schatz. Endlich bist du wieder jung und hast dein ganzes Leben vor dir.“ Zaghaft fährt er die Konturen ihres Gesichtes ab und hält längere Zeit seinen Blick auf ihre Lippen gerichtet. Langsam nähert er sich diesen und möchte ihr so gerne einen keuschen Kuss geben. Doch da beginnt der Spiegel laut zu jammern. „Was musst du denn hier so trödeln?“, giftet der Spiegel und schaut alle vorwurfsvoll an. „Ich dachte, die Zeit drängt? Davon abgesehen solltet ihr vielleicht wissen, dass ein Zauber bereits verwirkt ist und nur noch sechs bleiben.“ Irritiert steht Eric, ohne Marie geküsst zu haben, wieder auf und tritt zu dem Zauberspiegel. „Wie genau meinst du das?“, will er wissen und schaut diesen skeptisch an. Der jedoch verdreht nur die Augen. „Mit Dilettanten habe ich es zu tun, mit fürchterlichen Dilettanten. Jeder weiß doch, dass immer nur drei allumfassende oder sieben eingeschränkte Wünsche gewährt werden können. Und da ich leider durch meinen Schöpfer an bestimmte Zauber gebunden bin, kann ich nur sieben Wünsche alle sieben Jahre gewähren. Einen habt ihr also schon mit dieser Frau verbraucht. Wählt also weise, wenn ich die Welt retten soll.“ „Das ist gut“, wirkt Eric gefasst. „Wir brauchen noch sechs Wünsche für sechs Einhörner.“ Theodor hingegen ist alles andere als ruhig. „Und was ist mit dir, Eric? Du willst doch nicht weitere sieben Jahre in diesem Körper stecken?“ „Wenn dies der Preis dafür ist, die Welt zu retten, dann sehe ich absolut kein Problem darin. Was ist schon meine hässliche Gestalt für ein Preis, wenn ich dafür Unschuldige retten kann?“

Theodor ist beeindruckt von dieser selbstlosen Geste und beugt sein Knie vor seinem Bruder. „Du wirst ein wahrer und gütiger König sein. Ich bin stolz darauf, dass du mein Bruder bist.“ Eric ist mehr als gerührt und hilft seinem Bruder auf die Beine. „Das Gleiche könnte ich auch zu dir sagen, Theodor. Du bist in den letzten Tagen weit über dich hinausgewachsen.“ „Bla, bla, bla!“, kommentiert dies der Spiegel sarkastisch. „Wenn ihr mit

Komplimenten und Selbstbeweihräucherung fertig seid, dann sollten wir langsam aufbrechen. Denn falls es eurer Aufmerksamkeit entgangen ist, so möchte ich doch anmerken, dass die Schatten bereits länger und die Kreaturen der Dunkelheit hungriger geworden sind." „Um was für Viecher handelt es sich eigentlich?", stellt Theodor die Frage und schaut den Spiegel auffordernd an. Dieser lächelt aber nur geheimnisvoll und zwinkert boshaft. „Wenn ihr meine volle Unterstützung wollt, dann erweist euch erst einmal als würdig und bewältigt diese Herausforderung gefälligst allein. Ich werde derweilen ein kleines Nickerchen halten. Weckt mich, wenn ihr eine bedeutende Aufgabe für mich habt. Aber einen kleinen Tipp gebe ich euch dennoch, weil ich gar so gütig bin. Haltet euch von allem fern, was dunkel ist." Kurz darauf verschwindet die alte Frau und der Spiegel reflektiert nur noch Theodors Gesicht. „Was für eine fürchterliche alte Zicke! Kein Wunder, dass die letzten zwanzig Jahre keiner Lust hatte, den Spiegel zusammenzusetzen. Das macht man wirklich nur, wenn das Schicksal der Welt auf dem Spiel steht." „Jetzt beruhig dich mal, Theodor, und gib ihn mir lieber! Ich stecke ihn wieder in Maries tiefe Kleidertasche und überlege mir einen Plan, wie wir hier herauskommen können. Denn durch den Tunnel können wir leider nicht zurück, da dort gerade diese Kreaturen erwacht sind." „Können wir nicht einfach durch dieses Loch hier klettern?", schlägt Theodor vor und deutet nach oben. „Wenn du Flügel hast, dann gerne nach dir, Bruder", schüttelt Eric seinen Kopf. „Ich für meinen Teil kann da nicht einfach so hochkommen." „Also wenn ich ehrlich bin, dann hätte ich schon eine Idee", fährt sich Theodor über sein Kinn. „Aber es könnte sein, dass sie dir nicht gefallen wird." Skeptisch schaut Eric seinen Bruder an, wartet jedoch darauf, dass er weiterspricht. „Das Loch selbst ist gar nicht so weit oben. Vielleicht drei bis vier Meter oder so. Und wenn wir alle unsere Kleider ausziehen, zerreißen und zusammenbinden, dann könnten wir daraus ein Seil machen. Dieses binden wir dann an das Ende eines Schwertes und werfen es nach oben, wo es sich verhakt." „Das ist ja schön und gut", greift Eric den Vorschlag seines Bruders auf. „Aber wie genau bekommen wir Marie nach oben? Unsere Kleidung ist ebenfalls nicht stabil genug, einen Erwachsenen oder gar zwei zu tragen. Selbst bei deinem Gewicht bin ich mir nicht sicher, ob es funktionieren würde.“ Theodor überlegt kurz und wandelt seine Idee um. „Dann musst du eben allein hochklettern, ein Seil finden, es uns zuwerfen und wir warten in der Zwischenzeit auf dich.“ Skeptisch schaut Eric seinen Bruder an. „Und du meinst, ich kann als herumlaufender nackter Zwerg in dieser Gegend ein Seil finden?“ Dümmlich grinsend, stellt Theodor sich gerade diese Szene vor und kann sein Lachen kaum verkneifen. „Sobald dich jemand sieht, wird er auf jeden Fall auf dich aufmerksam werden und hat sicher Mitleid mit dir.“ „Deine Witze waren auch schon mal besser“, seufzt Eric genervt und schaut in den dunklen Tunnel hinein, aus dem er immer mehr zischende und kratzende Geräusche hört, die ihm eine regelrechte Gänsehaut verschaffen.

Zu Theodors Überraschung nickt Eric plötzlich und beginnt seine schwarze Hose auszuziehen. „Gut, versuchen wir es. Und falls es nicht klappen sollte, dann werden wir den Kreaturen ohne Kleidung wenigstens besser schmecken. Aber eines schwöre ich dir“, hebt Eric drohend seinen Finger. „Die Unterhose lasse ich definitiv an.“ Und schon machen sie sich ans Werk, zerreißen ihre Hosen, das Hemd von Theodor und auch Marie muss einen kleinen Teil ihrer Kleidung opfern. Sobald sie alles zusammengebunden haben, beginnt Theodor mit seinen Versuchen und wirft das Schwert mehrmals in die Höhe. Eric hat Marie in der Zwischenzeit aus der Gefahrenzone gebracht und beobachtet seinen Bruder, wie dieser ständig der herunterfallenden Waffe ausweichen muss. Doch irgendwann wird ihm das zu langweilig und er beschließt, seine Augen zu schließen. Nachdem Eric jedoch seit einiger Zeit kein schepperndes Geräusch mehr gehört hat, öffnet er sie wieder und schaut interessiert zu seinem Bruder und sieht, wie dieser verzweifelt in die Höhe springt und das Kleiderseil erreichen möchte. „Hast du jetzt ernsthaft unsere

Kleider und eine unserer Waffen aus der Höhle geworfen?", spricht Eric das Offensichtliche an und geht zu seinem Bruder. Dieser schnauft genervt. „Halt keine langen Reden, sondern klettere lieber auf meine Schultern und versuch die Kleider zu erreichen! Ich bin allein leider nicht groß genug." Daraufhin geht Theodor in die Knie und nimmt seinen Bruder huckepack. Sobald der junge Prinz wieder steht, versucht sich Eric auf dessen Schultern zu stellen. „Wehe, du hältst mich nicht richtig! Ich habe keine Lust, wegen dir ein nackter Zwerg mit gebrochener Nase zu sein und später auch noch gefressen zu werden, weil ich mich nicht verteidigen kann." „Du siehst das zu negativ", kommt es von Theodor, der unter Eric steht. „Wenn du Glück hast, dann brichst du dir bei diesem Sturz nicht die Nase, sondern das Genick. Dann kann es dir egal sein, ob du später noch gefressen wirst oder nicht." „Dein makabrer Humor geht mir manchmal gehörig auf die Nerven", spricht Eric, während er das provisorische Seil zu erreichen versucht. Doch kaum hat er es ergriffen und will es herunterziehen, muss er auch schon überrascht feststellen, dass es nicht mehr möglich ist. „Ich glaube, das Schwert hat sich tatsächlich verkeilt. Ich versuche jetzt hochzuklettern." Wie Eric es schon prophezeit hat, so tritt es auch ein. Keine fünf Minuten später steht ein halbnackter Zwerg laut schnaufend auf dem Dach der Grotte und kann weit über die Landschaft blicken. Und zu seiner großen Freude sieht er in einiger Entfernung das Wrack eines Schiffes, das ans Meeresufer gespült wurde. Sofort beschließt Eric, von der Grotte zu klettern und zu dem Wrack zu rennen. Leider sah es von seiner erhöhten Position jedoch näher aus, als es in Wirklichkeit ist. Aber trotz Seitenstechen und Schmerzen in der Lunge will Eric nicht aufgeben und rennt sich fast die Seele aus dem Leib. Nach über zwei Stunden hat er es endlich geschafft und steht schwer schnaufend und schwitzend vor dem Wrack. Zu seinem Glück befinden sich tatsächlich an Bord noch zahlreiche Seile. Er schaut nicht lange, sondern schnappt sich das erstbeste Seil, das ihm am stabilsten erscheint, und läuft die beschwerliche Strecke zurück.

Theodor hingegen hat es sich mit Marie in der Mitte der Grotte gemütlich gemacht und sich direkt unter das Loch gesetzt. Denn tatsächlich beginnt die Dunkelheit sich immer länger und unheimlicher in die Höhle vorzuarbeiten. Und zu seinem großen Entsetzen ist diese Dunkelheit schwarz und uneinsehbar. Wie eine dunkle Wand kommt sie unaufhörlich auf ihn zu und verschlingt alles, was sich ihr in den Weg stellt. „Das ist kein normaler Schatten, der sich hier ausbreitet", flüstert Theodor furchtsam und hofft inständig, dass sein Bruder noch rechtzeitig erscheinen wird. Nur noch einen Meter ist die undurchdringliche Schwärze von Theodor entfernt, als ihm endlich das rettende Seil auf den Kopf fällt und ein verschwitzter und keuchender Zwerg sich herunterlässt. „Schnell, Theodor!", treibt Eric seinen Bruder an. „Klettere hoch und ziehe Marie nach oben, nachdem ich sie festgebunden habe. So wie es hier aussieht, läuft uns gerade die Zeit davon." Das braucht Eric seinem Bruder nicht zweimal zu sagen. Denn schon beginnt dieser den Aufstieg und erreicht schnell das Ende. Eric hat in der Zwischenzeit das Seil um Maries Hüften gebunden und hofft, dass es halten wird. „Du kannst loslegen, Theodor!", schreit Eric und sieht zu, wie Marie Zentimeter für Zentimeter nach oben befördert wird. Er versucht derweilen, dem Dunklen auszuweichen, und stellt sich in das Wasserbecken. Ein angenehmes Kribbeln auf seiner Haut setzt ein, während bunte Lichter um ihn herumtanzen. Ein kleines blaues Licht findet sogar eine Öffnung und bahnt sich durch Erics Mund einen Weg in seinen Körper. Sofort verschließt Eric diesen und hofft, nicht schon wieder mit irgendeinem Zauber belegt oder vergiftet worden zu sein. Langsam hat er nämlich keine Lust mehr. Gerade als die Schatten das Wasser berühren, wird ihm das Seil zugeworfen.
Schnell klettert er hinauf, berührt aber kurz mit seinem Zeh die Dunkelheit. Augenblicklich verspürt er einen scharfen Schmerz, den er jedoch ignoriert. Und kaum hat er sich hochgezogen, ergreifen ihn auch schon helfende Hände und richten ihn auf. „Warum muss eigentlich immer alles so knapp sein?", sieht Eric in das kalkweiße Gesicht seines Bruders. „Ich kann nur froh sein,

dass mein Herz überhaupt noch schlägt. Ich dachte wirklich, die Dunkelheit würde dich bekommen." „Manchmal muss man auch einfach Glück haben", zwinkert Eric erleichtert seinem Bruder zu. Dieser beginnt daraufhin zu lachen und haut Eric auf den Rücken. „Das nennst du Glück? Jetzt bist aber du der grenzenlose Optimist. Lass uns jetzt lieber zu unserem Boot eilen und nach Hause fahren. Der Freitagabend hat schon begonnen und wir müssen uns wirklich ranhalten, um noch rechtzeitig anzukommen. An Schlaf dürfen wir jetzt nicht mehr denken." Schon machen sie sich an den Abstieg, während Eric versucht, das unangenehme Pochen in seinem Zeh zu ignorieren.

Samstagabend im Zauberseeschloss

„Was ist jetzt?", echauffiert sich die Fee Goldstaub und wirkt ungeduldig. „Soll ich jetzt das Ritual durchführen oder nicht?" Giselagunde ist mit der Situation gerade völlig überfordert und schaut Aron hilfesuchend an. „Wir warten noch!", brummt dieser und richtet seinen Blick zu den Einhörnern, die stoisch und ruhig im Raum stehen. In ihrer Nähe stehen König Barboss, König Ludwig, König Merovus von Steinwolf und König Gunterich und schauen betreten auf den Boden. Erst heute früh sind alle eingetroffen und haben ihre Frauen sogleich liebevoll begrüßt, nur um kurz darauf erfahren zu müssen, dass sie heute Nacht ihr Leben lassen werden. Das war eindeutig kein herzliches und glückliches Wiedersehen. „Wir haben nicht ewig Zeit", motzt Goldstaub und schaut Giselagunde hochmütig an. „Ich … Also ich … Ich bin gleich wieder da", stottert die Feenschülerin und verlässt fluchtartig den Raum. Kaum ist sie draußen, hält sie sich zitternd an der Wand fest und schließt verzweifelt die Augen. „Kann ich dir irgendwie helfen?", dringen die sanften Worte von Aron an ihr Ohr. „Was soll ich nur tun?", schluchzt Giselagunde. „Wir haben es Theodor doch versprochen, auf ihn zu warten.

Aber bis jetzt ist er noch nicht aufgetaucht. Vielleicht hat er es nicht geschafft und ist schon längst von uns gegangen und ich vertrödle wertvolle Zeit, die wir später nicht mehr haben." „Vielleicht ist er aber auch auf dem Weg hierher", spricht Aron ihre Hoffnung aus. „Du könntest doch mit dem Runenstein nachsehen. Dann haben wir Gewissheit und können besser entscheiden." „Ich habe aber Angst, Aron. Was ist, wenn ich keinen Punkt mehr sehe? Dann ist alle Hoffnung dahin." „Lass dich von deiner Angst nicht lähmen", baut Aron sie wieder auf und hebt ihr Kinn an, damit sie ihm direkt in die Augen sehen kann. „Du bist viel mutiger, als du denkst. Also komm! Wage es und wirf einen Blick auf die Karte." Schwer durchatmend nickt Giselagunde und holt alle nötigen Gegenstände hervor. „Das kann nicht sein!", spricht sie ihre Verwunderung zwei Minuten später aus. „Laut der Rune müsste sich Theodor gerade im Schlossgarten befinden." „Worauf warten wir dann noch?", reißt Aron sie an ihrem Arm den Gang entlang und in den Garten hinaus. „THEODOR! THEODOR!", schreit Aron kräftig und läuft herum. „Was schreist du denn so?", steht plötzlich ein gut gelaunter und halbnackter Prinz vor dem Soldaten. „Komm lieber und hilf mir tragen! Eine Prinzessin ist wirklich kein Leichtgewicht und mein Bruder ist gerade ein kleiner Schwächling." Erst langsam sickern Theodors Worte in den Verstand von Aron und Giselagunde. Schluchzend bricht die Fee nun vollständig zusammen und weint. „Na, so schlimm war jetzt meine Beleidigung aber auch nicht, dass du gleich so in Tränen ausbrechen musst. Oder liegt es an meiner stattlichen Statur?", wundert Theodor sich und kratzt sich verlegen am Hals. „Jetzt reiß dich zusammen, Giselagunde!", zieht Aron sie wieder auf die Beine. „Lauf lieber schnell zu den anderen und verkünde die Rückkehr von Theodor, Eric und Marie!" Dies muss ihr Aron nicht zweimal sagen und sie nimmt augenblicklich ihre Füße in die Hand und rennt los. Aron hingegen folgt Theodor zu einem kleinen Boot, in dem die schlafende junge Marie auf dem Schoß von Eric, einem fast nackten Zwerg, liegt. „Wieso ist sie wieder jung und du weiterhin ein Zwerg und nackt?", kann sich Aron seine Frage nicht verkneifen. „Der Zauberspiegel wollte alles von ihm sehen und war dann mit seiner hässlichen Gestalt überfordert", witzelt Theodor und hebt Marie vorsichtig aus dem Boot. „Hat es einen Grund, warum sie nicht aufwacht?", wundert Aron sich und tritt vorsichtig an Marie heran. Dieses Mal ergreift lieber Eric das Wort, bevor Theodor noch ein blöder Witz einfällt. „Wir schätzen, es liegt an ihrem Halsband, das sie von den Meerjungfrauen bekommen hat. Aber jetzt sollten wir uns lieber beeilen und zu den Einhörnern gehen. Die Zeit ist schließlich in ein paar Stunden um Punkt Mitternacht vorbei."

„Und ihr seid euch sicher, dass dies wirklich die Lösung für das Problem darstellt?", will König Gunterich hoffnungsvoll wissen. „So hat es mir die Göttin des Zaubersees prophezeit. Sobald Marie und die Einhörner ihre wahre Gestalt zurückerlangt haben, wird sich alles geben." „Das ist jetzt aber nicht wirklich konkret", mischt sich die Fee Goldstaub ein und wirkt schon wieder leicht genervt. „Seit wann sind Prophezeiungen konkret?", schaut Theodor sie giftig an und tritt ihr in den Weg. „Ich glaube, wir haben wieder alles im Griff und Ihr könnt gehen." „Das ist ja eine Unverschämtheit!", beschwert sich die Fee, breitet ihre Flügel aus und hebt in den rötlichen Abendhimmel ab. Daraufhin klatscht Theodor in die Hände und reibt diese. „Dann wollen wir mal beginnen und alle retten. Rosemarie, würdest du bitte vortreten?" Eric zieht in der Zwischenzeit den Zauberspiegel aus Maries Tasche und bittet ihn höflich, aufzuwachen. „Das wurde aber auch langsam Zeit, Jungchen!", murrt die alte Frau im Spiegel. „Ich dachte schon, ihr wärt dem absolut Bösen zum Opfer gefallen. Aber wie mir scheint, habt ihr es heil und, dem Himmel sei Dank, ohne einen Kratzer herausgeschafft." Hellhörig geworden, schaut Eric den Spiegel unsicher an. „Was wäre denn an einem Kratzer so schlimm gewesen?" Wieder lacht der Spiegel und schaut ihn überheblich an. „Du weißt wirklich nichts. Habe ich recht? Wenn dich eine Kreatur des absolut Bösen auch nur leicht verletzt, dann injiziert das Böse dadurch einen Teil von sich in dich als sein Opfer. Es ist meist nur eine Frage von Minuten oder Stunden, bis sich das Böse in seinem neuen Wirt einnistet und ihn kontrolliert und verwandelt. Aber mach dir nicht so viele Gedanken! Wenn so etwas passiert wäre, dann wärst du oder dein Bruder jetzt ein anderer." Geschockt schaut Eric dem Spiegel ins Gesicht und denkt an seinen pochenden Zeh. „Gibt es denn nichts, was so einen Infekt des Bösen verhindern oder aufhalten könnte?" „Es gibt ein paar Schutzzauber, die es aufhalten können, aber wenn das Böse dich in seinen Klauen hat, dann kannst du selbst nichts mehr machen." Frustriert schnauft Eric und wendet sich seinem Bruder zu. Hoffentlich hat der Spiegel recht und er hat es doch noch knapp geschafft, diesem Unheil zu entkommen.

Rosemarie ist die Erste, die von dem Zauberspiegel befreit wird. Erschöpft fällt sie in eine Umarmung von Theodor, der sie augenblicklich leidenschaftlich an sich zieht und ihr, ohne zu fragen, einen innigen Kuss gibt. Diesen erwidert Rosemarie nur zu gerne und schließt ihren Ehemann nun endlich in ihre Arme. Langsam schreitet die Entzauberung voran, bis kein Einhorn mehr, sondern fünf Königinnen im Saal stehen. Königin Jasari ist nicht überrascht, ihren Mann nicht unter den hier Anwesenden zu sehen. War doch seine Liebe zu ihr mehr von einem Wahn als von wahren Gefühlen geprägt. Gunterich hingegen dreht seine Giselagunde schon seit längerem lachend im Kreis und wirft sie quietschend in die Höhe. Ludwig ist ein wenig zurückhaltender und hält seine Frau Kassandra einfach nur glücklich in den Armen. Madera, die Frau des Trollkönigs, hat hingegen ihren Mann leidenschaftlich gepackt und ihn vor allen geküsst. Barboss jedoch steht ein wenig verlegen in einer Ecke und traut sich nicht so ganz, zu seiner Frau zu gehen. Zu groß sind seine Schuldgefühle, sie jahrelang für eine Ehebrecherin gehalten zu haben. Doch davon lässt Christin sich nicht beeindrucken, da sie ihren Mann einfach zu gut kennt. Deswegen hilft sie ihm und knallt ihm eine saftige Ohrfeige ins Gesicht, sobald sie vor ihm steht. Völlig entsetzt reißt er die Augen auf. „Das war dafür, dass du mir so vieles unterstellt hast." Danach tritt sie jedoch näher und küsst ihn liebevoll auf den Mund. „Und das, Bambi, ist für deine Liebe mir gegenüber." „Bambi?", prustet daraufhin Gunterich los und kann sich kaum beruhigen. „Was dagegen?", motzt der Beleidigte zurück. „Wie mich meine Frau nennt, das bleibt ganz ihr überlassen." „Trotzdem ist der Spitzname Bambi einfach zu köstlich", muss sich auch Ludwig zusammenreißen, um nicht laut zu lachen. „Wieso Spitzname?", fragt Christin verwirrt nach. „Der Name, den ihm seine Eltern gegeben haben, ist Bambi. Da er diesen jedoch für unmännlich hält, hat er angefangen, alle zu zwingen, ihn Barboss zu nennen." Jetzt hat es Christin mit ihren Ausführungen doch geschafft und der ganze Saal lacht unter Tränen bei der Vorstellung, den grausamen Barboss ab sofort Bambi nennen zu können. Brummend zieht König Bambi daraufhin seine Frau liebevoll in seine Arme. „Als Einhorn hattest du wenigstens den Vorteil, keine peinlichen Familiengeheimnisse zu offenbaren." Lächelnd streicht sie ihm über die Wange und zwinkert ihm frech zu. „Dann verschließe einfach meinen Mund mit deinen Küssen und es können keine mehr entweichen." Dies lässt sich der König nicht zweimal sagen und tut genau das, was ihm seine Frau geraten hat.

Nur Eric steht abseits und wirkt mehr als niedergeschlagen, da er immer noch nicht weiß, wie er Marie von ihrem Schlaf erlösen kann und ob der Fluch auch wirklich aufgehalten wurde. Darum geht er zu der schlafenden Prinzessin und beugt sich über sie. „Kannst du mir nicht verraten, wie ich deinen Zauber brechen kann? Ich würde mir so wünschen, dass du wieder erwachst." Kaum hat er dies gesagt, steigt in seinem Körper ein seltsames Kribbeln empor und verlässt als blaues Licht seinen Mund. Dieses legt sich auf das goldene Halsband von Marie und bricht es entzwei. Sofort entkommt Marie ein Keuchen und sie fasst sich an den Hals. Eric springt hoch und schaut sie freudig an. Das Erwachen von Marie ist nicht unbemerkt geblieben. Keine Sekunde später schmeißt sich eine überglückliche Rosemarie in die

Arme ihrer Schwester. „Wie geht es dir, Marie? Tut dir etwas weh? Bist du in Ordnung?", will ihre Schwester sofort wissen und schaut Marie intensiv an. Diese ist jedoch noch ein bisschen verwirrt und blickt sich im Raum um. War sie denn nicht noch vor ein paar Sekunden mitten im Meer? Gerade möchte sie genau dies fragen, scheitert aber an ihrer verlorenen Stimme. Es ist aber auch verhext, denkt sie sich verärgert und nimmt einfach nur Rosemarie in ihre Arme, ohne ein Wort mit ihr zu wechseln. Immer mehr Anwesende stürmen zu Marie und begrüßen sie überschwänglich. Eric hingegen hält sich weiter im Hintergrund und verspürt ein seltsames Brennen, das sich von seinem Zeh langsam seinen Weg zum Herzen bahnt. Während noch alle mit Marie beschäftigt sind, entfährt seinem Kehlkopf ein unmenschlicher Laut. Geschockt schauen daraufhin alle zu Eric und müssen entsetzt zusehen, wie sich sein Gesicht zu einer hässlichen und monströsen Fratze wandelt und aus seinen Fingern Klauen werden.

„Das ist gar nicht gut", kommentiert dies der Spiegel und schaut alle Beteiligten gelangweilt an. „Er ist wohl doch in der Grotte der Stille vom Bösen infiziert worden. Ich an eurer Stelle würde so schnell wie möglich fliehen oder ihn in Ketten legen und in ein tiefes Loch werfen. Die Infektion ist noch nicht ganz abgeschlossen. Vielleicht könnt ihr es sogar noch schaffen." Sofort nickt Aron Theodor zu und zu zweit stürzen sie sich auf das Monster. „SCHNELL, Bambi! Hol mir ein Seil!", schreit Theodor aus vollem Halse. „Nenn mich noch einmal Bambi, mein Sohn, und es wird das letzte Mal sein, dass du das Tageslicht erblickst", brummt sein Vater und holt ihm das Gewünschte. Mit Entsetzen muss Marie mitansehen, wie Eric sich vor ihren Augen in ein Ungetüm verwandelt und seltsame qualvolle und zornige Laute ausstößt. Zusammen schaffen es die Männer, dieses Monster zu bändigen und es aus dem Raum zu bringen. Marie ist vollkommen entsetzt und weiß nicht, was genau passiert ist. Sobald sie aufsteht und den Männern folgen möchte, wird sie von der Königin Jasari aufgehalten. „Es ist zu spät, mein Kind", spricht diese sanft mit ihr.

„Da, wo ich herkomme, kennen wir diese Art von bösen Geistern. Sobald sie ihren Wirt vollkommen übernommen haben, ist jede Hilfe zu spät. Er ist jetzt einer von ihnen.“ Verzweifelt schüttelt Marie ihren Kopf und Tränen rinnen über ihre Wangen. „Die Königin hat recht, Kind!“, mischt sich auch gleich darauf der Spiegel ein. „Nur die wahre Liebe kann das wahre Böse vertreiben. Also sieh ein, dass es unmöglich ist, und suche dir einen anderen. Andere Mütter haben schließlich auch schöne Söhne.“ Das kann unmöglich so passieren, denkt Marie sich. Jetzt haben wir es so weit geschafft. Warum jetzt noch so eine Katastrophe? Aber hat der Spiegel nicht gerade gesagt, dass wahre Liebe helfen könnte? Denn genau diese empfindet sie schon seit längerer Zeit für Eric. Aber wie soll sie ihm dies sagen? Ihre Stimme ist in einer Muschel, in den Tiefen des Meeres, in den Händen einer Meerhexe. Traurig und getrieben muss sie augenblicklich diesen Raum verlassen. Sie hält es hier keine Minute mehr aus und stürmt aus dem Saal in den Garten. Hier steht sie mitten in der Nacht unter freiem Himmel und versucht sich ihren Kummer von der Seele zu schreien. Doch kein Laut kommt über ihre Lippen. In einiger Entfernung hört sie die Uhr eines Turmes gemächlich die Uhrzeit schlagen. Mit jedem Klang beginnt die Erde jedoch mehr zu beben. Wind kommt auf und Regen setzt ein. Bestürzt muss Marie realisieren, dass der Fluch wohl noch nicht gebrochen wurde. Niedergeschlagen lässt sie sich auf die Wiese fallen und vergräbt ihren Kopf. Jetzt kann nur noch ein Wunder helfen. Während sie draußen im stürmischen Regenwetter liegt, die Wellen des Sees sich hochtürmen und Blitze den Himmel erhellen, sieht sie in der Ferne einen kleinen, orangen Punkt, der auf sie zugeflogen kommt. Die Winde werden immer kräftiger und reißen Marie bereits von den Füßen. Als sie wieder etwas sehen kann, sieht sie den wunderschönen Vogel, den sie im Trolldorf befreit hat, vor sich. „Was genau machst du denn hier?“, formt sich eine Frage in ihren Gedanken. „Mein Versprechen einlösen!“, kann sie eine sanfte Stimme hören, die sich in ihrem Kopf zu befinden scheint. Trotz des Regens beginnt der Vogel zu brennen und die Flammen greifen augenblicklich auf Marie über.

Vor Schreck beginnt sie zu schreien und ist überrascht, endlich ihre Stimme wieder hören zu können. Kaum sind die Flammen vergangen, ist vor ihr nur noch ein großer Haufen Asche, aber kein Vogel mehr. Doch zum Wundern und Rätseln bleibt keine Zeit mehr, denn schon bewegt sich die Erde und feine Risse entstehen.

Schnell flüchtet Marie in das Schloss und in den Ballsaal. „Wo ist Eric?“, keucht sie ihre Frage und sieht in die erschrockenen Gesichter aller Umstehenden, die sich ängstlich im Arm halten. „Im Kerker!“, beantwortet Theodor ihre Frage. „Die Treppe ist gleich hinter der Säule. Aber da unten ist es viel zu gefährlich. Entweder erschlagen dich Steine oder das Monster wird dich bei lebendigem Leibe zerfetzen. Es ist zu spät! Wir haben versagt!“ Davon will Marie jedoch nichts hören. Es ist nie zu spät, um das Richtige zu tun. Sie möchte nicht von dieser Welt gehen, bevor sie Eric nicht gesagt hat, was sie für ihn empfindet. Schnell stürmt sie die Treppe hinunter und muss tatsächlich herabfallenden Steinen ausweichen. Kaum ist sie am Fuße, kann sie das markerschütternde Heulen von Eric hören. Bevor sie weiterläuft, schnappt sie sich noch die Schlüssel, die an einem Haken hängen, und rennt den Gang hinunter. In der letzten Zelle kann sie das Monster sehen, wie es mit rotglühenden Augen jeden ihrer Schritte verfolgt. Die Eisenketten um Erics Gliedmaßen sind gerade kurz genug, dass sie gefahrlos in die Zelle treten kann. Immer wieder versucht diese Kreatur, sie mit ihren Krallen zu erwischen und aufzuschlitzen. Schwer schluckend, steht Marie da und weiß erst einmal nicht, was sie sagen wollte. All ihre Worte sind plötzlich nicht mehr in ihrem Kopf, nachdem sie die bösartige Fratze dieses Wesens erblickt hat. Dennoch glaubt sie für einen kurzen Moment, das Blau seiner Augen durch das Rot durchblitzen zu sehen. Deswegen nimmt sie all ihren Mut zusammen und beginnt zu sprechen, während sie sich langsam der Kreatur nähert. „Eric, wenn du da drin bist, dann bitte hör mir zu. Ich weiß, dass wir viele Schwierigkeiten am Anfang hatten und es nicht immer gut aussah. Aber eines ist mir in den letzten Tagen klar geworden. Es ist mir absolut egal, wer du bist. Auch dein Geld und dein Status sind mir gleich. Selbst der Umstand, dass du gerade das absolute Böse verkörperst, ist mir einerlei. Aber dein Wesen, dein Charakter und dein wahres Ich sind mir das Wichtigste auf Erden geworden. Eric, wenn heute der letzte Tag ist, dann möchte ich diesen in deinen Armen erleben, auch auf die Gefahr hin, dass du mich vorher zerfleischst. Denn mein Herz schlägt nur noch für deines und sehnt sich nach diesem. Eric, ich liebe dich über alles."

Mit jedem Satz ist sie dem Wesen näher gekommen, das sich immer mehr beruhigt zu haben scheint. Kaum steht sie direkt vor ihm, kann sie den verfaulten Atem intensiv riechen, der aus seinem Maul strömt, und zuckt zusammen. Diese kleine Geste reicht aus und das Monster erhebt seine Klauen und will sie mit einem einzigen Streich in ihren Leib bohren. Doch so weit kommt es nicht, da die Erde wild zu beben beginnt und ihm das Gleichgewicht raubt. Diesen Moment nutzt Marie, umfasst augenblicklich seinen Kopf mit ihren Händen und zieht ihn zu einem Kuss vor ihre Lippen. Genau in diesem Moment scheint die Welt stillzustehen. Das Beben ebbt augenblicklich ab und warme, starke Hände schlingen sich um ihren Leib und ziehen ihn immer näher zu sich. Der Kuss wird immer intensiver und leidenschaftlicher, bis Eric diesen kurz unterbricht und in die strahlend grünen Augen von Marie blickt. Zaghaft hebt er seine Hand, die immer noch in Ketten liegt, und streicht ihr einige verwirrte Haare aus dem Gesicht. „Wenn du es erlaubst, Marie", spricht Eric mit sanfter Stimme zu ihr, „dann würde ich dir gerne die Welt und mein Herz zu Füßen legen." Glücklich lächelnd, schmiegt sie sich in seine Arme und genießt dieses unglaublich wunderbare Gefühl. „Es würde mir schon reichen", beginnt sie und schaut ihn schelmisch an, „wenn du mir einen Berg aus mindestens zwanzig Kissen besorgen würdest." Lachend küsst er sie auf den Haaransatz und drückt sie noch fester an sich. „Na, das kann ja lustig werden, wenn ich für den Rest meines Lebens deinen Humor ertragen darf." „Jetzt werde mal nicht frech, Eric!", haut sie ihm leicht auf die Schulter.

„Ich habe immer noch die Schlüssel und könnte dich hier so lange lassen, bis du verstanden hast, dass in einer Ehe immer die Frauen das Sagen haben." Freudig lächelt Eric sie an und geht vor ihr auf die Knie. „Du würdest mich zum glücklichsten Mann auf der Welt machen, wenn du tatsächlich meine Frau werden würdest. Marie, möchtest du mich heiraten?"

Epilog

„Mein Schatz, du siehst wirklich wunderschön aus", spricht König Ludwig glücklich mit seiner Tochter Marie und nimmt sie fest in die Arme. „Das stimmt!", pflichtet ihm Rosemarie gerührt bei. „Ich habe noch nie eine schönere Braut als dich gesehen." Dennoch ist Marie alles andere als ruhig. Heute ist schließlich ihr großer Tag und dieser muss einfach perfekt werden. Es ist gerade einmal eine Woche her, dass der Fluch für ein paar Minuten das Land verwüsten konnte. Doch diese Zeit war ausreichend, bereits große Schäden anzurichten. Deswegen mussten alle Könige mit ihren Königinnen gleich in der Früh zurück in ihre Reiche, um sich persönlich ein Bild zu machen. Nur Königin Jasari wollte nicht zurück in ihr Königreich, sondern wollte lieber ihre Familie suchen, die mit Wagen durch die Lande reist. So kam es, dass Marie ihren Eric seit sieben Tagen nicht mehr gesehen hat und sie ihre Schmetterlinge kaum mehr im Zaum halten kann. „Jetzt halt doch endlich still!", spricht sie Lamira, die Trollfrau, genervt an, die immer noch damit beschäftigt ist, ihre Frisur zu richten. „Ich war bei meiner Hochzeit mit Avantis nicht so nervös. Jetzt beruhig dich endlich, sonst musst du mit einem Vogelnest auf dem Kopf heiraten." „Ich bin mir ziemlich sicher, Lamira", lacht Rosemarie ausgelassen, „dass Marie dies vollkommen egal wäre und sie ihren Eric sogar mit einem Kartoffelsack heiraten würde." „Jetzt hört endlich auf!", wird Marie immer ungehaltener. „Er weiß doch, wie ich aussehe. Also lasst mich zu ihm, sonst beginne ich zu beißen, zu spucken und zu kreischen." „Na, na, Marie!", lächelt Ludwig sie an. „Ist das wirklich das richtige Benehmen für die zukünftige Königin des Zaubersees?" „Was soll ich sagen?", grinst Marie und zwinkert ihrem Vater und ihrer Schwester zu. „Ich hatte eine gute Lehrmeisterin, die sich jetzt Königin des Märchenwaldes nennt." Laut ausatmend dreht Ludwig sich um und reicht ihr den Arm. „Na, das kann ja was werden mit euch als Königinnen. Eure Männer tun mir jetzt schon leid." Kichernd hängt Marie sich an den Arm ihres Vaters und wird zur Kirche geleitet.

Eric steht vollkommen nervös und schweißgebadet vor dem Traualtar. Sein Bruder ist direkt neben ihm und versucht ihn mit den verschiedensten Witzen und Albernheiten abzulenken. „Wenn du weiterhin so viel Wasser verlierst, dann müsst ihr in einer Pfütze heiraten." „Das ist mir gleich", antwortet Eric und richtet zum wiederholten Male seinen Hemdkragen. „Hauptsache, sie ist heute hier und möchte auch wirklich meine Frau werden." Genervt verdreht Theodor die Augen. „Also wenn sie wirklich ja gesagt hat, kurz nachdem du noch ein hässliches und bösartiges Monster mit einem üblen Mundgeruch gewesen warst, dann würde ich mir jetzt keine Sorgen machen." „Aber vielleicht hat sie in dieser Woche erkannt, dass sie mich gar nicht heiraten muss." Frustriert packt Theodor die Schultern seines Bruders und dreht ihn zu sich. „Verflucht und verzaubert, Eric! Marie wird dich heute nicht heiraten, weil sie muss, sondern weil du ihr Seelengefährte bist und ihre einzig große und wahre Liebe. Also reiß dich endlich zusammen!" Kaum hat Theodor seine Ansprache beendet, wird die Kirchentür aufgestoßen und ein wunderschöner Engel in Weiß schwebt an der Hand von König Ludwig auf Eric zu. Alle Anwesenden drehen ihre Köpfe und ein anerkennendes Raunen geht durch die Bänke.

Zu Maries großer Freude kann sie tatsächlich alle Königspaare in den ersten Reihen erkennen und sogar den zukünftigen Sultan

Hajdar mit seinem Berater Ali. Doch am meisten wird ihre Aufmerksamkeit von dem atemberaubenden Mann gefesselt, der mit einem Lächeln auf dem Gesicht vor dem Altar steht und auf sie wartet. Kaum hat Ludwig seine Tochter Marie dem Prinzen Eric überreicht, beginnt auch schon der Priester. Davon bekommen die beiden jedoch wenig mit, da sie nur noch Augen für sich haben. Kurz bevor sie sich küssen dürfen, unterbricht jedoch Eric dies und schaut Marie tief in die Augen. „Bevor ich dich küsse, möchte ich dir noch etwas vor allen hier Anwesenden sagen. Ich möchte dich hier und heute nicht nur heiraten, sondern ich möchte dir auch deinen innigsten Wunsch erfüllen." Verwirrt betrachtet Marie ihn und weiß nicht, worauf er hinauswill. „Marie, egal ob du arm, hässlich oder alt bist. Und wir wissen alle, dass du das sogar eine Zeit lang warst. Ich schenke dir heute diesen einen Menschen, der dich genau so liebt, wie du bist. Ich schenke dir nicht nur mein Herz, sondern du besitzt bereits den Schlüssel zu meiner Seele. Deine Liebe macht mich zum glücklichsten Mann, den diese Reiche je gesehen haben." Gerührt und mit tränennassen Wangen schaut Marie auf und zieht seinen Kopf zu sich, als sie endlich verstanden hat, dass Eric sich auf ihren innigsten Wunsch bezieht, den sie ihm vor einiger Zeit unter dem Sternenhimmel verraten hat. „Dann würde ich empfehlen, dass du endlich zu sprechen aufhörst und mich mit diesem Kuss ebenfalls zur glücklichsten Frau der Welt machst." Dies muss sich Eric nicht zweimal sagen lassen und tut dies vor den Augen aller Anwesenden.

Ein leises Schniefen neben sich lenkt Arons Aufmerksamkeit kurz zu Giselagunde, die in einem wunderschönen gelben Samtkleid neben ihm sitzt. „Oh, Aron, das ist ja so romantisch!", kann sie ihre Emotionen kaum zurückhalten. „Das ist es wirklich!", lächelt er ihr liebevoll zu. „Glaubst du, sie würden sich über einen Hochzeitssegen von mir freuen?", fragt die Fee und wundert sich kurz darauf über die vielen geschockten Augenpaare, die sie entsetzt anstarren. „Ich glaube nicht, dass sie über deinen Vorschlag sonderlich begeistert wären, mein Schatz", lacht Aron und schenkt ihr ein liebevolles Lächeln. „Aber was hältst du davon, die Frau eines einfachen Soldaten zu werden, der dich trotz deiner katastrophalen Zauberkunst gerne an seiner Seite hätte?“ Lächelnd dreht sie sich zu ihm und schlingt ihre Arme um seinen Hals. „Unter einer Bedingung, mein Krieger.“ „Und die wäre?“, will Aron neugierig wissen. „Du musst mich jeden Tag mit all deiner Liebe und Zärtlichkeit küssen.“ „Wenn es nicht mehr ist, dann kann ich gerne jetzt und hier anfangen.“ Und schon nimmt er seine zukünftige Frau in die Arme und gibt ihr einen Vorgeschmack auf die Ehe.

Und wenn sie nicht gestorben sind, dann küssen sie sich noch heute.

Nachwort

In meinem Buch **„Schweineprinzen küsst man nicht“** steht die Selbstentwicklung im Vordergrund. Deswegen kommt mein Prinz mit bestimmten Charaktereigenschaften, Situationen und Lebewesen in Berührung, die ihm helfen, das Leben besser zu verstehen. Doch weil mein Prinz bis jetzt in einem goldenen Käfig aufgewachsen ist, muss er Aufgaben lösen, in denen er Geduld, Ehrlichkeit, Mitgefühl, Selbstlosigkeit und Liebe erlernt.

Weitere Bücher:

Chaos im Märchenhimmel

König Blaubart und seine Bräute

Rotkäppchens mysteriöse Träume

König Ziegenbart

Der Fluch des Drachenprinzen

Aladins siebter Wunsch

Schneesturm und Rosenblut

Im Schatten des Elfenspiegels

Über die Autorin

Hallo, ich bin Jacqueline, seit 2009 Therapeutin und ein absoluter Fan von Märchen und Liebesgeschichten mit Happy End. Da mein liebstes Hobby das Lesen ist und einer meiner größten Wünsche das Schreiben von Büchern, habe ich den Lockdown genutzt und mich an den Laptop gesetzt.
Und siehe da, der Lockdown war lang und meine Leidenschaft geweckt.

Somit schreibe ich nun seit Januar 2021 Märchenromane für Jugendliche und Erwachsene, die psychologische Aspekte beinhalten, die auf sehr humorvolle und abenteuerliche Art und Weise verpackt sind und Menschen nicht nur unterhalten, sondern auch zum Nachdenken anregen sollen.

Der größte Nutznießer meines neuen Hobbys ist auf jeden Fall meine Katze Eileen. Diese genießt es in vollen Zügen, vor meinem Laptop zu liegen und durchgehend gestreichelt zu werden. Meine Kinder sind ebenfalls begeistert, da sie dadurch weniger unter mütterlicher Kontrolle stehen und dies zu ihrem Vorteil nutzen.

Ich dagegen gehe vollkommen in meinen Märchenwelten auf und habe so viele Ideen und Einfälle, dass ich mit dem Schreiben kaum hinterherkomme. Natürlich habe ich auch meinen persönlichen Humor in meine Bücher gepackt, der sich wie ein roter Faden durch all meine Romane zieht.

Falls ihr noch mehr über mich und meine Bücher wissen wollt, besucht doch einfach meine Homepage:

www.weichmann-fuchs.de

Printed in France by Amazon
Brétigny-sur-Orge, FR

18852207R00362